L0907972

汪曾祺回乡与高邮文化人第一次合影

2007年5月18日铁凝参加纪念汪曾祺逝世十周年座谈会。
图为作者与铁凝的合影。

贾平凹第二次来邮，在赞化学校（现汪曾祺学校）参加系列文化活动。图为时任市委常委、宣传部部长张秋红（左二）向贾介绍情况。

与来高邮汪曾祺故居串门的王安忆夫妇合影

七十九岁生日家庭聚会

与妻子居继蕙重返临泽农中故地

四个女儿

与外孙、外孙女在一起

# 烟柳依依

陈其昌 著

文匯出版社

图书在版编目（CIP）数据

烟柳依依／陈其昌著．—上海：文汇出版社，2018.10

ISBN 978-7-5496-2416-4

Ⅰ．①烟… Ⅱ．①陈… Ⅲ．①散文集—中国—当代 Ⅳ．①I267

中国版本图书馆CIP数据核字（2018）第222282号

# 烟柳依依

著　　者／陈其昌
责任编辑／熊　勇
装帧设计／灵动视线

出版发行／文匯出版社
上海市威海路755号
（邮政编码200041）
印刷装订／天津兴湘印务有限公司
版　　次／2018年10月第1版
印　　次／2018年10月第1次印刷
开　　本／710×1000　1/16
印　　张／26.5
插　　页／8
字　　数／350千

ISBN 978-7-5496-2416-4
定　　价／68.00元

# 自　序

八年前，我推出一本新著《烟柳秦邮》时，在出丛书的同道中，我是个“矮子”。如今，黄雀的尖嘴衔去时光的铅华，几多春秋又沉淀几多拙作。现将其汇编一册，取名为《烟柳依依》。在水上摇曳的高邮，一直荡漾着乡亲的无限深情和美好愿望。在此，因为水的牵手和柳的遮阴，人们守望相助了多少个寒暑，烟柳依依的家乡多好。

本书取名《烟柳依依》，我只想把它看成《烟柳秦邮》的姐妹篇。高邮遍处都植柳，柳下卧的是黑水牛，那是我在农村常见的景象。倘若说“烟柳依依”有什么含义，那么，我和自己的作品就是株柔弱的柳，即长不成参天大树的柳。依依者，依恋也。我对家庭、亲友、人生都十分依恋。有一段时间，医生说我得了抑郁症，说我下次来复诊，希望能看到我的笑脸。正因为对生活和人生的依恋，我跨过了那个坎，活跃在跑友圈里，笔耕在文章的阡陌纵横之中。

至于我为什么写作以及写作的轨迹和人生的遗憾，在《烟柳秦邮》自序和本书中已有记述和评说，不再赘言。

我坦言，儿时爱好习文涂鸦，亦曾写过《植树谣》：“植树植树，快把春风挽住；植树植树，莫把春光辜负；植树植树，要叫春光永驻。”我爱树，亦爱花，尤喜月季。有泥土便有鲜花，有春风便有葱茏。文友联袂，牵手从容。花盆之中，院落之垅，一簇簇，一丛丛。怒放处姹紫嫣红，李绚桃灿便典雅出高邮文人的些许风情。一种柔情人不知，春风浓透月月红。

我不是月季。“月月红”却是高邮文友璀璨的作品和辉煌。至于我这棵柔弱的柳，愿将老树碾齑粉，化作春泥更护花。姑且为序。

# 目　录

## 亦亲亦友

## 一『汪』情深

## 艺海览胜



## 秦邮琐记

## 史海钩沉

# 亦亲亦友

# 焦家巷情结

宽宽的焦家巷，漫漫的人生路。我在此巷居住了46个春秋，从巷尾到巷头住过三个地方，从有长厅、里外套房，偌大的天井的独门独户，直到后来住在巷头的大杂院，幸福贫寒、温饱和谐，如影随形地送走了16790天。

焦家巷西临中山南路，东首毗连县衙、州察院前的东后街。巷尾与东后街交会处，有两个高大的石柱（原还有石鼓），那是察院衙门的遗痕，绝不是贞节牌坊的遗迹。巷子铺的砖头路面，地势并不高，但是不淹不涝，几十年来未见过一次淹水。

作为享誉全城的"焦百二巷"之一的焦家巷闻名乡里，不仅有明清、民国初年建筑风格的名居名宅，而且有一批名人、闻人，加之后来深宅大院开设的钱庄、银行、电信局、城区政府、苏北血防工作指挥部。全城小巷，有谁能与之媲美?

虽称为焦家巷，但现在没有一户姓焦的，倒是姓王的比比皆是。

传说明清两朝重臣王永吉的父亲王自学儒雅好学，乐施好善。高邮明代建的奎楼，他是倡导者、建设者之一。早年，王家家境平平，靠王自学在外坐馆为生。有一次，焦某以宴请为名，强制王自学卖其相邻的房产。王自学面对利刃，镇定淡然，嬉笑急书，将房"让"出。几年后，王永吉中了进士做了官，焦某十分惧怕，要以数倍当时"让"房的价钱酬谢王家，并要退回原房。王自学对焦某笑道，事情已经过去，他们并没有把它记在心上，让他也不要为此事疑虑惊恐。为此，焦某一直惴惴不安，后来就销声匿迹了。

传说王永吉的后裔就住在如今的"焦百二巷"，抑或前观巷，有人在旧时期还看到过相关的家谱，但至今查无实证，也只能存疑待考了。我多方打听了解过，很想能认定"王永吉故居"，为小巷增添一抹金辉。

焦家巷王姓的名人、闻人不少，最出名的应是土豪劣绅王鸿藻。他是暴发户，原拥有的田亩迅速扩至3000亩。其实这田亩数在邮城算不上"老大"，但他当过商会会长，又擅长钻营，勾结官府，包揽诉讼，民间流传"要得家私了，就怕王鸿藻"。他臭名昭著，为富不仁。1938年其弟王陶民病逝，王鸿藻以典当形式，借一百块银圆让陶民家料理后事。八年后，王鸿藻大约是被锄奸，国民党占领高邮后，为他举行了空前的出殡活动。前头是招魂幡和哀乐队，接着是飘拂的挽幛和八人抬的黑漆大棺材，后面是白色的幔帐围着家人徐徐前行，最后是各色人等的送葬队伍。前头已过了中市口，后面的人还没出焦家巷。从中山路到北市口，许多商店“奉令”设立路祭，以示“迎官柩”。

著名画家王陶民以他的高雅的艺术素养、丰硕的艺术成果和浓厚的平民情结闻名于世，享誉沪上，也得到大家汪曾祺的尊崇，相识的平头百姓无不为他的英年早逝（1938 年）扼腕叹息。1946 年国民党飞机的一次轰炸，也殃及了他的家和作品。他家院子里一株名贵的牡丹，成了他孙子辈念祖观赏之物，后来被人民公园以几百元的“大价”将其买走。想不到的是多少年后，孙女王春华成了继承祖辈事业的唯一画家，红牡丹、绿牡丹便成了得意之作。

焦家巷两边还有小巷或串户通到玉带河和百岁巷。我和金实秋君住过的 12 号便是一处。12 号房主都为同宗不同堂的王姓。拥有不少田亩的王羹臣儒生出身，信奉仁义礼智信、温良恭俭让。他有两位夫人，大夫人被孙辈称为好奶奶；另一夫人戚凤珠，心态平和，通情达理，教育有方，睦邻乡亲。他家有花园，园中土山兀立，绿树成林，翠竹环抱，亭阁挑檐，是焦家巷唯一的花园。四时八节，邻居来此玩耍小憩，有时有人从 12 号大门进，自百岁巷南门出，王家人从不嫌烦，那里成了儿时我们的乐园。

受到人们尊敬的王羹臣还有一事被人传颂。日寇占领高邮时，从高邮西门攻入，沿途烧杀掠夺。王羹臣爱国心切，冒着危险实地了解，将见闻写成一文，记录日寇屠杀史实，成为日寇侵略的罪证。年过百岁的戚凤珠曾对我们晚辈多次提及此事：千万不要忘记过去。

焦家巷 104 号也是个名宅。它的主人王引昌大学毕业，一身潇洒，气度不凡，曾是一个县太爷的干兄弟，与官府过从甚密，却从不依官仗势鱼肉百姓。1938 年他惨遭日军杀害。这晴天霹雳无情击倒了其夫人邱群英，也深深刺激、吓坏了其子王阿官。从此，王阿官变得又呆又傻，被人称为“王大呆子”。我曾与他短暂同学，见面常彼此问候。他记忆尚可，对我的许多事还记得。有一次我穿西装、打领带从他家门前过，他突然问道：“陈其昌，你又结婚了？”他说过错话，但决不说胡话、狂话、疯话。现在，邱群英已寿终正寝，其子年近八旬，在家人的呵护下延续着他的“呆子”生活。

焦家巷中向北的一条小巷中，有一座住着秦少游后裔秦璧的秦家大院。多年来，秦璧夫妇简朴节俭地生活，热心公益事业，日子都平常平淡地过去了，很大程度上是因为王氏家煊赫的现在掩盖了秦家历史上的辉煌。

焦家巷有专供早点的“天乐园”，常有士绅商贾出入，早上有“皮包水”，晚上有开“天乐园”的姚老板开设在巷头向北的“四德泉”“水包皮”。这些地方我都去过。儿时的我常由“王家油条店”的“王大和尚”带我去洗澡，几乎是全包。巷中住着更多的普通百姓，如孙家瓦匠，赵家开小店的，陈家卖洋油的，江家教私塾的。只达到温饱程度的我家无电、无自来水，是摆过香烟摊、做过保姆的小户，好在孩子们努力奋斗，决心走出新路。其中二姑娘于深夜挑灯苦读，成为邻居教育女儿的标志帜：“快起，快起，人家姐姐已读书了。”

巷内居民也有另类。一个是叫“姚疯子”的女人，一袭黑衫，腰间别着一块白手帕，或手拿着一把尺，要为人家做衣服，沿巷临街，哼歌唔唱，身后跟着伢子起哄，她也不恼。人们说她是“花疯”，她想得到她需要的爱，但是她已被爱情遗忘；她想改换门庭，但又有谁敢收留她?

此外，还有一痴人张某，生有一女，丈夫多年不知去向，生活十分拮据，也有好心的邻居接济过她。她也有生理、心理上的需求，人家劝她找个相巧的人好好过日子。她却说，她有过人之处，同人共枕，你们那个东西是：“一竿子担不到底！”人们只好说“去去去”，对她这样的“尤物”避而远之。

我 70 岁生日那天，重新漫步焦家巷，借故鉴今，多么希望当今之世少出一点焦式人物，多出一点王自学类的好人。同时，大家不改初心，与时俱进，走出焦家巷，走向大世界。包括现定居在美国、王羹臣的重孙女梁玲玲仍然记得，她成才的根仍然扎在焦家巷。回国返邮，重访旧巷，发现焦家巷及其附近市河都在变啦!

2016 年 7 月

# 心香一炷祭外婆

2016 年 5 月 30 日清晨，患失眠症的我早早起来，点燃一炷檀香插在一盆剑兰里，它的背后是当日过 100 多岁冥寿的外婆的遗像。她慈祥、温和地望着我，似乎说，当年的关爱、嘱咐没有白费，她的第一个外孙终于成人有所作为了，不像她的养子庸碌、窘困地枉过一生。

这天其实正是高邮文联成立 30 周年的日子。文联成立后，我从县委统战部助理秘书成为文联驻会副主席，一干就是 11 年。即使退休后，仍然心系文联，尽力为之效力。我对自己的能量、作为、成果有自知之明，是完全与领导栽培、同道相助分不开的。

我的外婆中年丧夫，家丁不旺，在我幼年时，她就嘱咐我：要成龙，不要成虫，要用功读书，知情达理，千万不能像“扒柴鬼子”一样虚度光阴。我六虚岁时，她力主把我送到对门印家接受启蒙，后又送到老秀才陈熙台处接受严格教育。幼时的我还听外婆讲过许多民间俗语、故事，在我心田播下了文化的种子。

外婆家还有一个叔外公於隶之国学深厚，写得一手好字；在沪上洋行做事，见过不少大世面。他不近女色，可以坐怀不乱。不长胡子的他私下对“南社”朋友说过，非不“想”一乐，实为无能也。叔外公指导我读书、习文，念叨的是：书中自有“黄金屋”“颜如玉”，博学写文，也是一技之长……

记得初二作文会考在邮中礼堂举行，我第一个交卷，名列前茅，但未夺魁。已在人民路上开小店的叔外公，先是表扬，后是批评：“在某些节段上为什么不可以写得再好一些哩！”我写过一篇《湖底的城市》，在学校壁报上连载，叔外公一针见血地指出这文中的错误。他说：“写高邮湖成城市，湖底景物重见天日，也可以有新景点缀，但是洪水来了，往哪儿流？幼稚幼稚，没有成熟啊！你可以从身边的人和事写起，要保持一颗童心的情真。”几年以后，叔外公病逝于上海。

心灵手巧却难以糊口的舅舅还送过我一本红色面子的日记本，并在上面题词：好好学习，天天向上，做一个对社会有用的人！后面钤上私章於岭。

晚年的外婆生活拮据，每况愈下，但是依然扒心割股地关爱我。1959 年冬，我因胸膜炎在“十六联医院”（即城北医院）住院治疗，她常去看我。一个雪花飘飘的上午，她送去我爱吃的肉圆。常年不知肉味的她为此要花去多日的伙食费。我请她不要再送，望着她颤巍巍的背影，我心里酸楚，想不到这是她为我最后一次做菜。

1960年春天，饥荒已经在威胁着许多百姓人家。我去看望外婆，她说没什么毛病，就是打不起精神。她说穷到吃粥都常常断顿的艰难，仍有好心人关心她：草行毛二爷不收她买引火草的钱；老邻居王家“舅母”的老公自杀多年，丢下一窝伢子有十个，自己的生活过得紧紧巴巴，还常送些食物助她充饥。外婆说，这些事我要记住，日后由我去还人家的情。这一年夏，我写了一篇文章《毕业证书和奖状》，在《江苏青年报》上发表，拿了2元稿费，全送给了外婆。我准备买点点心给她吃，她说，不行，太贵，不如把钱给她好买“计划米”。

一个秋日，我到已从东大街搬迁到大淖巷刚刚失去养子（即我的舅舅）的外婆家，她说：“天‘拿’人啦！大淖河边绝大多数人信奉社会主义是干出来的，他们凭着一双手，挺过了饥饿年代，几乎没有人饿死。”外婆叹气道：“他早走我一步了。”终于，外婆走了，走在我生日的前一天。当时，由于种种原因，我从界首返邮竟耽误了一天时间。待我赶到外婆家空徒四壁的破屋，只有王家“舅母”帮助料理后事，外婆已草草下葬了。

位于大淖巷的外婆旧居

次年清明节，我去城东北隅，即现气象局附近的乱坟茔为外婆上坟。其地，破损的棺材与芦篾卷子重叠相藉，有的尸首或白骨外露，令人毛骨悚然。我为外婆供上的点心，竟被衣衫褴褛的人塞进嘴里就吃，野狗也来与人争食。我又惊又悲，这是人间吗?

多年来，我在拙文中一直诅咒那个年代的饥馑，担心悲剧重演。近年，我突发奇想，将来会有人写下这空前绝后的人类“饥饿史”；如果外婆晚生几十年，会和如今脱贫的人一道，踏上“一个不会拉下”的小康之路，该有多好呢!

文以载道重于理，文心雕龙贵于思。我写下这篇与市文联并无直接关系的短文，旨在不忘过去，以警后人。我相信，当代的临政莅事者一定会借古鉴今，领导人民去实现伟大的梦想，开创全新的未来!

外婆的形象、为人、家风，连同她的名字於卜氏（卜世英），将永远刻在我的心碑上。

2016 年 6 月

# “老寿星”瓷碎

父亲过 90 岁生日时，友人送给他一尊“老寿星”瓷质塑像，他很高兴地收下，放在床前的灯柜上，天天与它照面、“会晤”，其潜台词是：这尊景德镇烧制的瓷像瓷质极好，造型别具，心中高兴。更令人欣慰的是，80 多岁丧偶以后，他的体质很好，无任何疾病缠身。家住三楼，上楼有时两个台阶一跨，下楼时健步如履平地。生活上饮食起居有规律有节制。有时外出溜达，步伐有力，踏地有声。小城不大，走亲访友，从不乘坐三轮车。邻人见他如此康泰自如，都说百岁可期。他待人和和蔼可亲，遇事顺其自然，家里家外，洋溢着一片和睦幸福的氛围，令人称羡。

静坐养生的父亲

父亲是乡下供销社的一名普通职工，经历过辛苦劳碌的日子。下乡当职工以前，曾干过车逻轮船码头售票员，每天来回步行 30 里，为的是将几名旅客送上轮船。在乡下工作时，多次步行 40 多里回家。退休以后，又在城里打工十多年，以资助和培育四个孙女。

晚年的父亲，热爱共产党，关心国家大事，《扬州日报》《高邮日报》政经文体等各版文章都看，为此，还买了一个放大镜，细看。有时有些中央以至县里人事变动，他比晚辈知道得更及时和全面，有些“重要”的报纸，他都收藏放在专柜。

他饮食讲究质和量，早年喜欢吃肉圆子、糯米大圆子，晚年嗜吃不减。他离世前一年冬至，援例吃了20只糯米圆子。由于家人照料得当，“早上要吃得好，中午要吃得饱，晚上要吃得少”的要求得到了很好的践行。他睡眠质量高，上床入睡很快就能进入梦乡。

父亲不抽烟，不打牌，不锻炼，不去附近蝶园广场“老人圈”唠嗑，从有收音机到拥有彩电，他一直喜欢京剧，或听或看，有时干脆闭目养神地“听京戏”。他在衣柜上贴有一纸，上书“喜听京剧，人生一乐。清心静坐，养生之道”。电视节目，不是天天都有京戏，但是，一遇到有京戏节目，他就不放过这怡情养性的好机会。由于听力下降，不管白天黑夜，都把音量开得很大，引起邻居反感，他才稍有收敛，以免扰民。

父亲90多岁到附近浴室洗澡，始终不要我伺候。我请浴室服务员多加照应，服务员叫我不要担心，老太爷的身板、手脚好得很哩。直到父亲病逝前个把月，我和家人才陪他洗过三次澡。最后一次，在浴室门口让他坐上三轮车，走完仅仅300多米的洗濯之路。

那年腊月底，父亲饮食正常。有一天晚上，他对我说，你们夜里要来望望我，似乎有一种不好的预感。2008年的大年三十，我第一次喂了他早饭，帮助他解完了大便。他突然心力衰竭，医生已无回天之力。于是，他把已经回家准备过年的晚辈一一叫至跟前，问明想问的情况，连他钟爱的曾孙女送他的一瓶麻油也提到了。到下午5点，他意识渐渐不清。春节深夜2点多，父亲寿终正寝。在整理他房间时，家人不慎，竟将老寿星瓷像碰碎了。

老人的命运就怕碰瓷，有时候转瞬之间就瓷碎了。

2016年8月

# 父亲二三事

我在《“老寿星”瓷碎》一文中，缅怀了父亲人生的最后岁月，记录了他没有丝毫痛苦地与晚辈一一话别。父亲去世十年了，他的身影依然显现在我的梦中。他为人忠厚，做事认真，长辈都说“笃源是个秦朝人（本地指诚实忠厚人）”；他一辈子基本以布业为生，经他的手丈量了数以百万米的斑斓世界，也丈量了经纬天地里他矫健的步履。

他几十年如一日恪尽职守。他 1914 年生在一个普通的家庭，无田无房，16 岁当学徒，读过几年私塾的他读书明理，要做一个诚实、对社会有用的人。他写得一手好字，曾手抄过一本《韵仙集注序》，洋洋洒洒数万字。1997 年中秋，父亲在手抄本扉页前特地书写一说明，文短，录如后：“我是 1929 年至震兴布店学业，1931 年运堤决堤，至 32 年因股东意见分歧，停业数月。我在店留守，无事可做，除翻阅身边的书籍，不忍时光白白流过，便执笔抄此书，亦有数月。现字音已不适用，仅可作为参考。1997 年中秋笃源书。”父亲虽读过“四书”，但对音韵学并无深究。经向父亲了解，抄此书的念头始于住布店水阁子（高于柜台），动笔于水退后。再追问深层次原因，他说，履职守店，消磨光阴。如今，我珍藏此书，在接触到“东董洞读、公拱共谷”之类音韵时作为参考。

以后，无论是在同和昌布店当会计、合伙开同德布店，抑或在送桥供销社卖布，以至退休后在兴建文化宫工地上当保管员，其工作可以浓缩为：恪尽职守，乐于担当。

他视亲情浓于血，尊老爱幼。从我记事起，他尊敬的长辈依次是我的祖母、我的外婆、叔外公、舅爹爹。他钟爱的晚辈是儿女、孙子辈，更疼爱的是重孙子辈。他的尊老爱幼支撑了一个幸福的家，织就了一个睦亲的网。

我的祖母待人厚道，做事勤快，绩麻线、纳鞋底、做虎鞋，女红活都能拿得出来。她生养了父亲和五个姑姑，四个姑姑因肺病去世，伤心的她迈开一双小脚操持家务。父亲尊敬她，每次离家上班，总是说：“妈妈，我上店了。”“妈妈你要的布料（或其他日用品）我下次带回来。”婆媳不睦，他两头做工作。有一天大早，他去送桥工作，祖母尚未起身，他敲敲房门说：“妈妈，我下乡了，丢 4 块钱（祖母每天早饭后要吃一个 2 分钱的黄烧饼）给你零用。”我妻子目睹此景，也学着做。待后来祖母因婆媳关系不睦住到二姑母家，妻子每次回城专程去二姑家看望，也丢 2 块钱（其时妻子工资每月七元）。

父亲敬重我的外婆，特别是饥馑年代，支持妈妈尽孝心、做实事，让外婆度过古稀之年。对叔外公更多的是敬佩其善经营、多文采，对我说过:“他的小楷你可当帖临，你的字太差。”与舅爹爹既敬又亲，即使失业在家，也常和舅爹爹吃早茶，一壶三点外加一个烫干丝，边吃边叙，其乐融融。

父亲高兴的是，将祖母宣菊龄八十大寿（九月初八）和我的长女陈庆龄（九月十四）的生日一道做，亲朋聚会，老少咸集。一株嫁接过的盆菊绽放十多种颜色、不同花形，真可谓姹紫嫣红、摇曳多姿。两个“龄”聚会一起，似乎摇响了好日子的风铃。父亲对四个孙女都爱，大孙女在宁的家去过不止一次；二孙女在苏州上大学，他前去看望，由孙女陪同饱览苏州绮丽风光。父亲最高兴的是他九十大寿，亲朋好友会聚一堂，歌声、京剧清唱不绝于耳，四个重外孙、重外孙女及表姐居怀玲的孙女欢欢、笑笑推着九层的生日蛋糕款款走向父亲，“祝你生日快乐”的歌唱声、大家击掌声交响一片，欢笑声撩拨着父亲的灼灼老人心。

父亲最疼爱的是重孙辈的四个小宝贝。在宁时，年近八旬的父亲抱着我的外孙晨晨登六楼，不慎跌倒，手抱的晨晨仍搂在怀中不松手，宁可自己跌倒，也不能伤着晨晨。在邮的我的外孙女畅畅也受到宠爱，换来的是畅畅对老太爷的敬重，她知道太爷喜欢吃麻油，就常常送一瓶麻油到太爷房间里。父亲临终前两天，一瓶麻油又放在桌上，父亲知道可是吃不到了。

他有独特有效的养生之道。我在《“老寿星”瓷碎》一文中已经提及，重复的不再赘言。我家并没有长寿的遗传基因，祖父、曾祖都是五六十岁撒手人寰，父亲为什么能活到 95 岁？那是他一辈子心态平和、动静结合。无论是顺境还是逆境，他不气不恼，随遇而安，即使失业在家，照样寝食如常。他信“活人嘴里不会长青草”，我的外婆、舅舅饿死，他对天灾、人祸颇有微词，但是他相信日子会好起来，悲剧不会重演。

父亲几十年如一日，饮食起居有规律有节制，动静结合常态化，重实效。他嗜酒不酗酒，年轻时能喝上八两（新制）到一斤，晚年依旧，只是改痛饮为小酌。他体质好，有过老年皮肤瘙痒症，无疾病缠身。在城里走亲访友、外出活动，从不坐人力车、三轮车，步履行进迅疾有力。据早年在送桥工作过的我的老领导说，别看他当售货员，每天放布、卷布、搬布，也有一定运动量呢。至于“静”，静得出奇，或睡躺椅，或坐圈椅，总是把脚跷得高高的（这不知有什么好处)，闭目养神；或用放大镜阅读报纸，或侧耳收听评话、京剧，即使有了彩电也是以听为主。他在衣柜上贴有不少座右铭,有的写着:“喜听京剧,人生一乐。清心静坐，养生之道。”父亲从除夕发病至去世，不到 18 个小时，“好好地活，快快地死”，无疾而终。这应了名老中医张德超预言。那是初秋，父亲偶有小恙，我请张医师来家为其诊治，张医师从父亲的脉象断言：快则半年，慢则一年。“老陈啊，你可别出门远行。”父亲听到此言后，脸色如常。此后，冬至照样一顿吃 20 个大圆子，登楼下楼照样健步而行。让我想不到的是，父亲说走就走，没有恐惧，没有痛苦，没有遗憾地终了一生。那是 2008 年农历正月初一,一个让家人难忘的日子。

2018 年 2 月

# 缅怀母亲

世人说到保姆，有时会勾起我对做过多年保姆的妈妈的怀念。

妈妈於玉英出身于小地主兼商人家庭，出嫁前生活在上海，青春时光荡漾富足快乐。晚年的妈妈曾向小辈显摆过，那时她身着旗袍，脚穿高跟鞋，用的是巴黎香水、双妹雪花膏，看戏、看电影，日子甜如蜜。出嫁后，於家大小姐过的是大少奶奶的生活。后来父亲失业，靠妈妈支撑起七口之家，重担落在她柔弱的肩上。

起初，妈妈靠她一双手为对门的苏北血防指挥部的年轻医护人员洗衣服，每人每月 1.5 元。平常还好，夏天奇忙无比，拎水、洗衣，到“河边口”汏衣，追着太阳晒干。一堆堆带着汗臭的衣服收回来，一件件干净平整的衣服送回去。洗衣的收入解决了家中的大部分开支，不够，就变卖家产度日。

妈妈还拎着铅皮筒卖过洋（煤）油。干这行当，穿街过巷，到园（菜园）下乡（城乡接合部），沿途还得吆喝:“卖洋油噢！”开始羞于启口，日子苦只得她叫卖。每天卖多卖少，全靠运气，从大的煤油店买进，到一家一户门口卖出，利润似针尖削铁。出门、回家时间极不固定，有时趁人家午饭时间推销，回家吃饭早一顿晚一顿，以致一度头晕心虚。有一天她关照我到隔壁天乐园买几个肉包子，分几天食用，竟然治好了“病”。一双裹过又放开的脚就这样留下艰难岁月的足迹。

后来，我家从焦家巷 12 号搬至 6 号，房主江文琴是一个塾师，对门仍是血防指挥部。妈妈在门口放张桌子，卖香烟、火柴、糖果、“荷兰水”。香烟是大前门、飞马，可以拆包零售，糖果大都是本地产的料糖做的，一分钱两颗。“荷兰水”是开水放些色素灌在大盐水瓶中，吊在井内冷透，再倒在一个个小玻璃杯里，一分钱一杯。糖果和“荷兰水”成了私塾学生的最爱。因为妈妈要当保姆，摊贩要走合作化道路，摊主转到祖母的名下。甜甜的糖果改变不了我家苦涩的生活，多彩的“荷兰水”也增添不了我家生活的色彩。

妈妈做保姆之初，心中忐忑，因为做保姆是要看主人脸色行事的。一个过去用过用人（刘二妈）和小莲子（兰英子）的妈妈迈出的第一步是沉重的、艰难的。想不到的是，妈妈做保姆都遇上了好人。

最早是在一个泰兴人陈法月家中做保姆，主要是带几个月大的孩子，回家吃饭，一个

父母晚年与孩子们的合影

月15元。当保姆时，妈妈主动帮主人做家务，洗汏缝补样样都来，双方相处和睦。大约一年多后，陈法月举家迁回泰兴，为帮助照料小孩，照看物件，她又特地送其回泰兴。返邮回家，已是深夜，大门距我们睡觉的地方甚远，妈妈敲门很久，无人开门，最后在夜行人帮助下撬开大门才得以回家。她的含辛茹苦换来我们的美梦香甜。

然后是在孙明琴、张卓民家做保姆，管吃管住，每月18元。从大儿子张瑾、二儿子张璇到三女儿张玲，一直都是妈妈做保姆。双方相处融洽，亲如一家。大人喊："陈大妈妈。"牙牙学语的伢子也叫"陈大妈妈"。直到我参加工作，妈妈才不做保姆。双方来往依然密切，张玲的对象还是妈妈介绍的。

其间，我因肺病吐血辍学，妈妈把她心爱的大床卖了183元，为我治病，使我的肺病病灶较快得以钙化。妈妈晚年小脑萎缩，1995年腊月二十四跌了一个跟头，从此卧床不起，主要是我的妻子和两个妹妹照料处理，直至次年八月初五去世。我只为妈妈买了一个成年尿不湿，那是两面是网中间放一块大浴巾的物件，其他事什么也未做。我成天忙于工作（尚未退二线），现在想想十分愧疚，这是终身无法弥补的憾事。

2018年3月

## 二姑母

我有五个姑母，其中有四个姑母（大的30岁，小的10多岁）皆因肺病去世，只有二姑母秀如在肺病棵里茁壮成长、成人、成家。她望着我长大，我目睹了她悲苦、欢欣交集的人生。

做姑娘时的二姑母一脸和善，话语不多，处事平和。家里添了弟妹，七八岁的我与她同住西厢屋。素面示人的她有一定文化，厢屋里少脂粉味，有淡淡的书香味。在那屋，我开始了读书（看画）的生涯，一部24册连环画《说岳全传》至今还在。

大姑母快30岁了，已许配了人家，病恹恹的身体导致婚期一再延迟，心情不爽，极易生气。妈妈将爸爸买回的布料浸泡后晾干，大姑母走上去将布料撕了，祖母熟视无睹。我惊愕后便直奔住在附近的二姑母家“告状”，由她出面摆平。二姑母事后在厢屋对大姑母说：“不就是一块布料吗，大哥在布店当总账会计，再买一块给大姐吧！”

几个姑母相继去世，二姑母很伤心，连悄悄话也无处说。二姑母在二十五六岁时出嫁了，姑父是开米厂的，人厚道诚实，双方婚前没什么来往。出嫁的前一天，亲戚中女眷帮她打理，不苟言笑的她终于在镜子里笑成一朵花。当晚，突然来了几位民警“查户口”，将我家亲戚带到派出所询问，然后放回。事后知道，是一个斜眼的小组长报告，陈家的亲戚复杂，得查清楚。这种扰民的做法使我对当时的民警很反感。

二姑母出嫁后，在现为盂城驿的米厂过了一段很舒心的日子。可是米厂歇业了，悲苦的生活纷至沓来。二姑母先后搬了三次家，表弟绍琪的童年、少年有母爱，少欢乐。失业在家的姑父搞过渔具，打过零工，承蒙政府关怀，被安排在送桥米厂重操旧业。按理说，生活可以改善了。但带回家的钱不多，从家里回厂还带东西（食品）走，一个三口之家生活过得紧巴巴的。

为了维持生计，二姑母做过保姆，在住的焦家巷、炼阳巷贴过草纸。做保姆是在亲戚家，女主人因经济问题坐牢，小三子没人带，二姑母去做保姆，喂饭、自己吃饭在另一亲戚家。关于工钱，二姑母先是不收，只想“混碗饭吃”。亲戚说：“你的儿子还要上学、吃饭。”二姑母收了工钱，每天晚上为儿子准备好次日中午一菜一汤的饮食。贴草纸，得看老天脸色，将一批草纸（潮湿的）一张张剥开，贴上墙，晒干或晾干。如果遇到雷暴雨就糟了。经她的手贴的草纸数以万计，收入几何，算下来一张纸不到一分钱。直到儿子有了正式工作，才不让她干这个苦差事。

二姑母住过炼阳巷，那是二姨奶奶怜悯她，将空房让她住的。其时，我的母亲与祖母不睦，父亲奈何不得，二姑母没有到我家询问母亲一句，就将祖母带回家住，一住就是两三年，直到 1975 年初夏，祖母突然发病，带着一口气才抬回到老家。二姑母难道不气吗？她为什么如此息事宁人？大概是她的品德和良知使然。

儿子结婚后，儿媳待她很孝顺，尤其是孙女陈萌十分敬爱祖母。她从扬州大学护理学本科毕业，被分配到市人民医院工作，做事认真，力求上进，通过考试被招聘至新加坡工作，又将爱人带到那里，都干得风生水起，有了两个活泼可爱的男孩。陈萌心里最惦记的是祖母的身体、生活，一再叮嘱妈妈：“你一定要及时带奶奶洗澡！”二姑母九十寿辰，陈萌带回一件棉袄送给祖母，其实，她就是祖母温暖的“小棉袄”。平常二姑母坐在窗口，看人来人往，看蓝天的云舒云卷。她也看电视，看屏幕上花开花落，看新时代的潮起潮涌。“万物静观皆自得，四时佳兴与人同。”90 多岁的二姑母于一个严寒的冬日走完了一生。

2018 年 3 月

二姑母九十寿辰

# 姨娘於凤英

姨娘於凤英1924年出生于上海。尽管外公40岁英年早逝，但是，靠拥有24亩薄田和叔外公在沪商行做事，她的童年幸福、甜蜜，她的少年依然荡漾欢乐、舒心。外婆为了押子抱养了我的舅舅，她养了12个孩子，仅存我的母亲、姨娘，能不娇惯吗？外婆家住东大街（人民路）367号，前门临大街，后门见大漳。姨娘长成一个大姑娘时，也只是帮助拣拣菜、洗洗衣，“上河边”只去街南的前河，而不去大漳河边，因为那里人杂性野。我去外婆家待过，成了姨娘的“跟屁虫”，见不到漳中沙洲芦苇吐露春芽，却可见到市井里水灵灵的菜蔬、水果和碧于天的春水滚滚东去，让我儿时对姨娘敬重不减。

姨娘读过私塾，记忆力忒强。她告诉我，她是1946年腊月十一与姨父王宾章结婚的。与常人不同的是，先在外婆家对过高丰巷新房拜堂，然后再坐花轿到城内王家拜见长辈亲戚，再回到高丰巷送入洞房，怀着对新生活的憧憬做了新娘。两年后做了妈妈，奶着儿子喜滋滋、乐呵呵的。其时，姨父是同德布店的职员，全家温饱无虞。

中华人民共和国成立初期，姨父曾与人合伙开过酱园店，姨娘顺顺畅畅地过了一段好日子。小学五年级暑假，姨娘出于对瘦弱的我的怜爱和关心，特地将我带到她家“育肥”了一个多月，照料我与照料小我八岁的姨弟王鉴一个样。至今，姨父母的温情依然难忘。对现状十分满意的姨娘曾跟我说过：“上个初中毕业，想办法同你失业的父亲开个店。”可是，过渡时期的商业政策即对小商的高税赋，彻底粉碎了经商的幻想，却圆了我读书成才的梦。

姨父开的酱园店关了，失业在家的他与姨娘养蚕，姨娘被蜈蚣螫了一口，疼了好几天。后来，姨父进入五洋糖酒合作商店，每月收入十六七元，难以糊口。为了补贴家用，姨娘这个酱园店的少奶奶干过许多行当：在城上、湖滨、汉留多家当过保姆，拎篮或挑担卖过蔬菜、家菱，也卖过茶水、粥、茶鸡蛋，穿行于大街小巷，吆喝声、脚步声叩击市井，也叩击着30多岁姨娘的心。

有一年中秋节前，姨娘下乡去收生家菱，至傍晚尚未回家，姨父不放心，踏着明亮的月光下乡接她。眼前的路，白晃晃的，姨父急匆匆往前走，白晃晃的路却是一条大河，姨父掉下了河。不谙水性的他一阵乱扑腾，抓住河边树杈，帽子、鞋子全没了。湿漉漉的他见到姨娘，仍然接过她的担子，将六七十斤的生家菱挑回家，也挑回了次日的生计。

县里兴办万头猪场，在文印厂打零活的姨娘被派驻车逻大队七队卖苦力。准军事化生活规定每早要挑几趟砖头，然后才吃早饭，一天三顿全是粥，中午四两，早晚各二两（旧制）。那粥，一吸一条沟，一吹一层浪，难以果腹，她只好求在家的儿子王鉴滈一点焦糒，他在邻人帮助下才备好焦糒，捎上一片孝心。

最让姨娘难忘的是，1955 年农历八月二十九日生下“羊扣子”，九月十八日就送给人家抱养，泪水湿衣襟，送儿碎母心。无奈呀！饥馑年代，姨娘与大家一样，饥饿吞噬着人心，她还要帮助度日如年的外婆。菲薄之力难以挽回外婆的命，外婆于 1960 年农历十月二十五日还是饿死了。

人生如戏，姨娘的人生犹如悲喜交集的连续剧。40 岁是姨娘人生的转折点。经小叔子介绍，居委会开具证明，她到高邮酒厂当临时工，洗瓶子、洗酒缸、抬瓶子、上下货，夏天事少还要洗麻袋。她踏实、勤快、不怕吃苦，大都是洗涤物品的“洗”，洗出了她人生的新蓝天，洗出了她牢靠的养老金。

随着王鉴返城、结婚，女儿王珍出嫁，孙子、外孙女问世，姨娘享受着含饴弄孙的天伦之乐。王鉴为照顾妻子的病失去了参加高考的机会，后来上了职大，实现了从一名普通的工人到一名出色设计员的华丽转身。2013 年农历十月初八是姨娘九十寿辰，寿宴上，王鉴致辞，不忘母爱，诉说衷肠，已经驼背的姨娘满脸是笑，接受大家祝寿。平时都很孝顺的晚辈围着老寿星，全家福温馨、和谐。

晚年的姨娘无慢性病，吃睡正常。2015 年农历四月二十三日，姨娘无疾而终，走完了 92 个春秋。昔日的苦日子压弯了她的腰，新时代的好日子支撑了她的脊梁。她那驼背的身影还常出现在我的梦中。

2018 年 3 月

# 舅舅"龟"

民间有一个顺口溜:"舅舅龟，爬草堆。生鳖蛋，抱乌龟。大龟抱得九十九，小龟抱得几笆斗。"儿时不解其意，如今硬要作出诠释，大概与繁衍生息有点关系，只是有些夸张。作为旧时代的家族，也希望香火绵延、人丁兴旺。我的外婆和叔外公就持有这种理念。外婆结婚后，生二男一女，均不存，才抱养了舅舅於岭。舅舅从小受到老太太溺爱，什么都依着他，希望靠他"押子"，外婆能生出胖小子、巧姑娘。直至外公 40 岁去世，外婆生了十二个，只存母亲和姨娘。叔外公不同意抱养舅舅，一直不喜欢他，自於家老太太去世，叔外公就不让他进门，从未与他同桌吃饭。大概我五六岁的时候，舅舅把我送至外婆家门口就走了，叔外公有点诧异:"你一个人从城里跑来的吗？真能干！"外婆心里有数。

听妈妈说过，抗战初到外婆的乡下佃户刘二、刘三家躲兵荒，佃户曾经给舅舅介绍东庄一个姑娘，外婆愿以五亩田作为聘礼，然后将乡下姑娘娶到城里去，这种"糠箩跳到米箩"的事未谈成。不长胡子的叔外公长叹一声，於家的香火到舅舅身上要中断了。

长辈说，舅舅并不笨，有一些小聪明，学习无长进，做事无恒心，自幼养成了一种"拨拉也不动"的惰性，老实、无用了一辈子。小时候我不听话或者有些事做不好，妈妈就会说:"你不学好，长大了就像你舅舅。"他成了我的镜子。他到外地皮鞋厂当学徒，专门负责处理边角料，皮鞋怎么做，他一窍不通。回到高邮中市口天章纸店（兼作小印刷厂）做职工，能把规定用的色纸用错了，并不色盲的他竟然这样色彩不分，姹紫嫣红的世界在他脑子里是混沌一片。

中华人民共和国成立了，外婆住在人民路 367 号王三太爷院子里，风光依旧。仲秋的野菊、盆菊，在风清气朗中摇曳生辉；数九的蜡梅，在开门就是大淖的后院子里暗香浮动。后来，随着叔外公在沪逝世，舅舅自由了，他可以住回家了。对舅舅，我自幼就有好感，甚至敬重他。他在扎花灯、糊风筝、制作玻璃的金蛉盒子等方面心灵手巧，给儿时的我带来许多乐趣。高邮烈士纪念塔甫成，他就制作了一个酷似烈士纪念塔的玻璃金蛉盒子，放在我家学桌上，惹得许多同学眼馋得很。大淖放荷花灯，他用木板作底，以油纸作托，上放一朵可以点蜡烛的荷花灯，放进大淖，荷花灯亮亮的、飘飘的，一直飘荡在我的心头。

更难忘的是，他作为翻身的职工被安排在苏北血防指挥部当公勤员的那段日子。他看门、扫地、送文件、收发信、烧开水和洗用水，工作虽繁杂但干得顺心，他和外婆也可以得温饱。那是他一生中最璀璨的时光，也是对我身心健康最关心的日子。其时，我家在焦家巷12号，与他工作单位对门。父亲失业，全家生活无着。旧时代的大少奶奶妈妈为血防部门年轻的单身汉和大姑娘洗衣服，外衣、内衣都洗，每人每月1.5元，洗两个人的衣服就可以维持一个人基本生活。其时，舅舅帮助去收，到了夏天，每天都洗，一堆又一堆满是汗臭和青春体味的贴身衣服由舅舅送来，他不嫌不怨，表现出一个年过不惑的光棍特有的乐意和勤快，极大地方便了他"大妹妹"的劳作。除此，他见到我家清汤寡水的生活，常用一个大瓷缸带一些残汤剩菜给我吃，为瘦弱矮小的我"育肥"。那个大瓷缸我一直用到去农中工作。生活上的关心孪生着精神上的鼓励。他送给我一本名为"学习"的红色日记本，在扉页上舅舅题写道："好好学习，天天向上，做一个对社会有用的人。"并加盖了他的私章。这日记本我珍藏至今。

当第一个五年计划如火如荼进行的时候，也是瞩望我成为"有用人才"的时候，舅舅却被血防部门辞退了。据妈妈后来告诉我，那是因为他工作极不负责任，比如嫌每天烧洗脚水（洗澡水）多，太烦，就在水里放许多盐，惹得晚上用水的同志尤其是女同志怨声盈室，洗过反而觉得洗过的地方不清爽，说他懒得没有德行。当时在该部门做文书的吴伯颜后来告诉我："无用，可悲也夫！"从此，人到中年的舅舅再也没有相对固定的职业了。他卖了两个木箱做本钱，沿街叫卖香烟、火柴、蜡烛、糖果，可是他的苦涩的生命因无法得到补给继续燃烧而过早成为风中残烛；他也干过纸扎一类的活儿，但是纸已无法糊贴他人生的四壁。

大概就在舅舅失业的次年，失业在家的父亲被安排到送桥供销社布柜当售货员，母亲做保姆（直到我开始工作），我家生活有了改善，母亲给外婆一些菲薄的补贴，真不知道外婆与舅舅是怎么过的。1959年我调到界首农中工作，假期也去看望过他们，一次丢下2块钱（其时月工资24元）。1960年暑假，我去外婆家丢下2块钱，又带去几个学校长的番瓜，他们满意地笑了，那是因为又可糊口几天，想不到那是我与舅舅、外婆最后的见面。

妈妈告诉我，大半辈子恪守公德、不近女色的舅舅在前几年曾有过越轨（未遂）行为，舅舅大白天到一个相熟的大淖人家，向一个寡妇求爱，被人家骂得狗血喷头。外婆连忙上门打招呼，让人家不要捅出去。还好，四邻不知晓。对门的刘正汉80多岁，对我说："於岭老实可怜，不偷，不拿，不抢（食品）。"他见到人家吃包子虽眼馋，但只是木讷地望望，然后转身回家。

舅舅是1960年农历九月初九饿死的，距离他九月二十日的50岁生日只差11天。他生前将家里能变卖的都卖了，能烧的也烧了。外婆家那多宝架的书橱不知是卖了还是烧了。舅舅的后事是街道上处理的,我在乡下未得知消息。直到一个多月后的10月25日外婆去世，我赶到城上，外婆已下葬。饿死人已是当时的常态。

八年前的九月初九，我曾又去大淖河边，依然是云卷云舒的蓝天，浓浓淡淡的绿晕，不疾不徐的金风，只是旧貌换新颜，我与带有新时代印记的大淖有了新的对话。

2017年12月

# 我的表叔

我的表叔实在多，那是因为我的舅奶奶、姑奶奶、姨奶奶多呗。忆及他们的人生历程，大都是在旧社会刚刚成年，党培养他们走上各自工作岗位，成为行家里手；60多年来一直听党话、跟党走，党叫干啥就干啥，即使有的表叔受过迫害，坐过牢（后平反），依然不忘初心，应和时代的节拍，踏歌而行。他们都是高龄，去世时都在90岁以上。回眸他们对我的关怀、呵护、引领，各有千秋。年届八旬的我，每每想起往事，总是历历在目，心旌摇曳。在此仅说说同我交往较多的表叔们的二三事，正是那些平凡小事，摇曳在我的春夏秋冬。

小姑奶奶家表叔刘德厚，他是民国以来全县最大百货商店刘盛元广货店的小老板，生活在蜜罐子里，无忧无虑。其父刘子梅更是以"十赌十输"扬名远近，一些赌徒说："要用钱，找四爷（刘子梅排行老四）。"即约刘子梅赌钱，刘一喊就到，就这样输掉了半爿百货店。刘家旧习被颠覆后，德厚表叔获得了新生，娶了大家闺秀刘传英。有个名人为其撰书一副嵌名联："德望永谊夸厚福，传名谁不羡英姿。"此联成了德厚夫妇为人处事的生动写照。可不是，德厚表叔无论是在粮站做临时工，或者是在治淮工程、水利局当会计，工作认真、板扎，从未发生一次错账。"文革中"，他被批斗过，下放劳动，也不违拗；政府招他到工程当会计，他欣喜若狂，实现了一个从小老板到公务员的华丽转身。从此，工作之余，唱京剧，跳交际舞，成天乐呵呵的。我参加了他70岁寿宴，他领着家人上台唱歌跳舞，全家人都身着艳丽的羊毛衫，让人羡煞。他对子女的教育是重视的，大儿子泉生下放农村，1978年考上了河海大学，望着这个30岁的儿子，他哭了。泉生不解："南京又不远，哭啥？"德厚表叔说："你是刘家第一个大学生，我高兴得流泪。"他晚年中风，得到了照顾，90多岁辞世。我自少年起，在刘家吃住过，工作也多次领教他的教诲，他说做人还是本分一点好。

在刘盛元广货店当职员的二姑奶奶家表叔蒋本荣，他家与我家近在咫尺，带着他大儿子和我到四德泉洗澡，我爸却从未有过。"困难时期"，我在界首农中工作，本荣表叔在老人桥供销点当负责人，有次托人带口信叫我去一下。去了，才知道，是他约消瘦的我去吃一顿"油煮饭"，让我美美地进入梦乡。一顿饭令我记住一辈子。

二姨奶奶家88岁的表叔张本庞是很有才气和骨气的中国知识分子，对我的关怀影响大矣。他钟情建筑设计，“地球雕刻家”一说早已印在我的心扉上和我的作文中。那是我上高邮中学高一的时候，多次收到他从北京中国第一设计院寄来的信，得知24岁的他跟随苏联和中国的建筑专家开始设计生涯，了解他学习勤奋、刻苦钻研，对专家的讲解一时不懂，就夜以继日地思考、反刍，直到悟出其中的奥妙。我据此写了《我的表叔张本庞》的作文，大概是表达了真情实感，被老师作为范文在课堂上评讲。我静听着，心花绽放。我知道他的第一学历是中专，毕业后北上沈阳，曾遭到其母的极力反对，这个独子动摇过，向母校领导诉说苦衷。校长严肃指出：“你的前程不可限量，别人想去还去不了，听党的话，沿着这条路走下去。”

从此，他投入军工企业的建筑事业，处处求真知，扑下身子干。辗转九省近20个企业。他的脚前是一片旷野，甚至是一片荒凉坎坷，而脚后是一片繁华，更是一片欢乐温馨。他主持设计的无锡721工厂，有近十万平方米。该厂是为海军制造尖端设备的，也是他自认为最得意的工程。工厂建成投产，他喜形于色，好像伫立在海军码头，在舔着大海的波涛。

他在华东电子管厂退休后，迎来了人生第二春，被多家国企聘为高管。此时的他有才干，有经验，有底气，为专业上的事可以同外国老总商量、叫板。他的丈人是老吉升老板孙云赓。倘若他不走出高邮，充其量是一个小城技术员或小老板。春节前，他偕夫人孙允率子重返故乡，感叹高邮的可喜变化，也期待明天更美好。

比本庞表叔小一岁的宣康年，是舅奶奶家的三儿子。我的长女小时候问过他：“听奶奶说，‘三爹爹’叫‘三猴子’，为什么这样叫？”康年表叔对孙辈这样“胆大”的问话并不责怪，坦言道：“顽皮吧！”小时候的顽皮常常孪生聪明；长大后，往往衍化为精明、精细、精致。康年表叔就是这样杰出的人物。他在邮从事的是文教工作，许多人都熟悉他。他起步卸甲小学，转瞬几年，便成了八桥区中心小学校长、高邮县水产学校教导主任（校长是县里副县长兼）。力求上进的他响亮提出：“为水乡培养技术人才，办学、食宿不要政府一分钱。”他说到做到，为此，出席了全国水产会议，开阔了视野，知道了外面世界有多精彩。他参与创建了少年扬剧团，是第一任团长，做过越剧团指导员，事业干得红红火火，越剧团唱遍了沪宁线直至武汉，经济、社会效益双丰收。

从“文革”前到八十年代，他任沿运学区辅导员。“文革”中，他多次规劝我：“远离派性，逍遥自在。”因此，我也平安无事。后来，为照顾家庭，他主动要求到人民剧场工作。是他，将一个已是危房的剧场改造成为多功能（演戏、舞厅、大屏幕录像）、为多层次群众服务的娱乐中心。其资金是多方面筹集的。该剧场连续三届被评为“省明星剧场”，从不拍马、不送礼、不收礼的他成为省先进个人。可谓干一行，爱一行，成一行。他的老家就在北门城外，面对城墙，家中宽敞，东边有一个小花园，有青竹、蜡梅、紫藤、月季等等，四季常青，姹紫嫣红。想到它就想起“一庭春雨，满架秋风”。年迈的父亲跨进宣家大门，前后转悠，说：“找到了外婆家的感觉。”

我当然不会忘记五姑奶奶家的 88 岁表叔从耀祖。尽管他的父亲因历史问题被人民政府镇压，但是他仍然像在无锡国立专科学校读书时一样，心向共产党，以扭秧歌形式迎接中华人民共和国成立。他在江宁做教师，言行举止中规中矩。可是在那个时代，他却蒙受了不白之冤，被送到农场劳改，后回到从姓聚居的平胜公社劳动。他种棉花，精心呵护，随遇而安的他心地像棉絮一样纯洁，取得了一年又一年丰收。后来，上级领导认为屈才，将他调至平胜中学教语文，因文学功底深厚，教课得心应手。我及父母一直厚待他，与他热线联系，我还专程到他现在成家的汉留姜家村，由我在无锡电视台工作的二女婿拍录像，并在无锡台播出。一个 80 多岁的老汉扭秧歌的形象就活跃在屏幕上，定格在我们心中。春节前，我与他通电话，他说现在已经进入习近平新时代，什么都好，就是有一点不好。我心里咯噔一下。他说，他早生了几十年，再晚一点生，那就可以看到中国梦是怎样实现的。

旧称：“一代亲，二代表，三代了。”我们可不同，三代、四代还热乎着哩。这可应和了汪曾祺的诗：“开口谈宗族，五服情谊深。”

2018 年 3 月

# 岳丈居乃勋

我的丈人居乃勋是普通的小学教师，为人诚实厚道，教学认真负责。据他的学生、县法院夏副院长介绍：“你的丈人在农村小学教一年级至三年级的复式班，一人一个校，校长带教工，可他坚持有教无类，对每一个学生都负责，不易啊！”

我知道此言不虚。岳丈1946年即当教师，从教40多年，一直在周山、界首的单班学校调来调去，哪里需要去哪里，一切听从领导安排。他认为能有一个正式工作就满足了。从外地师范毕业回来，正值抗日战争时期，他无教师可做，为了生计，打过临工，做过学徒，加之家境贫寒，生怕失业。

岳丈自小失去双亲，是他的外婆把他及其姊拉扯长大成人。我的岳母离开双亲也早，其兄离家出走，她是靠自己做针线活及邻友帮忙维持生活。他们俩结婚的时候，男方无力办酒，女方也无钱陪嫁，结婚时大床没有木板，是用葵花秸子拼成的，真是穷得叮当响。直到岳丈做了教师，岳母替人家洗衣服，才有了稳定的粗茶淡饭的生活，但常年不知肉味。过春节的时候，有亲戚送岳丈半个咸猪头，他高兴极了。

干一行，爱一行，精一行，是他做人的准则，他每到一处教学，总是要搞好教学环境，加强与家长交流沟通。因人施教，有的放矢，效果蛮好。他有个姓施的学生告诉我，居老师不搞花架子，没有人来检查与有人来检查一个样。居老师过去不会汉语拼音，就从头学起，清晨、傍晚，乡亲常听到他学习汉语拼音的声音，声声入耳，不知情的人还以为他为什么事着魔了。

生活上苦一点，工作上累一点，都算不了什么。唯独多次政治运动对他的冲击让他难以忍受，苦不堪言。上世纪五十年代，全镇学校领导说他加入过三青团，有历史问题。“困难时期”，他在不影响学校环境的情况下种点蔬菜，以补粮食不足，学校领导说，社员都要砍自留地，他竟然在学校里搞，让他把菜都铲了。

改革开放后，他到文化站管理过图书，到文教局争取到一批购书经费，为文化站充实了一批新书，吸引了不少读者。晚年他得了老年痴呆症，得到了交警、医生等人的关顾，也享受到人间的温暖。

早年，我做教师时，他送给我一套《康熙字典》，另一本是竖排版的《文章选讲》。那是对古今名篇的解读，从解题、时代背景、中心思想，到学习方法、注释，应有尽有。他对我说：“做教师的要好好运用工具书，不能将错的知识传给学生。”

1991 年 12 月一个冬日，他已病危。我因有患肺癌嫌疑要去宁检查，他得知后说：“你们放心去吧！”冬至前一天，我身体检查结果出来，一切正常。这时却接到高邮传来的噩耗，岳丈不幸去世了，走完了 76 年人生。我认为，岳丈是愿意有所作为，也能够有所作为的，但是社会、家庭多种因素制约，注定了他的一生是饱含苦味的平庸一生。

2017 年 12 月

# 婆媳的心结

婆媳在一起各有心结，是常有的事。我们夫妇年轻的时候，却没有这样的感觉和体验，因为都在农村学校工作，我做农中教师，我的妻子继蕙做民办教师，两人的工资加起来50元。我们有四个女儿，有三个在城里老家生活，每月只带8至10元回家，孩子的生活费用全由我的父母承担。只是到了春节的时候，我们带些鱼肉、大米、粉丝、黄豆等等回家，再为孩子们做一件新衣，和和气气过春节，唱罢莲花又一年。其时，生活拮据，却其乐融融。婆媳之间压根儿没有心结，更没有纠结。

四个孩子的童年

八十年代，我们调至城里工作，我在机关供职，妻子在粮食部门干事。我母亲岁数大了，里里外外全由妻子当“一把手”，全家依然尊老爱幼，和睦相处，生活惬意。

想不到政府分房一事，却引起了家中纠葛。分到的新房有朝南三个居室，中间一个略微小点，又通阳台，我们想将此间给父母住，四个女儿（大女儿已开始工作）住大一点一间。开始是“打肚皮官司”，后来父亲将原住房院子里的月季花拔了，表示反对。72岁体质不好的老母亲步行15里，到一个亲友家诉说不平。对此，我们夫妇赶至那里，表示将大一点房间让父母亲住，把她高高兴兴地接回家，全家喜气洋洋地搬进了70多平方米的新家。

随着母亲渐老，体质大不如从前。家里烧饭做菜是用的一个煤炉。有时我的妻子到外地采购或下乡工作，就由留在本城工作的三女儿顶替料理，全然不要母亲操心和动手，母亲的厨艺已传承给了晚辈。大女儿、三女儿在医院工作，常常陪祖母看病体检，尽心照料。当时母亲患有胃下垂、关节炎，只要不发作，家里相安无事。外出工作、上学的孙女对我的母亲嘘寒问暖，带点特产让她品尝，她分外高兴。母亲80岁寿辰，亲友为她祝寿，6岁的重孙自发地给太太磕头。我的母亲深切地体会到天伦之乐的怡情和况味。

三年后，风云突变。经检查，母亲得了严重的小脑萎缩症，行动不灵，步履蹒跚。当年年底，她卧床不起。开始，仍可以在床边痰盂解决大小便；后来，大小便完全失禁，就用塑料布、大浴巾垫在身体下面。我的妻子下班回来第一件事就是为母亲洗换垫身之物，有时还为她洗去身上、手上的大便。这时候，母亲还能吃，只要我的妻子用勺子把饭送到她的嘴边，她张嘴就吃，一顿一小碗饭，外加汤汤水水。再后来，母亲病情每况愈下，我的两个妹妹也常来为她换洗，但已无法阻止母亲身上的褥疮多处发生、扩散。

母亲在她已不太能说话的时候，将我的妻子叫到床边："我们这辈子的恩恩怨怨就要完了……"我的妻子说："我们的孩子都是爷爷奶奶帮助抚养，才长大成人的，这个恩情我应该要报，我想妈妈怨恨的是我没有生一个儿子。"她点点头。爸爸说，男女都一样！

这是婆媳解开心结的一次坦诚对话。

扶老携幼，代代相传。亲友常夸，我的四个女儿继承了和煦的家风和我的妻子持家的秉性，她们在各自的家庭中也成了亲友们常常夸赞的好媳妇。

2016 年 12 月

# 其贤"嫌"弟

早年，我有兄弟六个，竟有五个夭折，其中最大的是7岁的其贤。他随我一道受启蒙老师陈熙台教育，一道跟我玩耍，我俩相处尚好。他单纯、幼稚，最大的特点是诚实，从不说假话，也不会说"善意的谎言"，这就给我们相处带来一些犯嫌的事。

过元宵节，伢子要拖兔子灯，也衍生了那时的一种恶作剧，"吃兔子肉"，即用砖头和瓦片砸兔子灯。干这事以砸中为快，砸了就溜。我与其贤也曾随大伢子跑，我也砸过瓦片，可是不中。事后有人上门责问，其贤说："哥哥砸的，我没砸。"我觉得自己没砸中，属于未遂。你其贤不说，不就没事了吗？

我的童年

当时，砸钱堆是一种带有输赢的游戏，可用铜钱或用十文的铜板，当时铜板还可以用来买油条烧饼。家里许多抽屉放有铜板，我就拿着家里铜板去砸钱堆。（在一块砖头上各人放相等的铜板，人距此约3米处，用铜板将砸下的铜板归己），我是十砸九输。日子长了，家长发现铜板少了很多，查问此事。其贤如实说了。母亲并未多责怪，只说下不为例。其贤你说个谎不就行了？

受到母亲责怪的是我乱爬卡车。车停在焦家巷，我爬上去。其贤喊："哥哥快下来，车子要开了。"果然，卡车出巷头折向南驶去，我也急了，猛敲汽车顶板。司机将车子停了，骂了我两句，"快滚！"我连忙下车回家，其贤早已报告家长。全家人都急，母亲严厉训斥我："车子把你带走怎么办？罚站想想。"这是我唯一的"面壁反省"。其贤啊，你是好心，你瞒一次我就不会罚站了。

儿时，还玩过"过家家"游戏，八九岁的男女伢子在大小孩高淼、吴古泉的"导演"下装成夫妻。其贤回家也说了，家长知道是游戏，也没说什么。其贤说："他们几个男伢子还当着女伢子面，进行尿尿比赛，看谁的尿尿得最高。"母亲冷气作不得热气："多少游戏不玩，搞这种不雅的玩意儿。"要是其贤不回家如实报告，我也不会挨批。你说，弟弟犯嫌不犯嫌？

1948年，大概我10岁的时候，母亲已有了3岁的大女儿其秀。我和其贤还有二姑母住厢屋。我先得“痧子”，服药，吃水果。水果有橘子、梨子。我听说梨子不能分吃，“分梨分离”，我好心将梨子削好，递给其贤吃。这一下坏了。我的“痧子”好了，其贤却感染了此病，来势凶猛，并发肺炎，尽管用了西药盘尼西林，又服中药，但终究没有保住弟弟的性命。我记得是用一个小棺材送他上路的。这伤弟之痛，令我刻骨铭记。是我与他没隔离，才造成永久的分离。想想过去他的“犯嫌”，其实是一种童真的自然彰显。

母亲曾请人算过命，我属兔，是铁爪子兔子，下面存不住弟弟。在我年届八十之际，我不信算命，却反省我因为是独子，滋长了我的坏脾气。

2018年3月

# 启蒙老师陈熙台

62年前，我在老秀才陈熙台家里读私塾。入学时，我和弟弟在挂着“天地国亲师”中堂下的孔子牌位前行跪拜礼，亦向老师叩首。

陈熙台是高邮清末最后的三秀才之一，德才兼备，为师严格，心地善良。每天上午因人而异授课，下午习字，放学前背书，一周一次作文，当面批改。我当时正读《弟子规》《千字文》，先行入学的王勃等人已授《论语》《诗经》。陈老师教《千字文》时是边读边讲，而教《弟子规》只领读而不讲解，对已学过的部分，他只读“《弟子规》，圣人训”。我们要齐声朗读：“首孝悌……则学文。”有的并不解其意，但要求对学过的要背得滚瓜烂熟。他有一个戒方，用以“打手心”，由于教授得法，极少用过。

我印象深的是祭孔。陈老师领着我们跪在孔圣人像前，他声音洪亮、抑扬顿挫地读祭文。事后还剖析讲解，每年祭文不同样。我们暗地里佩服他才学出众。他要求我们，讲究礼仪，并身体力行。炎热的夏日，他穿一件布质短袖对襟衫，有学生在从不打赤膊，宁可热得难熬，也不能有辱斯文。在他那儿上私塾，并不枯燥。他讲秦少游、王念孙、王引之的刻苦攻读事迹，也讲有关民间传说。他说王念孙到一个庙里走走，住持不认识他，便说：“坐，茶。”后来看他器宇不凡，又说：“请坐，泡茶。”当得知来者是王念孙后，立即改口：“请上坐，泡好茶。”住持请王念孙赐墨宝，王念孙挥毫写下一副对联：“坐、请坐、请上坐；茶、泡茶、泡好茶。”从此这对联便成了传说。

陈老师二进屋北有一个不小的院子，有一架葡萄，还有月季、凤仙、海棠、菊花。那里是我们游玩的天地，滚铁环，过家家，隔房子，学长陈念孙（即他的长孙）还可以放风筝。院北有一小门，临近市河。为了安全，学生不得出北门。待到葡萄熟了，没有一个私下去摘，而是由师娘陈吴氏摘下来让学生分享。每逢清明节、端午节、中秋节、重阳节，60多岁长得胖胖的陈老师带我们外出游玩。走过察院桥去奎楼的路上，他还吟诵邮人写的竹枝词“稻花香处东南角，察院桥过半是田”。

在陈老师私塾读了两年多，因为他不教算术，我就转到现第一小学三年级插班。陈老师的严教和呵护启蒙了我的文化，也开启了我的心智。最近，他的长孙陈念孙谈及其祖父，亦充满敬重之情。他说他家是个书香世家，也是个殷实人家，让他想不到的是过去祖父洗澡用过的水，又让祖母洗澡用。陈念孙说，此种“节省”全城罕有，但是陈家一直过着粗茶淡饭的生活。1953 年一个冬日，陈老师因中风走完 73 年的岁月。

如果说，重文轻理的我能用文章垒起人生的高度，那么，我不会忘记在私塾夯实的根基厚土。

2017 年 6 月

# 金成梁老师现象

金成梁老师从教58年，始于高邮中学1955至1958年首届高中班。学子有幸师从金老师。恩师几十年来，在我们心中凝结为一根永恒“成梁”的标杆。在庆贺金成梁老师八十寿辰之际，笔者伫立师门，敬写一文，以表心意，以谢师恩。

## 成梁年轮

时代的风雨改写凡人的人生，小城的春光重播成梁的清芬。58年育人生涯，镌刻着成梁老师“教学、人品、参政三者同条共贯”的年轮。他的航空梦，早已梦断金陵；他的为师梦，梦圆小城铸春。他的为师为文，像水一样的清纯，像水一样的浸润。他的为品为人，像松一样苍翠，像松一样情深。他身体力行，辛勤耕耘，以职守为半径尽智画圆，以爱生为底色妙笔传神，他的年轮支撑着大树与乡贤比肩，他乐于传承美好人生多彩的范本。

大树年轮向世人重申：是众多师长践行指针，才铸就了一代又一代新人。

## 成梁传业

古城竞奏捷，嘉树喜成列。传薪光潜德，育人铸伟业。他踏着“又红又专”的旋律融进小城平畴绿野。成梁老师的汗水心血，连同他的严细实深的教学风格，以及最初“我就是金成梁”的让人惊鸿一瞥，鸣奏的是一部为师有约、践行无界、挹往扬今、亲切和谐的交响乐。传承的是自强自觉、冰清玉洁；传唱的是启迪箴诫、激励喜悦；传扬的是培养具有中国灵魂与世界视野的人杰。他的每一个学生，都是他曾经呵护过的每一片绿叶。那些守望家园和香飘万里、麟翔九重的同学不负“成梁道”，不负云和月，正竞显风流，把“中国人”大书特写。

## 成梁华章

58年金风送爽，58年丹桂飘香。成梁老师始终焕发着青春的容光，依然挺立着育才的脊梁。最光彩照人的，莫过他的58年大书特书的华章。从译作到论文，从专著到教材，从经验到科研，那求是导学理念，装点起校园的繁华，增添多少神奇的灵光；那躬身力行的风范和缜密严谨的文才，更是带领同人与学子去发掘精神的富矿与专业的宝藏。最让人称羡的一位小城中学与师范的师长，有谁来与其比高低、论短长？！这就是他过人的豪放，豪就豪个异世脱俗，放就放个淋漓酣畅。在四面八方，在百里长湖，曾荡起教与学、讲与写的双桨，至今依然听见传承的回声与拓进的大潮交相混响。

## 成梁能量

水花在运河里跳荡，春花在人心中开放。花是领异标新二月花，曾绽开在邮中校园的土壤。果是金秋十月丰收果，皆结实于神州的四面八方。成梁老师把“知识就是力量”的种子，播进文化古城高邮——他的第二故乡，用数学兴趣小组激起学子对“数学王国”的神往，别出心裁地奏起玄妙的乐章，让传统的精华与前卫的理念走进学子封闭的视野与心窗。于是，学子们展开金色的翅膀，在数学经纬天地里漫游、翱翔。掘开甘雨泉，青春多滋养。从小定八十，积聚正能量。当年莺飞草长的翠绿希望，终于圆就了学子成长成才成梁的梦想，也练就了后昆人生四季常青的芬芳和感谢师恩的思绪绵长。

## 成梁人生

放飞梦想，描绘人生。仁者爱人，克己厚生。“己欲立而立人，己欲达而达人”的憧憬，早已叠印在他的道德人生与风雨人生。从三尺讲台扬名，到著作等身的多赢；从陋室日夜蓄能，到事业的大功告成，都凝聚着为师的心智、事业和承前传后的文明，也都包含着他生活俭朴的矢志笃行，还练就着他年复一年锻炼体魄的身影和胸襟开阔的心灵。他能在艰辛和苦涩中安身立命，一直对着终极目标和人生畅想而奋然前行。千里之行，始于足下。万里之“跑”，成了风景。成梁人生，不仅在于他的名字大名鼎鼎，而且在于他的辉煌轨迹始终依附着立志成梁者的背影，充盈着世纪育人、导学引领的风情。

## 成梁爱心

桃李茂盛，道德方正。大爱无疆，润物无声。对教育事业无限忠诚，对莘莘学子满腔热忱。真正的仁爱点亮学子心中的明灯，不懈的攀登激励小城春秋的后生。从甘雨园起步，一路关怀，一路龙腾；频送小温，苦练功成。爱在身正为范时，爱在三言两语中。一本俄汉字典，一次襄助照应，一个填饥馒头，一次轨迹校正，都在彰显师恩的永恒，都在进行文明的传承。

那学子的多彩画屏，抑或是风雨人生，都会感悟到是成梁老师正德厚生的风铃，召唤着一茬又一茬、一代又一代人前行，去圆就“中国梦”的梦境。

## 成梁正气

成梁老师的魅力来自他的学而不厌、诲人不倦、独领风骚的坚定步履，也源自他的一颗赤诚的心和没有一丝媚骨的一身正气。他在小城中学、师范里用多彩岁月和生花妙笔，书写了一个个教坛奇迹，引导学子去迎接明天朝阳的迤逦和人生佳期。即使在动乱岁月他的命运多舛，他依然一身正气、抖擞英姿、正直做人、乐于善举，去迎接艳阳天的晨曦。风雨过后，他依然故我，热心于知识接力，热衷于爱心传递，热情于参政议事。他无怨无悔、尽心尽责地对学子播洒无声好雨，以独步一时的毅力、精力、功力书写小城新局和凡人史诗，装点富裕、和谐、幸福的盛世。

## 成梁效应

金老师的授业与解惑、教诲与劝勉，让莘莘学子长久地感受与体验。那“飞机楼”陋室里的心智、才干、汗水的彰显，只是育人华章的一个个标点，演绎并延伸着学子事业的璀璨和人生的诗篇。人生追求永远是一种态度，一种情趣，一种况味。信奉师恩大爱，秉承执志笃行的人们心中，永远树立一根标杆，成人成梁，为点为范：借得东风猛着鞭，不断进击尽开颜。内修外炼则形神兼备，独辟蹊径则事业宏远，共同铸造“人”的风度翩翩，在各自岗位托起属于我们的一方蓝天。

2013 年 5 月

# 恩师刘子平

1997年教师节后的一个秋日，邮中从58届高中毕业生开始的若干届学生，欢聚秦谷大厦宴会厅，自发地为刘子平老师80华诞祝寿，隆重、热烈、亲切、欢快的气氛洋溢在一张张笑脸上，也沁入刘老师的心扉：为师幸福啊！由于自发祝寿（各人出份子钱）的学生多，祝寿会分两次举行。在邮中如此为老师祝寿，刘老师是第一人。曹耀琴和笔者都是58届的，都是发起人。多年来，我们脑海里都浮现着刘老师强者、严师的形象。背后称刘老师为“h”先生，那是因为刘老师严重跛足，上课时总是靠单腿站立，另一条腿直垂，脚从左向右移动，常反复多次，偶尔用另一只脚在地上“踮”一下。数以万计的课就是这样上的。“h”先生已成为强者自强不息的特有符号。今年正值他百年冥寿，每每忆及刘老师为人为教的往事，真是百感交集。

学生皆知，他自学成才，刻苦勤奋，教学得法，有口皆碑。梳理他的人生轨迹发现，他十七岁以优异成绩考上镇江师专（相当中师），学习不到两年始终是佼佼者。可是一场灾难突然而至，他患了骨结核，只好回邮治病，想不到这病愈发严重，竟毁了他的左腿，从此只能跛行。此后，他在家自学，博览群书，文理皆学，刻苦攻读。后开始从教。他先

与刘子平、张养真夫妇合影

是在家授课，到小学代课，后来正式成为教员。仅仅四五年工夫，20多岁的他被聘为县立中学的教员，讲授数学、物理。有的后来成为专家、学者、将军的学生，与他年龄相差不大，诸如周尔鎏将军、天津大学原副校长张国政都依稀记得，这位学历不高的刘老师为莘莘学子做出了为人为学的榜样。以“教不严，师之惰”为座右铭的刘老师一直不忘初心，敬业尽责，桃李满天下。

对待学生，他坚持有教无类，全面关心，呵护成长，感人至深。学生家庭出身不同，他不论贵贱；学生学习态度有异，他因人施教。一些出身于邮城几大家族的子弟玩世不恭、学习懈怠，刘老师从严要求，督促不懈，终使这些子弟成人成才，有的名扬全国。有些学生家境一般，成日调皮，刘老师与他交友，同他谈心，促其回归正路。曾是调皮大王的“小黑子”成了教授。对学生中的生活困难者，刘老师给钱让学生买菜吃，见该生入秋后气温大降仍穿一身单衣，刘老师以衣相赠，送去一片温情。刘老师80寿辰时，该生送给老师一件衬衫，他说刘老师的呵护始终不忘。有同样经历的吴登云未赶上祝寿，回高邮时在甘雨楼向刘老师恭恭敬敬三鞠躬，以表敬意。刘老师有个高足姓王，一次街头邂逅，他叫住该生：“不能只专不红，要多参加社会活动。”后来，刘老师中风几年，病危时该生去看望老师，说了不少感激的话。刘老师有听觉，但已不能说话，听着听着，眼里已噙着泪花，让人心酸不已。

“文革”期间，又让刘老师教“三机一泵”。教惯物理的他又得从头学起。一次教开拖拉机，他腿脚不便，又要关心学生安全，结果出了事故，他险些丧命。经历了这些坎坷，他爱党爱校如初，参加活动敬业尽责，成为老知识分子的榜样，直至1989年后退休。

在家庭中，他言传身教，父爱如山，引导子女自立自强。他再三叮嘱子女，要有抱负图强，要以技能立身，要淡泊名利，务实工作，才能有所作为，有所奉献。上世纪八十年代体改以后，他的学生遍及县（市）和部门领导岗位，他决不去走后门。儿子进石油机械厂当了工人，女儿大学毕业后到学校做了教师。他中风以后，顽强地与病魔抗争，忍受折磨。学生和子女机关人员看望时，他不接受任何“慰问金”。卧床四五年的他在2004年正月初一走完了87年人生最后的苦旅。

众所周知，由于刘子平老师穿针引线，促成了老同学汪曾祺的第一次回乡。从我上初二开始，他就教物理，又是我初二、初三的班主任。有一次全年级集中在大礼堂现场作文，有二三百人，我第一个交卷，得分较高，但不是最高分。刘老师对我各科成绩知根知底，告诫我“不能自满，不要重文轻理”。上世纪八十年代初，我在统战部工作，组织各界知识人士去宁参观长江大桥等处，他是我尊敬的老师，腿脚不便，我大都跟着他走，也随他去看望在宁读大学的女儿。我曾流露一种情绪，遗憾没有能上大学。对此，刘老师鼓励我：“桥是人造出来的，路是人走出来的。你喜欢写作，你走你的路吧！”刘老师的一生为我们树立了标杆。

2016年7月

## 我的第一个上级

我开始参加工作是在县工业学校，做教导处的职员，顶头上司自然是教导处主任。当年正值“大跃进”，小小县城一下子“跃”出了工业、农林、畜牧、水产、卫生、艺术等许多初等技术学校。工业学校规模大、学生多，学校的校长是工业局长兼的，驻校负责人就是教导处主任颜烽，他工作认真、驾驭力强，对刚踏上工作岗位的我们要求严格。我是他的学生，工作就在他眼皮底下，做事不敢怠慢，凡是他布置的工作，我及时把它做好，觉得这就完成了任务。

工作刚个把月，他找我谈话，说你的字写得不好，要练字，还要学会刻钢板、油印材料。他说得有理，对我来说却是个难事，我也只有照他说的办了。

对于油印工作，我心里有意见：这该是工友干的，为什么摊到我身上？没有几天，打钟的工友老华另有他事，颜主任叫我接过打上、下课钟的差事，我当面回道：“这事也由我干，一个月只有15元工资，我成了打杂的了。”颜主任说：“工作不分贵贱，要服从安排。这一阵打钟就是你干，要准时准点，不能有错。”我只好干了，一下子像矮了一截。那钟声久久地回荡在我的记忆里。

颜主任对同在工业学校工作的我的四个同学说：“你们不能有自满感（他们同在邮中毕业，成绩都是中等以上），以为教这种相当于初一的文化课绰绰有余。你们的不少学生年龄比你们大，见的世面多，教学时准备不好，就会‘挂黑板’，让人笑话。”于是，他因人而异，下达学习任务，督促他们订下“小目标”；还组织他们听几位老教师的课，向从事工业生产的老师傅请教，增长才干。而对我这个因病辍学的高中肄业生，则要求克服自卑感、增强紧迫感，拔起鞋子快追。工业学校办了一年就停办了，同学大部分留在城里中学工作，我则下乡当起了农中教师。颜主任的叮嘱演绎成我在农中的教学成果和经验介绍，也博得他的夸奖。

当时的工业学校，除了教课，还生产用于拓宽大运河的四轮平车车轮，师生都要参加劳动。铁炉化铁，铁水铸轮，火花四溅，热气腾腾，蔚为壮观。颜主任身先士卒，领着我们几个年轻教师扑下身子加油干。每当上晚班，可以吃到一顿青菜烧牛肉。有时我不当班，也有同学带回一碗，叫醒我吃了，吃了即睡，也是一乐。其时，我负责油印、发放洗澡券，让参加劳动的人洗澡。我偷偷地留下十几张，以备日后同学使用。后来，这两件事都让颜主任知道了，当面将“留下”的澡券撕了，严肃地说：“想不到你这个老实人也贪小便宜。贪欲不是天生的，做人一定要清白。”撕碎的澡券值不了多少钱，却在我心中树起了警示的惊叹。

颜主任先后在工业学校、曙光中学、高邮中学任教导处主任40年，没有升迁，无怨无悔。

2016年9月

## 临泽农中校长张德峻

2005 年，旧地重游，我与妻子拍了一张照片，并加以放大，下注一行文字："43 年前的临泽农中常在梦中。"校长张德峻亦经常进入梦境，怀着对他的敬意和些许歉意，连缀着难忘的电视连续剧式的回忆。

张德峻校长是一个闲不住的人。农中建在临泽镇原仲庄大队，由临泽、川青两个公社每一个大队负责建筑的 36 间茅草房拔地而起，校舍甫成。张校长是组织者、参与者，常常是忙得一身汗、一身泥。哪里墙面走线，他现场督促返工；哪里墙角坏了，他自己动手把它修好，俨然成了一个"八脚茅"。待到后来，沿河方整化的 100 亩农田划给学校，"河里有了撑撑哉，田里有了耕耕哉，圈里有了哼哼者（最多养猪达五六十头）"，这里兀立起一座庄园式半耕半读的学校。从此，张校长更是"丢了摊耙拿扫帚"，整天忙个不停。外边有人找张校长办事，向这位教工打听，他笑道："敝人就是。"立马解决问题。他每天校内忙到校外，大的事情须向公社请示，小的诸如保管室的大锹是否都收回。那个负责保管大锹的学生小朱便说："30 把大锹，一把不少。"后来，"30 把"便成了朱吉桢的别号。

他言传身教，以校为家。50 多岁的张德峻一副慈祥、热情相。他 80 岁的老母亲说他是"碎米嘴"、善拉呱。许多细致的思想政治工作就在不经意间进行了。有一次，我在临窗桌前伏案备课，他前来关照："陈老师，请你代看着点，不要让鸡吃稻子。"我心中不悦，顶了他一句："我的工作又不是负责吆鸡的！"于是他就细说集体、粮食之类的道理，让我服了。是啊，他敬业爱岗、爱校如家的身教使他的言教有着足够的底气，说得又入情入理，你不得不服。

学校没有一个党员，校内团支部充分发挥作用。他夸赞团支部书记蒋蕴山，教学水平高、效果好；农田、菜地的事拿得起、放得下，要求我们向他学习，也激励蒋老师不断进步。如果说，后来蒋老师在新的工作岗位上被评为"全国优秀教师"，那基础是在农中夯实的。

张德峻曾负责学校十多亩瓜地，特地把老母亲请过来进行义务指导，瓜棚成了他们的家。日复一日，瓜苗出土了，碧绿的瓜藤伸展了，一只只西瓜、香瓜成熟了、上市了，他们从不摘一只尝新、解渴。瓜被镇上瓜贩子贩走，收入流入会计账中。多年来，他注重节俭，只有办公室用煤油罩子灯，宿舍全部是“油老鼠”灯。他任职后，尤其是六十年代饥馑时期，他从未贪占学校一点好处。同事评价他：带着一颗心来，不带半根草走。

他知人善任，关爱师生。张德峻根据教师和一些优秀学生的特点，让他们顶岗担责，放手工作，按时按质地完成任务。他原是临南小学校长，调到农中后，一般不听课。有一次，扬州师院函授站王惊吾老师“下沉”到临泽听我这个学员的课，张校长作陪，课后做了如实的评讲，使我受益匪浅。

大连海军学院因为家庭成分问题肄业的汪柯数学教得透灵，他的父亲就是汪曾祺笔下《徙》中的人物汪厚基。当时，汪厚基所在单位要汪柯前去揭发问题。临行前张德峻关照汪柯，要实事求是，不管搞什么运动，父子亲情关系是割不断的。汪柯照办了。其实他一直听党的话，不改初心，直到晚年还入了党，当上了退休老师党支部书记。

张德峻对学生更是关怀备至，呵护有加。有一个姓谭的学生家境困难，口粮紧张，张校长见该生吃得少，饭票常不够用，就暗地里每月给他两斤饭票。连续多月。一个女学生孙翠屏因家庭困难，常不来校，张校长家和她家靠得很近，他十多次登门家访，纠正了“女伢子上学无用”的思想，确保她完成初中学业，加上她刻苦自学，后来当上了教师，过上了幸福的生活，后因病英年早逝，张校长为此扼腕叹息。

张校长安度晚年，奉献余热。张德峻属虎，人们视他为拓荒牛、老水牛，耕耘过的农中，留下了一道独特的风景线。他退休后不久丧偶，儿子福基孝顺父亲，照料得好，张德峻 79 岁以后主要由孙儿、孙媳赡养，尤其是以孝为先的孙媳春香待他更好，衣食起居安排妥帖，日子过得很滋润。张德峻 80 岁生日操办得很文明、热闹，亲朋好友、同事同学纷沓而至，市领导朱延庆特地写了贺词，充分肯定其为人懿德，被张老作为传家宝珍藏。我送的是一套内衣，他也很高兴，夸我妻子想得周到。

春香说，老爹爹处事有方，饮食有度，生活有序，交往有趣。在家里看报纸、看电视，嘱咐重孙好好学习。每天出外散散步，串串门，睦邻里，有时还弯腰薅除路边的草，保持环境整洁美观。遇到个别人家斗嘴生事，人们就说：“有争吵，找张老。”他成了受人爱戴的义务调解员。他的作为，构成了一道夕阳西沉、晚霞亮丽的风景线。

90 多岁的张老，身体状况正常，无慢性疾病。谈到人的生死，他说，他有得过哩，要等重孙上大学他才会“走”。果然，被他言中。2010 年 9 月 1 日，重孙儿去苏州大学，同年 10 月 15 日早晨，他洗过脸坐在椅子上，溘然去世，安详地走完了 97 年的人生。早“走”两年的我的父亲与他同年同月同日生，我臆想，他俩会在另一个世界再次晤谈，回眸他们的晚辈正遇上好时代，过上好日子。

2017 年 3 月

# 曦晨烛照所来径

回顾所来径，苍茫横翠微。在我的从教生涯中，张曦晨校长是我的好领导、好朋友。他的为人为教烛照着我的三尺讲台，激活我的青春和才智，也给我日后的人生路洒下一抹朝晖。

他是我的入党介绍人，认识他多年，但与他同在一屋檐下、同住一间宿舍中，只有上世纪七十年代初的五年。其时，他是朱堆中学（实为小学中学“一条龙”）校长，我是高中语文教师。他从政治上关心我，启发觉悟、分析形势，引导我读马列和毛主席的书。毛主席“最新指示”一广播，他领着我们驻校师生加入干部群众的行列中，游走于大队范围内的道路上，高呼口号，敲锣打鼓。平时，在校园内，氛围一切如常，教学秩序井然。在这种情况下，我觉悟提高得慢，只想做好自己的教学工作。有一次，大队直接叫我与上海女知青在一个大会上领头喊口号，一个下午滑过去了，使我少改了几本作文，我对张校长说，我不想参加这类活动。张校长对此类活动早有微词，关照我今后这类“花架子”的活动可以不去。

其实，张校长心里有谱：年轻教师要走“又红又专”的路，要在学习、践行马列主义、毛泽东思想的精髓基础上搞好教学业务，培养好多的农村有用人才（当时高校尚未招收工农兵学员），这才是正道。

有校长的引导和支持，我与几位大学毕业的理科教师尽力抓好各自分内工作，营构良好的教学氛围，使学校各项工作步入正轨。我则是一门心思扑在教学上，在语文教学尤其是作文教学上努力探索一些新路子。为此，我不满足现成的教学备课资料，而是广览精读相关的书籍，专程去临泽中学向名师请教，听他们的课；而后认真备课教课，作文教学坚持细批面批，推介学生佳作，往日大批判专栏成了有范文有我评价的作文园地。一批新苗在此茁壮成长，日后有好几个成为文章写手。于是，来听我公开课的多起来了，到朱堆中学进行交流的多起来了。文教局局长也“沉”到地处全县一隅的学校听课，查阅我批改的作文，对一个学期认真批改每人 16 篇作文给予赞扬，后又让我在全县教师大会上介绍作文教学经验。学历不高（第一学历只有高中）的我深知这是领导的鼓励和信任。没有朝夕相处的张校长引领指点和放手使用，我跨不上介绍经验的讲坛。我配合作文教学编写两本油印的小册子，我的字写得不好，是张校长安排字写得很好的吴老师刻写钢板，很快地把小册子印出。当时大家支持我狠抓作文教学有一个共识：要引导学生践行“文心雕龙贵于思，笔下生花功在练”。

张校长不仅对我如此，也要求全校中学部的教师努力学习，钻研业务。中学部仅有三位大学本科生是远远不够的。他重视教师学历，更看重学力和才干。于是，大家求知务实、努力上进蔚然成风。我后来被调到文教局教研室分管全县语文教研，有的教师调任临泽中学高中语文教师。张校长不仅着眼教学，他还要求我们齐心协力地抓好农村中学各项工作，为其扬名。当时学校“三无”，无自来水，无电话，无电灯。我和校长同处一室，房间一分为二，前面放两张办公桌，后面是两张床。同一张煤油罩子灯前，我备课，他看书；有时上床就寝，还有一段“灭灯夜话”，从学校发展设想谈到师生生活。因为粮食定量供应和当地条件限制，我的早晚餐都是一瓷钵粥，有粮票在附近也买不到食物。近似“一箪食，一瓢饮”的生活并没有影响我们情绪，大家干得蛮高兴。学校只有一张水泥制的乒乓球桌，从师生到校长在此挥拍上阵，恋战不休。一个偶然因素，兴化沙沟中学邀请我们张校长带队前去比赛，两校各出 3 人，台上鏖战，台下拥来一大批群众观看。这样的比赛，沙沟也是头回。我也上场比赛，本想撸起袖子加油干，为朱堆中学拿下一分，结果是 0:3 落败，好在我校另外两个队友，发挥极佳，都击败了对手，最后以总分 2:1 告捷，胜利而归，在学校球迷中传为趣话。

1975 年底，我被调至公社从事宣传、教育工作，张校长成了好参谋，提出过不少金点子；我向他布置工作，他也如期照办。只有一件事，他曾提出过建议，对某民办教师（未婚）和上海女知青的所谓“男女关系”问题，应予教育，而不应除名。支部多数人没有采纳他的建议，而是开会宣布除名。宣布的人是我，被除名的是我一个颇有才气的学生。几十年来，我为此常感内疚，那不仅改变了被除名者的人生，还亵渎了一个人的名誉和尊严。

上世纪八十年代初，我调至县城工作，后来从事文联、文化工作，与张校长见面不多，但只要相见，总有一番亲切的晤谈，如同往年夜谈。有年寒冬，友人传来噩耗，张校长患了鼻咽癌，已是晚期，我望着眼前冰封的世间，却封不住我对他的美好记忆和祝愿，期盼他的生命不要到此凝固。临泽传来消息，他正接受治疗，顽强地活着。每天他坚持晨练，总是由镇上向川青跑，而不会向西跑，因为临泽西边有个火葬场，向西跑不吉利。人都有一种本能，活着多好。

令人想不到的是，张校长到高邮公园小礼堂参加县文联举办的书法比赛。在现场我与他招呼了一下，没有影响他书写。我想，他来参与比赛，就是与病魔的抗争，就是显示生命的存在和价值，而不是为了获奖，他也没有为获奖而事先向我打招呼。事后，我与其他评委谈及此事，他们说应该为他设个“特别奖”，点赞他生命不息、挥笔不止的精神。

比赛结束，我送他离开现场，询问、安慰，祝福他延年益寿。他没有来日苦短的伤感，而是有跨过沟坎的自如。他与我握手话别，然后转身缓缓远去。他走了，与疾病拼搏了两年多后的一个春日、58 岁的他永远地走了，但他的精神、为人之道永远留在常绿的世界里。

2017 年 4 月

# 行健履成贻箴言

与县府老的“名秘”共事不多，郑履成是其中一位。同他合作写文章只有两次。

第一次是1982年9月，由县文教局创作组编印的《珠湖》编辑到县委统战部组稿，出一期统战工作专号，约请统战工作人员与对象以诗文的形式为“统一必成、四化必胜”的愿景和践行行文造势。

头版领衔的文章是郑履成与我合写的。当时部里领导颇为重视。年长我十岁的郑履成对我说：“你作为秘书写的公文部领导有过微词，不必介意，这次组写文艺性的稿件，你可以发挥长处。”于是，我约请崔锡麟、金仲辉、童和斋、曹进等先生写诗撰文，还为部里同志代笔，填词《一剪梅·明月思乡》《桂枝香·登文游台》，并将郑履成在落实政策、接待沟通中的有关人事写成散文《拳拳赤子心》，署上了我俩的名字。对此，郑履成不以为然，认为无须摆下这个阵势。他说：“大院子的同志对我们知根知底，别人会笑话我们‘装腔作势’，至于‘拳’文，就写你一个人名字。诗词作品，千万不要署郑某的名字，将来我自己学写。”经我再三说明，他才同意“拳”文以两人名字发表。那一期《珠湖》，确实让统战部“风光”了一下。但在郑履成看来，那只是统战工作步履行踪的一些印痕，不会作为统战工作“大事记”记下一笔。

郑履成最为欣赏的是该期《珠湖》上莫绍裘的新诗《风的寄语》。莫公极少写诗，也是出于“郑”情难却才赐稿的。一个才华横溢的年轻人被打成“右派”，吃尽辛苦，在郑履成、成德坚等人落实政策中，郑公与莫公（即后来成为教授、著名诗评家的叶橹）成了君子之交的知音。从此，郑公读书即博览加精读，在与莫公对话中有底气有见地，两人诚挚相交了30多年。

郑履成还欣赏界首名老中医曹进的去日探亲随感《祖国呵，我爱您》。曹先生陪母去东京三个月，写了见闻、感慨，尤其是写了大谷饭店前五星红旗跻身十个大国的国旗旗林中飘扬，深感荣耀。字里行间，流露的是一片爱国爱乡的真挚之情。郑履成告诉我，曹先生受海外关系影响，吃过苦头，有过冤情，但是落实政策后曾在座谈会上动情地说过：“祖国是母亲。母亲曾错打了孩子几下，孩子能计较吗？”曹先生这样坦荡的心胸与开阔的远见值得我们统战工作人员学习。作为曾经历过多次“运动”的我们，委实有些内疚和汗颜。

那些年月，郑履成、成德坚、曾德凤等一批老同志以认认真真、清清爽爽落实政策，为党熨平了多少人的心“折”。诸如王沛、熊纬书、杨汝栩、金仲辉等一批知名人士都成了郑公等人君子之交淡如水的朋友。

后来，郑履成真的学习诗词写作，成了盂城诗社的重要一员，除了他的个人努力，与熊纬书等文化名人的影响、鼓励也分不开。“下放”寓居高邮20年的文化奇人熊纬书的晚年生活，有过一段“野凫眠岸有闲意，老树著花无丑枝”的平淡老健、悠闲恬适的境遇。他鼓励郑履成学诗写诗，为他画了一帧扇面山水，背面题五律一首。诗曰：唐人高十五，老大学吟诗。……歌行邻李白，韵致近王维。云云。唐朝高适（小名十五）50岁学诗，仍成了与李白王维为伍、才情韵致的大家。作为诗社秘书长的郑履成是很尊重盂城诗社社长熊纬书的。正是熊先生等人说文论诗、行吟不已，才开创了古城一代诗风。而正是因郑公的身体力行，也才有了他的歌吟抒怀以及事业和人生的坚实步履。

这使人想起郑履成的工作和人生的行健履成。各人走的路程和留下的履痕总会迥然不同。郑公自有他独特之处，踏实、厚道、内敛，“俏也不争春”，长湖变迁，他乐于身居一隅，“满湖风雨看涛生”。陆建华多次提到邀请汪老第一次回邮，得以成功，离不开县领导重视，也少不了朱维宁、郑履成的具体过问、妥善安排。后来，汪老第二、三次回邮，因为郑公工作变化及退休，当时若干次与汪老会晤的场合，郑公都没有沾边，未能叨个末座。作为参与接待的我，对他曾表歉意。郑公很淡然。他十分欣赏汪老一个观点：希望更多乡人走向全国，也希望更多人加入文学圈子的“乡党”。筹备王氏纪念馆，他是筹备办公室主任。诸如寻找并敲定请程十发先生为“二王”画像，内情外人不知，直到陆建华在专著中如实写明，是郑公亲自赴沪、一抓到底。病入膏肓的郑公见了，轻轻舒了一口气，欣慰地感谢老友“照拂”。他高兴地对来人说，在上海杏花楼宴请程十发夫妇，是他生平第一次吃鱼翅。

我和郑公第二次合作写文，是今年纪念褚元仿先生的文章。郑公说：“我讲情况，请你记录整理，我已不能写了。”于是，一篇题为《关注家乡的热心人褚元仿》便问世了。想不到的是，这是他告别人世前的最后一篇。

曾有人说，郑公也是属于“述而不作”的一族。其实不然，除了公文，他翻阅他的日记本示我，他的俊秀笔迹记下多少年的人和事，稍加整理，便是好的散文。就连他的名字和践行，也有隽永的意象，他身体力行地在昭示：人各有路。一个用心与笃行向前走的人，都是用脚丈量着他的人生，都会留下深深浅浅的履痕。各色人等，千姿百态，也就有了纷纭绚丽的世界。

2012年12月

# 李继锋：新中国第一个民国史博士

时代的机遇和个人的努力使在高邮农村长大的李继锋成为新中国培养的第一个“中华民国史”博士。现任省委党校副教授的李继锋说，有幸与改革开放的春风同行。1979 年 17 周岁考上南大历史系，毕业后受业于南大张宪文教授，1992 年他成为张教授迄今培养的 50 多个民国史博士中的第一人。

## 潜心民国史研究　拓展求新渐露头角

中华人民共和国成立后的民国史研究是在周总理关心下由中科院中国近代史研究所在“文革”前零星进行的。李继锋从民国史研究伊始便敢于踏入禁区，对抗日战争国民党正面战场的作用予以客观、全面、完整、公正的肯定，指出国民党抗日将士也曾上演过威武悲壮的活剧。如今这已是史学界不争的事实，但是当时李继锋为这与中国军事博物馆权威专家有过争论，提出了有悖于传统说法的见解。后来，他参与撰写了《抗日战争正面战场》《复兴的枢纽——抗日战争史》《中国抗日战争史：1931—1945》等专著，主编了获得辽宁省委宣传部“五个一工程”奖的《抗日战争史》(绘画版)，在澄清史实还原历史真实方面显示了年轻学者的胆识、才干。

从右到左：李继锋、陈庆琳、张宪文、伍世文、伍世文夫人

1994 年由山东画报出版社出版的《图片中国百年史》获得了中宣部“五个一工程”奖，作为该书的副主编李继锋从历史学角度，确保该书上卷的资料和论述的学术性、史料性、真实性不容置疑，而且在历史知识的普及中使更多读者有所感悟、启发和震撼。李继锋对过去少有问津或易成误区的民国初年国会政治等政治制度研究也有建树，相应的文章在《民国研究》等杂志发表后，即被日本史学刊物《近邻》转载。近些年，他与海峡两岸不少学者极力强调，清末的“新政”不是封建王朝的回光返照，而是迟到的变革，是中国近代化进程中的奠基事件。这不仅矫正了大陆史学界过去对“新政”的否定，推动了中国现代化

的研究，而且赋予了党史新的内涵，它不仅仅是阶级斗争路线斗争的历史，而且是争取民族独立、社会进步、探寻现代化道路的历史。李继锋的卓见引起了德国、日本等国和台湾地区学者的注意。近年，他应台北“中央研究院”之约，成为参与撰写的40万字台湾地区出版的《中国近代妇女运动史》唯一的大陆作者。

## 热心影像历史学《百年中国》史学统筹有妙着

中央电视台大型电视文献纪录片《百年中国》以史诗般的手笔，用1800多分钟在屏幕上绘制了百年中国波澜壮阔的历史画面，因很高的历史品位、文化品位和学术价值在社会上产生巨大反响。与总编导、总撰稿组成三人“中心组”的史学统筹李继锋尽管加盟之初对纪录片拍摄一窍不通，但是他对历史真实和叙述方式的把握，确保百年历史的严谨和准确，做到真实客观地表现历史，尽量与历史进程自身同步。他到了剧组后曾参加连续三天两夜只休息三个多小时的策划；此后，编导们带着各种各样史学问题向他“发难”，他都能从容应付，在“车轮战”中立于“不败之地”；他还参加稿件的撰写、修改及史实的审稿，提供史料、图片、实物、遗址的线索，以至具体指出找什么书、杂志的哪个章节，突出什么人和事等，成为编导们可信手翻来的“民国史词典”。

他在“百”片中新观点表现、新材料发掘、新手法运用上显示了自身的深厚功力和临场发挥的驭势能力。他撰写的“百”片第一集《风雨世纪初》，在评价义和团拉开了20世纪序幕的同时，也如实表现了义和团的愚昧和排外，向人们昭示闭关锁国是没有出路的。李继锋在触摸历史时将影像个人化、生活化和叙述人情化结合在一起，用点火烧赵家楼的学生匡互生，在德国医院看护病人被“震”上“五四”文坛的冰心，正在午睡被“震”醒的郑振铎等人的资料、图像、解说表现了伟大的五四运动，给予观众一种新的审视方式和更大的思考空间。今年，他在中央电视台已经推出的《世纪》和正在拍摄的《正阳门外》，直白地用影像资料回眸历史，更加理性地感知历史，让历史在现代生活中流动起来，为建立千万观众喜闻乐见的影像历史学进行了有益的探索。

## 投身学术性交往　坚持学人的信仰和气节

多年来，李继锋在与台湾地区及日本、德国学者交往中，一直坚持社会主义中国培养的学者的信仰和气节。《中国近代妇女运动史》是涵盖20世纪不同社会制度和不同年代的妇女运动史。李继锋坚持为社会主义服务，又能为台湾地区同行所接受，撰写了大陆的妇女运动、代表性人物、社会主义条件下妇女运动的特点特色等，既介绍伟人宋庆龄的丰功伟绩，又回顾无产阶极革命家邓颖超、蔡畅等人的功绩和“半边天”作用，还突出介绍了为国内外瞩目的当代新型代表人物李小江推行妇女运动博物馆的业绩，以及对妇女运动发展的关注和反思。该书在台湾地区出版，促进了海峡两岸学术交往，增进了两岸妇女界的了解。

与日本学者交往时，曾发生了一件令李继锋终生难忘的事。抗日战争后期，有个叫缪斌的汉奸，曾被戴笠、何应钦利用去同日本政府接触拉关系，抗战胜利后，缪斌曾受日本政府青睐，又受到蒋介石的嘉奖。后来在全国舆论的压力下，缪斌因汉奸罪被国民党政府依法处决。前来访问的日本学者约请李继锋为日本右翼学者称为“和平神”的缪斌树碑立传，并以资助去日本和其他物质条件许诺作为相互“关照”，遭到李继锋的断然拒绝。同时，双方对中日间历史问题展开了激烈争论，李继锋不仅当时据史依理驳斥了日方的谬论，还专门撰文或者在中央电视台有关节目中讲话，对做着军国主义复辟美梦的日本右翼人士针锋相对地予以揭露，显示了中国年轻历史学家的立场和气节。

2001年5月

## 亦师亦友倾真情

平平常常的朱葵，平平凡凡的教授、辅导、指点、提携、奖掖、激励，在平平淡淡的日子里，却对多少学子及其家长，以至学子成人成才后的下一代以及其弟子们产生了深远的影响。现已90多岁的老太姜庆兰谈起朱葵时说，对她儿子翁瑞华和孙子翁艺的教诲和关爱，是一家子几代人不会忘记的。她说，老头子（比她年长13岁）在世时，还有如今的她，常念叨朱葵，关心朱葵眼下干什么，又出什么画册了，说朱葵的学生的学生，都有人做老师了。朱葵在邮期间，因为儿子瑞华是他学生，翁家住在工商巷，距文化馆仅仅200多米，家里人过生日、办喜事，外地有亲戚来，都要请朱葵到场，他不到是不会用饭或开席的。在老两口的心目中，儿子瑞华跟他走，向他学，他们一百个放心。

翁瑞华自1968年泰州师范毕业回乡做农村教师，有机会就近向朱葵求教，补美术基础，学习素描和人物画像。1972年以绘画成绩优异成为南师美术系工农兵学员。他是朱葵传薪辅导的第一个大学生。朱葵还关心他的儿子学艺成才，后来翁瑞华的儿子翁艺也考上了南艺。如今翁氏父子举办的“奇才”画室彰显着奇妙效应。翁瑞华感受良多，个人体验最深的是，他们父子俩正像当年朱老师那样，培养着无数少儿学子的构思和造型的趣味性，使其接受美育的传承，展开想象力的翅膀，遨游多彩多姿的世界。

“湖山钟人杰”。其时仍作为文化馆美工的朱葵虽无为高邮山水立传的夙愿，但是肩负辅导群众美术的任务，扶助一切有志于美术工作的同志走上立业精业的道路，似乎是他应尽的义务。车逻公社山广大队有一个青年人叫王修忠，1958年凭同等学力考上南艺附中，学校停办毕业不安排工作，在家理发，忙里偷闲作画。朱葵带有几分关爱、几分惜才去看过他。他让王修忠参加阶级教育展览的筹备，画了《一只鞋》的单幅画，又参加扬州创作学习班；他还找到印刷厂的李经久书记、倪宁厂长，安排王修忠为设计室的主创人员，帮助王修忠在传达室有一个父子住宿的“窝”。即使朱葵到了南京，还帮助王修忠请到沈鹏为包装商品题词。让年逾古稀的王修忠感受着改革春天的轻快和流畅的是，他不仅可以钟情自己的最爱，始终热衷于人物、山水、花鸟，而且圆了他的一个梦：他的两男一女一定要与艺术结缘。如今他的三个子女全部是本科艺术专业毕业。王修忠每每忆及往事，常百感交集地说：“我这个不才之人，遇到了恩师、好人朱葵。”

县文化馆前身是关帝庙（或关岳庙）、城北小学，好长时间，这里是环境优美、惠风和畅的大院子，卧着的铁牛思考着水的故事，海棠、蜡梅、月季带给人们是一嘟噜的姹紫嫣红，葡萄和枣子树挂着香甜也悬着诱惑，有一大串葡萄由绿变紫。高高的中国梧桐，那摇曳的一丛翠竹，那几十年乃至上百年的黄杨和紫藤，在孩子的乐园里，紫藤是他们的最爱，那是他们玩耍的最好秋千。

朱葵离开这里以后，惦记的是常在文化馆院子里玩的孩子们。其时，王建已从高中毕业，待业在家。朱葵请文化馆将王建作为本馆待业人员，然后将其带到省美术馆学习裱画，历时两年，像父辈一样关心、照顾他。王建学裱画的同时，"近朱者赤"，竟然迷上了国画创作；几个小青年要在高邮举办书画展，朱葵请宋文治先生题词，宋先生题了词，还为小青年就继承传统问题上了一课。他们中的周春华报考省国画院，因为晕车，东南西北常分不清，朱葵为其联系好，还为他画了一张交通示意图。20年过去了，周春华依然收藏着这张示意图，也珍藏着朱葵关爱后生的那份心意。

高邮有个评论工作者倪金宝，他是原二沟公社文化站长倪俊山的儿子，毕业于省文化干校，他是看着朱葵作品长大的青年人，也学着画海拾贝，珠湖谈艺。他研读了《朱葵水墨画精选》，写了一篇《朱葵的世界》，在精辟老到地评述的同时，别出心裁地将朱葵作品的名字嵌在字里行间，给人耳目一新之感。

在文章的结尾，他写道："当你轻轻地走出这个世界，轻轻地合上门，幽香轻敛，回首门额《朱葵水墨画精选》，你肯定会报以会心的微笑。感谢朱葵，感谢他为我们营造了如此美好的世界——朱葵世界。"

2014年6月

# 致缪真义君

一个宁静谐和的小城，人们相处之间常常弥漫着一种温情，让人难以释怀。市一中缪真义的为人为教，就是涌动在温情长河里的一朵浪花。

30年前，他大学刚毕业，在当年的红旗中学教语文，做班主任，全方位地关心学生学习、爱好，引导他们成长。我不认识他，一件小事让我走进了他的办公室。那是一篇署名“红旗中学高二（2）班”的学生给我们《珠湖》的投稿，那篇叫《秋日私语》的文章很有文采，且表现出一定的艺术素养。我便特地去学校询问，缪老师一看字迹，很快叫来一个女孩，名叫王健，一脸清秀，一脸阳光。据后来了解，班上文气很浓，有人爱好得入迷，与缪老师“随风潜入夜”的滋润显然是分不开的。一位有着责任感、使命感的青年教师，不经意间，播撒了文艺的种子，有时往往影响学生的成长、成才以至他们的一生。

事情过去了30年，我已经把它淡忘，缪老师却记忆犹新。尤其让我惊讶的是，他还记得我鲜为人知的往事。除了居永贵同志撰文记述过我的人生轨迹，很少见于书面评价，更无现在年轻人乐于的“点赞”。缪老师列举了我的简历，还提到我做语文教师时一学期做过16篇作文，且详批面谈，那是我坚持作文教学的一种理念：既贵在思，又功在练。

文联成立至今，已到“而立之年”。在“我和高邮文联30年征文”活动中，真义老师的《那一年的秋日私语》，勾起了我的许多思念、联想，有些也是我们的共识。

小城文坛、各种群体是团结、友善、热心的。有人戏称某人是支“大笔”，但决不会奢望成为某一方面的“旗帜”，大家是业余的，爱好、专注只是一种生活状态而已。

有心人都在发挥自己的专长，努力向既定目标前进，为文化高地培加厚土，坚持叠加推出精品。能成为硕果累累的作协、文联一员，固然很好，而只要我们努力，即使平平，也无怨无悔。

我和真义、王健等侪辈走在“阳光荆棘载途”的路上，思绪万千，自如挥笔，学人之长，补己之短。也许我们的文章谈不上有强大的艺术感染力和生命力，但为人为文能够为小城文坛增添色彩，为人们心头送去“小温”，吾愿足矣！

以此与文友共勉。

2016年6月

# 修车工老黄

在蝶园路与长生路交会的丁字路口，有一位修车工黄继兴。他今年 73 岁，52 岁患了食道癌，在此修自行车已有 19 年，与疾病抗争了 19 年，也为民热情服务了 19 年。

老黄原籍海门，生在农村，家境贫寒。高邮大种薄荷时，他作为提炼薄荷油的锅炉维修工被“引进”高邮，工资定为 45 元，娶了海门女为妻，过上了好日子。他干一行，爱一行，是个多面手。后来企业改制，他们下岗。苦熬了几年，他因腰椎间盘突出、食道癌先后开了大刀。在家休养了一年，满肚愁肠。高邮俗说：“风痨气臌嗝，阎王请的客。”长此以往，不就是等死吗？他萌生了一个念头：修自行车，既可解愁，又可纾困。于是就在上述路口、笔者住的楼房东山头设摊修车，修自行车、三轮车，也修摩托车，还搞电焊。能修的就干，不能修的就不接手。他说手艺人要讲诚信，不能糊弄人。他修车及时方便，讲究质量，修车生意日益红火，常招来不少回头客。

老黄修车是起早带晚。有时候天刚亮，住在老黄对过楼（相距三四米）的笔者就听到人喊：“修车师傅，修车子！”不一会，老黄应答：“马上就来！”晚上，明亮的路灯照着他瘦弱的身材，他仍然在干。群众修车子在等着，今天的活儿决不放到明天。老黄有一个想法。我是外地人，要与高邮人多交朋友，要融入高邮人的群体中。夏天，他撑起一个偌大的太阳伞，加上行道树的樟树树冠，可以为自己和顾客遮阳。冬天他用木板、塑料布挡风。老黄还特意在靠墙的地方放几张椅子和一个旧沙发，让来修车的人坐坐，抑或让熟人在这里闲聊。90 多岁的丁老太每天上午 10 点到 12 点准时坐在此处，看人来车往，安详自得看风景，她也成了风景。老黄得了癌症神奇地活了二十年。别看他瘦弱，浑身有使不完的劲。2013 年，他老婆患上了结肠癌，远在海门的亲人有四五人得了癌症。他们并没有被病魔击倒，都活得好好的。知情的人前来修车，只需五元钱的却丢个十元。老黄说：“你们的同情心我领了，但我不能多收。”也有个别人将车子交给老黄修，借了老黄为顾客备用的车子骑走了，从此不再出现。老黄很淡定，送来修的车子差，他把它修好，照骑。除了修车子，近邻、熟人家的床板挂件、衣柜的碰珠，以及自来水龙头坏了，请他去修，立马修好，分文不收。

老黄不是完人，脾气很“杠”，与邻居也有斗嘴的时候。平心而论，老黄是占道经营，摊子越来越大，这怎行呢？笔者夫妇与老黄相处很好，希望他睦邻和注意市容形象，他也听，说他尽量克制约束自己。城市管理执法部门多次规劝过他，收去一些杂物，后来得知他家情况，夫妻俩都患癌症，就想了个法子：在路旁竖了一块文明城市广告牌，上书“加强城市管理，美化和谐环境”，在这个广告牌后面让老黄放一个铁箱子，内放工具、杂物。老黄对这种人性化管理十分感激：“公家人管得我口服心服，我决不给高邮市容抹黑。”

老黄夫妇养老金四千元，修车时，每天收入少则三四十元，多则八九十元。全家温饱无虞，尚未小康，受特殊病种福荫，亦未返贫。他说，与低保人比，他已很满足了。与更好的人家比，就差多了，人的心窝塘没法满。近几年，小女儿眼疾严重，大女儿支持妹妹，老黄夫妇将小女儿一家三口接到家里，以重病之躯呵护晚辈。老黄常说，人的良心没法用秤称，但一个人的所作所为，大家眼睛会“称”出个几斤几两。已经爱上高邮的老黄表示，百年之后我就在此长眠。老黄是抗癌奇人，也是有独特个性、自知之明的奇人。最近温度已跌至冰点以下，但是，笔者相信，待到春暖花开时，他会继续走在路上。

2017 年 12 月

（注：老黄见到《高邮日报》发表本文十天后去世）

# 我家住过新四军

“吃菜要吃菜心，当兵要当新四军。”这是早年流传在高邮城乡的民谣。1945 年 12 月 26 日，那时我 7 岁，见到新四军战士（包括伤病员）就有一种亲近感，那是因为我家住的新四军伤病员和卫生队的医护人员待人和蔼、友善。

我家在东后街 43 号，门外有一口水井，有门厅、三间客厅、五间正房，外一间厢房和较大的厨房，住房较多，天井也大，这是我家典租的地主家的房屋。新四军打下高邮后，见我家客厅、厢房空着，就同我祖母商量（祖父当年刚去世），在我家安排十多名伤病员和几名医护人员。原来颇怕大兵的祖母一改常态，一口应允，那是因为新四军战士态度和气。于是，客厅住伤病员，厢房成了医疗室。其时，我家有四个姑姑，大的近 30 岁，小的才 14 岁。没有多长时间，小姑惠如和我就与新四军“混”得很熟。岁月悠悠有些事早已忘光，可是新四军战士的品格、风度衍化的芳华常常在我心中绽放。

东后街43号是我的出生地

客厅住的伤病员和医护人员几乎全部睡在地上稻草铺上，只有三四名伤病重一点的睡木板床，木板是借来的，上面都写好是哪家的。平时，新四军伤病员在天井里晒晒太阳，从不进堂屋。患肺病的大姑玉如病恹恹的，足不出室，隔着窗孔投以一瞥，脸上露出了笑颜。我家喝水是到茶炉去打水，用热水是汤罐水，从不用大锅烧。伤病员用水多，借用我家大锅烧，柴火都是自带的。护理人员洗涤伤病员的用品、衣被，用门口的井水，但是洗涤的时候总是离水井远远的，唯恐脏水溅到水井中，影响群众的健康（有人家也饮井水）。

住在客厅里的伤病员得到了很好的治疗，有的可以归队了。一天，我早上正准备去上私塾，听说一名伤病员去世了（后来得知是因感染导致败血症逝世的），我有些惊愕，前向时还在天井里晒太阳哩。上学回来，见家门口停着一具白皮棺材，围着许多人。大家七嘴八舌。外人死在家里不吉利，而棺材是不能随便抬进人家的，否则会遭晦气。中午吃饭，见新四军战士很伤心，他们得等死者家人（本县的）前来见最后一面才能将人入殓安葬。我家里人默默无语，基本上也信这个乡俗，只是有点惋惜，年纪轻轻就这样走了，走在没有硝烟的环境里。后来，我家三个姑姑先后去世，都是因肺病而亡，与新四军战士的死无关。

转眼进入腊月。一天深夜，我家屋后的师家不慎发生火灾，一时火光冲天。全家争相逃命，姑姑拖着祖母往外跑，爸爸抱着小我两岁的其贤，又拉着怀孕六个月的母亲往外走，我蒙眬中跟着走，新四军战士一把将我抱起，只见“火鸽子”（已着火的物品四处飞溅）满天飞，只听到“救人、快救人，不要顾东西”的呼喊声四起。由于新四军战士（包括轻伤员）及时切断了师家与我家相连的着火处，配合群众用“土水龙”扑灭了这场大火。师家已荡然无存，但无人员死亡。我家及西边的高家安然无恙。新四军为师家送去衣物，师家人很感动。

事后，写得一手好字的父亲写了几张鸣谢帖，内容简单、直白：“谢谢新四军，向新四军致敬！”回眸历史，难忘的是新四军战士救火的英姿和他们处处为人民服务的初心。

2017 年 12 月

# 难忘的一堂作文课

我去看望患病的好友王祖宏，有意避开谈病，以免引起他的焦虑，便回眸自小同学的往事。两人都提到从上世纪三十年代起就教语文的沈石如老师的一堂作文课。那是在城中小学（现第一小学）六年级下学期的三月一天，小草冒青，柳枝摇春，同学们踏着铃声回到座位上坐好，等候沈老师上课。

“起立！”“坐下！”一切如仪。沈老师没有板书作文题，而是引导全班同学有序地走至窗前，按着沈老师手指的方向看去。其时，邮城无高楼，放眼望去，可以看到运河堤、白帆船、堤边柳。当我们回到座位坐好，沈老师问:“你们看到了什么？”同学们七嘴八舌，从近处中市口的民房，到远处的运河堤，什么都有。

沈老师在黑板上写了几个大字“帆船来了”，要求大家围绕此话题写一篇作文。话题不是作文题，题目自拟。习惯写《我的母亲》《一次队日活动》《某某二三事》的同学觉得既新奇又陌生，写什么好呢？有人冥思苦想，有人小声议论。沈老师说，大家放开来写，时间不限，课后完成亦可。记得我写的是帆船可以便利交通，王祖宏写的是方便运输，自然写不出几十年后汪曾祺写的“唯愿吾民堪鼓腹，百舟载货出漕河”那样的境界。

我做过多年语文教师，资深的沈老师如此教授作文，决非心血来潮，而是别出心裁，颇有创意。这在当今如此而为，可能已是常态。我与做过多年教师的祖宏晤谈、通电话，大致形成如后的共识。

拓宽学生的视野。小学生上学、回家、玩耍，活动的圈子很小，接触的人不多。也有过“远足”春游，一年一次。少先队的活动多一些，接触的也是师生，倘若组织和引导学生走出校园，将视线移向多彩的天际线，以至有意识地投向大千世界，那该多好。诚然，当前的应试教育下学生负担重，也难以迈开步子自由驰骋。

引导学生的观察。一个学生观察力的培养很重要。汪曾祺小时候上学来回的路上，这里看看，那里瞧瞧，加上他的记忆力强，观察的人和事，一切都了然于心。一个有很好观察力的学生，能抓住事物的特征以至细节、人物的外貌和神态，写起文章来，不敢说“下笔如有神”，但起码言之有物，如龙似水。

展开想象的翅膀。名作家到高邮来，有业余作者问苏童：“你没有经历过那个时代，怎么能够写出《妻妾成群》？”回答很简单：读书、想象。想象是文艺创作的翅膀，折了此翅，创作就扑腾不起来。学生作文不是作家创作，但是培养学生具有丰富想象力，受益大焉。“文心雕龙贵于思”，这个“思”就包含想象。

培养学生的兴趣。把作文作为一种负担是被动式的作文，不是自发而为、自觉而作。有人，提到作文就头疼，苦哇。学生作文的兴趣是可以培养的，从好奇通过引导、激励，学生脑海里可以淬出“好胜”的火花。一个学生饶有兴趣地写出佳作，老师作为范文详说，学生一辈子难忘。

多年不搞语文教学，现在就此题缀字成文，可能不合时宜，让人贻笑大方。祖宏不教语文，早想写此文章，无奈多病无力，他说，只有我来写了。现将两人共识写出，就请行家里手校正。

2017年12月

# 听课有感

今年六一儿童节，我陪无锡市广丰中学陈庆丽（我的女儿）等十多名语文教师在汪曾祺学校（赞化学校）听课。讲课的老师乔淼教的是汪曾祺的《葡萄月令》。一节课中，乔老师始终扣住课文的重点，即一是品味语言之美，二是抒发作家情怀，带着对课文及作者的爱，讲得那么投入、自然、生动。让我在离开语文教学课堂43年后，对语文教学有了新的认知、新的感受，加之又听取了广丰中学老师私下的议论，确认乔淼讲课可用一个字概括："妙！"

妙就妙在突出课文的重点。《葡萄月令》是一篇抒情的优美散文（原应为说明文），教者引领学生通过品味语言，让学生知道有一种语言叫淡雅，即平淡一点、自然一点、家常一点（也是汪曾祺写散文的本意）。"葡萄睡在铺着白雪的窖里"，"葡萄喝起水来是惊人的。它真是在喝哎！""九月的果园像一个生过孩子的少妇，宁静、幸福，而慵懒。"等等。教学通过多媒体标明，或口授，或提问，引领学生走进汪曾祺的平常而多彩的语言天地，沁人心肺。

《葡萄月令》的作者在文中没有直抒胸臆。作者通过葡萄、劳动场景、劳动者（包括作者本人）三个环节，将很累的活写得很平常，将平常的劳动场景写得很自然。教者抓住上述三个环节，描绘了一个被打成"右派"、下放张家口劳动的汪曾祺随遇而安、当一回"右派"是"三生有幸"的情怀，活灵活现地彰显在教课的氛围里，绽放在学生心扉中，如同成熟的葡萄去"为人类创造美好生活"吧！也让学生认知多彩的世界，多美的人格啊。

采取多种授课形式，关注作者的修辞手法与口语、短语的运用，这是教者讲课的另一"妙"处。

文章的内涵是读出来的，也是悟出来的。课堂上，有齐声朗读，有分组朗读，还有分男女生的朗读，以及分组议论。在学生阅读全文后，按照月令顺序，让学生朗读有关章节或重点词句。比如写一串一串的葡萄"饱满、磁棒、挺括，璀璨琳琅"，先让男生读，要求女生将食指放在嘴前，发出"嘘"声；后又置换为女生读，男生作同样状。这是上语文吗？简直是在演情景剧。在读到"葡萄藤舒舒展展，凉凉快快地在上面待着"的时候，让学生双手向前作舒展状，是为了让学生深切体会拟人化的活用、有效。又如，将葡萄比成"白的像白玛瑙，红的像红宝石，紫的像水晶，黑的像黑玉”，彰显着诗意的美，似乎这些雨后的葡萄令人嘴馋。可是，到了明天，这些“你全看不到了”（因为要喷药了）。此时，学生发出了笑声，教者也笑了（整节课教者都十分轻松、自然）。

在讲到课文的文风平常和口语平淡即苦心经营的平淡时，又出现了两种场景。教者要求学生对喝水、嗒嗒、瞎长、掐须时先用普通话读，后用高邮话读（学生笑声），平常、淡定便随着水滴滋润心田。教者还要求学生以拉家常的形式来讲一个身边的故事，做到口语化，语言也简练。平常心、淡定理就根植在脑海里。课堂上还就一些章节安排小组讨论，我特地移位前靠，学生围绕课文真的在讨论，此着不虚，非花架子也。

讲课的成功源自功夫在诗外，教者有一颗大爱的心。听课前后，我曾与她及同事交谈。乔淼毕业于吉林大学，来汪曾祺学校已有六年，为语文组的佼佼者。她教公开课已是常态。为讲汪曾祺的《葡萄月令》，准备了一个星期，阅读了不少有关《葡萄月令》的赏析材料，在另一个班已教过一次（她担任两班语文，又做班主任，曾在市班主任基本功大赛中获特等奖）。她不忘汪曾祺写给母校的诗句：“珍惜少年时，不负云和月”“传薪光潜德，瞩望在后生”，坚持德育为先，关注学生德智体全面发展。正如广丰中学语文教研组组长对她的评价：“乔老师对课文是爱好的，下了很大的功夫。讲课时非常朴实、自然，并把对作者的敬爱衍化为教者传授的高尚情怀和朴实的文风，深深感染学生，让学生受益。”

我在评议会和会后也给她提了建议：教课时选用的演示背景图是找来的一幅《喜看秋来果满枝》，如果用汪老自己画的葡萄（汪曾祺故居有）就更好了。她说这么多年在高邮，汪老故居还没去过，今后一定去。我多年不上课（那时教语文总是时代背景、主题思想、段落大意，再突出人或事、词和句的老套套），如今听课，耳目一新，犹如一股清新的风拂过心头。讲课结束时，教者领着学生齐读：“我们为汪曾祺先生点赞，为汪曾祺学校点赞。”豪情溢于言表，这可能是汪曾祺学校开设公开课（该校公开课不少都是教汪文）的特色吧。

2018 年 6 月

# 跑友

每天，东方刚露出鱼肚白，在城区各大广场，抑或在通往运河二桥、高邮船闸的路上，总能看到一群晨练的身影，男女老少都有，年迈的已过九旬。有的是“半马”式的疾跑，有的是有节律的快步，有的大步高频率向前跨行，也有的慢行，还有的是因病或腿疾挪步式艰难前行。生命在于运动的理念正衍化为多姿多彩的跑步，迈开腿的医嘱已转化为神采飞扬的笑容。

蝶园广场与我家近在咫尺，建成十年，我从未在广场上跑过一圈。2012 年一场颈椎手术后改变了我的人生理念。坚持跑步十多年的妻子劝我出去跑跑，我无动于衷。关心我的老领导让我妻子带口信：“叫老陈出来，我给他上一课。”终于有一天，老领导在广场开导我，他曾身患重病，危及生命，由于坚持锻炼，战胜了病魔。友人对他笑谈：“老主任如果不锻炼，

每天坚持万步的我们，拉一回黄包车乐乐

你坟上的哭丧棒早已长成了小树。”再看老领导一年365天锻炼的毅力和功夫，我口服心服，决定迈开腿，广场跑步去！

2012年10月7日，在我术后两个月，我带着颈托就开始了跑步（实为快走）的生涯。转眼之间，一晃五年，我几乎不间断地用双脚丈量数以千万步计的人生路，由此认识、结交了各行各业男女老少的跑友。

我的老领导是我真挚的跑友。他当过主任、书记。他从广场东边的小桥踏入广场，一路走来，便是一串“你早”的问候，他对每一位环卫工人都喊“早”，环卫工人立即应和“主任早”，有时赶在老领导喊前喊“主任早”，这是广场悦耳的“晨曲”。老领导跑过两圈后，便来到奎楼旁一块平地打扫，然后与跑友在此练气功、“五禽戏”等。有人不明情况，觉得一个在市里当过办公室主任的人，怎么跑到这里扫地哩？

环卫工人老杨来得早，常与我们跑几圈，然后便边扫地边“点名”，今天某人怎么还没到？或者次日查问：“你昨天怎么没来？”常在广场跑的人，他个个熟悉，特别关心。他对我说：“你年龄大，练得迟，跑不过你爱人那一伙人，慢慢来！”

跑的时间长了，我的劲头足了。有时也不服老，暗暗加紧跑。有一次，有一女士（后来知道是我妹妹的同学）一身红衣裤，红红火火地在我前头跑，我们相距不远。我想赶上去，超越她。可是，一不小心摔了一个跟斗。附近环卫工人连忙上来搀扶。我说，没事，只是擦了点皮，还能跑。回家一看，摊上大事了，膝盖一侧血肿了一大块。为此就医休息了一个月。在家思忖，跑步要量力而行。一个月后，我又在广场跑开了，关心的、慰问的、提醒的，纷纷而至。环卫工人老杨说：“陈先生是好样的！大家‘看’住他，不要让他再快跑。”

说实在话，我进入跑步行列以前，性情抑郁，少有笑脸。开始跑步后，只要一踏上广场道路，常常被一些人和事感动着，尤其是那些八九十岁的“铁杆”跑友更令人尊敬。赵君福林，乃“盂城诗社”元老，高邮诗词界翘楚。你瞧，他高高个头，步伐稳健，从广场到蝶园南路，不徐不急。他似乎在默诵新作：老翁喜作夕阳颂，谱写健身新篇章。全民共筑中华梦，幸福日子万年长。89岁周老是离休干部，身体硬朗，能连续做好多次俯卧撑，让人赞叹。88岁张老、84岁王老，腰板挺直，并肩而行，坚持不懈，老树常青。乍看是年轻后生的潘警察，疾跑起来脚下生风，衣襟汗湿，其实他也已年近六旬。一次，一夜大雨，满场劲风，他在路口一站说，前面淹水，请绕道而行。他终年狂练，就是要为民站好每一次岗。

广场跑步，自由结合，成群结队，或三四知己结伴而行。他们边跑边谈，衣食住行，家长里短，虽有的文化水平不高，可从不会有一句“妈妈奶奶”的。他们说，文明城市人民建，个个都是责任人。王团长转业回乡，常与王老师议论国家大事，从毛主席谈到习主席，从雄安新区由高邮人掌门，谈到一带一路的日新月异，抑往扬今，歌功颂德，针砭时弊，心旷神怡，喜上眉梢。

跑友中，最令人敬佩的是一批中风后的康复者。起初，由他人用轮椅车将他们推至广场，先扶着他们挪步。后来，由他们自个儿移步向前。再后来，他们单独慢步，款款而行。我看到一位市人民医院医生的母亲艰难地走过五六年时光，令人由衷点赞。

我已尝到跑步的甘甜，告别了忧郁，觉得跑步是每天必修课，基本上风雨无阻。广场的太阳每天都是新的，从这里起步，每天都有好心情放飞。

# 睦邻

奎楼新村5号楼毗邻蝶园广场，是高邮的一幢普通的住宅楼，我住此楼33年。此楼最早的老住户12户，现在还有3家，前后搬进的也有10多家。尽管各家持家理念、生活习惯、文化水平有异，但是这里始终弥漫着一种睦邻的氛围，从来没有人搬弄是非、说三道四，邻里打架更是从未发生过，真可谓“和气歌小楼唱响，和谐曲户户相传”。一万多个日夜，我们都在做着放飞和睦、收获温馨的中国梦。

与5号楼相邻而居的老仇原是菜农，家有小院。大家朴素的念想是关心自家也关心他人，相处时把方便留给别人。细微处，由于老住宅楼没有车库，老仇将自家院子作为5号楼免费停车场，摩托车、电动车、自行车塞得满满的。他家的平屋顶的大阳台是5号楼人家的晒衣场。5号楼有好几户都有老仇家大门钥匙。老仇说，他放心，给人留个方便。连老仇家的小狗看见老邻居“登堂入室”，摇摇尾巴也决不叫唤一声。紧急时，304户失火，火苗凶猛，浓烟弥漫，女主人吓得直抖，刁先生与我的爱人奋勇冲进去，用一床湿被扑灭了大火；204户水管突然爆裂，厨房一片泽国，八九十岁的老夫妇急得团团转，几户邻居不约而同赶到，迅速修好水管，还排除了积水；偶尔，邻居中一对小夫妻吵架，刚读小学的孩子吓得大哭大叫：“停止！停止！”邻居出面一劝，便停了……

每当曙光初照5号楼和蝶园广场时，与5号楼相邻的老陈家面店开始营业，坚持锻炼的老李作为组织者之一，与女舞友们跳起韵律感强、动作优美的广场舞，他是舞蹈队伍中的“洪常青”。我和爱人则加入跑步的行列。每天，问候声、脚步声、音乐声组成了悦耳的晨光序曲，揭开了快乐的一天。

“邻居好，赛金宝。”5号楼的老邻居中有四人患有糖尿病，现都在70岁以上，大家互相关心，成了“糖友”。我患病17年，由于管住嘴、迈开腿，血糖值控制在正常值内。老李运动强度大，一口气能做几十个俯卧撑，不吃药，血糖值正常。病情反复的是老仇家夫妇，血糖值奇高。我们现身说法，劝他们坚持服药、运动、饮食“多着并举”，“吃粥就是喝糖水”“多吃杂粮，蔬菜不限”，终于使情况较前稳定。邻里之间，有人患病，大家都嘘寒问暖，犹如亲人。我赴沪颈椎开刀，邻居送我们上车，祝福一切顺利。这两年，有的老邻居因病成了医院的常客，两天不见，大家就关心他是否又去住院了。

境界高时无物碍，睦邻长河有波清。让我感动的是邻居对我们的信任。春节，对门邻居回农村，将大门钥匙交给我家，节日我家十四口人团聚，对门就成了我们家的“西餐厅”。长生大沟碧于天，新村小楼听雨眠。在这种相处和睦的环境中住惯了，又有蝶园广场相邻，整治后长生大沟汩汩流水，我们觉得宜居，还搬什么家。

诚然，邮城像 5 号楼这样的住宅楼多着哩。我们只想共建文明和谐的 5 号楼，将它缩成一朵小花，点缀在正在创建的全国文明城市的锦绣蓝图上。

2017 年 6 月

# 坐卡车

如今，人们坐公交车、长途车、私家车、公务车、出租车是常事，可是因公务出差坐卡车的却不多。我退休以前，曾因急着办事坐了几回卡车，其中的况味和情趣至今在记忆的长河常常泛起涟漪。

早在上世纪八十年代初期，我在省文联民间协会协助工作，认识了南京大学教授高国藩。后来，他组织中文系一批学生来邮采风，委托我组织安排。于是，就有了这批学生在高邮和界首的采风，收获颇丰。按计划，他们还得去汜水采风，时间只有一天。当时，界首和汜水之间班车极少。我请在界首供销社工作的连襟周利华帮忙，找来一部卡车。大学生让我坐在驾驶室，他们都坐在后面车厢里。卡车驶向汜水，大家一路嬉笑，一路欢欣。在汜水，采风，同口述人合影，从大学生笑脸上，漾出了此行“满意”。合影后，大学生就在房边旱冰场溜冰，欢欢喜喜地又“疯”了一把。然后，我们又乘车回界首。当时，刚过不惑之年的我，分享了采风的顺意，也沾染了他们的青春气息。虽然累点，也值。

有一次去扬州出差，当晚回邮，班车已无，又无现在的顺风车，便走到被扬州人称为“蜡烛台”的电讯大楼附近碰碰运气，想搭便车回邮，走不了就住旅馆。说来真巧，有一部十轮卡的拖车从身旁过。“陈老师。”一声呼叫从驾驶室传出，循声望去，司机已经走过来了。“陈老师，你在这儿干什么？”定睛一看，原来是十多年前的学生杨文清。我说明缘由，小杨说：“真巧，我拖钢材回邮。上车，送你到家。”我从心眼里高兴。坐在驾驶室里，他说是为老板打工，开夜车是常态。我们彼此谈了分别后的情况，亲切，畅意。我打听几个熟悉学生的情况，他说都混得不丑，有些学生年收入比老师工资高多了。驾驶里洋溢着师生情的温馨和学生尊师的真挚。车子开到文游路与琵琶路交叉路口，我见卡车拖的钢材长长的，像是多了个尾巴，就提议就此下车。他不同意，说车子转弯没事，一直把我送到蝶园路我住的楼房旁。那夜月色朦胧，可杨文清送我回家的印象一直清晰地印在脑海里。一晃 20 多年过去了，我们再没有谋面。听学生说，他自己买了两三部卡车，当起了老板，混得真不丑。我估摸他已从临近中年变成了年过花甲了。杨文清，你在哪里呀？！

再一次坐卡车是 1997 年金秋。当时，中国首届邮文化节将于 10 月 9 日至 10 日在古城高邮举行，开幕式暨大型文艺晚会在市体育馆进行。晚会的主持人将由央视著名主持人担当。市里将撰写主持词的任务交给我，市领导对此事十分重视，我几次易稿后，又派我赴宁请著名词作家修改。回邮后，市领导比较满意，但希望从主持人角度再行润色，于是便有了上海之行。我带着介绍信到上海电影制片厂找全国著名主持人乔榛、丁建华指教主持词。找到他们后，他们正在为译制片配音。稍后，他们以主持人口吻诵读了主持词，再三推敲，亮起了绿灯，只字未改。我立马往回赶，车至镇江已是深夜，镇江至高邮的班车已停开。有人提醒我，可坐轮渡去六圩看看，或者在轮渡上找找顺便车。我在轮渡上便挨排找车。大概我的高邮口音传进了一位司机的耳里，他摇下车窗玻璃问："你要去哪里？"我说明了情况，他说："老同志，上！"一个"上"字让我着急的心终于放了下来，因当时距"过节"不到一周。我进了驾驶室，才知道这位司机是市包装厂的朱庆华，30多岁。他十分健谈，眼光远大。他说自己是苦孩子出身，当过兵，走南闯北开车是为了三口之家的生计，等等。谈起邮文化节和高邮的过去，十分感慨。他满脑子里装满了大大小小城市的璀璨，每每开夜车回邮，路灯昏黄，"暗淡在眼前，难过在心里"。对市里举办邮文化节，他举双手赞成。我对他的浓浓乡情和思想境界由衷佩服。一位普通司机如此，实在难能可贵。20多年过去了，改制后的朱庆华现在干什么呢？请熟悉他近况的人捎去我的问候，也祝愿他心想事成。

几次坐卡车，并非是为省钱或以示勤俭，而是为着急办事，并在短短的坐车期间，享受共通的人情、友情、乡情。倘若时时处处如此，那么人世间就充满了爱。

2018年4月

## 人活着多好——与 W 君谈病

印度著名文豪泰戈尔诗云："生如夏花之绚丽，死如秋叶之静美。"伟人把生死状态诗化到了极致。你我都是凡人，与常人一样，对生很坦然、随意、无憾，而对死则畏惧、忧愁、无奈。总想，人活着多好。其实，伟人也有类似的感叹："人活着真好！"

去年，好友陆君前来看望开过大刀、患有慢性病的我，也谈到多年有病的你，说你思维依然敏捷，但胃疼、少食、无力，往年是健跑强者，如今蜗居在家，难以迈开矫健的脚步。后来，我与你通电话，你在电话那头说："你把电话挂了，我无力与你多谈。"令人揪心，一声叹息，难道你已经走到人生边上？！

我带着惴惴不安的心情敲开你家的门，你的夫人正为你擦身。你的病没有预想那么重。好友相逢，你要坐起来交谈。我说："你躺着，少说话，我多说点。"且不说你因疑似膀胱癌开刀而折腾了好长时间，仅谈目前的病，胃部疼痛，进食不多，四肢无力。医生说你得了抑郁症，服药了，症状依旧，每天吃一颗安眠药才能入睡，哀叹人生苦短。我安慰你："'风痨气臌嗝，阎王请的客'，哪一种与你对得上号？能吃的尽量放心地吃，凡事都要向好的方面多想想，吉人自有天相呗。"

你承认你并不抑郁，尽管通宵不眠有过自杀的念头。早先，你身体状况好转以后，早上先吃一点莲子、饼干，然后去广场跑圈，还关心我的早锻炼，有几天见不到我，还特地到我家看望，劝我锻炼贵在坚持。于是，我听你和我爱人的话，长年锻炼不断，正月初一依然是 1.5 万步左右，使我这个 17 年的"糖友"服药后控制血糖值正常，生活正常。

你我都不相信人的病是命的表象，但也知道，自然规律就是命，承认并依照自然规则就是认命，这不是迷信。在你床边，你话音不高，我尽量靠近你，对你说："人生是短暂的，你我都年近八旬，垂垂老矣，但要有一颗年轻的心，快乐地对待每一天，快乐地想想与亲人、同学、朋友交往的令人高兴的事，想想你与当年甘肃兴平工作的小张恋爱并坠入爱河的事，想想你的两个白领阶层的能干儿子和可爱的孙子辈的事；你会心宽一点，顺其自然地把想做的事情做好。一个被政治运动和疾病捉弄过的人，昔日的难关已闯，今朝的坎坷定过。"

你睡在被里，叫我把通向阳台的门关上，你怕风。当我提到跑友中有位薛先生背后夸你人耿直，见地独特，绝非人云亦云之辈，你微笑了，你说与这位先生并不熟稔。你曾长

与老同学王祖宏（中）、陆正宏（右）在一起

期为师，抚育过数不清的幼苗和小草，滋润过数不清的枝叶与花朵。你不以学生当高官而得意炫耀，学生却以做过你的学生而觉人生有幸。你不觉得高兴吗？你应该欣喜释怀。

看望你已过多日，相信你一定会调节好心情，控制好病情，在某一个春晨，或某一个夏晚，我们会在广场不期而遇，然后相伴快走，踏歌而行，走过健健康康的每一天。我期待着，会有那一天的。

2018年2月

## 师生情浓似父子

常言道："一日为师，终身为父。"其内核是尊师。为师者，除了践行"博学为师，身正为范"，还应以满腔热情"诲人不倦"，对学生呵护备至，让师生的互相关爱伴随一生。我从事农村中学教育近20年，进城从政后又兼任电大教师20年，与数以千计的学生交往多矣。一些浓郁的师生情使我心旌摇动，有时还潜入梦乡，潮濡我的心。学生年复一年对我关顾、照应，让我感慨万分。

薛强是我教高中时的一个好学生，品学兼优，努力上进，在阳光荆棘载途的人生路上，不断取得新成绩。他高中毕业后不久当了初中民办教师，由于坚信"不满是向上的车轮"，于是读大专、上本科函授，教学成绩显著，当上了教导主任。就在这时，他因为多生一胎而将受到处罚，或除名，或重重罚款，我出面"说情"，让他认罚。此后，帮他调至城里职中工作，勉励他重振信心，好好工作。在新的岗位上，他又重新扬起风帆，受到点赞，并被推选为市政协委员。他的好友说，陈老师成了他的"亚父"。多年来，我俩之交淡如水。我退休后患了糖尿病等多种疾病，他得知后背了近百斤的复合杂粮登上三楼，让我吃杂粮控制饮食，调节血糖。我说这次收下，下不为例。近年，我住的楼房屋顶常会"雨脚如麻未断绝"，现已担任某建安公司管理员的他，得知后组织人员维修一新，优惠结算，不仅我可安居，而且惠及近邻。

陈宝林是我教电大时的一个好学员，工作尽力，充电蓄势，为的是不忘初心，干一行，爱一行，精一行。基于此，有一次晚间上课突然停电，他和学友立即弄来蜡烛，在摇曳的烛光中听完我教的那一节课。他本来就爱好文字，能写多种体裁的文章，由于我实时辅导、及时沟通、随时商榷，他的写作水平大有长进，多种题材的文章在县、市、省乃至全国报刊发表；他成了引人注目的"一支笔"，被选为高邮市作协副主席。他50岁时要出本书做纪念，从选稿、改稿、定稿，我面谈指导，为书作序以至校对装帧，我们都竭思尽力，使《多彩的岁月》为文艺百花园涂抹了新的芳华。他所在单位老总的祖父百岁生日，约请我俩在两个多月中，完成采访、撰写，出版十多万字的一本书——《五世同堂》。评论家感言"和合故能谐""五世同堂，履德其昌"。该书同寿碗将福寿之气带到成百上千的家庭。

去年严冬，酷寒的天气竟将家里墙中的水管冻裂。其时他也正在南京处理水管冻裂的事情。于是他联系在邮挚友，遥控指挥了这一场抢修战，提前给我们送来了春色和暖意。平时，每隔一周周末，宝林夫妇总要来看望我们老两口。他们把这里看作自己的家，做晚辈的要常回家看看啊！

2017 年 3 月

我的电大学员陈宝林（前左一）、陶华（前右二）、韩玉（前右三），后排左起徐渊、赵放、李连珠

# 赵厚麟升官之道

官方信息，2014年，赵厚麟可望再次升官。

赵厚麟是国际电信联盟高官，不是国内常态的“公仆”。他自谦地解读，从跨进国际电信联盟的1986年起步，即当初担任G级职员开始，他便是地球村一个服务社会的专门机构的公务员，其终极目的是让地球上所有的人享受均等的服务。君子务本，本立道生，路长且艰。这里姑且不谈道生于虚无、化为万有。我们关注的是这位从高邮走出去，先后担任国际电信联盟两任副秘书长，去年11月又被中国政府决定推荐为国际电信联盟下届秘书长候选人的赵厚麟的升官之道，颇有意义，也十分有趣。

中国政府推荐赵厚麟时称，“他杰出的领导才能和出色工作赢得了各方的广泛认可和赞誉”，他“深谙国际电信联盟担负的使命和面临的挑战，具备领导国际电信联盟的能力和品质”，倘若由赵厚麟出任下届秘书长，“相信他将带领该组织继续为全球信息通信发展做出更大贡献”。可不是，时至2013年底，世界移动电话用户达68亿，互联网用户达27亿。如果厚麟掌门，执志笃行，独辟蹊径，前程宏远，这是又一个中国梦圆。

业内人士和坊间俊才，大凡熟悉他、关注他、支持他的都有一个共识：他20多年来一贯出色的表现和透明、高效、公平、务实的管理风范与驾驭能力博得全球性的广泛好评。这位具有中国灵魂和世界眼光的智者能人，既为中国在此领域拥有话语权，又为全人类尽心尽责服务，这正是他把握住的为官之道，亦是升官之道。

乡里乡亲对他的为官务本、内修外炼、功成名就，更有特殊的感受，别样的滋味摇动心旌，让人浮想联翩。

成才或为官离不开几个要素：领导关爱，伯乐垂青，个人努力，仁人相助，赵厚麟的“仕途”似乎也符合这个定律。诚然，也离不开挑战与机遇。如果没有国家选送他出国深造或在国际电联履新，他做梦也梦不到“坐镇”日内瓦“总部”。他出国考试前，一位老工程师送给他一本英汉词典让他去“啃”，作用大焉。否则，哪来的“赵氏读本”人生书的探骊得珠的精彩！如今，他熟练地运用英语、法语，到过五大洲几十个国家公干，工作出色，“马到成功”，深受好评。许多关键时刻，都显示了他积聚的正能量和一副“好身手”，尤其是“临门一脚”，十分了得。

外交部部长王毅和工业和信息化部部长苗圩在推介函中充分肯定了赵厚麟的优秀品质，这是他几十年如一日铸就和修炼的。那非一日之功的内外兼修，才使他“临政莅事”时形神兼备。从他负责某个工作组，到担任副秘书长，他不贪腐、不作秀、不僭越，与现任秘书长哈玛德·图埃并肩工作，密切配合，卓有成效地推进各项工作。时至今日，将要换届，已连任两届秘书长的图埃表示将要退位，支持赵副秘书长参加秘书长竞选。

赵厚麟立足本职，着眼全球，拥有很高的信誉评价和很好的人脉关系，在平时工作尤其是下届竞选中，他很自信，也很冷静，因为在他的背后有一个强盛的祖国。他相信 2014 年 10 月竞选会有一个好的结果，但是他按照章程开展竞选准备工作，决不随便表态或做出承诺，那是成功者对一切了然于心的成熟与驾驭。

他人在国外，根在乡土。当年，他离开高邮的时候，并未作过什么承诺，但是他在践行一条古训:“苟富贵，毋相忘。”从他当年下放的“大队”老大娘议论他的“小芳”故事说，他“当时还没开窍哩”，到他对母校邮中的眷恋、对金成梁等老师的敬重，以及对家乡的官员、张椿年等企业家乃至凡夫俗子的关注与期待，都表明他根扎故土，也在努力反哺桑梓。对社会，他是在俯视；对人民群众，他是在仰视。以至对犹如过江之鲫的“个体”“具象”，他依然是平视待人，厚德向善，哪里像一位在全球电信业内叱咤风云的人物！

当下中国，看尧天舜土，海晏河清，紫气东来，思赵厚麟升官之道，虽不能“克隆”一个“赵氏”人物，但是会有一种激励：为人为范，为才为官，王侯将相，宁有种乎！一切的一切，志存高远，路在脚下。

2014 年 1 月

（注：2018 年 10 月，赵厚麟将竞选“秘书长”连任，预祝他成功）

# “铁马甲”的柔情

扬州市著名企业家高仁林曾为残疾人蒋慧装了一件“钢丝背心”，正是被人们称为“铁马甲”的背心固定了她变形的脊柱，支撑了她的忘我工作和多彩人生。

著名企业家张椿年因病致使脊柱弯曲，几十年来，他以特有的性格、气质、情操铸塑一种无形的“铁马甲”，支撑着他不屈的脊梁。近年，在张椿年突然仙逝后，姚正安君写下了报告文学《不屈的脊梁》，在社会各界尤其是文艺界、经济界引起了极大反响，好评如潮。

张椿年成了一面初心不改、奋勇争先的旗帜，令人仰慕，正是他以践行核心价值观的实际行动，谱写了荡气回肠的“宏远弦歌”。而姚君则以其精品力作唱响了新时期、新高邮的“时代新曲”，为同行同道提供了与时俱进的典范。

张椿年是王祖宏、曹耀琴和我等几十年的好友，他的人生书、事业路值得我终身研读、践行；他的“铁马甲”的柔情永远流淌在许多友人的血脉之中，搏动不已，生生不息。

张椿年自尊自重。1959年暑假后，他和女同学王龙章、晏金霞都由于政治原因没有能够上大学，他苦闷、气愤过，但没有自暴自弃，就同我一样，被分配在乡间做农业中学教师，带领学生半耕半读。学校条件十分艰苦，学生学到的知识比普通中学差得多。我患过肺病，水平不高，逐步适应需要，便“钉”在岗位上不准备挪窝了。可是，张椿年则不同。学习成绩很好，尤其是数理成绩优异，他觉得身居农中难以施展抱负。“不满是向上的车轮”，他决定“闯关东”谋生，有女同学要与他同行，他婉拒了。“北漂”不成再惹出闲话来，何必哩。张椿年去沈阳后，先当工人，后当兵，似乎受到重用。我与他通过信，为他没有在乡间折翅而在更宽广的天空飞翔高兴。想不到的是他在政审中没有过关，提前“复员”到高邮，回到事业起飞的原点。他没有气馁，路是人走出来的，路就在脚下。

张椿年钟爱事业，回邮后，他先后在市服装厂、市电器厂、市模具厂担任总检、科长、厂长等职务。就在市元件六厂难以维持、处于停摆的时候，他毅然挑起了厂长的重担，没有口若悬河的许诺，而是挺起病痛的腰迈开了新的步伐，厂里产品电容器新的配方、工艺、人才经常显现在他记忆的皱褶中。几年的南下北上、艰苦奋战，依靠全国名厂上海天和厂的鼎力支持，元件六厂成了天和厂的分厂。天和厂高邮籍张厂长以浓厚的乡情和全新的观点吹起了感人的风，他认为生产的精力和优势应对准国外市场。从此，生产发展、治理污染同时进行，厂里充满生机。生命常绿，草木有情。人之相知，贵在知心。许多能人强手在张椿年带领下，终于将全厂年产值从1986年160万元提升到1988年的550万元，利润提高了3.5倍。绿灯，向进击者闪亮。

昔与今比，可谓天壤之别。元件六厂原先只生产电容器，现在已能生产低压电极箔，质量超过国际知名企业，特高压电极箔填补了国内空白，并出口国外。

抚今追昔，他南下拜会宏远老总，话题是从老总办公室一条幅谈起，上书“已所不欲，勿施于人”。两人谈为人之道、治厂之经、发展之路，十分投机、融洽，终于有了元件六厂的风清月朗、朝霞满天。高邮宏远问世以后，红旗潮头立，创新不停息。省低压电极箔工程技术研究中心、省博士后科研工作站、中科院省院士工作站相继建立，还大胆引进以丁钢玉博士为首的韩国专家团队，加上厂里自培的苍翠欲滴的马坤松、寒梅吐香的丁霞梅，等等，共同撑起艳阳天，硕业光梓里。被人们称为高邮“工业常青树”的张椿年圆就了宏远的梦想，2012年，宏远公司实现产值3.88亿元，缴纳税金1228万元。

张椿年尊师重友。他似乎有一种与生俱来的情怀，他说：“生我者父母，教我者老师。师恩如山，永志不忘。”他是许多老师心目中的好学子，是高邮中学数以百计不同届毕业

张椿年（左）、赵厚麟（中）

生心坎里的好学友。由于他的努力尽心，有的老师顽疾得到缓解，有的已沉疴不起的先生将子女的事拜托给他，更多的老师十分高兴参加他组织的联谊活动，鼓励他，点赞他，说他虽没有上过普通高校，但是套上“铁马甲”的他挺起不屈的脊梁，成为莘莘学子的坐标。

好友王祖宏与他都是高才生，往日惺惺相惜，宛如兄弟。张椿年对开刀住院、心理失调的王祖宏更是关怀备至。从高邮到上海，一次又一次开导他，谈心说事，尽量熨平他多皱的心扉。同学张廷华带病参加高邮中学59届校友活动，椿年坚持扶着他坐在前排合影，让大家珍惜这难分难解的时刻。徐春柏同学在扬因车祸去世，张椿年约了学友赶至扬州为逝者送行。身为国际电信联盟秘书长的赵厚麟是张椿年50多年的知己。尽管从事的工作不同、地位不同，但他们关心桑梓发展，支持家乡事业，热心公益活动，都是心心相印。他俩多年来十分尊崇恩师金成梁。他们有时也对家乡发展提出不同意见，高邮没有高铁、航空港，要搞什么华东物流中心是不现实的。椿年突然病故，赵厚麟发来唁电，回邮时又去公墓凭吊老友，呈上一炷永不熄灭的心香。

张椿年自谦自励。现在的宏远厂或升达集团（前身为元件六厂）的知名度、电极箔的市场占有率，上海天和厂已没法与其比肩。但是，张椿年一直称它为“师傅厂”，不是踩着巨人肩膀攀登高峰以后，就同该厂拜拜了，而是依然亲密如初。

张椿年的老师金瑾乐是南京大学教授，写得一手好书法。他写了一幅字“山登绝顶我为峰”送给张椿年，祝贺宏远的佳绩。条幅挂在办公室没几天，张椿年就将它带回家中，他认为人不能自命不凡，还是把老师的鼓励珍藏在心里为好。

张椿年不姓马，也不属马，但人们称他为“马校”，常以为他有一马领先、众马奔腾的精神，其实不然也。他不像有的人大红大紫、大起大落，他追求的是又好又快、常态化的偏快的速度。他向各级领导汇报时，总是挤去水分，认为企业发展不可能实现几何级数增加。称他为马校，是因为他参加省委党校大学本科学习以后，专攻经济管理。本来，他就才华横溢，思维敏捷，善于革新，传统的经济发展观念经他考量后扬弃了，改革创新包括西方先进的经济理念，他全盘吸收、化为己有。于是，在与同行沟通时，或者在邮中新春座谈会上，面对来自国内外专家型校友，他创见迭出，求是求实，侃侃而谈，令人折服。人们夸他将马列主义经济学原理同他领导的企业发展实际结合得很好。叫得最勤的是邮中副校长王康，为“马校长”称谓、作为，两人还嬉笑着抬杠哩。张椿年说:“你才是真校长，我永远是小学生。”

张椿年从不张扬。有单位要与他联姻，推进企业文化，花钱搞企业宣传。他打电话询问我的意见，并说:“只要你点头，有事我们就照办。但是自吹自擂、搞花架子，我们不干。”此后，果然未干。

从 1989 年在《珠湖春汛》上我为他推出《绿灯，向进者闪亮》一文，此后也多次赞扬他们的企业佳绩。好友王祖宏故意说:“椿年施惠于你，你就屁颠颠地为其鼓吹，有失斯文。”椿年说:“其昌是厚道实在人，他写的《平衡——失衡——平衡》就是我们厂的发展的轨迹，你这个书呆子休得胡说。”戏言就哈哈哈地了结了。

不知何时起，中国企业界兴起儒学热，儒商商会遍地开花，有些年头还要评比儒商中先进者。张椿年也跻身其中，但他对有些做法颇有微词。他说:“儒商并不一定是熟读儒学的人，而是要以儒学的理念、精髓指导生产、经营。我没有读过‘四书’‘五经’，但是我接受过儒学的熏陶，人生路、事业路才有所作为、不断前进。否则，随意到处贴上儒商标签，那践行的只能是跟风的‘伪儒学’。”

正是这无形的“铁马甲”支撑起了一个令邮人自豪的名人——张椿年。

2016 年 7 月

# 乡下房东朱大妈

临泽镇原指南四队的房东朱大妈，是我们夫妇及女儿永远忘不掉的好大妈。那是因为在我们最困难的时候是大妈及子女向我们伸出援手，视我们为亲人，朱大妈及小女儿从香都称我爱人为“高邮姐姐”。其时，我爱人在指南小学做民办教师（每月工资 7 元），我在临泽农中、朱堆中学做教师，常到朱大妈家的西厢房，那是我们夫妇和女儿的“窝”。

1969 年一个烟柳依依的春天，我爱人住进了朱家。虽然不到两年，但大妈及子女对我们的照料、关爱一直绵延着。如今，我们两家人仍像亲戚般走动，连同许多美好的记忆像一串珠玑套在手臂上，嵌在心坎里。

大妈是个典型的传统农村妇女，住在她家是大队安排的，她也乐意。因为此前已知道我爱人的为人，她说可以不收房租，但是要写个赁房纸（当地乡俗，夫妇同宿一家要写赁房纸），以图顺遂。西厢房冬天好过，夏天难挨。大妈说：“你们下乡苦了，在城上可以有电风扇吹。”其实那时我家也没有电风扇。有一天深夜，邻近西厢房传来扑腾声，我爱人立马起身，疑为黄鼠狼拖鸡，实际是鸭子钻进鸡窝。其间，一根木刺直插我爱人手指里，忒疼。早上伤口已化脓，经赤脚医生开刀、包扎，还隐隐作痛。睡在正屋东房的大妈早上才知此事，对我爱人有些内疚，又有点心疼，“让你吃苦了。”我爱人说没事，照样上班。当时，我爱人是由学生家管早、中饭，晚饭在大妈家吃，喝粥，吃大咸菜，没吃过萝卜干。当年腌大菜时，我爱人给大妈两块钱买盐，她很高兴。我爱人想，人心换人心，何况还有我吃的。平时，大妈家生活清苦，青菜汤、萝卜咸菜汤是常吃的菜。平时三儿子从龙罱泥罱到鱼，都是腌起来过年，偶尔打到野兔子、野鸡，卖的多，自个儿吃的少。大妈知道我周末都要去她家，她总要以一角兔肉或野鸡肉款待我，我爱人也以买半斤肉炒肉丝给以回报，大家共餐，其乐融融。但是，忙着锅台转的大妈从不上桌用餐，总是在锅台吃。

给我爱人印象最深的是一次大雨，穿的球鞋里面湿了（她当时无套鞋），大妈教她用草木灰放进鞋内，次日鞋内就干了。等我爱人忙完晚上要做的事后，准备往鞋内放草木灰，大妈已经放好。次日晨一看，此法透灵。我的女儿当时只有三四岁，记不得在雨后临泽街上如何巧遇从龙，背着她走十多里泥泞的道路，只记得一位老奶奶（朱大妈）背着她走过又湿又滑的桥。

当时，我爱人又怀上了小女儿，朱大妈对我爱人更多了一份照料。我爱人回城待产，她经常念叨，不知道居老师生了没有？我小女儿出生的那年冬天，多雪奇冷，她帮助将尿布放在锅洞里塞上草烘干。后来，我爱人离开教育岗位转至粮站工作，大妈吩咐女儿从香，上镇看望有病的“高邮姐姐”，为其洗洗弄弄。我爱人在粮站工作，朱大妈一家从未上镇来求批糠和议价米什么的。大妈的二儿子从兴因肝病而亡，白发人送黑发人是难受的。从二儿子处回家，本来就多病的大妈病情加重，她关照小女儿：“我走以后，你一定要通知‘高邮姐姐’。”1987 年 3 月的一天，大妈去世的消息传来，我爱人立刻下乡，按乡俗“享用”亲戚的礼仪，为失去一位好大妈而悲恸。

有其母必有其子女。三儿子从龙除了种田，还干过许多致富的活。我上城回到焦家巷 6 号的老家，单位为我兴建一间住房，我准备好建筑材料和门窗后，当过瓦匠的从龙一手包办，大工小工全由他安排，很快弄好一间正规的住房。他见我家住的公管房，檐口后的梁与各扇门头处通风，他特地从乡下带来稻草，打成一个个草把子塞上挡风，好让房屋暖和一点，也温暖了我们的心。

1998 年一个夏日，已病得很重的从龙到医院找到我的女儿，经诊断，他已是肝病晚期！带他到我家吃饭，他不肯吃，怕传染我家人，连香蕉也不肯吃。他曾从安徽姐姐处带回一个小竹椅给我的外孙晨晨，那天在我家见到，笑道这家伙多胖。他“走”在萧瑟的秋天。临死前，他对妹妹说：“我（48 岁）比哥哥已多赚了四年。”毫无恐惧，正视死亡。后来，我才知道，朱大妈叫张桂英，生有三男三女，为人和善，与邻和睦。在饥馑年代，大妈带着二女儿从秀和从龙到安徽逃荒，留下从秀，带回从龙，吃尽辛苦。如今，大妈、从龙都已走了，但仍活在我们的心中，活在我们同从香的亲近交往中。

2018 年 4 月

# 为“女流氓”叫屈

一个秋日的早晨，我将我的四个女儿叫到身边，向她们披露我当天夜里要干的一件事。身为中年机关干部的我，奉命去捉捕一个少女，即当年红旗中学初二年级的徐丽珍（化名）。她住在一条名巷老宅不大的耳房中，父亲是革命伤残军人，母亲靠在纸盒组糊纸盒为生。我们传唤住在阁楼上的她下来，一个身穿布质套头衫、短裤的她站在我们面前，一脸羞涩，一脸迷茫，听候摆布。见此景，我心里真不是滋味。带领我们去捉捕的民警让我上楼看看，有什么相关的“证据”。

阁楼上还住着她的两个姐妹，桌上只有低劣的化妆品，还有徐丽珍的一套新书和开始写作业的本子，批改日期即为9月3日。我望着本子，心里酸楚，昨天的学生，今天就沦为“犯罪嫌疑人”了吗？尽管我不解，还是以此向女儿们提出警示：遇事循规勿乱。

我们就要把徐丽珍带走，问其家人还有什么话要说，其父徐大海病在床上哮喘得说不出话来，其母汪玉兰又气又恨：“不听话，不听话！跟那些坏伢子能跑出什么好事？”徐丽珍带往看守所。夜深人静，跫然足音，敲击着我的心。我第一次“协警”，干得对吗？她这个豆蔻少女需要抓吗？我能做什么呢？我将她的那套新书到红旗中学退了，把钱送到她家，几块钱也可以贴补家用。次日我去上班，将事情和我的心事告诉同事。同事笑谈，你不要为她“焦虑”，说不定就会有“捉放徐”的戏启幕。

秋去冬来，春暖花开。徐丽珍被无罪释放。在狱中未流一滴眼泪的她，在父母面前大哭了一场。那是一种令少女难以接受的梦魇，没有父亲的哮喘声，没有母亲的唠叨声，一觉醒来，身边不是亲姐妹，而是面目各异的女囚徒。

人生在世，有人一生顺遂，有人命运多舛。徐丽珍走上全新的路，唱的是悲喜曲。年轻的她再也没有走进校园，被安排在棉纺厂工作，她有繁忙的劳作、惬意的生活、幸福的家庭。可是人到中年，早已失去父亲的她，患上了淋巴癌，一个月开了两次刀。现已内退的她享受养老、医疗的基本保险，顽强、健康地活着。回顾过往，昭示着许多事理让人遐思。

依法治国是治国的基石，而人治历来为人们所诟病。保持高压态势下采取专项治理所取得的成果为海晏河清创造了条件，人们常常津津乐道。自然灾害加上人为的因素形成的苦果，百姓终生难忘，难以下咽。而专项运动中的缺失，人们是可以理解的。当事人徐丽珍认为对有罪和无罪的问题，政府已还了她一个清白，她只是青春时期闪了腰，没有留下后遗症，同人们一道生活在改革的阳光中。

历来党的各级领导告诫我们，在纷纭复杂的世事以致丑陋的现象中，要分清各类矛盾，厘清黑白是非，理清前因后果，依法公正、公平、公开办事，以震慑恶势力，教育大多数。像徐丽珍这样的少女，近墨者黑，偶尔偷吃禁果，并无参加团伙的劣迹，充其量是加强教育，绝不能不教而诛。

人在世上走一遭，他的公民权、生存权等各种人权理应得到保障，这方面工作我国正不断落实、不断完善，得到了世人的首肯与认同。曾经身陷囹圄的徐丽珍有过失去自由权的体验，但是，更多的是她有无罪释放后书写人生的自由权的感受。在小城的蓝天下，大家和睦相处，营构自己的爱巢，关注小城的发展，那就是和谐的、幸福的。患了病以后的徐丽珍坚持与疾病做斗争，她说能够活着、望着下一代健康成长多好。

她和年近八旬的母亲对我很友善，我告诉她们，撰写此文不是揭她的“伤疤”，而是就事说说关心下一代的老者的心里话。她们知道，从事发以后，我一直为她叫屈。我也愿意与热心人一道，去看望、慰问正在康复的徐丽珍。

2016 年 6 月

# 晏四奶奶

上世纪自然灾害时期，界首公社东乡大野兀立一座名扬远近的半耕半读学校——界首农中。学校规模不大，校舍齐全，都是土坯墙、茅草房，有25间。学校炊事员是一个被称为晏四奶奶的老人，50多岁，早年丧夫，无后，孤独一人。

她做炊事员，烧饭、做菜，还负责学校菜地种菜和养猪，整天刷刷刮刮、有条不紊地忙碌着，为的是全校近百名师生的一日三餐。当时，我们粮食定量是每月24斤，学生口粮是每天原粮8两3钱。伙食房有一个甑子锅，外有两口大锅，早晚煮粥，中午蒸饭，各人有各人不同的饭钵、瓷缸、饭袋子，放的是米、胡萝卜、慈姑。中午开饭，各人自取，晏四奶奶帮着把这些盛饭的家伙送到各人手中，不会错拿一个。然后是打汤，春天是青菜汤，夏天是冬瓜汤，秋天是南瓜汤，冬天是咸菜慈姑汤。几乎无炒菜，偶尔为教师加个韭菜炒蛋，那就很“刹馋”了。有一年，作家马春阳、陆文夫到界首采风，一定要到我的工作单位看看，中午晏四奶奶变戏法似的加了个鲫鱼汤。鱼大汤稠，鲜美无比。马春阳俏皮地说：“牛奶是它的孙子！”晏四奶奶待全校师生都好，从不克扣粮食，她说在粮食上贪便宜，就是要伢子的命。

1960年冬天，遇到当年全国人口减少1000万的罕见饥荒，亲眼看到大批浮肿病人，有人活活饿死，我的亲人也不止一个因此永远倒下。当时不解的我，只认为老天爷在拿人，好多年头，那年的刺骨寒风在刺痛我的心，我多次诅咒那个年代的饥馑。值得庆幸的是，我工作的农中有慈姑田、胡萝卜地，为我们提供了不少副食充饥，加之有一位心地忒好的晏四奶奶，让我们少挨饿。冬夜灯下备课，饥肠辘辘之时，晏四奶奶为住校的几位教师各送来一小碗刚泡好的焦糊，一定要我们吃下。我们说不能吃她的东西，“就吃这一回吧！”晏四奶奶对学生更是关怀备至。有一次她见一个姓徐的女生，饭袋子倒下的食物没有几粒米，四奶奶不由分说，将自己碗里的饭分了一个饭团子给这个女生，硬要她吃下，“全吃这些副食怎么行哩！”姓徐的女生咽下的是饭，流下的是热泪。

有一次公社党委书记徐学英路过学校，听校领导和晏四奶奶反映学生生活太难。徐书记当即表示，给学生每人每天各加到一斤原粮，让全校师生欣喜若狂。后来这事被马春阳写进报告文学《当家书记》一文中，在基层干部中产生很大反响。

学生礼拜天回家或请假离校，都要从学校退口粮，但必须由班主任签字。有一个姓戴的学生模仿我的笔迹多退了两天口粮，我发现后狠狠地批评了他，叫他写检查。晏四奶奶得知前来告诉我，小戴这样做，是为了照料孤独的母亲，他家里已揭不开锅了。于是，小戴检讨过，我没有叫他退出多领的口粮。

晏四奶奶家在离学校一里多路的叶庄，她以校为家，“老家”则成了晚上住宿的“客栈”，她维护学校利益，在校长的支持下，收回了校后通往二里大沟的一段地，种上了玉米、芝麻、蚕豆、黄豆等，使学校菜地扩大了近两倍。侵占学校土地“败北”的胖大嫂人前人后地骂她“绝八代”，“不得好死”。

分内的事，她管；分外的事，她也问。有些学生很乐意为学校到镇上运米，是因为可以“偷嘴”饱餐一顿。尽管船上米盖有“米印”，学生也有办法既拿些米煮饭，又可以在回校过秤时不少斤两。晏四奶奶得知后告诫学生：“偷吃一顿饭事小，人学坏就是从小事开始的，以后不能啦！”学生大部分住校，宿舍有十多间，学校有晚上查舍制度，四个男教师一个女教师，每人一天。有一天，二十多岁的女教师晏某查夜，有几个学生讲荤段子，说什么农村人为什么将亲嘴说成“蜜沫”，有个别已婚的学生绘声绘色地讲同房的事。晏老师立即汇报教导处黄主任。这下摊上大事了，黄主任把穿个裤头“说事”的学生叫到办公室，训了好长时间不罢休。那天晏四奶奶走得迟，就为学生说情，说别让学生冻着，明天再向黄主任交检查。从此，宿舍文明多了。事后晏四奶奶告诉黄主任，半大小伙子思想很活，也乱，要好好开导他们。自己年轻丧夫以后有一段时间很难熬，后来定了心，不改嫁，清清白白做人，也就不会招惹是是非非了。

每年冬天，学生最感兴趣的有两件事：一是杀猪，二是晃麻油。杀猪，学生都看过。农中的猪杀了后，除了少量的肉给教师带回家过年，其他的肉全部腌制好，供伙食用。荤油熬好后的油渣子放进菜汤，就是美食。晃麻油的时候，全校飘香。那是用一口缸盛着已处理过的油料，用一个紫铜锤在油面上不住晃动、荡漾，于是麻油层面越来越厚，麻油越来越多。这时，晏四奶奶做帮手，用铜勺将麻油舀起来。有一个学生姓杜，长得圆头圆脑，晏四奶奶见他老是站在这里看，不时嗅着麻油香，就用手指头蘸了一点麻油，抹到小杜的嘴里，让他尝尝麻油的特有滋味。若干年后，一次吃饭，有人在界首茶干里放了一些麻油，小杜突然想起晏四奶奶的那一抹麻油香。

1962 年一个春日的下午，晏四奶奶在菜地河坂上浇菜水，由于癫痫病发作，突然滚到河里，待到拉上来的时候，已断了气。她先前关照过的小戴，立即用自己的床板放好晏四奶奶，同人合伙将她抬到叶庄老家，小戴的床板便成了晏四奶奶的停尸床。

晏四奶奶下葬的时候，全校师生和许多社员向她告别，连那个骂晏四奶奶“不得好死”的胖大嫂也叹了口气道：“四奶奶苦了一辈子，是个好人啊！”

30 多年后，我重寻界首农中旧址，只见一大片方整化的农田。有人告诉我晏四奶奶的遗骸已深埋地下，而她的为人往事也深埋在我和许多师生的心中。

2016 年 10 月

# 朱治高：用勤奋点亮人生

1973 年一个风和日丽的日子，穷人家的孩子朱治高经人推荐到临泽公社党委当打字员。他从我工作过的朱堆中学高中毕业后，担任小学代课教师刚两个月，便有了新工作，让同学羡煞。我是他的班主任、语文老师。他品学兼优，写得一手好字。在我保存的学生登记表上，他自己总结："两年学习，取得可喜的进步，德智体有了一定进步……今后我决心学他人之长，补自己不足，到劳动岗位上勤奋努力，不断进步。"这是他真实的自白。他家就在学校对河，父亲种田，也做篾匠。从 1962 年起连续十一年是超支户，压得朱家喘不过气来，他旷课去挖慈姑，穷人家孩子干的苦事，割青草、拾鸡粪、捡蓖麻籽之类，他都干过。他读初中就为老师做过刻蜡纸、改过作业。为填平超支的漏洞，他父亲夜以继日忙编织，可是编织的仍然是有漏洞的捉襟见肘的日子，苦涩的生活长期未见改善。他父亲常说太阳总要从他家门前过的。

可不是，在四十多个同学中，治高被公社领导看中，到办公室当打字员。这就是阳光已洒在屋檐上。已有吃苦、勤快思想准备的他很快适应了公社大院繁杂的生活，打印文件，准备会议材料和场所；参与填报汇总统计表，把成日转田头的领导脚印衍化为生产数据报到县里。时任党委书记的周保桃不是那种"大衣一披，指东画西"的干部，他要求上报的材料一定要实，不许有水分。同时，治高还得打扫庭院，整理卫生，卖饭票，卖分配的计划香烟。与公社的陈会计一起，从早上 6 点一直忙到晚 11 点，中午不休息，也没有周末，一年很少休假。每晚最后一件事：关好大门，上好门档，然后上床酣然入睡，到梦中得以轻松。

如果说，治高在公社当打字员是工作的起始点，那么，他 1974 年底入伍当兵则是人生的转折点。公社领导舍不得他走，破例为他搞了聚餐，提前穿上军装集体合影，稚嫩的他站在老书记身后，眼含泪花，他从心眼里感谢领导的培养和厚爱，送他到解放军大学锤炼。于是，他在欢送大会上代表新兵讲话表态，在锣鼓声、鞭炮声中登上运兵车。出发前公社一个副主任受老书记委托，给他兜里塞了 40 元（几乎相当于两个月工资），送来一份关爱。

1975 年一个阳光和煦的冬日，命运再次垂青他。刚从遵化山区拉练回来的朱治高被调到孔原（总参某部政委、六十年代的原中央调查部部长）身边担任警卫工作。他当时来到临时驻地（孙中山 1925 年曾居于此），首长向他们（司机）介绍家人时，幽默地说孙姓大儿媳的姓不好，人人都叫她“小孙”，“见谁都得叫爷爷”。小朱差点笑出声来。从此，他在孔原身边的日子里，却留下一串珠玑似的记忆。他几乎24小时负责首长的起居和安全，首长上班或外出他是跟班，早晚经常陪同去尚未开放的北海、景山公园散步。首长长期从事隐蔽战线工作，作风极为严谨，工作人员不许接触密级文件、保密电话、港台报刊，文件包不得翻看，保险柜的钥匙也是首长掌握。首长生活十分简朴，有一个老式收音机，皮带坏了，就用旧皮鞋带子系着当提线。小朱觉得寒碜，孔原及时教诲：“图好看干啥，只要能听新闻和戏曲就行。”生活上，首长与小朱是平等的。吃饭每天每人1元标准，同样四菜一汤。1976年周总理逝世后，孔原去看望邓大姐（孔原夫人许明曾经是国务院副秘书长兼任周总理办公室主任），小朱随同去了西花厅，与邓大姐同桌用餐，依然是四菜一汤。

他在首长身边工作，十分有幸地见到令人敬仰的党和国家、军队众多领导，聆听首长的教诲。粉碎“四人帮”前后，政治风云变幻，转瞬风光霁月。由于在首长身边，他提前得知“四人帮”垮台的讯息，欢呼漾在心头。留给小朱的岂止是记忆，简直是宝贵的精神财富，尤其是老一辈无产阶级革命家忧国忧民的革命胸襟和艰苦朴素的优良品质，为他今后的成长和进步奠定了基础。

人的天赋虽然有别，如不勤奋努力，人生的轨迹是不会璀璨的，即使扑腾几下，也难以飞跃多远。离开首长之后，他在总部机关虽从事平凡工作，也淬出了生命的火花。1979年一次偶然的机会，小朱被调去干部部门帮忙，写得一手工整钢笔字的他，工作积极认真。而后，他被留下从事干部任免工作，从此进入了他人生的新阶段。刻苦钻研、经常加班加点，使他很快独当一面；潜心本职，办事一丝不苟，使他对分管业务得心应手。

38年的军旅生涯，朱治高一直是勤奋努力的。他十分珍惜并抓住一切机会，丰富阅历，增长见识。他在地方大学、军事院校、中央党校都学习进修过，从总部机关到直属单位、部队，再回到机关，他都工作过，干一行，爱一行，在实践中成和长提高。因为参与处理“厦门420”等大要案，曾有几年处于超负荷、强压力状态，但他也从不懈怠。1995年、2011年，他两次随领导到五大洲多个驻外使馆巡视，参观过罗浮宫、诺曼底登陆遗址、比利时滑铁卢等名胜古迹，也去过纽约大西洋城，穿过荷兰阿姆斯特丹红灯区。不是猎奇，而是了解驻外人员工作生活环境。面对大千世界，开阔了眼界，而对花天酒地，则洁身自好。

不负初心，不辱使命，他扎实做好每一件事。他工作上经历多、见识广但不显摆，高标准、严要求但低姿态。他曾为某高科技单位广纳人才，求贤若渴，选调了不少行业精英。

他参与组建担负特殊使命的某无人机部队，任政委期间十分注重夯实基础，部队曾两次在天安门接受检阅。

朱治高工作照

他的勤奋化作春华秋实，军旅生涯结束之前，他期盼让特殊战线上的人和事熠熠生辉，存史资政育人。他策划主编了历史文化工程系列丛书，洋洋洒洒数百万字，彰显了他的责任意识和驾驭能力。为完成《当代中国人物传记》之一的《伍修权传》，他受命担任编写组长，超常规推进，组织有关同志踏访六省市十余个县市，近百人，广搜素材，延误多年的撰写任务终于完成，受到各方好评。

朱治高从正师岗位退休后，以其实践积累，继续发挥余热，在国家机关某重要平台从事审查把关工作，大到内容导向，小到画面字幕，围绕思想性、艺术性、观赏性严格把关，默默奉献。

他孝敬父母，关爱亲朋，爱护下属，热爱家乡，人们有口皆碑。八十年代初，他把母亲接到北京生活。有一次陪母亲到工人体育场观看国际足球比赛，让母亲开开眼界。他专注赛事，其母却在一旁打瞌睡，震耳欲聋的助威声居然没有唤醒其母。他曾想，当基层农妇都关心足球时，中国足球肯定冲出亚洲、走向世界了。

这一切，都验应了治高父亲的一句话：太阳总是要从门前过的。“团团出天外，煜煜上层峰”，太阳已照耀治高上了人生新的台阶。

2018 年 4 月

# 聚会

又是一个十年。十年前，邮中首届高中毕业生离校五十年聚会的时候，七八十名同学聚会新邮中一个不小的会议室，座无虚席，校长讲话，学生代表仲肇明感言，女同学向老师赠送礼品，师生合影，一切如仪。其时，七十岁左右的老学生依然精神矍铄，吾侪精力尚未衰。如今，又聚会在风光秀丽的瘦西湖畔，与会人员骤减一半，许多同学都由于身体原因未能前来。有一个姓朱的同学患肺癌晚期，曾表态，只要病情平稳一点就来参加这难得的聚会，终未成行。即使与会的三十人中，跛足而行者有之，执杖徐行者有之，靠人搀扶登楼者有之。其艰难之状，皆垂垂老矣，比起十年前的状况，差得多了。

十年变化太大，时光无法倒流。但是，师生间、同学间的一件小事、一次对话、一种情结，却会在岁月长河里泛起涟漪。山有木兮木有知，心悦君兮君亦知。大家彼此关怀、呵护的日子已一去不复返。这次聚会主办人之一的扬州大学政治系教授杨复新开门见山地说；“我感谢大家热情地接待了我一个外省的转学生，帮助我补上两地教育差异带来的不足，也让我认识了高邮，说我是一个高邮人，我就是高邮人！”如今，这位地道的扬州人如数家珍地介绍扬州风景名胜，让人尚未出游已心旌摇荡。然而，令人更记忆犹新的是，十年前的聚会有同学诗云：“……朝阳双塔府前路，往回可曾数？书山坎坷借珠光，学海多情趣。韶华犹在，南天纵览，杨柳春飞絮。”恰同学少年，意气风发，踌躇满志，却被 1958 年毕业报考内定方案碰成历史碎片，有五六个同学即使考得再好，也被拒之大学门外。于是便有刘子平老师（跛足，因站立讲课状称为 h 先生）的内疚、颜烽（班主任）的愧悔。

聚会活动的主持人张安福来自上海，开口就对已逝去的曹耀琴（被同学称为终身联络员）表示缅怀，夸他因肺病未能上大学，但自学成才，人缘极好，为人为才，口碑极佳，有同学、学生担任县（市）领导或部门负责人，从不为己“麻烦”这些临政莅事者。5 月 18 日的座谈会极短，学友絮语绵长。身为厅局级干部的吴森山，请他讲话，他摆摆手：“能够相聚就有无穷乐趣。”合影留念，他执意让女同学和执杖者坐下，自己站在后排。有一个同学五十年聚会未来，这次克服困难赶到扬州，说要抓住匆匆岁月的尾巴，下一个十年再聚会，难矣。是的，上次聚会仅逝世四人，这次聚会，就“走”了十多人。如果再过十年，逝者可能是几何级数增加，甚至生者寥若晨星，悲观乎，难说。从上海来的张鸣祥本可偕

高中毕业60年老同学聚会

夫人吴慧香同行，可慧香同学与肝胆血管瘤抗争七年，还是“走”了。他俩和我是同班同学，从初二时就早恋，奇怪的是并没有影响学习。鸣祥是“百米飞人”，成绩上等，慧香更是佼佼者，两人终成眷属。鸣祥作为海轮船长到过四大洋许多港口，看尽花花世界，两人情感笃诚。鸣祥边说边流泪，引得身旁女同学眼含泪花。以至有同学坦言，晚上由扬州杨复新、朱有和、雍曙做东的宴会是“最后的晚餐”。

丢下这些沉重的话题，说说师生情、同学情的往事。我的妹婿高定向我们披露了两件事。他说化学老师熊楚仲每每上课，只带书（不看），没有备课笔记，第一句话便是：“上一节课讲到什么地方呢？”有学生提醒，熊老师便侃侃而谈、谆谆教诲，课就是这样“流淌”出来的。有一个学生将化学上常接触到的“苯”写成了“笨”，熊老师将该生叫到面前，一点额头：“你真笨！”这一刺激却激活了该生学习内动力，成就了一个专家。熊老师爱生如故，学生迎考，他被人用板车拉来辅导。外语老师王预芳将一段俄文译成中文为：“消磨时光是幸福的！”学生李遐昌举手发话：“王老师这样翻译是消极、不妥当的。应该为：‘我们度过了一段幸福的时光。’”得到老师的首肯和同学赞许。后来，遐昌成了地质学家，文物部门在他家门口钉了牌子：“地质学家李遐昌旧居”。享此殊荣者，同学中可能独一无二。

同为医生的雍曙与姜模英紧紧相拥，好长不松手。她们在说悄悄话。许多同学用手机将此情定格。还是这个雍曙将已执杖而行的倪忠恕搀扶着，过马路，缓缓行，像姐弟俩。李寅与我从小学就是同学。我们谈到在他家院子葡萄架下看书、下棋、玩纸牌，一下子我们又沉浸在童真童趣中。

早年，总觉得来日方长；如今，深感来日苦短。在徐州一医做医生的宋桂芬比我大几个月，定要我称她学姐，她是我从小学到高中的同学。十年前聚会，患癌症的丈夫将她送到高邮；这次聚会，又是她丈夫、儿子开车将她送至扬州。四天前，她刚刚送走突然病逝的姐姐。同学聚会，来一次少一次啊！她得知我爱人居继蕙也来扬（过去也十分熟悉），就叫我打电话把爱人约来。于是，身着一袭红衣依然十分丰满、白皙的她与我爱人晤谈、合影，背景是常青雪松。我以为，九旬可期，百岁非梦。无论愿景实现如何，如此聚会便是乐在其中。但愿人长久，能够再聚会。

2018 年 5 月

# 一『汪』情深

# “汪风”传承漾小温——“汪曾祺故居”拜访者活动实录

春风风人，夏雨雨人。汪曾祺汪老的为人为文所演绎的家风、乡风、文风，就如同高邮的春风那般温煦，又似小城的夏雨那般湿润。汪老离世已有15年了，然而，充满汪味的那般风依然在汪曾祺故居前轻轻地拂过，由此衍生的那种雨则淅淅沥沥地洒在人们的心头。在这里，汪风传承，汪味弥漫，汪情浓烈，那些拜访者、追踪者、旅游者与守望故居的汪曾祺弟妹汪海珊、汪丽纹及汪老妹婿金家渝见面，询问、探求、叙说、畅谈，以至留言、留影，便鸣奏成这里“四季歌”的主旋律：平和、亲和、润和，以至男女老少各色人等的多种多样的衣裳里面，仿佛都衬着一件印有汪记标识的“文化衫”，它紧裹的身体内，也似乎都跃动着一颗平常而又充满温情、人性的心。

## 寻迹觅贤踪

人们的目光聚焦于汪老的故居，人们的心旗飘拂于故居的春风中。且不说中国作家协会主席铁凝身临汪老故居触景生情、听言思“汪”而抹泪的事；且不说著名作家王安忆夫妇悄悄来到高邮，乘着三轮车去汪老家串门的事；且不说著名书画家梅墨生拜访汪老故居的事，当时适逢故居大修，梅先生执意将文保单位铜牌挂在大修的墙壁上，十分虔诚地在“忘年交”汪老故居前留影，也留下了“好老头不死”的题词。这里只说说几位拜访者来此故居的简况，以及他们的所言所写，那情景，那交流，那神态，几乎没有电视录像，却都应和着他们的足迹与心声，续写着名播远近的“大淖”记事和故居佳话。

一个春日，浙江大学传媒与国际文化学院博士、教授、博士生导师、国际文化学系主任江弱水偕朋友来到这竺家巷9号汪曾祺故居，一种寻机探胜的愉悦感和见物思人的亲切感，使在学林漫步、文海遨游的他像是回到了自己寻觅多年的家。他向金家渝坦陈自己对汪老的敬仰，并介绍海峡两岸知名学者作家王彬彬、张大春对汪老作品的研究，称其皆独树一帜，愿将有关文章推介到汪曾祺文学馆网站上，他还郑重地为汪老故居题词：“向伟大的中文致敬！”在汪老的为人为文与伟大的中文之间营构了联翩享誉的遐想和赞叹。

在“五一”小长假来到汪曾祺故居的复旦大学教授龚静偕夫君韩先生辗转找到这条“小巷”，它因拥有了汪曾祺而成了名巷。来人常会问，汪家在这里是大家，为什么不叫汪家巷而叫竺家巷。其实，汪家故居大门在现在已消失的科甲巷，这两条巷子原先都与汪姓没有关系了。龚静在此留下了看似平常却奇崛的感慨:“心心念念多少时，终于来到了竺家巷。满心欢喜，四时温暖，汪老先生文字伴我人生。”许多上海人来此故居，又油然而生感叹：龚静教授已在我们前面来过了。

上海一个开发区干部袁焰，是名人袁世凯的曾孙女，她来此，表达的是从凡人视角看凡人世界，向往的是做像汪老一样的性情中人。她说:“我最喜欢的作家就是汪曾祺。希望就像他一样热爱生活、享受生活，发现生活的美、人性的美。”

## 到故居“朝圣”

前来故居拜访者以朝圣者的姿态来此拜谒，让汪曾祺在邮的亲属“受用不起”，那偌大的一个故居已缩水为几间蜗居，还能成为文人或汪迷的“圣殿”吗？高邮的有识之士和超级汪迷可以响应临政莅事者的说法、做法，将汪曾祺作为高邮的一张烫金名片炫耀，但是绝不敢有接待来邮“朝圣”的奢望。

最先是作家、诗人私下议论时有此带有“戏说”的说项。那时，大淖尚未整治，又脏又乱，小小的故居也很寒碜，每每有人提到来邮“朝圣”，真比笑骂我们还难堪。

第一次在正式场合提及来此“朝圣”的是中国作家协会副主席高洪波。在汪曾祺文学馆中，领衔的那幅大照片，便是汪老与年轻的著名作家高洪波等人的合影。在纪念汪老逝世十周年座谈会暨征文评比会上，高主席一言既出，满座振奋。

东北师范大学文学院副教授徐强千里迢迢来到高邮，在与金家渝等人的交往中，多次声称，到汪老故居“朝圣”的念头由来已久。因此，他欣欣然、喜滋滋地抒怀:“终于来到神交已久的高邮，并瞻仰汪老故居，欣兴何如？”他不仅崇敬汪老，还追溯历史，关心汪老的家族源流，从吉林寄来有关汪氏史志的材料。

中新社《中国新闻周刊》刘炎迅与求是《小康》杂志社谈乐炎夫妇都喜爱汪老的书。他们坦言，从大学时期便喜欢汪老的文章，受益良多，字里行间，家乡人情风貌，令人动容。今日来到汪老故居，“朝圣”之情溢于言表。是的，两人留言的字里行间，是崇敬汪老的火一样的热情。诚然，这种热情不是他俩名字中都有个“炎”字点燃的，而是被汪老那文那书炽热的真情实感“熏陶”的。

与高邮一湖之隔，也是碧水相连的安徽天长，苏北是直接受到汪老关怀和影响的知名作家。如今，留守高邮的“作家们”，在学习汪老为人为文并能在全国有影响的，难以与苏北比肩。在天长、在安徽，痴迷汪老作品的汪迷何止苏北一人！有一个叫秦骏的天长人来到故居，先是对汪老肖像致敬，然后留下一行字：以朝圣的心情来拜谒汪老。

毫不讳言，对汪老故居的偏小、狭窄、纪念物件空乏有意见的大有人在。美国迪堡大学2012届毕业生钱嘉音去美继续深造，此前专程前来高邮，深情拜访汪老故居，留下的是感叹：“最后匆匆看一眼，所剩无几，望洋兴叹。”几多无奈，几多感叹，他是带着困惑与失望离开故居的。

## 难忘一“汪”情

撇开汪老故居修复这个沉重话题，更多的来访者以至读汪曾祺作品不多的旅游者，常常是以平常人的视角，或仰视，或平视地看待汪老的为人为文、所居所值，然后又各觅其胜、各取所需地捡得有用有趣的物质的、精神的东西，从一本书、一本画册、一张馆刊小报，到平常人的心得、体验、感悟。

在高邮工作、生活多年的扬州大学教授、著名评论家叶橹熟悉高邮人民路，也曾经历过与汪老一样的坎坷路。他是高邮文化人与学子公认的汪老真正的“同道”，他对汪曾祺作品有过精辟、精美的评论。2012年4月16日，即高邮双黄鸭蛋节的前一天，他与诗人子川陪着学者、教授、作家吴思敬、林莽等先生拜访汪老故居。当吴教授题写了“当代文学史有了汪曾祺倍增荣耀”的时候，叶橹先生这位曾经长期“沉”在生活底层的文化人由衷地题写了“平凡而朴实的伟大，汪老永远活在我们心中”。是的，自汪老去世后，一路迤逦一路风光的是不断推出的汪老的书和各式各样评论纪念的文（书）。汪老的精神、情操与为文为诗，正化着四月风在故居前打着旋儿哩。《扬子江》诗刊执行主编的题词“与有荣焉”，则是诗人对拥有“大”同乡汪老后的俱荣俱兴的自豪与亲切感的表达。

当年为杭州师范大学硕士生（现为遵义师院中文系教师）的夏希与女同学来此，是因为她的关于汪曾祺的硕士论文写好后，还是想来高邮看看，“亲眼看看大淖，看看保全堂，看看汪曾祺笔下的高邮故事。”尽管当时大淖尚未整治，她还是铭记着那座故居那“汪”水，回到故乡，转告在遵义师院中文系做教师的父亲夏元佐，促成父母于下个月专程来邮拜访汪老故居。夏元佐来邮已是夏季，不知何故，夏元佐先生对高邮的印象特好：高邮明月，曾祺文章，清凉天下，碧水一汪。后来他与高邮人通电话，那因为他是汪迷，境由心生，情定方寸，邮城传承的那股夏夜的风，沁人心脾，感人肺腑。诚如学子所言：“一个人，一座城，一‘汪’情”，真使高邮人幸甚幸甚，让人称羡不已。

## 当道沐汪风

从事文化产业的高峰，身为黄山徽州文化园老总，他是读了汪老的书认识了从高邮走出的汪老为人。他非常喜欢汪老的淡定、乐观、豁达，他相信会有越来越多的人喜欢并受益，他说自已就是受益者。来过高邮后，他特地邀请汪老在邮在皖的部分亲属光临他的文化园，不仅待以上宾，还探讨黄山徽州与高邮两座历史古城的联系。他说汪曾祺是高邮的，也是皖南的（汪氏祖先中的一支从皖南迁至高邮），真可谓“春色染杨柳，当道沐汪风”。

让人难以置信的是，汪老的书可以治病。人们熟知，医术是仁术，以人为本，同样宣扬人性之美、和谐之美。有益于世道人心的汪老的书，竟然会有治病的奇效，信不信由你。但是，他，青海格尔木市第三中学教师田海全于 2011 年 2 月 2 日即农历除夕“跋涉”几千公里来访汪老故居，金家渝等人接待了他，帮他安排了旅社。当大家忙着年夜饭，期待央视春晚的时候，田老师执意要去文游台参观汪曾祺文学馆，他说，因为他自远方来，文学馆是会为他开放的，他还说，偶然看到汪老书，便迷上了。因为它治愈了他当时的抑郁症，从此一发不可收。此后，每当他心浮气躁的时候，便捧起汪老的书。说实在的，读汪老的书，怡情养性，修身正己，淡泊人生，决不为过。至于个例中汪老的书可治病，存此一说。

2012 年 5 月

# 汪曾祺与大英子

汪曾祺写《受戒》，在篇末注明“1980年8月12日，写四十三年前的一个梦”。最早解谜的是香港女作家苏菲。她说这个梦，其实是汪老自己的初恋故事。起初汪曾祺并不承认，说的人多了，他才出面澄清：“不是写我的初恋，是我初恋的一种朦胧的对爱的感觉。”似乎仍是一个没有解开的谜。一位寓京的高邮籍医学专家为之诠释，这里既有少年汪曾祺接受的爱的信息，也包含他的想象力。这种感觉是特定年龄段初涉爱河者的一种体验，一种向往，一种躁动，反映了他内心真实的爱慕对象和审美取向。本来，医学专家的解释可以成为人们追问汪老的科学依据，不过无须如此，汪老的姐姐、弟弟、妹婿都从不同侧面解了这个谜。除了1936年暑假汪曾祺给江阴南菁中学女同学写过情书外，1938年，即写《受戒》的四十三年前，有一个人曾走进了他爱的视角，给他的多梦季节涂上了朦胧的斑斓色彩。她就是《受戒》中小英子的生活原型大英子，姓王，家住高邮北乡庵赵庄，即现在的昌农村。

三十年代的庵赵庄确实如同汪曾祺笔下的农村一样风光旖旎，优美迷人。大英子是王家的女儿，她有一个年长11岁的哥哥，日子过得还可以。1938年夏天，汪曾祺随同家里人到庵赵庄躲兵荒，农历七月十六，汪曾祺的后母任氏在难产多日后生下了弟弟海珊，七天无人带。汪曾祺的嫁给董家的姑母就找到佃户大英子家，将18岁的大英子“请”到汪家专门带海珊，不是做用人。于是，暂住庵赵庄的汪家多了一个与汪曾祺同龄的年轻漂亮的大英子。起初与其接触最多的是任氏，她说大英子同其母王奶奶像是一个模子脱出来的，身材健美、丰满，一身农村装束合身显体，尤其一双黑白分明的眼睛活灵活现。她做起事来，地道、勤快，而且聪慧，许多事一学就会。后来与大英子接触较多的是汪曾祺，庄上的庵子和田园风光成了他们生活的背景。庵子不是菩提庵而叫慧园庵，没有小说里那么多的和尚。庄上有好几面打谷场，在海珊睡熟以后，汪曾祺、大英子和汪家人都在打谷场上乘凉；沐浴着夏夜的风，汪曾祺听大英子谈得多一点，大都是农事、自然现象和民间传说，但从一个充满青春气息的农村姑娘嘴里说出来的话，汪曾祺听起来比夏夜的风还要沁人心肺，至于看到妙龄村姑在田埂上留下的脚印心里痒痒的感觉，离开了那年那环境便会失去青春的躁动和快意的体验。比汪曾祺年长三岁的姐姐汪巧纹后来忆起这些事认为，早恋过的汪曾祺把大英子、小英子写得那么美，大概还是因为第一次接触健康、漂亮的村姑，引起他单方面对爱的感觉，脚印能引起遐想和心仪，单纯幼稚得可爱。

当然，汪曾祺与大英子并未坠入爱河，但是两人从1938年农历七月到1939年六月汪曾祺外出求学前的交往接触，在他们内心深处都留下了深刻的印记和美好的回忆。汪曾祺所塑造的小英子形象和将体验、幻觉演绎为一个美的梦便是明证。从庵赵庄到高邮汪家大院，大英子叫汪曾祺，从不叫大少爷也不叫“黑少”，而是叫曾祺，除了当好海珊的保姆外，对汪曾祺照料也很周到。大英子收到并珍藏汪曾祺少年时期的一张照片，直到她的晚年。由于任氏的钟爱，大英子在汪家身穿旗袍、头发梳个髻，可以自由地与一个张姓未婚夫来往。她20岁结婚前，即汪曾祺出外求学一年后才离开汪家。

多少年来，大英子常去汪家看望任氏和海珊等人。她称汪曾祺继母任氏为三少奶奶，上城到汪家像走亲戚。有一回知道汪曾祺回过高邮，就有点责怪汪家人：“曾祺回来怎么不告诉我？我们同龄，都属猴，他的生日我记得。我们都是有孙儿辈的人了，有五十多年不见面了，我还有他一张小照，下次曾祺回来一定要告诉我……”

1993年，汪曾祺的妹婿金家渝去京向汪曾祺夫妇谈起这些事，说大英子有血吸虫病引起的肝病，常来城里，看看娘，也常问起汪曾祺大哥，还谈到照片的事。汪曾祺惊诧地问：“还有这回事？！”施松卿说：“在高邮时为什么不说呢？那我们再去高邮时一定去看看她，真难为她还记住这个老头儿。”汪曾祺似乎若有所思地说：“那也好。”

大英子早汪曾祺一年多离世，金家渝为此事写信告诉汪曾祺，汪接到信后立即给金打电话，他说：“她去世了，我知道了，人老了。”没有唏嘘，没有哽咽，言语很平淡，没有什么其他表示，这是电话的主体，也算是一种纪念。

大英子50多年未能再见到汪曾祺，终究是缺憾。而汪曾祺会有同感么？不会，他在大英子、小英子形象塑造中和人的飞逝生命中早已捕捉到了爱的感觉的永恒。

写出此文后，我将大英子去世前与两个儿媳的合影珍藏，照片里的大英子虽是60多岁的老太婆，看她那神态、那眉眼，依稀可以见到年轻的大英子（实为小英子）的影像。为寻访汪曾祺在庵赵庄的故事，我单独或结伴或陪同拟拍电影的女编导季丹多次去过那里。从慧园庵和尚处得知，早年庵子很大，除了两进正殿，仅西厢房就有十几间，汪家人逃兵荒就住在那里，现已荡然无存。有人建议，进一步完善正殿，修旧如旧，再恢复几间厢屋，可以借“汪”扬其寺名，又可以发展旅游。和尚说此乃善举，得请各方支持。出得寺门，和尚指着前面的河道说那是新河，旧河已废，早年拆了不少庙里的屋宇，用砖头加固拦河

大英子（前排）与其家人

坝头，是为了阻挡日军汽艇的通行。

据庄上人介绍，大英子带海珊，并不住在庵内，而是住在庵子东南角的家里，每天来回两次。伫立庵外，放眼望去，仿佛可以听到逶迤的路上大英子的足音。

纪念汪曾祺逝世 20 周年的时候，大英子的儿子曾任界首镇纪委书记的张俊生也和无数汪迷一样，心里惦记着汪曾祺，向我索要一本《烟柳秦邮》，因为书中不少篇幅（19 篇）是写汪老为人为文或与铁凝等人的交往。我也乐意赠书，并在扉页上题词“汪迷不忘小英子，吾侪犹记老人桥”，以表达对大英子住家所在地的怀念，和对汪老的一“汪”情深的思念。我想，我和俊生及其后辈不会忘记 80 年前有这么一对爱朦胧、情切切的少男少女。

2017 年 12 月

# 汪老与高邮文化人第一次合影

这是一张32年前的老照片，记录下了汪老第二次闪电式回故乡的瞬间。从1986年10月27日下车接受县四套班子领导宴请，到28日上午10点多离邮至江都赴宴，仅仅16个小时。且在邮日程安排满满的。晚宴后立即回家看望任氏娘。次日早在政协礼堂由副县长朱延庆陪同，向编纂县志人员和文史工作者谈对编志的看法，也讲了“志”和“文”的语言问题。此座谈会刚结束，立即赶赴棉纺厂出席有中央民族歌舞团著名演唱（奏）家、厂里员工参加的联欢会，汪老以主人的身份欢迎艺术家来邮演出。联欢会更是弦歌一曲，气氛欢畅。汪老第二次回乡，仅留下几张照片：汪老与朱延庆并肩而坐，谈志说文；棉纺厂联欢场景；汪老与艺术家、厂里员工、高邮文艺工作者的“全家福”。还有一张就是本文着重解读的照片，即身着风衣、头发微白、神态自若的汪老居中站立，高邮十位文化人不请不约地伫立他的身旁，美好的场景就这样第一次定格了。

这次全程陪同的朱延庆身穿西装，头发花白，清秀、儒雅。早在一年多以前，他写的

汪曾祺回乡与高邮文化人第一次合影

《论散文的诗意》就在《文学评论》丛刊发表，被编者称为“用力之作”。此后，朱延庆又率先推出江苏县邑风物丛书。汪老在大年初一为朱延庆的《高邮》作序,夸“延庆治学严谨，文笔清丽”，可谓厚爱有加。站在朱身旁的陈正是以写诗、唱词见长，也写剧本，先后出版过剧本《两双鞋》和诗集《运河风情》，还参与了扬剧《夺印》的创作。

我站在汪老的身边，想想惭愧，其时只发表过几篇小说、散文，一篇七八千字的小说，竟然被编辑砍去三千多字。诚如汪老规劝我的，“编辑砍也有他的道理”。当时，我为参加第一次文代会，特地做了一套涤卡的中山装，脚穿一双球鞋。为此事被老领导提醒过，上城了，鞋子该换换了。我不是不想穿皮鞋，而是买不起，直到大姑娘出嫁，“嫡亲”的学生送了我一双皮鞋。在我左边的是秦成荣，在组织部工作过，时任图书馆馆长，后又为图书馆、文化馆党支部负责人。别看他述而不作，却颇擅长用人之道，他的属下朱葵、金实秋之辈，皆成为大家、杂家。为此，他欣欣然。

后排左一的肖维琪是高邮的文史专家。他长期注意搜集文史资料，对高邮的风土人物、名人史实,熟稔得如数家珍。从《珠湖》第一期他写的《文天祥过高邮》,到后来的临泽、三垛、界首史话,以至当下在《高邮日报》上发表的《江苏文史馆中的高邮人》,洋洋洒洒几十万字，重史料、讲真话，是他为文的风格。老肖旁边的邵奇波，做过农村教师，当过播音员，其实他也写诗。发表在《珠湖》第二期的《忆》，他感叹道：“十年梦：冲冲杀杀，春换秋颜，追不回啊，生命的春天，重起步，莫在四尺庭院徘徊；休嗟叹：早生的华发，逝去的流年。”并由此升华，“忆是一根藏在心底的火柴，燃起了，永不熄灭的青春烈焰。”如今斯人已逝，烈焰在燃。与邵奇波并立的侯宏章英年早逝。我记得他沉稳、俏皮，擅长写快板书，《小站风云》写车站的变化。而《闲话珠湖》(《珠湖》第一期）则充分展开想象力，写神珠，联想起不明飞行物、天外来客，闲话不闲，意在探索。

王干、费振钟其时多年轻啊！他们以文学评论在文坛早已崭露头角。他俩合作的《汪曾祺短篇小说的艺术风格》是汪研文章最早之一。他俩才华横溢，佳作迭出，以至汪老对他们说：“有你们，我可以去矣！”这是汪老对后生的点赞和激励。

后右一的戎经亚笑嘻嘻地站在秦馆长身后，时为文化馆负责人，他和朱熙元合作绘制的《三垛河伏击战》走进了多少少儿的心。他为市委办公楼一楼画了一幅工笔画似的《高邮新貌》，向世人昭示：高邮已换了人间，高邮正踏歌而行。

2018 年 2 月

# 汪老与乡亲谈文说艺——汪曾祺第一次回乡补说

10 月邮城，金风袭人。汪曾祺第一次回乡( 1981 年 10 月 10 日至 11 月 16 日 )，走访拜望、亲友聚会、乡邻把晤、座谈讲课，接二连三，忙得汪曾祺应接不暇。继在高邮师范、高邮中学讲课和拜望母校老师后，14 日下午又在百花书场举办讲座，闻讯者纷至沓来。那是一次没有特意组织的活动，书场门口，有一块由单位美工、汪迷姜玉林制的戗牌，告知其事，“欢迎大家光临”。

讲座是下午 2 点多开始的。时在文化馆工作、现市文联副主席朱崇平摄下了一张汪曾祺讲话的照片，那是汪曾祺与乡亲晤面的第一张黑白照片，也是未曾在邮城面世的照片。你瞧，他那一双明眸、一头黑发，除了有一些抬头纹，皮肤白皙（他小时候被称为小黑子，此时并不黑），做着手势与大家像是拉家常。他的背后墙上是王尔聪画的国画《牡丹图》。这次讲座没有县级领导人到场，由一机关干部做了个开场白，汪曾祺（以下称汪老）就娓娓道来，喝茶抽烟，谈文说艺，潇洒自如。

据笔者与几个同道回忆，汪老主要讲的是文学创作与生活的关系、文学语言、读书与创作，对有些作品的评论，也介绍他写过的一些作品。他说：“没有生活，怎么创作？”他介绍改编的《沙家浜》走红了以后，常接到“遵命创作”的任务。有一次，江青一伙组织他和其他编剧到内蒙古“深入体验生活”，要写一部“草原游击队”剧本，结果告吹。尽管他们走访千里，夜宿蒙古包，挖掘素材，可是草原上根本没有游击队，因为日本鬼子不进去，那么游击谁呢？总不能杜撰吧！他说，有了生活，也要思考、分析、提炼，塑造人物时注重个性化、生活化。他谈到有些农村干部时用了“小分头”三个字，我们听了一怔。他解释到，“小”字是指党员，“分”是指贫下中农出身，“头”是当头儿的。大多数农村党员干部是好的，但也有一些干部颐指气使、指东画西，那就不好了。要写，就要写出他们的作风、性格、气质，不能千人一面。

汪老鼓励我们多读书，当代的、古典的作品都要读，并把作品的精髓内化为自己的语言。社会这部大书也要读，他谈到巧云的美和大淖的秀，是如何构思《大淖记事》这篇作品的（未展开说）。他谈语言，句子要短，要精练，点到即可，让读者想象去。他说，小时候就看到理发店的对子：“虽是毫厘手艺，却是顶上生意”“进店乌纱宰相，出门白面书生”。

汪曾祺第一次回乡在百花书场讲学（朱崇平摄影）

谈到北门大街修配钥匙的，常挂一个牌子，上书“立等可取”，一下子就抓住了顾客心理，做活了他们的生意。

汪老评价外地和高邮一些人和作品，他说有人写诗，写“浪像旗子一样翻卷”，有气势，使人想起古诗“弄潮儿向涛头立，手把红旗旗不湿”，这诗句就内化得不错。他说高邮人看见有人长得漂亮，或者夸好，常说“不丑”，概括得精练。他又说，他身后这幅画就画得不丑。几天以后，有人告诉他是亲戚家王尔聪画的。

这次讲座是敞门入场，进出自由。两个多小时的讲座无一人提前离场。后来成为著名文艺评论家的王干从女友处得知消息，早上 6 点动身，又是坐船，又是乘车，特地赶至百花书场聆听讲座。其讲座文学味、乡情味特浓，气氛极佳。汪老讲完以后，又被一批青年人围住，请汪老签名，继续请教问题。诚然，这次讲座并未形成轰动效应，但是撒下了文学种子，也点燃了创作激情的火焰，有一批人从这里走向全国。笔者以为，这次汪老谈文说艺，犹如后面是省略号，此后多日，汪老如此创作谈一直在延续。

10 月 18 日晚，汪老到被他戏称为“双料女婿”的赵怀义（汪老两个妹妹晓纹、锦纹先后嫁给赵）家吃酒，就是又一种形式的创作谈。刚要进大门，汪老就问他的大外甥赵京育：“你们家西边是不是有一个李家？”赵京育说有。汪老说：“李家大门上有一副对联‘登龙门第高东汉，射虎人家继北平’你可见过？”赵京育摇摇头，更不知其意。事后赵京育查了资料，才知道这对联的含义，其中还用了典故。上联说的是东汉李膺，以声名自高，倘若有士被其接纳，则为登龙门；下联说的是西汉李广，曾任北平太守，有射虎的故事。赵京育为此十分佩服汪老自小聪颖、记忆超群、学养丰富，一个上小学的少年每天从此门前过，几十年依然记忆犹新。这门前的问话便成了酒席桌上把盏说文的序曲。

那天聚会，赵家把亲戚王尔聪特意请到酒席现场，也就有了著名作家和小城知名人士的对话。

于是，汪老和小他二十多岁的当代书画名家王尔聪就有了一段鲜为人知的切磋书画技艺的交往逸事。

汪老第一次回高邮，亲友请他到当时的茶馆“实验菜馆”吃茶，无意中他看到茶馆墙上挂的几幅齐白石花鸟画，他一边喝茶一边看画，颇为欣赏，赞叹之余不禁询问：“这几幅齐白石的画是谁画的？”亲戚告诉汪老，是王尔聪画的。汪老特惊讶，说：“我到过全国很多地方，还没有看到过画得这么乱真的，我要见见这个王尔聪。”18日聚会当天，汪老先到了，坐在赵家的小房间里喝茶。王尔聪来了，亲戚们连忙介绍，汪老起身说：“你年轻有为，看到你的作品了。”拉着王尔聪（汪老与其是平辈）的手一齐坐上席。席间，汪老说：“听他们讲，你父亲捷三老的字也写得很好。”王尔聪告诉他父亲的字得到了草圣林散之先生的高度评价。汪老说：“有家学熏陶，能画得这么好是有渊源的。”汪老向王尔聪谈了他的许多文学作品，也谈了著名画家王陶民的逸事，汪老和王尔聪因画而相识相知。汪老回北京前，王尔聪听说汪老爱酒，就带上两瓶上好的洋河酒到汪老住的老家去看汪老。一进房间，看到汪老正在画菊花，汪老看到王尔聪连忙停下手中的笔，戏言：“在你面前，我是班门弄斧、班门弄斧。”王尔聪连忙说：“汪老，你折煞晚生了。”汪老接着询问王尔聪的近况，王尔聪告诉汪老，自己正在为县政府创作“高邮八景”。汪老说：“高邮八景要画，更要走出去看名山大川。要搞创作，尤其是书画创作，临摹临帖很重要，但一定要有自己的作品。开始可以画点小品，能画大幅固然很好，在此基础上逐步增加自己的东西，到了一定程度，就有自己的面目、自己的风格，那就是真正的创作。”后来王尔聪铭记汪老的教诲，既走从临摹到创作的路，又到三峡、敦煌、黄山、泰山、桂林、长白山、镜泊湖等名山大川写生。写生途中曾写信给汪老，谈见闻及心得体会，汪老很欣慰，复信总是支持与鼓励，夸奖王尔聪路走对了。

那次回邮，亲戚们请汪老在五柳园饭店吃饭，在店堂里看到王尔聪写的一幅行草书法诗词作品，汪老让家人读这幅字的内容，他们读不全。汪老对他们说："王尔聪都能写得这么好了，你们读都读不下来，以后要好好学学。"在汪老心中王尔聪是个有才的人。

汪老在北京还经常向在高邮的亲戚询问王尔聪的近况。当汪老的妹夫金家渝告诉他，王尔聪已在南京师范大学学习时，汪老高兴地说："应该的，应该的。"后来王尔聪又先后在江苏省国画院、南京艺术学院、武汉大学委托南艺代培的硕士研究生班学习。但不管在哪里，在王尔聪的谈吐中总忘不了与汪老交往的点点滴滴，忘不了汪老的关心、激励。

汪老第一次回乡和王尔聪两人多次晤面，不时切磋书画之道。谈北京的画家黄永玉，谈南京的画家陈大羽，他们是怎么创作的，谈书画家对王尔聪作品的评价。谈如何评论字画，如何传承创新，谈古代一些大家高深的笔墨技法，汪老都非常感兴趣。几年以后，当汪老得知王尔聪正在师从南京艺术学院博士生导师陈大羽教授时，汪老还向王尔聪询问陈大羽老师的笔墨技巧，如何用笔用墨，着色的顺序，如何掌握水分、时间等一些具体的艺术实践过程中的问题，体现了一位文学大师对书画艺术的酷爱，也体现了前辈对晚生的关爱和期望。汪老第一次回乡谈文说艺，看似平常却奇崛，他的见地和教诲都衍化为偌大的惊叹，永远留存在王尔聪、赵京育和乡亲的记忆里。

2017 年 10 月

# 汪老第三次回邮拾零

朱延庆君以优美、生动、精练的语言写了《汪曾祺最后一次回故乡》一文。其文洋溢着浓浓的乡情味、文学味，亦显现了宝贵的史料价值，好似鸣响了高邮纪念汪老逝世20周年活动的前奏曲，回荡在汪迷和乡亲的心中。作为当年参与接待者之一，拾得活动碎片，连缀成文，再现汪老最后一次故乡行的情景，亦是对汪老的深切缅怀。

1991年一个秋日的午后，汪老再一次登上文游台。这台明明是一个土阜，旧时却被人们颂之为“峨峨百尺台，高耸入云端”。虽是夸张，登台远望，确实可观湖天稼禾，令人心旷神怡。这次登台，汪老精神矍铄，步履矫健，除了书写“此翁筋力未全衰”条幅赠送相关人员外，还特地为主体楼的匾额题写了“稼禾尽观”，以对应李一氓题写的“湖天一览”匾额。其中一个“稼”字，早在1986年就考量了，是“嘉”还是“稼”？最终还是选了“稼”字，其词性和实景都颇为贴切，让人点赞。

汪老偕夫人下榻于北海大酒店。他住的房间里常常谈笑风生。他回乡带了几本相册，其中不乏与中外美女亲昵的照片。我问施松卿老师对此有何看法？施老师说，他们隔得远呢，可望而不可即。在房间、客厅、会议室，谈文学、说生活、听音乐，汪老吞云吐雾，有问必答，有求必应。众多文学青年围绕在汪老周围，有人求其签名，有人要与他合影，他都应允，于是一拨拨人分别单独与其合影，汪老成了合影的“道具”。

不知谁提议，在会议室跳拉手舞。有好几对青年男女以中四的节奏跳着，很快进入佳境。有人邀请汪老跳一曲，汪老说，早年跳过，现在生疏了，还是你们年轻人玩吧。于是，年轻人跳了一曲又一曲，着实疯了一把。汪老是性情中人，也只有他才能独坐观舞。有个摄影者将此场面摄下，将其乐融融的场景定格。

在高邮亲戚中，大姐汪巧纹是“老大”。一天下午，汪老约家人到大酒店叙谈。巧纹说：“不！”叫他回家叙叙。因此才有了金家渝、赵京育等人“蜗居”在老家，听他介绍个人创作。他说，除了《大淖记事》《受戒》《异秉》外，他自己最欣赏《职业》。家中谈说也少不了酒，花生米就可下酒。家中能够与他等量对饮的只有海珊。两年后，汪老以自身的感悟书赠一副关于酒的藏尾联：断送一生唯有（酒），消除万虑无过（烟）。

汪老最后一次回乡，常与巧纹结伴而行，走街串巷，寻访旧迹，有时两人共同选买一根耳朵粑子，有时买到用面粉和萝卜丝做成的油端子，边走边吃，吃得津津有味。他们在回顾历史，也在回归童年；他们在品味小吃，也在品味亲情。

汪老是把亲情看得很重的人。一次在亲戚家喝酒，听说徐克明的伯父徐殿华家有汪菊生的画，立马由克明带路赶去观赏。汪老父亲的画多是写意，徐家的却是工笔花鸟。画是嵌在橱子上层的，汪老踮起脚看个仔细，连夸好画，是下功夫的。他感叹道，家乡不乏俊彦之士，因身处户牖之中，声名常不出里巷。后来，汪老想以自己的画换回父亲的画，徐殿华通过克明表明，不想割爱。几年以后，徐殿华想把汪菊生的画送给汪老，可惜汪老已辞世了。

汪曾祺与我们座谈

汪老在邮虽只有八天，结识的人却不少。文化水平和佛法道行较高的石香和尚就是其中一位。他对汪老说："你笔下写的庙里的事，在有些庙里确实存在。你不是写受戒，是在写破戒。众人听了，相视而笑。"

汪老讲课式的讲座有好几次，市委党校礼堂的那一次人最多，可谓爆满，从八九十岁的张也愚夫妇、老校长曹韵瑜到后来成为四套班子成员的文学青年徐永宝都在聆听，有照片为证。讲座结束后，汪老找到张老夫妇，谦虚地说："请兄长指教。"当时，主持人是市政协副主席朱主席，他与汪老互动，台上与台下也互动。有人递条子问："汪老，小和尚是不是你？"我们没有把条子递给汪老，因为我得知，汪老已在吴毓生送过去的《北京文学》登有《受戒》的页面上有过题词：这不是我。我们不能硬逼他认账。尽管后来他承认是写他初恋的感觉。

汪老题诗、题词常有与人不同之处。位于运河河心岛的镇国寺塔是高邮的象征。高晓声曾为该塔题写:猛士的宝剑,姑娘的胸花。这是很富有想象力的。可是汪老的《镇国寺偈》一诗中的“至今留得方砖塔，塔影河心流不去”，将文物、历史、感悟杂糅在一起，让人浮想联翩，非高的题词可及。这塔，就是见证历史、迎接紫气东来的偌大惊叹，将永远留我们心里。

2017年2月

# 汪老佚诗再显亲情

最近，笔者在楼下邻居汪春霞及其夫王瑞金处，意外地发现汪曾祺写给堂弟曾荣的一首诗的原迹。此诗作为条幅为王瑞金夫妇珍藏。多年来，从《汪曾祺全集》、金实秋编著的《汪曾祺诗联品读》到过去高邮市委宣传部编的《梦故乡》都未录入该诗。直到去年纪念汪老逝世 20 周年时，陆建华主编的珍藏版《梦故乡》从姚维儒所著的《寄身在市井》一书将之转录入册。这也从一个侧面表明珍藏版《梦故乡》“完全囊括汪曾祺一生写故乡的所有作品”之言不虚。只是录入了该诗，未加任何注释，亦未见到汪老的手迹。诗云:“开口谈宗族，五服情谊深。寄身在市井，端是有心人。”（见下图）其大意是，同为五服（五服指五代人，即高祖父、曾祖父、祖父、父亲与自身）的族人情谊是深的，而生活在街市的市民，果然都是有心人。该诗针对性强，非应酬之作。

汪曾荣何许人也？他家与汪曾祺之间是什么关系？有什么交往？笔者走访了有关人士，基本摸清了来龙去脉。窃以为，全诗字里行间再现浓浓亲情，传承“一汪情深”。

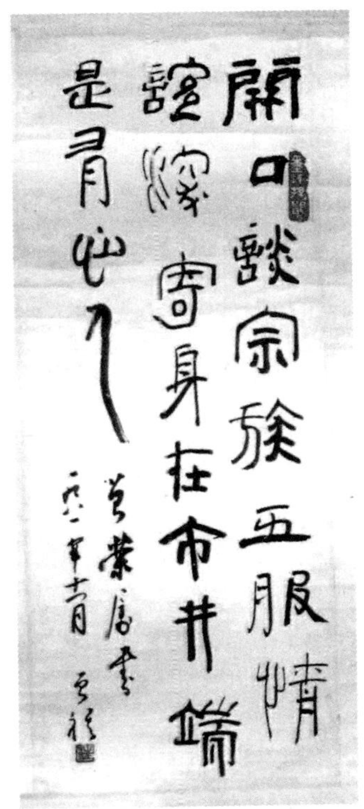

汪曾祺为同宗兄弟的题词

汪曾荣，1940 年 8 月 19 日出生，据说其祖父在文游台附近有良田百亩，家境殷实。他有兄弟及姐姐五人。大哥汪曾富曾公派留学英国剑桥大学，因肺病英年早逝；二哥汪曾吉也因肺病早逝；姐姐在家行三；曾荣是老四（后来，人们都把他当成老大），于 2005 年因病去世。五人中现只存老五汪曾华（人们把他当成老二）。汪曾荣早就听说汪曾祺佳作迭出，扬名全国，但两人一直未曾晤面，直到汪老于 1981 年第一次回乡的时候，他才见到这个大哥。曾荣文化水平不高，当过供销员，做过元件六厂门卫。他见汪老满面春风，开心得很，不住对家人说，他见到曾祺了。汪春霞告诉我，其父爱好写字，也爱喝酒，他与汪老在一起的时候，尽管两人文化落差很大，但汪老并不小觑他，依然亲切地与曾荣谈帖写字、品茗喝酒，同他一道游湖滩、拍照片。到了汪老即将离邮返京前夕，他才怯生生地向汪老讨字，这才有了“开口谈宗族”一诗问世。

汪老回到北京以后，写作很忙，但对曾荣寄去的信，每信必复。1985 年 3 月 4 日，汪老给妹婿金家渝的信中夹有一封给曾荣的信。汪老写道:“我收到曾荣一封信，回了他一信。因为他的信封上的地址写的只是‘扬州高邮元件六厂’，我怕这样的地址不好寄，请你转给他。”家渝照办了。尽管曾荣去世后，此信已不存，但据家人回忆，信中汪老表示了对曾荣一家人的关心，尤其希望曾荣应向大哥曾富那样的学习，让孩子多读一些书，不要急于找饭碗。曾荣听大哥的话，让子女上学，能上到哪个程度，全力支持。汪春霞不辜负长辈瞩望，自幼好学，尤喜画画，终于“苦”到了大学本科学历，共同的爱好又让她与王瑞金结为伉俪。如今，王瑞金已是高工，在邮城装潢设计界小有名气，成绩斐然。

汪老对曾荣一家的深情，源自祖父汪嘉勋那颗乐善好施的心。曾荣与汪老同有一个曾祖父。汪家人对市井贫民都能扶贫济困，那么，对五服之内的同宗更是会及时伸出援手。早在上世纪三十年代，曾荣的祖父由于多种原因，家财散尽，田没了，房产只剩窑巷口一些自住房。这时，汪嘉勋将晚一辈的汪稔元（曾荣的父亲）收到家中，供其伙食。据金家渝回忆，有时汪稔元还将子女带到保全堂吃饭。汪稔元在汪家负责收取房租（全城有 217 间房子）。另外，汪家有红白大事及杂务事，都由汪稔元担当，他尽心尽责，汪家很放心。上辈人的亲情一直延续至今。年前，曾荣的爱人去世，汪丽纹、金家渝前去吊唁。

去年，王干主编的《珍藏汪曾祺》一书扉页，赫然加印着一行字：“怀念我们的伯父汪曾祺侄女汪春霞侄女婿王瑞金 2017 年 5 月 16 日”。这字只有汪春霞手头的书上有，系孤本。笔者觉得奇怪，这大概也是一种必须珍藏的乐于助人、尊长爱幼的家风吧！它将与挚爱亲情连同汪老集隶篆行草于一纸的条幅长久定格在汪家人和读者心里。

2018 年 3 月 5 日

# 金家渝印象

如果说，全国作家、学者、汪迷研究汪曾祺及其作品绕不开陆建华（此语大概是柯玲先说的），那么，介绍、讲解、评说有关汪曾祺及其家事、逸事、活动则绕不开金家渝。

早在上世纪六七十年代，我就认识城南医院的化验师金家渝。其时，家母因患胃下垂等病常去城南医院吊水、住院，身着白大褂、个头高高的、挺英俊的金先生就留在我的脑海里。同金家渝熟稔、交流是从与其晤谈一汪情深的汪家事开始的。有记者写文说金家渝是汪老故居的热心讲解员，此说不错，然而不够，那仅是金家渝的一个侧面。

烟柳依依，汪味浓浓，光阴去如飞，汪老已逝，弦音如梦，何处觅灵犀？那么，请到故居来，请坐，品茗，交谈，可以挽住已逝时光，可以打捞已沉汪事。我认为，金家渝是汪老家事及在邮活动的活词典，且有电子版，只要你一点击，有关词目就会显现。王安忆在《去汪老家串门》中写金家渝，把他比成汪老小说《落魄》里开扬州馆子的扬州人，说

金家渝（右二）

金家渝“是好命人，未曾离乡，现今退休，优游于汪曾祺家故居的操持。凡来访者，都需留下姓名（单位，或题词），记于一本专用册子”云云。王安忆夫妇谈及汪事，言金家渝有问必答，让安忆夫妇有一种受到主人热情接待的友好感觉。一次平常的串门，却引起不寻常的反响。

诚然，引起轰动效应的是中国作协主席铁凝执意要访问汪老故居，金家渝夫妇是当然的接待员，热情、真诚地述说，让铁凝一切都了然于心。快要分手时，铁凝不知何故流泪了。是金家渝示意汪丽纹递纸巾让其擦泪，才有了站在身旁的毕飞宇像对待大姐一样拍拍铁凝的肩头：“别哭。”其时，故居人不多，我目睹此情此景，感受多多。

金家渝是我写作有关汪曾祺文章的活水源。我粗略统计，在我写的有关汪老的文章中，有近三分之一的素材是金家渝提供的，或当面晤谈，或电话询问。比如收入我写的《烟柳秦邮》一书中，《汪家大院记事》《熊老与“曾老大”》等文的素材，几乎都是从金家渝嘴里流淌出来的。最近我写的《少年夭折汪海容》的素材就由金家渝提供的。其主要情节是海蓉是活活饿死的，生前近似乞丐，死后遗体是由金家渝用医院小板车“送葬”到火葬场，七八里的送葬路没有一声哀乐，只有流淌的汗水和无限的伤悲。以前，我写汪老最小的妹妹陵纹，就是金家渝告诉我，正是1963年农历二月初十（金家渝过30岁生日时）中午，陵纹向任氏娘和金家渝夫妇苦苦哀求，放她一条生路，让她随人去安徽逃荒求生。又是金家渝等人于当晚送这个16岁少女漂泊他乡，何日天涯暖气吹啊？

金家渝是高邮同全国汪迷联络的一扇明亮窗口，也是一张烫金名片。来汪老故居的造访者怀着满腔希望而来，带着心满意足而走（有时为故居狭窄而留有遗憾）。来访者人走，茶不凉。他们继续往来，或热线联系，或索要资料，或赠送图书。“向伟大的中文致敬！”是浙江大学博导江弱水的题词。“平凡而朴实的伟大，汪老永远活在我们心中。”是著名诗评家，多次往来扬州和高邮之间的教授叶橹的心声。2011年2月2日农历除夕，青海格尔木市三中教师田海全跋涉几千公里来到汪老故居，又是金家渝接待，帮他安排旅社。他还去了汪曾祺文学馆，并告诉家渝，因为看汪老的书，承受了小温，居然治好了他的抑郁症。金家渝听了惊诧，想想也在情理之中。抑郁症是心病，读汪老的书，怡情养性，修身正己，淡泊人生。

2018年4月

## 卖熏烧的王二——大淖人物寻访录之一

上世纪三十年代，高邮东大街从东往西有四家卖熏烧的：张大狗子、王二、“南京佬”王家、戴大网子。他们本都是傍店设摊，没有自己单独的门面，唯独王二以其性情和生意的“异秉”独领风骚，后来有了半爿店堂，但是依然没有店号，人们只记得个王二。该是王二三生有幸，他及其为人和从业的情景与况味走进了少年汪曾祺的视野，刻在这个“黑少”的脑海里，演绎为奇文《异秉》，把王二卖熏烧的牌子擦得锃亮。

王二叫王广喜，早就住在大淖河边，据他儿子讲，祖先在苏州，是名门望族，王家堂名为“十笏堂”。人们误听为“十虎堂”，王二说“笏”是“朝笏”，是上朝的官员拿的手板，祖先有十来个人做过大官，能不显赫？熟悉他家境况的人说他吹牛。有一年春上，大淖河边卖苗禽的汉子到苏州做生意，果真见到“十笏堂”的祠堂，便冒充王广喜，在苏州被同宗款待了三天。从此，王二家宗属“十笏堂”一说，便是“此言不虚”了。

王二年少没念多少书，9 岁丧父，后没有再上过“书房”，靠用冇兜子卖葵花、瓜子糊口。因做生意也到书场五柳园、小蓬莱串门卖货，抑或作为站着的听众听一节康幼华的《三国》。于是，康幼华说书说张飞“喝断了桥梁水倒流”，足足说了三天，将年少王二的魂也勾在那儿三天。像这类听书，让王二长知识，也明道理。他听“皮五瘌子”一类杂书，说书的人就交代，大凡不同寻于常的人，都有不同常人的性格或习惯。比如在“方便”的时候，他们是将大小便分开解的，长此以往，一以贯之，便会获益得福。说书人的这种信口戏言或插科打诨，王二奉为箴言，从此身体力行，终身养成大小解分开的习惯，并在多年后设摊保全堂前闲谈之中，多次泄露过这“异秉”。王二在 1966 年 73 岁去世前，曾同他的老儿子王蔚如讲过这类俗事。至于这种异秉是否与王二的日后发迹、买房建房、临街开“店”有什么必然的联系，王二与其儿子王蔚如也说不清。回首往事，只能是应了写作“物——意——文”规律的一次回放，说书者言，嫁接在王二的身上，通过汪曾祺的创作，成了极其经典的神来一笔。

王二由卖葵花而华丽转身变为卖熏烧，纯粹是生活所逼。他没有家承和师从之技，却从一开始在保全堂门前设个方桌似的小摊便为自己的熏烧业定好了位，都是进口的食物，新鲜、干净、味美，所卖熏烧的品种、价格，让东大街上的大户人家和大淖河边挑箩把担的都能各买所需。那时，从王二住处，即靠近轮船码头的矮房棚户杂陈的大淖河边，到保全堂前的小摊子，最多“两箭地”。但是，从一张方桌似的小摊，到拥有对合的一副案板、两张高凳，再到在保全堂西隔壁与源大昌杂货店合用一家门面卖熏烧，王二苦苦奋斗了20多年。在汪曾祺这个“黑少”的眼里，大淖那一汪水，有尽野之秀、尽水之美；而在王二的心中，大淖芦苇芊芊，随风摇曳，流淌着一池的寒碜与苍白，即使淖边飘荡美味的香气中，吸进去的是劳苦，呼出来的是苦劳。王二所加工的熏烧或其他食物，诸如熏烧鸭、猪头肉、蒲包肉、香肠、牛肉、捆蹄、花生米、烂蚕豆、葵花子、茶鸡蛋、茶鸭蛋、盐水毛豆，大都是“大路货”，图的实惠、方便。有时，也加工、销售一种叫“鵽”的野味，不算多，那是用干荷叶包上一份奇香和雅致，让人佐酒怡情。平素，大淖河边有脸面的人家如毛家草行、蒋家炕房也很少买熏烧肉下酒。只是谈生意了，才买几样待客，那些卖苦力的一群，常买的是茶鸭蛋、烂香豆、花生米，更多的时候，他们是驻足看看闻香的一族。要知道，王二家的五香花生米也要经热水过、香料拌、捂一夜、再晒干，然后以恰到好处的火候炒成，似乎他家的花生米香味不一般。他家的蒲包肉也有名气，都是王二的老婆蒋国章一手加工，从选“后坐”“前夹”、肥瘦的4:6比例，到五香、葱、生姜、黄酒、虾籽等配料的掌握、操作，王二只是看、闻、尝、说，而从进货到出货，蒋国章是“一条龙”负责到底。其时，最忙最费神的是王二，他不仅要划算适销对路，还要“算计”家里最多11人的各司其职，各尽其能。每天，当他家开门后，常常可见到一位穿着布衫的“大先生”（即居住在大淖河边的韦子廉先生）从门前过，去学堂教课，这时王二的儿子们及后来的媳妇已经拣花生、剪蚕豆、淘芝麻（以备磨麻油）了。傍晚，王二家的人也会看到“大先生”不徐不疾地走向附近的他住的小屋。偶尔，也会见到“大先生”手捧一包王二家的蒲包肉悠闲走过去，却很少与王二家人说话。待到后来，王二发财了，就在草巷口北段靠近阴城（又叫土城）的地方买了有空地的房子，又建了屋。本来是衰草枯藤、野葛荒榛、野兔出没的地方，因为王二连家带作坊迁到这里，便增添了许多生气和馥郁。草巷口，实际上是一条有头无尾的巷，巷头位于东大街，巷尾却消失在阴城和大淖河的芦苇丛中。这里的苇从绿到黄、从旺到枯，都摇动着世人的艰辛，也摇曳着水上的大淖。

已经是温饱无虞的王二一家仍然过着清贫、俭朴的生活。王二从小就过的苦日子，吃的与卖的是两码事。外人见到王家的男女老少常是白皮嫩肉，常以为他们是将熏烧当饭吃，才滋养得特好。谁也想不到，王二家后来家里已有“米折子”存很多米，他家还常吃菜粥，夏天早上忙得早，一根油条两人分着吃。只有王二“特殊”，在粥锅里为他准备好布袋子装的“饭”。晚上打烊时间迟家里要送“接顿子”，那是菜粥里放十个或十五个慈姑。在家比较娇惯的五儿子王蔚如送过去，母亲当即关照：不许偷吃慈姑！碗里的慈姑个数是个定数，他是数着吃的。全家人要到腊月二十四以后，才能吃到慈姑烧肉。平常儿子有时闻香嘴馋得难过，母亲宁可让他到吴大和尚饺面店下一碗饺面“刹馋”。

在草巷口新居新作坊，生意做活了，名气做大了，对家里人吃家产的熏烧，“禁令”依旧，闻香依旧。当时的大门，平常是常关着，除了谈生意是没有什么人串门的。王二有个“小心眼”，“大船还怕小漏子”，不能让外人进门随手拈吃连带。一年到头，王二抠得很紧，到了年关，他想起了大淖的乡邻，因为“四岸复连沙，枝枝摇浪花”的大淖水连接着大淖小淖，连接着东家西家，因为水的喧哗、情的携手，邻里间互通有无、守望相助了多少个春秋寒暑。于是，王二也学着汪曾祺的祖辈，年关岁晚向穷苦的人发“米条子”。王二领着儿子王蔚如拎个马灯或提个灯笼，在大淖河边发放到郑家米店取米的“米条子”，多的一斗，少的五升，一个晚上跑个七八家。王蔚如认为其父其事，动机不是作秀显富，而是积德修名，也是一种心理暗示和慰藉，当时自然不能与汪家比“施舍”惠人，却对得起自己，对得起“十笏堂”福荫绵延的祖宗。

2010 年 11 月

## 勤快秀慧的蒋兰香——大淖人物寻访录之二

卖熏烧的王二 1966 年寿终正寝的时候，他万万想不到自己的名字会随着《异秉》传到海内外。诚然，没有汪文，王二家也曾活得有滋有味，属于东大街“混得不丑”的一族。

王二的四儿子叫王高山。汪曾祺在世的时候，王高山面对采访的摄像镜头落落大方，口出“行话”：“汪曾祺把我的父亲写得很像，有百分之七八十都是真实的，也有的是他编出来‘幻’出来的。”近年，王高山病逝以后，每每谈到汪曾祺，尤其是谈到王二，四儿媳蒋兰香像大淖里白了头的芦荻，絮絮叨叨，被记忆翻着页，也撩拨着采访、探询者的心扉。

汪曾祺《异秉》中王二的原型王广喜的四儿子王高山在阅读汪曾祺作品

蒋兰香 80 多年一直没离开过大淖，她是大淖河水浸润泡大的，跻身于刷刷刮刮、风风火火的女将画屏，就是大淖河水孕育的一个精灵。在她身上，可以筛选、抖落出许多大淖人的异秉和风情，也彩绘着她至纯挚爱的心灵童话与美好憧憬。蒋兰香本是王二的妻侄女，因为上面哥姐“抓”不住，为求平安 11 岁就寄养在姑父家。她不是童养媳，却像进门的媳妇一样，从打杂做事，到参与操持家务，婚前就比未来的丈夫王高山显得不可或缺。

王二喜欢兰香的勤快、利索，说过可以送出儿子也不会送走兰香。因为早早送走童年欢乐的蒋兰香只知道少说话、多做事，从划蚕豆（做五香烂蚕豆）、剪虾子、淘芝麻，到拿面筋、晃麻油、灌香肠，再到炒葵花的黄芽色的火候掌握、炒蚕豆个个裂口子、白瓜子一嗑壳子两半分的“炒作”要领领会，以至熏烧鸭的香头、咸头及肥嫩的把握，她是学一项、干一项、精一项，成了能干媳妇。她还领悟王二的独特经营方针：王家的熏烧摊既卖熏烧，又卖沙炒货，还做小磨麻油卖，货比别人家多，质量也优。王二心账透灵，做的食品不仅要迎合顾客的口味，还要引导顾客的口味，让你垂涎三尺，口水粘住王家的“货”。

王二引领一家走发家致富的路，勤俭为范。少年时候听书成瘾，从业后只好远离了。冬天只穿套裤不穿棉裤，为的是做事利落。家里用窝折存米，扒米时都要站在高凳上，却经常吃菜粥。用香油灯，只能点一盏。“气死风”的煤油玻璃灯只在摊子上用。蒋兰香受其熏陶，早就形成了辛劳、精明、真诚的性格，那是裹带着熏烧味、年轻标致的媳妇的气息。王二从不让她到街上守摊子。当时干这行都是爷儿们的事,不需要在摊子上插朵“花”。正因为她能干、勤快、温顺，成就了王高山这一门的生机葱茏、尽绽新容。

王二在世的时候，曾企望能重返苏州，参加“十笏堂”的祭祖活动。如今，他的曾孙定居祖籍地，续写新家史，蒋兰香自然乐不可支。

蒋兰香年轻时做事像裹着股风，勤快得胜似男人。只有发髻上插花时候，那些白兰花、栀子花、长生花、月季红，才显示出少妇的妩媚，加之她女红又有一手，因此，“一种柔情人不觉，春心浓透月月红”。她 12 岁学做鞋，至今针线不停，做十二生肖动物貌的童鞋成为一绝。她一子三女事业有成，生财有道，她做鞋不卖鞋，因此一双鞋难求。她送给晚辈及亲朋好友的童鞋，那一双双都神态可掬，怒放出姹紫嫣红。大淖女少有的细腻与精致，便显现在蒋兰香率直纯朴的童心之中。

2010 年 12 月

## 大淖河边的读书人王蔚如——大淖人物寻访录之三

金秋大淖河边，菊花是景，菊花有情，疏疏密密，袅袅婷婷。住在永安巷祖屋旧址的王蔚如，乐天知命，安逸文雅，勤快悠然地描绘着年近八旬的“夕阳红”风景。王二留给“老巴子”王蔚如的是异秉、善行和温饱无虞的家境。

王蔚如小时候喜欢听说书，比其父听得多听得杂。王二同儿子讲过有关“大小便分解”的情节，说的是一个妓女从良的故事。有个妓女在一次迎会的时候被人猎艳又奚落后，求问算命先生。算命人不仅查问其内八字、外八字，还让她进房间解手，听得出她是大小便混解，便指点她必须“大小便分解”，为此，就得“憋”。后来，那妓女如法“憋”练，从良成功，夫荣妻贵。王二将这件俗闻从家里讲到家外，还身体力行，养成此习。王蔚如听过若干回说书，从未耳闻，想想也绝不是其父能够编出来的。

在大淖河边，祖祖辈辈居住在这里的民众与沙鸥、白鹭为伍。鸟儿可能精灵似的飞回，追逐它的栖息故地，而这里的平头百姓几乎没有一个从大淖飞出去，然后再“衣锦还乡”。王二发迹以后，决心让五儿子王蔚如上月塘小学、读邮中初中，他成了大淖河边学历最高的文化人。东大街的连万顺小老板连登寿当面戏言：“你是大淖河边的‘状元’了。”可是，

汪曾祺《异秉》中王二的原型王广喜的小儿子王蔚如

王蔚如的学业难以为继。本来已看过不少古典名著的他，依然是嗜书如命。每当放学回来，他要走门串户地送货，飘着葱香和麻油香的食物远不如书香诱人，但是送菜的事，父命难违，不愿做也得做。晚上，在已开的半爿店里留守，有人敲门买熏烧，他还得将切好的菜从门板上开的洞子送出去，如此日复一日，身上自然多沾了熏烧味。有时白天也忙得不停，辍学后他只好望书兴叹了。

诚然，王蔚如绝不是一个只看闲书消遣的后生。王二精业的理念和价值，待人的热忱和厚道传承给王蔚如，让他在担当“小桥挂面”这一名牌掌门人时风光了头二十年。吃惯“小桥挂面”（实质是“王五挂面”）的文化人上调到省城后，年年要人带它到宁食用，王蔚如被人恭称为“五爷”，内行人夸“五爷”的挂面像昔日的跳面筋道、口感好，拈几根挂面在手，摇面不断，弯可成 90 度。后来，王蔚如声名鹊起，被某单位挖走，匆匆忙忙干了三年，年岁大了才歇手赋闲在家。如今，他不是退休的人员，但有一个安谧、幸福的家。他的大儿子是高邮某局的副局长，也成了写论文、调查报告上国家级杂志的写手。大儿子知道其父爱看书，尤其喜欢汪曾祺的书，一本乡土读本《梦故乡》，他翻阅了很多遍。偶然有人想找汪文中“游女拖裙俗渐南”，他说，此句不在汪老的小说、散文，是在汪老谈写作体会的文章中。他对其随遇而安之类的理念表明个人见地，超越了俗文化的层面。只要有这类书，儿子都要送过去，让其父先睹为快。王蔚如与续弦的妻子、女儿、女婿住在一块，支持晚辈做蒲包肉在人民路一家药店前销售。听说女婿因常年切肉，大拇指、食指、中指有些畸变，他心疼地抓住女婿的手左望右望，满嘴的关爱，让在旁看闲的人也心动。六七十年前王二在保全堂前设摊从业，如今，他的孙辈又在“大德昌”药店前设摊延续祖业。这已不是历史的闪回。王蔚如小时候作为王二的“老巴子”可以出入汪家大院，也在汪家花园玩过。汪曾祺的父亲汪菊生曾送过王二一套“春夏秋冬”四幅条，王蔚如对秋菊印象特深。汪菊生画的秋菊不像花园里的色彩缤纷，但生机蓬勃、楚楚动人。

2010 年 12 月

# 汪厚基父子的淡定人生——大淖人物寻访录之四

大淖，是大淖人家风姿绰约的子孙河，人们的身姿、脚印连着晃悠悠的波光水影和悠悠然的勤劳、刻苦、寒碜、无奈，他们认可一种平和淡定的岁月。汪厚基是大淖的邻居，他家住东大街，祖上有田400多亩，开汪德大米厂、米店。他自幼聪敏，作文、写字俱佳，是近邻高北溟先生的得意门生，后来成为爱婿，有过坎，老师曾踌躇过。高北溟的女儿高雪是美人坯子，即使后来形销骨立，依然是病美人。汪厚基谙熟高老师家“雹碎花红春以后，露沾兰弱水三涯”子女早殇、多病的悲凄，痴情不改地狂追高雪，终于结下了这宗“倚门亲”，是“死赖”着追到手的。

汪厚基偕夫人与女儿汪洛等晚辈留影

同为邻人又沾亲的汪曾祺比汪厚基小七八岁，曾耳闻目睹了汪厚基、高雪相恋相爱的趣事和罗曼蒂克的悲情绝唱，将汪厚基艺术化到了极致，人性化也臻于完美。高雪在世，生一男孩，对高雪百依百顺的汪厚基向来是视子女如命，高雪生的男孩他更是呵护有加。而前妻、汪厚基的原配仲氏的儿子汪柯、女儿汪涓，都是几岁的孩子，高雪对他们话无高声，语调舒缓，语音柔和。待到高雪病死入殓，孩子们还记得高雪是穿着新娘装去另一个世界的。前妻的孩子与高雪的孩子一道踏歌欢乐的童年，只是高雪的孩子早殇，未留下学名。

美如梦幻，梦圆幻灭。心高气傲的高雪本来看不起汪厚基，觉得他读到初中后竟难违父命不再上学，先学经商，后又请一淮安老中医到邮，在家中传授医道医术，走的是类似父亲高北溟的生计之路，汪家是个殷实人家，怎么不向往“飞”呢？待到后来，汪高相互眷恋、相处共生、合二为一地难舍难分的时候，高雪因肺病撒手而去。30多岁的汪厚基承受丧妻之痛，心灰意冷了多年。但是，他并没有目光呆滞、反应迟钝地中断行医，而是以此为生，并在60多年前娶戚宝英为妻，生三女，存一爱女汪洛。在传统而又时尚的家庭生活中，他可以毫不隐瞒地向妻女表达对高雪的思念之情，他珍藏着高雪的“小照”，也珍藏着人性和良知。上世纪六十年代他被补划为“地主分子”，只发生活费，万念俱灰的他却鼓励妻子以弹棉花为生，“踩”出了一条活路。他从对故人的思念，对爱妻及子女的关顾，尤其是对汪洛的眷护、敬重中，汲取了生机与活力。因此，汪厚基从行医到养生，从读书到书法，从来回折腾到异常淡定，平和徐行、静心意定始终荡漾在他的晨昏昼夜。他52岁因自悟和惊恐戒烟，到83岁患病离世，他是看到自己身影走进《徙》心满意足走的。

汪厚基的儿子汪柯1935年出生，在汪家二房他是长子长孙。古城的小学生涯和镇江七里甸镇江中学的岁月，早已变成了过往烟云。我有缘与他同事18年，不管他在农村或者到县城以至解决分居调至上海，他在艰苦中磨炼的印记，在临泽农业中学的烟柳袅袅中始终清晰，历久弥新。他曾是镇江中学毕业班的佼佼者而被选送到大连海军学院深造，学业未完，就被“下放”到临泽一个叫茶庵的地方半耕半教，过起了漫长的苦行僧的生活。在精业和艰辛中，循规蹈矩而又暗里张扬着一种隐忍和无奈。

我能理解的是，我教语文，他教数学，还教农业知识，教课、科田兼负责水稻植保，是陈永康车逻样板田的好学员，也是种水稻的行家里手。我们一道穿着木桶似的“鞋靴”下荡割柴，一同到临泽中学挑粪积肥，从镇上的前河一直挑到后河的万家沟子，在市民鄙夷的眼光中挑一担粪穿镇而过。两人常议，一定好自为之，教学不能逊色于镇里的。当时生活极苦，工资水平比公办教师低，每晚一瓷碗粥，很难支撑夜间备课和攻读，极希望三天一转的值夜轮到自己，因为三两米的“带浆米粥”可以充饥。学校有农田、瓜地、菜园、仓库，需要看护。少菜的事时有发生，校方从不追究，社员“分享”一些菜蔬，回家“瓜菜代”，能算偷吗？防的是盗贼。20多岁的汪柯有过军校的经历，也想在值夜中证明自己，一定要绷紧阶级斗争的弦，维护好集体利益。某日夏夜，有雾，他果然遇到了“贼”，先是发现粮囤上的人影和淅淅声响，后又听到仓库墙外急促逃遁的脚步声，最后甚至依稀看到瓜田墒沟里人影憧憧，已将瓜儿摘下然后落荒而逃。其时，汪柯又是大声呵斥，又是健步猛追，只是跟着值夜的学生极不尽力，让“贼”跑了。次日汪柯批评了那些学生，学生反而在笑，原来是我“导”我“演”的“戏”，只瞒他一人。

瓜棚、粮囤在夏雾中笼罩着特定的青春岁月，夏风一吹，满河涟漪，满怀燥热，在贫困荒漠的符号随处可见的农中庄台上，人和动物都在各自打理自己的生活。大花鸡屡撵不改地追逐穿花裙子的女教师，然后登堂入室，在女教师的花被单上留下“个”字印记。汪柯的夫人是朱应谷，镇中同学，上海的中学教师，工资 58.50 元，与只拿 26.50 元的汪柯结为夫妻，有一爱女叫小谷，除了假期相聚，他俩相会极少。年轻的学生知道汪老师想大谷、小谷，就齐心将学校一条小狗定名为“谷谷”，多日驯养，谷谷的叫声满校飞，我们跟着叫。汪柯开始反对，后来势单力孤，也会叫唤着谷谷，逗它玩，乐趣中也夹有无奈。

我不能理解的是，早年，我、汪柯，还有一个学生步行串联到上海，我们到作协大院子里，不看大字报，却目不转睛地看着巴金穿着一件中山装式的棉袄在扫落叶，扫呀扫。汪柯到了上海，却不能或不便与朱应谷相聚，反而是和我们同住海关大厦。多少年后，他从红旗中学调到上海，在虹口教育学院退休，时任图书馆主任。我想不到的是，一个曾经被政治运动“丢弃”在农村角落里的人，却在退休时期加入共产党，并成为一个退休人员党支部的书记，敬业称职。近几年相会，围绕汪曾祺与汪厚基谈得较多。汪厚基在世时说过，汪曾祺将健在的高邮人写进小说的有两人，一是高某，据说因未提真名，高某不高兴；二是他自己。汪柯也觉得与汪曾祺的家世家境有相似之处：父亲先后娶了三个妻子，续弦的妻子对前妻的孩子都很照顾，只知道自己生母而不知其名，对待陪伴父亲几十年的娘都很敬重。

汪柯自己想不到的是，他在 91 岁的娘前“走”了。他在去年 12 月 15 日因继发性肝癌住院，同月 19 日病逝了。我百思不得其解的是，一个豁达、淡定的他，为什么长期明知病重却不肯住院治疗？求生的欲望被他自控、自虐得不如一张薄纸。在生命的最后两天，坚持“不求人、不烦人、不扰人”的他关顾护工而不洗脚，为省一个尿不湿交代无须再换新的。对自己如此之“抠”绝不是人性的完美，而只是品格个性和经历苦旅的一种真情的恣意流露。

2010 年 12 月

# 毛家草行的人间烟火味——大淖人物寻访录之五

炊烟袅袅，年味扑鼻。早年从临泽坐帮船返城，过了牛缺嘴，直到大淖河边的昔日草行码头上，愈来愈浓的烟火味便钩沉一种感激：住在俞家巷（今为大淖巷）的外婆在生命的最后岁月，到“毛家草行”买一捆草，给草钱，却没有收，“你拿回家先烧吧！”于是，这捆草作为引火草，让外婆燃烧坏残的椅凳，延续了一阵人间烟火。60年后寻访到毛家草行的后代毛开武、毛桂才等人，重提往事，心存感动。毛家后代却认为当时如此伸出援手是常态。

毛家草行是大淖河边毛、谢、谈三家草行中影响较大的一家。它东临大淖河，西接草巷口，南连大淖巷，在大淖河边有一段相对固定的毛家草行码头。上世纪三四十年代开草行的是毛德龙，初识字，认得记草账的草字码子。因为“码头”大、世交广、人厚道、讲诚信，依靠两个有一定文化又十分勤快的儿子开文、开武及两个女儿，一家人齐上阵，苦丝丝乐滋滋地连轴转，声誉传到高邮北乡、东乡，飘荡在泛黄的芦苇上，效益便随着白秆子、红秆子的芦柴以至“油麻草”“一拢刀草”，摇曳成大淖河水的水花、毛家老少的心花竞相绽放。再由毛家的小伙、姑娘以及大淖河众多的卖草工将芦柴和杂草一担担挑到全城大街小巷，演绎成“落日倒悬双塔影，晚风吹散万家烟”的飘飘忽忽、丝丝缕缕的人间烟火的意象与况味。

在开草行的毛家人眼里，有材（柴）必有财。全城开店的、办厂的、经营浴室的，以至贾、马、杨、王、孙、夏许多大户人家，毛家人是家家熟，从东大街汪德大米厂、北市口同和昌布店、刘盛元广货店，到城里的四德泉浴室，都是常送草上门的老主顾。每当草船到，或整船下草，或零担散卖，或由毛家草行先行全部“吃下”再转手卖出。草行的本钱不大，但有的时候也得垫一些钱。像汪曾祺家草田很多，似乎完租并非是草，因此秋后芦柴大量上市，他家也备好一草房的草。草行供应烧草，也供应打芦席、编窝折的“大材”。春天，毛家草行码头的农船直接收购青草回乡作绿肥、沤草粪。那时，大淖上空便会响起“打旱草”的悠扬响亮的吆喝声。毛德龙听着这与水声唱和、与街里市声交响的“曲谣”，悠闲荡涤心胸，俗念困苦顿消。

毛德龙在东乡卖草的农民心目中是一个温饱得颇有脸面的人物。大吉村的农民上街卖草，有好心人做媒，将本村李家的姑娘介绍给他做二儿媳，他喜笑颜开。二儿子遵命。有一次李家姑娘上城卖草，做姐姐的把弟弟二子拖到一边，“你看，那个戴栀子花的就是你的日后婆娘。”毛家二儿子自然也乐。毛家更多的是苦难。不断的应差草料要交，还担惊受怕。抗战时期，侦缉队将毛德龙、亲家老李、大淖河边的吉文才抓进宪兵队，说他们“通共”，后来，又取保又花钱才保命回家，但是身心受挫，惊恐不已。

毛德龙生活俭朴，不来客人是不会到王二摊子上买熏烧的。自己家里家外，满地是草，可是他家用水还习惯在锅塘里用瓦罐炖水。他有一个“奢侈”的爱好。喝水要喝上河水烧的开水，大都是到朱家、邵家茶炉子“冲水”。秋草上市后，船多，卖草挑夫也多。这时十分风光的毛德龙会大声喝道：“先让吉大娘家的媳妇挑草去卖，人家是孤儿寡母。”吉大娘家儿子吉文才下乡卖窝折，中暑而亡，丢下几个孩子，小的才几个月，怪可怜的。有时，吉家的媳妇还能从毛家草行挑第二担去卖。因此，大淖河边吉家的烟火味艰难地在延续。

2011年1月

## 炕房大师傅毛二爷——大淖人物寻访录之六

年少的汪曾祺目睹的鸭乡生活，在他的早年作品《鸡鸭名家》中充盈着鸭乡的气息和氛围，塑造了高邮炕房大师傅余老五的形象。其间，对那彰显的暖洋洋、潮濡濡、痒酥酥的“母性”感受最深的自然是炕房大师傅毛开武。

余老五是上世纪三十年代的炕房“精灵”。十多年后，毛家草行二儿子毛开武向姐夫于源太炕房掌炕的于松林学习做炕孵活计，从此，活了大半辈子的毛二爷便经常感受着母性的爱、生命的歌、人生的乐。

毛开武现年85岁，年少时上过四五年私塾，先后从两位侯姓老师那儿受到良好的启蒙教育，得到了朴素的人生感悟，“风筝遇风总会飘上天”“人再苦，总该有歇息的时光，太阳累了，还要躲到云里歇会”。开草行的家境和况味，让他自小就迷上了二胡、爱看京戏，也有闲工夫在大淖周边转转看看。那时，大淖周边的炕房有好几家，草行北边的蒋家炕房、大淖巷里的祝家炕房、巷头的戴理炕房，还有刘国富家上人开的炕房。炕房都没有门面，没有店号，大都是以姓氏为名叫开来，有的人家在门外刷白一面墙，上书“炕房”两字。

春来生命着绿，着意生活喧腾。炕房投资不大风险大，生意好坏不靠嘴功靠内功。毛开武婚后奉父命到炕房学生意、学技术，从学抓蛋、数蛋、照蛋，到添柴、煨火，年复一年当下手，辛劳、繁杂、挨训，远没有在家买卖草时记数码字惬意。但是，耳濡目染所形成的印记特深，那是掌炕的大师傅寝食难安的炕孵和“至尊至贵”的地位。再则，就是苗鸡苗鸭毛茸茸、黄灿灿问世时那灵动、鲜活，同自己儿子的憨态相比，那情趣可掬，让人心动。

毛开武想不到的是，熬出头后当上炕房二师傅，尤其是当上大师傅后，炕孵日子的暖烘烘、热燥燥的氛围彻底改变了毛开武的人生线路图，也陶染了他的个性化秉性。毛家是个温饱无虞的人家，但是长期的早晚餐吃粥，拌以咸菜、萝卜干子的日子在他的大师傅岗位上结束了。他倾心、专注、投入的是炕孵生命的世界，在那里可以炫技显能，是人生大乐。

当时，炕房的主要设备是炕孵的“缸”，即下边有铁锅（烧稻草、糠或木炭），上边用土基砌好的缸，加上稻草做的盖子。此外，还有一层层的摊床。传统的土法，在加热孵蛋的缸内，每缸放300只至400只蛋。起初，每三小时就得翻动一次，经过控温、照蛋，14

天后，将孕育着小生命的蛋放在摊床上，在保持定温的同时，让蛋的自身能量发挥内因作用。其时，毛开武二爷极端负责，极具权威，又勤又慎地抓好每个环节，一个手势、一个眼神、一句短语，就让毛二爷的意愿在“下手把子”中贯彻到位。当时，连温度计也不普及，毛开武常是用眼皮子靠一下子蛋，一只又一只感受蛋的温度。炕孵一季下来，毛二爷的眼皮是青的，加之睡眠极少，精神压力大，经常是面黄肌瘦。旧时的说法，这些充当“催生婆”的男子汉的精华被“啾啾”的小鸡、“嘎嘎”的小鸭“吸”过去了。小鸡小鸭都是毛开武夜以继日地“泡”出来的。毛开武看到黄绒球一般的小精灵天真烂漫看着新天地的时候，最关心的是一如既往的95%左右的出禽率，鸡鸭鹅都是如此，从来没有跌至70%以下的“闪失”和惨败；最想的事自然是放松头脑中的“弦”，回到近在咫尺的家美美睡到自然醒。

毛开武当炕房大师傅直到1987年退休，大儿子毛桂荣成了他的徒弟。他作为单位炕孵的行家里手，到十多家炕房指导、传授过，有事业滋润的他，生活得有滋有味。如今，他仍爱拉二胡，爱唱京戏，爱看电视中的戏剧节目，定期到戏曲社唱一段。他说他年轻时是苦中寻乐，成为能人时偷闲作乐，现在晚景怡人，是拽住时光追着乐，与风光岁月的炫技相比，只是小乐。

2011年3月

## 陨石旁的吉大娘家——大淖人物寻访录之七

汪曾祺笔下的大淖轮船公司对面有一条巷子,可通到东大街。那巷子,不是大淖（俞家）巷，而是永安巷。其实，本来没有巷，仅零星地住着几户人家，其中有家姓吉，紧挨大淖河边，屋后有一块陨石，就如汪老所说的是“一块比通常的碾盘还要大得多的扁圆石头”。这块石头，大淖河边的人称它为“大磨子”，有人说“可摸石纳福”，有人说“落星主凶”。吉家大娘知道，这“星石”现身在此已有两百多个春秋了。这块陨石便成了一个标志，“大石磨旁的吉家”远近皆知。诚然，享年 80 岁的吉大娘成为名播远近的“女将”，那是因为她一生勤劳、节俭、坚韧、淳朴，34 岁丧夫以后，含辛茹苦地将三女两男抚育成人，扒心割股地支撑起吉家。她从“吉大娘”到“吉大奶奶”，再到后来的居民小组“吉组长”“革委会”时代的“吉委”，以至寿终正寝时的“吉侯氏”，一直被人尊重、爱戴。她的原名侯大女早湮没在时光的尘埃里，但是，梳理她的人生和家事，那大淖留下的昔日涟漪，映照着旧时云、沙洲月，漾动着传统美德的吐纳，也浸透了大淖河边红尘琐事、凡人欲求的情思和眼泪。

吉大娘的公公叫吉殿富，在高邮湖上弄船跑运输，这个“浪里白条”是挣钱的好手。早在清朝同治年间，吉殿富的父亲就从湖西天长一带流浪到大淖河边落脚谋生。殿富辈有弟兄四人，或未娶，或无嗣，唯独吉殿富娶了一个有名望的徐家女儿为妻，相亲相爱，兴家有方，在东邻轮船公司的好大一片空地上，吉家在众多的茅草屋旁砌了小七架梁的瓦屋。其时，吉家是殷实人家。吉殿富每当将船靠在七公殿而后回家，腰里多带银圆。吉徐氏日常相夫教子，抚育一男三女，空闲时候穿宽袖大摆衣衫，常带一杆长旱烟袋，悠然自在。据说，那身姿、气质，可以与街里人比美。有时，她还放贷，常收些利息，就蛮活便了。

他们的爱子是吉文才，即后来吉大娘的丈夫。吉文才从小就是身腰大个，比同龄小孩要高出半个头。从来没有人敢欺他，他也从不欺负别人。大淖河里年年有人溺死，小孩居多。吉徐氏生怕爱子玩水出事，管得极严。每年正月初五，街里人放鞭炮迎财神，吉徐氏在大淖河边放鞭炮，求河神保佑儿子平安。七月半，吉徐氏领着子女看大淖河里放荷花灯，指引他们看渐行渐远的“头灯”……终于“头灯”熄了，她轻轻吐了一口气，又一个落水鬼可以投胎转世了。几岁的吉文才只觉得水上的灯很好玩，依偎在妈妈的怀里很温馨。

吉文才 8 岁那年，38 岁的母亲突然得急病去世。吉殿富异常伤心。虽然他的大姑娘早就与南门外三屋楼王家定亲，二姑娘、三姑娘的终身大事也有了着落，唯独吉文才最让人放心不下。后来，吉殿富曾把 10 多岁的文才带到船上做帮手，可能是生活不习惯，父子的脾气不合，吉文才又回到大淖河边陨石旁的那个家。其时，他的小妹也到马奔庄一户农民家做童养媳，只剩孑然一身的文才和家中依旧光亮的家具。而他的日常生活一落千丈，有时竟然落魄到了靠亲戚、邻居怜惜“赐食”度日的地步。有时他也挨饿，却从不主动讨食。

随着年龄渐大，吉文才长成一个一米八以上的大个子，脚大腿健、肩宽腰圆，一身对襟短衫和齐膝短裤，裹着个结结实实的“车轴身”。到了后来，他成了一个引人注目的勤苦的硬铮的男子汉，有着肌肉发达的胸脯和肩膀，有什么活计就干什么，什么苦也能吃，从不喊一声孬。他对自己从“惯宝宝”演变为“硬汉”的最深切的体会是家境的变化“逼”的，也是周边穷人苦劲过日子的精神带出来的。

1931 年农历七月高邮运河倒口子发大水，吉家的瓦屋没倒，吉殿富照旧在湖上弄船搞运输。住在大淖河边的吉文才由其外婆徐家人做主，与住在城北门外养丰闸一带一个种菜园的女儿侯大女定了亲。侯大女种菜卖菜，曾与家人到大淖河边卖过菜，有时下午也去卖上午的剩菜。吉文才与侯大女见过面。当时，两家门户相当，文才年长一岁，都是五月十三过生日。侯大女勤快、爽直、心细，尽管婚前与文才没讲过话，但是她觉得吉家有房有财产又有好多属于吉家的空地，加上文才的男子汉的硬铮铮长相，嫁到吉家，她情愿。文才 20 岁开外，吹吹打打将侯大女娶进了吉家。从此，吉家又真正像个家，小两口甜甜蜜蜜过日子。那几年，已年届花甲的吉殿富又与丧偶的一个妇女及两个男孩在船上安了家，大淖河边吉家的一切都撂给儿子和儿媳操持了。

侯大女嫁到吉家没多久，就显示了她勤俭持家、爱夫悯人、厚道朴实的本色。她在空地上挖地种菜、种植榆树，原先并不擅长芦苇编织的她很快学会打芦篾、窝折、畚箕、斗笠。大淖河边很少人家砌锅灶，多用泥质、陶质的“锅腔”做饭烧菜，她发现用芦苇编织的下脚料烧饭，底火好，就用瓦铞在“锅腔”里煨水，或用或喝，成了她一辈子的习惯。丈夫文才常年卖苦力，浑身有使不完的劲，一日三餐果腹，夜宿温顺，生活过得也滋润。这个顶着吉家几房门户的吉文才老婆年纪不大、被人称为吉大娘，周边棚户人家有难相求，总会伸出援手。

吉大娘到屋后大淖河淘米洗菜、汏洗衣物，总会见到屋后的那块陨石。汪曾祺少年时代见过，记得石有圆坑，有天然的沟槽，他回乡时找过这石头，不见了。原来是被人砌到房子的地基中了。吉大娘及其子女都见过那块“星石”，中间厚一点，边薄，看上去像高低不平的糙石，但摸上去又光滑。那“大石磨”上，船家或蹲或坐歇脚，修船时在上捶麻丝、调泥子，妇女还可以在石上捶洗衣服。早先，石头是红褐色；后来，有妇女将坐月子的衣裤和尿布放在上面洗汏，石头的颜色就变黑了。吉大娘对此深信不疑，她养了三女三男，从不亵渎这块来自苍天的“星石”。她信这一切。对一些乡俗，她又信又实行，每年正月初五，吉家照例放鞭炮祷告河神，保佑家人与子女的平安。

吉家人万万想不到的是，吉文才有了大女儿的这一年四月初九，突然狂风四起，飞沙走石，正在做收青草积绿肥生意的吉文才往家跑，飓风席卷着青草追着文才直往吉家屋里扑。几天后传来噩耗，吉殿富只身驾船遇到风浪，船散人亡。吉文才与大姐在湖滩上找到了父亲的遗体，那形迹昭示，吉殿富在船只出事后曾在水中搏斗、漂游了十多个小时，终因力竭不支而亡。常年与父亲相处不多的文才咽下了苦痛，记住了父亲的坚强。

2011 年 7 月

## 吉大娘丧夫前后——大淖人物寻访录之八

从二十世纪三十年代到1945年底，吉文才与候大女已有三女两男，只“跑”掉一个四五岁的男孩，那是得了“干筋”已抽搐的幼儿。他人小会说，要求妈妈为他治病，要不，“明天我就没命了。”果然，第二天就被送到阴城的乱葬茔了。那些年，月亮圆缺依旧，淖边烟火依旧。新四军在乡下闹革命，有时也“摸”到城上来，但与吉家不搭界。偏偏就在吉大娘怀上了第六个孩子的时候，吉文才与毛家草行的老板等人被“二黄”伪军抓走了，说他们有“通共”嫌疑。吉文才有乡下亲戚，极少往来，还是“闹鬼子”前，小妹过20岁生日，吉文才带一块布料去祝贺。这些年，土城、牛缺嘴都有日伪军队盘查、搜身，文才受不了那些“找碴子”的窝囊气，扎板不下乡了。多天以后，吉文才破财交保被放了回来。当年冬月十五亮月头，新四军一举打高邮。高邮解放后，大淖河边到乡下水路畅通，运输发达，城上乡下一片繁忙景象。

1946年2月，吉大娘又添了一个男孩。满月后没多久，她和已经13岁的大女儿又在自家院子忙着编织了。早些年栽下的钻天榆已有碗口粗，枝干挺直伸展着，少旁逸，枝叶腾腾地往上蹿，撑起一片绿荫。母女俩的长相、神态像一个模子脱的，吉大娘扛起一百多斤的芦苇篾子，走着像一股风；将碾柴的冬瓜似的石磙子扳直立地，毫无难色，一担挑20多个芦柴的重担子在街上走，像挑个蔬菜担子一样轻巧、利索。初夏，吉大娘的发髻上插一朵栀子花挑担草进街，刷刮轻捷，馨香一路，哪像一个有五个孩子的妈妈。傍晚，榆树头的霞晖退尽，树下小桌子旁一家人围坐四周，稀粥、麦饼、芽蚕豆、咸鸭蛋的晚餐，就能丢掉一天的辛劳，淡化家里家外的嘈杂，衔接着一个和顺家庭安谧的夜晚。

当年农历六月底，个高力壮的吉文才弄一条小船，装满了自家的窝折、芦篾，要送到三荡口、白马庙一带销售，待秋收后再换回粮食，或者收钱。临行前，吉文才感到身体不适，吉大娘就叫他别去，他还是将宽宽的腰带紧了紧，拍拍结实的胸脯表示没问题，当天就可以售完回家。一路上，本是顺风顺水，他却力不从心，胸闷胃堵，买了点“人丹”吃了后仍不济事。船近三荡口，风雨交加，吉文才上吐下泻，难以自制。他知道情况不妙，待雨住后拼命驾船返回，赶至马奔庄妹妹家，已像一堵墙坍塌在她家门口。吉文才神志清楚，光要水喝。他妹妹深夜惊魂，连忙找了几个壮汉，将吉文才急忙送往大淖河边老家。

七月初一清晨，晴空霹雳一声。吉文才被送回家后，见到吉大娘忙着要把他送到医院，摇了摇头，拉着围过来的孩子们的手，一声哀叹：“伢子，我不能领你们了。”吉文才被送到吉大娘娘家附近的大同医院，医生对“瘪膈痧”也无回天之力。吉文才遗体往家抬的时候，从大同医院到养丰闸，吉大娘是一路哭一路滚过来的。她的父母抱住她，劝慰她：“你要挺住，家里还有一窝‘肉老鼠’要人养。”回到家，她抚尸痛哭，身边齐崭崭地跪下四个孩子，是哭是喊，声浪撕心裂肺。门口的近邻有的跟着抹眼泪，有的妇女劝慰吉大娘咽下悲痛，挺直腰杆好好领孩子。人们真的很难相信，一个素来无病被榔头能夯两下的硬汉子就这样倒下了，生命真的是脆弱无比而又让人无可奈何。

一个基本温饱的劳动人民的家庭在风和日丽的大淖河边，自有它的惬意和苦趣。但是，经历了家庭重大变故的吉大娘，像是捅漏了头顶芦席大的一片天，雷暴伴随着冰雹直往她身上“砸”，她的心在丧夫的悲痛中煎熬。五个子女中，只有在襁褓中的几个月的小儿子尚未记事知情。仅 4 岁的大儿子至今仍然记得，母亲在白天强打起精神忙里忙外，操劳一切，很少眼泪汩汩地待人做事，但是到了晚上尤其是深夜，大儿子听到过妈妈的哭声，好长时间都如此；后来，夜里的哭声变成暗自抽泣。那时，30 岁出头的吉大娘有时坐在床上望着窗外，黑暗中没有一丝光亮。在冥冥之中，她似乎与夫君对望，没有言语沟通，唯有哭泣、叹息，她要向男人诉说的不是红尘琐事、凡体欲求，而是全家六张嘴怎样“糊”。渐渐地，伤痛和苦难“磨炼”了她的一个朴素信念：活人的嘴里不会长青草，苦日子还要往前过。这就是她亮丽而又坚韧的生命和人生的底色。

尚在为夫逝世后的“六七”之内，吉大娘就戴重孝料理男人未完的事情，弄一条小船装着自家编的窝折、芦席下乡。船上还放着戴重孝的小儿子，用一个大草帽遮盖着。顶着毒日的吉大娘那件白粗布的上衣，早就流汗粘在身上，有时衣角都可挤下汗水。沿着水路下乡，一路农户多半有怜悯之心，收下她家的编织物，赊账欠稻的有，也有付小麦和大麦的。有的年长的妇女还凑近劝慰她：“将这小儿子给人家养吧！”她说，她从来没想过。不！决不会这样做。

二女儿小名叫压弟，8 岁，吉大娘同意给乡下亲戚家养。没有几个月，小压弟竟然从亲戚家跑了十多里路回家，哭着不肯下乡。吉大娘望望二女儿及她那双跑坏的鞋，一把搂过来：“妈答应你，在家过，有饭大家吃。”

吉大娘的子女都记得，五个孩子早上吃粥，盛粥以前又兑加半煨罐水，弄得碗里的稀粥也是“一吹一条沟，一晃浪打浪”。吃过早饭，吉大娘去送草或卖草，一趟又一趟，临近中午带回两个“黄烧饼”，两个儿子一人一只。三个姐姐年岁渐大，从眼睛一睁就忙着碾柴破篾，不碾八场到十场柴不会吃早饭。上午，常忍饥受饿忙编织、翻地、种菜或者在大淖河边的草码头旁、小巷子里，用竹筢子划地上的草，那不仅是为自家烧，积聚多了还可能包在妈妈的草担子里去卖。有时，母亲卖草回来，还带回一些人家丢弃的冬瓜皮，同青菜一道煮菜粥，那撑肚皮的滋味，难忘。诚然，这家常年不知肉味的人家也有“刹馋”的时候，那是二姑娘在大淖河里摸鱼虾，或者用鱼叉捉到一条二两斤多的青鲲，家里孩子吃饭就像过节了。大淖河边的人，不许小孩抓水中的鳖，它有灵性，会引人溺水。

吉家自从主心骨“去”了以后，四时八节，极少有节日的欢愉和欣喜。每当吉大娘自己生日，或者农历七月初一的文才忌日，吉大娘总涌动着强烈的思夫忆旧的情思，自34岁以来，她一直自控着不改嫁。她的父母、兄弟、姑子尊重她的意愿，从不在她面前提及此事。

三个姑娘渐渐长大成人，本来爽直、热情、外向的吉大娘变成了另一个妇女。在大淖河边，她不戴花，不看戏，不凑热闹，不与陌生人拉呱。平时，吉大娘一直坚持“早早关门早早睡，免得人家说是非”，到了次日清晨，月亮星稀，她已起身在自家院子里忙碾柴了。大门关得紧紧的，劳作的声响在寂静的大淖河边传开去，犹如报时的鸡啼。吉大娘对女儿袒露过心迹：为母守寡名声正，女儿出嫁配人才顺。她的大女儿深知母亲的心思，为帮助妈妈照料弟妹，吃尽辛苦，直到20多岁到上海打工才成家。

2011年7月

## 永安巷的守望相助——大淖人物寻访录之九

从30多岁的吉大娘，熬到50多岁的吉大奶奶，她经历了许多常人难以忍受的日子，为家小、为人生，辛苦着，压抑着，谋算着，一步步地挨日子往前挪。她盼望有一天，明晃晃的阳光会从吉家门前过，送走郁积在心头的乌云。可不是，吉大娘吃尽辛苦，不仅是为一家人一张嘴，而且要让孩子堂堂正正地成人、成家、立业。吉大娘常常教育子女要成人，做好人，要知恩图报，善待他人。当时，家里再困难，两个儿子是要上学的。三个女儿没有上过学，中华人民共和国成立后让她们上夜校，做母亲的在家关好院门、堂屋门，边做家务边等女儿回来。女儿带回识得的几个字，也带回新社会的新气息。有时，接了新生监狱数以百计的芦席订货，她便领着从夜校回家的女儿在院子里碾柴。月光洒在苇篾上，白花花的，照在母女的身姿上，汗津津的。挑箩的邻居周保贤看夜戏从院外过，听到冬瓜磙子碾柴的声音，从墙外撂过来一句话："一天过不到头呀，该歇歇啦！"夜深了，母女入睡后睡得很沉，尚是幼儿的"老巴子"夜里哭着滚到床肚里无人知晓，次日晨大姐姐发现二弟不见了，一场虚惊。"老巴子"也知道，母亲与大姐为家里人付出许多。

其时，吉家邻近住着王、孔、陈、朱、葛等几户人家，有一条通向东大街的路，但是因为没有连毗的房屋，尚未形成一条巷子。吉家东头是轮船公司旧址、全家有好几个干挑箩把担的周保贤家。周母与吉大娘极好，吉文才死后，周母让女儿小兰子陪着吉大娘及子女睡觉，又劝慰又照料。周家的子女岁数大一些，对吉家的孩子常是呵护着。遇到周边人家办喜事，吉大娘自己当不了福奶奶，人家还忌讳她去当帮手，周母常找事把吉大娘的注意力引开去。大淖河边的粪缸多，吉家将其中一个改建成茅厕，裹在做卖肥料的蒋家一道赚点活便钱。

吉家的东边，是全县闻名的谈家磨坊，也就是汪曾祺笔下的"由沙洲往东，要经过一座浆坊是浆衣服用的"。谈老板家有石磨，有驴，也有伙计和季节工，加工小麦，生产面粉、面筋和用来浆衣服的小粉浆。谈家人进出东大街可以从窑巷口走，也可以走如今的永安巷。当谈老板从吉家门前过，他常问问看看，有时找些零活让吉家母女做。吉家孩子印象最深的是，几个女儿干编织临近中午，妈妈送草没回来，锅里还是一锅清水，谈老板得知后，就让家人送来不少用全麦粗面粉做的素头饼。那是一种发酵过的厚饼，入口松软，又筋道，极“熬饥”。被吉家称为谈大大的谈老板如此送食物，不止一次，吉家孩子吃在肚子里，记在心里，这饼成了难忘的美食。

大淖河边人家中对吉家帮助最大的是开草行的毛家。上世纪四十年代，主掌草行的毛德龙在码头上发草给卖草的人，总是优先发给吉大娘，让这家孤儿寡妇的可以早有草挑上肩，又常比别人家多卖一些。有时下午有草船来，码头又没地方堆，毛老板就将草船的草卸到吉家院子里，放上二三十担没问题，草钱毛家先结算，然后让吉大娘送固定客户的草；或者等长一些时日零卖，每逢雨后初霁，吉大娘从自家院子挑草叫卖，自然可以卖个好价钱。吉大娘活到老，念叨到老：“做人，都要记住毛家这些人家的恩情。”当然，在吉家的孩子心目中，母亲的叮嘱已牢记在心，还有他们的大舅侯德仁、王家大姑父家、表亲司徒李家等等，对吉家的关爱、照顾，更是亲情浓浓，感动悠悠。大舅舅带两个外甥洗澡后，每人一包五香花生米，吃一路香一路。开茶馆的大姑母坐黄包车来，在赵家厨房点几个菜，坐在上席看几个伢子吃，极顺溜畅快。李家在年关岁晚送来满满一船草，让吉家人烧，或者卖，听便，让吉家人过年可以多一点年味。

人心都是肉做的。吉家靠近大淖的码头，屋后又有陨石作标记，一些船民、草民乘船靠岸，在吉家白天烧煮，或者将船篙、木桨放在吉家，傍晚开船，丢一些食物，或说两句感谢的话。下次上城，只要船靠大淖河边，还会再光顾吉家。吉家有几房无后，住宅的宅基地空地多，便种菜，自供自给，青菜、苋菜、冬瓜多了，苋菜秸子制成一种咸菜，谁来讨了，都可以送一点的。宝应人卖糖的老葛在河边棚子里住了几十年，有一次，提出在吉家的菜地上砌房子，吉大娘知道这是祖传的宅基地，四界清楚，只要她点头，不会有岔头官司。后来她就很爽快地答应了葛家建房的要求，从此他们和睦相处了几十年。

吉大娘从青年到中年以至老年，日子渐渐好起来，她把好日子当苦日子过，一直坚持着苦惯了的好习惯和好传统。她对自家的孩子自然是手心手背都是肉，也曾流着泪向居民小组和街道组织为子女求情觅职。由于她善待他人、关怀邻里、热心公益，后来她当上了小组长，50多岁还成了基层组织的“委员”。她80岁病逝以后，熟悉她的人都说她一辈子清苦、厚道、朴实，是个能人好人。她的一生，严于律已，善待他人，与人和睦相处，凭她的名望和面子，调解纠纷，钝化矛盾，理顺关系，使许多吵架、闹别扭，以至要离婚的家庭又重归于好，和气兴家。

吉家人的繁衍生息，与屋后的陨石无关。吉大娘在乡邻中的声望不是地位、财富、名分，而是一种自强坚韧的秉性，相互守望的情感，凡人难以割弃的牵挂。人们的本色和期待，自然是如同永安巷的名字一样，守望相助，和顺永安。

2011年7月

## 汪海容少年夭折——大淖人物寻访录之十

汪海容是汪曾祺同父异母的最小的弟弟。

中华人民共和国成立前，拥有两千多亩田的汪家是东大街的富户。汪海容小时候长得很敦实，圆圆的脸。也很乖顺，成日在祖母、母亲、兄姊身边转悠、玩耍，是个讨人喜欢的孩子。母亲任氏娘一般不让他走出大门，生怕他和草巷口一带“扒柴鬼子”（一些用耙子扒草以至抽人家草担子草的野孩子）学坏了。

中华人民共和国成立初，汪家依然是殷实人家。汪海容的父亲汪菊生做医生，大哥汪曾祺在北京工作，常寄钱回家孝敬父母，哥姐在上学。平平常常的日子就平平安安地流逝了。

1953 年汪海容到新巷口小学上一年级。他的师友介绍，海蓉个头较高，身体壮实，聪明伶俐，活泼好动，有时贪玩，是个小顽童。老师只要抓得严一点，他又是个听话的好学生。

出身书香世家的孟庆云是海蓉三四年级的班主任，有一颗慈母的心，有一张严肃的脸。海蓉和同学玩疯的时候，会撞倒这个碰到那个，只要听说孟老师来了，大家立即作鸟兽散。汪海容真有点怕这个年轻的女教师。听说喊他去老师办公室，心里忐忑不安。其实，是孟老师当面为他批改作业，肯定他的进步，指出他的不足；顺便谈谈海蓉在哪件事做得不丑，要继续保持，哪天在什么地方事情做得不够好，要及时改正；还要求海蓉向同班的妹妹陵纹学习，等等。孟老师的话说得海蓉心里潮濡濡的，只是觉得奇怪，学校许多角落似乎都栖息着孟老师的眼睛。

汪海容有一个好朋友叫吉有富，两家住得很近。上学一路来一道走，哪个动脚早，还要上门等另一个。住在科甲巷的海蓉还特地拐向东到永安巷等吉有富。吉有富个头比海蓉高，忒壮。他俩领头的小伙伴是班上强势群体，但从不打架。吉有富还记得海蓉不像大淖河边的伢子，嘴上带“哨子”（指骂人脏话）。有时他们还为弱小的同学“护驾”。在班上排座位，吉有富个头虽高，却坐在海蓉前面，这是孟老师安排的，易于老师管教。海蓉经孟老师“教化”，学习进步很快，字也写得好。放学和假期，他们都要到大淖河边玩耍，那是他们欢乐的世界，捉鱼摸虾，捡“晏生蛋”，有时还可以捉到爬上岸的老鳖。当时，汪家温饱无虞，吉家生活困难，幼年丧父的吉有富还要帮助家里做事。因此，吉有富比海蓉迟一年上邮中，从此两个好友来往少了。

大淖河边成长起来的吉有富

世事沧桑，风云变幻。“反右”大风暴，把汪曾祺打成“右派”。1958年“大跃进”，由于办厂需要，汪家居无定所。1959年，在“十六联”诊所做医生的汪菊生病逝。公家最后只留一间挂着帘子为门的房子让任氏娘、海蓉、陵纹住。空徒四壁的汪家还遭盗贼光临，被洗劫一空。一个没有收入的家庭日子怎么过呀！海蓉只能在梦里寻觅母爱的温存和生活的温饱。

从1960年开始的三年自然灾害给汪家带来灭顶之灾。已经上初中的海蓉、陵纹只好辍学谋食。当时大哥二哥在外自身难保。任氏娘有时到已经成家有子女生活拮据的丽纹处过过，有时牵挂两个十几岁的孩子回到家里苦挨岁月。

1962年，是高邮地区饥馑最严重的年份，浮肿病成了城乡的一种常见病。海蓉、陵纹的口粮定量从30斤降为24斤。他们曾靠“杀鸹喂鸹”的办法,即卖掉一些粮票再去买粮食。平时靠捡废品、拾破烂获得一些钱，以“瓜菜代”填塞肚皮。后来，他们干脆等候在一些面店、饭馆门前，伺机而入，喝人家剩下的面汤，吃人家剩下的饭菜。有时还遇到店主的轰赶，他们就去另一家找食，形似乞丐，因为他们还没有伸手去讨。遇到半只馒头、一个包子，海蓉还带回家给娘吃。

当年一个秋日，吉有富见到海蓉兄妹坐在一家屋檐下的门槛上，海蓉脸已浮肿，双目无神，与吉有富对视一下便低下头。爱莫能助的吉有富明白了一切，叹了口气离开了。听海蓉初中的一个同学介绍，海蓉说："我是同学中第一个到阴间的人了。"有时大半天他找不到一家吃剩食的，便倚靠墙壁，嘴好像在咽，什么也没有，似乎只能咀嚼着苦涩的生命和难挨的时光。

入冬，腌大菜的季节，汪海容捡到了较多的菜边皮（白菜外边的叶子），还没等他吃完，他就撒手人寰。当时家中无他人，居委会有人报信，是姐夫金家渝用医院里一辆小板车将海蓉送到火葬场火化，然后埋葬在澄子河南的乱葬茔。

一个少年夭折，悲痛与绝望浸透了任氏娘的心，她跑到大运河边要投河，因熟人发现相劝未遂。次年二月初十，正是金家渝30岁生日，求生无路的陵纹突然跪在母亲、姐及姐夫面前，苦苦哀求放她一条生路。她去了安徽，走过了一段苦涩的人生。于是，才有1981年汪曾祺听陵纹诉说苦难时相对而泣、流泪不止的令人心酸的场面。

诚然，一个少年夭折在当时不是个例。我们在为海蓉之死痛惜之时，要诅咒那个时代的饥馑，铭记那个时代的教训。我们深信，那悲惨的一幕绝对不会重演。

2017年8月

# 祭奠汪曾祺

今年 5 月 16 日，是著名作家汪曾祺逝世 20 周年的忌日。

贾平凹称“汪曾祺应该是建庙立碑的人物”，先后为汪老题写了“文章圣手”“山高水长”的赞语。家乡汪迷乃至乡亲都有一个共识：高邮几十年甚至是几百年也难出这样一位文学大师。汪公让同辈人及后来者高山仰止。

初见汪老，是在南京。他是受高邮政府之邀，第一次返回阔别 42 年的家乡，在南京短暂逗留，然后乘客车回邮。当时，他的声名远不及后来，没有专车接送，没有专人安排食宿。其时，我被省文联借用，尽管没有接到县里关于接待的指示，但是我还是十分兴奋，主动揽事，缘于想见见汪老，为其提供方便。

1981 年一个秋雨绵绵的下午，我带着《雨花》开具的住宿证明，陪汪老去白下饭店入住。一了解，普通房间客满，每天 10 元以上的房间还有。我不假思索地问道：“这种房价好报销吗？”汪老望望我，没有开口。我又问：“这房住不住？”汪老只说一个字“住”。待到汪老回乡见到同学刘子平，知道刘是我的老师，对我颇有微词：“你的学生怎么这样说话，愣头青似的。”刘老师悄悄告诉我，待人接物还得学学。县里无人授“权”，那时，我在宁驻勤费每天只有 8 毛，认为 10 元的房间是高价了，才引起汪老的不悦。得知后很后悔，给汪老的第一印象就不好，成了心里久久解不开的疙瘩。

汪老于当年 10 月 10 日返乡。在他住的“一招”，他谈笑间对我说：“《雨花》发了你的一篇小说，不长。”我说原稿七八千字，登出来只有四千字。他说伤筋动骨地大砍，编辑也可能有他的道理，让我琢磨琢磨。想到日后他给陆建华信中对高邮文学创作的评价，指出大体仍处于习作阶段，可谓一语中的，叫人信服。

再见汪老，是在扬州。我领命专程赴扬州请汪老作第二次回乡行，用的是政府刚买的绿色上海轿车。身着米色风衣的汪曾祺一口应允：“哪有到了家门口不进家门的？”于是，乘车返乡。可是刚走到扬州大桥西，开车的朱文启师傅要为新车办相关手续，请我们稍候，可却成了久候。我忐忑不安，让一位大作家枯坐车中，咋办？倒是汪老不急，吞云吐雾中谈及文游台的对联、匾额。我告诉他，主体楼上，西边是李一氓的“湖天一览”，东边拟用“嘉禾尽观”。他问道：“你看是用嘉还是用稼？”我没法肯定。汪老说，无论从实景还是词性上来看，应该用“稼”。这便有了五年后文游台上由汪老题写的匾额“稼禾尽观”。

汪老第二次回乡时间最短，不足20小时。1986年10月28日上午，连续举办了文史讲座，与在邮演出的德德玛等艺术家、棉纺厂工人、文艺界同道联欢、倾谈，他目光炯然、谈吐自如，早已定格为历史的影像，深深地叠印在乡亲、“乡党”的脑海中。

三见汪老，是在高邮。1991年9月30日至10月7日，汪老第三次回邮，活动多，走访多，欢聚多，其情浓浓，其乐融融。全程除了亲戚相伴，皆由时任政协副主席的朱延庆等人陪同。从缫丝厂汪老为文学新人发奖、签名、题词，到在市党校举办文学讲座时，座无虚席，连80多岁的老夫妇都饶有兴趣地来聆听他谈语言问题；市领导随汪老回家看望继母任氏娘，当时继母已倚门而待，到老邻居唐四奶奶一句“你现在混得不丑啊”，汪老说“托您老的福”；从克明带路去寻觅、观赏汪父的画，到汪老夫妇游湖，他自称“高邮湖上的一对老鸳鸯”，都成为众人皆知的佳话。

在他的住处，我受邮中一位老师之托，将他写的评价汪老的论文让汪老看，汪老戴起老花镜认真地翻看了，然后说，这位老师下了不少功夫，但是重复他人之言不行，要有自己的见解。就在那天，他把几本外文版的汪书赠送给文联，我郑重地接过是书，也是沉甸甸的希望。

《鉴赏家》中卖水果的叶三原型陈宝贵的儿子陈广元拿来几幅王陶民的画，让汪老鉴赏。汪老看了一番，当众评价王画的笔法、意象、风格，又听了陈广元讲王陶民的逸事、趣事，引得大家乐不可支。有一天下午，夕阳西下，我一个人陪他看正在修复的宋城墙，发现有些宋城墙砖上烧着工匠头的名字，汪老说，这不是为了扬名，而是表明责任，这是一种担当，接着，他诵起自己的诗作《宋城墙》，“留得宋城墙一段，教人想见旧高邮”。正是无数篇有关旧高邮的精品力作，为汪老奠定了在当代文学史上的地位。

1997年5月16日下午，北京友谊医院的太平间，成了我与汪老的最后一次“见面”。他突然“走”了，面色灰暗，安静地躺着。本以为的一次拜访倏忽间成为永别，令我猝不及防，我只能以三叩首敬拜之。

如今，正值纪念汪老仙逝20周年之际，试作祭文一篇附后：

汪公曾祺，星斗其文。爱国爱乡，赤子其人。

文学大家，学贯古今。才华盖世，四海清芬。

大师教诲，刻骨铭心。拜师从文，于师不逊。

汪老逝世20周年纪念

佳作精品，妙手绘春。《受戒》传播，天籁之声。

书画诗文，雕形铸魂。塑造形象，入木三分。

人性为本，真情传神。有益世道，一往情深。

教化人心，隽永天真。乐为人间，频送小温。

瞩望后生，辛勤耕耘。兀兀穷年，久久滋润。

曾祺辞世，佳话遗痕。祭奠汪公，泪不能禁。

魂萦梦绕，不忘汪恩。桑梓乡亲，永远前进。

“古有秦少游，今有汪曾祺。”是的，在我们高邮乡亲身上，都可能延续着秦、汪的基因，都可能连接着乡贤的文脉，这对历史文化名城发扬传统、继往开来、挹古扬今、努力奋进是至关重要的，它应成为临政莅事者的头等大事之一。

2017 年 4 月

# 艺海览胜

# 夜宿高晓声家

从农村被遗忘的角落里复出的高晓声有过一种感慨：在城里被钢筋水泥分割成若干单元的家庭，是一般不留亲友住宿的。1987 年 11 月 5 日和 1988 年 1 月 2 日，从高邮到江南的我被两次留宿他常州的家——桃园新村一个三居室的单元。这两次在高晓声家夜宿，直观名人家事演绎的片段，感受宁静港湾潮涌的律动，俯身便可拾起名人作为常人和闻人的特别。

在常州桃园新村，高晓声有个不城不乡、亦城亦乡的家。上楼推开他家的门，高晓声领着我一转悠，从乡下带上来的家具一一映入眼帘：他小儿子其格睡的江南旧式大床，三姑娘雪英睡的旧床，大桌、板凳、小竹椅子，还有一段像跳板的木板，只是桌子、凳子的腿着地部分都包了橡皮。高晓声每天不大吃早饭，但天天做早操。复出进城后买了照相机，对他携带大女儿蜡英去广州、深圳的留影十分满意。平时他及孩子看书、看电视录像，只是他极不愿看相声，而宁可看三姑娘跳一段迪斯科。高晓声爱喝点酒，白兰地、汤沟特液都行。喝酒吃肉当然好，吃黄豆亦无妨。有一次在乡下逮住一只兔子，做成下酒菜，高晓声说极解馋。第一次夜宿的那天晚上，他的夫人把我带去的十只双黄蛋全做成炒蛋，高晓声直咂嘴："双黄蛋怎么能这么吃呢？"一再说她在乡下蹲久了不懂。接着，高晓声在用麻

高晓声（左一）在高邮魁楼留影

油拌凉菜以后，右手的食指在麻油瓶上一抹，然后放在嘴上一吮吸。这瞬间的动作，使人似乎要笑他老土，但是我想到他 20 多年乡间生活的艰涩、凄楚、苦难，笑不起来。

晚餐后，他让我随意看看记记，又从乡下聊到上城再扯到出国，直至近 11 点。高晓声说，还以为才 9 点多哩。他的家中，亚明送给“大写家”的山水与画有弥勒的《快乐图》比邻，“群鸟噪声共潮起，此际最佳夜来风”的写意与典型的西方油画相对，真实、淳朴的猫、茶壶等陶制品与灵动、鲜活的洋娃娃共处。高晓声与出国讲学的助手、风姿绰约的西班牙姑娘达西安娜在林中休憩留影镜框前，放着从高邮买回去的一副铜制的箱别子，让小儿子其格玩玩。其格说这有什么好玩的，认识过去罢了。他感到更新鲜的是爸爸出国。和我合衾而眠的小其格 16 岁，才读初二，语文 70 多分。他爸爸讲文学不好像一种技艺可以传承、传代。其格说要好好学习，如要出国闯闯，决不能像爸爸那样翻着字典读美国来信。高晓声说，他去美国是淡看景物详看人。人家请他讲学不是他对中国当代文学有什么研究，而是冲着他小说中的人物陈奂生和江南的风俗画。以至翻译介绍或提及高晓声时，常是叫陈奂生。高晓声也含笑应答。一席夜话和不中不西、亦中亦西的居室氛围，显现出这位自称不敢批判的批判现实主义作家的苦涩。可不是，高晓声于 1981 年第一次去美，他对来回机票 3200 多元，竟然也像陈奂生一样不禁倒吸了一口冷气，这相当于他在乡下十来年的总收入。

尤为引人注目的是，高晓声那充满关爱的家弥散着他对前妻的思念。高晓声前妻姓邹，是他落魄时的伴侣。他卧室台板下放着一张邹小时候的照片：大眼睛，柳叶眉，刘海乌亮，两个小辫子，调皮地一边扎绒线，一边扎彩绸，身着流行制服，抿嘴遐想。斜放镜框里一张邹 20 多岁的放大照片：两个小辫扎的是彩绸，刘海蓬松披拂，大眼含情微笑，背心、外衣小翻领也平添勃勃靓丽。高晓声说，一张是待字闺中，另一张是同他相识相恋。高晓声谈他俩患的是肺结核，因环境的艰难他的妻子二十五六岁就去世了。他在《蓝天在上》长篇小说中写了他的前妻，只是将姓邹改为姓周。其实，高晓声的夫人，管着 908 户的居委会主任钱女士对此很理解也很谅解，高晓声说是因为前妻死了。桌上还放有一张钱主任的照片，和一个港女照片相对立。高晓声说钱也能理解，因为港女前面是一片大海。在钱主任眼里，高晓声不俊。那晚，高晓声叫家人拿出过去的照片指认哪一位是他。钱主任说那个丑的就是他，年轻时也不好看，但顶用。居委会出个停水通知，就由高晓声代笔。我带过去高邮风光照片、秦邮帖，还有一双为他特制的皮鞋。高晓声说生活在干预作者，制约创作；创作只有适合生活，如同做的鞋子才合脚，削足适履不行，趿拉鞋子也不行。钱主任很不以为然。柔和的灯光照着高晓声的脸，温文尔雅的神情因思念的话题增添了亢奋、激动的亮色，此时却抹上几许感慨。高晓声说，钱主任对他照料很好，可是两人没有共同语言，脱胎换骨也难。

多少年后，生活的颤音终究演绎为他的婚变。高晓声临终有从日本回国的其格等子女的送行，但是这位著名作家最终咽下的酒不知是什么滋味。

1999 年 8 月

# “双萧星座”的一抹辉煌

在白山黑水之间燃遍抗日烽火的时候，作为东北人民向侵略者抗议的里程碑作品，当数萧军的《八月的乡村》和萧红的《生死场》。“这两部作品的出现，无疑地给上海文坛一个不小的好奇和惊动，它们雄厚而坚定，是血淋淋现实的缩影。”许广平先生如是说。这两位作者都生长被占领土地上，他们亲身经历了难以磨灭的痛苦，所以他们的作品表现出过去一切类似作品中未曾见过的民族感情和斗争精神。萧军、萧红伉俪以同一题材、同一体裁的被称为抗战史诗般的作品在同一年扬名文坛，蜚声海内，成为抗战文艺天幕上璀璨的“双萧星座”。

## 《八月的乡村》和《生死场》——抗战的史诗

《八月的乡村》和《生死场》分别是萧军和萧红的成名作。他们的贡献就是推出了被誉为抗日先声的著作。把笔锋直接指向日伪在东北的殖民统治和封建地主阶级剥削、压迫广大贫困农民的罪恶，倾诉了东北三千万同胞的苦难和反抗。这两部率先强烈表现“中国人民的最初的觉醒和强大的反抗力量”的小说，恰如鲁迅先生评价的：“显示着中国的一份和全部，现在和未来，死路与活路。凡有人心的读者，是看得完的，而且有所得的。”

《八月的乡村》是部长篇战争小说，它被看成三十年代中国文坛上的《铁流》。作者展现在读者眼前的，是发生在东北大地上一幅幅鲜红的血肉模糊的惨景：日本兵强奸了李大嫂，把她的孩子抛到沟下，孩子的颅骨撞碎在小溪旁边……作者把日本帝国主义强盗灭绝人性的兽性描绘得令人毛骨悚然。《八月的乡村》更以浓墨重彩刻画了起来反抗的各种东北居民：中华人民革命军的陈柱司令员，铁鹰队长、刘大个子、唐老疙瘩、李大嫂等，他们坚毅刚强、视死如归。还有个知识分子出身的游击队长萧明，他因恋情而消沉、迟疑，几乎使自己率领的小分队陷入艰难跋涉的绝境。小说问世以后，引起了巨大的共鸣。鲁迅指出，小说对于中华民族的心的征服是一个障碍，当然不容于伪满洲国皇帝，也当然不容于“中华民国”。由朱光潜主编的京派文坛名刊《文学杂志》刊出了署名常风的文章，称“八月的乡村”是“雄浑、沉毅、庄严的史诗”。

《生死场》是以东北哈尔滨市附近的一个偏僻小村庄为背景的中篇小说。萧红运用质朴、自然、犀利的笔锋再现了农村的闭塞，乡民的贫穷、愚昧和苦涩。这些小人物因日本的入侵而从混混沌沌中觉醒。诚如萧红自己设计的《生死场》的封面一样，拦腰一条斜斜的粗线，宛如利剑将东北从祖国的版图上劈开，何等沉重而惨痛的寓意。作者面对现实，以坦白率真的态度和越轨的笔致，对“蚁子般生活着”“和动物一起忙着生、忙着死”的穷苦农民寄予无限的同情，对他们抗日意识的觉醒和抗争给予热情的讴歌。在要么被奴役、被强奸、被杀害，要么就是反抗的残酷现实面前，在对生与死的无法抉择、被迫抉择到主动抉择中煎熬着锤炼着属于自己民族、属于自己土地的魂魄。于是，在苦难里倔强硬铮的老五婆站起来了；反抗过地主压迫也忏悔过遇事“讲良心”的老赵三也站起来了；就连那个在世上只看重自家一只山羊而不愿将羊奉献于抗日祭旗的二里半，在老婆、儿子被日本兵杀害后也站起来了，跟着抗日的带头人李青山跛着脚赶队伍去了。寡妇们发出了“千刀万剐也愿意”的呐喊；老赵三也发出了发自肺腑的呼叫：“等我埋在坟里……也要把中国旗子插在坟里，我是中国人！我要中国旗子，我不当亡国奴，生是中国人，死是中国鬼……不……不是……亡国奴……”的时候，这些将要悲壮地走上民族战争的前线的人民大众，就不再是蚁子似的为死而生，而是巨人似的为生而死了。胡风将小说原名《麦场》改为《生死场》可谓独具慧眼。

1934 年 6 月 15 日，萧军和萧红到了青岛。秋天，将《生死场》寄给了鲁迅，本想争取“合法出版”，由文学社呈送到政府的书报检查委员会耽搁了半年，再列入“奴隶丛书”自行印刷时已经是 1935 年 12 月了。萧军的《八月的乡村》的复写稿是他们 1934 年 11 月到了上海后交付给鲁迅先生的，也因形势所迫无法正式出版。就在山重水复疑无路的时刻，陡然峰回路转，有两位友人冒了风险，将这两部作品和叶紫的《丰收》交给民光印刷所排印。他们虚拟了一个有名无实的奴隶社和容光书店。鲁迅得知，认为这“奴隶社”名称是可以的，因为不是“奴才社”，奴隶是要反抗的……

萧军原用笔名三郎，萧红则多署名悄吟。萧军甚至有一个大胆而幼稚的想法，即将萧红、田军名字的第二个字联合起来，就是堂堂正正的“红军”了。但为避免检察官注意，鲁迅建议用田军和萧红的名字出版他们的著作。

1935 年 3 月，《八月的乡村》出版，作为“奴隶丛书”之二。九个月后，《生死场》作为“奴隶丛书”之三出版。这两部从创作到出版都具有血缘关系的著作先后再版 20 次，还被译成多种外国文字，田军与萧红名声大振，从东北一隅走向全国，享有抗日作家的盛誉。

## 萧军与萧红——抗战艺苑的连理枝

共同的爱憎，共同的兴趣，共同的追求，萧军与萧红，这两位 1932 年 7 月 13 日相识的青年男女，迅速坠入了爱河，灵犀相通，相依为命，以笔作枪。两萧应该是令人钦羡的幸福、和谐、快乐的一对。

当年，两萧相识伊始，几经磨难的萧红那颗脆弱的心，虚弱的身体，再也禁不起新的打击，她不能没有萧军，她需要栖息的窝、避风的港，需要男人粗壮的手臂支撑她的精神和生活。在萧军眼里，萧红有着一颗他需要的晶莹的、美丽的、可爱的、闪光的灵魂。

有人说，他们的相恋相爱是爱情也是需要，面对极端困难，他们同舟共济、患难与共，有过真挚、坦诚爱恋的黄金岁月。

到了上海以后，就是在应鲁迅邀请赴宴的时候，依然记得那饥寒交迫的日子："萧红每天只能坐卧在床上，像只躲在窝里待哺的病老鸦。萧军打回多少食，她就吃多少，打不回食，她就整天饿着，靠喝凉水充饥。"就是在两伉俪已经扬名沪上的时节，过往的文学和生活道路上的艰难跋涉的情景，又在他们的小说集《跋涉》中得以再现。

两萧夫妇的文学之路是从创作抗日题材起步的，在后来发表的一系列作品中，他们一直以现实主义的风格将历史的风云、民族的灾难、人民的疾苦和个人的不幸，统统化作爱和恨，倾注于笔端。

1935 年，萧红、萧军在上海的文学生涯双双走向成功。

《生死场》的出版浸润着萧军的睿智和心血。

《八月的乡村》的问世也隐含着萧红的才华和辛劳。

萧军将《八月的乡村》抄稿交给鲁迅以后，遵从了鲁迅和萧红的意见，又把稿子修改了一遍。修改过程中，他情绪不稳定，而且缺乏自信，难以着手，甚至要烧毁文稿，但萧红在一旁不停地督促和鼓励，萧军总算了结了这桩心事。随后，就轮到萧红受苦了。她在一个朝北的亭子间，冻得浑身发抖，不停地跺着脚，搓着手，稍暖和些就马不停蹄地抄写起《八月的乡村》。抄写的复印纸是日本制的美浓纸。最后一次到内山杂志公司买美浓纸，是萧军把萧红的一件旧毛衣当了 7 角钱去买，而又无钱坐车跑了个来回。

照相机的镜头留下了 1935 年他俩相亲相爱的一瞬。照片上，萧军紧闭着嘴唇，刚毅坚强，露出了一丝不易觉察的微笑，左手放在萧红的肩上。他身着一件高加索式立领、套头、掩襟的、黑白方格绒布的大衬衣——这是萧红为赴鲁迅家宴，用7角5分钱买回布料连夜赶制的。英姿靓丽的萧红天真烂漫得像个孩子，刘海快要遮住了一双秀气的眼睛，垂肩的辫梢上扎着蝴蝶结，调皮地叼着烟斗。难忘的一次形象定格。

热恋时彼此的差异往往容易遮盖，但时间会将它放大，变得互相不愿意容忍。两萧也没有走出这结局，而且文人的气质使这过程加速了。萧红和萧军，一个纤细，一个粗犷；一个多病，一个强壮；一个出手慢，一个坐下来就写；一个自尊、执拗，一个倔强、自负……过了1935年，两人的情感就出现了危机，不断的摩擦和争吵将他们折磨得很苦，即便有鲁迅做调解人也无法弥补婚姻的裂痕，第三者也开始介入，分道扬镳已经势在必行。1938年在临汾，在一场筋疲力尽的剧烈争吵后，萧军愤愤地说“不然就永远地分开”时，萧红冷静地回答：“好的。”不久，他们到了西安，萧军见到了萧红的“密友”端木先生后，两人礼节性地拥抱，萧红笑着说：“三郎——我们永远分离吧！”向来信奉“爱便爱，不爱便丢开”的萧军随即平和地回答道：“好。”从此，西安一别，两萧劳燕分飞，再也没有见面。

## 鲁迅和他的高足——时代的明灯照耀着从“夜哨”走出来战士的成长

萧军和萧红敬鲁迅如师，鲁迅也钟爱两萧。可以自由出入鲁迅先生家的作家并不多，萧红却是常客。有一次，萧红问主人：“您对青年的感情，是父性的呢，还是母性的呢？”鲁迅答：“我想，我对青年的态度，是‘母性’的吧！”鲁迅对两萧的指引、关爱浸润着两个漂泊已久、已经近于硬结了的灵魂。鲁迅的提携促成了两萧在文坛上占有了一席之地，跻身于知名作家的行列。两箫虽然后来各奔前程，但是在1935年前后那些难忘的日子里，他们不仅从鲁迅那里得到殷切的教诲，而且得到了情感上的慰藉——也正是自幼丧母的他们渴望已久的“母爱”。

鲁迅给两萧第一次来信的复信很快，这是两萧在沪期间收到的47封来信中的第一封，信中说：“现在需要的是斗争的文学，如果作者是个斗争者，那么，无论他写什么，写出来的东西一定是斗争的，就是写咖啡馆跳舞场罢，少爷们和革命者的作品，也绝不会一样。”两个年轻人接信后激动不已，反复阅读，以至能够背诵。他们将鲁迅的信比喻为“凄风苦雨、阴云漠漠的季节中”“闪现出一缕金色的阳光”。这些不是热血青年的溢美之词，而是从哈尔滨的“夜哨”（报纸副刊）转移到上海抗战哨位的两萧的肺腑之言。

从内山书店附近一家咖啡馆见面，到1936年7月17日萧红登上海轮东渡日本，这期间，鲁迅以通信、看稿、向出版社推荐书稿、写序、会晤、请客以及登门看望等举动呵护这对不甘心做亡国奴的夫妇。他对萧红更是关爱备至。鲁迅夫人许广平说萧红“具有满洲姑娘特殊的稍稍扁平的后脑，爱笑，无邪的天真”。而在鲁迅的眼里，萧红到了上海以后，仍然是个“体格上好了一点，两条辫子也长了一点了，然而孩子气不改”的大孩子。他欣赏两萧特有的东北人的豪爽，要他们不要把自己从北方农村带来的“强悍”“野气”改掉，不要沾染那种“扭扭捏捏，没有人气，不像人样的‘江南才子’气”。不过老辣的鲁迅也提醒他们在环境复杂的大上海“上阵要穿甲”，不能赤膊上阵。不过，当萧红要求鲁迅用鞭子督促她写作时，鲁迅拒绝了，“文章是打不出来的……”

鲁迅关注着萧红的创作，他评价萧红到上海后创作的小说《小六》，是“做得好的，不是客气话，充满着热情，和只玩些技巧的所谓‘作家’的作品大不一样”。而对《生死场》中“叙事和写景，胜于人物的描写”的弱点也予以批评，不过考虑到是在作序，所以鲁迅尽量“说得弯曲一点”。

鲁迅为萧红《生死场》写了序，但是没有鲁迅的笔迹，萧红认为叶紫、萧军的作品都有笔迹，就在 11 月 15 日写信去要，鲁迅次日夜里便立即写好信寄给萧红。两萧在沪期间，萧红不喜欢鲁迅在信中所称“令夫人均此致候”，或者用“夫人”“吟女士”的称呼，鲁迅幽默地回信：“悄女士在提出抗议，但叫我怎么写呢？悄婶子、悄姐姐、悄妹妹、悄侄女……都不好……”信末，写上了“此复，即请俪安”，对“俪安”还特地画了个箭头，问：“这两个字抗议不抗议？”如此亲密无间的关系使不同营垒的人形成共识：鲁迅先生对两萧是青睐和器重的。

之后的 1936 年 10 月 19 日，鲁迅与世长辞，萧军陷入了极度的悲痛，他至诚至真地参与了鲁迅的后世料理，是鲁迅治丧办事处的成员之一，是殡仪馆五个守灵人之一，是出殡时 16 个抬棺人之一，还是送葬游行队伍的总指挥……当巨星陨落的消息传到日本的时候，萧红痛苦万分，泣不成声……

## “萧萧”双星升起跃上苍穹——至今仍留有一抹辉煌

萧军、萧红以中国人的高度责任感、进步作家的敏锐洞察力和不同凡响的表现力创作了享誉当世、名播历史的《八月的乡村》和《生死场》，既为当时文学大师所器重、文学同行所推崇，又为今日的读者所铭记。

研究、评论这两部作品绵延60多年。早在《生死场》刚刚完稿，萧红的朋友张梅林以一个编辑的眼光肯定了这书稿清丽纤细，但是下笔大胆。原先《麦场》写好的前两章好像一首充满了苦涩的牧歌，后来写完定稿的《生死场》则是一首向日本帝国主义抗争的战歌。同时，这位《生死场》的第一读者也指出，全书的结构缺少有机的联系。作为“左联”重要作家的胡风不仅为此书定题寓意深刻、含蓄，而且在国民党禁止抗日的形势下，以读后记的形式，充分肯定作品奏响了反帝抗日的主旋律；并且尖锐地指出，中国统治阶级让日本帝国主义抢去东北四省“是为了表示自己底驯服，为了取得做奴才的地位”。这位在文坛独树一帜的作家很欣赏萧红的创见，但也直言不讳地指出她在组材、人物描写、语法句法等方面的弱点，为这史诗般的作品作了恰如其分的分析，至今仍然使笔者信服。

人们在肯定这两部作品的价值和意义的时候，常有人指出，有过军旅生涯经历的萧军在展示抗日战争场面及刻画战士的性格、风貌、追求的时候，比起萧红的侧面描写要真实、精致和生动得多。但也有人指出，萧红从一落笔便显示了超越《八月的乡村》的才气，她独特的操作叙事时间的方式和较为圆熟的表现手法，似乎比萧军更为成熟。而两萧著作所反映的以革命武装反对反革命武装的真实记录，已经远远超过了茅盾的《初冬》和叶紫的《丰收》所描绘的农民暴动，尤其是作品表现的现代意识、战斗精神、革命业绩在当时独树一帜、影响深远，在现代文学史的长空所引起的辉映作用不可小觑。

当年，这两部作品一问世，国民党当局立即下令禁止，不准书店公开发售。一些报纸也暗示萧军到过苏联，是共产党的走卒。狄克（张春桥的笔名）在《大晚报》副刊《火炬》上发表文章，批评《八月的乡村》不真实，而且指责萧军不该早早从东北回来，气得萧军与他们决斗，终究击败对手，张春桥灰溜溜地走了，成了文坛别具一格的新闻。

双萧星座在抗战文艺天幕上留下的一抹辉煌，至今仍在闪烁。

2003年1月

## “铁”导唱起了“邮”字歌

向来以工作较真、追求执着、决断果敢闻名于全国演艺圈子的“铁”导刘铁民，是中央电视台文艺部导演，日前受中央电视台文艺部委托，亦受高邮市委市政府邀请，前来考察第23届全国最佳邮票颁奖典礼电视转播事宜和准备情况。三天的考察使这位原先领命时并不负有“必成”使命的导演明确表态，他愿意担任这场颁奖典礼暨第二届中国邮文化节开幕式《相聚在邮乡》大型广场文艺晚会的总导演。尽管回京仍需要得到有关领导的认可，但是他有信心和高邮的同志一道，依靠中华集邮联、中央电视台和高邮市领导，齐心协力使这台晚会“必成”，也使晚会在央视《剧场》栏目的公益性转播“必成”。

### 他对党性、灵性、人性的感悟

与现为《神州大舞台》制片人的刘铁民的晤谈是从“邮”字开始的，他能冒着酷暑赶到高邮是中华集邮联和高邮市领导的真诚和热忱感动了他，也真是千里邮缘一线牵。他说作为中央电视台有责任宣传“邮缘挽起朋友，友情天长地久”，这也是践行“三个代表”和弘扬主旋律的实际行动。刘铁民是在1984年从空政歌舞团调到中央电视台的，从1986年至1999年七次参加春节晚会导演组工作，多次担任首席导演。他在担任1999年春节晚会总导演时，以党员的党性、艺术家的灵性、人们共有的人性的和谐统一，选取并执导了歌曲演唱《常回家看看》和小品《昨天今天明天》，获得成功。尤其是一首充满人性和亲情的《常回家看看》风靡全国的时候，这位“铁”导和他的夫人、中央台高级化妆师徐晶尽管为了事业而没有要孩子，但是依然感受到幸福感和温馨感。当然，他也有过临场砍掉《大学生辩论会》节目和报幕说出刘欢尚未到场、后来刘欢又赶来的焦灼、缺憾。在实际执导工作中，他始终为党和人民唱颂歌，为时代和祖国唱赞歌，为事业和人生唱欢歌。他是《综艺大观》的创始人、制片人，1991年《风雨同舟》的总导演，1998年《我们万众一心》的总策划。1998年他在第8届青年歌手大奖赛中首次增加了测试题，成为全面提高选手综合素质的一种倡导，一种时尚，一种推动。他还作为总导演在美国好莱坞影城和希腊雅典古庙执导了《为中国喝彩》大型演出，以精湛的东方之美震撼了西方观众的心。他出访30个国家、地区，获得国内和国际大奖30多次，组织和执导了大中型演出活动1000多场次。

这位毕业于中央音乐学院的歌唱演员在中央台唱响了事业和人生的劲歌。

## 他对千年邮城的最初一瞥

历届全国最佳邮票颁奖典礼都在室内进行，这次高邮要在室外即高邮中学体育场进行，中央电视台文艺部有关人员犯难了。他们将晚会已列入转播计划，但是只要演出的舞台、座位、环境等不能保证演出效果，则毫不含糊地改变原定的播出计划，因此，刘铁民“奉命”前来高邮，使命重大，关系重大。他来邮后，不要人员陪同，要单个儿走马看花；他不吃山珍海味，要吃水产河鲜；他不要任何休闲娱乐，要的是老天的免费桑拿和夜以继日、午间不休息的工作。下车伊始，他听了介绍，看了舞台设计效果图和座位图，考察了晚会现场，会见了市里主要领导和分管领导，对晚会以大型广场演出形式出现亮起了绿灯。连日来，他迅速地转换角色，聆听着集邮雅音和邮驿鼓声的混响，沉浸在一首邮字歌从古唱到今的底蕴和民风淳朴、温馨安宁的氛围之中。他对市里领导热爱高邮、富有朝气、办事实在印象深刻，他认为高邮抓住机遇抓住特色发展自己前程光明。更使他感动的是他只身感受高邮时遇到的普通高邮人。第一位是一位年轻的三轮车夫。炙热难熬，大汗淋漓的三轮车夫生活艰辛，没有埋怨没有发泄，一边骑一边向“铁”导介绍景点，到了盂城驿收了钱又执意要在门口等“铁”导。两个多小时后，“铁”导参观结束，三轮车夫仍在门口等着，而接送“铁”导的轿车也开来了。这时，十分过意不去的“铁”导拿出了五元钱，于是，“收”与“不收”推让了好几次。第二位是本地的一位30多岁的平常但有“风采”的女士，她陪着一位老人，是母亲还是婆婆分不清楚，是说的普通话还是高邮话也分不清楚，但她所做的一切，“铁”导清楚得很。对那位不识字或看不清的老妇人，晚辈的她在平和地流畅地讲解邮驿历史、介绍名人、诉说邮驿故事，有条理有修养，不敷衍不浮躁，这是千年邮城常见的城南旧事！这是丰厚的文化积淀造就的普通市民！见多识广的“铁”导忍不住用相机摄下了这精彩的瞬间。

## 他对邮文化节晚会的总导

刘铁民的高屋建瓴、紧扣主题的审视视角和严谨周密、务实求实的工作作风，使筹备这场晚会的市文化局相关班子大为折服。他审视、听取了晚会的相关节目以后指出，在抗击非典和抗洪排涝取得重大胜利以后，高邮人抓住中央台这次非商业性转播的时机，必须按照原定以“邮”会“邮”、以“邮”兴“邮”的主题，增加高邮节目的分量和亮点，以“为高邮人谋利益，在全中国亮风采”，努力使颁奖晚会的主题歌易唱易传。即使是其他文艺演出团体的节目拿来演出，也必须为“邮”所用。他要求充实调整演出队伍，主持串联词要根据特定的主持人风格特点度身制作，顺其自然，增色添彩；并表示他将出力，在不增加邀请大腕的费用情况下，增强名演员的阵容，让晚会演出更有气势、特色和品位。他还提出充分利用舞台空间、投影屏幕和电视辑录，用侃谈的形式和鲜亮的照片，向全国广大观众展示邮城春色，让南来北往的人们在高邮停一停，看一看，“喝杯珠湖水，欣赏生态美”；或者续构邮驿之路，迈开龙骧虎步，干群同心同德，为兴“邮”集邮做实事、做好事。当问到晚会“必成”以后他的想法，“铁”导狡黠一笑，说请高邮人高抬贵手，不要卸磨杀驴，他更想要一枚高邮荣誉市民证章。

2003 年 8 月

汪曾祺在《岁寒三友》借季匋民的嘴说:“吾乡固多才俊之士，而皆困居于蓬牖之中，声名不出里巷，悲哉！悲哉！”这是汪老对当时现实的一种感悟，一种感叹。如今，我们细品汪老的话语，看看已经发生了可喜变化的势态，一拨又一拨的文学人才已经走出里巷，走出高邮，走向全国，喜哉！喜哉！汪老啊，您可回眸一笑了。

## 俊彦之士　声名不出里巷

上世纪二三十年代，高邮确实有一些俊彦之士，他们是《文盂》周刊社社长杨甓渔、汪老的语文老师高北溟及高的老师王淡明、语文家教老师韦鹤琴、汪老的父亲汪菊生等。高北溟家门上贴的春联是“辛夸高岭桂，未徙北溟鹏”，高北溟“徙”了，那仅是城内工作的“位移”，仍未走出高邮。汪老将小说文题定为“徙”，实质上是希望人才走出高邮，鹏飞六合八方，但结果是高北溟及女儿、韦鹤琴等人都未走出高邮，汪老只好空自嗟叹！翻阅《文盂》，文友为东坡生日填词作诗，高北溟填词感叹，“铜琶铁板，遏住西湖雪。骑箕一去，世间无此人杰。”杨甓渔也唱和道:“登台置酒，豪咏当风雪。笛声谁奏，紫裘知亦奇杰。”作为同事好友的韦鹤琴蜗居在大淖河边，因病卧床，高北溟就去看望，韦鹤琴便有了“蜗庐寂寂声闻远，却喜知音把闷排”的咏叹了。三垛年轻的吴伯槐在《文盂》诗文中获奖，他的诗句“柳叶生春含眼角，桃花新涨赴腮窝”，引起了一阵柳线、柳丝、柳眉、柳眼等的咏叹吟唱，着实自娱自乐地热闹了一番，怎么能和汪老的“风流千古说文游，烟柳隋堤一望收”相比呢?

## 寥若晨星　创作后继乏人

中华人民共和国成立初期，在高邮谁是在省级以上报刊发表小说的第一人?《高邮县志》有记载,那就是赵福林。他第一个在《新华日报》《苏北日报》《解放日报》《工人日报》《萌芽》发表小说《换滩》《在学习道路上》《潮》等。他当时在淮北盐场工作，才 20 多岁，风华正茂，发表势头看好。可是，1957 年“反右”一场政治浪潮，卷走了他的政治生涯和创作权利，他被开除回高邮，从此不再动笔。

家乡的乡亲没有冷淡他，让他做教师、大队会计，当界首水厂厂长。改革开放落实政策后，他文心复萌，拜诗文书画联俱佳的文化奇才熊纬书为师，60 岁学习诗词创作，刻苦钻研，进步很快。1986 年 1 月，高邮“盂城诗社”成立后，他以诗词的佳品力作确立了他的中坚地位。他在外地发表的作品数以百计，且出版了几本诗集，成为以诗词走出小城的代表人物之一。

如今,赵福林 91 岁,身板硬朗,思维敏捷,仍然笔耕不辍,特地为笔者写此文填词一首《金缕曲 · 晚芳吟》，其上半阕是：眷恋萦思渺。忆纷纭，春寒锁定，嘤鸣遭妒。浪迹萍飘归故里，坦对无端淫雨。滋润泽，草芊花舞。风月肩挑诗骨健，率性真，重涉文华路。寻绮梦，乐章谱。笔者通看全词，赵老在感悟人生的同时，依然在讴歌当前的好时代，好日子，彰显了中国文人的可贵风骨。

中华人民共和国成立后，陈正是率先走出高邮的诗人。高邮的第一首县歌《高邮是个好地方》，就是由陈正作词的。它以优美、通俗的语言为“金山银孔比不上”的鱼米之乡的高邮唱响了一首赞歌，迅速传遍全县的各个角落。

陈正的处女作《九里荒变迁谣》在 1956 年发表，它直接讴歌中华人民共和国成立后农村的巨大变化，翻身的农民拥有土地，春耕秋收的喜悦之情流淌在诗行中。

江苏文艺出版社出版了他的剧本《两双鞋》，后又出版诗歌集《运河风情》。他以运河这条母亲河为主轴，围绕着它的是风物、风情和人们的亲情、乡情、恋情。在《运河恋歌》中他吟唱道：“妹妹家住河东岸，哥哥家住河西边，你把运河爱，我把运河恋，悠悠河水日夜流，流不断两岸情一片。”诗人王鸿赞扬他的诗是根扎沃土中、花开篱笆旁的栀子花，始终散发醉人的芳香。

陈正参与了扬剧《夺印》的创作，还和胡永其等人创作了几个大戏的剧本，其剧在省市演出中掠金夺银，声誉鹊起。

徐桂福，又是一个较早写诗的人。“年轻的时候，会写点东西都是诗人，是不是真正的诗人，要看到他年老的时候。”（冰心语）从 1962 徐桂福发表处女作散文诗《梦游故乡》，1965 年第一本诗集问世，迄今已出版诗歌集《人生恋歌》等 11 本。近 50 年来他已在市级以上报刊发表文章及诗作 1000 多篇（首），作品曾获中国文学研究院征文一等奖及其他几项大奖，收获颇丰，可以名正言顺地跻身“真正的诗人”行列。

正是这位诗人于 1965 年 11 月参加了全国青年文学创作积极分子代表大会，受到周恩来总理的接见，他是扬州地区唯一的农民诗人。亲切的会见，巨大的鼓舞。徐桂福以此为动力，在诗歌创作的道路上不断前行。

一路歌吟，一路收获。思乡恋乡、热爱乡土、建设桑梓、享受文明是徐桂福诗歌作品的基调和多彩人生的底色。徐桂福成了扬名远近的农民诗人，加入了中国诗歌学会和散文学会。许多著名的作家、评论家给予他的诗作以高度评价。白桦说他热爱生活，投入的是浓郁、真诚的情感，从而得到丰厚的回报。作为同乡的陆建华充分肯定从政的他对家乡的挚爱真情，为建设家乡与乡亲们一道流过血、淌过汗，一道分享家乡变化的喜悦，为时代唱颂歌，为农民道心声。

长期从事教育文化工作的徐桂福从未奢望自己的诗作传世，但愿它化作春泥更护花。

## 参天大树　福荫高邮文坛

常言道："十年树木，百年树人。"一棵文化参天大树长成并反哺大地，确实不易。"不是一番寒彻骨，怎得梅花扑鼻香"，任何一位大家都有这样的经历和感悟。

著名文学评论家、汪研权威专家陆建华在朋友吴周文的眼里，"老陆是一个事为汪先生所虑，情为汪先生所注，乐为汪先生所喜，忧为汪先生所愁的人。"笔者认为，这位热心肠、善作为的汪曾祺研究会会长，研读汪老为人为文最早，时间最长，研究深刻，是汪研者学习、研究的标杆，叫人难以绕过。

陆建华与汪曾祺谈《汪曾祺选集》有关情况

早在扬州师范学院读大一的时候，他就在《萌芽》上发表文章《一篇生动的唱词——评诗人王鸿》。其时正值饥馑年代，他拿着6元8角钱稿费到饭店撮了一顿，享受了物质和精神上的愉悦。从此，与评论结下了不解之缘。他工作后，出版了《文坛絮语》《全国获奖爱情短篇小说选评》《陆建华文学评论自选集》。他在全国文坛引人瞩目的是他长期致力于汪曾祺研究，已著有《汪曾祺传》《汪曾祺的春夏秋冬》《私信中的汪曾祺》《汪曾祺与〈沙家浜〉》。他还率先主编了五卷本《汪曾祺文集》。这位评论家有评论译成外文出版，有传记、汪的文集分别获紫金山文学奖和省政府文学艺术奖。有时，面对"木秀于林，风必摧之"的势态，依然是泰然处之。汪研已成了他人生价值的一部分，生命不息，汪研不止。

今年，他协助江苏凤凰出版社推出珍藏本《梦故乡》，囊括了汪老一生写故乡的所有作品，再现汪老的故乡梦境。

以汪研闻名全国的陆建华也写散文。写于1979年冬的《请听高邮民歌〈数鸭蛋〉》，是他的散文处女作。他的老师曾华鹏指出，陆建华的散文以真情、优美、清新见长，一篇怀念学友的《一支早逝的歌》竟然使曾老师潸然泪下。我尤其喜欢他怀念家乡、叙写师友、关心民生的散文。他的文章和他的"嘴"一样，流畅而不阻滞，俏皮而不庸俗，犀利而不刻薄，这大概基于他不卑不亢、勉力笔耕的自得其乐的写作观。《宁可湿衣，不可乱步》一文写的是陆建华的启蒙老师柏树深。我觉得柏先生有点迂腐，当他冒雨已经跨进管饭的陆建华家门槛时，突然又折回，重新斯文漫步走进陆家，可是衣服已湿透，这位恪守孔孟之道、重视举止礼仪的柏先生解释此举便是"宁可湿衣，不可乱步"。陆建华一直很敬重、关顾他。陆建华著书写文，计500万字，成了福荫当代、召唤后生的标志，也是吟唱一首人生第二春的"不老的歌"。

陆建华关心家乡、反哺家乡、提携同道是有口皆碑的。青年业余作者自不必说，就连年过半百的我当年的《一枝一叶总关情》也是经他修改后才发表的。家乡的文化活动，尤其是有关汪曾祺的活动，常少不了他的策划、身影、心声，也少不了他回报家乡、敬重汪老的挚爱真情。

学养丰富、学而不厌、笔耕不止的朱延庆。"你无论是在门内还是门外，都是一棵参天的文化大树！"这是文化人于上世纪八十年代政府换届选举时写在朱延庆站在政府大门口一张照片背面的赞语。如今，从政多年的朱延庆跻身50位"扬州文化名人"行列，获此殊荣高邮人只有朱公。此信息城乡绵延，同道额手相庆。

学者、作家、曾任市领导的朱延庆

担任过副县长、政协副主席的朱延庆系中国散文学会理事，著有散文理论专著《散文理论与赏析》，散文集《高邮》《而立集》及续集，还著有《江淮方言趣谈》及“趣话”“趣事”三本。

早在1985年，他写的文学评论《论散文的诗意》在《文学评论》丛刊总25期发表，评论就散文诗意的命题、特征、表达方式以及散文诗意的产生和发掘进行全面评述，尤其是对诗意的特征即朴素美、情韵美、理趣美、整体美、节制美及如何表现诗意、抒写诗意提出了独到见地。他认为散文作者必须具备道德化的人格和火热的激情，唯如此，才能奋力荡起双桨，和读者一道向着有益的目标善行远航。

朱延庆的散文构架承接传统，而他的作品语言优美、生动、清丽、隽永，很有“咬嚼”，耐人寻味。他推出的第一本散文集《高邮》被数以千计的学生作为历史教科书和作文范本来读。他评论散文的诗意，也追求自写散文的诗化。古有“唯有秦邮是醉乡”的诗句，他直接以诗意的语言一咏三叹：醉乡啊，秦邮，秦邮啊，醉乡！真是名不虚传！

《高邮》是《江苏县邑风物丛书》的第一本，也是广受好评的一本。汪老为此书作序。朱延庆与汪老交往颇多，汪老第二次、第三次回乡，都是朱延庆全程陪同。

新世纪以来，他全身心地投入对江淮方言的研究，已出版过几本集子。他对方言的正音、解读、释义以及用典，可以说到了出神入化的地步，高邮难有人与其比肩。比如方言中的“搭浆”“抽牵”“拿乔”“亢伤”“劳事”等，经他一点拨，才知原来这字还有这么多的讲究。这是他对方言字词的正本清源、惠及后世的一大善事也。

朱延庆为人师者，桃李天下。王干、费振钟等都是他的高足，他在职大兼职教文学理论，也有学员走上了文学创作道路，成名成家。即使中年业余作者，他引导他们深入生活，也写出人们喜闻乐见的小说、散文、报告文学等。

去年年底，高邮申报全国历史文化名城国务院专家来考察验收时，用一颗“文心”呵护着高邮的朱延庆作为特邀“导游”，向专家讲解高邮的名胜古迹、风土人情，一切都了然于心，如数家珍。这就是学养丰富、学而不厌、笔耕不止的朱延庆。

叶橹，原名莫绍裘。这位出生在南京的中国现代主义诗歌评论界的权威评论家，写诗歌评论极早。1956 年 2 月《人民文学》发表了他第一篇诗评《激情的赞歌》。他认为当时诗歌界普遍存在“喊口号”的现象，而闻捷的诗却如一缕清风，清新、脱俗。诗评发表后，《人民文学》对他特别青睐，于是，《关于抒情诗》又很快发表，引起了全国诗歌界以至文学界的轰动。遗憾的是，由于政治运动，他在邮经受了 20 多年炼狱般的苦难生活。

复出诗坛后的叶橹的代表作之一《艾青诗歌欣赏》是在高邮师范任教时写成的。他认为艾青在上世纪四十年代左右的作品，质量是最好的，不愧为中国诗坛的灵魂人物，可以影响两三代人甚至更多人。窃以为，叶橹也不愧为中国诗评界的灵魂人物。这位满腹经纶的老师是在教师办公室写作的，有时和同事边讲话边创作，案头除了艾青的书就是稿纸。我曾经问过他：“如果你要引经据典怎么办？”他说，一般是化经典为自己的语言，实在要引用，回到宿舍再核对。这种不是书写而是流淌出来的诗评，艾青本人曾大为赞赏，诗评界的后生完全可以当成范文来研读。

叶橹对当代诗坛的贡献，不仅是著有《叶橹文集》《现代哲理诗》《诗弦断续》《中国新诗阅读与鉴赏》《〈漂木〉十论》等佳作，而且是发现了昌耀、洛夫，推介了闻捷、公刘，与诸多名家各抒己见，共建和谐的诗歌评论界。更为可贵的是，面对变幻的诗歌界，他重视自身知识结构的一种重塑和构建。比如当代诗人将诗意和诗思糅合在一起，不仅仅是抒情和歌颂，从而开创诗坛评论新风，培育一代新人。

如果能成为莫老师的学生，那是人生有幸。王干、费振钟横空出世，与莫老师息息相关。诚然，高邮师范还有朱延庆等老师，对王、费等学生也是很有影响的。高邮师范学校有两棵枝叶繁茂的银杏树，一夜秋风劲，满地黄金甲，收获的是累累硕果，营构的是金色的文学世界。莫老师还出版过一本厚厚的散文集《感受季节》，汇集了内地和香港发表的作品。我记得他写过一篇《那年明月夜》，记叙他在乡下被管制劳动的晚上，劳累一天后无力做饭，平时看管他的队长送来一碗食物，让他吃，没有多话，只有关切。如今，莫老师人在扬州，心系高邮，高邮人也始终对他心怀敬重。

与上述几位同辈的大家相比，金实秋则是一位杂家。他“承其家学，长于掌故，钩沉爬梳，用功甚勤”（汪曾祺语）。文学圈子朋友都称他为“杂家”，早年写唱词，并以唱词在《江苏文艺》以处女作问世。后来，他写评论、散文、楹联编注。著有《文坛管见》《郑板桥与佛教禅宗》《汪曾祺诗联品读》《秦观研究资料》《文人品粥》及几本关于楹联编注、赏析的著作，洋洋洒洒，几百万字。他研究过红学、秦学、太平天国历史，涉猎广泛，皆有所获。

他为人厚道、善良，行文时总是以一种理性、平实、雅致的语言细细品味、娓娓道来，以一种平等的视角与读者对话，而不是居高临下地颐指气使。他为人为文，始终保持一种低调，而不是故作矫情。一个真性情的人就这样快乐地行走在字里行间。

他搜集品赏楹联的力度很大，时间很长，且一直痴心不改。1996 年，他花了 6 年时间编注的 100 多万字的《佛教名胜楹联》终于问世，它与《东坡遗迹楹联辑注》《古今戏曲楹联荟萃》等关于楹联的书、文，以精确、通俗、生动的解读帮助读者进入“悦读”境界。同乡陆建华称金实秋的《汪曾祺诗联品读》是一本“意义非常的，很不一般的”书，有助于读者理解汪老作品的文学价值和社会认识价值。

尤其让金实秋感动的是汪老忙里偷闲为其戏联作序。

金实秋还热衷对佛教禅宗的研究，他在《禅风禅韵》一文中，从汪老的家世、作品和相关方面着眼，评价汪老作品的禅宗机趣和佛家旨义。他很欣赏汪老的“一花一世界，三藐三菩提”。他指出汪老的小说《复仇》体现了佛教“冤亲平等”思想，小说的结论是复仇者最终放弃复仇。小说《受戒》实际上是写破戒。

我自幼与金君为邻，从事写作后，我和他有过三次合作。第一次是为许伟忠小说《蓝色的火苗》写了一篇评论，第二次是合作乡土文学长篇故事《王妙妙三送秦少游》，第三次则是专著《朱葵艺术传》。能与他携手踏歌而行的我，心里踏实得很。

## 木秀于林　全国竞显风骚

王干、费振钟受惠于乡贤恩师，现在又以绿荫如盖的大树福荫芸芸众生。

王干是新时期崛起的文学评论群的佼佼者，是新的文学理论主张“新写实小说”“新状态文学”等的倡导者、践行者。

早在高邮师范读书时，他就开始发表小说。课余，他曾将一篇文章送给老师朱延庆看，朱老师顿觉眼前一亮，原来文章题目是“鲁迅作品里的标点符号”，这种独特的研究方向，不同凡响。

王干是汪曾祺十分关心和喜欢的后生之一。他第一次见到汪老是1981年秋天，汪老第一次回乡,在百花书场做学术报告。王干从家乡兴化坐船、乘车花了8个多小时及时赶到，终于见到精气神十足的汪老，聆听汪老谈自己的小说，谈作家，关于艺术本体、内部结构及文学语言,受益匪浅,可谓“好雨无声，心灵有灯”。1986年,25岁的王干在《文学评论》丛刊上发表了评论处女作《历史瞬间“人”》。王干说，这与他在文学研究所研究生班学习有关，听课、帮助导师整理资料，汲取了理论精华，认识上产生了核裂变的升华，为日后从事评论夯实了厚土。

王干从高邮调至北京工作后，成了汪老家的常客。他们谈文学，谈生活，有时对饮，兴致更浓。王干这个常客，后来在送别汪老的追悼会上，除了家人，痛哭流涕的就是王干。王干说，汪老不仅改变了他的文学观念，也影响了他的生活观念。他的座右铭从少年时代的“老三篇”变为“自然”，表示自己不再勉强去追求什么，不再刻意去表现什么。

于是，王干的《王蒙王干对话录》《世纪末的突围》《南方的证明》《赵薇的大眼睛》等纷纷问世。

让人惊叹的是，王干和王蒙见过一面以后，王蒙便要求与王干对话。与王蒙坐而论道，畅谈文学,圆了王干的巨大梦想。多少年来,无论是在《中华文学选刊》任主编或是在《小说选刊》任副主编，他都关心高邮的文化、文艺事业，提携文学新人，召唤小城更多文学青年走在阳光和荆棘载途的文学道路上。

费振钟是全国著名的文学评论家、散文大家、文化学者，在全国文坛是耳熟能详的。

他出生在兴化，起飞于高邮。文坛后生都把费振钟视为汪曾祺的“乡党”。费振钟在 1985 年第一期《当代文学》上发表评论处女作《摇曳多姿的艺术笔墨》，就彰显了他的文学功底与评论才华。同年，他和王干等人合作，撰写了《汪曾祺短篇小说的艺术风格——评描写故乡风土人情的小说》，这是他们第一次涉猎汪评。他们认为，是汪老以平淡素雅、返璞归真的“诗化”描写，为劳动人民勤劳、厚道的本质唱赞歌。汪老极喜爱这两个出手不凡的后生，次年回乡时对他俩开玩笑地说：“高邮有了你们俩，我可以走了。”赵翼如又将此话见诸《文艺报》。费振钟、王干成了从高邮跃上天空的双子星座，璀璨耀眼。

费振钟在上世纪主要从事文学批评，2000 年后写作了大批的散文随笔。他出版的文学研究专著有《江南士风与江苏文学》、评论集《费振钟文学评论选》，散文随笔集有《堕落时代》《悬壶外谈》《黑白江南》《古典的文化》《为什么需要狐狸》《中国人的身体和疾病》《光芒与河流》《普通中医》《兴化八镇》等，曾获江苏省文学奖、紫金山文学评论奖、散文奖等多个奖项。费振钟的评论既有对作家作品的评论，又有对文学发展趋向、某种文学理念及现象的考量。比如回归历史语言问题，他认为回到历史叙事，回到修辞，回到更大的中国式语境中，是大有可为的。他中肯地指出，当代作家存在语言上的匮乏，这其实还不是语言上的匮乏，而是重构经验和想象力的匮乏。

作为评论家、作家，他们的作品经受着历史的汰洗，也经受着世人的审视。评论家汪政指出，明时酒杯浇的是今日的块垒，《堕落时代》体现的正是如此的现实关怀和人文追问。费振钟很有分寸地把握行文的轻和重。即流动的是水一样的文字，不转的则是山一般的情怀，或博物，或读史，或灵动，或沉滞，要紧处全在中国文人“风骨”二字。费振钟就具有潇洒、正直的才子风度。

国学根底深厚、为人为文俱佳的费振钟一直关心“家乡”文学事业，在邮举办的两次有关纪念汪曾祺的座谈会上都一直强调一种观点：怀念一位作家的最好方式就是不停地去阅读其作品，从而走进他的精神世界，领悟真谛。笔者以为，唯如此，一个作者才可以陶冶情操，净化心灵，感悟世事，写出人民喜爱的作品。

从高邮或取道泰州飞出去的胡永其、张荣彩分别在沪宁两地成绩卓著，美名远扬。

胡永其，出生在上海，“文革”中随父母回到祖籍高邮插队、读书、工作 28 年。那是摇曳在水上的川青，荡漾着人世间的无限深情，真挚的“故乡情结”早已在他心中浓得化不开，融入他作品的字里行间。

他钟爱诗歌、散文，主攻微型小说。《含羞草》(小小说)是他的处女作，舞文弄墨、剧坛弄潮是他的人生爱好。在高邮工作期间，任市文联副主席，曾作为执行主编正式出版了高邮第一本报告文学集《秦邮新韵》,并与陈正、徐桂福等人合作,创作大型戏曲《巧寡妇》《天涯恩仇》，剧本及演出常常夺金掠银。

1995年他到上海后，作品质量有了升华，文艺创作人生更是实现了飞跃。主要作品有微型小说集《含羞草》《婚礼》，小说散文集《财富》，戏剧作品集《风雨海棠花》。他创作并演出《宋庆龄在上海》等大型戏剧十余种,《宋》剧获中国第五届民间艺术节最佳编剧奖，小品《小品心》获文化部“群星奖”金奖，微型小说《翰墨缘》获“中国人口文化奖”优秀作品集，他的小说《陶四指》还入选了初二语文教材。

胡永其现任浦东新区文化艺术中心创作研究室主任、副研究员、中国微型小说学会副秘书长，已不是艺海拾贝，而是剧海弄潮中的佼佼者，展示了他的创作才能和戏剧梦想，获得浦东开发建设杰出人才奖。

张荣彩,笔名子川。之所以取道泰州起飞,那是因为他15岁时插队到东墩公社南平大队,十年磨炼，挥洒汗水，饱尝甘苦。十年艰辛付出，也收获了浓浓的乡情和真挚的爱情。知青返城，他和同样插队南平的妻子一道去了泰州。1986年开始从事文化工作。38岁时来到了插队时做梦也不会想到会居住的一个地方：南京，一晃20多年又过去了。春耕秋收，已成为著名诗人的他在诗歌、散文、评论、长篇小说等方面都有收获，出版了九本专著。

子川现为中国作家协会会员、省作协理事、专业作家、中国诗歌学会理事、省诗学研究会副会长，其作品被九十多种年选、选本选载，译成英、法、德、日、韩等国文字。他曾任《钟山》《雨花》《扬子江诗刊》编辑,获得过省优秀文学编辑奖、两届紫金山文学奖等。他的第一本诗集是百花文艺出版社出版的《总也走不出的洼地》，散文集《水边书》写的是水乡的人和事。他与朱苏进合作推出的《江山风雨情》大气磅礴，后来被改编成电视剧播映，令人称羡。学者评价，他的写作是“俯身向下的，不怕低到泥里去”的一种为人生的写作。

他的作品以亲情、乡情、真情衍化的感人形象和诗话语言，让人心旌摇曳。他始终没有忘记插队过的高邮南平,每次回邮,他总要去南平望望。同辈人以及年长者仍以“小十子”相称,因为他在家排行老十。笔者问过家学深厚的他,取子川为笔名,是否有“子在川上曰，逝者如斯夫”的内涵。他承认有此本意,但是他认为以子川为名,乃“小河流”意也。他说，在泰州，他参与倡导“里下河文学”，并请汪老题写。他说里下河不是一条河，而是指一个地域，纵横交错的小河流多矣，他只是其中的一条。笔者以为，他现在已是文坛诗海“弄潮儿向涛头立”的张荣彩了。

## 追慕先贤　创研成果丰硕

许伟忠、蒋成忠或研究先贤，或从事小说、散文创作，都为文化名城构建了一道璀璨风景线，都为高邮文坛增添了一抹辉煌。

许伟忠学生时代就发表《蓝色的火苗》，工作以后，在《滇池》《雨花》《红岩》《芒种》等报刊接二连三发表小说。《雨花》上发表的《枸杞头》获精短小说奖,《芒种》上的《乳娘》被《中华文学选刊》选载。他还著有中短篇小说集《流逝的子婴河》。就在他的小说创作被普遍看好的时候，他以散文笔法推出了集学术性、史料性、文学性于一身的《悲情歌手秦少游》，在北京四大书店、内地各地书店以至港台书店作为畅销书问世，没有多久就销售一空。这与往日小城作者买书号自卖书形成反差，令人羡煞。

习惯被看作风流才子的秦少游，却被许伟忠称为悲情歌手。他的依据是中国词坛历来有“千古伤心淮海词”之说，词评家也常说。恰恰是秦少游的悲情人生，与他的特殊个性禀赋相结合，孕育出少游的不朽词篇。因此，许伟忠以丰富翔实的史料、优美生动的笔法向世人昭示：秦少游为情而生，为情而歌，正是这一曲曲震撼心灵的悲歌，树立了婉约派一代词宗秦少游的至高地位和千年遗风。著名秦学专家徐培均大加赞赏，对许的书越读越爱读，以至爱不释手。

秦学新秀许伟忠并未停步。2016 年 6 月起，他与无锡中华秦观宗亲会俊彦之士一道，开始寻访少游踪迹的长途跋涉，走过少游任职、生活、漫游以及贬谪的 8 省 50 个城市和目的地城市，行程 4 万公里，收获奇丰。作为秦观研究者的他开拓了研究视野，丰富了研究内涵，提高了研究的驾驭力和话语权。他更加强烈地感到，悲情是少游一生的基调，愁苦、凄苦、悲苦构成了少游的人生轨迹。寻访路上，他们发现了先前未知的杭州《龙井记》碑，丽水的秦淮海像碑（局部）、永州的《题大唐中兴颂》碑，都弥足珍贵。也发现了前人著作中的错误，将通向雷州的鬼门关误写为通向横州的路上。许伟忠还深切地感到，高邮把少游作为城市名片，其实，许多城市都在打“少游牌”，凡是少游留下的足迹、遗迹或纪念物等，都被当地政府建成景点、名胜、公园，最大化地将少游融入历史人文与自然风光交织的美景中。少游在被贬谪路上，一路悲歌，也一路弦歌，他一路传播中国传统文化。宋朝统治者将他作为罪臣，打入地狱，让他遗臭万年，他却以光辉形象流芳百世。作为少游歌吟者的许伟忠近日出版的专著《足迹：追寻秦少游》将引人吟唱而行。

"高邮从未闻有人传其学问，殊可感叹也"，汪曾祺在给陆建华的信中曾表示过一种担心，高邮人缺少对历代乡贤代表人物的研究，希望新成立的文联多做一些实事，比如搞王西楼研讨会。汪老回邮，多次有此嘱托。30 年过去了，当时仅仅是文联会员的蒋成忠不负汪老的瞩望，交出了一份令人称奇的答卷。

现为中华诗词学会会员、省诗词学会理事、高邮盂城诗社社长的蒋成忠十年磨一书，于 2010 年出版了由他评著的《王磐作品评析》(30 万字)。诚如为此书作序的国医大师王琦所言，是蒋成忠锲而不舍、殚精竭虑，广罗王磐作品，全面评析，并对过去相传的谬误加以校订，使之璀璨再现，光耀乡里，功莫大焉。笔者以为，此书与《〈张綖诗余图谱〉考辨》一样，在全国范围内填补了对王、张研究的空白。

《张綖诗余图谱》是一孤本，珍藏某大博物馆，蒋成忠想方设法得之，扑下身子，倾尽心血加以研究。2016 年以《〈张綖诗余图谱〉考辨》正式出版。博导刘勇刚评价，《张綖诗余图谱》有三大首创之功，即填词格律创制，二体学说认定，三分法则创立。换言之，首创词谱，将词分豪放、婉约两派，把词分小令、中调、长调，难有人与其媲美。蒋成忠的辛苦劳作，也化为嘉惠词林、造福桑梓的万紫千红。

今年出版的《李必恒李贡诗选合璧》是蒋成忠第六部著作，他将尘封 300 多年的李氏犹如珠玑的诗作结集出版，重放光芒，在乡亲心中激起一个偌大的惊叹号：在秦少游、汪曾祺之间，竟有如此多的乡贤令人高山仰止。

尤为令人可喜的是，蒋成忠不仅涉足诗、词、联、赋，而且散曲写得绝佳。这种格式严谨、用典贴切、意境深远的散曲，常人难以驾驭，蒋成忠却应付裕如，已有百首散曲，正结集付梓。汪曾祺对高邮人未能传承先贤学问，觉得"殊可感叹也"。现可慰汪老在天之灵，后继有人矣。

## 林木森森　染就文坛新绿

高邮文坛林林总总的新秀作品，使笔者想起了汪曾祺短诗《早春》(新绿是朦胧的，飘浮在树梢，完全不像是叶子……/ 远处的绿色的呼吸)。尽管当年"老左"以异样的目光对其挑剔。笔者以为，文学创作需要早春季节，它所形成的新绿是具有无限的生机和旺盛的生命力的。

1984年夏天，20多岁的高邮造纸厂工人王树兴北上哈尔滨，是因短篇小说《偿还》获奖而去参加笔会，成了小城文坛的新闻。王树兴收获了喜悦，放飞了希望，决心走文学创作的路。33年后的今天，这位户籍仍在高邮的第一位加入中国作协的鲁迅文学院高研班学员、畅销书作家，接二连三地出版《国戏》《裙带关系》《咏而归》长篇小说，14部中篇小说，《好日子万万年》短篇小说，计200多万字。获奖、译成外文出版、改编电影，脱销后再版，成为去京十多年的王树兴十年树木、收获硕果的常态。在文坛和北漂人士中，他的名字耳熟能详，他的作品也正成了“学汪”“似汪”“脱汪”的践行。

一直关心、提携王树兴的王干为王树兴作序时指出，王树兴是一个阅历型的作家，能将丰富精彩的生活阅历衍化为小说的资源，加之具有超凡脱俗的讲故事能力，因而他的笔下流淌着一个个庸常人的庸常生活，即他们在改革大背景下的喜怒哀乐，展示了具有淮扬风土特色的世态人情风俗画。

《裙带关系》为反腐题材作品，紧跟时代步伐，得到人们的广泛点赞。专家对《咏而归》有高度评价，指出小说以殡仪馆馆长荀西宁为主人公，既提出了死者也应有尊严的社会问题，也揭示了人面对死亡时应有的“咏而归”的姿态。也因为王树兴多次深入殡仪馆的生活，小说真实而不空洞，使这部反映殡仪工作的长篇，给人以无尽的灵魂启悟。

周仁忠，笔名周游，是高邮高产作家，他的作品专集是小城最早进入市场销售的。

周游的文学创作起步于老山前线的猫儿洞，诗文多见诸军旅报刊。退伍回乡后，曾一时没有落实工作，但并不影响他的痴迷，依然笔耕不辍。如今，他供职高邮民政局，前些年，一场重病康复后，生性豁达乐观的他创作渐入高潮，收获颇丰。他是《中国纪检监察报》的专栏作家，已经出版《孔子的绯闻——中国历史名人再解读》《佛教圣地游》《扬州记忆》《男人的天空》《飘逝的红颜》等文学作品集。另有480万字作品见诸《人民文学》《人民日报》等报刊。今年，他将上世纪八九十年代见诸报刊的“散叶”，加上新作，编成《心情的风景》出版，以游记、传记、随笔、评论营构了周游创作别栏的风景线。

周游是属于阅读型与阅历型结合的作家。他读书极杂，既有经典名著，又有不少地方的史志野史。他利用各种机会周游全国，作品中不乏名山大川、历史人物，风光处引人入胜，众名人令人仰慕。读他的书是一种“悦读”享受，内容之丰、文笔之美、史料之实，让人品味到陈年老酒的清冽和醇厚。

笔者写过一篇《读周游游记的感悟》，在此不再赘言。笔者评价他的作品，只能是冰山一角。笔者还觉得，他写佛教圣地的游记，充盈着佛教真义和禅宗机趣。他深爱家乡。他说:“若把杭州西子湖比作雍容贵妇，扬州瘦西湖比作窈窕淑女，那么，高邮湖更应是‘约略西施未嫁’！”文学创作，在周游的脚下。饱览群山，周游全国的周游的文学创作，永远在路上。

在高邮城乡，用心、用脚丈量家乡的经济发展和社会进步的长足发展，以一个个感人的故事和可亲的形象，为小城在读者心中留下深刻的印记。

同样都做过教师的姚正安、徐晓思无论是传薪或者是创作，都在追求文明、和谐的生态美，这自然离不开郁郁葱葱的新绿。

姚正安，笔名朦胧，由于他的不张扬，很多人不了解他的文学创作轨迹。其实，早在上世纪八十年代，他就在《江苏教育报》发表小说《消遣消遣》，头条，几乎整版。接着在《雨花》发表杂文《登高问题》，因此引人注目。此后，他坚持“我写我爱”，默默地写小城、农村的普通人的世态、风情、人生、况味，小说、散文、随笔，从此一发不可收。

做中学教师的他被组织选入政界，他迅速转换角色，成了跟随在市里官员后面的一支“大笔”，写的是领导人的讲话、调研报告，他只能忙里偷闲地弄潮文学创作的大海。依然写普通人的人情风貌，营构他的意味隽永的独特文学世界。

2013年，作为留守家乡的作家，他是加入中国作协第一人。次年，以散文随笔集《一种生活》获得冰心文学奖。随着他的散文随笔集《我写我爱》《回忆》《我的父亲母亲》和长篇报告文学《不屈的脊梁》等200多万字问世，好评如潮，誉声鹊起。笔者不想重复别人的评价，窃以为，他的文笔洒脱、隽味、真挚，充满了哲理性、思辨性、深刻性。他的许多文章，回忆往事，心存善念，如植玫瑰，文有余香。无论是写的至爱亲朋还是“不屈的脊梁”张椿年，都是贴近时代、贴近生活的作品，都是在讴歌当前好日子、好生活，弘扬正能量。

正业副业都很兴旺发达，多种“兵器”玩得娴熟精通。这是全国优秀教师、省特级教师、中国作协会员徐晓思从事40年教育工作和进行20年文学创作的真实写照。

1996年他的处女作小说《一路喜鹊窝》问世，便彰显才华。此后，他又出版《爱然后知教》《母亲望着我》(扬州“五个一工程奖”)、《万年欢》等小说、散文专著，更引起文学界瞩目。他的文学作品散见于《雨花》《北京文学》《钟山》《人民文学》《红旗特刊》等，计100多万字，曾获《人民文学》奖。

徐晓思热衷并熟稔非虚构性文学创作。作品中的活脱脱的我就是徐晓思。自幼丧母的他经受世态炎凉，饱尝酸甜苦辣。他的自传体小说是一本生存的相册，记录成长的脚印，流淌着生命的长歌，既有对当今好时代的赞颂，又有对饥馑、动乱年代的鞭挞。他写乡俗，写旧事，酷似展示《清明上河图》，让人想起汪老的《大淖记事》，平淡的情节中拧下来的都是乡情乡思。

小说是写人物的。徐晓思写人物自然涉及人性、野性、兽性，他写出人们的爱恨情仇、恩怨纠葛，始终不忘写出有益于世道人心的人性美、人情美，让人感到世间多美，人活着多好。

徐晓思的作品语言是独特的。过去笔者觉得他口语太俗，常常顺口溜似的一溜一大串。后来，读他的作品，发现他的语言是在方言俚语、地方小曲的基础上进行提炼、升华，形成一种乡土味浓、个性明显的个人文学符号，让人们惬意阅读，铭记在心。这使笔者想起高晓声的一句名言："不是质数怎么算创作？"徐晓思正是践行此理念，创造性地一路走下去。

## 80后作家　文坛大放异彩

扫描文学创作人才，决不会忘记三荡口周边芦芽、扒根草冒出来的新绿。

周荣池，1983年生于高邮市一个叫南角的村子。2005年11月以处女作《大地上的事情》发表于《散文诗》，并作为封面人物重点推介，因此崭露头角，《草木故园》是他的第一个集子。近几年来，他著有长篇小说《李光荣当村官》《李光荣下乡记》《爱的断代史》，传记《夜行者——毛福轩传》，短篇小说集《大淖新事》，散文集《村庄的真相》《而立集》，评论集《一个人的批评》，有三部著作为扬州市文艺引导资金项目、省作协重点扶持项目、省作协作家深入生活计划项目。他是中国作协会员、省作协签约作家，成了高邮文坛年纪最轻的知名作家，引人瞩目。《人民日报》《文艺报》《文学报》《雨花》等报刊都有为他点赞的文章。

他用文艺形式演绎好人形象，发现和表现美好的人和事，给人以温暖与希望，弘扬时代的正能量，奏响时代的主旋律，这是他践行习主席在文艺座谈会上讲话的硕果，也是向人民交出的满意答卷。

文艺创作也在暴露落后与丑陋。周荣池以独特的视角、丰富的层次、理性的思考，不仅暴露个体人物和事的丑恶、愚昧，而且将笔锋直指经济发展中存在的问题。他直言，当美丽的村落变成废村的时候，发展的成果弥补不了社会的缺欠和心灵的伤害。我们的责任是汲取教训，尽量减少损失，让社会有一个文明、和谐的统筹发展。

他的作品更加关注土地的变化、生存的变化、人物心灵的变化，他笔下的乡土风情、风景、风俗皆可成为文学符号。他的文风自然、洒脱、隽永，语言生动、流畅，加之大量使用歇后语和俗语，人物便栩栩如生地伫立在读者的心中。对他有过很大影响的高晓声在邮曾说过，培养一个县委书记不易，培养一个出色的作家更不易，各级领导已在关注周荣池的成长。周荣池呢，他也准备扑下身子深入基层，使农村成为永恒记录与创作的现场。他在谈创作体会时直言，他写的是农村、土地，不管城市化进程如何加快，乡土是“最中国”的，而土地最终会是最光荣的。

平畴交远风，良苗亦怀新。高邮文坛充满一片盎然生机。有一批人才诸如雪安理、薛序、吴毓生、孙生民、王玉清、王梅香、张荣权、后金山、徐克明、黄士民、宋羽、夏涛、张鲁原等已经走出里巷，走出或正在走出高邮，营构了人才荟萃、群星灿烂的文坛天空。

江山代有才人出，不负神珠甓射光。高邮的丰富历史文化哺育了一代又一代人才的成长。而 1984 年体改以后，历届党委政府关怀扶助文化人才是事业兴旺、人才辈出的又一重要因素。尤其是被戏称为“文章知州”的朱延庆、倪文才等身体力行，率先垂范为大家做出了样子。倪文才著有纪实文学《故事里的故事》《跨越国界的爱》，理论研究《中国邮文化》《高邮传统文化概论》，长篇小说《驿站风云》。可喜的是，北京有人见到《故》一书，特地来邮拍摄专题片，长篇小说正着手改编拍电影。市人大常委会主任张秋红和汪迷段春娟合作，主编了《你好汪曾祺》。长期以来，宣传、文化、文联等有关部门的组织、引导、沟通、联络，文学创作人才的方阵永远走在实现中国梦的路上。

我们相信，只要认真贯彻习主席在文艺座谈会上的讲话精神，文学创作人才一定会有更大的收获，高邮文坛也一定会有一个更加璀璨的明天。

2017 年 7 月写于长生沟畔

# 东大街“五爷”褚元仿

高邮城区的东大街原本是一条无名路，它源自明清或者更早，当它流淌至二十世纪八十年代的时候，一下子名播远近。东大街人自诩：东大街是走出汪曾祺的街，是走出不少高邮官员和俊士名人，以至闻人达人的街。按照同学的称叫，老家住在东大街大淖巷口斜对过的褚元仿被叫作“五爷”。他不是“处干”，不是教授，也不是高邮什么机关或文化团体的顾问，他从虚岁17走出高邮，回来闹腾文化，再走出去干文化工作，以至知命之年后特别关注家乡的文化及其他的事业。2011年6月28日大早，在家乡走亲戚半个月后的他，迈着没有往年利索的步履跨上三轮车，直驰车站回沪，这是他最后一次回乡，从此再也没有回来。他不经意间注意到长途汽车站周边的新的楼宇环立，那是东扩的新城向来往的“过客”致以注目礼，他关心的新的博物馆也将在邮都广场拔地而起。那家乡的色彩、神态和表情，都让这位知名的文化人酡然和颜，感到凉风沁脾。

## 他从“五箍柴”到“珠湖小子”

褚元仿属蛇，1929年8月6日即农历七月初二出生在一家裕康花席店，父亲褚连达是邵伯人，年轻时在一家名气大的黄家花席店学生意，后来娶黄老板女儿为妻，又得到泰山大人的资金、业务的支持，将从汪曾祺家典当过来的两间门面小店经营得蛮顺当。褚元仿弟兄五人，他排行老五，上有三个哥哥成丁，名为元伯、元仲、元俊。大哥元伯年长他12岁，他这个“老巴子”一直得到父母及兄长的宠爱与疼爱，是个惯宝宝。

褚元仿年少的时候，是个顽皮大王。他家附近的草巷口、大淖巷及大淖河边，生活着一批不上学，不读书，专门以一种竹箍子搂草的小孩，被街里人称为“箍柴鬼子”。街里或一些有脸面的人家也将调皮不学好的孩子贬称为“箍柴鬼”。褚元仿因为调皮出格、任性随意而被家人和邻居称之为“五箍柴”。街里孩子爱玩的他都会玩，街里或者大淖河边孩子不敢玩的，他也敢玩、会玩，上树掏鸟窝，到大淖捉鳖，能把一条街兔子灯砸破“吃兔子肉”，也敢将水蛇捉住往别人书桌抽屉里放。每当桃子熟的时候，相邻的汪曾祺伯母就会对家人说：“五箍柴又爬墙头来摘桃子了。”即使不摘桃子，他进出汪家也会爬墙头，图个方便，也因为汪家有两个小玩伴：一是曾祺的堂弟曾梅，绰号“小白龙”；二是曾祺的同父异母的妹妹瑞纹，赛小伙一个，被人称为“三疯子”。诚然，经常闯祸、名声不好的是“小白龙”，讲义气重友情的则是“五筢柴”。

“五筢柴”与“小白龙”最大不同之处是玩的时候疯得很，但是，他从来没有玩得将书包“撂”了，每到晚上都专心致志地看书。除了课本，更多的是各种各样的杂书，包括大哥从别人家借回来的书，他看得很快，记得很牢，说得头头是道。他母亲开始不理解这种“日间跑四方，晚上看书忙”，玩的是什么花样。直到他上初中的时候写了一篇《秋夜》在《高邮新报》上发表了，做母亲的才发现“这小子可教”。也正因如此，全家人支持他上学，他先后在五小、邮中读书，后就读江苏省第八中和国立戏剧专科学校，终于成就了一位“珠湖小子”。2012年元旦，即农历腊月初八，上灯时分，家人两次叫他吃晚饭，第一次应声，第二次则已斜卧在椅子与床之间，当晚溘然去世。他的一生，最满意的别号就是“珠湖小子”。

## 他的恋家情结缘于根

长期受传统教育陶染的褚元仿在大城市上海工作了几十年，见识和经历过许多种生存和生活方式，但是他始终看重、惦记着他在高邮东大街的那个老家。从工作岗位上退下来的时候，每年回家住个二十来天是常事。有几年，他家出租的两间门面开为饺面店，因店处闹市，生意兴隆，他有事没事爱在店里坐坐，与人聊聊。有些不知情的文化人特地打听，褚老师是否回邮支持他的晚辈开面店了。其实，他眷恋是他那个前后各两间外带一厢的祖屋，挂念和挚爱的是那些相濡以沫的亲人。

他说他的父亲是一个平常的做伙计出身的穷苦人，因为勤勉、诚挚得到大商号老板的垂青和资助，所以才改变了后半生的命运和晚辈的人生轨迹。只是父亲去世得早，他没能够尽到孝心。母亲是大家闺秀，对儿子的成才成人看得很重，常强调不能与那些殷实人家比宽绰，一定要靠一技之长求得温饱与安逸。1967年母亲去世，三十大几岁的褚元仿是从“五七”干校赶回高邮奔丧的。当时，热衷于戏剧及其评论的他，无法施展才干，无法孝敬病中的母亲，只有空悲切。

大嫂朱秀珍与大哥同龄，比褚元仿大“一转”（12岁）。大嫂似母，她对小叔子的关爱，既有母亲疼爱之外的拾遗补阙的关爱，又有期望合家兴旺的钟爱。1945年夏天，抗战何时能够结束不得而知，褚元仿与一批热血青年将辗转皖北，去江苏省第八临时中学求学。夏日，服装简单，行李不多。临行时，大嫂朱秀珍将两只金戒指、一副金耳环缝进他的衣服里，让褚元仿外出花用。多少年后，褚元仿念念不忘大嫂的恩情。1991 年朱秀珍病重，褚元仿特地回家，陪大嫂走过她人生的最后一段时光。

四间祖屋是褚元仿恋家的一段根的象征。根据家人协议，后面两间及一厢由侄儿褚德明在单位支持下翻建成小楼，德明居住并拥有产权；前面两间门面的产权及租金归“五爷”所有。拥有遗产权的家人没有异议。房屋出租起初是每月 150 元，几年后提高到每月 500 元。对此，褚元仿信守协议两年后就变卦了，他坚决要求将两间门面房的产权转至他的侄孙，即长房的第三代褚育君的名下，并主动立下字据为凭。他十分看重褚家的根在他有生之年或百年之后能够发达伸展、福泽绵延。

他回邮期间，除了会议，极少住宾馆，几乎全住在侄儿德明的家里，看书、会客、谈心，与老街坊汪曾祺的亲属，邵家茶炉子的老人，同新近熟识的一些摊贩交往，闲谈。“五爷”爱喝一点酒，从蒲包肉到咸菜小鱼都爱吃。洗澡，就是对门如意泉的普浴。在众多街邻的眼里，“五爷”是一个恋家的“老高邮”。

其实，一直在关注家乡进步的他，对褚家的晚辈及近亲都寄予厚望。他的大侄女婿孙凝祥先生是个很有才干的资深海员，不幸在大运河溺死，他回邮后赴孙的墓地凭吊，并鼓励孙的儿子超越自己，超越父辈。后来，他的这个大侄女的儿子成为世界 500 强之一的企业驻内地某地的总经理，开创了有别于祖辈的全新生活。当思想上从不守旧的褚元仿应邀参观晚辈从事的事业时，他兴奋微醺，喜滋滋地说：“你干的事业给高邮人、给中国人很长脸。”

## 他联络关注高邮的人士

经历过 1984 年体制改革的高邮县新的领导班子很想用以文会友扩大文化交流、促进经济发展的套路来振兴高邮，于是，在那年农历腊月二十，即 1985 年 2 月 9 日举行了空前的秦观和群贤聚会文游台九百周年的纪念活动。这次活动除了县里认真准备外，高邮籍的文化人或在高邮工作“飞”出去的文化人在联络、约请等筹备工作中出力很大的有上海的褚元仿，南京的陆建华、朱葵。那时已年根岁晚，高邮人由他们引带着或者委托他们登门约请，把高邮想请的学者、专家、书画家、记者、作家等诸多名人大都请到位，到江北一个小城聚会，以文游台为平台，开启与外部世界的对话。那些名人留词留文留书画等华章墨宝，没有稿费和出场费。听人们讲，褚元仿等人做了许多具体、实在的工作。其时我为活动服务，陆续收到与会者交来或由褚公转来的一些诗文，上海的萧挺、郑拾风赐予的诗词，印象尤为深刻："盛会想公华藻，寒梦醒来春早""我自眉州捎问讯，文游雅集近如何"。

更多的是褚元仿向留守高邮的我们介绍与会的走出去的高邮人，"马家骥，知名专家，高级主任验船师"，"高宗琦，高中校长，名师"，"高一峰，美术教师，业余画家"，"关仲子，美术教师，指画很好，老家在高邮西后街，他与崔叔仙老都是汪家的女婿"，还说同来的一名年轻的画家是关先生的学生。他的热心介绍，很快拉近了我们与这些初次谋面的人士的距离，也便于我们日后加强交往，开展工作。

其实，当时我和他也是初次见面，对他的为人为文为艺知之甚少，只知道他是上海徐汇区文化馆艺校校长，我想大概是培养群众文艺骨干的地方，还知道他是我同学的爱人的"五爷"。在一起听他说得多，按照他说的我们做得多。仅仅两三天时间，印象最深的是那次在文游台合影。当时文游台正在整修，可供参观的地方不多，上下一转，很快结束了。由于准备不足，预定合影时可供或坐或站的椅凳较少，除了年老、名流一类的，高邮官员可以坐下拍照，其他人则"听令"进位拍照。不等吩咐，年近六旬，个头不矮，身板壮实的褚元仿突然招呼大家就地坐下。于是就在第一排，往日小姑娘小伙子或蹲或坐的地方，他拉着比他小十岁的我，席地而坐。他是自语又像是劝慰地说："在苏孙秦王前贤面前，我们永远是一个珠湖小子。"到后来，我不止一次听到褚元仿自称珠湖小子哩。

这并不是他自谦。他自年少而到青年，热血沸腾时办事比较张扬，即使到旧时代机关与要人对话，也是口若悬河，但是对同辈和年长一点的文化人常怀敬重、钦佩之情。他说自己对高邮文化的认识、研究常浅尝辄止，不能像金仲辉父子苦心孤诣地编出秦观研究资料。他与戴春帆从小同学，初中时合作为《高邮新报》协编过"曙光"副刊，褚元仿说："几十年过去了，春帆兄治印50年终有正果，作品既有天机盎然之新意，又有返璞归真之古趣，其精业之至，我不如也。"

1986年11月10日，高邮举办首届秦观学术讨论会，盛况更加空前，会议在晚晴园举行，吃住在一招。褚元仿是正式代表，干得更多的是介绍、服务，让那些闻名学术界和高校的学者、教授在高邮留下更多的精神财富。上海华东师范大学老教授万云骏除了论文，又即兴填词二首，由褚公转来手稿，让我们喜出望外，兴奋不已。褚元仿再三关照，这是万教授看在秦少游的面子上率性而作，要当宝贝收好。如今，万教授的《望海潮》"……迎连换舟车，正霁天开景，诗思交加。画笔诗才，鹰扬海内名家……"，已成了讴歌那次高邮盛会的绝唱。

## 他为有个好邻居而自豪

在高邮留守或走出去的文化人中，与汪曾祺故居靠得最近的自然是褚元仿家。褚家的房屋是向汪家典当的，汪家曾想收回，褚家没有同意，因此汪褚两家成了毗连而居的近邻。褚元仿长大以后懂得，因为个人的天赋、爱好、阅历及成长环境不同，褚元仿不可能像汤罐水被烧大锅带热一样，在文学上也像汪老一样多有建树，他只能走热爱文学、钟爱文艺的路，去做“秋夜”的文学梦，收获他应该收到的秋实。但是，有一条他是明确的，他觉得是幸运的，为有一个这样的好邻居而自豪。

按照褚元仿及汪褚两家人回忆，褚元仿比汪曾祺小 9 岁，学习、玩耍不是一道的或是一伙的。褚元仿的弟兄都知道汪曾祺是“大黑子”，叫“黑少”，而汪家老少，都知道褚家有一个叫“五箍柴”的褚元仿。褚元仿与“小白龙”“三疯子”几乎是天天见面，偶尔也听过汪曾祺的父亲拉胡琴唱戏，见到过“小白龙”的大哥曾炜能踢出各种花色的毽子，等到褚元仿上五小记事的时候，汪曾祺等人又出外上学了。

无论是年少的时候做文学梦投稿，还是上了国立戏专后回到家乡办报纸，褚元仿是特立独行地走他自己的路。因为追求和心仪文学上的事，得到了汪曾祺的好友刘子平的支持。从刘子平和汪家人嘴里知道，汪家“黑少”已远去昆明西南联大求学，让褚元仿想不到的是，这个汪家大院里走出去的“黑少”竟然成了全国著名作家。后来，他读了汪曾祺的书，特别是读到汪曾祺写家乡的文章，还有陆建华一本本有关汪老的传记，褚元仿特别喜爱，倍感亲切，那是高邮的这位好邻居在中国文学史上打上鲜明、深刻的“高邮印记”。据说，东大街有寓居外地的人写信给陆建华，对汪曾祺写文章赞美地主家庭的父亲颇有微词，熟悉汪家各方面情况的褚元仿很不以为然，立即以知情人口吻告诉陆建华，纵然旧时代汪家有其剥削的一面，但是汪老以美文写其亲人，宣扬的人性人情美，肯定是有益于世道人心的。

2000 年 12 月 20 日，高邮市委、市政府在汪曾祺故居暂时无法修复、扩容的情势下，先行在文游台兴建了汪曾祺文学馆。其时，成立了汪曾祺研究会，并编印出版小报《汪曾祺文学馆馆刊》广为散发、寄送，褚元仿是必寄的对象之一。对此，他专门致函我，直抒胸臆讲了一通实在话，也提了不少好建议，其心可掬，其情可人。现将此信作为资料抄录于后：

其昌兄：

您好！

谢谢寄来纪念汪老的特刊。

年前，延庆、维宁等来上海时，已谈过关于纪念汪老的会议情况，春节期间，建华曾两次来信，详谈此事。高邮能做出如此壮举，诚非易事，金鳌去年也和我在高邮深谈过。在筹办过程中，阁下确实劳苦功高，我想，不但当代人称颂，后代人也会赞扬阁下！

我与建华及二位朱兄都说过，但愿汪老的研究会后继有人"研究"，就怕虎头蛇尾。我记得秦观研究会也是阁下操劳，而以后在高邮就没有研究了，反而外地继续开会研究。当然，以后事，亦非其昌兄所能左右，延庆亦有同感，因为他也不在其位了。我记得当年建立王氏纪念馆，我请十发大师画王氏父子像，邀请郑拾风、蒋星煜、李中原等来高邮参加活动，拾风兄还在《文汇报》上写了《高邮人办了一件好事》的文章，影响甚大，查长银之前的老书记对查说："我在高邮做了多年书记，不知道有王氏父子，看了《文汇报》才知道。"我记得这是在当年春节的一次小型聚会中谈及的。我说此话的意思，高邮人在文化上办了好事不止一件，但惜乎无以为继……可能汪老研究会的生命，会强盛一些，托汪老在天之灵了！

我将纪念特刊给在上海的高邮籍多位老人看了，包括汪老的同学和故旧，大家都感而慨之，均说："高邮人又办了一件好事。"同时，也称赞阁下做了很多工作。但叹对外宣传此事的力度不够。他们都是七老八十的老人，不知道市场经济指导下的媒体，是无利难调得动的。

姚永明兄寄给我《高邮日报》已历有半年，因此我还能知道一些高邮情况，邮地有关朋友，也和我常通消息。真希望高邮成为名副其实的历史文化名城！自然，经济不上去，空谈！

我已七十有三，建华也告退在即，其昌兄看起来也将届年。但愿你我都能在“老”之“已至”继续做一些好事！建华此次助款五千元，数目非小，大款看来不过区区，但亦望能有人随建华之后捐助，高邮文气能为之大振！

我精力尚可，因此社会活动仍多，此信拖了几天，请原谅！

顺颂

春祺！

弟：褚元仿

2001.2.27 凌晨

顺向新部长及诸位副部长问候！

那时期，我刚刚退休，干着既是遵命文字的事，又是自己乐于为之的事，以充实退休生活，并无高尚的追求，但有一点是与众人共通的，能欣逢此时，为高邮几百年才出的一个作家汪曾祺做些研究传承工作，是十分荣幸的。

## 他乐意在平凡中述“非凡”

我的顶头上司、原市委统战部长朱维宁生前是与褚元仿会晤、交往较多，接待回邮探亲的褚元仿也较多的市里领导人之一。多次会晤、用餐，客人就是褚元仿，经常是听他滔滔不绝地讲，从议论国事、指点江山，到文化动态、人物春秋，再到历史钩沉、民风民意，什么都谈，而且口无遮拦、一般情况下，我等洗耳恭听，听他的高见、述评、宣泄，也很受益。他沉浸在亢奋之中，似乎乐此不疲。多次倾听，也有一点担忧，每每他话锋涉及某人，评其优劣，某人听了一定不悦。再则，这位高邮文化界前辈过去可能写过不少文章，现在“老”矣，似乎是只述不作，而“述”也是散点式的思维，随性而述，高谈宏论了。诚然，这样的想法从未在褚元仿面前吐露过，倒是他自己在自话自述中，真性情地坦陈他的积习、异秉。

他说，一个人总有自己的历史，从出生到死，在这个过程中，风风雨雨各种各样天气都有，因此也有阴晴不同的往事……如不再用文字记录这些琐碎，以后来日无多，想动笔也力所不及了。

他说：“我这个人就是牢骚太多，一生为此付出的代价真不少！”

他说："白露身不露，再露就是猪猡！我即如此，牢骚也是露身也！"

于是，不管他怎样自控、抑制，他依然是寻机"放炮"，口吐真言："高邮号称历史文化名城，但都弄不成一个像样的汪曾祺故居。其实这种事情我听了十几年，多位有关系者皆说应该办，就是办不成。"

其实，褚元仿并不是只发牢骚的人。他可以在闲谈中向高邮文化人交代，汪家大门、二门在科甲巷，大房大少奶奶在二门口看行人风景，行人也在看她。汪家二房、三房住什么地方，从大门、二门、竺家巷边门进出的情况如何，等等。比起汪曾祺在邮的弟妹，褚元仿是旧汪宅的见证人、知情者。如今他"走"了，汪曾祺故居修复的梦，他是不会带走的。诚如他开过一批七八十岁与汪家有交往有关系人的名单，让高邮人与其联系，续写一些资料，然而有些老人，可能在褚公前面已"走"了，留下的只能是缺憾。

褚元仿生前曾将自己与汪曾祺比较，他说，充其量自己只是心系家乡的"珠湖小子"，而汪老是一个宽广浩渺的珠湖，它可以改变许多人的人生航程，也可以滋润家乡万物、福泽绵延后代。

2012年3月

# 周梅森高邮行

1987 年阳春三月，周梅森一行来到高邮。当时身为省作协青年文学工作委员会副主任的周梅森是偕同该委员会主任梅汝恺、高邮县文联顾问马春阳来邮作文学创作辅导报告，并了解青年文化沙龙活动情况。其时，我记得高邮只有三名省作协会员（王干、费振钟、朱延庆），周梅森等人主动来邮辅导、指点，对高邮文学青年乃至文艺界可谓雪中送炭，使我们受益匪浅、印象颇深。

周梅森在高邮谈文学创作

在县政府老的第一会议室，资深的梅汝恺重点讲的是生活与创作的关系，马春阳讲了他的“三杆子”（鸭杆子、枪杆子、笔杆子）的人生轨迹和心路历程。年轻的周梅森 1983 年发表第一部小说《沉沦的土地》，就崭露头角，短短几年，杰作迭出，誉声鹊起。他讲的中心，是结合自身当矿工、生活在最底层的经历，谈创作必须扎根于人民，为人民立言，反映普通百姓的喜怒哀乐和人间疾苦，这样的作品才有生命力。与会者大多是年轻人，特别爱听周梅森的讲话，惊叹道：“不到四年，就‘冒’出了一个大作家！”于是，争相请他签名，与他合影。

令我更加惊讶的是，当年来邮为文学青年“送小温”的徐州汉子，如今，他的小说、电视剧本，犹如林木森森，绿遍神州，成为中国作协主席团委员，被人称赞为“中国政治小说第一人”，令人敬慕。

因文扬名，因文结缘。早在上世纪八十年代初，不知道通过什么渠道，周梅森竟然知晓依傍百里长湖的高邮办了一份《珠湖》杂志，他寄来一篇约两万字的小说。地处公园一隅的《珠湖》编辑部同人犯难了，小说蛮好，其时邮城写小说的人无法与周公比肩，可是太长，薄薄的 48 页杂志无法刊登，只好割爱。当时的编辑，如今有的已年过八旬，记不得周梅森小说的文题，只记得是写反对不正之风的，与他当下写的反腐作品的旋律是一脉相连的。编辑给周公写了信，既感谢他关心《珠湖》，也深表歉意。现在有人笑谈，如果当时《珠湖》登了，那将是美文生辉。窃以为，登与不登，都是小城文坛佳话。

文学沙龙在当时的高邮是个新生事物，为数不多。通湖路原人民商场附近有一家咖啡馆，取名“黑三角”，是几个文学青年办的，有一些文学沙龙活动就是在那里进行的，一度十分活跃。周梅森一行在邮只有三天，就与有关文学青年相约，到“黑三角”看看，了解文学沙龙活动。在邮，这是头一回。

那天晚饭后，时任副县长朱延庆带着我们文联的人陪同周、梅二公前去“黑三角”。“黑三角”灯光柔和，并不灰暗，也不朦胧，十几张雅致的小桌子旁围坐着不少文学青年。梅主任说了个开场白：“我们来看看，大家随便聊聊。”人们在浓烈的咖啡味中开始互动。我记得有人问周梅森：“你没有军旅生活的经历，又没有深入中缅边境体验生活，你怎么能写出《军歌》这篇小说？从一次战斗到一个战役，嘹亮的军歌声中，显现了中国军人的军魂。”周梅森告诉我们，他喜欢广泛地搜集各地的史志、资料，对要写的地方先弄清史实，理清文脉，然后在心中勾勒好大致的坐标，再去营构作品的章节乃至细节。他还告诫我们，想象和感悟是翱翔创作天空的两翼，作品中发生的事并非亲历所为。习作者可以从身边熟悉的人和事进行艺术加工，缀字成文，对作品的运筹力、驾驭力是要经过长期磨炼的。

还有人提出其他问题，大都得到满意的回答。其时其地，其情浓浓，其乐融融，“黑三角”着实热乎了一个晚上。可是，就在南京诸公走后不久，公安局有位熟悉的同志突然把我请到公安局，询问“黑三角”那天晚上的情况。顿时，我莫名惊诧。什么人参加的，讲了什么话，文学之外的事扯谈了多少，等等。我据实说了，反问道：“这些事你们公安局也管？它是地上公开的文学活动，可不是地下的非法活动，何况朱县长也在场哩。”公安局的同志可能对文学沙龙不理解，或者是这个“黑三角”的名字惹的“祸”。不过，从此公安局同志没有再问此事，我理解他们的职业使命，在文联各种会议上也从不提及此事。

世事更迭，假如在《人民的名义》热播的今天，周梅森再次来邮，我们会向他提出新的问题：“你作为一个非党人士，为什么能塑造出一个个不忘初心、正气凛然、公而忘私的共产党员光辉形象？也揭露了一个个‘老虎’的丑恶嘴脸？”我想，在多媒体盛行、全国始终保持反腐的高压势态下，周公必定会给我们一个满意的回答。

2017 年 6 月

## 朱季海心仪高邮

朱季海先生，苏州人，1916年出生，属龙。早在1934年，他才19岁，这位被看成章太炎最后弟子的纯儒高士，就受章先生之命，在章氏国学讲习会成为主讲人之一。朱季海对于这种“最后的弟子”说法不以为然，他说：“早年听章先生的课，时间相对固定，但听课的人又不像上私塾那么少，怎好说最后呢？如果以健在的算，我可能是最后。”从当年到如今，75年了，朱季海在学海书林，可谓是龙骧虎步，令人瞩目。尤其是他的异秉怪癖，让许多人觉得他可敬而不可近。

说来奇怪，一个阴沉的春日，我们去拜访朱季海，在苏州双塔公园“啸轩”前的空地上，也就是他那固定的活动空间见到了他。于是，叙谈。我们的谈话是从“您是朱季海先生吗？我们是从高邮来的”开始，“高邮”话题引起了他的忆旧。他说，1983年10月高邮王氏纪念馆开馆时他来过。他夸高邮是个好地方，高邮人为王氏父子建馆是做了件大好事，王念孙、王引之是让人高山仰止的人物，现在“高山”没有了。他还说，那年在扬州召开的纪念段、王的学术讨论会，他是以中国训诂学会顾问的身份参加的。参加讨论会的还有周祖谟、胡厚宣两位顾问。我并不知道这些人的学术身价、地位，只是听朱季海先生说，是许嘉璐教授等人将他推到顾问的位置上，许教授后来当上全国人大常委会副委员长，这个我知道。因此，对“顾问”自然肃然起敬。朱先生话锋一转，到扬州赴会，到高邮参加纪念馆揭幕仪式，他是所有代表中唯一无官衔、无职称、无工作单位的“三无”人员。听他谈笑，体会到了一些“怪味”。朱先生还告诉我们，他为王氏纪念馆有过题词，稍一回忆，脱口说道：“乾嘉小学段王莫二，淮海通人汪刘而三。”他说，题词中提到的段玉裁、王氏父子，以及江都的汪中、宝应的刘台拱，都是值得顶礼膜拜、效仿追踪的前贤。朱先生说自己早在上世纪四十年代出过一本《楚辞解故》，在前贤面前，又算得了什么！他关照我回邮以后，将他为王氏纪念馆的题词拍成照片寄给他，好让他忆旧思“诂”。阴沉的天气在老人家平常如水的心里，也是阳光闪烁。

由高邮引起的话题，他兴致渐浓，还因为他与在高邮寓居20年的文化奇人熊纬书在旧中国的国史馆同事了两年多，有一段惺惺相惜的交往，让朱先生难忘。朱季海是以简任的协修身份在国史馆工作的，原本可以担当更高的职务，但是有人说他天马行空，难以驾驭，只好作协修用。熊纬书比他年长两岁，是一个光头的汉子，人正派，待人有礼，很能做事。本来进国史馆要国立大学毕业、担当教授六年以上的人员，朱季海与熊纬书都是破格录用的人才。1947 年正式开馆以后，名人荟萃，群贤毕至，但也有滥竽充数，有人连古文也读不通，也能编国史？！朱、熊两位先生属于能干事、会干事的人，背后也有些议论。熊先生性格内敛，朱先生心直口快，甚至画过一张许多臭皮鞋的漫画挂在办公室前栏杆上，嘲笑那些无德无才的人。因此，有人说朱先生狂放、傲慢。朱先生说："我与熊兄待人真诚，对上司对工友都是尊重的。"有些活动后用餐，从中央饭店吃到六华居，朱、熊两人常常是酒酣话多，结为良友。他们都赏识那位唯一的女编修，那是四川的黄稚荃。从国史馆分手以后，再也没有见到过熊纬书，1983 年高邮行，也错失了重逢机会。

最让朱季海这位 94 岁老人动感情的是，熊纬书于 1971 年 4 月 20 日夜在高邮乡间的贬谪居所撰写《师友篇》时写道："昂藏朱季海，佯狂实可哀；与吾同著史，高踞旧兰台；兰台多名宿，视之为草芥。"熊先生在诗中提到章太炎先生得到朱季海这弟子后，"衣钵尽相付，峥嵘迈等侪"，还提到朱先生对熊先生诗的赞许，熊有如听到惊雷，让人振奋。虽多年未遇，熊纬书仍然关注朱先生的行踪、生计，为朱先生"卖稿为生资，时复断晨炊""著述俱等身，常恐化尘埃"担忧。身居逆境的熊纬书依然念叨的是："传经事今杳，康成安在哉！君况今如何？空念虎丘梅；白鸥孰能驯，苍茫没烟湄。君在苏与锡，我居扬与淮，大江一叶

友人李勇与朱继海先生（坐者）合影

渡，人事每相违；会当逢白首，论文重把杯。”朱季海听我们读熊先生的诗，不胜感叹：“多难得的好人啊，多好的高邮人！能把熊兄38年前的诗笺带给我吗？”

中午，我们请朱先生到酒馆用餐。他一口应允。从选定松鹤楼，到点松鼠鳜鱼、盐水河虾、东坡肉，以至饮红酒加饮料，都由朱先生定，亲切平和的气氛让服务员也笑了。看到我们这些高邮人，他并不是只吃两个点心当餐的怪人。只是他讲到用中药治好自己白内障、批评鲁迅对中医不公平的态度、与蒋经国同学以及王氏纪念馆的发展、高邮湖周边的生态环境，等等，他那敏锐的思维、直率的评品，包括对我们知识贫乏的责怪，往往“咄咄逼人”，令人敬重和钦佩。

午饭后，我们拎着两盒高邮鸭蛋送他到家门口。他与我们道别后，就关上了大门。他的家是不会让外人进的。

2010年6月

# 唱罢莲花又一年

如果说《高邮日报》的副刊《文游台》《盂城驿》是邮城文艺繁荣的一个窗口，那么数以几十万字的灿烂文字已衍化为“寒梅已作东风信”“春在千门万户中”。随便翻阅案头报纸重温，总会有一些思考比较，耐人寻味，令人遐想，甚至怦然心动。如今说说那些人和事吧。

人才荟萃，群星灿烂。申泰岳，一个久违的人，一篇深情的文。申泰岳写的一篇《满怀深情写华章》，在漫议陆建华为人、为官、为文中点赞了老陆的文学成就，也钩沉了我对申、陆二人的思念。我赞成申泰岳的观点：老陆是全国汪研绕不过去的一个人物，在高邮地方志（文学史）上应有一席之“位”。同日的《高邮日报》也刊登了陆建华的《〈草巷口〉杂拾》，它留给我最深的印象是：汪老的《草巷口》竟然是在《高邮日报》上首发，可谓空前绝后。再则，一个高中女生朗诵《草巷口》，并说，她80多岁的外婆是高邮人，想家就让外孙女读《草巷口》，真令人动容。

姚正安的散文以哲理性、思辨性、缜密性见长，一篇《多点提醒》便充分显示了作者的功力、才气。一个极为普通的问题，从不同角度予以剖析、诠释，“提醒别人也是提醒自己”，何乐而不为！一篇《蟹话》典故史话中，对蟹不太感兴趣的姚正安，却钟爱高邮大闸蟹，为之推介，却又不自卖自夸。字里行间，对物中极品蟹多角度地说得清清楚楚。搞书法的方爱建也写小说、散文。《差不多就行了》看似讲的老故事（我小时候早听过），“道出的却是人生哲理”，只是他加了个“现代版”，多一点善意的提醒。

高邮多俊才，新星跃苍穹。周荣他的创作谈和在全市率先夺得长篇小说的省“五个一工程奖”让人羡煞，令人称道。他以精品力作向世人宣告，土地是光荣的！他将在这片土地上辛勤耕耘，这位80后的作家不会停顿，他将永远走在创作的路上。挂职于龙虬的荣池，我们正拭目以待。

文游游心，佳文众怡悦。“文游游心”是贾平凹为文游台的题词。徜徉于《文游台》《盂城驿》的众多佳作中，一种愉悦、悠游之情油然而生。高邮师范的陈友兴，一个外地人，用他的生花妙笔，史海钩沉，写了无数篇关于高邮史事、名胜的佳作，披露的史料让高邮人信服。《从苏轼致王巩的一则手札说起》《闲话泰山庙》，信笔所至，条理分明，有根有据，确实是记录高邮人文历史的佳作。诚然，他的一句“明确王巩此时确在南都”让我心里咯噔一下，这不是陈先生挑战“四贤聚会”之说吗？转而思忖，也不足为怪，在他以前就有人否认“四贤聚会”。高邮人应有一点雅量，存此一说又有何妨。

以《悲情歌手秦少游》名扬远近的许伟忠文学、史学功底深厚。他的那篇《高邮北门那些事儿》，介绍北门瓮城、城楼的那些事，翔实、有据、可信、有趣，使人了解它的前世今生，有身临其境之感。去年8月，骄阳似火，我曾陪亲友按文寻踪，踏访那些历史的痕迹。读其佳作，观其实景，心中便泛起凉意。

曹坚是我的学弟，与张椿年是铁哥儿们。当他写马饮塘的散文见报的时候，我眼睛一亮。我早知道他是个笔杆子，但有《百年沧桑中市口》等见诸副刊，并不多见。我看了，佩服他惊人的记忆力和娴熟的表现力。因为是“新人”新作，编辑只好在报上“寻找”曹坚了。两篇散文从捃古扬今的角度上看，同样可以让老一辈读者在“悦读”中怡情养性。

繁花似锦绣，春色碧如天。充满生机的高邮文坛常年春意盎然。与汪曾祺平辈的汪泰出身书香世家，他和父母都是从事教育工作。他写作的题材，一是与汪曾祺、汪曾炜为数不多的交往，亲情真切，行文自如。二是插队知青的生活。他把农村生活写得如龙似水，比一般的农民还熟悉并热爱那片土地。三是他的本行。一种小人书，他酷爱过，迷恋过，小人书陪伴着他的成长、成才、育人，用小人书的故事编织他的“小人书之恋”。潘国兄的《两把椅子》是忆旧，通过对爷爷和父亲做的两把椅子的记述、比较，赋予了它们秉性和灵气，也彰显了每个人的性格，一个是容易相处的，一个是有脾气和底气的。普通的椅子，似乎都有着人的真性情。

有人说，《高邮日报》的副刊大多是忆旧文章，缺少时代感。我以为，有旧的作为观照，就有新的展现。文艺作品就是通过写身边的人和事，反映新时代的诞生。我们不能要求作品都像雪安理《祖国记住我》（歌词）那样，直抒胸臆，“脚下每一寸土地，都属于五十六个民族”。同版面的80多岁的佟道庆写的《截取运河一段情》，同样是为时代唱颂歌。

朱玲是个才女，也可能是个美女。她笔下《清洁工张嫣》是个时尚美女。每月工资只有1000多元，每天化妆要一个小时。她人美，心灵更美，她在工作的卫生间放花而不用香水，她说化学的东西伤人身体。她还想出办法打扮自己，衣着是买、改、做，她那翩翩风度就是新时代清洁工新形象，那是因为她对如今的生活充满了爱。

传薪光潜德，瞩望在后生。这是汪老对乡人的嘱托，也是高邮文坛日益繁荣的写真。

作为扬州50位文化名人中唯一高邮人的朱延庆，近几年研究方言，成就颇丰。他在《高邮日报》副刊上不时发表研究成果，对方言的正音、解读、释义、举例、用典可以说到了出神入化的地步。比如“搭浆”“抽牵”“拿乔”“亢伤”“面糊缠”等等，经他一点拨，大家茅塞顿开。这是正本清源、惠及后人的善事也。

《高邮日报》的副刊还登载不少游记，作者众多，作品也琳琅满目。顾永华是写得比较多的一位，他的《绵山游记》是写得比较好的一篇。写登攀路径，写天下第一岩，写险峻山崖，写人文景观，一一道来，让读者与作者一道感受着“万壑千崖增秀丽，往来人在画图中”的情趣。其他的如杨晓莉的《旅行》、王维江的《明故宫》、高晓春的《骊山探幽》、赵科的《涛声依旧》等都各有千秋，笔触或粗犷，或细腻，或探微，都展现了祖国大好河山，领略风光，陶冶情操，美哉美哉。尤其是值得点赞的是周游游记，熔史、诗、景、情于一炉，他笔下经典的岩桑就是凝固的人，他本人则是参天的岩桑。天人合一，情景交融。

濮颖和邵鑫等才女则是极有希望的新一代。一个“师”，濮颖则做出了一篇“博学为师”“为人师表”的文章。《闲情化为诗意来》中的一个“闲”字，引出“闲看庭前花开花落，漫随天外云卷云舒”的意趣。人生能够如此消闲、淡定，也不枉过一世。邵鑫的《在海之南》写生态、美食、习俗、风物，实质上是写人的追求和愿景。即使路途再遥远，只要不忘初心，砥砺前行，美梦一定会成真。

一个报刊编辑，尤其是文学编辑，终日为他人作嫁衣，非自己不能撰文著书，而是为事业做出奉献。比如为汪曾祺编过文章的资深编辑张守仁，前几年，在“赞化杯”华文征文比赛中，也以美文获得大奖。如果说副刊的作品值得点赞，那么，张守仁则值得礼赞。

喜看今日之“文”“盂”（民国时期高邮最早的文学杂志便是《文盂》），可谓“唱罢莲花又一年”，文友汇聚舞翩跹。

2018年1月

## 名人也是普通人

众所周知，名人就是著名的人物。他们在各行各业的技能、劳作、传薪、撰文等方面有一定的成就影响，以他们的名产、名品、名作、名著、名技等名闻遐迩，声誉六合，从而得到社会的认可、推崇，以及人们的仰慕、尊重。

著名作家汪曾祺作为凡人故事多。他终身嗜酒，即使有病，仍初心不改。他夫人为此下了白酒“禁酒令”，他便饮上了葡萄酒，每日一瓶，小区小店他是常客。只要一离开家或离京，就又和白酒“结缘”。平常，他喜欢逛菜市场。得空的时候喝上二两。有一次，他约一位作家到他家第一次小聚，一直等到做菜烧饭的时刻，仍不见他的人影。后了解，他已在小店独酌自饮，把请客的事忘了，以至这位作家一直没有吃到汪老做的菜。1991 年回乡，汪老约家人到北海大酒店聚谈，大姐巧纹传话，叫他回家谈，汪老奉“令”回家，拉住几个晚辈边饮边谈，谈家事，说文学，以酒助兴，其乐融融。

寓居高邮，被称为世纪文化奇人的熊纬书“书画诗文”可谓一绝，时至当下，小城文化人难以与其比肩。但是鲜为人知的是抗战前，他 20 多岁，作为一介文弱书生，曾代理过河南新乡附近一个县的“城防司令”，抗击过流窜的大股土匪。当时，他只是县府的一个文案。听说有股土匪自北南下，一路烧杀掳掠，气势汹汹。县府要员是他的亲戚，避风去了新乡，竟把城防的责任让这个年轻后生担当。读过兵书的他一方面对内安民，一方面组织驻军（主要民团）关闭城门，严防把守。他亲临一线，三天三夜不离职守，直到最后一夜他打个盹儿时，有人前来报告土匪从县边境穿过，东去山东。小城平安无事，“熊司令”名声大噪。熊纬书则认为，土匪南窜时已是强弩之末，又不知该县实情，故逃过一劫，并非他熊某有多大难耐，只是运气好而已。

抗战时期，熊纬书在重庆国民党行营张群处任上尉机要秘书，官位不高，责任不小。他还为张群保管一个保险柜，有些重要文件和个人私信放在里头，钥匙由熊纬书掌控。一日，他发现保险柜里有一本毛泽东的《论持久战》，心里一动，偷偷地将该书带回家阅读，次日将书又放回原处。这既有一般读书人的好奇心，又有关心国难时局探求者的担当感。为此，虽忐忑不安，但能看到此书，值！

名人同普通人一样，对关系自身的事情，常常是大事小事事事关心。著名画家钱松喦关心全省国画事业，点化过不少同行后生。晚年得病，依然如旧。有一天，他突然想起一件事，马上关照家人，即某人曾借过他二斤粮票未还，勿忘。同是省城一座“高知楼”，名人在楼道口堆放不少煤球，还特地用粉笔编上了号。想来计划经济的投影映照在他们的心扉上，即使已经步入改革的春天，仍然习以为常，挥之不去。

名人并非生来就是。诚然，人的智商、情商有异，而组织培养、个人奋斗、高人提携、环境影响才是造就名人的重要因素。被国家授予“国医大师”的高邮人王琦，如果不走出高邮而自满自足，如果仍然是上世纪八十年代住在北京筒子楼而不思进取，就不会有今天的“春风拂杨柳，当道沐杏林”的声誉鹊起。如今，他行医对病人、同行以及高邮老乡的热忱、细心、儒雅、自谦，众人有口皆碑，他将是中医史册和《高邮市志》的史载名人。

当然，名人也非完人，会有弱点、缺失、错误，但他能反躬自省、弃旧图新，就能唱响名人弦歌。曾经为师者背离“身正为范”的师道，后经组织、同事在他背上猛击一掌，幡然醒悟，如今事业有成。也有名人年轻时不拘小节，撒下的多情种子刚露头便萎蔫了。岁月流洗，他让爱心之鸟重归旧巢，享受天伦之乐、含饴弄孙。而他花甲退休以后，依然多有建树，颇有获得感和召唤力。

邻里赵君，本非名人。他得病以后，坚持在广场锻炼，多年如一日，一路疾走一脸笑，一路春风一路歌，终于康复了。如今，他的儿子、媳妇在美工作，成了美籍华人，倏然成了富人，回邮举办婚礼，并不铺张。一切依旧的赵君，成了小区的小名人。而另一相识者仇某，多才多艺多智，处事应付裕如，设计建筑美轮美奂，得人夸奖，但是，有时自命不凡，喜欢张扬，大事小事乐于招摇，美其名曰“自出机杼”。对此，友人已经告诫，一个当代小城不可能复制出大家纯儒，只能培养出具有中国灵魂和国际视野的建设者、实干家。凡事必须自立、自律、自省、自励、自创，才能成为一个有作为有成就的人才。

这“五自”也是成为名人的标杆。

2017 年 12 月

# 秦邮琐记

# 文游台上

幽静、古朴的文游台，兀立于城郊东山山顶。

“忆昔坡仙此地游，一时人物尽风流。”千百年来，古文游台闻名遐迩，令人神往。近年，因文游台整修工作的需要，年过半百的老魏常常在这儿流连忘返。每当朝霞喷薄的清晨，或是皓月吐辉的夜晚，他总是穿过甬道，或是拾级而上，坚守在自己的岗位上。随着步移景异，文游台那突兀、庄重的身姿，使他心头升腾起一种信念：仰不愧于天，俯不怍于人。

高邮文游台（张元奇摄影）

平常，他敏感心灵的触角总是通过那洋溢活力的眼神，伸向吸引他的浩瀚史料、动人传说，捕捉着每一个翔实、激动人心的信息。今朝，他被一条令人惊异、慨叹、沉思的消息攫住了心。那是日本旅游团要来文游台游览的事。据云，其中有不少曾是日本侵华战争时驻扎在高邮的军人。而文游台下，又曾被日本侵略军一把火烧成废墟，连老魏身上还有当年侵略军刺刀戳的伤疤。然而，今日要接待“昔日的仇人，今日的客人”故地重游，心中真不是滋味。可是想到上级领导的安排、叮嘱，心扉又豁然开朗了。

在和煦的春风中，文游台下传来了汽车喇叭声。台下台上，一反往日的宁静，顿时喧哗起来。日本旅游团成员在有关部门负责同志的陪同下，登临文游台，放眼西览，但见烟水浩渺，湖天一色；回首东眺，云蒸霞蔚，楼房栉比，林带苍翠，农禾葱郁。他们俯瞰全城景象，指点古城变化，一个个“啊呀、啊呀”地不住惊叹，有的连声用中国话称赞:“好！变化大大的！”

老魏微笑着，落落大方地引导他们参观盍簪堂、秦邮碑刻、出土文物，彬彬有礼地说：“高邮不是开放城市，这次接待你们旧地重游，是经过政府特许的。我们欢迎你们在离开三十七年以后又来故地观光。”旅游团成员纷纷鼓掌致谢。团长木村对老魏鞠躬说:“对贵国政府和人民的宽厚与盛情接待，我谨表示真挚、笃诚的感谢。贵地真是阳光普照，景色不凡，令人欢畅。”

当他们参观秦邮碑刻时，老魏如数家珍地作了介绍，像是翻阅着文苑的历史画页。苏轼、秦少游、黄庭坚、秦少章、王定国、董其昌等人的名字和他们的诗文题字，使旅游团成员看后赞不绝口。团长木村连声说:“真迹！珍品！中国的无价宝！中国的文化，对日本的发展影响很大。”老魏谦和地说:“中日两国文化交流源远流长，影响是相互的。”接着，旅游团的成员看到陈列的宋代城砖时，饶有兴趣地询问了高邮建城的历史。老魏说:“这城砖是南宋抗金名将韩世忠在绍兴元年监制的。他带领军民修筑了新城，在北城门大败过金兵，因此，北城门又叫制胜门。”

团长本村若有所思地说:“噢，制胜门，北门，当年日军由于拒降，在制胜门前被新四军打得大败。驻城司令岩奇迷信武器，逃脱不了覆灭的命运。在围城时，我看到日本解放同盟写的传单，听到土喇叭广播的日本《思乡曲》:‘山啊，海啊，遥远地隔离我们，怎么能到达那里……’想想天皇已经投降，我们成了瓮中之鳖，便在前沿放下武器，不再与中国人民为敌。因此，人格受到尊重，并及时被遣送回国。”当木村以坦然的心情回顾这难忘一页的时候，那种与“旧我”断绝、追慕新生的精神上的满足感，是一般人无法感受到的。

老魏见木村主动提及抗日战争的往事，沉思了一会，说:“历史是一面镜子，它不仅映照出一个国家的光辉足迹，也从不掩饰身上的刀伤箭疤。我们忘不了日本侵略者给我们带来的深重灾难。但是八年浩劫与中日友好往来的一千多年历史比较起来，毕竟是历史长河中的一股小小逆流。”木村又鞠躬道:“对你们的宽宏大量，不计旧怨，我们再次表示谢意。”

这时，盍簪堂前传来了一个妇女的哭泣声，大家为之一怔。只见一个日本妇女跪地洒酒，嘴里叽里哇啦。原来她是在奠祭她的亡夫，一个在文游台下战死的日本士兵。老魏愣了一下，在中国的土地上，为战死的日本军人奠祭，还没见过哩！他向陪同前来的有关部门负责人递去不解的眼色,心头不由得憋了一股气。啊,难忘的1939年的风雨,高邮失陷后那淫虐的、凄厉的风，肃杀的霜雪，血腥的年月啊!

猛地,那个日本妇女停止了啜泣,转身跑到团长木村面前,掏出写在一张纸上的《心经》,要团长委托老魏埋入文游台土中，悼念亡夫。

这时，老魏低声地与有关人员交换了意见，一字一顿地对旅游团的成员说:“日本侵华，罪恶深重。当然，日本军国主义者加害于别国人民的同时，也使日本人民成为受害者。历史虽已翻开新的一页，但是侵略者的凶相魅影，昭昭然犹在眼前。文游台下，一条街的116户曾被侵略者烧成焦土，连一只毛竹筷子也没拿出。我既是目睹者，也是受害者，至今，身上的疤痕仍在。”说着，他撩起上身衣服，露出了显眼的伤疤。日本旅游团成员有的窃窃低语，有的唰唰地做着记录，还有的对老魏的伤疤拍照。团长木村摆了摆手，深怀内疚地说:“我团的女士行动唐突，作为团长应该检点。请魏先生和诸位先生谅解。这个女士早年丧夫，抚育孤儿长大成人。此次来邮奠祭，为的是了却心愿。据我所知,《心经》即《般若波罗蜜多心经》，意为通过智慧把亡人送到苦海的彼岸，以免亡魂再次堕落为恶魔的弟子。谢谢魏先生的指点。否则,《心经》入土，亡人和愚蠢仍将继续在苦海中沉沦。过去，我们侵占高邮，对高邮人民犯有不可饶恕的罪行,我们理应再次反省。”说着又向老魏躬身致意。然后一转身，面向文游台下一马平川的水乡原野，深深地三鞠躬。那个悼念亡夫的日本妇女低着头，半天才说:“木村先生的反省表达了我们的心意。请魏先生将《心经》埋入土中，让亡夫有一块驱鬼符，转世不再干那种蠢事。”团长木村伸出双手，颤颤地说:“我想从魏先生这里，得到当年文游台下废墟上的一块瓦片，好让我们这些老人和子孙们都记住军国主义者的罪过，别再参与把别人美好家园变为废墟的勾当了。”老魏心头一阵潮热，平静自若地满足了团长木村和那个妇女的要求，并将自己收藏的宋代城砖一截——那磨成小小长方形的有“监制”字样的砖块，郑重地交给团长木村，说:“当年韩世忠用这种砖筑城抗金兵，1945年，中国军民在制胜门前大败日本侵略军。如今世道变了，随着建设的发展，城垣已成通衢。我想就让这块砖作为历史的见证吧!”团长木村颔首称是:“前事不忘，后事之师。我们要用这块砖在心头筑起防止军国主义复活的长城。”团长木村的话，赢得了一片哗哗的掌声。

这时，一阵轻风拂过，浓郁的花香弥漫了幽静、古朴的文游台，飘向了广阔的原野。

1982年9月

# 新民滩的沉浮

新民滩，四面环水。

新民滩，北连高邮湖，南接邵伯湖，东傍京杭大运河，属于淮水入江的咽喉地带。

新民滩曾满目疮痍，满湖苦难。这里没有工厂、学校、医院、商店，也没有以物易物的集市。有的是出没于丛生芦苇的湖匪，有的是残损的石马、石像，存留着洪魔逞凶、百姓遭难的印迹。1950 年 7 月，新民滩更是为血吸虫病所苦，5257 人中染病者 4019 人，死亡 1335 人。

人民政府关心新民滩，经数度迁徙，最后于滩地东部新建了庄台，在庄台两边开挖了排洪道，庄台东边筑起了南北两坝，各与运河西大堤相连。这里建立了高邮市湖滨乡，湖滨的百姓结束了“水来搬家”的生活。

庄台上有了学校，有了工厂，有了雨后春笋般的住宅小楼，有了平坦坦的水泥路，有了欢歌笑语。

然而，历史进入了 1991 年 7 月。7 月里，江淮间出现了百年不遇的大暴雨，淮河需要泄洪，于是，一副千钧重担压到了湖滨人的肩上。

## 一切为了洪水的畅通无阻

水，温驯的时候，它是昼夜流淌的柔情的歌；凶悍的时候，它就成了暴烈、疯狂、放荡不羁的猛兽。

7 月，洪魔这幽灵一直游荡在江淮大地，如同猛兽虎视眈眈地伺机在淮河、洪泽湖、运河逞狂。

连日来，淮河流域普降暴雨，洪峰迭起，长期高水位；大流量行洪，导致沿线堤防全面吃紧，险象环生……

安徽省 350 万群众仍被洪水围困、阻隔，风餐露宿，生活窘困。

为确保淮河地区安全——

苏北灌溉总渠加大行洪量准备就绪——这是省委决策的“东调”。

淮沭新河提前实施泄洪——这是省委决策的“北分”。洪泽湖出湖流量第一次超过入湖流量。

位于邵伯湖南面的阻水高滩一连串爆破成功——这是省委决策的“南下”。清障泄洪，保卫淮河，保卫洪泽湖，保卫运河。

国家淮委和江苏省委决定：为顾全大局，需要在湖滨炸坝，清障泄洪！

在这严峻的势态面前，在这维系千万人民安危生计的关键时刻，高邮市委的主要负责人和市机关不少领导成员将精力几乎全扑到了湖滨的清障泄洪上来，24 小时全天候办公。中共江苏省委、中共扬州市委、扬州市人民政府、扬州军分区的领导也来到湖滨。领导力量高度集中，有关部门全力以赴，面对面地商量决策，实行分级包干责任制。

组织的力量和规模，前所未有；宣传的广度和深度，前所未有。

中国共产党和人民政府在老百姓中的威望，比当今动荡世界任何一个“社会主义国家”要高得多。“大敌”当前，一声召唤，干部、群众便集聚在党和政府的周围。但是，真正要将大家的思维走向聚拢到一个决策轨道上来，往往要有一个过程。

事情毕竟来得太突然。

新民滩上沸沸扬扬传递着两个偌大的问号：“雨住了，为什么还要破圩分洪？”“房屋塌了倒了，生产基地没有了，今后我们怎么办？”一双双困惑的目光唰地射向深入湖滨的上级领导。

对话、座谈、分析，千方百计地实现一个目标：洪水要畅通，政令先要畅通。

一个个党政负责人和群众面对面交谈，舌敝唇焦，疏而又导。

高邮市委书记孙龙山在群众死保一个月后的大圩上，见到几个妇女在拆除木桩时难过的神态和明理的行动，既难受也顺畅，多通情达理的群众啊！日后，他讲到了这件事，哽咽着说不下去。沉默了一会儿，孙龙山书记眼里闪动泪花，动情地说：“小局服从大局，大局为重啊！”

清障泄洪，时不我待。思想工作，紧锣密鼓。6 名曾担任市级和乡级的领导扑上去了，20 名原在湖滨工作或富有群众工作经验的市级部委办局负责人扑上去了。他们走村串户，夜以继日，卓有成效地工作。高邮市广播电台动之以情、晓之以理的广播讲话日复一日，一遍又一遍地在湖滨人心头激荡、沉淀。

扬州市委书记姜永荣在高邮第一招待所的聚贤阁说：“共产党的市委书记，可以负责地讲，对湖滨一万人民的生活和出路问题，一定负责解决……不是一炸了之，一炸就走，这不是共产党员的态度。”市委书记的话语，给湖滨人民吃了一颗定心丸。

省委副书记曹克明冒着高温视察即将破圩分洪的湖滨乡：1.3公里的南圩、北圩，考察了助剂厂、丝绒厂、自来水厂，查看了村民危房，走访了湖滨乡和高邮镇太平村的干群。他深情地说：“湖滨人为大局做出了牺牲，大局也会为你们做出分担。请你们相信党和政府，也要理解和谅解各级干部，党将和你们一起为建设一个新湖滨而努力。”

一系列的工作，一连串的疏导，在广大干群心中竖起了一面面信赖的旗，拨亮了一盏盏明理的灯。

群众开始理解了，村民开始放心了。一个信奉60年一个轮回的老大爷，曾望着家门口的对联“风调雨顺，国泰民安”和横批“三阳开泰”火冒三丈：“羊年，凶年。什么三阳开泰？倒是三阳开坝喽！”后来想通了，含着眼泪说：“20年前是党和政府组织民工给我们造了庄台，现在要我们做出点牺牲也是应该的。”

“牺牲”，也要把“牺牲”降低到最低点。7月18日起，湖滨乡开始转移圩内集体和个人财产。圩内13家工厂、4所学校、10多个企事业单位可转移的财产设备，相继转移到庄台。

抢运备足护堤、护庄台的器材。一天中，共积土1500方，备石块2042吨、麻袋1万条。

同时，向即将成为“孤岛”的庄台调入大批物资：大柴30万斤，草包10万只，煤球1000吨，柴油65吨，食盐15吨……

工兵驰抵炸坝现场作业，急需60根用六角钢分别加工成1米、2米、3米的钢钎。市金属公司无货，立即外出采购，当晚返回，当即加工，当夜送往工地。

人和人的思想碰撞、交融，人和物的调集、定位，一切都是为了洪水的畅通。

## 惨重的牺牲　崇高的奉献

1991年7月26日晚8时2分，一阵惊天动地的巨响，泥石、水柱一齐冲向天空。500米的缺口被炸开后，3米多落差的水势顿时化成滚滚洪涛，以雷霆万钧之力、排山倒海之势冲入圩区。洪涛所到之处，一棵棵碗口粗的水杉连根刨起，一根根护住鱼塘的木桩咔嚓折断。激流奔腾而至，房屋一间又一间被冲倒、吞没……

刹那间，在场的湖滨人眼睁睁地望着洪水吞噬着家园的一切。

同南大圩炸坝缺口近在咫尺的曙光村首当其冲。迎着缺口水头的房屋已荡然无存，避水角落和庄台上房屋虽未冲倒，却家家的屋面被起爆后的泥石穿透了大大小小的洞。颜国山家的屋面炸穿了28个洞，一块石头砸穿屋面后，砸坏了一张大桌。当然，这比起那些沉在水中的723户2691间的个人住房要幸运得多。

大水冲到湖滨乡卫东村，在寡妇王桂英家的屋子附近打着漩涡，越旋越猛。王桂英家人手少，底子穷，今年春上好不容易才砌了三间屋，还拉了一身债，难呀。大儿子26岁，小儿子22岁，没有新房哪来新娘？！这时，她家三间新屋最先被淹没在洪水中。

村委会主任张长福的三间两厢房子进水2米。听到王桂英家倒房子立即奔过去，劝慰、解释、再劝慰。王桂英忍受不了悲痛，哭着直奔乡政府，在高邮市委副书记、市人大常委会主任面前一跪一瘫，哭成一团，哀求沈学惠为民做主，解民疾苦。沈学惠好生劝慰了一番，王桂英才由张长福领着，哭哭啼啼地回了村。

在卫东村何止王桂英一家。三天前，上级工作组重点查访的养鱼、果树专业户王福驹、李伟、刘孝香，个个成了重灾户。

一家损失几万元的专业户、新建房户比比皆是。

亲临现场的湖滨乡、临城区和高邮市的干部很难控制自己的情绪，不少人泪水夺眶而出。

是感情脆弱吗？不是。被洪永淹没的家园是群众多年劳动的成果呀！其中也包含他们辛勤的汗水，岂能无动于衷？高度的责任感使湖滨乡的干部一边抹泪一边继续工作到次日清晨。“不能死一个人，力争不伤一个人”的担子不轻啊。

张春宏家四间房子倒了。几个人下水捞房料，水大浪急，十分危险。乡党委书记居述栋检查到这里，站在庄台清坎下大声叫唤：“我是居述栋！你们上来，赶快上来！水大危险！房料，我赔你们！”一遍又一遍呼号，恳切的言语，悲怆的声调，像是照拂亲兄弟。直到打着电筒将他们全都叫上庄台。居述栋刚来时，水齐小腿，这时水深齐腰。一个涌浪过来，他在水中一个趔趄，被人带扶带拉推上庄台。

居述栋刚回到乡政府，就接到吴庄村支部书记的告急电话。他和乡长张金定、乡党委副书记蒋伟宏立即赶到吴庄村。

34岁的支部书记吴学勤一脸懊丧。他上任没有几个月，一场大水把几茬支书领着大家苦干的家业冲了个精光。破圩前，村上花了2.5万元添置了700米的大围网，原指望保住鱼塘、网住希望，可是现在呢？书记们安慰他：国家会有赔偿。他却一本正经地说：“赔？能代替完成今年指标？全村136户人家，过去40%是万元户、几万元户。这一下，统统成了困难户。

靠救济过日子，我对父老乡亲如何交代？”

使吴学勤觉得意外的是，他安排本村照明电器厂厂长朱林朝组织10名青年小伙子做救护队员，个个是“浪里白条”，想不到救起的第一个人是跳河自杀的朱林朝60多岁的老父亲。房子冲倒了，鱼塘冲垮了，老人家受不了，跳河了。

26日这一夜，是长8.8公里、宽18米的湖中孤堤的不眠之夜，哭声不绝于耳。哭声，通过对讲机，传到了指挥中枢。

次日上午，一夜没有合眼的沈学惠、居述栋、张金定分乘小船下到圩区检查水情、灾情。到处是茫茫一片，水天相连。后来统计的集体和个人财产损失6098万元，就是这样一户户、一村村查核而来的。途中，沈学惠、居述栋捞回10多根房梁。他们觉得为房主找回这些房梁，个人可以减少一点损失，国家也可以少补贴一点。

损失触及了群众的灵根。部分群众先后涌上北圩大坝。26日南圩爆破的硝烟刚散，27日北圩群众云集，他们心头阴霾密布。9.21米水位不炸，为什么8.56米水位反而非炸不可？“住房倒了，家业冲了，今后生活怎么办？生产怎么办？财产损失如何赔偿？”围绕这些问题，议论着，叫喊着，喧腾着。

60多岁的朱大娘跳进已经挖好的一米见方的炸药坑，阻拦工兵作业……

50多岁的张荷英，8.2亩鱼塘没了，负债累累。她哭着冲过保卫的公安战士人墙，昏倒在人头攒动的群众脚下，被一个叫王成的小民警救出来。王成是本地人，家有三间房子淹入水中，值勤任务紧，无暇去看一眼。这些他做得到。有的群众骂他吃里爬外，他很理解这时大伙儿的心情，对大家的气话也忍受了，此时此刻依然钉在第一线，保卫一方平安。

有个叫熊广英的妇女同女市长并不熟悉，却搂住女市长的臂膀哭着诉说苦衷。老百姓像对待亲朋那样求助，急盼在现场的领导和盘托出一揽子解决方案。身体有病的女市长等官员在突发事件面前从党性的高度，恪尽职守，认真细致地对群众劝慰、疏导、说服。

……

从北大圩到助剂厂，从湖滨乡到高邮城，省委、扬州市领导和高邮市孙龙山等许多党政领导同志反复做工作，宣传党的政策，连续工作了近40个小时，终于形成了湖滨乡清障分洪会议纪要，领导满意，群众放心。省委、省政府提出的“洪水要有出路，群众生活也要有出路”的主旨，随着7月28日凌晨4时乡村干部会议的夜风，凉荫荫、清爽爽地滚过在燥热和焦虑中蒸腾了一天的新民滩，沁入湖滨乡人的心田。当日下午6时30分，北圩爆破成功。至此，炸坝清障任务画上了一个句号。

## 炸坝前后的芸芸众生　带出了一串动情的故事

37岁的徐来祥，一出校门，就参加“抗洪保圩”，20年一贯制。如今，他是卫东村委会副主任。7月16日，村上已组织老弱病残幼往运东撤，他带着劳力从南大圩刚刚“凯旋”。脚烂得不能走，一瘸一拐，遇到一个老太，不想撤离，问他洪峰有多大，是不是龙卷风。要不，到了运东还不是一样遭灾。徐来祥说清楚了，老太笑了。炸坝前两天，他在南圩上当防洪流动哨，圩内自家的三间一厢平房却无法顾及。炸坝后，庄台刮起了一股钉船风，一个多月，呼啦啦钉了100多条。平时有船方便些，大灾后万不得已，还可以回到“渔草时代”去。他说他不反对钉船，却坚信这年头决不会倒退。倒退，党不容，人民也不答应！这显示了新民滩一个普通村干部的责任感和洞察力。

养鱼大户绪长桃原是个孤儿，36年前他母亲被血吸虫病夺去生命，接着父亲又死了，是党和政府把他抚育成人。他的爱人郑素英谈起炸坝受损的事，泣不成声。老绪却是平静地叙述那些不平静的白天和夜晚的事。他家承包了20亩鱼塘，连年高产。论实力，全乡首屈一指。炸坝前，他家拉了7网6000斤鱼，除了5元钱一筐、30元钱一“手扶子”（拖拉机）就近贱卖外，鱼都成了一堆渣，倒进了邵伯湖。倒鱼那天，郑素英跳塘了。老绪是个“秤砣”，没法下水。郑素英被救上岸后，捶胸顿足，老是嚷着：“没法过了。”大水冲来，他家的鱼塘、圩内40亩鱼草、芝麻、黄豆等各种作物，连同投资、心血、希望都“全军覆没”，损失达17万元。老绪说：“糠箩跳到米箩的新民滩人，完全信赖政府，不会丢下我们不管！”巨额损失的阴影，虽然令人恐怖，但是他心头的路，依然映着40年来日日新鲜的朝晖。

庄台成为孤岛的日子，新民滩人吃菜极端困难。扬州市蔬菜公司雪中送炭，他们送来了15153公斤冬瓜、土豆、海带、洋葱、蒜头等各式蔬菜，这与那些小贩“3斤鱼换1斤茄子，2斤鱼换1斤青菜”的行径不可同日而语。曹湾村70岁的曹在良家的鱼塘、番茄地、四间房屋全淹在水中。水势一打住，曹大爷就跑到庄台清坎下，望着那大水中漂泛着的红番茄，心疼地一个个去捞。他媳妇问道：“烂番茄捞上来做啥？”“吃！”曹大爷牙缝里蹦出一个字。媳妇说：“吃菜有扬州救济的！”“那菜比自家的少一等味。”五一村的秦桂朝、万秀琴夫妇是瘟神浩劫时幸免的一对孤儿。眼下，他们有个温馨、幸福的家、吃着扬州送来的蔬菜。村妇女主任、乡人民代表万秀琴无限感慨：“往年番茄上市，每年400万斤向扬州食品厂送货。今年除了五一村送了两趟，其他的全被退回。倒过来又吃扬州菜，长此下去，怎行？”就在炸坝后的一个月，五一村、吴庄村组织大家见缝插针种菜，虽无法解决“菜篮子”大事，但是显示了新民滩人的韧性。

新民滩河汊多、草滩多，养的鸡、鹅、鸭也多。势如猛兽的洪水冲进圩内，一时无法撤走的鸡乱窜乱飞，素来喜水的鹅、鸭也被冲得晕头转向，扑腾腾地落荒而逃。纯朴的新民滩人对这些小生灵也倾注了一份“爱心”。7 月 26 日刚刚起爆后不久，借着落日的余晖，许多人发现一个水中奇观：一个上千斤的草堆被大水推得“整体漂移”，草堆上的一只鸡，危险万状，随时都有“落汤”的可能。但怪的是，草堆不断解体，由大到小，那只鸡也从草堆飞到草垛上，又飞到一个整捆的草上。那个生灵一飞再飞的求生欲望和呆若木鸡的架势，使目睹的群众顿生恻隐、怜悯之心，竟有人冒着危险将那只鸡救上庄台。有人调侃地朝那只鸡说:“你得救了,随便哪个窝先住下吧！”有个养鹅户,养了 20 多只鹅,在炸坝前夕,因饲料告罄，鹅价猛跌，他竟将一群鹅赶到外滩上放生了。鹅呆，鸭灵。一个养鸭专业户在鱼塘边养的 3 只鸭，闹水时在外游荡了一阵，10 多天后竟又游回主人身边。3 只鸭，对遭受上万元损失的人来说于事无补，却是一种慰藉。

洪水无情人有情。炸坝前，湖滨乡 2181 名老弱病残幼转移到运东车逻乡、蚕桑场、种鸭场，武安乡、高邮镇暂居。不是亲人胜似亲人，身居客地如在家中。

车逻乡闸河村和湖滨乡南湖仅一河之隔。过去闸河人上新民滩割草，扁担被南湖人折断过，已捆好的柴草被撒满一地。这次，闸河人却用周到的接待和脉脉的温情，熨平着南湖人被洪水打湿了起皱的心。南湖人住闸河小学教室，有风扇，有电视机，有男女浴室，民办教师袁良崧夫妇负责烧饭。转移来的一个骨癌病人，不能进食，袁老师像对待亲人一样，一口一口地喂葡萄糖水。病人大便不能自理，袁老师驮他上厕所，一点点地为他导便，使病人感动得掉泪:“青天底下还是好人多！”这个走向绝望的病人，在现实的痛苦比较和扬弃中，似乎觅得了真知。

为新民滩清障泄洪而英勇献身的 21 岁的吴志平，留给人间的最后一句话是:“我年轻，让我去！”留给世尘的遗物是他手中握过的那标志杆。这标志杆，就是一个浓缩的生命。7 月 31 日清晨，为了测量炸坝后的阻水断面，他自告奋勇，一次又一次地去立标志杆，直到他被汹涌的激流卷向泄洪口，献身在沉没的新民滩上。他站着，是一根标志杆；躺倒，是一块无字碑！

## 党和人民托起沉没的滩

悬剑当头，炸雷一声。新民滩 1.3 公里的南北大圩内，浩浩乎、荡荡乎，白水一片。乘一艘机帆船第一次采访孤岛，行至中间，船体竟晃荡颠簸像要覆舟，险险乎如同在风浪迭起的长湖上航行。

放眼看去，乡养殖场一排排的房屋颓然倒入水中，乡中小学一座座教室的檐口贴着水面；一根根电线杆有的卧在水里，有的露出手臂长的尖尖；一路路的杨柳、水杉的树梢在浪涛中晃荡。

湖滨乡人处于无田可种、无工可做、无学可上、无路可走的十分艰难、窘迫的境地。

这就是来访者对沉没了的新民滩的最初一瞥。

党和政府拳拳在心。由省委赴扬州抗洪救灾工作组、扬州市委市政府发出的慰问信，肯定了湖滨乡人民“做出了很大的牺牲”，帮助他们安排好生活，重建家园。

中国共产党是中国农民心头永远不倒的旗。

取信于民，言必行，行必果。农民们虽有叹息、牢骚，却决不端起碗来骂娘。

上级已下拨的 60 万元救济款如数发放到户！每人 50 元。转移户，锅灶安置费 50 元。上级调拨的 380 顶帐篷和 800 个简易草棚三天内安建完毕，户户有安身之处，新婚的小夫妻无须再睡露天地，也都有了爱巢。市卫生队扎在庄台上，巡回医疗，确保大灾之后无大疫情。市供电部门抽调 80 多名架线工，冒着 40 多度的灼热高温，突击三天，架设一条高压线路，保证了银线畅通。自来水厂的改造，更是雷厉风行，由城建局、市自来水厂等单位协同动作，抢在炸坝前就改造成功，使新民滩行洪期间卫生饮水汩汩不断。

日复一日。湖滨乡治安秩序稳定，尽管数以百计的帐篷、草棚无门可挡，但是偷盗、流氓滋事等没有出现一起。党为人民，人民向党。全乡 9000 多人，没有一个到公路上拦车叫屈，到市政府上访。市、乡理赔组的工作进展顺利，没有一个死缠胡蛮地前来索赔。

新民滩的沉浮牵动着各级公仆的心啊！

前来慰问、察看的领导伫立河边，凝眸急流，把关注的目光首先投向了淹没在水中的 4 所学校的 145 间房屋。上千名面临辍学的中小学生在棚户中完成了暑假作业，有的痴望着沉入水中的学校，何处作校园？何时能开学？各级政府和教育部门拨出专款，迅速采取了一个个应急措施，终于在 8 月 29 日之前，在人均空间不到 17 平方米的庄台上，挤出了隙地，建好了 17 座 1200 平方米的教室。还为学生免去了全部学费，提供了全部的书本费。湖滨乡学校如期开学，在广大师生的心田点燃了一束灿烂的自强不息的希望之光。

将沉没的新民滩重新浮起来，靠的是湖滨人对故土的千般依恋、万缕柔情，靠的是湖滨人重建家园、恢复生产的自信和坚韧。人称“高邮一枝花”的湖滨乡村办企业 1990 年产值 2750 万元。1991 年 1 月至 6 月，19 家企业，产值便达到 2000 多万元，创税利 200 多万元。然而，一场大水，损失超过了 500 万元。在十分艰难的情况下，大家千方百计地撑起湖滨乡村办工业那方天。

孤岛，第一声机鸣响彻在破圩后的第 14 天，是从那座位于五一村的高邮市第三橡胶厂传出的，在空旷、沉寂的滩头特别响亮、震颤。厂长冯高来是乡村办工业的“拼命三郎”，他冒风险开发了双向螺旋橡胶托辊，一次成功，出口突尼斯，一炮打响，还填补了国内的空白。7 月第一场暴雨后，车间进水。他们筑圩排涝 15 天，生产托辊和农用胶管，苦干 15 天，产值、利税双超历史。破圩前，120 千瓦的发电机无法搬迁。破圩后，催货的电报、电话不断，形势在逼人，希望在召唤。他们争分夺秒地借来了发电机，买来了急需的硫化机，在庄台民房之间的空隙地搭起了简易车间，组织 20 多个熟练工人突击生产托辊，发往浙江、四川等 10 多个省市，维护了信誉，也维系了同客户的关系。

全厂艰难复产的那一天，95 名职工中三分之二的人家房屋仍在水中，复工的也仅仅占总数的四分之一。职工有两个月拿不到工资，只领了政府发的 50 元救济款。冯高来说：“复产也是拼着上，在哪里沉下去的就要在哪里浮起来！”他的话，是召唤，也是歌吟。

破圩后的庄台路上经常出现一个残疾人，摇着轮椅车拾废旧物品卖。他，就是橡胶厂刷胶工冯高其，40 多岁，独身，父母年已古稀。眼下，他尚未复工，就靠自己像鸡一样挠一爪子吃一口。他对工厂、对政府毫无怨言。“有厂，有政府，我放心得很。让我等救济，我不干。我自劳自食，反而舒坦，也为国家省了那份救济。”这是一个残疾人的自白，他正把轮椅上的梦摇成平常而又光彩的现实。

湖滨乡远近闻名的企业家、市人大代表秦国柳领导的高邮市助剂厂发展快、步子大、奉献多。1991 年产值指标 1200 万元，税利 190 万元。大水一折腾，原料、设备损失 20 多万元，他认了；但是，不能让全年奋斗目标被大水泡了。破圩的硝烟刚散，他立即出马；11 个供销员，兵分几路，南下北上，介绍灾情，求得客户理解和支持；洽谈业务，催收货款，干得扎扎实实。当复产的机器刚刚运转，他又瞄上了一项新品开发。他写了一首明志诗，其中有这样的诗句："创业艰难有险阻，卧薪尝胆闯风浪。"经受洪涝灾害，他觉得只有依靠从社会主义信念中生发出来的自强不息的精神，才能托起沉没的新民滩，才能为建设新湖滨奠定基石。

新民滩伫于高邮湖（又名珠湖）畔，依傍京杭大运河。新民滩人，那气质，有珠湖的钟灵秀气；那胸臆，有运河的慷慨悲歌；那性格，有茫茫草滩的粗犷强悍。这样一方水土养育的一方民众同舟共济，是经得起任何大风大浪的晃荡和颠簸的。

一个更加美丽富饶的新民滩的建设蓝图在湖滨乡人民的辛勤劳动中孕育着。

湖滨有人说，那笔直的庄台像弓上的弦，那运河西堤和南北大圩好似弓背，合拢起来恰似一把弓。箭呢，就是穿圩而过的胜利路。在改革开放的苍穹下，新民滩人，这些经历了风风雨雨的大写的人，正在向着当前的和长远的目标，射出一支支箭。

1991 年 9 月

# 高邮镇国寺塔的故事

一条大运河傍城而过，一座镇国寺塔伫立运河河心岛。方形的宝塔与河心小岛，成了古城高邮的一种标志。其实，千里运河线上这道最具特色、最经典的风景线与运河整治时的“让道保塔”息息相关。

汪曾祺游览运河

“让道保塔”的塔就是镇国寺塔，因它位处旧城城内西门湾，又称西塔。镇国寺及镇国寺塔，据县志记载，均建于唐代僖宗年间（874—888 年）。唐僖宗李儇有一个弟弟看破红尘，削发为僧，云游各方，行至高邮串珠似的湖泊之滨即高邮治所西部一带，见到一平旷之地（原为太平仓基地，近湖临水，环境幽雅），便萌生在这一平畴福地建寺修行之念，后向僖宗请求，僖宗应允，并赐其为“举直禅师”。于是，由皇上诏书钦定的镇国禅寺便建成开光了。此后至僖宗文德一年（888 年），寺旁又有了佛塔，那是举直禅师圆寂后，特地建造的一座珍藏舍利和佛经的宝塔，被称为镇国寺塔。历史上又称为断塔，层级上有过多次变化。塔为方形，仿楼阁式，现为七层。由于历代维修，同塔体上留下不同时代的建筑痕迹，因此引起有些关于建塔年代的争议。几年前，笔者随古建筑专家登塔，见专家现场查勘测绘得知：塔现存唐砖、宋砖、明砖。该塔底层有南北拱门，二至七层均有塔门，而三至五层的塔门旁有半圆砖柱，每层之间都有叠砌砖出檐，为明显的唐代建筑风格。塔顶铸有“佛光普照”“风调雨顺”“国泰民安”等字样的紫铜葫芦塔尖，则为清代宣统年间建造的，加上塔内留下的募捐的碑刻，让人们领略了它的沧桑和悠远。领衔那次考察、测绘的专家说，塔身本体历代维修的痕迹和相应的碑刻标记，是这座始建于唐代的镇国寺塔“演变而不离其宗”的最好见证和诠释。如今，这座古塔唐骨明风依旧，确实是一座有千年以上历史的古塔。

1956 年 11 月至 1957 年 6 月，政府对大运河进行大规模整治，工段由江都邵伯镇至苏北灌溉总渠，全长 115 公里。高邮县段从镇国寺塔到界首四里铺，结合移建运河东堤，在老运河东堤脚外另开新河，长 26.5 公里，形成了两河三岸的格局。在这大运河拓宽时，原先按照裁弯取直的计划，那位处高邮城西门内的镇国寺塔应予拆除。当时在高邮县政府办公室从事秘书信息工作的朱先生清楚地记得，1956 年为拆除西塔，已准备好了爆破的炸药，但是在报送审批时，国务院领导作了“让道保塔”的批示。像这样有意识地“让道保塔”保护文物，在运河整治中并不多见。

正因为“让道保塔”方案的付诸实施，千里运河上才有了两万多平方米的河心岛，镇国寺塔才被隔至运河中央。巍峨唐塔，浩荡河水，波光塔影，相映生辉，别有一番风趣。著名建筑学家陈从周称镇国寺塔是“南方的大雁塔”，他为此塔吟诗道：“不惜秋波重一转，水上陆上两相宜。”著名作家高晓声则将唐塔与河心岛说成是姑娘衣襟上的胸花。汪曾祺在《镇国寺塔偈》中，更是留下了颂歌式的名句：“海水照壁倾不圮，高邮城西镇国寺。至今留得方砖塔，塔影河心流不去。”流不去的还有汪老的汩汩乡情。如今，随着镇国寺的再建重光和普度桥的建成，在水一方的河心岛已成了与旅游世界紧密相连的高邮新景观。

写成此文后，有人颇有微词。秘书朱先生记得准备爆炸的炸药，有没有见过国务院的批文？还有导游介绍此事时说，是周总理特批的，又有何据？笔者也心存疑虑，但依然把它收入此书，姑且把它作为故事吧。

2018 年 4 月修改

## 城南新区的“创新之门”

在城南新区 S333 与珠光路交会的节点，有一处集绿化、美化、亮化于一体的景观，它的标志是位于西北角的“创新之门”和立足东南隅的“开放之窗”。初春季节，乍暖还寒，伫立“门”前扫视，高 18.9 米的雕塑，形似斗拱，上面镶高邮八景、风物佳胜等浮雕，呈八字形面向东南耸立，古今风光尽来眼底，顿觉新颜突显。临“窗”挹古扬今，高 11.8 米的中国式花窗，镶嵌十幅高邮名胜古迹和花鸟浮雕，窗中间是一张秦邮缩景邮票。“神州一邮邑，四海无同类”福泽绵延所演绎的活力、魅力，令人意酣情畅，触目生春，绿意漾上眉尖，开轩如阅新篇。

城南新区从它崛起之日起，便以它作为邮城振翮奋飞的一翼，即融入高邮主城区的新角色，承担起配套完善中心城区的城市功能和发展现代服务业的双重任务。在曾经荒凉的“八里松”地带，一个宜居宜业、乐天乐群的新区正呼之欲出，触手可及，彰显其美。

经历八个春秋的城南新区向世人昭示，“小盆景”已渐成了大气候，新项目建设虽不是茂密森林，却也是林木森森。新区领导者在去年实现经济总量、工业产值、财政收入、服务业产值等指标增幅四成以上后，为新区把脉定位，即“连跑带跳”创新发展，将来完成“十二五”规划以后，新区也只是外向型现代化新区雏形的初步显现。于是，他们在打造“四区”的方略中，将“现代标杆新城区”改为“党建管理创新区”，这是临政者“柳遇春风会着绿，船拨航线再扬帆”的一次务实的调整，践行的是执政为民、敬业乐群。

诚然，他们始终信奉新区组建、发展的原动力和内在力：创新；也始终信守组建伊始的理念，那是写在管委会大厦最显眼处的话：核心竞争力——这个特色不能模仿，这种能力无法替代。几年的艰苦付出和有效实践，才有了新区的云蒸霞蔚和光风霁月，也才有了应需而生的“创新之门”和“开放之窗”。而今，驱车观光或下车浏览，观其貌，察其颜，悟其韵，觅其魂，就像观赏青岛的《五月风》城雕，因感悟创新似火而映红了游人的记忆。城南新区的“创新之门”和“开放之窗”因充沛内涵和丰富外延而抖擞盎然生机，生发怡情乐趣，也潮濡了人们的心灵。两座雕塑旁，都有一碑简言记载，现抄录于下，作为纷纭多义中的一说。

## 创新之门

创新之门，壮丽恢宏。昔日，八里古松求神圆梦；今朝，八载新区万物峥嵘。执政为民，和畅惠风。东南西北受益，四季更迭春浓。核心竞争力潮涌，鸿业昌隆;持续创造力彰显，风流争雄。创新并非模仿、重复，犹如木秀于林，郁郁葱葱；创新贵在新颖、独创，好似玉宇澄清，丽日碧空。平畴巨雕为标，胜地佳景新容，高桥飞架，九衢便捷畅通。雕塑“八字”成门，古建灵魂“斗拱”，舞狮盘龙，八景神韵藏丰。人影憧憧，水声淙淙。文光烁金探索，紫气东来齐颂。都市型工业兴旺炫煌，现代服务业锦簇天穹。新城福祉与日俱增，新区魅力箫吹弦诵。龙骧虎步，瑞云飞动。巨门焕彩，辉煌无穷。

## 开放之窗

高邮之立，始于秦亭邮驿；高邮之兴，肇自运河要邑。一首“邮”字歌，吟唱两千载；一条大运河，扬波数千里。其帆樯林立，商贾云集，人文荟萃，胜若珠玑，实亦源于斯，昌于斯。城南佳胜处，扬今挹古词：近郭寿佛寺依傍河堤，古松伴千秋之建；邮城新地标耸临通衢，明窗收万象之奇。新区乃发展所寄，民生所系，振兴开拓，招商引资，如歌盛世，翱翔展翅。吸纳新鲜之气，才人纷至；沐浴文明之风，贤者咸聚。飞桥广厦连胜迹，伫立轩窗吟诵诗。画卷长舒，目不暇接。锦茵广被，心旷神怡。物华丰裕，一片生机。把晤世界，并驾齐驱。中国古典式花窗镂刻高邮历史，中国第一邮邮票镶嵌邮都神奇。旨在共建和谐，锐意进取。乐业宜居，尽展秀姿。文明昌盛，高歌动地。

在高邮，从古到今，能给芸芸众生留下一些普惠于民的美举、养成，乃至景观风物的“公仆”可以载入史册，传为佳话。

一个在宋代被称为“文章太守”的高邮知军杨蟠经手建成的有玩珠亭等 13 个景点的众乐园，“百亩广阔饶嬉娱”“政成化理乐民乐”，就被后来者行吟歌吹几百年。

一座除害兴利、福荫黎民的便民桥，可以让“公仆”傅公（椿）的姓氏与业绩成了“桥影河心流不去”，在乡人的心河泛涟漪。

一处儒学宫，一块“去思碑”，存放在线装书里或镶嵌在碑廊中，可以勾起人们对乡贤先哲兴建学宫、陶染生员的代代相传的记忆。

而当代的高邮临政莅事者带给人民群众的是好梦圆就，画添新幅，朝气蓬勃，步换景移，目不暇接。由此演绎的丽园毗连，华屋成片，宜居、优居、乐居，皆人居之乐，风物之恋；商气、人气、才气，显璀璨珠串，能人星聚。城南新区干群最期待的自然是幸福指数年年攀升，在此会有更多人有好工作好日子好环境好心情，当他们穿越时空回首遥望八里铺寿佛庵千年古松的时候，可以笑傲历史、无愧于今、不怍未来。

原来，这里有一古寺，额为寿佛，院前古柏一株，大十人围，柯干盘郁瑰奇，“铁骨孤撑天地秋，僧指唐时所植柏”，“不知年代何终始，霜摧日炙恒不死”。那异态天成不朽姿，始终傲立天地，盘曲心间；那流逝的光阴，在虫鸣鸟啼间蹑足而去，斑驳成挺干虬枝间的光影，转瞬越千年，一棵古松，流芳百世。

如今，在表明创新有方、容纳有望、民生第一、泽被家乡的两座雕塑的教化、烛照、怡情作用也一定会年复一年地绵延迤逦。邮城有人“走向南窗听清籁”，自然也是一种福分。一对新人，执子之手，在坚如磐石、美轮美奂的“创新之门”前存留新婚宴尔的倩影，更是一种前生今世的缘分。

2012年3月

# 凝固的历史　奋进的华章——高邮市大型雕塑《邮驿之路》问世记

邮是增进交往的桥，邮是历史文化的根，邮是纵贯古今的路，邮是延续文明的魂。

——题记

城雕——城市之魂。大型主题雕塑《邮驿之路》兀立于高邮东门广场底座的时候，正值1997年9月30日0点48分。

三匹骏马飞驰驿道，两名信使急令传书，这是表现“国脉畅通，邮传源远”的邮驿之路。以青铜制作的主雕，重5.5吨，高2.85米，宽2.2米，长8.2米。用不锈钢亚光材料构成，意为打开城门的拱门，高9.1米，群马从此穿越而过，正激昂奋进，继往开来，只争朝夕，奔向美好的明天。基座上则是表现高邮风物、风貌景观的汉白玉的浮雕，古朴、浑厚、凝重。

历史在这里凝固。

历史在这里昭示。

我市最早的大型雕塑《邮驿之路》（张元奇摄影）

我们的先辈铺就了辉煌的邮驿之路。而今，我们正重塑邮驿之路及其延伸的“邮之路”的辉煌。

这是古城人民共同的话题。那天深夜，时任常务副市长倪文才、市建委负责人和建设者们在现场运筹、指挥、操作吊装；许多路过的市民、下班的工人和一批闻讯赶来的摄影师目睹了群马“扎根”、凝固为东门广场一景的那一瞬。在场的人，无不顺心畅意，欢欣鼓舞。

高邮是省级历史文化名城。高邮是经济欠发达的地区。制作一座体现古代悠久历史和折射当代城市风貌的雕塑，值得吗？高邮包装厂30多岁的驾驶员朱庆华向笔者道出他的心里话。他是农村苦孩子出身，上到初中，仍然穿不起一双黄球鞋。他当过兵，现在靠他的工资维持三口之家的生计。他理解高邮镇以至高邮市领导这个“家”不好当。常年有300天以上在外闯荡的他，脑子里装满了大大小小城市的璀璨，每每开夜车回邮，见到往日那路灯，真是“暗淡在眼前，难过在心里”；如今，一条条街路灯雪亮，尤其是亮丽的府前街东首，即东门广场添置这雕塑，确实是城市新貌的“点睛之笔”。就凭这一笔，今后走南闯北就大可为高邮“神侃”一番。他还说，为此愿尽自己微薄之力；可是这次办“节”，政府不向老百姓摊派一分钱。棉纺厂年轻的纺织女工小刘，从群马乘车驶来的最初一瞥到吊装完毕，都以一个普通工人、一个平凡的高邮人的自豪心情十分专注地注视着这一切。她收入菲薄，有过怨言。此刻她快人快语：“像我这样的人，还有那些下岗的人，日子是难过一些。城建部门花一大笔钱搞这雕塑，我丝毫没反感，从心眼里高兴。雕塑是高邮跨越世纪的脸面，是我们高邮人永久的家当。眼下，我们日子难过一点，我相信不会难过到21世纪。”

笔者不露身份地与这些工人交流，倾听着这一切，心里激荡得潮濡濡的。多么知情达理的年轻人，多么朴实恋乡的高邮人！

时间已是9月30日凌晨1点。东门广场上的路人仍在问这问那。从雕塑的选题到艺术构思，从表现手法到尺寸大小，从材料的使用到施工方法，从完成所需时间到设计施工造价……夜深路静，天冷情热。东门广场的《邮驿之路》主题雕塑正在成为当前及今后相当长历史时期人们的热门话题。笔者情不自禁地走访有关同志，去探寻一番这雕塑问世的孕育和律动的轨迹。

普遍制作、设置城市雕塑是伴随改革的春风而兴起的。城市雕塑，无论是城市主题雕塑还是雕塑小品，都与城市形象息息相关。它是以造型语言反映城市的历史、人文、风貌和精神，表现特定的思想感情、文化特质和价值取向，让人在对雕塑具象的欣赏中受到艺术感染而产生共鸣。它不仅具有如同法国雕塑巨匠罗丹所说，“美好的雕刻中，人们常常猜得出一种强烈的内心冲动。”而且透过这城市的聚焦点，产生现代城市的主人和公仆都祈求的那种象征力、感召力和凝聚力。

高邮的城雕从列入城市规划、提到议事日程到它的“一朝分娩”，经历了五个春秋，尤其是近年紧锣密鼓地筹划、制作，更有许多阳光、风雨兼程的经历和见闻。

## 城雕选题　上下求索

从市里和建委等有关部门领导到城上文化人、美术工作者以至普通的市民，对古城高邮的城雕选题，进行过长期的、广泛的、有益的探索，但是因为始终未觅得一张理想的“蓝图”而未付诸实施。

1996 年 7 月 1 日,《高邮报》刊发了一张别具一格的调查表,即由市建委规划办发出的“市民心中的城雕”调查表，从城雕的建设地点、主题、形式、风格、色彩，向广大读者调查征询意见。仅仅 10 天工夫，各界人士 300 多人纷纷投书报社，各表其态，各抒己见，齐心协力地为高邮这座历史文化名城添上画龙点睛之笔。城雕选址,52% 的人皆青睐东门广场。历史上高邮城东门，又名挹春门，在经济交往、驿道传书上远不及南、北二门重要，但是古有司春祭春之习俗必出东门，挹春寄托着人们对春天和明天的希望。自公路改道，东门便成了出入邮城的门户。选址唯此，无可替代。而城雕的主题，三分之二以上的人首推邮驿文化。近几年，古城的人仿佛是一个早上起来认识了自身所在城市“郎之歌”“邮之魂”的价值、意义。众望所归，顺理成章。

就在市里领导、建委负责人紧锣密鼓地为选题、设计、制作奔波的时候，伯勤乡的宋萍写信给卜宇市长，表达为市里增添一道风景线的渴望：“如果筹资造雕塑的话，我会第一个捐款，虽然我工资较少，但是值得。”跃然纸上的真心挚意感动着卜宇市长的民众情结，也触动了报人和广大读者的心。就在卜宇市长批示这信的第三天，城建委专门成立了城雕建设协调小组，由方仪主任任组长，达洪邮等 6 人为成员，邮中高级美术教师、画家龚定煜被聘为特邀顾问。此时，还出台了东门广场城雕和铁牛镇水、鸿雁传书在内的全城城雕建设的序时进度。“纸上谈‘图’”的时期终将过去。

## 京城觅“图”　扑朔迷离

1997 中国邮文化节将在高邮举行，成了推动城市建设工作的抓手，也催生着高邮主题雕塑的问世。在走访大江南北以后，高邮人决定北上京城，求师觅“图”，开始了历时一年之久的五上北京的历程。

如果说城雕是一本石头的书，坚实而又深沉，那么小城的人要觅得这本书，即使是个索引，也艰难而又沉重。

北京，人才精英荟萃，群英众星耀眼。可是顶着八月骄阳转悠，希望一个个出现，又一个个破灭。求师觅“图”犹如顶着日头寻找北斗星。

中央美院一位很有名望的教授，扬州人，大同乡。从邮驿文化谈到马，过去的现在的传统的抽象的具象的马……以至城雕的空间的立体性、材料的永久性、高度的概括性云云。教授的条件只有一个，找他设计是“唯一的选择”，即不许找其他人，不许搞广泛征稿。市建委方仪主任觉得风险太大，便婉转拜谢了。不久，此教授因病谢世，也使大家一阵惊恐。

再次求师，遇到的是中央工艺美院的一位蒙古族人乌日金老师，是袁远甫名师的研究生，功底厚实，造诣颇深，热心创作，是具有巨大激情和自我挑战精神的艺术家。交谈，设想，一切顺利。9 月 28 日，乌老师来邮，出示一张“小稿”，夸张突出主体象征物马及古文化传统的内容，使之成为现代都市闲情中梦幻传说的象征。乌老师称这为“引玉之作”。闻讯疾赶而至的时任市委书记徐赴前、常务副市长倪文才看了，彬彬有礼未作表示地离开了。显然，这些创作初稿与既定的主题雕塑“既要反映邮文化的内涵丰富的积淀，又要表现现代城市积极向上的精神，要有高邮的个性特点，要有匠心独运的创意，也要符合人们的欣赏习惯”的要求相差甚远。

市领导要求要尊重更多艺术家的意见，尽快觅到好“图”。

很快，回京后的乌老师寄来了雕塑修改方案（第二稿）；经过比较，第二稿比第一稿在主题上未有明显突破，仅在雕塑手法上更为细致……此时此刻，人们对此雕塑方案的失望心情溢于言表，但大家更多的是企盼，渴望能出现奇迹。

## 峰回路转　渐入佳境

1996 年 12 月 6 日，达洪邮、龚定煜第二次去京。几经周折，乌教授推出了一批“稿”，跳出“马”的具象框框，多形式多立意地表达主题，形式新颖，主题却淡化得如同解方程似的。显然，方案不再是修改、调整的问题了。达、龚两人在向建委主任方仪汇报进展情况后，他们得到的指示是：“拿不出你们自己满意的雕塑方案，你们不要回来！”两人在北京夜不思寝，茶饭不香……

偌大的京城，何以难觅一“图”，即一良“骥”呢？就在京城觅图陷入困境的时候，经高邮在外闯荡的文化人士宝珍亚先生的介绍，高邮的同志在北京又先后拜访了数位雕塑、美术界专家。值得一提的是，中央美术学院的蒋燕硕士是从事艺术电脑设计的专家，她刚刚参加《中国邮政百年》一书的装帧、设计，阅读过不少邮驿文化方面的资料。她的介入，使城雕设计的创意发生了不可小觑的变化。她提出，依据邮驿文化资料佐证，表达邮驿传递可以是一匹马，也可以是两匹、三匹马，包括空着以备换乘的马。将原先有人设计的构架式或纪念碑式的结构完全衍化为无楼城门式的拱门，并将马和拱门结合起来，逐渐出现了艺术家、领导和具体工作人员想象中的轮廓，一个得到高邮方面初步认同的方案诞生了！

峰回路转，出现了创意、设计得意之笔的曙光。

推开历史厚重的门，仿佛可以听到驿马的嘶叫。

与此同时，经热心人士介绍了珠海一位从事雕塑多年、给全国不少城市提供过佳作的郎先生，典型的很有才气很见功力较早介入商品经济大潮的文化人。他一张又一张创意设计，一张张寄来征询意见，既有他个人的独到见地，又像尊重顾客的商家十分虚心地探询高邮的意见。在阅读过高邮的资料以后，他把目光从南中国海边投向古城高邮，连续多月，设计了如昂首挺胸、高举战戟，胜利归来英雄般的邮差和战马。这显然与邮驿文化大相径庭，但至少给高邮提供了更多比较和选择的机会。这是南风吹来的“插曲”。

1997 年 1 月，北京方面一份详尽的构想传到高邮，修改后的方案形象竟变成了三匹体态健壮、丰满、浑圆，温驯闲致，象征祥和吉兆的静态的马，以此表现高邮古代文化的儒雅和宁静，而传驿人物身着差服，手举邮简，亦显示温良恭俭让之文雅。全无飞驿传书的快马扬鞭、日夜兼程的气势和精神。这大概是不谙熟邮文化的艺术家的一种即兴随想吧，被人戏称为“乖马”。

随后，高邮方面和北京方面就雕塑的手法、驿马和邮差的造型、形态等一整套崭新的方案作了多轮探讨、修改，直至双方对雕塑的理解趋于一致，方案得到双方初步认同……

农历正月，时任市委副书记朱德辉、建委主任方仪、建委规划办主任达洪邱赶到北京，与为高邮设计城雕的创作人员会晤、敲定创意……

北京，21 世纪宾馆。中国城市雕塑协会副秘书长、中央工艺美术学院副教授、雕塑家赵萌是此次创作的领衔人物。上午，他刚刚作为主创成员之一去中南海参加了国务院赠送香港特别行政区政府“永远盛开的紫荆花”雕塑小稿的评议。一心寻找大手笔、努力出精品的高邮人，在此仿佛觅得了一条通向追求至善至美的路径。会晤结果，邮驿文化主题进一步明确了。驿马定为三匹，不再是闲庭信步的马，也不是奔腾厮杀的马，并因制作飞马传书的需要，将材料由汉白玉改为青铜。底座由一字形棺椁状改为品字形。朱德辉提醒主创人员，马的视觉效果要与现代马一致，但是体量上要大一些，送信差人可设计为秦人，马则是很有精神的“神马”。这也就是人们一再言说的“秦人神马”。

1997年3月22日，赵萌教授一份立意好、构思巧、效果佳的设计方案，由徐赴前书记亲自介绍，在中共高邮市委常委会议上很快得到了通过，会上常委们在肯定主题、立意和构思的前提下提出了一些修改意见。卜宇市长在慎重考虑广场空间效果后指出：“作为大体量的雕塑，空间要疏密相间，三匹马不要挤到一起。”在3月24日召开的高邮各界人士的评议会也对雕塑方案亮起了绿灯。

雕塑主体用写真手法，以邮驿骏马的历史为背景，寓意奔向21世纪。采用马踏祥云、马踏飞燕的浪漫主义表现手法，既准确地切入主题，又可以解决重心与立点的问题，并形成了优美的韵律和节奏。

4月13日，常务副市长倪文才又召集市城市规划、建筑设计方案评审小组的各位专家、领导，对雕塑方案和东门广场改造的方案从技术角度进一步研究、探讨和推敲，确定了设置城雕的东门广场配套改造方案。至此，城市雕塑设计方案、东门广场改造方案正式通过评审。

## 按“图”索骥　飞马传书

审美价值是雕塑艺术的主要属性。雕塑艺术的审美价值真正体现是从小模制作开始的。以马而言，主要集中在对构图动势与外形轮廓的把握，对体积、块面、线条及光影所产生的律动感的控制，以及对雕塑主体与环境（十字路口广场）和谐关系的处理。尤其是城市主题雕塑从小模制作开始，使用造型语言撰写立体的永恒的华章是艰辛的，而得到艺术家们和人民群众近乎一致的认可，是许多雕塑家梦寐以求的事。赵萌教授年届不惑，他追求的不是作品置身何地的地域效应，而是雕塑本身的艺术取向和整体效应。因此，他与同人一齐全身心地投入小模制作，其马的动作可信程度的依据，全出自高速摄影机分解定格的图像。

4月30日，方仪、达洪邮、龚定煜第四次赴京，当天观看、审视了1∶5的小模，并同北京协和广告艺术发展公司签订了江苏省高邮市东门广场城市雕塑设计制作合同，确定了雕塑制作安装的序时进度和质量要求、验收标准……

三人回邮后，常务副市长倪文才等市里领导再次审议了小模照片，就小模的一些细节提出了几点修改意见：将第一匹马与第三匹马的邮差作调换，第三匹马的邮差应呈“左手握缰，右手扬鞭拍马”状，以丰富后部处理。第二匹马上设置马鞍并挂邮袋。主雕塑高度再调至 2.85 米。这些意见都体现在后来大模制作之中。修改意见是很内行的，修改也是认真的。而用在《高邮》画册封底那三匹驿马的形象便是原先小模的照片。

七月炎夏，艰辛劳作。赵萌一班人自我封闭在大兴县一家工厂，冒着七月高温，连续干了一个多月“泥水作业”。当倪文才常务副市长、沈国庆主任、方仪、达洪邮第五次抵京的时候，对大模“以形写神，以神为主，讲究气势、气韵”的效果十分满意，仅仅对连接部位作了微调。

离京抵宁。高邮一行四人在前期市场调研的基础上，现场考察了南京新街口孙中山先生塑像制作单位南京佛光艺术制像厂生产设备、技术力量、工艺流程情况，确定由该厂承担青铜主雕的铸造任务。

5.5 吨重的三匹青铜驿马和两名“邮差”届时将从南京走向高邮。

## 继往开来　迎接明天

从大模到浇铸雕塑主体，迎战一个个难题，一步步迈向成功。石膏大模在北京制作结束已是 8 月 8 日，离 1997 中国邮文化节只有两个月。因此，时隔一天，石膏大模就在全新包装下，用两辆十吨货车由专人护卫，挺进南京。

真所谓“好事多磨”。在制作过程中，意想不到的事发生了。佛光厂因与其他单位的经济纠纷而被南京市中级人民法院查封。高邮的城雕、水稻专家陈永康大型塑像等都被封存。建委副主任陈庚林急赴南京，通过多方周旋，在省市各方面对邮文化节的热情关心下，南京市中级人民法院解封了“邮驿之路”铸造车间。又是一场虚惊！

9 月 25 日，倪文才、方仪、达洪邮再次去宁，会同北京方面主创人员，对青铜雕塑主体进行最后一次细心的审核。

经过现场调整、完善，高邮方面及北京方面均对雕塑亮起了绿灯。

9 月 29 日上午，一辆警车驶向南京江宁，开始了第十二次南京之行，也是为雕塑进行的最后一次南京之行。

当日下午，马踏飞燕、马踩祥云、邮差扬鞭、驿马飞奔直奔历史文化名城高邮。

金色的秋天，金色的大地。10 月 8 日，《邮驿之路》城雕终于在秦邮问世了。这是一支邮驿重光的历史金曲，这是一篇跨越世纪的邮政华章。

它伫立于东门广场，向人们显示这一物化的、永恒于世的文化积累的功能，也将表明历史相承的、福荫后代的昭示激励作用。

邮驿文化和如今的邮文化，它的传递、连接、延续也将是永久的。

市委书记徐赴前简言片语概括了它的思想内涵和文化特质，那就是：继往开来。

艺术家的雕塑语言则是浓缩传统文化的特质，以迎接明天，迎接未来。

1997 年 9 月

# 创造者之歌

十月的华夏，金风浩荡；龙的传人，气宇轩昂。十月的高邮，节日的盛装，龙虬传人，喜气洋洋。建设者礼赞，折射的是传统文化与现代文明的交相辉映；创造者之歌，回荡的是历史回声与时代大潮的交相混响。人类的历史就是一部不断创造的历史。创造，就是人类永恒而伟大的劈波斩浪，就是创造者志存高远、推陈出新后的淋漓酣畅。面对历史长河，诗人认为已经取得的璀璨只是微小又微小的波浪。春天的故事续写的是莺飞草长和伟人关于发展是硬道理的期望。

今天，高邮精神与时代脚步在绿野平畴同步，丰硕秋实与烂漫春花在人们心头生根、绽放。

历经2200多年风雨沧桑的高邮留给后人的是一座物质与精神的富矿，秉承7000年前龙虬文化的古城，自秦筑高台、设邮亭，故名高邮，成了全国2000多个县市中唯一以“邮”命名的城市，便始终演绎着举世瞩目的邮驿文化。方圆800平方公里的高邮湖，雄浑开阔的大运河和纵横交错的港湾河汊，播撒着与时俱进的国家生态示范区、农业大市的绿色希望和诱人芬芳。曾荣获全国平原绿化先进市、粮棉生产先进市、农村水利科技推广服务体系建设先进市称号的高邮，以水乡之美和生态之佳营构了返璞归真的自然风光，唱响的是具有900多年加工历史的高邮鸭蛋名扬天下的豪放，以及独一无二的双黄蛋的绝唱，打造的是由李鹏、朱镕基总理考察过的农业经济的张张名片——国家产业化重点龙头企业、国家级示范项目和国家原产地域保护的驰名产品的辉煌。

只有创造，才能用“更新日日无穷业，革旧时时没尽期”写下快速崛起的诗行，才能在多元、立体的经济、文化激荡下打造富民强市的华章。

大解放，慨而慷。大手笔，豪而爽。试看今天的高邮，同心戮力，奋发图强，势不可挡。

将“外向化、民营化、城市化”的建设思想衍化为通向外部的桥梁和践行高邮精神的欢畅，各级领导关爱的滋养、各方客商惠顾的情长和高邮各级干部强势推进抓落实，攻坚克难闯市场，以及广大员工开启心窗、真抓实干、再铸兴旺，才能使正在爬坡的高邮经济发生可喜的积极变化。“四资”中尤其是民营经济快速发展，换来了古城万千气象和人民群众的扬眉吐气、斗志昂扬。十月，我们收获物质园地上结出的安康吉祥，我们收获精神家园里充溢的鸟语花香。我们来蝶园广场听赞美家乡的颂歌，我们去运河二桥看两岸宜人的风光。蝶园有情，情在魁楼上歌唱。无须再迷茫惆怅，请到广场寻访，未来高邮的路通向何方！每一棵树，都有绿荫在希望；每一眼泉，都有智慧在流淌。蝶园广场的灯光，凝长者夙愿少年理想；新生魁楼的翰墨，汇四海云水学子心浪。当星光坠落为露珠，露珠也升华为星光，壮观的运河二桥像横笛，为你引吭高唱，唱出奇迹般的璀璨，让不眠的城伴随时代律动跳荡。这通湖的桥，通向今天好日子的芬芳和明天大跨越的渴望。

“高邮本是个好地方”的歌词曾和《数鸭蛋》一道，到处传唱，我们曾经辉煌，我们曾经滞后，我们不再彷徨，我们不再沮丧。古老的传统赋予我们勤劳刚强，时代的重任激励我们奋发向上。高邮是个好地方，这里是“江山代有才人出”的摇篮和温房，江总书记说“高邮还有个汪曾祺”更使这位文章圣手美名远扬。这里更有区域优势、劳动力资源等多种优势的宝藏，美丽的花儿应该在美丽的地方开放，邮城“无处不招商、无处不飞花”，正争奇斗艳，令人目眩神往。在这块充满希望的土地上，我们还会引来更多的资金、人才和生产要素的富矿，还会引进众多的海内赞美和异国目光，嫁接在高邮焕彩的神珠上，推出一轮轮神奇鲜活的小太阳。

（此作曾在中国双黄鸭蛋节大型文艺晚会上朗诵）

2002年10月

# 放歌车逻

千年古镇车逻，你有一个悠远而朴实的传说，相传秦始皇御驾幸临这里，所以就叫车逻。运河明珠车逻，你是一首优美而激越的弦歌，扬起运河经济的风帆，奔向长江的波澜壮阔。

车逻，你是历史的画屏，你是世纪的憧憬。

远在南宋，你以车乐而昌盛；早在明朝，你以重镇而扬名。近代，你以地利、物阜、景美、风淳而引人入胜；当代，你以农工商教为旗、为点、为范而交相辉映。那运河的春水，滋润了车逻一代又一代的风情，激越着一茬又一茬奋进的身影，点亮过一回又一回强镇的梦境。

世纪更迭，镇肇华年。明珠焕彩，竞著新篇。2003年初更绘宏图：三年再建一个新车逻。连年追赶岁月，车逻励志争先；连年奋力拼搏，古镇活力彰显。亮丽的古镇风度翩翩，正演绎成金风正、征帆悬、兴鼎革、开新宇的气象万千。全镇完成经济总量、综合财政收入2005年比2002年可望分别增长一倍以上。矢志追日情何壮，借得东风猛着鞭。如今的车逻——五金机械之乡和体育健身器材之乡——的璀璨，让生活潇潇洒洒尽开颜，把古镇风风火火推向前。这是紫气东来的挑战，这是云蒸霞蔚的诗篇，这是开拓进取的惊叹。在我们与你对话中，无不感到发展的启示和心灵的震撼。新车逻新容颜，新车逻新期盼，已耸立成高邮南大门神韵的悠远和景观的斑斓。

敬业乐群伴随着改革金风送爽，富民强镇播散着开放时代芬芳。车逻镇，车逻人，昔日全凭运河的乳汁滋养。人们从大运河里撷取柔性和肝胆，在织天绣地中描绘这绿野平畴的富庶和希望。人们从千载文明里汲取底蕴和灵性，在跨越时空的隧道中发掘物质和精神的富矿。时至今日，打开视野和心窗，抖擞奋起和奔放，古镇焕发着青春的容光，车逻插上了腾飞的翅膀。全民创业，全民招商，集镇建设，园区建设，谱写华章。人居怡园，情思绵长。全镇村村组组有工厂，家家户户忙赚钱，有一般纳税人企业152家，1000万元以上的企业有10多家。集镇面积从三年前的0.8平方公里扩展到现在的1.8平方公里，到处是莺飞草长，到处是淋漓酣畅，到处是全民招商"春潮带雨晚来急"的劈波斩浪。

一颗闪耀的明珠，从此闪耀在运河、车樊路、京沪高速相拥相依的地方。笔大如椽，写不尽"东扩南进"的春意飞扬；彩墨似火，画不完"创业、创优、创新"的一片霞光。清风碧波荡起历史和未来的双桨。一个个拔地而起的项目，洋溢着全面小康的希望；一幢幢耸立的大楼，力掣着多姿多彩天际线的瑞祥；一条条通畅的大道，延伸着千年古镇的富裕和崛起园区的畅想。

一幅幅建设蓝图成了跃然于眼前的美景，万景入我目，万情融我心。一份份为民答卷成了流光足下的彩屏。一路为民谋，一路求多赢。站在历史和现实的交汇点上，高看一眼、远看一程的车逻人在成就着辉煌的事业，打造着和谐的憧憬，营构着崛起的欢庆。腾飞吧车逻，让我们去迎接明天的繁荣昌盛，去放歌明天的富强清明。

2005 年 11 月

# 傅公堤抒怀

春日，“绿杨烟外晓寒轻”，我应一个刚离开西子湖畔的好友老严之约，结伴漫步在昔日的傅公堤上。

岁月流年，逝者如斯。今朝，这位霜染两鬓的老严，虽似果熟枝头，却无薄暮的心情。

怀古的心绪在轻轻跃动。傅公堤在古城东郊，是清朝一位州官傅椿的政绩。相传高邮护城河在城外东北角汇合，然后东流而下。其时其地，地势低洼，河水常“散漫为害”“浸民宅、淹农田、断阡陌”，对此，乡民怨声载道，沸反盈天。傅椿，从七品，顺民心，抓治水，并云不治“散漫为害”的水枉为人官。后来，长堤修成，水有归宿，傅椿又派人沿堤植柳百余株。后人为纪念这位傅椿，遂将这堤称傅公堤，堤旁的一座木桥叫傅公桥。

世事沧桑，景物变迁。傅公堤和傅公桥这历史陈迹今已荡然无存。迎着淡青的天宇，浅绿的柳丝，我们边走边议论着。我以为，过去的景物随着山河的重新安排而沉浮、兴衰，无须惆怅、失望。这里，既没有傅椿的雕像，也没有相应的“丰功巍巍留青史，盛德昭昭启后人”的楹联，还有什么值得人们眷恋的呢？然而，老严全然不顾我的意见，依然声言要来寻觅历史的碑石，触摸市井建设的脉搏。

步移景异。我们在傅公桥的旧址伫立了片刻，极目远眺，顿觉视野空阔，车水马龙的公路在晨光中，随着车流、人流，从容舒展。路旁，鳞次栉比的楼房尽收眼底，北海新村拔地而起的二十五幢住宅楼连成一片；全国第一座拉线式电视转播塔直刺苍穹；而新的北海新村的学校、电影院正在兴建。目睹这一切，我心中充满了早晨般的清新之感，精神为之一爽。老严似乎也觉得十分愉悦。他说，几年前回来，徜徉古城，依然似在浏览一本古老的线装书；而今，古城新貌，风采可人。虽不能和他工作的那风光胜地媲美，但也有独到的乡情乡景迷人处。要知道，在他离开邮城的时候，全城唯一号称三层楼的房屋是母校的办公楼，然而现在美不胜收的楼房比比皆是，这些，怎能不使给祖国浓妆淡抹的“地球雕刻家”动心呢？多少年后，这些巍巍建筑不就是前人的丰碑么？

当老严迈步向北，跨上了一座水泥拱桥的时候，我望着烁金的涟漪，心绪也颇不平静。本来，无须我讳言，故乡几年前的建设步伐没有达到应有的速度：北海新村的脏、乱、差；新河河道及两岸交通的阻塞；傅公桥下排放的浓黑液……这些，曾是人们感到非常伤脑筋的事。

弹指一瞬间，旧貌变新颜。如今，北海新村以崭新的姿容出现在人们面前，厕所、水管、下水道、垃圾箱都进行了修整；二十多户散落在新村各处的棚子、房屋统统拆除。县人大和政府负责人亲临现场，冒雨指挥，整治工作进行得非常神速、细致。几乎是同时，新河两岸的七十六户棚户人家在二十多天中全部拆迁，实在困难的人家临时住进了厂里办公室。此事，老严已从县里有关负责同志处获悉，深深领略了工作的艰苦和甘醇。

身倚栏杆，回首望，晨光闪烁处，楼影绰绰，古塔对峙。在这充满勃勃生机的春天里，我渐渐悟出了老严要“寻觅历史的碑石，触摸市井建设的脉搏”一语的底蕴。古往今来，七品芝麻官的政绩与人民公仆的伟业是不可同日而语的。前者仅仅是在自己的头顶罩上一层光圈，而后者却是从人民的根本利益出发，其含辛茹苦、造福子孙的闪光精神将是永存的！如今的临政莅事者自然会有自己的抉择。

“长堤几废文章在，果是江河万古流”。

1983 年 8 月

## 感受百姓广场

因参与高邮镇镇政府前百姓广场的修建，言行之所动，耳目之所接，心灵之所思，伫立于修饰一新的镇政府办公楼上环视远眺，随手从绿荫叠翠幻化的记忆植株上可以觅得当年武安乡的吉光片羽。

孩童时出得高邮城东门即城楼为挹春楼的武宁门，便是乡下了。相传过去地方官员，举行鞭打泥牛、祭春迎春，都是出东门，“春官郊外迎春后，从此盂城遍地春”。到了新时期，两任总理来到武安视察，城郊田畴的那云纹那水纹那笑纹和那空气那爽气那福气，都演绎成党和国家领导人亲民为民的佳话。事后有人感言，历史上尊为君王者以特别视距看人，人与人之间皆有高低贵贱之分，犹如高山上看人，人只是不同移动的点，皆为蚁民。而当今之世，百姓则成了公仆以人为本的根和魂。

多少年过去了，高邮城区的东扩，高邮镇镇政府的东移，运河在变，多年悄无声息的沿河在变，尽管古城标识依旧——双尖矗矗东西塔，前面奎楼后鼓楼；尽管庆祝丰登依旧——东来紫气郁城郭，城上高楼眺晚禾；但是，这里正在发生可喜的嬗变，高邮镇镇政府的那满目青翠的大院和院前的空旷之地，正成为高邮镇“全面达小康、奔向现代化”的见证，又是他们在今天通向明天的奋进道路上新的起点。简言之，就是要将他们信奉并践行的“干不到一流就是失职，争不到第一就是落后”的理念，演绎为力争到“十二五”期末高邮镇主要经济指标实现翻两番，跻身全国乡镇500强行列。在这里，已不仅仅是往年绿野平畴的小家碧玉的秀气，而且是争先进位、跨越不停、干成不止的锐气，以及他们那种坚持“四干”、干事创业、实干富民的淋漓酣畅的豪气。

因此，从这里走出去的路，在拓展和延伸；从此点为圆心画圆，在与广大百姓的心愿同圆和相切。作为百姓广场建设的参与者在搜集材料、征询意见、酝酿构思中，可以拾得高邮镇经济社会发展的串串珠玑。华富公司以两个全国驰名商标、两个免检产品在全国同行中享有盛誉，向我们提供资料的一名年轻设计员并没有介绍公司年销售首次突破十亿元的业绩，而是十分地道地为广场制作雕塑壁画出谋划策，提供图像，希望题为“昨日、今天、明天”的壁画成为极有个性的画、百姓心中的画。在兴厦建安公司，老总们停下原先的会议议题，专门议论壁画可以表现的内容形式以及他们矢志不渝要夺取的鲁班奖。他们说，不管壁画将如何表现建筑业，兴厦公司将在超高层、大体量、多元化的项目上求得新突破，在发挥建筑业支柱作用时“仰不愧天、俯不怍人、内不疚心”。

如今，百姓广场已凸现于武安路北侧，占地5600平方米的它与市区里的蝶园市民广场、净土寺塔广场、文游广场相比，自然是“小弟弟”；可是漫步石桥曲径、流连景观水池、观赏雕塑画廊，依然可以情动于衷，有感于心。由书法家殷旭明撰书的“百姓广场”标志石背面同样镌刻着一段文字，则是临政者寄情于景的心声和愿景。文曰：

古镇高邮，甓社光悬。百姓广场，壮丽姿艳。惠风和畅，燕舞鸥翩。佳胜地，琼楼间，竞比肩；景璀璨，神韵远，乐陶然。纵情环览，青松飞翠，花木争妍；天高云淡，云舒云卷；挹古扬今，文脉绵延。史雕画壁壁焕彩，桥连碧水水生涟。休闲信步欢，健身勤锻炼；男女老幼乐，歌舞多翩跹。民间常言，金杯银杯不如百姓口碑，金奖银奖不如百姓夸奖。喜期盼，全面小康康泰日，百姓齐乐乐梦圆。万物峥嵘，沧桑巨变。雄图再展，跃马向前。心旷神怡情何壮，康庄大道尽开颜。

感受广场，人言纷呈。同学好友丁君前去浏览，与其把臂晤谈。他觉得广场面世，适时应势。这位在财政局退休的干部知道全镇来之不易的年财政收入4亿元是个什么势态，镇领导能有如此手笔是让大家分享文明成果。这也让人观照遐想，心存渴念，创新未来，圆就梦想。置身其间，就是一种真真切切、自自然然的生活，如同他在高邮镇新崛起的副中心拥有一个宜居的院落一样，他正幸福着。只是他可能没有感到，在这百姓广场外延构成的画卷里，他人也如景地点缀着这个长卷。

2009年9月

# 感受画册《高邮》的脉动

公元 1991 年 4 月 1 日高邮撤县设市以前，全县找不到一本介绍高邮的画册。此前，也有些诸如刘少奇视察高邮的照片，只能作为历史的插页存放在档案馆里，犹如吉光片羽。

设市获得批准前，女县长等人要去民政部面陈一切，很想带一本《高邮》画册赴京形象地推介高邮，只是时间太紧，高邮及周边地区都无法赶制一本彩色画册，无奈之下，领导将任务交给文联，尽快地到印刷厂赶制两本专册，即封面为较厚的铜版纸、内为彩色纸的“画册”。将反映高邮各方面风貌的照片一张张贴上去，让首长一看这“画册”实为相册的《高邮》，就知道古老的高邮正在焕发青春。那种寒碜、难堪后来忆及，颇为汗颜。设市前那本“画册”，带至京城不会有大用场，它也算是完成了历史使命。

画册是一个侧影。《高邮》画册真正问世是 1992 年 11 月。在市委宣传部长带领下，一个小班子南下深圳，高质量、低成本编印了一本内容丰富、图像清晰、印刷精美的画册。其封面用了启功题写的“高邮”，端庄秀美，而封面压题的领衔照片是海潮路上一段景，凸显了石油公司、税务局、邮电局的“高楼”，舍此，无法找到更壮观、更亮丽的。当我们津津乐道“高邮”画册时，上海友人却泼冷水：“瞧你们城市交通，汽车、自行车、人都

众多作家来邮讲学

是混道行，一看就知道你们高邮不怎么样！”高邮人不服也只有“认”了。

设市前的高邮在前进，全市工业总产值1985年为58839万元，1991年则是1985年的4倍，年平均递增40%。设市后高邮发展的步伐依然较快，“走出里下河”的雄心不减，但是欠发达地区的面貌已见端倪。1997年首届邮文化节举办在即。原先只准备一个大16开的四页“画页”，简朴得有些小气，直到举办前夕才有了以“邮驿之路”为标识的《高邮》画册问世。

此后，十多年间，综合型的《高邮》画册屡出屡新，精彩纷呈，它们如串珠似的连缀成“古城高邮发春华”的风景。2008年底推出的摄影作品集《秦邮巨变》,是将画册《高邮》推向极致，推向空前。它是鸟瞰俯视今日之高邮，也是近景洞察巨变之内涵，它更是回放无声的历史、寻找记忆与激情的芳妍，再现崛起的高邮风情翩跹、风光璀璨。每一个热爱家乡、守望家园的高邮人都可以在画册中寻觅到自己的身影和愿景。

画册是一种标识。邮文化及其邮驿遗存是高邮人引以为自豪的名片，它从精神层面涌动在人们的血脉里。高邮麻鸭及其双黄蛋也是乡亲继承祖宗物华天宝的特产，它在物质层面游弋，撒欢在流淌的长河里。第三届邮文化节的精美画册在向人们昭示，在邮文化的平台上，已经走出低迷雾霭的高邮人正扬眉吐气走向未来。

倘若你要寻找发展中高邮的崛起的、小康的、绿色的、生态的众生相，去与高邮的标识、象征谋面，那么，你仅从姓张的张元奇、张长贵、张晓萌、张鸿超的一系列摄影作品画册中可以觅得真相，拾得美感，收获欢欣。以“把高邮秋天的芦花拍绝了”享誉省内外的张元奇，善于捕捉高邮绚丽多彩的自然风光和婀娜多姿的地方风情，其摄影作品画面之优美，意境之深远，手法之细腻，不由你不佩服。时至今日，诸君的单幅作品可以向元奇君叫板,但是整体上难以与其比肩。让人高兴的是他的长子张晓萌近年出版的画册《家园》,即人类的家园图像中，有几幅取材于家乡的作品令人叫绝。那紫色长天映照着梦幻般意境的高邮湖上一叶扁舟，那扬帆的渔船以及六条小船依次撒网所构成的“梦圆”的相交相切，还有那湖边的“鸭海”方阵和一个个“浪来疯”的鸭精灵，无须一语说明，让你心仪高邮，遐想联翩。由此忆及，张晓萌拍摄家乡的照片在法国获奖，由张元奇、张晓萌、张引祖孙三代这样的中国摄影家协会会员准备进京举办摄影作品展览，那将是一次对高邮的推介和张扬，一般常人家庭难以望其项背。

画册是一首乐章。21世纪初，高邮的经济发展明显滞后，其时，有临政莅事者说，高邮的发展缓慢与高邮人观念中轻商贾重文化“喜业儒”有关。更有甚者，认为浓郁的重文气氛影响了拓业进取，那也有一定的道理，但也掩盖了一些人本应尽力却不给力的现实。其实，近现代高邮有一部分人早就弃旧图新、改弦更张，“游女拖裙俗渐南”便是真实的写照。当时，市里工业排头兵税利从年1000多万降至1月至5月的32万元，机关干部工资难以按时发出。高邮编印出版了《水做的高邮》画册，市委书记写了序，在经济发展不理想的情况下，不选用一张有关企业乃至工农业的照片，唱响一首水做高邮的歌，无疑是醒脑提神、激越人心、凝聚力量的乐章。画册的景色很秀美，很亮丽，很典型，这些光与影的杰作，即使再过50年，也依然会让人们喜滋滋、乐融融。然而更为厚重、更为深邃的是关于水的流动性、包容性、渗透性、坚韧性的诠释，那是引导人们解读高邮、建设高邮，让水中摇曳的高邮早日古树发新枝，一池春水吹皱时，柔情浓似二月花。

随着“十五”“十一五”宏图成为大地的投影，渐而演绎成今日的辉煌，高邮经济社会发展的轨迹上，那闪光的节点、上扬的曲线便定格为一幅幅图像，编绘在一本又一本的介绍高邮抑或某个专题的画册中。《高邮亿元企业风采录》就是2007年谱写成的又一乐章。高邮的亿元企业，从昔日的屈指可数，发展到当时的35家。它们的陆续崛起，精彩起跳，既是一种量的积累，也是一种质的跃升，更是高邮的企业家们非凡智慧、非凡胆识、非凡气魄和非凡手笔的呈现。亿元企业以集团军出现，在响亮的集结号声中彰显着召唤，呐喊春潮带雨晚来急，弄潮儿向涛立头。竞争者、追赶者，都一定要敢于同强的比、同快的赛、向高的攀，快马着鞭，勇往直前。令人鼓舞的是，2006年全市工业总产值达285亿元，四年之后的2010年，已实现工业总产值过千亿元，亿元企业亦达到126家。那是龙骧虎步的喜人一跃，那是“四干”精神的神奇一笔。

画册是一方镜框。它可以放最新最美的画，它可以嵌最亮最丽的图。近年，高邮全市拥有的各式各样、色彩缤纷的画册，可谓成百上千。高邮人守望家园是一种责无旁贷，欣赏家园则是分享文明。这里有至灵至性的天山，至善至美的珠湖；这里有大淖絮叨的家常，有农家浮动的书香，有蝶园广场清澈的琴韵，有东塔风铃悠扬的弦歌；这里更有古邑的城与人的世纪之约，高邮人的情与爱的天作之合。随意翻开案头的弘盛建设工程集团有限公司的画册，浏览并想象三万多名弘盛人在2010年干出的93.8亿元企业总产值的业绩，那是豪放派狂歌一曲的《弘盛之歌》，那也是婉约派低吟浅唱的一首小令：“楼群忽如沉寂的秋水 / 轻轻扩散开 / 是你一圈圈昔日的汗渍和 / 一团团体温 / 在坦荡的大地上。/ 种植巨

大的温馨 / 你把安详的梦留给 / 那么多从不相识的人 / 而你，又走了……”弘盛人不断超越自我，镌刻着共和国日新月异的锦绣，彰显着高邮人追风赶月的风流。而由市委宣传部部长张秋红作序的《新邮城新楼景新生活》的精美画册，旨在表达小康生活的主题，也是演绎和谐幸福的话题，这是多年来企业商业性广告无法比拟的，它是以高邮的“六合”作镜框，以家乡的“三新”作焦点，将真实的灵动的美妙的神奇的瞬间定格，或为凝固的乐章存照，或为家园心曲留谱，它的精美、精致、精彩让人倾倒，令人神往。尤其可喜的是，这本画册与张晓萌的《百姓》画册一样，正把更多的光影艺术的瞬间聚焦在百姓和民生，让无数平平淡淡、不徐不疾、不愧不怍的百姓平凡生活、黑白人生走进并定格于镜框，那便是社会的透视镜和人性的心电图。

再想想高邮设市时的《高邮》画册，真准备找到它，把它送到档案馆，它毕竟是高邮市诞生之际的一个原点，一种起步。

2011 年 3 月

# 高邮文联拾零

至2016年5月30日，文联30岁了。人云，文联可有可无，不像有些群众组织有责任要担当；亦有人云，充其量它不过是个“草台班子”。笔者却认为，它确实是文艺“家”、业余作者一个很好的活动平台。当下的文联已长成参天大树，沐浴在“二为”“双百”方针的一片阳光中，根植于高邮历史文化积淀的厚土里，更有高举“受戒”大旗的汪老和被称为高邮“乡党”的诸君指引、扶植、激励，至今，大树郁郁葱葱，果实累累，令人欣喜，催人向前。

第一届文代会全体合影照片犹在。当时才20多岁的王干、夏涛已成为文联委员，夏涛自然喜形于色，更多的高手立于台阶，显得自信、矜持。诚然，尚有写家徜徉于“大野”，蓄力笔耕，成为未来的新星。

文联的生命力、凝聚力一在于“联”，二在于“动”。坚持笔耕和参与活动，完全是基于求是欲和获得感。第一次文代会刚结束，省作协便在高邮晚晴园举办了为期八天的青年文学评论讨论会，高邮文联参与协办，来自京、苏、沪的35位评论家参加，他们讨论热烈，气氛相当活跃，还有人为高邮文学青年开设了讲座，大家受益匪浅。有一天，顾而譚问笔者一件事：“这样的讨论会，高邮怎么派警察来参加？”笔者一了解，原来是一“文学中年”自愿来参会，而且记录认真，因为是穿着司法制服来的，才有此误会。说明了原委，有人戏称顾老是草木皆兵。

此后，这类活动颇多，有时也有些麻烦。有次省作协来了几位同志访问，晚饭后，朱延庆、笔者等人陪他们到文学青年开设的“黑三角”咖啡店小坐，“黑三角”不“黑”，也不“黄”。大家天南地北地谈笑风生，气氛如常，无不满之言和越轨之行。没几天，公安部门有人正儿八经向笔者询问那晚的事，问到什么人参加，谈的什么事，有什么异常之处？笔者上报了所有情况，告诉他们，有朱延庆和笔者在场，一切平安无事哦！他们说，有事要报告，搜集这类情况，是他们的职责。笔者说：“我们受党的教育几十年，你们不必有此疑惑和惊恐。”事后想想，也可能是我们少见多怪。

活动多，联络好，人们乐意要弄文艺十八般兵器，善于向名人学习。如有名人来邮，文学青年敬请签字、题词的，争相合影的，常常络绎不绝。尤其是汪老第三次回邮，大家尽量与其零距离接触，在汪老面前歌舞，或者翻看他的私人相册。每当见到他和境外女作家以及年轻美貌女郎的亲昵照片，就问他夫人施松卿的感觉，施老师便说："管他，远着哩！"在邮期间，施老师管汪老的是喝酒。一次午餐，徐桂福请客，施老师不同意喝酒："要喝，顶多喝低度的。"有人答应。汪老对笔者低语："管她说，上桌就由不得她啦！"结果，那天喝的是烈性的五粮液，十分尽兴，午后汪老高兴地为大家写了不少字。

汪老的书法是一绝，众人求之视宝，凡高邮人求墨宝的来之不拒。唯独有一次例外。那次市里在北京开招商会、联谊会，有公家人请汪老为市里的一把手题写"青云直上"。汪老说："不写。"把笔放下，坐在一旁抽闷烟。后经人劝说，挥笔写了《我的家乡在高邮》（一节），此作品现存高邮博物馆。

从汪老第一次回乡途经南京，笔者认识了汪老。当时笔者在省文联驻会，并未领受县里接待任务。那天，笔者与水利厅胡同生（汪的同学）拿着介绍信送汪老去白下饭店。秋雨中，鞋子湿了，笔者把"鞋"字读成"孩"字。汪老说，一听就知是高邮人。到了饭店，房间紧张，只有每天 10 元以上的。要知道，1981 年的月工资只有几十元。笔者问汪老："这住宿费您可以报销吗？"汪老说："住！"事后对他的同学刘子平说："这小子怎么不会说话？"刘老师又善意地提醒笔者，笔者深感内疚，真夯！

笔者遗憾的还有一事，与汪老结识多年，没有一幅他的字，本来有一幅，由于可恶的人为因素，竟然得而复失，流落他乡。

文联 30 年来，众多领导、著名作家、评论家谆谆教导高邮文艺界人士。当前，要学习习近平在文艺界座谈会上的讲话精神，努力提高水平，增强精品意识，力争创作出与时俱进、人民满意、流传于世、传承于史的作品。

高邮文联成立后，曾有人发现名为"高邮县文化艺术会"会徽。经查无只言片语记载，未留任何历史痕迹。30 年来，各级党委宣传部门，始终把握方向，热心培土，辛勤浇灌，使文联呈现一片旺盛的生机。尤其是近几年，活动形式之创新，文艺成果之丰厚，社会影响之深远，已今非昔比。高邮加入中国作协和全国文联协会的，更令人欣喜，其标杆作用更召唤更多的人前行，不少"才子""才女"正登攀文艺高地，艰辛、快乐地行进着。

2016 年 5 月

## 奥运心结

2008年北京奥运会成功举办，让亿万中国人欢欣鼓舞、扬眉吐气，也让平时和体育不搭界的人们心头激起一个偌大的惊叹号——地球村还有这样令人瞩目以至为之狂欢的盛大节日。

引领奥运一届届前行的就是一面五环旗。它以白色作为旗面底色，用相切相套的圆环呈现其间，圆形的五色象征五大洲人民的友谊，分别为蓝、黄、黑、绿、红。飘拂着五环旗的天空没有战争的阴霾，没有种族主义的沙尘，也没有极端分子的屠戮。有的是团结、友爱、和平、安详的骀荡和风。这里不问国家大小、肤色深浅，都可以显示人类运动的速度、力量、优美。牙买加飞人博尔特、中国飞人刘翔瞬间便可成为明星，为他们及其祖国铸造令人瞩目的丰碑。即使刘飞人因伤临阵退出，也不会改写那凝固的历史。运动员体现的“更快、更高、更强”的拼搏、超越精神已谱写成激励人心的乐曲。2012年8月，伦敦奥运的捷报支撑我刚进行过大手术的颈椎，它和钛合金钢板固定着我的头，从沪返邮进行治疗，继续一“搏”。

奥运会是规则极严、最为公正的竞技运动。对某个运动员提出的充分确凿证据的禁赛，那是晴天霹雳的“红牌”，有人据实申辩，有人噤若寒蝉，也有人从此了结“运动一生”。有些国家出现的服用兴奋剂的个体，运动员服从裁决，暂停参加比赛，训练坚持不懈，等待东山再起。我国女大力士复出后，依然力大无比，照样把对手重重摔倒，让国旗居中冉冉升起。而俄罗斯田径队等多人的违禁，引起了一场旷日持久的风波。撑竿跳高“皇后”、美女网球手等人纷纷落马，总统也不为他们说情，只要求让那些“清白者”继续前去巴西里约参加奥运会，切勿将体育政治化。经过多日的独立调查，协调沟通，国际奥委会决定依规“网开一面”，让那些经过特别检查的“清白者”去巴西圆他们的奥运梦。而一批未能去巴西的“落选”著名运动员只能在国内举行一场安慰赛。

奥运会是各国运动员彰显国力、国运、国情、国格的竞技场和大舞台。一般地说，奥运既与国力等息息相关，又与国运等不一定成正比，抑或等同。新中国成立以后，特别是改革开放以来，中国人早已甩掉了“东亚病夫”的帽子，中国正从体育大国向体育强国迈进，自1984年以来，历届奥运会掠金夺银、成绩斐然。近几届更是名列前茅，这与党和政府的英明领导分不开，也与祖国跃升为世界第二大经济体分不开。如今，国力强盛，国运亨通，国情谐和，已经实施多年的竞技体育“举国体制”等等，都是东方醒狮雄起的固本蓄精、强体夺牌之方。有人预估过，一个明星运动员或一个优秀运动队登上领奖台的那基石，价值过亿元是常态，这不是哪个国家都可以效法的。传统的国球乒乓球横扫千军，也推动了此球在世界的普及。有的中国教练走向海外，教习外国运动员与中国人对垒；有的运动员作为他国运动员与中国国手决一雌雄，成为一道特有的风景线。

奥运会是国际体育组织、各国人民与中国人民增进友谊、加强沟通的桥梁。国际奥委会主席萨马兰奇、罗格、巴赫都是中国人民的好朋友。2008 年北京奥运会，一句“北京欢迎你”的亲切话语，沟通了多少中外运动员、观众、老百姓的心。空前未有的立体式安保工作像撒开一张大网，疏而不漏，使人们具有充分的安全感、愉悦感，没有让当年慕尼黑屠杀运动员的悲剧重演。当下，巴西里约部署了八万多的军队、警察，声称要学习北京的经验，确保更为复杂的势态下日日夜夜平安无事。其实，热情友好的巴西人一定会支持这普天同庆的盛会。即使居住在里约贫民窟的平民，他们都在维护着祖国的荣誉和自己的尊严。

里约奥运会进行的各项比赛，演绎的各种场景，会以巴西特有的桑巴舞风采，让人们得到极致的视觉享受。“友谊第一、比赛第二”是中国人在竞技水平低下时喊出的口号。奥运比赛是动真格的比赛，但仍然会践行当年的口号，狂欢的看台不会成为“斗士”的战场。

小城的人们有广场舞晨练的习惯，也有人关心奥运进展和成果的心结。有人用诗勾勒出中国的奥运冠军相，有人在全国奥运征文比赛中创佳绩。因为时差问题，今年仍然有人在深夜专注他喜欢的比赛项目。我有过多次的这种经历，毫无疲惫。如今，岁月不饶人，身体状况也鼓不起那种劲头，只能浏览电视里的“精彩回放”，这也是人生一乐。

从某种角度说，自 1896 年希腊开始的奥运会只是人类的一种游戏，它源自原始社会的文体活动，随着社会的发展，它会越来越精彩，越美好。但“举国体制”，不可能包揽一切，有些项目仍然是有些国家甚至是弱国的强项。我国的弱项比如男子足球，只有按照国家的设想，通过几代人的努力，在实现第二个百年计划的梦想中，有所突破，有所斩获，以告慰中国足球先行者的在天之灵。

2016 年 8 月

## 邮都梦圆　赖它东风助力——致国际电信联盟副秘书长赵厚麟

再有几天，就是中秋佳节；再过月余，便是第六届中国邮文化节了。想到高邮举办的邮文化节能冠以“中国”，是得到当年国家有关部门认可的，每当谈及此事，高邮人坦陈，赖“他”（赵）东风助力。你身为国际电信联盟高官，始终把根扎在家乡，和乡亲一道共同鼓与呼：“华夏一邮邑，四海无同类。”邮是我们永恒的魂，是和谐社会柔风惠民的柳，是世世代代高邮人不老的歌。

也许，世事会变幻无常，当有些“有滋有味”的节日从人们舌尖上消失的同时，可有一种节日，即中国邮文化节会挹往扬今，与时俱进。高邮提出打造东方邮都至今已八年。积八年解放思想之功，尽八年以邮兴邮之力，聚八年打造邮都之效，品牌已初步叫响，美梦亦在演绎，新的知名度正在续写“邮邑”的千古传奇。

也许，岁月能改变市井，但有一种精神永远不会失落，那就是穿越时空，在古城高邮年轮上镌刻的国脉所系、会当通衢、继往开来的标识，也是对邮文化精髓的共识：“团结协作、快速高效、诚实守信、开拓创新”。它不是口号，而是一种行为信条；它不是物质，而是一种精神富矿，它的能量构筑了东方邮都广阔的经纬天地。

也许，时光会冲淡历史记事，可有一种形象，即一种独特的群像与具象不会轻易被人淡忘。那种群像是，千古高邮，扬鞭长舒，横空穿雾，满背历史尘与土，飞蹄漫卷，龙骧虎步，追风赶月呼与鼓，风驰电掣，一种英姿，一种速度，马背上的高邮青春与活力永驻。那种具象是芸芸众生、茬茬公仆，还有一位曾经脚踩污泥，如今心怀天下的你，从日内瓦，到北京、到家乡，你全力弘扬邮文化。你笑谈，倘若说传薪光潜德，兴邮续史册，那么，正是邮文化的精神影响、造就了勤劳、务实、诚信的高邮人，才有你的今天。你还诚恳地对我说，我们需要这种精神支撑，换一个高邮人处于此位，也会为家乡尽力。

今年五月初，你在为文化奇人熊纬书作品展所作的贺词里称，你“始终挂念复兴中华的‘中国梦’，也惦记着打造世界名城的‘扬州梦’，更萦绕着高邮弘扬邮文化的‘邮都梦’”。是的，这里曾经是一座得天独厚的神奇邮邑，也是正在打造魅力无穷、风光无限的东方邮都。它要求不再是以“盂城”为别称而衍化出的“坐盂论道”；不再是仅仅以盂城驿为名片津津乐道的“唯一”，而看不到鸡鸣驿正在“雄起”；不再仅仅是邮文化搭台、经济唱戏，而是以邮为平台，唱响发展文化产业的大戏。正如你过去说过的，那是邮文化与邮产业融合，也是独树一帜的特色文化与日新月异的现代通信产业的交响。

一个以邮兴邮的主旋律，一个不断更新的“升级版”，它正以团结协作的大气，快速高效的锐气，诚实守信的正气，开拓创新的志气，将演绎成金风劲、征帆悬、兴鼎革、开新宇的万千气象。

古往今来，邮路连接四面八方以至“殊方绝域”，它点线相连，接力传递，一个目标，一路风雨，紧密配合，相互协作，成就了中华大一统的局面。如今，要求我们全市上下共下一盘棋，同唱以邮兴邮主题歌，齐作打造邮都的大文章，传递正能量，凝固新乐章，构建新高地。

又好又快建邮城，跃马扬鞭猛著春。从古代最快捷、安全、有效，诸如600里、800里加急传递，到今天践行“邮”的内涵：信息至上，追赶为要，高速高效，一脉相承的精神气度。无处不在的信息公路，正向人们昭示：高邮的“高”意味着质态和效率，“邮”意味着快速和延续。

诚实守信东风劲，“邮”在千门万户中。曾几何时，驿站郁郁饶生气，邮路灿灿写神奇。时至今日，务实诚实、承诺守信，依然爆发出惊人的能量，当人们了然于心、见之于行、行之有效的时候，以邮兴邮的高邮人一定会自我陶染，抖擞精神，在与世界接轨的信息公路上，一路高歌，一路宏猷。

百川赴海竞奔腾，缘有新雷作鼓声。开拓创新，世纪更迭了高邮几许高地，日益焕发时代一抹亮色。弘扬邮驿文化，打造东方邮都，生来就是临政莅事者、各方志士仁人，也包含你这样的高邮骄子一种创造历史的大手笔，它力掣着古城多彩天际线的璀璨，更见证了一个立足高地、胸怀世界的高邮。

厚麟，以上话语，你是熟悉的，因为你就是谋划者、参与者、践行者。如今，这些，已经或正在定格成为高邮打造东方邮都的底片。我们倡导并发扬这些精神，将推动邮都梦圆不断向更美处拓展，向更高处跃升，向更远处前行。你一定会认同并钟情于它。

最近，高邮中学正在编一本《杰出校友录》，你作为具有中国灵魂和世界眼光的佼佼者，赫然入选，我愿继续为你立传。明年10月，将是国际电信联盟秘书长的换届选举，身为副秘书长的你已作为候选人正式提出。你身居高位，你说那是因为背后有一个强大的祖国，才能拥有一种话语权。我心想，如果明年秋风送来佳音，你当选了，我相信，你会一如既

携妻子与赵厚麟夫妇合影

往地关心高邮打造东方邮都的伟业：与邮电同音，与宏图同步，与世纪同行。为了预祝你当选成功，我送你一幅民国时期高邮艺术造诣很深的指南和尚绘的兰花，并请周同题词：“兰香万里，麟祥九重。请收下。”个中含义，你定明白。我们期待“晋升”的你将继续偕同乡亲，一道铸塑邮都的辉煌，使美梦成真。

2013 年 9 月

（解说词）

人类只有一个“地球村”,“地球村”只有一个邮政网。邮传万里,国脉所系。金桥飞架，连结五洲。如今，华夏儿女正以绿色的邮缘谱写着一页跨越世纪的邮政华章。

邮缘连接着你和他，邮缘连接着千万家。

（军乐声压混，渐低）

1997 中国邮文化节正从这里以节旗传送的形式，拉开了弘扬邮文化、架设友谊桥的序幕。节旗高举，节旗飘扬。“以邮为媒，以邮会友，以邮兴邮”，这是在中国江苏省高邮市举办的 1997 中国邮文化节的宗旨。（邮文化节主题歌声中推出片名）

中国古代邮驿，历史悠久，源远流长。中国是世界上邮驿起源最早、最发达国家之一，从商代至清末民初,3000 多年的漫长岁月中,历代王朝通过这“国脉”,传布政令,飞报军情，沟通联系，促进交流，对推动人类通信事业的发展，起了极为重要的作用。

近代以来，中国邮政经历了百年历程，浏览邮驿和邮政历史，深深感到中国邮文化是一个历史悠远、独具特色的文化现象。走近一处处驿站的遗址，更加感受到邮文化的深邃和厚重。

人们只要说到高邮，便会有人想到那道谜语:航空信 ——打一地名，谜底自然是高邮。高邮,在全国 2000 多个县(市)中是唯一以“邮”字命名的城市。“神州一邮邑,四海无同类。”这里为什么叫作高邮？因为秦王嬴政在公元前 223 年曾经在江苏水网地区筑高台设邮亭，因此这个地方就形象地称为“高邮”。历代王朝，靠数以千计的驿站和上万的急递铺联系全国，统治天下，可是经过千百年的侵蚀，已找不到几处古驿站的遗址，但是高邮却有一处保存完好、全国现存的最大的古驿馆遗址。

龙虬文化遗址发掘，使高邮的历史上溯到 7000 年前。这留存在鹿角上的原始刻画，是新石器时代一种比文字还早的信息图像符号，也是原始人交往、沟通的记录。如今，走近这始建于明初的盂城驿，我们可以看到高邮一支“邮”字歌，从古唱到今，推开它修复后的大门，穿堂入室，自然会感受到“遥想驿旗飘日夜，南船北马何喧喧”的繁忙景象；从康熙南巡到驿站差夫的泥塑，当然可以觅得当年驿站生活的真实写照；可以从遗址梁柱的雕饰以至图案生动的小小瓦当，到马饮塘、马棚巷，使人联想起自然开阔的邮驿天地。饱经千年风霜的上马石和马槽将驿站的历史上溯得更远。

高邮因邮而城，因驿而兴。古驿道的遗址和运河边拉纤留下痕印的石柱都是邮驿演绎史的见证。

古盂城驿以它古老而又亮丽的雄姿迎来了1995邮驿文化国际学术讨论会，它谱写了高邮说“邮”的新篇章，开创了弘扬邮驿文化、促进相互交往的新起点。

江苏省人民政府、邮电部、国家文物局联合举办1997中国邮文化节，并决定由高邮市人民政府承办。

信息社会将时间和空间进行了最大限度的浓缩，共享人类文明成果正成为当今的时尚。高邮，信息传递和邮驿文化发祥地之一，弘扬邮文化的一个重要的点。中国驻联大代表秦华孙、新华社香港分社社长姜恩柱回乡参观，期望家乡人依托它运筹好，做好“邮”的文章。

[（同期声）原邮电部副部长刘立清在筹备会上讲到，在高邮举办邮文化节有三好：品位好；地点时间好，即选择世界邮政日这一天进行群众性的宣传，扩大邮政知名度；主题好，宣传邮政过去、未来]

[刘平源：让更多人了解中国邮政]

历史是现在同过去的对话。

明代，两京并设的北京和南京是两大政治中心，又是国内两大交通枢纽。两京之间，水陆都有驿路。其实，在此之前，沿运河的水陆驿道已是重要国脉，马可·波罗的笔下便有如实的记载。

始建于明代洪武八年（1375年）的盂城驿从它一问世，就与明代两京邮驿干道密不可分。

严密的管理和水陆驿道的畅通是卓有成效的。清初在荷兰使者尼霍夫笔下，高邮湖面上驿船十分壮观。

邮文化节传旗队伍从首都北京出发，将沿着明代北京至南京的邮驿主干道，重温已经消逝的“血脉之关通，必赖邮传之递送”的历史，展现当代邮电事业的辉煌业绩和绿色风采。

中国北方大城市天津是具有邮传历史和便捷交通的要邑，也是敞开怀抱对外开放的门户。

兴办的河北省第一邮币卡交易中心，正是为了“以邮兴邮，以邮兴市”。

[（同期声）（出宣传车上的有关宣传）]

德州人借促进交流的邮政事业的宣传契机，去与外部大千世界结缘。

齐鲁大地孕育出的圣人孔子，与邮传的“邮”字息息相关。据文献记载，“邮”字的最早出现，约在孔子时代。这可在他的著作中找到佐证。

[同期声]

莽莽华夏，徐州是兵家必争之地；泱泱神州，徐州是邮驿必经之路。

作为信息时代邮文化的重要组成部分的当代中国邮政，与远古的邮驿文化一脉相承。

高邮人热情邀请客人们来浏览这稀世瑰宝盂城驿风姿的时候，不仅仅是表达自古以来与邮息息相关的眷念，而且是以邮兴市，借节兴市，表明朴实、大度的高邮人在开放中奋进中的气质与胸怀、业绩和追求。

古城焕彩，老街新猷。传旗车队，在人潮涌动、摩肩接踵的高邮中学校园内，举行了隆重的1997中国邮文化节传旗的最后一站交接仪式。

这染就着千里邮路的风情，展示着绿色邮缘风采的节旗，一面将送到国家邮电博物馆收藏，一面将留存在高邮市的盂城驿。

高邮人都有这样的共识：历史的盂城驿已领略过驿马飞驰、追风赶云的壮阔景况；现实的盂城驿将高高擎起“邮文化”的旗帜，迎纳四海客，招揽八方风，做好以邮兴邮的大文章。

节旗在高邮的上空高高飘扬。1997年10月9日，世界邮政日这一天，高邮沉浸在高邮人民自己的节日——邮文化节的欢乐、祥和之中。

1997中国邮文化节为高邮走向世界、为邮政事业走向世界搭起了一显身手的大舞台。而10月9日在高邮举行的第22届万国邮政联盟大会纪念邮资明信片首发式揭牌仪式，则是邮文化节主办者顺应时势顺乎人心的生花妙笔。

[（同期声）（刘平源接受采访讲话）]

岁月悠悠，情也悠悠。绿色的邮缘寄托着对万国邮政联盟大会的衷心而美好的祝愿，也在展现着跨越国界、跨越世纪的风流。

空前火爆的邮市，琳琅满目的邮品，已使邮迷们乐此不疲，而邮票设计家签名信封更是邮迷们梦寐以求的珍品，那为邮文化节发行的盂城驿的金箔邮票则成了这邮市的瑰宝。两天时间，参加邮市各类活动的人数逾10万。

[以邮市动态为背景，对沪、宁、扬、皖老年人，高邮一家三口，香港同胞和外宾采访同期声]

爱好连接着追求，酷爱与痴迷共生。倘若邮迷达到了“邮”迷心窍的地步，任谁也扯不开集邮与邮文化那层梦幻、浪漫的遐想。

著名作家汪曾祺写诗书赠同乡集邮后生：“邮人爱邮事，同气乃相求。玩物非丧志，方寸集千秋。”这邮花，怒放在繁华兴盛的邮驿之乡。

高邮以高邮麻鸭和双黄蛋而著称于世。邮文化节的吉祥物鸭鸭活泼可爱，逗人喜欢。高邮人知道高邮扬名于世的不仅仅是高邮鸭蛋。这次举办邮文化节，就是邮文化给高邮古城一次历史性的机遇，也是高邮人对外部世界充满信念的一次对话。

[（同期声）现场对中外来宾四人的采访]

常人都会注意到邮市的兴奋点。高邮人正在运筹并实施着“以邮兴邮”的方案。

[（同期声）卜宇市长在体育馆门口的讲话]

邮文化的学术讨论会是继 1995 年邮驿文化国际学术讨论会之后又一次专家学者的聚会。与会者对邮文化的性质、内涵、特点、功能、作用和发展的规律进行了有益的探讨，并对集邮与邮文化、邮电事业发展以及精神文明建设的关系作了阐述。尽管弘扬邮文化，做好“邮”的大文章，无法一蹴而就，但是历史的责任和时代的需要，正激励着大手笔去做好一篇篇“邮”文章。

邮文化节的欢欣、愉快、振奋，日日夜夜洋溢在人们的心头。

这是座无虚席的邮文化节的主会场。由江苏省人民政府、邮电部、国家文物局联合举办，由高邮市人民政府承办的 1997 中国邮文化节即将在这里举行开幕式。来自 20 多个国家和地区的境外宾客 160 多人，同来自全国各地的来宾来商 1000 多人云集高邮，参加了这次盛会。

[（同期声）（国歌、节歌，季允石、刘平源、徐赴前的同期声）]

入夜，高邮城又是万人空巷。往昔，明代高邮散曲家王磐描绘元宵夜景：“锦绣重重，影晃的乾坤动，光摇的世界红。半空中火树花开，平地上金莲瓣涌。”有人评说是佳节写实，有人分析是美好向往，现在这诗句却成了历史文化名城不夜天的真实写照。

矗立于高邮东门广场的大型主题雕塑《邮驿之路》是大手笔写下的奋进的新华章。沐浴灿烂的阳光和惠畅的金风。

历史在这里凝固。历史在这里昭示。

高邮人民的先辈铺就了辉煌的邮驿之路，而今，他们正重塑“邮驿之路”及其延伸的“邮之路”的辉煌。

这座城雕以三匹骏马飞驰驿道、两个信使急令传书的形象定格，而高高的意为打开城门的拱门耸立着，群马正从此穿越而过，激昂奋进，继往开来，只争朝夕地奔向美好的明天。

金色的秋天，金色的大地，从城雕《邮驿之路》到高邮“邮文化”，另一个标志物大型雕塑《鸿雁传书》，奏响的是一支继往开来的历史金曲。而再次铸造的古代用于治水并保护驿道永固的《镇水铁牛》唱和的是和睦、安详、畅通的世纪弦歌。

邮路迢迢，千里之行，始于足下。

任重道远，齐心协力，再铸辉煌。

如何弘扬邮文化？历史的积淀和现实的思考都在叩问这片古老而又充满希望的热土。改革开放的实践开阔了大家的视野，必须立足“邮”字，放眼全局，以邮会友，以邮兴邮，认识世界，沟通世界，拥抱世界。现代邮政通信的发展正与时代同步，正与世人同行。

我们的先辈谱写邮文化，收获了一个个成果；如今，我们弘扬邮文化，寻求当代“驿道”——信息公路的璀璨，追赶明天的希望。

邮文化节琳琅满目的邮品和辐射广泛、反响强烈的海内外宣传，产生了重要的深远的影响。它再一次表明，邮驿文化和如今的邮文化，它的传递、连接、延续、拓展也将是永久的。

[《邮之魂》主题歌同期声起，（混播）]

以无畏的勇气、不屈的信念和坚定的追求同世界经济、文化接轨的人们，该怎样建构属于自己的今天和明天呢？路就在自己的脚下，从这里迈开新步，去迎接明天，迎接未来。

1998 年 9 月

## 情到深处爱自成

七夕之约，鹊桥相会，少儿时期就得知大意。读到乃至读懂秦少游的《鹊桥仙·七夕》，那是成了农村中学教师，教授毛泽东词作时涉及少游的这首词。其时，印象最深的是毛泽东对秦少游的词颇有新意予以肯定，自然觉得乡贤国士很了不起。再则，毛泽东的词便是革命现实主义与革命浪漫主义相结合的典范。脑海里常浮现起一种具象：情爱的真挚与用典叠合的交融，造成一种意象，犹如将秦、毛两首词作为两张摄影底片叠印在同一张感光纸面，呈现着奇妙的长存的图像效果和审美情趣。

上世纪五十年代到七十年代，“七夕”早已淡化得若有若无，而少游的词句“两情若是久长时，又岂在朝朝暮暮”则幻化在革命的理念中，演绎为时髦的说教，让许多夫妻服从需要，各在一方。有友远至青海工作，成年难以夫妻欢聚，亦难互通音讯，实在可敬可钦。有友常年从事海运，周游世界港口，看尽花花世界，但中国年轻海员的情与欲，早已被爱国爱家的理念汰洗得清白与纯洁，也着实令人佩服。

但是，当个人的情与爱被阶级斗争与事业“需要”扭曲成麻花时，那绝不是香甜、酥脆、诱人，而是悲凉、凄楚、无奈。早年在乡村学校工作，春节时，夫妻分居于邮与沪的汪公，却被要求与我们留在大队过一个革命化春节。动乱年代，由红卫兵带着我与汪公一道步行至上海串联，到了上海，汪公竟然不能与做教师的妻子、女儿团聚，每日每夜都和我们同在一起。我知道，他俩情感笃诚，相恋亦浪漫，两情久长，又为什么近在咫尺，不能朝暮欢娱一刻？这一点，汪公从没对我解说过。那年月，从沪回邮，古庙遗址的庄园式学校有一条小狗，有好事者逗着狗玩，特地将狗取名“谷谷”，有意将汪公的妻女名字安进去，有意无意地“勾引”汪公思念之情。从此，一叫便灵，一唤狗到。在那种“禅”意荡漾的年代，剩下的是众人的娱兴，还有汪公苦恼的笑。

对少游《七夕》等诗文的学习，热衷做一些研究，还是1986年首届秦少游学术研讨会在邮召开以后，经常地看一些书，做一些比较。我曾多次请教过徐培均、陈祖美等专家，问：“秦观在扬州模仿苏轼手迹作题壁诗，是哪一首？秦少游的《鹊桥仙·七夕》，是何时作于何地？”他们说不知道，或说不准，并对我说，我们高邮人也不知道，要多作一些研究。然而尽我所能，依然百思不解，只能做一些表面文章。有女出嫁，请周公书就“金风玉露一相逢，便胜却人间无数”作为条幅悬置于女儿床前，或者将此词句印在女儿婚礼的请柬上，只期盼他们和和美美长相厮守，缺少的倒是少游“两情若是久长时……”的坚毅、执着、高尚。直到后来，收到北漂京城的高邮笔名为飘飘撰写的一部具有颠覆性的婚恋观的专著《毁掉中国人婚姻的18个问题》，受到震撼，莫名惊诧，也只好叹为观止。多元纷呈的世界，婚恋观也自然会绚丽多姿。

时至今年，借助七夕民俗，少游名人、《鹊桥仙·七夕》名篇，打造高邮文化名邑，将起始于《诗经》、发轫于汉代、成型于南朝，演绎千年的七夕传说故事，在古城充盈、扩容、融汇成一种地域性、认同性皆强的文化，可谓是美丽传说泽以长流，真挚情爱合乎人心。

谈及少游有关情爱诗词，常想到柔情似水、苍穹人间、天人合一。诚然，高邮与许多傍水而兴的城市一样，都因为有了水润之利，水润之美，也就有了清婉、秀丽、纯朴之美。摇曳在水上的高邮，荡漾着人世间的无限深情，也示爱、受爱、守望相助、牵手连心了百千个寒暑。尤其是发端于大淖河边的“爱在天地间”的动人故事传开以后，爱与情的涟漪在扩散、拓展，忠贞、纯朴的情感化为春水，呈现着年轻人的浪漫、中年人的潇洒、老年人的动人，诚如诗人云“美色珠湖情一片”，以至“萤虫最是风流尽”，提灯趋邮觅爱情。最让人感动的是，一些普通的村民村妇，他们在终身伴侣有难、得病的时候，长期相扶相助、服侍照料，永远唱着一支情感不老的歌。就是笔者熟悉、相识的人中间，因为情抑或爱，已经离了婚的夫妇，当原先的配偶身患重病的时候，一方又担负起另一方“帮扶克危”的重任，这是“人之初，性本善”的又一生动诠释。有一个单亲母亲打拼于国内外，在外地儿子、媳妇的婚礼上致辞，句句话语、条条心路，全是双方“多一点什么，少一点什么”的叮咛嘱咐，一席“至理俗语”，凝聚着半辈子生活、婚姻、人生的体验，话说得让知情人心旌摇荡、双眼潮濡，这也是情和爱的传递。

水润高邮，情倾高邮。如果说，七夕传说与织锦有关，那美景美色则传递着高邮物之阜的信息，那就是“裁来云霞作衣裳，天上取样人间织”。如果说，七夕与看巧云有关，那名人名篇就书写着神之韵，那就是“千金不须买画图，听我长歌歌珠湖”。其人之底气、画之底色，皆因我们打造的大爱之城已引起媒体聚焦与众人瞩目：一方天地，情到深处爱自成，爱之真挚情长存。

文明幸福的高邮，满湖风雨看涛生，又是一个天朗气清的秋。

2012年8月7日大病愈后首篇作品

# 考试不是游戏

观女足夺杯与今年学子应考、赴考，几乎同时。尽管看球赛有时也提心吊胆、攥拳沁汗，但常会以球赛终究是游戏而自我解脱。那压抑得学子及其家长、亲友透不过气的考试，虽然也会交织着绿茵场上成败的欢欣与痛楚，但毕竟不是游戏。在强调素质教育的今天，主学政者也无取消考试的设想。有的家长说，孩子能够平等地接受考试选拔，在物欲横流的今天，是个福分。否则，面对求职无门、“伯乐”无能的现实，家长会拥有更多的无奈与愤懑。

因此，许多家长和孩子基于“紧张待明日，诸事成功多”的共识，起五更，睡半夜，埋头苦读。当然，这与学子天资有一定关系，更重要的是那根植于学子之心的自信与刻苦。朋友家小顺有过下跪求父母同意辍学的消沉，但是自信心牢固确立后，上大学、干工作直到在家中率先出国访问，可谓一帆风顺。中学生小李爱好广泛，学习“投入”不足，乐天派似的心宽体胖。临近中考，才始有省悟，自个儿在寝室小黑板上书写四个大字：“掉肉长心”，表明了求知增智的强烈愿望，学风有所好转。继而，这个颇有“经济”头脑的中学生，在权衡了家境与入学费用等诸多关系之后，又很严肃地在黑板上写：“你知道一分值多少钱吗？”鞭策自己惜时如金。当他考上了重点中学统招生后，信心倍增，便在小黑板上写上了自勉的警句：“激流勇进！”后来学习上渐有所获，工作上应裕自如。

作为家长，自然可以从理念上认识到，紧张的学习生涯可以磨砺孩子自信、坚韧的性格，但是不能期望过高或幻想一蹴而就。尤其是要多鼓励孩子、相信孩子，而不是随便指责，人为地制造紧张气氛等。今年 6 月 13 日，南京外国语学校招收小升初新生 188 名，报名应考者有 7000 多人。那场面、那情景，特别是家长那紧张神态平生从未见过。一个考点大门外，送考的家长数以千计。此后听说发榜的那天晚上，电话查分，当一个考生家长听到电话告知，“某某没有达到面试分数线”时，便一下子呆若木鸡，孩子的母亲泪水簌簌而下。后来，电话再三查询，原来是电脑同他们开了一个玩笑，分数还是那个分数，接下来便是达线的祝贺语。一次意外的惊慌使孩子的父母半天都缓不过气来。孩子说：“还愣着干什么？快打电话过去查问，让报忧的那人赔偿精神损失费。”孩子的母亲才破涕为笑。

1999 年 9 月

# 拳拳赤子心——记几位旅居海外的高邮人

## 鲜花绿叶

墨西哥湾的旭日，把休斯敦照耀得像一幅辉煌艳丽的织锦。入夜，万盏明灯映照天宇，交织成灿灿的圆光，使这闻名于世的宇宙空间研究中心，像是嵌在海湾边的一颗硕大迷人的夜明珠。

然而更为感人的镜头，还是休斯敦倾城出动，破天荒迎接中华人民共和国副总理邓小平的场面。从炼油厂的输油管道到航天飞机，哪里有贵宾，哪里就有万头攒动的人群，哪里就有怒放的鲜花。美籍华人房先生更是倾注了对祖国的眷恋，对邓副总理的敬爱，他驾车带领全家去机场迎接贵宾，还特意让小孩带上一束含苞欲放的花，赠给中国政府代表团。

车，风驰电掣地行驶在海边的高速公路上，房先生扫视了窗外踯躅于街头的少年男女，不禁思绪联翩：这里虽说有丰裕的物质享受，有学海泛舟的欢愉；但也有生活指数的跳跃，防不胜防的不安。美国的科学文明虽然早已把宇航员送上月亮，将广寒宫的岩石带回人间，但在这金钱万能的社会里，还有食不果腹的穷人，流落街头的弃儿……他长吁一声，眼里又闪现出异样的光芒。他仿佛看到了自己的祖国那“四化”建设的宏图，看到了明天的生活像怒放的花儿一样芬芳。

在机场，房先生见到了亲人，他的孩子给邓爷爷和柴大使献上了鲜花，还悄悄地留下了一片绿叶。条条叶脉呀，连着茎，通向根；华裔后代的心呀，朦胧中也在寻觅生命的源，祖先的根……

## 心中的旗

信仰，是人们心中的旗。

蜚声海内外的癌病研究专家丁博士，是一个信仰特别强烈的人。他爱社会主义的中国，将闪耀光华的专业知识献给了祖国的同行。而且，他还在孩子的幼小心灵上耕云播雨，插上信仰的旗帜。

丁博士第一次来华考察临近结束时，在给两个小宝贝带什么礼物这件事上，可谓是煞费苦心。他的思想潮水，沿着考察、观光的足迹在奔流。家乡的双黄鸭蛋、扬州的熊猫玩具、中国象棋、红双喜乒乓球拍……突然，一张宣传画跃入了他的眼帘：五星红旗下，体育健儿在为祖国争光！于是，他欣喜地买了两面小型的五星红旗带回了美国。

丁博士第二次应邀来华讲学，特地将两个小宝贝带到了北京，并让他们在外交部办的补习班里学讲中国话，学唱《我爱北京天安门》。

呵，丁博士，我赞美您，赞美您在下一代的心中插上了一面热爱社会主义中国的旗帜。

## 小河乡情

家乡的河，弯弯曲曲；游子的梦，恍恍惚惚。

小河的乡情——依依秋水、袅袅青烟、缕缕白云、片片落霞，连同摸鱼、捉蟹、嬉水、游泳，都曾在辛酸、惆怅的梦境中泛起。呵，如今，游子在小河边呼唤：故乡，我的亲娘！您的儿子回来了！看，他祭扫了双亲坟，会过了众乡亲，兴致勃勃地来到乡河边，脱衣解带，要下河游一趟。

枫叶红似二月花，何惧秋深水又凉。乡亲们劝阻："当心感冒，影响观光。"

啊，多年乡情梦，难觅旧时颜。昔时找一块砖头谈何易？通庄只有祠堂是瓦房。如今有何难？瞧，那小河边一幢幢新瓦房。

畅游呀畅游，乡河击水，情意绵长，了却眷念、思恋，洗掉怅惘、伤感，尝到香甜、芳馨。飞溅的浪花呀，增添了游子无穷的活力！

## 乡音声声

车过运河滩，喇叭嘀嘀，乡音声声。赤子的心呀，像飞一样。

丁博士讲课，微微一躬身后便开门见山："我是中国人，我是高邮人，道道地地的高邮人。尽管我襁褓于安徽，成长在重庆，浪迹于香港、台湾……但我从先辈那里，承接了盂城子弟的秉性和浓重的乡音。"话语攫住了听众的心。

曹教授西装革履，下车伊始，拱手向乡亲致意："我不是外国人，我是炎黄的子孙，高邮的一个子弟。多少年风雨飘摇，萍迹万里，何处是儿家？何处是归途？如今，乡亲们，伢子又归来了……"临近知天命之年的他，却有浓浓的稚童心肠。他要为家乡、为祖国奉献才华，把社会主义祖国建设得更加美丽富强。

吴先生多年就职于酒楼茶肆，噪音不绝于耳，但难改儿时锤定的乡音："钱如山，心不安啊！哪像家乡故里，知人知面又知心！"

鬓毛虽衰，乡音未改。乡音声声，难吐尽思念故里之情；拳拳之心，将永远铭记家乡人民的音容笑貌！

1982年5月

## 爱心可掬

《礼记·中庸》云“仁者人也，亲亲为大”，爱则是它深邃、丰富的内涵，流淌在历史的长河中，滋润了亿万炎黄子孙的心田，演绎了许多惊心动魄抑或平凡生动的多彩故事。

爱心传递有着悠久历史。明末清初的两朝重臣王永吉从小受乐善好施的家风熏陶。他的父亲王自学在外坐馆，岁末回邮，曾将一年全部脩金资助给一个因欠官钱要卖女儿的老人，救了那一家人，温暖了那一家人的心。家乡邻里夸奖他菩萨心肠，必有后福。

进入20世纪，高邮东大街汪曾祺家拥有2000多亩田，身为地主的他的祖父母、父亲亦有仁爱之心。父亲是个外科医生，为人治个疖肿，常分文不收。有个患搭背的人是他的同学，他管吃、管住、管医治，直到搭背收口生肌为止。有人对此不解，他说：“我不为他治，他会死的呀！”他的爱心就浸淫在无数的治病救人之中。逢到过年，他家都要向贫苦人家发放数量不菲的救济米，雪中送炭，令人称道。汪曾祺笔下《异秉》中有个卖熏烧的王二，其生活中原型王广喜心系乡亲，也在年节前带着儿子去穷人家散“米菲子”，送上一点小温。

传递爱心有着光荣传统。早在抗战胜利后即“高邮战役”结束不久的那年寒冬，一天深夜，我家后面的邻居失火，势头很猛，驻扎在我家及附近邻居的一支新四军卫生队全力以赴，与群众一道扑灭了大火。事后，新四军为这家送去衣被、食物、用具，医治烧伤的人。七岁的我已经记得“天上飞的‘火鸽子’（到处飞溅的燃烧物）”，也记得被烧的人家散发的鸣谢的帖子。谢谢这些赴汤蹈火的新四军，城里人第一次见到有这么好的人民子弟兵。

一地春雨，满城金风。春秋更迭，气象万千。中华人民共和国成立后，爱心接力与传播更加发扬光大。吴登云，一位学医的农家子弟，从高邮湖畔不远万里来到新疆乌恰，几十年如一日，以其救死扶伤的精神，为民服务，献血割皮，做出奉献，成为享誉全国的“白衣圣人”“全国优秀共产党员”。在各种媒体上，在故乡的绿野中，在吴登云事迹展览馆里，他的光辉业绩和可掬爱心，俯拾皆是，正滋润着一代又一代人的心田。家喻户晓的高邮好人王坤以极真挚的纯情，与患重病的伴侣演绎了生死之恋，并通过《知音》等媒介传遍了大江南北，向世间昭示：爱在天地间。老家在临泽的王庆湘自幼家寒，有着受教育较少的缺憾，当他成为成功人士后，捐助20万元作为家乡子弟的奖学金，激励后昆上进，在成才的路上，经济上不再窘迫。如今的高邮，六届“高邮好人”辈出，则是高邮人爱心大传播、弘扬正能量的缩影。

爱心传递有着灿烂光彩。大凡人们奉献爱心，完全出自肺腑，出于本性抑或始于怜悯之心。只要他们开始践行以后，便会不忘初心，唱响爱心进行曲，踏歌而行，绝不停步。更为可贵的是，他们献爱心、行善事，绝不是期待得到受惠者的回报。但是当他们看到蓓蕾成才或者心花绽放在贫困者笑脸上，他们也会在爱心丛中笑。

市人大代表、中国银行的周琴将原来单位对一个女童帮扶的责任由她一个人担当起来，十多年间，资助、呵护这个女童从小学上到大学毕业。从这个女童长成大姑娘，周琴的家也成了她的家，不是亲妈胜似亲妈。这个女童三个月时亲生母亲出走，她上小学上三年级时结识了这个周妈妈，又获得了从未得到的母爱，爱心从小得到培栽。闯荡于国内外打工的仲兆武，吃尽千辛万苦，却始终牵挂单亲家庭的儿子和一个被资助的学生，从小学一直到大学，物质和精神的援手，她鼓足了那学生的人生之帆，使他终于到达了胜利的彼岸。大学毕业的那个口称“母爱如山”的年轻人在宁创办了公司，撑起属于自己的一方蓝天。

奉献爱心的人有一个共通之处：只做不说，施善行，不扬名。我家所在的奎楼社区有不少好人就是如此，询问此事，守口如瓶。从郭集走出去干建筑的老总胡少卿，帮助一个男孩上学以至入伍，其资助情况，外人一直不知。直到这位年轻人上了军校，到南京寻找这位恩人，才有了他们第一次亲切晤谈。他们愉快地话别，留下了永久的爱。

地税局的小徐与同事一样牵挂着特困的家庭，有一次去访贫问苦，特地将家属与小孩带上，他要让小孩体察穷人的艰难，从小就培育他的爱心。还有年轻夫妇，将自己的孩子和帮扶对象的伢子“互换”过一天，让自己的孩子好好体验穷人家的日子是怎么过的。

现在提倡的爱心早已超越了“兄爱弟敬”血缘关系的爱。基于此，我们当牢记，“顿觉眼前生意满，须知天下苦人多”。而我，已垂垂老矣，但愿与大家一道，尽其所能，爱心可掬。

2017 年 1 月

## “咸菜慈姑汤”的断想

2018年第一场大雪，很大。蜗居在家的我，又想起了咸菜慈姑汤。咸菜慈姑汤是一种极其普通的菜，它不是名菜，上不了酒席。制作咸菜慈姑汤亦简单，将咸菜切短，泡去盐分；将慈姑去皮，切片，连着慈姑嵛子，倘若嫌汤苦，也可去掉嵛子；有的卖慈姑的就将嵛子留在家里，用它做种。先放油炒慈姑片和咸菜，然后放水烧开焖熟。汤成后，显黄绿色，有一种咸菜的清香味，即可食用。

高邮人为什么吃咸菜慈姑汤，是每年季令使然。每当天寒地冻、大雪纷飞的时候，青菜、“塌塌乌”被雪覆盖，有的被冻坏，菜价飞涨，从外地运来的黄芽菜，高邮人又不喜欢拿它烧汤，故只有食用慈姑咸菜汤，渐而形成了习惯。

其实，不仅是习惯，而且是一种需要。富贵人家爱吃咸肉青菜汤，当青菜身价变得“金贵”的时候，也食用咸菜慈姑汤。汪曾祺这种大户人家也不例外。小户人家，天天以咸菜慈姑汤果腹，便是一种常态。有人说“同城不同俗”，草巷口一带市民吃咸菜慈姑汤；中市口、焦百二巷的住户则喝咸菜慈姑豆腐汤。此言有误，我家住在焦家巷，照样吃咸菜慈姑汤，它不会因地域不同而有异。

全城腌大菜（即腌菜），菜的来路、腌制、食用的方法大体上是共通的。先说大菜的来路，它与各家倒马桶有直接关系。上世纪七八十年代以前，各家各户几乎都用马桶，每天早晨有菜农来收马桶的粪便，市民称为“倒马子”。然后到了大菜收获季节，菜农则将相应的大菜送到各家，不收钱。再说腌制，是将洗净晾干的大菜在大缸中一层菜一层盐地码好压实，然后要翻两三次菜，再将咸菜一根根打成把子，置于开口不大的坛子中。食用时开坛即取。如此可以吃到春三月。剩下的，制成霉干菜。

时下有些饭店推出“汪氏家宴”，也上咸菜慈姑汤。但汪家人说，汪家接待客人，尤其是过年（春节），是不会上咸菜慈姑汤的。他们告诉我，过年期间，必有一道菜徽团，那是汪曾祺祖母的拿手菜，即前一天把糯米浸泡在水中，次日捞出，将做好的肉圆在糯米上滚一滚，像是包上一层糯米外衣，然后上笼蒸。端上桌的徽团不油不腻，糯嫩适中，如果在笼中放入两张陈荷叶，还会弥漫一股清香，真的是“打一个嘴巴都不丢手”。如今，徽团饭店也做，但没有打汪家的牌子，这可是从安徽带过来的汪家菜。

还有一道汪氏醉蟹是过年下酒的菜，其制作方法独特、鲜为人知。汪家人在自家后院，放一层稻草，再放一层糯稻，洒透水，将重阳节时买回来的蟹放在糯稻上，多的有几十只，上面用缸盖好。待到秋后，将蟹放进坛子醉，除了酒，还有佐料。这样的醉蟹都在半斤以上，是为除夕、春节特备的。其味鲜美可口，不亚于如今的“醉美大闸蟹”。

汪曾祺写了咸菜慈姑汤，一下子让它扬名天下。许多文人常念叨或撰文提及它，主要是怀念汪曾祺，也美化了它，点赞了它，似乎雪天里喝上一碗咸菜慈姑汤，其乐融融，幸福无比。我是高邮人，因为“三高”，早就远离了在饥馑年代帮助我们度命的慈姑，自然不会对它产生兴趣，它只不过是一道普通的菜。

有一点是和大家有相同认知的。如今，下雪了，自然会想起咸菜慈姑汤。好比雪中垂钓，甩下的是寻常菜作为“引子”（食饵），钓起的是对家乡的热爱和憧憬，还有汪老的乡愁和思念。

2018 年 1 月

## 书画家为广厦添彩

当今，书画家以其才能和作品为天下广厦添彩而彰显价值。有些著名书画家的精品力作一经问世，便大放异彩，续写了中国艺术元素，营构了中国艺术长廊；有的作品点缀了名胜古迹，为风景这边独好增添了一抹金辉，令人把臂流连，赞叹不已。

高邮文游台主体楼底层有一幅巨大的瓷壁画，其原作是当代著名画家范曾所绘的《四贤聚会》。他以古运河为背景，着力表现了宋代苏轼和孙觉、秦观、王巩寄情流水、感悟人生、珍惜友情的情景和氛围，造型别致，笔法洒脱，气势狂放，色彩淡雅。画面充满了生气、灵气、神气。画面题诗："莽莽神州一脉通，千舟棹影诉长空。悠悠此水钱塘去，即入东坡意匠中。"范曾诗画相得益彰，使人们悦目怡情，遐想联翩，引发了人们对风流千古的文游台精髓的领悟，勾起了后人对彪炳史册的先贤们高风的仰慕。这就是范曾书画价值之所在，也是"风流千古说文游"的一个侧影。要算经济账，价值几何？高邮人三上京津，送给范先生的只是6只双黄蛋和2只野鸭子。其时，范先生说，北京已禁捕野鸭子，能吃到苏北的野味是口福。

从现存的高邮文物古迹中，人们可以浏览众多著名书画家的艺术品，大多数为艺术家的馈赠，友情为重，价值无限，意义就浓缩在众多的凝固乐章中。

著名作家汪曾祺为家乡留下许多墨宝丹青，从名胜古迹、企业单位以至母校邮中，都有一批艺术品展示或珍藏。几乎都是免费的赠予，没有收过一次润笔费，为的是"人间送小温"，桑梓留乡情。为写文游台主体楼"稼禾尽观"的匾额，从1986年10月就有所考虑，是用"嘉"字还是用"稼"字，直到1991年才敲定。汪老为盍簪堂撰写的楹联"拾级重登念崇台杰阁几番兴废千载风云归梦里，凭栏四望问绿野平湖何日腾飞万家哀乐到心头"，将载艺传世，传薪后代。

汪曾祺与著名书法家大康是多年挚友。大康曾为文游台秦观塑像书写了"秦观"二字，分文未收。汪曾祺夫妇逝世后，大康为他们的"天上住所"书写了墓碑，上书"高邮汪曾祺，长乐施松卿"，告慰长眠于福田公墓的汪氏夫妇。汪老子女曾给大康送过酒之类礼品酬谢，大康婉拒，只是提出一个要求：要一套《汪曾祺全集》。全集出版后，汪家子女便将八册全集送去，大康看到时已无力翻阅，没两天，就与世长辞了。

书画家应高邮请求或自愿挥毫的艺术品琳琅满目。大家沙孟海为文游台题写盍簪堂，即“群朋合聚而疾来也”的内涵和千钧笔力，让人们得到一游“快来堂”的享受，因为该堂的两壁刻着的《秦邮帖》使满堂生辉。著名女书法家萧娴在90多岁高龄时为文游台门厅上方题写一块横匾“淮堧名胜”，使淮河边的这颗明珠多了一份璀璨，一份神奇。这些大家的作品将与文游台同存，与“快来堂”同辉。

书画家田原曾为高邮文联画了一幅画，上题“三更灯火五更鸡”，激励高邮后生夜以继日，耕耘不已。著名画家朱葵培育众生，练就人才，开启一代新风。他的画作服务公益事业，其中一幅画作置于原高邮师范图书馆，成了镇馆之宝。有人戏言，它将与该校共存亡。朱葵病逝后，其家人捐赠了一批作品，使朱葵艺术纪念馆得以在盂城驿旁问世，其为人为画便在高邮同道及朱老师的徒子徒孙心中树起了一块丰碑。

为王念孙、王引之父子造像，几经周折后，由高邮人在上海戏剧学院教化妆的陈绍周教授介绍、引见，联系上了工笔线描有不凡功力的大画家程十发先生“造像”。程先生根据清代遗存资料，经过反复揣摩、精致构思、多次修改，终于让高风亮节的训诂大家王念孙、王引之的形象跃然于纸上，栩栩如生，形似神似，使王氏后代长者中见过先祖遗像的人感叹道：“神笔啊，太像了！”为此，程十发先生没有要一分钱。春风拂杨柳，当道沐画坛。程先生的为人及其作品将永存在高邮人的心中。

这就是书画家的无垠价值，也是他们超然于世的风骨！

诚然，上述的仅是书画家为名胜古迹增辉添彩的一些缩影。其实，笔者在润扬、弘盛、建宇、天泽等建安公司本部及其兴建的广厦中，都可以见到书画家的翰墨丹青，这些佳品力作都在为艺术家也在为建安公司扬名于世熠熠生辉。

2017年12月

# 长生河畔话今昔

“城外城中四通水”，流水汤汤，清波漾漾，是宋代诗人杨万里笔下高邮市河的景象。在旧城内，有一条从南石桥向东流的河叫南濯衣河，又叫长生河。它浩荡东行，宽阔的河面少则两三米，多达五六米，经过一座拱形的长生桥，直至城东的一个水关（相传是明代所建），然后与城外护城河相连。

居住长生河畔三十年

长生河与其他市河水一样，供人们饮用、洗汏；不同的是用于稻田灌溉、菜园用水。唯一独特之处，可以通航（一般人都认定市河不通航）。住在长生河畔的87岁居效芝大爷，见过粮船、小木排、放鱼鹰船从东向西，迤逦而行，或相向交会，直至南石桥徐家糖坊处，船靠岸，流水仍通南北向的市河。居大爷小时候，最喜欢看鱼鹰船（不大，七八只鱼鹰），见一只鱼鹰穿下水，转瞬叼着一条鱼上船；有时两只鱼鹰协同动作，能“抬”上一条大鱼，真神。弄船人稳稳地撑篙子，偶尔将篙子作为它们栖息之枝，还专门用小鱼犒劳鱼鹰。直到居大爷妈妈喊：“三小伙，家来吃饭了！”

长生河南岸全是菜园、稻田，一直到城墙根和王家亭子。种菜园的种的是小城人常吃的蔬菜，四季更迭，品种应时。他们很辛苦，起早带晚，或者前一天晚上备好蔬菜，或者次日天不亮就下田拔菜割菜择菜，然后挑到南门或中市口出售，打理得干净又不“涨”水的菜脱手快，来迟的老主顾还关照一声“明天给我留点”。早市过了，菜大都也卖完了，就去米店买几升米（很少上斗成担地买）。菜种得好，吃饭不愁，“种菜的饿不死”。

除了种菜，还长稻。有的人家里是两者兼有。民国初年，诗人韦柏森的诗句“稻花香处东南角，察院桥（长生桥北300米处）过半是田”便是当时真实的写照。种菜园、种稻都离不开长生河的水，种菜园离不开挑水、浇水。我曾住在长生河北焦家巷尾，放学回家玩耍，过长生桥，就像到了乡下，很好奇，见菜农一舀子一舀子将水泼出去，又远又匀，遇到西斜的太阳光射过来，还可以见到一道彩虹。看见小水车卷起浪花灌田，想用手掬起它，水却从指缝早“溜”走了。

住在长生河南的大约十来户，草房多，瓦房极少。居效芝大爷是住在这里最早最长的菜农，有三四亩地。父、母、两个哥哥都种菜园，小时候读过几年私塾，成人以后就整天忙碌，全家人的汗水换来了温饱生活。天气热的时候，王家亭子是一乘凉的好去处。亭子有五六间房子，两边是走廊。居大爷至今都不知道亭子是哪个王家的，自然也不会有汪曾祺的“王家亭外晚荷香，犹记明窗秋夕阳”的感受了。谈起现在的生活，他指指中堂的对联“百年和合寿呈家，千载富贵福临门”说：“共产党真好，这种好日子哪里去找？”

住在河北的仇鹤元，连同其已故的父亲仇万喜住在这里有上百年。仇家原住在王家亭子西边三间草房，种三四亩田，房子和田都是地主何家的。仇家曾被划成富农，经据理力争，才改为下中农。1976 年公园大队调整，他家才搬到现在长生沟头。仇家主要种菜，走合作化路后，河畔开了一条条小沟，用于引水浇菜，加之辛劳操作，日子越过越好。他忆及往事，说有一个姓芦的人家种田，有荷花池。和风吹来，荷香四溢。他说，这长生河也发生过血吸虫病疫情，他感染过，政府为他治了病，也彻底灭了钉螺。老仇心直口快，敢讲真话，近年长生沟改造，动员拆违，或测量扩边，只要你办事不公，他能嚷得你下不了台。结果，沟修好了，仇家房子也改造得更现代化，全是公家按政策付的钱。大门口很气派，专门架了水泥桥，有人戏言，说他家大门口比过去农村地主家还高级。那闸口的哗哗流水声，成了老仇的催眠曲。他妹妹在沟头开了个面店，生意红火。老仇对一些污染河水的行为当面敢说，要是选河长，此人可担当。

由自然、生态的长生河变成现在长生沟，这中间经历了难堪和丑陋，主要是沿河的人家违建、扩建，向河中丢弃各种垃圾、杂物，从塑料袋到坏沙发都有。河成了一条“龙须沟”式的臭水沟，有时干脆断流，满河淤泥。有年冬日，我的外孙女掉下去，小狗子（属狗）变成了泥狗子。建设部门（含规划）也有责任，将一条河东段改成一条管道埋设在地下，水流不畅，经常阻塞，长此以往，连沟也算不上。

现在，一切都变了。虽然长生河不再是河，它却在“沟”中得到了新生，水声哗哗，水花朵朵。在此垂钓的人，钓起了鲜鱼，也钓起了乐趣。沿河砌了大理石的栏杆（人们为了爱护它，祭祖烧纸都放在旧的脸盆、铁皮簸箕中烧），傍河有砖石铺的路行车、走人。每到华灯初上，灯影、人影幢幢，饭后散步的人信步徐行，然后回家再去做一个好梦。令人遗憾的是长生桥变得比改造前窄了40厘米，救火车、急救车无法通过。我电话上访了，建设部门也到我家询问有关情况，可是再无下文，民生事再小也是大事啊！

2017年11月

## 落实政策赖它助力

从上世纪八十年代县政协恢复活动，到本人退休前夕，我作为县委统战部工作人员、县政协委员，投身县政协活动近 20 年。目睹县政协在会聚人才、广泛纳言、务实参政等诸多方面搭建了广泛的爱国统一战线的平台。其间，为历史问题落实政策及其后续工作起了巨大的推动作用，成效令人注目。国民党时期两位国字号的人物崔锡麟、熊纬书的参加政协活动便是生动的写照，他们留下的诗文书画是新时期的动人弦歌。

熊纬书是河南商城人，当过重庆行营公署主任张群的机要秘书，在国史馆任协修。中华人民共和国成立后，在中国第二历史档案馆受到重用，作为编辑组长编过不少资料，又被南大历史系聘为客座教授。“文革”期间受到批斗，因说了一句“错话”被打成“现行反革命”。后全家“下放”高邮张轩公社劳动。1980 年春，刚平反的熊纬书作为政协委员参加了刚恢复的政协活动。三年后，任政协诗书画研究会主任。1986 年 1 月 15 日，风和日丽，由 36 名成员组成的盂城诗社问世，公推熊纬书为社长。此后，由他负责《盂城诗词》定稿，开设诗歌专题讲座，指导、点拨诗友和文学新秀，他对下放农村时“老苦无书读，贫忧置酒钱”的生活毫无怨言，热情讴歌“秦邮改市姗姗至，要驿名州自古封”的巨大变化。

另一位“国字号”人物崔锡麟是从一个小学教员“升迁”至“国大代表”的奇人。抗战期间，在重庆、兰州等地金融部门担任要职，为融通资金、输送物资、接待文人和名人做过不少实事。抗战胜利后，任江苏省农民银行行长。中华人民共和国成立后，崔锡麟身为香港起义人员，却被错定为“历史反革命”，身陷囹圄。十年后，垂垂老矣。平反后的崔锡麟担任高邮政协常委，积极参政议政，贡献了“夕阳红”的余热，成了受人尊重的爱国老人。

因工作需要，常随政协、统战部领导去崔、熊二老家走访、谈心，或者观看他们以精墨妙笔现场作书画。有一年春节前去崔老家，他正在准备作画。他常作抒情写意画。那次画的是红梅，只见其主干遒劲、旁枝逸出、红梅朵朵，一幅景致纵横、清新可人的写意画便跃然于纸上，并赋诗一首“红梅先报春消息，浩荡东风得意长。只为和平商国策，共谋统一聚华堂。”原来诗画都是为县政协新春茶话会作的。他有一个侄孙是著名作家汪曾祺，新中国成立前曾因为政见不合而被他训过，要汪曾祺忙一些继承祖业的正事，安分工作。

令人啼笑皆非的是，尽心工作的汪曾祺却被打成“右派”。多少年过去了，汪曾祺名扬全国，两人重聚家乡，崔锡麟作画相赠，在题诗中写道“一代文坛夸韵色，百花园里耐秋霜”“愿乘东风吐异彩，人间到处挹芬芳”，对这个侄孙点赞。让崔老想不到的是，“过去两股道上跑的车，现在走的是同一条路”。

众所周知，汪曾祺热爱家乡，关心家乡的发展和进步，也关心政协、文史工作。他生前第二次、第三次回乡，都是由朱延庆同志全程陪同他参观、座谈、举行讲座，气氛热烈。许多政协委员都关心一件事，就是汪曾祺有祖产 217.5 间（3337 平方米）的住房问题未能得到合理解决。有人认为是当时的朱延庆副县长过于软弱，此话差矣。我作为记录员在政协参加过一次落实政策领导小组会议，朱延庆支持落实，但因情况复杂、条件不成熟而被否定，只好作罢。汪曾祺后来致函县领导，请求给他栖身之枝，终成泡影。这也使许多汪迷深感愧疚遗憾，以至中国作家协会主席铁凝来邮访问汪老故居，见住房如此狭窄，也潸然泪下。

2016 年 9 月 11 日

# 出租汽油灯

上世纪六七十年代，在没有用电灯照明的临泽镇，每到晚上，各种仍在营业的店铺，大都用一种高高灯罩的煤油吊灯。遇到镇上乡下办红白大事、生日寿宴，生产队场上打谷脱粒，都会到镇上李家“三层楼”等几家去租汽油灯。

汽油灯极亮，结构简单，操作方便。它有存油罐、气压室、导油管、喷嘴和特殊材料制成的灯泡，外面还有个玻璃罩，加上根通针。汽油灯用的是煤油。如果要用，先灌满油，然后打足气；在灯下方一个小碟子里放点煤油点火，被气压压上去的煤油通过喷嘴喷出，一遇到火，灯泡雪亮。有的是在现场点亮，有的是点亮后拿回家或送下乡。如果遇到故障，可以用通针通，再打打气；不行，就找出租汽油灯的店派人来修，确保灯光雪亮。

临泽镇出租汽油灯的有三四家，少的一家有五六盏，多的有将近二十盏，每盏每晚租金五元。煤油是店家供应，当时是计划物资，店家总想要“开后门”弄一点计划外的煤油。别看这些店家赚钱来得快，但要确保出租汽油灯运转正常，必须搞一些非正常的方法。

木秀于林，风必摧之。在正常年代，手艺人、个体户靠经营或一技之长吃饭，又不违法违规，应该是“太平无事”。可是，那年头不行。尽管已经粉碎了“四人帮”，余毒犹在，一见到“资本主义尾巴”出现，就仍然要砍，要抓反面典型教育大家。

李家“三层楼”就成了这样的典型。李家老店主已年过古稀，他就凭出租汽油灯、磨剪子、磨刮胡刀、修理理发工具，年复一年，积攒一点钱，才置起这铁皮子当墙的“三层楼”，风一吹，呼呼响。老店主的孙子叫李大顺（化名）长得敦实，会点武功，心灵手巧，把祖父的各种手艺都学到手，有的本领还超过了祖父。

当时，我在公社做宣传、文秘工作，听到有的干部议论，李家人出租几盏灯，要抵社员苦一春；也有人为李家算账，李家敲敲打打、租灯一个月，收入超过干部工资整整一年。还有人说，家有黄金，外有戥秤，你看李家不是大鱼大肉吃饭，肯定是骨子里富。

各方面反映大了，公社决定以拆危楼的名义割掉这“资本主义尾巴”，一声令下，立即行动，抄家，抄出了 20 多盏汽油灯、各种工具，真的还有黄金。接着，就在文化站办了展览，展出各种抄出的物品，还特地挂了一条醒目的横幅：“不砍断资本主义尾巴不罢休！”直到后来落实政策，才退还了黄金，作了一些补偿。李家“三层楼”坍塌了，那年头那情景却挥之不去。30 多年过去了，作为参加拆楼、抄家的我深感愧疚，倒是李大顺量大，他趁人传话，“当时大势皆然。现在我已有孙子了，全家人很幸福。那样的闹剧不会重演了！”

2017 年 2 月

## 自行车载客

上世纪六七十年代，在城乡公路、大路上常可以看到有人用自行车载客，靠其苦力挣钱养家糊口，渐渐形成一种行业。

1959 年 9 月我到界首农中工作不久，就听说界首镇以自行车载客的席家顺在省体育运动会取得了优异的成绩，50 公里比赛名列第五，100 公里比赛拿了个季军。这在高邮体育界是破天荒的大事，也为他日后骑车载客增添了优势。有一次在界首汽车站我有急事等车上城，有人前来揽客，上高邮的现在就走，6 块钱。我说不坐，心想汽车票只要 5 角 5。被人喊为“席大个子”的站在车旁，不喊不揽，悠然等客。瞧他那模样，人高马大，一套单衣裹着他的“车轴身、琵琶腿”，两臂把衣服撑得紧绷绷的。没有一刻，有小两口要上汜水，主动找老席，双双跨上车子后座的一块长木板上。老席说坐好，一跨杠，脚一蹬，车子便急驶而去。我见他们像是熟人。车站卖票的老马说，坐在车上男的，娶亲的时候就是乘老席的车子到汜水把新娘接回家的。那次，又是车钱，又是红包，少说也有二三十块，抵得上一个职工一个月工资。老席家日子温饱无虞，过得滋润。他不喝酒，唯有一好，晚上一把澡泡泡，舒舒坦坦回家睡觉。次日，又浑身是劲地载客了。在界首镇，论服务态度、载客收入、健壮体格，没人好同他比。

若干年后，界首大会堂建成，有剧团演出，我去看戏，又见到老席，他依然是那样健壮，一件背心，胸肌、背部三角肌清晰可见。他是大会堂管理人员、收票的，还是保卫人员？我不清楚。留给我的印象是硬汉一个。想不到的是，界首人告诉我，他因患癌症 72 岁就去世了。

1962 年我被调到临泽农中工作。当时界首到临泽有一条大路，但没有通汽车。因我的丈母娘家在界首，几乎每月要往界首跑，常是从学校出发，“斜插花”直奔陆家、王营。有一次从界首回校，已是傍晚，丈母娘叫我坐郑大爷（我爱人表舅）车子走，郑大爷也愿意送。我说只要把我送到王营就行了，不仅是为了省 2 块钱，而且是不能让他为我“放空”往回踩。这是我第一次坐载客自行车。路上，郑大爷说，干这行够辛苦的，一天跑的次数多了，入夜浑身像散了架。一家七八个人，就靠郑大爷骑车载客和家里人编芦篾为生，日子过得紧巴巴的。出车前，要做好准备，带上干粮、水、手巾，以及修车补胎、打气筒之类物件，以防路上出故障。他还说，骑车载客没有行规，但是大家有约定俗成的共识，比如不哄抬车价，人家有急事不乱加价。在一个停车处等客，出车先来后到有个顺序；半路上遇到相向而行的顾客，可以互换倒车。从界首到临泽，有一个供销社主任独子，星期六下午放学后回界首，星期一大清早返校，来回 8 元，相当于一个学生一个月伙食费。这个独子坐惯了载客的自行车，天生是他老子有钱。在通汽车的邮宝公路载客，骑车的特别注意安全，所幸的是从未发生过事故。

我爱人在一沟做民办教师，每月收入七元。有时为了赶早或者错过汽车开车时间，曾在泰山庙坐过几次灰堆巷孙大爷的载客自行车。孙大爷老婆去世，有三个孩子上学。生活艰难，他知道我爱人收入低，将我爱人带到一沟，一次只收 1 元，或只收 8 角。我爱人还抱着几个月大的长女去上班，难啊！我的长女现已年过半百，她哪里知道，在她襁褓之际，她也曾坐过若干次载客自行车。当时，社会需要它，一个行业兴起了；如今时代进步了，一个行业消逝了。

2017 年 11 月

# 租被

上世纪六七十年代，高邮的街头巷尾，在墙上或住家大门上，常可以看到广告式的“租被”两个大字，抑或注明“巷内有被出租”。有一个时期，租被成了一种新行业。

要租被的人，大多数是到县里参加“三干会”“四干会”（即全县三级、四级干部大会），及各种有上千人参加的专业会议的干部。他们住旅馆（有的旅馆只有 10 多个房间，人多，加床，或打地铺，被子也不多）。有一次，遇到有 8695 人参加的“五干会”，所有可以住人的地方塞满了，租被成了第一急需，忙得抓会务的人焦头烂额。

当时，我住在焦家巷，从巷尾往巷头数，租被的有秦大妈、金奶奶、朱大妈家，还有我家。这些人家少的只有几条被可供出租，多的有 30 多条，堆在房间像座小山，洗起被子（被面、被里）院子里白花花一片。一条巷子就有几家，全城租被的有几百家。租被的租金一天 5 分钱，后来是 1 角钱，当时 8 分钱就可以买一碗阳春面。

租被的人家讲究的是清洁卫生，服务地道，被胎不能太板，要又软又暄。有的租被的把老胎重新弹一下，或者买些新胎。干部租你家的被，睡得暖和和的，下次上城开会，仍然会到这家租被，成了回头客。租被的人家也有一个职业道德问题。好的人家每租一次被短的三天，长的六天，都要拆洗一次（当时不用被套）。我见过秦大妈拿一批被里子到察院桥码头上洗汏，然后在大院子里晒干，再把被子钉好，也够辛苦的。但也有人家只把被头拆开，用板刷把脏处刷刷，就马虎了。

租被也有头儿。我家租被的头儿就是近邻朱大妈。她是居民小组长。平时，开居民会，她传达上级指示，布置要做的事情，很负责。遇到有人租被，她拿根扁担到我家：“陈奶奶，拿 3 条被来！”然后又去别人家收被，送到指定地点。几天后，又是她将被子送回，也是很负责。她是租被头儿，与当小组长一样，全是尽义务。

租被业兴旺，完全与当时“以阶级斗争为纲”“抓革命、促生产”的会多息息相关。1979 年 2 月 21 日至 28 日，我作为公社干部参加了“四干会”。公社、大队、生产队干部的住地之一是城南的勤丰旅社，全部睡地铺。地上放穰草，上面是垫被、盖被。会议是传达、学习党的十一届三中全会精神及中央有关发展农业的决定。我是会务组成员，刚到旅社，就有附近的租被人家送来了所需的全部被子。除了听报告，就坐在铺上讨论，我和大家一样脱了鞋子席地而坐，热烈讨论。多少年后，我才悟出十一届三中全会的意义以及给全国亿万人民带来的福音。

城上租被，一些大镇也租被。我工作过的临泽逢到开“三干会”也要租被。公社开“三干会”，各大队干部的住地是固定的，住地房东租被，不够，再向别人家租被。有人说大小队干部要租什么被，自带被子就是了。那年代不行，老婆伢子也要被盖。洋汊大队有16个生产队，要分几家住，租被都是相对固定的，不烦神。年月久了，房东与干部都熟得处出感情。因为干部吃饭在一处，自带烧草没用完、打地铺的穰草都留给房东。干部聚餐，最解馋的是慈姑红烧肉，有时也盛一碗给房东伢子吃。房东不过意，找来“飞马”“华新”烟散散。时间久了，房东伢子给年纪大的干部当“干儿子”。干亲干亲，篮子拎拎，双方走动多了，感情也深了。

租被是一个不起眼的行当，也是当时社会需要的行当。可不是，郭集公社有两个小青年要当兵，到送桥参加体检要住一宿。这次租被却租出了一段姻缘来。他俩（一个姓胡）到一家租被，被租被人家一个秀美、苗条、留着两条长辫子的姑娘吸引了。姑娘没在意，两人动心了，同时萌生一个念头，并相互雄心勃勃表态，到部队好好干，一定“争”娶这个姑娘做老婆。几年以后，那个小胡提干、转业，当上了地税干部，抢先一步，终于将那个姑娘娶回家。事后老胡同老婆谈起这段租被的佳话，被老婆嗔怪：“你们真坏！”“动气”的是另一个小青年说：“我的美梦被你砸了。你告诉嫂子，没有我带你去租被，就没有你们的美事。”狠狠地“砸”了他一拳。

一个新时代出现了，一个旧行业消失了。

2017年11月

## 积肥

积肥是过去农村常见的农活，有河中罱泥、下荡割草（割杂草，不割芦柴）、拾狗粪、寻旱草（地上长的各种草）等。上世纪六十年代我在临泽农中做教师，因学校种上百亩的田，也要积肥。除了罱泥没干过，其他的几种积肥都干过。

1965 年农中增办了高中班（面向全县招生），学校升格为中等农业技术学校，文教局派了一位年轻能干的胡校长，他教高中班政治，吃住劳动都与其他师生一个样。大概是当时全县教师都在学习营南的黎宏海，《新华日报》曾以《革命者教育者劳动者》介绍过他的先进事迹。受其影响，我们闻风而动。记得我们革命化的第一个动作就是“拾狗粪”积肥。学校唯一的党员胡校长身先士卒，带领我们每人备好一个粪筐、一个粪勺（铲），在规定的劳动时间分头走向各处拾粪。教师中除了唯一的女教师，其他的齐上阵。当时，我们才 20 多岁，为了多打粮食、要求进步，也不觉得难为情。

到了真正行动的时候，难了。那天，我转了几个大队，除了拾得一些猫屎，一无收获。学校对河生产队有个拾粪高手翁大爷，我去讨教。他说，拾粪要单个行动，不要结伴而行；要注意道路两边的树林或僻道的地方或沟槽里，人解大便多在那些地方，还有远离村子的小型水利工地，总可以拾到粪的。是的，翁大爷每天一筐粪，又多，被社员戏称“翁大筐”。我按照他说的做，每次出去总有收获。拾粪，学校不对教师下任务，重在参与和带动学生。农村出身的学生在家干过这类活，他们拾粪总比较多，有的还拾得半筐子粪。女学生在家从未干过此活，拾得比较少，栽秧、割麦才是她们的强项。

有一次大家闲谈，有一个同学透露，翁大爷传授的经验中，还有一个“偷”字，就是到社员家茅厕偷粪，到鸡窝里扒粪。我们为之一怔，这怎么可以呢？便及时引导学生切勿如此。有一天，附近一个社员吵到学校来。“你们这些学生大清早出来找死（屎），学校管不管？”事情发展到影响学校的名誉，胡校长立即叫停。田种不好事小，育人事大。

寻旱草则与拾粪不同，虽也难，但顺当。那是到春三月以后、夏栽之前，全校师生都要准备一个草绳编的网兜，一把小铲锹，一把小弯刀。大清早，住校的师生（有大几十个人）就外出寻旱草，就像是晨锻炼。而家住农村的走读生则从家里出发，寻旱草一路寻到学校。寻旱草各班是有任务的，记得是朱吉祯等几个学生过秤。我穿双球鞋出去，是防止在河坂上铲草打滑。当时，小草青青，有的还开着无名的小花，一铲铲寻过去，并不觉得累，遇到草多的地方，就像寻到宝似的。回校后，吃早饭，换布鞋，上讲台。有人为寻旱草编了顺口溜:“寻旱草，大家搞；要认真，莫乱跑；认一处，全铲了；沤成肥，是个宝。”寻旱草是有阶段性的，猪圈里青草成山，就暂停。待到要翻草粪塘前，再干一阵子寻旱草。

前些年，我的孙子辈在旷野拔起一把草或一束花的时候，就根本不知道什么是寻旱草，就连农村的伢子也无须寻旱草。50 多年过去了，现在想起来还是件乐事。那年代的那些事连同农中“教学超普中，生产赛老农”的雄心还常常进入梦中。

2017 年 10 月

# “深挖洞”记事

每当笔者有机会观看到市人医医院或北海广场地下人防工程的时候，每当阅读《高邮人民防空》这本内容丰富的杂志的时候，每当听到“九一八”10点防空警报试鸣的长长警报声的时候，脑子里的那根防空的弦就会引起共鸣，人民防空事关重大，意义深远。胸中顿时钩沉旧事，让笔者想起在临泽农中做教师时曾参加过一次实打实的“深挖洞”活动，至今记忆犹新。

临泽农中是一座建筑在高坡上的“庄园式”学校：它的东面、南面是可以通船的河；西面是一条沟，多雨季节，满沟是水，枯水冬日，沟底可跑人；北面连着草地和一排教室、宿舍。全校师生员工最多时不超过二百人，因为是半耕半读学校，河里有“撑撑者”，田里有“耕耕者”，圈里有“哼哼者”，还有一只专爱追“花衣裳”的准时报晓的大公鸡。

1969年春天，河沟边的柳树已碧绿一片，枝条摇曳，风光宜人。可是，就在这个时候，学校“革委会”接到公社紧急通知，大意是鉴于当时中苏关系紧张，各大队、单位、学校必须选择高一点的地方“深挖洞”，人少的挖个防空洞即可，人多的条件也具备的就要挖像“地道战”那样的深洞，要又长又深。此消息传开后，立即全员大发动，师生齐动手，纷纷表态：毛主席号召我听令，毛主席挥手我前进。绝大多数师生准备撸起袖子大干一场。当时，学校有初中班、面向全县的高中班、专门学习业务的成年人的机电班。年龄小的可能出于好奇，最积极，恨不得立刻就干，而机电班的成年人中却有人提出质疑，他们说，自己当过兵，有人蹲过“猫儿洞”，在这一马平川的水网地区“深挖洞”，是否有这个必要？能挖不能挖？此言一出，众人哗然。“革委会”头头找了相关人进行了教育了一番，再次动员师生，“深挖洞”一定要挖，一定要进行。

“革委会”头头为了慎重起见，走访了附近老农。老农说，这里地势高，一九三一年发大水这里也没有被淹；又请了对土质、土层在行的能人现场察看，行家说，这高坡上表层是沙心土，不到一米以下就是黄乌土（板实，不易塌），可以挖。从哪里下手？一处是高坡后面，丛丛竹林，大树参天，树根、竹根错根盘节，不好动手，何况这树林、竹林就是天然防空屏障。另一处是从一个暂不用的教室下挖，挖到两米以下，然后折向南八米，再转向西约十米，洞口可以在小沟里，为了防止小沟水流入“地道”，可以将洞口处弄一个围堰，人照样可以进出。方案敲定后，立即实施。于是，一场“深挖洞”的战斗正式打响了。

“深挖洞”的主要工具是大锹、蒲锹、锛、畚箕、运土的担子等。那天开始挖的时候，是“革委会”头头率先挖的第一锹。他是农民的儿子，年纪轻，有力气。接着几个人就动手干了。如果上的人多，又无用武之地。因此，就编成若干小组，轮流上阵，白天，歇人不歇工具。挖出来的土，大部分是挑到坡台后的林子里。笔者当时三年轻，挑土倒到林子里不费劲。但是“深挖洞”的主力军是机电班那些壮小伙子，尽管其中有人质疑过，但思想统一后，干得蛮卖力的。笔者记得退伍军人朱达余、搞机电的能手王金来都是好样子，出力出主意，事事抢着干。大家这样干，我们教课没有停过，挖洞也很顺利。

待到挖至两米以下再向南挖的时候,问题出现了。不好再挖:为了保证地层的两米厚土，人必须贴着地面向里掏，掏到一定深度再向南挖。怎么办？人多主意多，王金来提出就地加深（即再挖一米多），再多弄几把短柄的锹和锛，就可以施展身手继续干。他还建议从小沟里再开一个口，两处同时并进。有位数学老师提出，挖进时用长竹竿作为地下的“水平线”，以保证在转弯处接通，不要打歪了。

在两米以下挖的时候，土质比黄乌土还实，当地人称乌钢土，虽硬实得难挖，但不会坍塌。平行挖进时，光线乌黑，又不能老亮着手电筒，就点亮煤油老鼠灯照明。抑或用柴油火把，一个班干下来，鼻孔里都是黑的，流汗擦的毛巾也是黑的。为了挖好洞，这一切都算不了什么。

当两条地下“巷道”挖通的时候，地下的、地上的都喊:“通了，通了，我们成功了！”那次“深挖洞”费时两个月，终于交出了一份合格的答卷。

洞挖成以后,“革委会”让师生下去一趟体会钻洞（人要猫着腰）的滋味,平时不许下去，以保安全。让人意想不对的事发生了，学校报晓的大公鸡被黄鼠狼拖进洞里咬死了。大家有点惋惜，唯有被公鸡当做花追过的刘老师（她穿的花衬衫、花裙子以至床上花被单都被公鸡啄过）舒了一口气:“这鸡太犯嫌了！”近50年过去了，笔者依然记得那情那景和淡淡的人防意识，也深信，尽管后来农中夷为平地，“洞”也可能消失了，但是在许多挖洞的师生心田里已经撒下了人防意识的种子。

2017年9月

# 苦中自有甘甜来

半耕半读性质的农业中学，“耕”是特色，由耕而衍生的农具、农活、农事，都离不开师生的亲力亲为、辛勤劳作，它浓缩为一个“苦”字镌刻在记忆里，也缩成一个“甜”字绽放在心扉上。

当时，我工作的单位临泽农中在全县学校中农田最多。许多农活诸如割稻、收麦、积肥、下肥、翻地、挖沟等，都是师生动手，撸起袖子加油干。这对体重只有百斤的我及其他身体单薄的同事，都不是一件轻巧的事。事非经过不知难，干过重活方知苦。

我们教师都认为：下荡割芦柴最难最苦。割柴都在严冬，常常是滴水成冰。下荡劳作要穿一种“木桶鞋”，这种鞋高尺许，是略扁的椭圆形木桶。双脚伸进去，要紧紧地塞好稻草，不留一点空隙，做到举步桶移，随心行走。它保暖，更重要的是不怕尖尖的芦柴茬子戳。割柴的刀也是特制的，木柄长一米多，刀背厚重，刀口锋利。割柴时一刀下去，芦柴就割倒一小片。如此连续劳碌，一干就是好几天，直到公社划定、生产队赠予的芦滩的柴全部倒下为止。

然后，有人在割过柴的荡滩上搭起并不能遮风挡雨的小棚子，加上滩上不好支灶烧饭，忍饥受冻是常有的事。运柴的人更苦。割下来的大柴（编芦席）、小杆柴（砌茅草房子做檐口）在船上码好，后仓有人就荡起双桨，船头有人用竹竿撑船，又可以探路。我戴着手套撑着，觉得篙子上已结了一层冰，当地人叫“抹鳗鱼篙子”。有个学生换我干一阵儿，一不小心掉到结冰的河里，他立马上岸奔回家，换了衣服又上船干。当时，心里透凉，看着一望无际的草滩，满目苍凉、艰辛，丝毫没有芦苇生长苍翠、挺拔的怡趣。

头二十里的水路就这样一步步艰难地“走”过了，待到接近学校附近的石桥时，已是深夜，船搁浅了。不要人发号施令，大家一齐跳到河里，推着芦柴船破冰而行，直到大家喝一碗稀饭，心里才暖和起来。多少年后想起那“木桶鞋”、大冬天下河推船，自豪感中还能觅得一些苦趣。

庄稼一枝花，全靠肥当家。当时，教师从临泽农中上临泽镇挑大粪是又脏有臭的事，引人注目。从临泽中学到后河的万桥沟子，我们一行多人，挑着一百多斤的粪担穿镇而过，中途不能停在任何一家门前，一个下午要挑好几趟。有人在柜台的后面射来鄙夷的目光，也有人当面夸我们:“你们不像教师，像农民，吃苦了。”

除了从临泽中学挑粪，师生还会全上阵，分班分时段地背起粪兜筐，人人去“拾粪”。社员说，拾粪不能成群结队，只能单行赶早。我第一次背起这玩意，并不感到难为情。有一天起了个大早，穿行了七八个大队，只拾得一点点，当天任务没有完成。有人向“拾粪大王”翁大伯讨教，他说了一个“偷”字。有些人如法做了，任务还超额完成。我们得知真相，向领导建议，靠拾粪解决不了积肥问题，如果“偷粪”事传出去，不利学生培养，应当叫停。于是，全校又兴起了“寻旱草”积绿肥的活动。

春光明媚，芳草萋萋，正是“寻旱草”的好季节。大路旁、田埂边、河坂上，到处都有农中师生的身影，他们用小弯刀、小铁铲，将一把把青草装进草兜里，编织春华秋实的梦。一兜兜青草与猪圈里猪脚灰放进草粪塘，沤制有机肥料，孕育丰收果实。积绿肥的日子里，谁也没有踏青赏春的兴致，打谷场掼把声中，却洋溢着连年丰收的喜悦。

半耕半读的学校年复一年耕耘不已，播种希望，收获成就。前来参观学习的同志点赞，风景这边独好。可是师生过的近似“苦行僧”的生活，早、晚是一碗陶制的“和尚头”的粥，中午四两饭，外加一个“和尚头”的菜汤，或是青菜，或是萝卜，或是慈姑咸菜。在最困难的时期，菜汤中无油，这种“无油汤”耗得大家食之无味，营养缺乏。对此，大家已习以为常。突然有一天，一位老师像“变戏法”似的带来了菜油，只有青霉素瓶子装的一点点油。中午吃饭，他将在学校用餐的老师招到一起，用扫帚枝在“油瓶”里蘸一下，然后往老师菜汤碗里涮涮，顶多有一点油珠子。老师喝汤闻到油香味，心满意足。这种少有的“打牙祭”听起来犹如天方夜谭，却让我们终生难忘。

当时，我们正年轻，也很传统、单纯，组织上将你“钉”在这里，你就得面对艰苦，敢于担当，好好工作。那时，没有人跳槽，没有人发牢骚说怪话。多少年过去了，回想当年，尽管我们冷落了明媚春光的陶冶，冰封了围炉絮语的享受，但是信仰和毅力支撑我们走过来，值！即使往昔艰苦岁月，有干活时的苦叽叽，也有干成后的甜丝丝。有那时的苦垫底，我们觉得再苦也甜。

2017年4月

# 梁猴子车行

上世纪四十年代，中山路焦百二巷之间有一家梁猴子车行，颇有名气，远近皆知。经营这个车行的有两个“猴子”，老四梁新民被称为梁猴子，老五梁建松被称为细猴子（小名毛伢）。大家叫惯了，他俩不气不恼，照样搭声。直到后来岁数大了，小辈才称四爷、五爷。

为什么叫他们“猴子”，老一辈邻居说，他俩自小玲珑，少年时候为焦百二巷地主家养雀子就赚钱了，后来修车子干活利落，顾客满意。他们的晚辈告诉我，四爷、五爷待人脾气好，干活动作快，修车质量高，有不少“回头客”，焦百二巷及附近不少有钱人家是他们的老主顾。

他们自幼没读过什么书，却干一行，爱一行，精一行。开始学修车，却是从地主家一辆废车的拆车开始的，把车子能拆的一个个拆下来，然后再一一安装好，居然把废车“整”得能骑了。后来，不断摸索，手艺益精。车子龙头、叉头撞得走形，前轮“包饺子”扭曲，经他们敲敲打打、扳扳弄弄就恢复原样。有时遇到一部“只有铃铛不响，其他处处响”的车子，由于他们下功夫修、配、换有关部件，也能让顾客骑走了。当时买一部自行车，要花几担米的钱，不便宜啊。

他俩服务态度好，生人熟人一个样。自行车零部件都是托人从上海带，有的还只有国外的进口货，他们不加价。遇到龙头歪了、脚踏子不灵、坐垫歪了、链子掉了、支架不好撑了，他俩上去摆弄摆弄，说一声“好了”，分文不取。顾客一定要付钱，随你丢多少。有时顾客急匆匆前来修，他们立马动手，三下五除二，立等可取，让顾客兴冲冲而去。有时，则不是这样，因为车子要动大手术，要修要换，急不得。他们修好车，由一个“猴子”骑上车，在城里街道的人群中穿来穿去，我亲眼见过，后来知道，这是在试车，他们要交出去的是一部合格车。城里车行不止他们一家，南头有徐家车行，北市口有孙家车行。各车行相处很好，有时需要什么零配件，大家互通有无，一个目的，为顾客服务，修车赚钱。

梁猴子车行不仅修车，而且出租自行车。自行车型号有22、24、26、28的，款式有直杠、弯杠的。出租自行车，本地口音的一般不要押金，出租费用是每小时一角钱。前来租车的有几种人，一是学骑自行车。车行斜对门的60多岁的朱强小时候向妈妈要1角钱，去学骑自行车（可用一小时），几次一学，会骑了，他仍然跟妈妈要钱，哪怕是5分钱，也可以过把瘾。二是要办事，路远，租个车子快速方便。三是学生放假，租车是为了在城里或下乡玩，有时还结伴而行。梁猴子车行有二十几辆自行车，其时“俏”得不剩一辆。也有单位前来租车，当时高邮镇镇政府设在焦家巷，干部到周边地区有事或开会，也租车出行，基本是当天出外当天归。

梁猴子的老四、老五后来都进了工厂。当了技工。老五在汽配厂干了几年，被县政府行政科看中，调到政府里专门修理自行车。

高邮第一代修车的梁猴子哥俩靠手艺置的房产，如今由他们的子女住着。其子女、媳妇在自家房子或租的房子开了面店、服装鞋子店，生意和当年车行一样红火得让人称羡。

2017年9月

# 大公鸡追“花”

在农村呆过的人，大都见过大公鸡的种种姿态，从它的觅食到啼叫到打斗到“飞鸡”以至斜翅膀兜圈子“做爱”等，唯独它追逐“花”的事，我在农衬20多年只见过一回。

那是30多年前的事了。其时，我工作的农业中学升格为农业高中，从全县招收了一个班，又调去了好几个大学毕业的青年教师，要办一个“抗大”式的学校。学校三面是河一面是连片的菜畦，除了北面傍河新砌了三个砖瓦结构教室，其余的20多间生活、办公用房都是茅草房，集中在一个高爽的庄台上。住校的一百多名师生挤挤轧轧、整齐划一地生活在这绿草护坡、杂树环抱的庄台，步调一致，相安无事。只是学校河南的单玉连，向来是呱呱嘴，他每天望见几乎着装一致的学生早锻炼，总是在河南岸叫嚷：“小和尚们，一二一！”大家知道，学校是茶庵和尚庙旧址，我们一日三餐也是苦行僧的生活。尽管当时也有一批豆蔻年华的少女住校、出操，老单决不至于放肆地喊起“小尼姑们”。

有一天，老单在河南捧着个饭碗闲聊，突然指着学校这边叫道：“你们看，大公鸡追‘花’！”循声望去，学校庄台上养的一只大公鸡飞腾双翅紧紧追着“花”——不是女学生而是一个20多岁的女教师。严格地说，大公鸡穷追不舍地追逐女教师是为了追啄女教师花裙上那绚丽多彩的花儿。我惊诧地一了解，原来大公鸡追“花”已非首次。女教师觉得这大公鸡太犯嫌，轰它不怕，赶它不走，很有点“特别”。这位女教师是教生物的，也曾私下请教过书本，大公鸡追“花”是否动物属性或是某方面特有的个性。其时，答案还是没有找到。大公鸡追“花”居然悍然升级，不仅只要女教师着花裙就照追不误，还“登堂入室”地窜到女教师宿舍，跳上床去啄那被单上的“花”，并示威性地留下一处处“个”字。有一阵，20多岁的男教师觉得很奇怪，倘若爱美之心动物有之，为什么大公鸡不去追逐更为青春焕发的女学生呢？！向来注重整洁、脱俗的女教师对大公鸡屡轰不改的“恶习”，十分气恼，在“不杀”的前提下，一个学生为赶鸡而将染色化肥袋子做的长裤划破了，伤心后就不再赶鸡了。女教师只好穿上长裤，将宿舍门随手锁上，以免大公鸡追“花”那犯嫌的事继续发生。

多少年过去了，大公鸡为什么不追女生那些“花”极易找到答案，在着装几乎一律的集体时代，她们都不穿花裙。近年师生聚会，已是过了天命之年的“大爷们”“大妈们”说，如果30年前也是如今姹紫嫣红的个性时代，大公鸡可能无所适从、望而却步了。当今衣着的五光十色、争奇斗妍，极大地丰富了我们的视野，面对呆板向鲜活的转变，个中赏心悦目的滋味很不一般。曾被扭曲的美变成了自由、愉悦的象征，这是共识。只是我再也捡不到大公鸡追“花”的惊诧，也难以再觅孑然一身花裙的孤独了。

1998年8月

## “小尼姑”上学

高邮刚解放那年，我在城中小学（第一小学前身）三年级读书。春季开学，班上一下子增加了好几个才进城的干部子弟，他们年龄比我们大三至六岁。同时插班的还有一个“小尼姑”。她过去生活在城内的普济庵，因父母双亡，慈悲为怀的老尼怜悯她，就将她收留在身边，待她长大成人后让她出家。后来，老尼姑改变了主意，不准备让她遁入空门，决定送她上学，将来成为一个自食其力的人。

“小尼姑”叫素霞，眉清目秀，言行端庄，就是有点拘谨，走路低着头，从不正视别人。她比我们大四五岁，个子较高，坐在后排。她的到来，自然引起大家注目，也有人好奇，打听她是不是尼姑。老师说，她是城中小学学生，不准喊她“小尼姑”；老师也关照她，不要怕，大家相处时间长了，就熟悉了，你要好好学习，不能掉队。

素霞聪明，语言功底好，她在庵里常听老尼虔诚念经，也常翻阅经书，使她识字明理，不比同学差。她有个好歌喉，歌唱的好，从“校歌”到“解放区的天是明朗的天”的歌声十分悦耳。只是算术课、珠算课差了一截子。对此，老师为她“开小灶”（好像是郭恩柱老师）。一些年岁稍大、成绩好的女同学（记得有吕蕴青、徐绍珍等）自告奋勇同她一道做作业，帮她补差。当天功课当天毕，还预习次日的内容。没有多久，她的成绩上升很快，老师表扬她，同学们夸奖她，她脸上漾起了笑意，在女同学圈子里可以看到她快乐的身影。

女同学在课余时间里跳绳、踢毽子、弹蚕豆（将蚕豆一把散开，用食指将一颗蚕豆弹向另一颗，如果碰到，就可以得到一颗蚕豆）、撂沙袋（将小小沙袋撒开，然后高高抛起一只，看一手能抓起桌上多少沙袋，同时要接住抛起落下的沙袋，能抓住沙袋最多者为胜）。我们男生玩得最多的是“过河过河洗大澡”（一个人站在中间扮水鬼，同学分两边，穿梭奔跑，谁要是被水鬼逮住了，就成了新水鬼）。有时女同学也参加。相处熟悉并融入同学圈子的素霞亦来疯一把，仿佛一下子小了几岁。即使被逮住当水鬼，脸上也绽开了一朵花。

时间长了，大家喜欢这个学习、人品皆好的素霞，也尊重和信任素霞。有时同学有一些小的争执，或做了错事，素霞像个小老师，及时调解、批评，让班上很和谐、很谦让。有一次，学校举办演讲比赛，她讲的《珍惜时光，努力向上》获得一致的好评。她说她的未来，就是要做一个好医生。

大家课余也常常做玩具、比玩具。比如做枪，有的是木头的，有的是纸质的，有的是竹制的。同学繁生做了一把竹制的机关枪，大家很惊叹。几个干部子弟做的木头手枪也很逼真。干部子弟郭华有点不服气，竟然将家里一把装有子弹的真手枪带来显摆，把素霞吓了一跳。经她劝说，郭华才把它悄悄送回家。素霞没有把这事告诉老师，郭华知道了说："你真好。"

不久，郭华得了脑膜炎病，同学们很关切，轮流去医院看他。一个平时生龙活虎的同学正在抢救，素霞心里很难过，默默地双手合十为他祈祷，期望他化险为夷，早日康复。

一次又一次地祷告，换来的却是噩耗——郭华因病少年夭折。可能因为就医迟了和医疗条件限制，未能抢救他的生命。

师生们都为郭华惋惜，素霞和几个女生更是泣不成声。郭华按当时乡俗在他的家乡土葬。校内班上同学集体为他默哀。

近70年过去了。我们都垂垂老矣！依然怀念郭华少年早逝，依然想念花季少女素霞同学。素霞，你实现了做医生的理想吗？你现在在哪里？所有的思念正缩成一束真挚的情谊和童心的花，等着献给你这个可爱的同学。

2017年7月

# 徐家大院

徐家大院曾是具有上百年历史的私人花园,位于焦家巷、营巷和东后街的交汇处。花卉树木,风光秀丽，它是这一带普通人家的乐园。在这里，人们不仅是来看风景的，而且是来到这个有三四个篮球场大的地方玩耍的。大院里有桃树、杏树、槐树、枇杷树、石榴树等;花卉更多，月季、玫瑰、海棠、凤仙花、太阳花、栀子花、盆菊、桂花、蜡梅，四季更迭，姹紫嫣红。更重要的是花木有序，还有一块块空地，可供丫头小伙“疯”得忘返。

大院子北面隔着花墙，还有住房和天井。主人徐奶奶早年丧偶，料理、照看院子是她本家一个年轻的侄子和佣人。传说她没生养过，但喜欢小孩，每每关照伢子，你们尽管玩，但不得损坏树木花草。

大院子东北角月季为主的花坛是女伢子常玩的地方。因为花坛有用大理石砌的宽宽的边沿。她们可以在那里抛沙袋，她们抛起沙袋，抓住快乐。记得玉带河边来玩的吕蕴青就是好手。其时，个头高高的她得胜了，脸上会笑成一朵花，像绽放的月季。弹蚕豆，四季常玩，男女皆可。将几个带的豆子一下撒开，取两个靠近的豆子，弹出一颗，撞上另一颗，则可得到一颗，如此继续，直到你弹出的豆子未撞上另一颗，就得让其他的伢子继续弹，既好玩，又“食”用。有的男伢子“收获”了半口袋，可供他“享用”一阵子。

在杂树相拥、花卉飘香的空地，滚铜板、砸铜板、飘“洋画”，是男伢子的专项玩耍，带有“赌”的性质。滚铜板是用一块砖头垫好形成斜面的青砖，铜板从砖头滚下去，滚得远远的，然后滚得最远的玩手，将铜板撂向最近的铜板，碰着了，就取走，如此连续，如果碰不上,则得把自己的铜板放在起点青砖前,任人宰割。砸铜板是把各人铜板撂在砖头上,高高的，各人站在同一地点，将手中的铜板向砖头上铜板砸去，砸下多少就得多少，如果一枚未砸下，就“靠边站”。记得小友吴古泉是个高手，同伴说，吴古泉，常赢钱，瞄得准，砸得狠。我是输多赢少。当时铜板还在流通，输多了还有点心疼。飘“洋画”是把它放在同一高度，撒手让它飘，飘得远的为胜者，可以“通吃”，靠的是运气。

一池春水吹皱时，童心绽开三月花。大院中间有一砖头砌的水池，大概是用来浇花的。我们打水枪(一个竹管底部开个小眼,然后塞进用布、棉花包得紧紧的塞子,抽满了水就成。)就到那儿去取水，开仗，再取水，再开仗，弄得有人满头是水，甚至是落荒而逃。冬天冷，一般不开仗。

蜡梅吐香的冬天，玩的东西有斗鸡、踢毽子、挤矮子等，以斗鸡、挤矮子为伢子的最爱。斗鸡是力量和技巧的象征。有个伢子叫金其高，个头比同龄人高，腿又长又壮，练金鸡独立可站半个小时不落脚。只要他手抱住右脚往对方跳去，用膝盖及腿或碰，或压，或挑，几个回合一斗，对方准败，因此被人称为“金鸡王”或“斗鸡王”。挤矮子是背靠墙站，人挨人，人挤人，多为男伢子玩，被挤出列的为败者，可站到最后再挤。挤矮子为取暖，又好玩。也有疯丫头参加，大家照挤不停，无顾忌。踢毽子平时也踢，但是踢不出汪曾祺笔下《踢毽子》的花样，也踢不出“是一幅画、一首诗”那样的况味。只是单个儿踢，互相传递踢，只要不落地，便乐在其中。

跳绳，单人跳、多人跳都行，可以跳出花样来，它可以健体，亦可增技，使人变得机灵。滚铁环纯粹是一种玩耍，只要以钩子推着铁环向前滚，从大院西门出，再从南门进，有本事的可以在树木之间、人群之中穿梭。只要铁环不倒，就一直向前跑。这也是一乐。

男伢子打弹弓，弹弓是用粗铅丝绞成或用一截树杈，系上牛筋（橡皮筋），中间连着一块放“子弹”的皮革。打弹弓放好小砖块、小石块、楝树果子，拉长牛筋，对准目标，一松手，“子弹”飞出，直奔目标，让人高兴。在大院子打弹弓，决不打树上的果子，这已形成一种自律。因为果子熟了的时候，徐奶奶会分给伢子吃，大家共享又吃又玩的快乐。

印象较深的是过家家与过河过河洗大澡。过家家是一男一女装扮成新郎新娘，按照旧式婚礼，一切如仪。新郎戴着纸折的帽子，还插着花。新娘也戴着四季不同的花。其时，尚不知情爱是怎么回事的我们，只有当观众，看他们演戏。最近得知曾“做”过新郎的高淼，远在广州，80多岁，身体健康，不知他是否还记得当年做“新郎”的乐趣。

过河过河洗大澡是集体游戏，男女不限，各在“河”的一边，中间有人扮作水鬼。众人从河中穿来穿去，只要有人被水鬼抓住，那人便是“替死鬼”。如此在河中穿越，也撒欢在“流淌”的河里。有人疯得满头都是汗，愉悦心中留。此是大乐，大家都乐。

诚然，当年伢子的玩耍还有“隔”房子、弹玻璃球、骑大马（一人做马头，两人做马身，一手搭马头的肩头，一手与马头牵手，再一人作为骑手驾驭马前行）等。如今已过七八十岁的我们，面对已消失的徐家大院，朝花夕拾，拾得的是童真与乐趣。比起现在的小孩玩耍，我们当年玩的都老土，对他们现在多种多样的玩耍，好羡慕啊。

2018年4月

# 凡人林二爷

在上世纪五十年代，城内小桥北首，有一家不起眼的理发店，只有一间门面，与后来公私合营的大店，或者如今的新潮理发店相比，似乎显得有些寒碜。开此店的姓林，名春生，没有多少人知道他的名字，上了岁数的喊他林老二，一般熟人称叫他林二爷。

林二爷祖籍淮北宿迁一带。饥荒之年，他母亲落难来到高邮，从此扎根安家。她命运不济，先后嫁了两个男人。平时靠做一些粗活，帮助养家糊口，生活十分拮据。林二爷的上辈早就为其成人后生计定了个调子，荒年饿不死手艺人，就让他当个“剃头匠”吧！

抗战前夕，林二爷学理发已经满师，开始，门可罗雀。后来他一心无二用地钻研此“顶上功夫”，逐渐理个平顶、分头、二道毛子、桃子头外带个小辫子什么的，都有模有样。干理发这个行当，成天站着，双臂悬着，够累的。于是他抽暇锻炼身体，做气功，练拳法，听说还学会一点轻功。他说，这还可以防身不受欺侮，他绝不欺人。有时遇到不知他底细的痞子滋事，他会挺身而出，打抱不平。可是他一辈子没有主动对其他人挥过一拳，踢过一脚，以至许多人不知道这个瘦精精的二爷还有功夫哩。

就凭这点功夫，他还救过一个残疾的新四军战士。日伪时期，因莫须有的罪名林二爷坐过牢。同囚室的就是那个新四军战士。日久天长，他们相处得很好。此时的林二爷已经娶妻生子。同室的这个战士不是“要犯”，对其防范不紧。在一个深夜，林二爷带着战士乘隙逃出监狱，并翻过城墙、越过护城河，直奔新四军的“地盘”，他在那里住了一段时间。因为他无参军的念头，他重操旧业，只身去了上海干起了理发行当，也让他对理发业大开了眼界。对救人的事，只有他同母异父的兄长家知道，他从不以救人的事炫耀。因为妻子也随他去了上海，唯一的儿子就在林老大家过日子。

中华人民共和国成立后，小桥理发店开张后不久，很红火，先后收了几个徒弟，有的徒弟后来成了店里师傅。顾客有的是机关干部，有的是附近苏北师专高邮分部的师生，有的是慕名而来的城北一带青年人。当时，高邮还没有用上电，他就用铁皮做个长长的烟筒式的“吹风筒”，筒底有一个烧炭的地方，热风沿着烟筒向外冒，对着顾客的头发吹。加上用烧红的火钳“拉”“卷”头发，在一种特有的头发烧焦味中，林二爷以娴熟的手艺为顾客发式定型，可以是两边分，也可以是“大包头”“飞机头”。这需要细心、熟练，掌控好火候，从来没有烫着顾客。此活，他做，店里其他师傅也做。店面不大，坐东朝西，天热室温高，林二爷特地做两面布幔，用绳子牵着，通过一个滑轮变向，由学徒不停地拉动，高悬的“布吊扇”便送来徐徐的凉风。尽管降温作用不大，但顾客不减。林二爷以高明的手艺、热情的服务、创新的发型赢来了不少回头客。到高邮用上电以后，他更是如鱼得水，顾客盈门，不少女同胞到此烫发，他能根据来者的脸形、发质做出小波浪、大波浪等不同花式，让顾客满意而去。

林二爷不抽烟、不喝酒、不赌钱，唯一嗜好是打杀野狗。当时高邮将狗作为“宠物”的人极少。林二爷年轻时就有此好，用铅丝做个“套子”，另一头将铅丝头穿在一节竹竿中作为抓手，看准了一条狗以后，就猛然用“套子”套住狗的颈项。狗跑，越挣扎，“套子”勒得越紧，狗就被捕获了。后来，手脚灵便、动作迅速的林二爷跨上一辆自行车，在邮城街巷演绎一场“骑车捕狗”的活剧，引得不少市民注目。被瞄上的狗很难在他面前逃逸。小桥河边有一个胭脂山，与理发店近在咫尺。林二爷将狗拖到胭脂山，剥支断骨，开膛剖肚，剔除肚内污秽之物，大卸几块，就可以带回家洗净煮食。捕杀的狗，大部分自家食用，也卖。有人要狗皮、狗肉，也有人要狗鞭，他们说，狗肉、狗鞭是固本壮阳之物，与有些中药配伍，效果极佳。林二爷似乎不完全信这一套，继续他捕狗的玩意，就是有些狗见到他或者嗅到他的气味，早就逃之夭夭。凡人林二爷活到 83 岁，有一子，也是从事理发业，但过的是有别于林二爷的全新生活。

2016 年 9 月

# 史海钩沉

# 说说孙觉那些事

北宋年间，高邮湖上出现神奇珠光的皇祐元年（1049），是高邮历史上双喜临门的岁月。就在这一年，孙觉中了进士，秦观呱呱坠地。后来，孙觉成为政坛高官、文坛巨擘，秦观成了一代词宗。两人成了苍穹耀眼的“双子星座”。孙觉学富五车、形貌奇古，以敢于直言“第一评”闻名天下，他与“拗相公”王安石亦友亦敌（政见常不合）。而秦观作为婉约派翘楚，更是流芳百世，妇孺皆知。要简要评价孙觉的能量和影响，不妨以一句顺口溜加以概括：直不直，政坛上敌不过王安石；牛不牛，声名上超不过秦少游。在此，笔者为大家梳理孙觉为人、为文的那些事，有些事早已为人熟稔，有些事却鲜为人知。

## 领军人物孙莘老

孙觉（1028—1090），字莘老。他所处的时代，高邮人才辈出，有一批奇士名人享誉全国，故秦观诗云：“所以生群材，名抱荆山璧。”孙觉作为领军人物，当之无愧。正是孙觉的提携、关爱、推介，秦观才有文学事业的辉煌。他向苏轼送上一批秦观的诗作，开始了苏秦的神交；也是有他倡议，才有了秦观、参寥子的百余日的汤山游历。尽管是为了拜访漳南道人（曾为高邮乾明寺住持），但是一路浏览，既寄情山水，又陶冶性情。秦观留下了《游汤泉记》，美景尽收笔端，而孙觉亦作诗吟哦：“聊同不速客，来浴自然汤……恍如登十地，热恼顿清凉。”有事烦恼，一洗了之。孙觉被贬至吴兴时，仍不忘“栽培”秦观，热情地接待，并将其作为自己的幕僚。有一次，孙觉的老友病故，很伤心，为悼念挚友，特地为亡者作墓表，还跟秦观说：“你善书法，请你写。”秦观十分乐意，真挚感谢敬佩的老师给自己一个表现才华的机会。

孙觉关怀的何止秦观一人？！诗人王令就是另外一位被重点关顾的人物。当与孙觉同是22岁中进士的王安石路过高邮时，是孙觉的引见，在迎华驿得以相会。王令对王安石高山仰止，王安石平易近人，孙觉与他俩情感笃深。于是便有了王安石、孙觉、王令的湖上泛舟和船上嬉戏。多年后，孙觉和王安石谈及在高邮的往事，“想见荷叶尽，北风尽寒漪”的情景依然历历在目。但是，王令娶王安石妻妹仅仅一年，就因脚气病英年早逝，仅活了28岁。孙觉等老友想起当时欢，“更念昔日悲”。

## 敢于直言“第一评”

如果翻开孙觉进入仕途的履历，除了刚入仕接任主簿、县令以外，他长期任谏官，比如右正言、入知谏院、调掌审官院，一直到任右谏议大夫、吏部侍郎、御史中丞，上可面奏皇帝、宰相，下可管控、监督百官，可谓权重一时。在朝廷中，被称为大胡子孙学士的孙觉，曾对变革、用人之道陈述了一系列观点、主张。他奏请“人主用臣之道，任贤使能而已”，革除积弊既要动真，又要注意“当”，劝告神宗不要提升“多有口才，而无实行”的人。皇上征询他对王安石与吕惠卿的为人优劣和相互关系时，孙觉坚持直言，指出这两个人的特点，并预言两人一定“交恶”，后来事实果真如此，表现了孙觉缜密的分析力和高度的前瞻力。

平心而论，谈学识才能，王安石与孙觉惺惺相惜。王安石很想孙觉成为其营垒一员，以支持他变法。可是，孙觉就不是这号人，有不同看法就敢当面提出，毫不含糊，以致发生冲突。推行“青苗法”就是分歧的导火索。王安石派孙觉出京调研，原指望他回京后为“青苗法”说些好话，然而孙觉指出了弊端、官员运作的胡作非为以及农民深受其害、怨声载道，王安石十分气愤，将孙觉逐出京城，贬为广德知军。宰相蔡确、韩绮办事不公，劣迹斑斑，孙觉作为谏官，伸张正义，严厉批评蔡、韩二人，迫使其退职，无愧天下“第一评”的铮铮风骨。

## 临政莅事为黎民

孙觉也做过地方官，那是被贬外任的时候。他与苏秦比较是幸运的，没有削职为民，甚至成为编管对象。先后知湖州（吴兴）、庐州、亳州、扬州、徐州等七州，为官一任，造福一方。其实，他早任合肥主簿时，面对严重蝗灾，就提出“以米易蝗”，于是就有了灭蝗的告示：“蝗灾降临我地，危及万顷良田。捕灭当务之急，千万不可拖延……”引导农民扑灭了蝗灾，又得到了赈济渡过了难关。合肥的做法又推广到其他县。他在湖州建了墨妙亭，收集了许多名人诗词镌刻其间，以教化当地士民。在松江，洪水将没河堤时，他带领组织民夫，将百里长堤的土堤改建为石堤，像道屏障，捍卫了万顷良田。石堤就成为他的“去恩碑”。

他主政福州，处处为民着想。当地奢靡成风，婚丧费用奇高。他作出规定，今后凡操办婚丧大事必有“度”，即婚丧费用不得超过百千，丧葬费必须减半，从而使陋习有所收敛。他的理念依然是个“度”，而不是不许操办花钱。有一富翁向孙觉提出要建一座寺庙，以佛法普度众生。孙觉劝他行善不一定建庙，不如拿出这笔钱资助急需用钱的人。富翁思忖再三，终于拿出500万钱为在押的人偿还所欠的公家赋税，使数万人走出牢门，一时传为美谈。他在徐州打击盗窃、杀人之风，宽严相济，依法办事。一个五人团伙中，有一个被裹挟而为，他查清了案情后，免除了这个人的刑罚，断头台上也就少了一个冤魂。

## 著书立说为社稷

重文治的北宋，大多数文官能撰文作诗、填词作赋，那是常态。其中有些佼佼者在此基础上又精通某一学术方面的学问，成为专家。孙觉通经史，被同道称为《春秋》（传说是孔子根据鲁国史官编的《春秋》修订而成）学专家。他撰写的《春秋经解》就是宋代及影响后代一部重要的《春秋》学专著。他还撰写《春秋》学方面几部著作，现在可见的这类著作唯有《春秋经解》一书，有人考证后认为《春秋学纂》和《春秋经解》属同一本书。

孙觉有如此成就，得益于他的老师，既有年少时师从的临泽人、誉满江淮的乔竦，又有一代名师泰州的胡瑗。孙觉20岁拜师胡瑗。因其学养丰富、老成持重而在数以千计的学生中脱颖而出，成为“经社”一员，受到同学尊重。次年，他编写了《春秋经社要义》。在从师一年多里，刻苦攻读，对老师的讲授铭记于心。本来，胡瑗有这方面资料以备成书，可是散佚了。后来，孙觉被贬在湖州任职时，写成《春秋经解》。此书既继承了《春秋》问世以来众家评解之所长，又突出了胡瑗传授的观点、理念，当然也有他独到的见地。他坦言，如果遇到他也搞不清的内容，他就在书上留下记号存疑，待后人揭秘。如此严谨的治学态度，令人敬佩。此书提倡“尊王攘夷”“大和平而恶侵伐”等理念，以维护大一统宋王朝，显示他为社稷的耿耿忠心。王安石本准备注释《春秋》以行天下，得知孙觉已出此书，因此就不再注释《春秋》，他政治上确实少一点海量，面对大胡子孙学士，治学上尚有一定的雅量。

孙觉著作甚丰，有《周易传》《文集》等百余卷，为宋代高邮人之冠，可惜不少已失传，而他的诗有《荔枝唱和诗》，也散佚不少。他的《斗野亭》诗云：“淮海无林丘，旷泽千里平……平湖杳无涯，湛湛春波生……可待齿牙豁，归于谢浮荣……”写景寄情，借物言趣，是存世不多的一首。而他写的《杂诗呈逢原（即王令）》一诗云：“鸿雁最知时，未逃罗与网。

不能忘稻粱，千里安得住。鸣蜩腹空虚，见喙因其响。丹凤穴九霄，虞人常梦想。”时任高邮军学官孙觉与友人诗歌吟哦中，觅得的是难以忘怀的乡情友情。

## 淮南草木借光辉

孙觉是一位热爱家乡、回报桑梓，热爱亲友、始终不渝的高士。他任学官时，支持知军邵必开始官办儒学，与乔竦在临泽个人办学相得益彰，使高邮的教化风尚发扬光大，高邮从此不仅有根底深厚、有教无类的私塾（临泽以外也有多处），而且拥有了 80 间房舍这样一个规模宏大、受业众多的官办儒学，揭开了历代欲有作为的高邮官吏“以治学为急先务”的第一页，孙觉支持高邮军主政者决策功不可没，其理念一直泽被后代，福荫至今。

嘉祐六年（1061），黄庭坚随李公择来邮拜访正在家乡的孙觉，相见甚欢，孙觉见黄庭坚年轻有为、谈吐不凡，就将女儿孙兰溪许配给 17 岁的黄庭坚。孙兰溪婚后幸福，可是红颜命薄，就在黄庭坚进入仕途不久，就驾鹤西去。从此，黄庭坚一如既往地敬重“老泰山”孙觉，常有书信诗词往来，如《和答外舅（岳父）孙莘老》《和答莘老见赠》等，亲情缕缕，其乐融融。

其时，孙觉的亲人见孙觉日渐衰老，早就希望他解职归里，摆脱荣华富贵，寄情湖光水色。其中，黄庭坚在和孙觉写的“斗野亭”一诗中，就发出“佳人何时归”的感慨。孙觉 61 岁的时候，黄庭坚再次写诗劝说岳父远世怡情，享受晚年。诗曰：“甓社湖中有明月，淮南草木借光辉。故因剖蚌登王府，不若行沙弄夕霏。”话已再明白不过了，你老人家应远离政治，远离党争（孙被卷入党争，名列入“党人碑”，待皇上为“党人碑”诸公平反之时，孙觉早已命归黄泉 20 多年），回乡好好过日子吧！

孙觉也想退居，请求免职，可是皇帝下诏书不允许。皇帝不亮“绿灯”，孙觉也离不了“宦海”。有趣的是这份诏书是苏轼奉命而为。最后，孙觉终于实现夙愿，归居舒州灵仙观，直至老死。也有人说，孙觉死于家乡。这一年是元祐五年（1090）二月三日，享年 63 岁。在春花烂漫的季节，孙莘老却去天国寻觅春光。

2017 年 10 月

# 说说秦观那些事

近几年,高邮围绕秦少游和“七夕”开展了丰富多彩的活动,旨在打造“中国情都”高邮。最近，我“悦读”了许伟忠的两本书：一是《悲情歌手秦少游》(以下简称《悲》)，二是新近出版的《足迹：追寻秦少游》(以下简称《足》)，有感而发，想说说秦观那些事。

## 千古绝唱《鹊桥仙》

秦少游词《鹊桥仙》是千古绝唱，揭示了爱情真谛。如今，人们可以在文游台广场一睹毛泽东手书《鹊桥仙·纤云弄巧》的特有风采。这既有该词勾魂摄魄的内容，又有毛泽东信马由缰的书法(见“足”书)。这里，已经成为每年开展“七夕”主题活动独特的平台和耀眼的标记。

早先，笔者读到《鹊桥仙》，自然会想到一个问题，该词写于何时？其时认为该词可能是写于贬谪的路上，历尽坎坷的他在思念远方的妻子和家人，并以“两情若是久长时，又岂在朝朝暮暮”聊以自慰。近读许伟忠的《悲》《足》书，听他的介绍才知道该词写于少游居家或初入仕途时期。其理由是少游的抱负、豪隽，加之已有丰富的情感世界和广泛阅历。不是悲戚多愁、哀怨凄婉为人生底色的后期可以写出来的。

许伟忠认为，该词千古传唱，其意义是少游独出机杼、善于创新。开拓了“七夕”这类传统故事的新境界，自古至今，难有同类作品可以与《鹊桥仙》媲美。

该词的结句是长久不衰的闪光点，是一种表达始终不渝的“誓言说”。那么，少游在向谁倾诉,该词的女主角是谁？许伟忠不同意“托词说”“思君说”。因此推出了“誓言说”，提出了女主角有边朝华等五人，但是他也没有确定是哪一个，有待研究者继续探求。

作为普通的读者，并不关心女主角究竟是谁，最欣赏的仍是少游“化腐朽为神奇”，学习他的为情而造文，不断创新地走自己的路。

## 寺壁题诗是个谜

少游于寺庙壁题诗是流传于扬州、高邮一带的故事，最早见到的有关文字是徐培均注的《淮海居士长短句》。大意是少游听说苏轼要经过扬州，预先在一寺庙中“预作公笔语”，使苏轼大惊。后苏轼又在孙觉处读到少游诗词数百篇，引起了苏轼注目，故而结为神交。

许伟忠在《悲》书中根据释惠洪《冷斋夜话》提供的资料认为此故事可信度高（即释与秦是同时代的人），也非常客观地指出释惠洪记载的“似有语焉不详”之处：诸如题寺地点不详，模仿苏轼笔落款是谁不详（从实际效果仍是题苏名），题写内容不详。我同意许伟忠关于题写内容不详一说，对上面两点存疑。

为此，我曾请教过徐培均先生，他说，你们高邮人都不知道，我怎能说得清楚呢？你们去探讨研究吧！

笔者认为，寺壁题诗不是史实，而是传说式的故事。有的故事是有历史依据的，有的故事则是流传于人们口头上的传说，往往是文化人先编起来，在流传中不断地完善，绘声绘色地让人信以为真。其次，这则故事只见于释惠洪的《冷斋夜话》，扬州的正史、野史都未有记载。再次，作为有关当事人孙觉的诗文中也从未提及。由孙觉交给苏轼看的少游诗词竟达数百篇，那时少游才 27 岁，能有这么多吗？

但是，我仍然愿意把它作为故事来读，也期待能解开题诗之谜。

## 典衣食粥苦生活

这是少游在京城为官期间因生计问题而引发的一件趣闻。他在写给近邻、户部尚书钱穆父的诗中称“日典春衣非为酒，家贫食粥已多时”，表明春天将至，我少游还要典当春天的衣服，来糊口度日。钱尚书当即送禄米二石并附诗一首，表示有些不解，薪俸不错的少游家的温饱竟然出现问题，这究竟是什么情况？秦少游的谢诗介绍了有关情况，许伟忠在《悲》书中边叙边议揭示了两种可能。一种可能是少游与钱尚书关系不同一般，说话时开个玩笑是常事，少游谈典衣食粥只是博得钱公一笑。另一种可能，典衣食粥是少游家的真实情况。

笔者认为，正儿八经地向好友倾诉，不仅仅是博一笑而已，而是道出家中实情。典衣食粥确实发生过，而不是为了开玩笑提出这没颜面的事。至于少游交往中一掷千金，比如与钱节交往中花费巨大，这可能是个例，而不是常态，少游诗文中没有动辄花费数万“做东”的记载。

应该承认，少游家的生活水平与其他官员相比是有差距的。日常三餐，粗茶淡饭，只有母亲能够吃到肉食，应是实情。当年他出仕以后，要把母亲接到蔡州，但是难以支付接母的费用，还是向老乡好友、吏部郎中乔执中求助，搭乘乔执中雇的船同行，才将母亲接到任上。

## 卷入党争不由己

党争，历来有之。宋代初年一片太平盛世，掩盖了潜在的党争。而党争的公开化，史载始于宋真宗的“异论相搅”。北宋党争其实质是统治阶级内部围绕变法而进行的思想斗争，它持续时间长，异常复杂激烈，“变”也好，“不变”也好，使新旧两党都遭受到打击。从某种意义上说，无休止的党争直接导致了北宋乃至南宋的衰弱和灭亡。

许伟忠指出，王安石的新党与苏轼的旧党并没有不可调和的矛盾，只是王主张激进速达，苏主张渐进缓成。

少游在党争中扮演了什么角色呢？出仕前尚未卷入党争，只是在诗歌中提及新法推行后的影响，也用语温和。即使出仕初期，在策论所表现的见地，也主张取两法之长用于当今，似乎有取长补短之意。

少游卷入党争非有意而为，就如他在《望海潮·洛阳怀古》中写道：“常记误随车”，即错跟了别人车子而前行，也就是跟在老师苏轼后面而被卷入党争旋涡，但并不想积极投入斗争。

党争并不以人的意志而转移。“乌台诗案”苏轼锒铛入狱也好，哲宗继位废止新法也好，少游主张对朋党不能一概而论，要区分邪正，“邪”当然是奸佞小人。但是一切努力，都没有达到预想的结果，而自己反被“正人君子”以行为不检点（出入青楼）作为把柄屡遭攻讦，有口难辩，只能以诗酒解愁。

窃以为，随着党争愈演愈烈，得名于朋友、得罪于朋友的少游的浮沉则成了党争的反射镜、晴雨表。最终，少游以“七年五遭遣”咽下了党争塞进他嘴里的苦果，走完他悲悲戚戚的人生。

## 风流才子说修真

修真一词，出自于《汉书·叙传上》，其义是“若夫严子者，绝圣弃智，修身保真，清虚淡泊，归之自然”。简言之，就是看破红尘，清除杂念，修身养性，以求正果。

一个风流才子秦少游在进入仕途以后，无论是顺境还是逆境，似乎都与修真不沾边。

然而，他遣归小妾朝华和接纳潭州义娼的事情却演绎了感人至深的故事。

应该说，他先后与朝华、义娼都有着真挚、深沉的爱，既有“了知身不在人间”的若梦若仙，又有“独有春红留醉脸”的红晕迷人。可谓是至爱纯情，难舍难分。

就在纳妾朝华的当年，就有了第一次遣送朝华回家的让人肝肠欲断的事。20 多天后，朝华又回到少游身边，少游“怜而复取归”。次年，少游被贬谪南下，行至淮上，少游再次遣送朝华。这次是铁了心,他对朝华说:“汝不去,吾不得修真矣。”少游果真修真了吗？否。潭州义娼进入贬谪路上的少游人生，从慕名爱词到见面爱人。天上掉下了一个秦哥哥，义娼怎能放过？她爱少游爱得死去活来，直到少游猝死藤州，绕棺三周，殉情而亡，极为悲壮。

许伟忠在《悲》书中认为，初次遣朝华心情是沉重的，选择是慎重的；二遣朝华，是为了更爱她。而对奇遇义娼，看似意料之外，却在情理之中，这基于少游的杰出才华和人格魅力。窃以为，少游对这两个女子，是因情而生爱，情到深处爱自成。

笔者对义娼做出的感天动地的事深信不疑。像少游这样的才子，官场失意、情场得意是完全可能的。30 多年前，我就根据义娼传改编成 2 万多字的故事《王妙妙三送秦少游》，压根儿不去考虑少游修真的事。

## 少游猝死古藤州

元符三年（1100）的八月十二日，少游被放逐七年后，奉诏北还至藤州（今广西藤县），猝死于光华亭中，52 岁就走到生命终点，令人扼腕叹息。他的死，似乎早有预言，且大都在他的诗词中可以见到。《好事近》就是其中一首，其结句“醉卧古藤阴下，了不知南北”便成了一种预兆。人的生死果真是命里注定的吗？

信奉唯物论的笔者自然不信这一套，偏偏这一套在当时盛行，使人将信将疑。小说家更是将这类预言说得神秘兮兮的，辩才法师便是小说家塑造的能卜生死的“预言家”。

辩才法师让少游自报了生辰、八字，问了籍贯，看了面相、掌纹，然后说了占卜大师常说的让人似懂非懂的话，叫少游也云里雾里难解真义。少游只知法师说自己前途多蹇，遇水有妨，务必小心。

奇怪的事，后来少游至藤州，卧光华亭，忽索水饮，家人将一盂水急送到少游面前，少游却笑视之而卒。这是不是应了“遇水有妨”的预言呢？

许伟忠在《悲》书中指出，不同意关于“遇水有妨”之说，少游北归之途，饮酒赋诗，一如平常。只是天气炎热，酷暑难当，到了藤州后，依然饮酒赏景，以至醉后困卧光华亭，索水水至，笑视而亡。这是中暑、醉酒所致，与预言毫不相关。少游猝死有它的突然性，其实也有一定的必然性。用现代医学分析，少游极可能患有脑梗、心梗疾病，困卧光华亭前的醉，是一种疾病突发的诱因。

窃以为，命里注定和预言死亡都不可信，但是从一个人的气色、情绪、精神可以推断一个人的健康状况。衡阳太守孔毅甫和宰相曾布从少游诗文中就读到了少游“必不久于人世”的生命信息。他们是高明的“预言家”。至于几种诗谶与少游猝死仅仅是一种人们不愿遇到的巧合。

在酷热的盛夏，笔者坐在空调房间，阅读许伟忠的《悲》《足》，成了一种必修课，现仅撷取几则故事，敷衍成文，一是为了怀念先贤秦少游；二是为了介绍许伟忠两本书的有关内容，大家不妨将这两书找来读读，那将是一次愉悦的心灵旅行。

2017 年 8 月

# 说说张士诚那些事

敝乡于六十年（实为三百年）之间出了两位皇上（张士诚、吴三桂）。

——题记·汪曾祺《吴三桂》

张士诚，大丰白驹（曾属兴化）人，长大后以撑船运盐为生，自称是把脑袋绑在裤腰带上的私盐贩子，历来深受欺凌，饱尝艰辛，生性豪爽，膂力过人，秉公好义，顽强机诈，是一个地道的绿林草莽汉子。元朝末年，他率众揭竿而起，成了元末众多起义英雄之一。

每到中秋，人们品尝月饼，常常可以见到月饼下面都衬有一方小纸，这纸有何用？民俗专家、原扬州市文联主席曹永森指出，这与张士诚组织农民起义有关，他是利用中秋节人们互赠月饼的习俗，在月饼下面这方小纸上，写了“中秋杀鞑子（指元兵）”或“关门杀鞑子”。在当时各户刀具都受管控的情况下，百姓收到月饼，见到纸条，便纷纷响应，聚众造反。时代更迭，如今小纸犹存，没有字了。

这里，笔者不写张士诚起义的兴衰，而是说说他与高邮及关爱平民百姓的那些事。

## 定都高邮号大周

元至正十三年（1353）正月，32岁的张士诚（小名九四）与其弟士义、士德、士信及壮士李伯升等十八名“胆大妄为”的盐民，积极筹备武装暴动。一天夜里（准确时间无从查考，大致是春天），在白驹场附近的北极殿里歃血为盟，抄起十八根扁担起事，先杀了为害乡邻的恶霸，后又冲进了当地富户家中，开仓放粮，分发钱财，得到穷苦大众的拥戴，接着一把火把富户房屋烧了个精光，一支反元烽火冲天而起，映红大江南北。

这支由十八根扁担聚众起兵的队伍，很快抢占泰州，占领戴家窑，大战得胜湖，攻取兴化城，血战澄子河，直捣高邮府（当时下辖兴化、宝应二县），以期占领个大些的要邑名城，好称王点将打天下。

当年5月，张士诚如愿以偿。这股江淮地区异军突起的起义队伍裹挟着三垛大捷的余威，一鼓作气攻占了城池周长十一里、城高河宽、易守难攻的高邮。起兵攻占兴化时，他们兵力只有万把人，此时队伍扩充到九万多人，攻取高邮正是实力的彰显。有传说称，张士诚攻城武器不够，就将鲫鱼绑在扁担上挥舞着杀将过去，夜色中犹如刀光闪闪，因此，鲫鱼又被称作刀子鱼，这只是传说而已。

次年正月，张士诚选择了城北多宝桥西的承天寺（即承天大梵讲寺）作为称王宝地，抖起了称王的威风，国号大周，建元天佑，并铸“天佑通宝”铜钱，这一切，都是表明秉承天意，亦祈求上天保佑大周长治久安。这是继隋末唐初李子通在江都建吴国之后，又一个在扬州地区建立的农民政权。从此，高邮被管辖了十三年，也圆就了他称王的梦。其时，元奉行“谁称王就先打谁”的策略，张士诚首当其冲，而“缓称王”的朱元璋却讨了个便宜，避开了元军的进攻锋芒。至于“承天寺题匾”一事，讲的是请来的秀才们在写“承”字时总是先写一个“了”字而遭杀身之祸，后来有人先写王，再上下左右补齐笔画而受到夸奖。这也是一个有人欢喜有人忧“奇幻的传说”。

## 招安强攻不动摇

对待农民起义队伍，历代统治者常是用一手诱降招安、一手重兵强攻的伎俩对付。元代统治者对张士诚也如法炮制。

张士诚起兵后，势如破竹，很快攻下泰州。当时泰州虽不属高邮府管辖，但是朝廷派刚刚到任的高邮知府李齐前往招降，狡诈的张士诚假意接受招降，但转眼之间，又将反元的大旗高高举起，并以杀掉行省参政赵琏祭旗，使元朝统治者第一次招安成了泡影。第二次招安是在兴化得胜湖，其时起义军已过万人。元朝廷拿着“万户侯”武官官职诱其就范，张士诚声称官太小，不接受。如此僵持多日，待到起义队伍已攻下高邮的时候，朝廷又派李齐进城招降，未成，反遭杀身之祸，殒命在张士诚的剑下。明代一个武官为此哀叹：“忆昨高邮才到任，孤城四面受攻围。劳军展喜初无恙，出使贞乡竟不归……”第三次招安是在高邮城。淮南行省官员盛昭奉诏劝降，结果又中招了，他以为张士诚真心愿降，好不容易进得高邮城，准备受降授官，一切如仪，却被威风凛凛的张士诚痛斥一顿：“你们皇帝老子来了也没用。”结果，盛昭这个劝降者遭受活剐丧身。

招安的同时，元兵的围剿强攻始终未停，战事不断。其时的起义队伍已占据江淮一片土地。平川炸雷，声震朝野。枢密院都事石普是个出名的铁头犟。他向当朝丞相脱脱进言，说他谙熟高邮地理环境，只要有 3 万步兵，就能收拾张士诚，包取高邮，为此立下军令状。于是他带兵日夜兼程，直扑高邮。高邮城北有个挡军楼，是军事哨所。一天夜里，张士诚巡查至此，从野鸭子成批地异常飞动，断定元兵来袭，立即排兵布阵，将元兵打得落花流水。石普不甘心首战受挫，派人送信淮南总兵并约定“三日后子时派奇兵抄城东夹击”，结果被人做了手脚，“奇”兵变成了“骑”兵。在水网地区被杀得人仰马翻，石普的队伍同样一败涂地，他本人也战死高邮。弹丸之地的高邮城，竟然如此岿然不动。

## 百万元兵围高邮

元至正十四年（1354）九月，元朝丞相脱脱奉旨率领四十万大军，号称“百万大军”攻打高邮，揭开了高邮地区历史上规模最大也极为惨烈的一次战役，被史学家称为“高邮十大战役”之首。

脱脱是元朝末年少有的有见识、有能力的丞相，也是多次镇压农民起义的杀人魔王。至正十二年八月，他亲率大军出征徐州。因为当时起义军切断了通过漕运对都城的物资供应。九月，脱脱破徐州后，进行了惨无人道的大屠杀，然后班师回朝。朝廷为其建生祠，立平寇碑，成为专横跋扈、不可一世的重臣。

脱脱统领各王、各省优势兵力直扑高邮。元史载，丞相这次出征，可谓“旌旗累千里，金鼓震天，出师之盛，有未过之者”。他采取稳扎稳打、打则必胜的策略，抵达江淮地区以后，先扫荡周边地区的义军，连连攻克兴化、盐城、六合，将高邮围个水泄不通。

当年十一月，高邮已成了一座孤城。战乱出良将，危难识英雄。此时义军的首领张士诚充分表现了他的胆识、勇气和决心。尽管元军动用了包括火炮在内的各种武器投入战斗，攻势不减，连续三月，承天寺王府和高邮城依然久攻不下。那年寒冬，他们既无援兵，又无粮草，张士诚等首领身先士卒，英勇杀敌，体恤下属，关爱百姓，依托城池的瓮城藏兵洞尽量减少伤亡，坚持艰苦卓绝的高邮战役。有人推算，明代初年，高邮人口只有六万多人，当时守城的军民不会超过万人。在起义者心中，投降也是死，抵抗也是死，不如抵抗而死，至少死得悲壮。

后来，百万元军败走邮城，乃“天佑”也。就在内城要攻破的那一刻，元顺帝一道诏书急递脱脱帐中，解其兵权，削其官爵，发配云南。这次临阵换帅，引起元军大溃败，犹如山崩地裂，也成全了一方枭雄张士诚，终于转危为安，反败为胜。被当代史学工作者称为人类历史上以弱胜强、战果辉煌的一战。

## 以弱胜强说缘由

张士诚起义军以弱胜强似乎是“天佑”天意也，实质上由多种元素构成了历史的必然。

朝廷内部争斗、权臣权力倾轧，使元顺帝在关键时刻发出了错误诏书，导致本来唾手可得的高邮依然是义军的天下，而百万元军却败走邮城。早在脱脱出师前，有权臣认为宠臣哈麻是个后患，必除之，脱脱犹豫不决，未下手。而哈麻获悉后，迁怒于脱脱，便上书列举脱脱之过。出师后，元顺帝命哈麻为中书省平章政事，让他握有大权。当年年底，哈麻唆使监察御史弹劾脱脱，称：“脱脱出师三月，略无寸功，倾国家之财以为己用，半朝廷之官以为自随。又其弟庸才鄙器，玷污清台，纲纪之政不修，贪淫之习益著。”元顺帝听信谗言，唯恐功大盖主，于是就下诏削脱脱兵权。诏书到达军中之时，有人进言，将在外，君命有所不受。但是，脱脱不敢违背君命，遂交出兵权。高邮战役元军不战自溃，是元末农民战争的转折点，各路起义军转被动为主动，重新掀起规模更大、声势更猛的武装起义高潮。

起义军中主战主降也决定这支队伍和战役的走势。元军围困高邮时，城中起义军只剩几千人，粮食越来越少，弓箭等守城器材使用殆尽。此时，有些将领主张降元或许获得一线生机。对此，张士诚表示坚决反对，他深知，此时投降无疑是自掘坟墓。据野史载，在最危急的关头，张士诚叫天不灵，叫地不应，恨得肠子都青，连扇自己的嘴巴，想投降都不行。即使顶天立地的英雄，也有他胆怯、气馁的“另一面”，不足为怪。但是，他想到徐州屠城之血腥，脱脱攻陷高邮之日也将重蹈徐州的覆辙，因此，决心领兵抗元到底。张士诚的主张得到积极响应，高邮城头始终飘拂张王旗。

## 苏人犹记张九四

元至正十五年（1355），张士诚队伍除一小部分留守高邮城外，大部队挥师南下，从通州渡江进入常熟，此后，连克平江（苏州）、湖州、常州等地。他把平江改为隆平府，并迁都这里，以苏州承天寺为办公场所。一日，他盘腿坐在大殿中，在梁上连射三箭作为“雄起”的标识。

张士诚鼎盛时期占据的地盘，北到徐州、济宁，西到汝南、阜阳、凤阳，东到大海，南到绍兴，纵横两千余里，带甲将士数十万，他成了全国最富有的人。诚然，张士诚后来渐渐变得奢侈、骄纵起来，但是，他还为管辖地区人民做了不少实事、好事。因此，有人诗云有些历史过客“不及高邮张九四，至今犹得苏人怜”。

张士诚起兵初，每到一处，常是打家劫舍、杀富济贫、开仓放粮、分发浮财，他们还废除元朝盐民、农民身上的苛捐杂税，自然得到穷苦大众的欢迎。建都高邮后。他传令部属不许抢掠，不许烧杀，不许奸淫，并坚持赈济难民，设棚施粥、帮困扶贫、管控治安，以及建立仓储、预防荒年，得到士民的普遍拥护。迁都苏州后，更是多方实施发展生产、惠及民生、重视文化的策略和措施，成效明显。

诸如先后颁布了《州县农桑令》《州县兴学校令》等，取消了农民拖欠元政府的所有赋税，并把当年四成赋税返还农民，设立劝农使，带领百姓兴修水利，发展农桑，发行“天佑通宝”，促进物资流通，促进了江浙皖等地区的经济发展，福荫了一方百姓。同时，张士诚在统治区内发展教育，尊重文人，整饬民风，弘扬文化，设立学士员，开办弘文馆。就在他被朱元璋俘虏的前两年，他还举行乡试，选贤入仕，广招俊才，施耐庵、罗贯中、陈基、陈维光等元末名士都曾在张士诚帐中任职，为其出谋划策。大丰、高邮一带有关刀子鱼有一段民谣：“刀子鱼，当刀子，施耐庵出的点子，吓跑了高邮的鞑子，城头竖起张王的旗子。”

张士诚的结局是壮烈而悲惨的。他被俘后面对朱元璋只有一句话：“天日照尔而不照我而已。”“照”，即照顾。他自缢而亡后，朱元璋将其尸体烧成灰，这就是所谓的锉骨扬灰。

明初，有洪武赶散（回）的大迁移，朱元璋将大批江南百姓从苏州阊门（迁移的动身处）赶至高邮、宝应、兴化一带，但是江南江北百姓怀念张士诚，以各种形式纪念他。据民俗专家曹永森介绍，民间有一个说法，“早烧清明晚烧冬，七月半的野鬼等不到中”，这野鬼就是指战死的张士诚及其属下。每年七月半，苏州城乡和高邮一带的街头巷尾或村头，都要点燃香烛，名义上纪念地藏王生日，实际上烧的是“九四香”或“久思香”，有官员追问，人们又会说成是烧的“狗屎香”。其纪念张王，不言而喻。

在王鹤编著的《古代诗词咏高邮》，有一首无名氏的《吊张士诚》。诗云：“将军只合田横死，国士嗟无豫让闻。风雨年年寒食节，麦盂谁上太妃坟。”一代草莽英雄就这样铭刻在历史中，演化为民俗代代相传。

2017年8月

# 说说汪广洋那些事

元朝末年，王朝大厦即将倾圮，神州大地群雄割据。朱元璋、张士诚、陈友谅等各路起义人马，正角逐华夏，烽火连天，可谓时势造英雄。朱元璋挥戈南下，攻下采石矶进入太平（今当涂），在招纳贤士时召见了暂居当地的汪广洋（字朝宗，号洪波）。这位从高邮走出来的元末最后的进士遇到了天赐良机，从此官运亨通，最终成为明王朝中书省左丞相、右丞相，是高邮担任文官官职最高的文人，并以他阳光荆棘载途的传奇人生存留史册。

## 朱元璋招贤揽士　汪广洋应聘麾下

元代，科举废，后恢复，凡十三次，汪广洋搭上了最后一班车，成为一名进士，并未入仕，而流寓四方。朱元璋时为都元帅，他求才若渴，为我所用，就像一块巨大的海绵，不断地从周围将有益的人及其进言吸纳到自己这边来。离乡多日的汪广洋是位通精史、工诗歌、善篆隶的人物，与朱元璋说社稷、论国事、谈兵戎，坐而论道，是他的强项。据传，汪广洋向朱元璋进呈“高筑墙、广积粮”的策略，并建议抓紧起义队伍建设，抓紧训练，并屯田养兵，且耕且战，深得朱元璋的赏识，当即将其留下当元帅府令史（吏员），因汪广洋宽和稳健、办事干练，后历任江南行省提控、都谏官（对朝政有失，可执直谏）、都事、郎中、明立国前中书省右司都中、骁骑卫，成为兼事文武的中级官员。转瞬之间，汪广洋成为朱元璋器重的一个人物。

朱元璋率军攻下徽州以后，亲自来到石门山拜访老儒朱升。朱升向朱元璋提出九个字策略，即“高筑墙、广积粮、缓称霸”。可谓英雄所见略同，只是朱升比汪广洋更有远见。这九个字成为朱元璋夺取天下，建立明王朝的行动纲领。

## 汪广洋文武兼备　随义军转战四方

进士出身的汪广洋并不谙熟行伍生活，更不会使用十八般兵器，他随起义队伍出征，大都发挥将领的幕僚或者谋士的作用，忠诚贯彻统帅部署的战略、策略和方针，确保朱元璋的号令“一声喊到底”。他跟随的第一位将领就是大将、时任平章的常遇春。此时，汪广洋参与军务，转战安徽一带，常战常胜，但是不忘历史上战事的经验教训，借古喻今，励精图新。军队过安徽寿山遥望有名的八公山，他有感咏哦：“八公草木晚离离，仿佛成人似设寄……谢玄归奏平戎日，王猛徒劳料敌时……”，表达的是对五代十六国前秦与东晋“淝水之战”的感叹。前秦皇帝苻坚率领九十万火军攻晋，没有听信丞相王猛“不可攻晋”的劝告，决心一举灭东晋。可是兵抵寿州，不可一世的苻坚却怀疑八公山草木埋伏东晋大军，因此畏葸不前，从此，便有了“草木皆兵”一语。后两军一交手，谢玄以弱胜强，苻坚的军队一败涂地，又有了“风声鹤唳”一说及“淝水之战”这一经典战役。

历史上一战定乾坤者有之，但是朝代兴亡在于得人心者得天下。汪广洋随常遇春攻下赣州，始终秉承朱元璋训令，不乱杀人，即破敌后不杀无辜，克服过去乱杀降兵的老毛病，得到朱元璋的褒扬：“予为将军喜。”朱元璋登基后，汪广洋被任命料理山东行省，其时正值大将徐达刚刚平定山东，汪广洋深知仅靠大军压服不够，他积极安抚、接纳前来归附的官员，“一个不杀”，量才录用，化敌为友，迅速稳定情势，出现了稳定局面。就连朱元璋安排在汪广洋身旁的“耳目”，也为汪广洋为人处事所折服。

## 明王朝宦海沉浮　汪广洋三次为相

世事更迭，政事诡谲。明王朝从建立之日起，以皇帝为中心的统治集团就充满了权力争夺的是是非非。一方面，朱元璋疑心重重。本来，他主张以法治国，反腐极严，以求长治久安。但是，他建立锦衣卫，对臣民严加管控，甚至想控制人们的思想，对与和尚有关的字如“僧、尼、秃”十分忌讳。另一方面，一些高级将领、开国元勋也欲与皇权抗争。入仕于太平的汪广洋只想弄个太平官做做，甚至想“几时携汝辈（指堂侄），归种水西田”。可是他的才华韬略、赫赫业绩注定了他的愿景是个空想，因而堂而皇之跻身重臣李善长、刘伯温、胡惟庸等人的行列。

洪武三年（1370），汪广洋成为明王朝一颗政治新星跃升苍穹。那是因为李善长因病告退，汪广洋被任命为权重一时的左丞相，与右丞相杨宪共同掌控中书省。从此，他踏上了飞黄腾达的丞相路，也走上了命运多舛的人生路，以致蒙冤遭害的不归路。《明鉴》卷一载，大意是杨宪大权独揽，觉得汪广洋碍手碍脚，就唆使人告发汪侍母无礼。大孝子朱元璋十分恼火，就放逐汪广洋回老家，后又听信杨宪谗言，将汪放至海南。汪广洋对此愤愤不平，在《岭南喜得家书》直言：“最喜慈亲健，都忘两鬓斑”，表达对母亲的敬爱、思念之情。后来杨宪被人揭发，说杨宪陷害忠良。于是，朱元璋将汪广洋召回，封汪为护军忠勤伯，食禄三百六十石。与封为诚意伯的刘伯温成为明初耀眼的双子星座。朱皇帝称赞汪广洋“制繁治剧，屡献忠谋”，将他此作张良、诸葛亮，金口玉言，将汪广洋捧到极高地位。

转眼不到一年，汪广洋再次被封为右丞相，与左丞相胡惟庸共事。汪广洋又遇到了一位独揽大权的“同事”，宽厚仁者的他，在凤池（中书省一水池，其周边为办公场所）寄情诗文，凡事不惹人招风。而胡惟庸上奏汪广洋的不是，皇上以为汪广洋太不尽职，无所建树，将其再次贬谪南下广东，任行省参政。可是不到一年，朱皇帝又将其召回任御史大夫，他觉得汪的不作为总比眼前的重臣胡作为要好。况且，汪广洋忠心耿耿，远在岭南，依然感叹“幸当尧舜圣明时”“寸心为国虽无补，不愧皇天后土知”。多好的赤胆忠君的忠勤伯啊！

六年以后，汪广洋第三次被任命为右丞相，仍然与左丞相胡惟庸共事。经历了多次官场沉浮的汪广洋已经洞察了政治的坎坷与险恶，在皇帝老子面前，稍一闪失，或委蛇辱身，或直言戳身。于是，他淡泊相位，诗酒自娱，可是总难避免恐怖的厄运。御史中丞涂节上奏皇上，两年前胡惟庸毒死刘伯温，汪广洋“应该知情”（这只是一种推断）。皇上查问此事，汪广洋回答“全然不知”。朱皇帝勃然大怒，斥责汪广洋欺君误国，朋党营私，将汪广洋再次贬谪海南，船至太平，皇上又认为他包庇罪臣朱文正，不揭发杨宪阴谋，数罪叠加，派专人赶至太平赐死汪广洋。汪广洋“前脚才受贬，随后又断头。只因皇上疑，临死不知由”。是年，1379 年也。追随朱元璋二十四年的汪广洋，成在太平，亡也在太平。

## 甓社湖人生咏哦　明初江淮一诗家

有研究汪广洋者认为，汪广洋是明初政治家、军事家、文学家。笔者以为，汪广洋充其量是一个不成熟的政治家，“天予当在干中取”，天赐良机，却看不到他为相后有多少政绩；半个军事家，他治军有方，但很少见到他带兵攻城略地的辉煌。至于文学方面确实有一定造诣，有《凤池吟稿》八卷存世，另有《汪丞相集》《明诗综》。《古代诗人咏高邮》一书中称汪广洋“为明初诗家之最，学者宗仰之”，则是乡人对乡贤的溢美之词。倘若有机会浏览《凤池吟稿》，肯定是一件“悦读”的乐事。

汪广洋出生之年一直是个未知数。其实，他的《自寿》一诗揭开了出生之谜，诗云：“腐儒今年四十二，幸当尧舜圣明时。堂中白发慈亲健，膝下红颜二子奇……”他是洪武六年（1373）被调广东的，照此推算，他应该是元文宗至顺元年（1330）出生的。他的诗便是出生年份的佐证。

观其部分诗作，他的作品不是闲情集，也不是愤世篇，即使一再被贬，身心俱惫，但丝毫没有少游公的“飞红万点愁如海”的情绪和况味。汪广洋作品流露的是正统的忠君报国的赤诚之心和传统的思亲念乡的真挚之情。他的《白发》诗云：“圣朝频见取，报效近如何……江淮移省檄，邹鲁尚弦歌。自愧才疏浅，哪能遂抚摩。”因为关心转战大江南北的义军（其时山东尚未平定），一直受到朱元璋重用的汪广洋扪心自问，我报效得如何？因此“忧深白发多”。他的诗作《珠湖隐者篇》，直接表达对李白、孙觉的仰慕之情。“倒骑长鲸鞭怒涛”“睥睨万象轻鸿毛”，将李白的狂放描绘得何等豪迈。而对“淮南草木借光辉”的孙觉，则是慕先贤，寻足迹，“夜深手把明月光，更访龙图读书处”，以一睹珠光焕彩的美景。

汪广洋思念慈母之情前面已述。他思念的何止是母亲！他思亲思友、思邻思乡，这是一种暗合在字里行间的乡愁，其代表作有《过高邮有感》《得杭州从侄璧书》《珠湖篇》等。《过高邮有感》是汪广洋因公事路过高邮触景生情，有感而发，“去乡已隔十六载，访旧唯存四五人。万事惊心浑是梦，一时触目总伤神。行过毁宅寻遗址（史载，汪广洋家在熙和巷），泣向东风吊故亲。惆怅甓湖烟水上，野花汀草为谁新。”惆怅、伤心，常教人忆断肠。长篇律诗《珠湖篇》则是一幅元末高邮湖边的风俗画，传说、故事、风物、风情等徐徐咏哦：“江淮风俗近淳古，米谷丰年贱如土”“画船尽日载歌舞，满眼娇云花斗红”“公子新裁描绣衣，馆娃学写连珠曲”，令人神往。他也写到战乱和治理，“列郡摧残灰烬余，生民痛死沟壑里”“古来治乱信有时，天运岂以人力为”。汪广洋和黎民都期望有一个海晏河清的太平世界，这在封建王朝是难以实现的。

## 巨星陨落后裔在　功过历史自评说

明开国初，被朱元璋诛死的开国元勋和大将有李善长、胡惟庸、徐达等。汪广洋亦在其中，仅活到 47 岁。有一传说，占城国（今越南中部）派使节来南京进贡，胡惟庸未上奏，朱元璋得知后大发怒火，严词训责胡惟庸与汪广洋应对此事负责。于是，他大开杀戒，先后被处死的有 3 万余人。处死胡惟庸后，朱元璋废除了沿袭千年的宰相制度。所幸的是，汪广洋未被“灭三族”。那么，他的后代迁徙何处，隐匿何方？ 2014 年，时任高邮市政协主席的倪文才偕同他人走访山东省临清市，实地寻访，终于了解到汪广洋的长子汪子持携子侄迁往临清市，几经周折，在临清市唐元镇西枣村定居。汪广洋有三子六孙，其他人也隐居福山，有的改姓王，家谱为“汪家王氏”，从此，汪广洋后裔在此繁衍生息，如今，已有3万多人。汪广洋的墓在临清八岔路镇杨二庄庄西300米处，现为山东省省级文物保护单位（指整个汪氏墓园）。

那么，高邮新民滩上相公坟究竟是谁的坟墓？新民滩茅塘港口确有相公坟，占地30亩。从明隆庆《高邮州志》上就有这样的记载，一直到当代高邮县志都如是说，但从未确认过。现在可谓真相大白，汪广洋的故乡在高邮，他的阴间老家却在临清市。高邮人见过所谓相公坟附近有石人石马，为明代构建，以此作为汪相公坟佐证。88岁的马其认为此言差矣，附近有一石马坟，是马家当过武官的祖先的坟墓，石人石马皆为附属物。至于相公坟早已沉入水中，如果说与汪广洋有什么关联，充其量只是衣冠冢。

曾为吴国国王的汪华的长子汪建后人81世汪起凤从安徽迁居高邮，是汪曾祺（89世）家族的祖先。汪曾祺有一篇汪氏族谱的序存世。汪曾祺写道：“吾氏因为清门，亦可无愧于天下矣……绳其祖武，不坠家声，清白为人，永葆令誉各尽所长，以利于邦国，属望来者，其共勉之。”汪老写下这篇序，亦是表达慎终追远、民德归厚的内涵。

清代张廷玉对汪广洋、胡惟庸、李善长有一综合评价。他认为：“广洋谨厚自守，亦不能发奸远祸。俱至重谴，不亦大负爰立之初心，而有愧置诸左右之职业也夫？”张廷玉对汪广洋客观、公正的评述，以及对汪未能兑现不忘初心、委身戮力、赞成鸿业的承诺的议论，勾画出了一幅汪广洋的白描肖像。

2017年10月

# 说说吴三桂那些事

汪曾祺在《吴三桂》一文中建议高邮人认真研究一下吴三桂，为其写个传。首先响应的是陈仲如君，写了25集电视连续剧《一代枭将》，由于多种原因未拍成。前几年，国内有学者已写出吴三桂传，未见其书。现仅就已有的史料、资料来说说吴三桂那些事。

## 习武中举　成就将才

吴三桂（1612—1678），祖籍高邮，出生于辽宁。《辞海》把他定为明末高邮人。明天启二年（1622），吴三桂的父亲吴襄中了武举，曾任辽东团练总兵。

吴三桂自幼聪明，读书也很上进，但萌生了“宁教我负天下人，休叫天下人负我”的思想，便以此告知老师。后来，在父亲及亲属的影响下，渐渐爱上了武功，刀枪剑戟，无所不学，十八般武艺，一学便通。崇祯即位以后，革故鼎新，准许文官董其昌举行武科比试，选录武官人才。吴三桂在教场比武中脱颖而出，中了武举人。从此，吴三桂随父开始戎马生涯，不断得到提升。“少年勇冠三军”的吴三桂27岁就担任父亲任过职的辽东团练总兵。辽东的征战常胜少负多，却使他增长了军事指挥和组织才能，风云多变的局势也为吴三桂提供政治、军事方面的用武之地。

崇祯十四年（1641），蓟辽总督洪承畴率领十三万明军与皇太极的清军会战锦州、松山一带，作为宁远总兵的吴三桂参与松山布防，准备解除清军对锦州的包围。双方互有胜负。在一次突围打通粮道的战斗中，遭到皇太极的小股部队袭击，明军遭创，吴三桂又一次尝到了失败的苦果，但也更加坚定了他“千磨万击还坚劲”的决心和勇气，杀敌更加英勇，拼了才会赢。

## 烽火连天　借兵杀敌

明末皇帝崇祯并不是昏君。崇祯七年（1634），他给卢沟桥碑亭的石碑题词，石碑一面写了“永昌”，另一面写了“顺治”，与十年后李自成在陕西建立大顺国国号“永昌”、清世祖改国号“顺治”完全吻合，这是不是上天的安排和“预告”呢？

崇祯十七年（1644）正月，李自成率领百万大军直逼北京，朝廷乱作一团，皇上手足无措。

崇祯下令吴三桂撤守宁远，火速入卫京师，但为时已晚，没有几天，京城失陷，崇祯自杀。其实，早在此以前，吴三桂在松山与清军展开大战，数战互有胜负。后来，松山、锦州被清军占领，统帅洪承畴、祖大寿（吴的舅父）等皆降。朝廷追责诸将，反而对吴三桂加提督衔，另一战将王朴一人遭杀，做了替罪羊。吴三桂依然镇守宁远。

于是，一场"劝降、拒降""义军逼近京师""吴三桂退守山海关"的活剧上演了。其时，吴三桂率5万兵马处于李自成、清军的夹攻状态，一场恶战迫在眉睫。在迫不得已的情况下，吴三桂向清乞援，借兵杀敌（李），双方议定了借兵路线，明确是灭流寇而不是入主中原。为此，吴三桂亲自会见多尔衮，带头削发，表示诚意。

同年四月二十二日，清兵入关，一个值得历史记载的日子。清军让吴三桂与李自成的部队恶战半天后，从背后杀入义军队伍，帮助吴三桂大获全胜。溃败的李自成几天以后，杀了吴襄及全家老小30多人，但是这支"积尸相枕、弥漫大野"的败兵，再也无法阻挡即将崛起的清王朝的步伐，也无法阻挡吴三桂率军西征南战的步伐。

## 追杀义军　独霸一方

崇祯十七年（1644），吴三桂被明王朝封为"平西伯"，几个月后，又被清多尔衮封为"平西王"，仅一字之差，引清兵入关的吴三桂追杀农民起义军（也有明军残余），为实现天下统一效尽犬马之力，也为他日后独霸一方、对抗朝廷奠定了基础。

被封为"平西王"的吴三桂径直西追，再次在定州、真定与起义军交手。追至固关后返京。顺治元年（1644），吴三桂等将领仅率3万人马赴陕攻打起义军，势如破竹，一直追击李自成大顺军至湖广，战绩显赫，回京后受到极高礼遇，之后驻军锦州。顺治五年（1648），各地抗清势力蜂起，吴三桂率大军入川，先后斩"明秦王四子"等人，又北上陕西，斩敌数以万计。顺治七年（1650），又令吴三桂追敌至滇、川一线，与"生平未曾见如此劲敌"的刘文秀鏖战，得胜归来，受到褒奖，以皇太极第十二女嫁给吴长子应熊。同时，吴三桂又将矛头直指南明永历政权，甚至追入缅甸，迫使缅人交出永历帝，奉命对其父子加以绞杀。其时，自诩忠于明王朝的吴三桂竟伏地不起、面如土色、汗流浃背。愧疚乎，心颤乎？只有他知道。明王朝灭亡的句号换来清朝一个"亲王"的光环。

吴三桂镇守云南拥有皇上授予的一切权力，连省里督抚大员也受他监控。他可以任命文武官员，吏部、兵部不得干预；而他推荐的所谓"西选"人员则遍及天下，一些要害部门也有他的死党。对内，他广积粮物钱财，收买同党，以至对一些施恩于他的故友后代有难来求，视为贵客，以2万金和珠宝相赠，以显示他重义念旧。而对外，他大兴土木，广搜美人上千，做出一种胸无大志、安于享乐的样子，以迷惑清王朝年轻的皇帝。似乎告诉他，云南这里平安无事啊！

## 衡州称帝　自取灭亡

康熙十二年（1673）五月，吴三桂请求撤藩，原为试探朝廷虚实，想不到康熙帝动真格的了，恩准撤藩。窃以为不是撤藩引起叛乱，而是藩王势力膨胀导致战乱的发生。于是，吴三桂于同年十一月二十一日杀云南巡抚朱国治祭旗，蓄发易冠，改元昭武，树起反清大旗。起兵以后，反清浪潮一度席卷半个中国，清王朝处于风雨飘摇之中，这给康熙出了一道难题。

年轻的康熙皇帝早有准备，他在平叛、剿灭吴三桂时，一改清军入关后“屠城”的高压策略，严明军纪，大力提倡安民便民、不累民、不扰民，以此衡量官员优劣。康熙十三年（1674）正月，即吴三桂发难后一个月，年仅21岁的康熙就再次提出“行军之道，要攻城略地，惟得民心为要”，对“恃强掠民财物，拆人房舍，坏人器具，污人妇女”者，严惩不贷，而对“无犯秋毫”者，则擢升其带军官员的职位。同时，增添利器，从小型青铜野战炮到大红袍炮添置不少，加上调集各路人马，不断收复失地，康熙十五年（1676），便克复重镇长沙，然后又乘胜前进。

吴三桂自恃兵力雄厚，响应者众，始终不甘心失败，在多处与清军厮杀，但因清军火力太猛，或饷道中断，从西北的平凉到中南的岳州、澧州连连失守，屡战屡败。

在平叛期间，康熙除信用降将以资安抚外，还大力提拔汉将，充分发挥其平叛作用。庆阳知府傅弘烈曾因疏奏吴三桂阴谋，一家百余口全部被杀，但动摇不了他“图报国恩”的心愿，坚持在沙场奋勇杀敌，直至捐躯殉难。像这样为清效力的汉将降将，还有赵良栋、孙恩克等人。

一代枭雄吴三桂决非等闲之辈，他并没将进军的矛头直指北京，而是从南方及西部地区稳扎稳打包抄过去，策动陕西提督王辅臣反清便是一个佐证。可是转眼几年，康熙绞杀了吴三桂子、驸马吴应熊父子，将进攻的重点再次定在湖南，屡败吴军，康熙十七年（1678）三月，气数已尽的吴三桂在衡州称帝，以图重振军心。但是他众叛亲离，部队倒戈，至同年八月十七日便中风而死，其妻也同月而亡。康熙二十年（1681），清王朝荡平吴三桂老巢，基本结束“三藩之乱”，为大一统中国画了一个偌大的惊叹号。吴三桂的子女家人，或自尽或被杀，难以幸免，连他的骸骨也分发给各省示众。曾扬名神州的吴三桂这颗巨星陨落了。

## 怒发冲冠　血战沙场

吴三桂为什么会引清入关、继而追杀沙场？传统的看法是为了红颜知己陈圆圆，这主要受清吴梅村“恸哭六军俱缟素，冲冠一怒为红颜”诗句流传的影响，误导了一代又一代人，这是与史实不符的。

纵观吴三桂戎马一生，经历了数以百计的战斗，“一将功成万骨枯”，他从低级武官到成王称帝，靠的都是拼杀血战。对方被杀，“积尸相枕”；吴军遭屠，也血战成河。倘若说吴三桂一生中的怒发冲冠，那可能是吴军遭到不应有失利的溃败，或者他的末日将至，他的中风而亡，就是“怒发上冲冠”气死的。

名妓陈圆圆才艺双全，国色天香。当她被李自成部二号人物刘宗敏掳掠而去的时候，吴三桂远在山海关沾不上边，也不会有“田府家宴”的吴陈相会。只是吴三桂追杀起义军的时候，从流寇丢弃的人与物中获此战利品，才有日后的吴三桂抱得美人归，终身受宠幸。陈圆圆也知恩图报，她有远见、有胆识、明大义、顾大局。按清廷规定，被封为亲王的正室可为妃，吴三桂不想把妃位给原配张氏，要给陈圆圆，但陈圆圆坚辞，依然作为妾陪侍左右。有传说，在昆明有17岁连儿，姿容婉丽，夏日，身着沙衣，手执白扇，吴三桂望去，犹如出水芙蓉，亦宠爱。陈圆圆得知，一复如常。她早就预见到吴三桂将败。在吴三桂死后，有人说她削发为尼，有人说她投莲花湖自尽，有人说她隐匿贵州岑巩马家寨，众说纷纭。吴三桂没有因红颜而怒发冲冠，这一真相，理应存史。

## 历史评说　争议纷纭

吴三桂是建立清朝的功臣，还是引狼入关的罪人？自清初至今三百多年，这方面争论不断，梳理不清。笔者仅从几个问题说一些看法。

“三藩之乱”吴三桂何以反清的问题。有人说，是吴三桂揭露了清王朝的罪恶和丑陋的一面，年轻的康熙操之过急，不善于运用统一战线的策略。窃以为，清初的屠城政策杀害了无数汉人，也有封建制度沿袭的弊端，但是，历代皇帝上台后杀戮功臣、兔死狗烹已是常态。尤其是吴三桂势力日益膨胀，被撤藩削职以致杀头是早晚的事，君臣这一对矛盾关系，主导者是君而不是臣。

吴三桂是不是汉奸的问题。中国是一个多民族的国家，谁来主政中原都是正常的。汉人可以当皇帝，少数民族的人也可以当皇帝。民族矛盾激化至发生战争时，指责出卖民族利益的人为汉奸，尚且可说。时至今日，应该历史地看问题，不能把借兵入关的吴三桂说成汉奸。

如何重新公正评价吴三桂的问题。其核心问题是吴三桂此举是不是“降清”。这里有历史的必然与偶然的问题，新兴的力量总要取代腐朽的势力。所谓“降清”也有个嬗变的过程，从劝降、拒降，到劝降，再到乞援、借兵，吴三桂态度明朗、掌握分寸，最后双方以借兵讨贼达成一致。吴三桂对借兵路线、双方管辖地区都有明确表态，亦被对方接受，可是借兵投入战斗以后，发展趋势已是吴三桂不能左右，他上当了。清军入主中原的美梦成真，吴三桂也只好“归顺”大清了。至于其他“降闯”问题、没有及时救助崇祯问题，都不能成为问题追责吴三桂，明朝灭亡的问题也不能追责吴三桂，励精图治的崇祯生不逢时，只能含恨自尽于煤山（今景山）。

关于吴三桂的后裔问题。史载，其后代自杀的、被杀的不少，鲜有记录。有可能其后代隐匿某处，或改姓迁往他乡。曾有人在界首六安闸孙氏家中看见过祖宗龛供奉的牌位上书写“吴宪公莲位”,其中宪公就是吴三桂,又有铁铸的大刀。可惜这些东西不存,仅凭这些，尚不能证明是吴氏后代。又有人传说吴三桂是三垛茆吴人，还有他年轻时练功的石磙子在。据考，吴三桂祖籍高邮，但出生并不在高邮，甚至他一辈子也没来过高邮，倒是在贵州都匀市屯堡寨发现有关的遗痕。高邮两位知名画家龚定煜、房林去那里写生，发现那里的人说高邮话，连一些方言土语也一样，还有他们的风俗人情也酷似扬州地区，逢到过节，妇女穿起明代服装载歌载舞。据分析，当吴三桂在云贵川称王的时候，一批高邮人千里迢迢投奔吴三桂谋生。吴三桂死后，这些人集中到屯堡寨落脚，繁衍生息。其中是否有吴三桂的后代，不得而知。

清代诗人见到吴三桂的系马柱，也不胜感慨：“此处山中曾系马，当年井底欲鸣蛙。”吴三桂的后代流落何方,可能永远是一个谜。作为高邮人,没有得到过吴三桂当王的“福荫”，也没有遭受吴三桂垮台的“祸及”，这也是历史。为什么汪曾祺倡议高邮人为吴三桂写传，可能是他从大中国角度去看，这么一个改变历史进程的传奇人物值得为其立传。

2017年11月

# 说说王永吉那些事

乱世中金戈铁马，复杂的国情之变，演绎了眼花缭乱明清更迭的历史，也造就了一代枭雄吴三桂和明清重臣王永吉。众所周知，高邮的奎楼及蝶园都与王永吉及家人有关。正是王永吉的父亲王自学偕乡人孙传祥、张承烈募捐兴建了奎楼，其初心是期望魁星高照邮城，福荫莘莘学子。果然次年便见成果，王自学的二子王永吉中举，第三年便成为明代高邮的最后一位进士，以其为人为官为政彪炳史册。笔者就说说王永吉那些事。

## 家风家学　陶冶造就一介儒生

王永吉（1600—1659），字修之，号铁山。自幼生活在专守儒业、好学上进的家庭，也受到乐善好施、克己忍让之家风的熏陶。据史载，他父亲在外坐馆课徒，岁末回乡，曾将全年脩金资助一个因欠官钱要卖女儿的老人，回家以后两手空空，王夫人理解并支持丈夫的善举。王永吉虽然年少，也将其父的品格、情操深深根植于心，衍化为日后为官时亲民为民的实事，在一定程度上影响了他作为权重一时的高官的文韬武略以及胆识、见地和作为，在明末清初的官宦史上留下不同凡响的一笔。据传说，王永吉家在邮城东南角，即焦百二巷至前观巷一带，邻人焦某是个富户，他以宴请为名，强制王自学变卖房产，王自学面对利刃，惊愕之后，喜笑急书，将房产“让”出。几年后，王永吉中进士做了官，焦某十分惧怕，要以数倍于当时“让”房的钱酬谢王家。王自学笑笑，对焦某说，事情已经过去，我们早已把它忘记，不要为这事心存疑虑吧。此事也让王永吉记住了忍让和大度，以至日后为官沉浮，坊间褒贬，一切都顺其自然，随遇而安。

## 仕途畅达　亲政为民福荫一方

无论是明末为官，抑或为清初贰臣，尽管也有升降或褒贬，但是，王永吉的仕途总体是畅达的，可谓“不倒翁”，基本上能做到亲政为民、秉公办事、敢于上疏、造福各方。

王永吉中进士（余煌榜）后初为福建大田知县，刚上任就有一个士绅因谋害前县令下狱而鸣冤不断。王永吉通过现场察看、走访，查清了事实真相，原来是士绅宴请县令的筵席靠墙而设，而墙中毒蛇的毒液混入某菜肴，前县令误食中毒而亡。于是冤案平反，士绅昭雪，王永吉也一举成名。崇祯元年（1628），王永吉调任杭州知县，兴建漕仓、惩处刁讼、筑捍海塘，以政绩廉明而扬名江浙。但是，因不畏权贵反而被贬为饶州府推官，他依然恪尽职守，还针对征输积弊制定对策，受到朝内要员重视，升任户部员外郎，得到重用。此后，他治理皇城根前的通州治安，成绩斐然；以御史巡抚山东，平息了济南农民起义，充分显示了他“才兼文武、深谙韬略”的将才风度，被吏部列为全国为数不多的知兵大臣，受到崇祯皇帝接见。

清初，因身为国政的多尔衮对王永吉的不满与反对，他在官场几经浮沉。多尔衮死后，王永吉升任兵部尚书，因卷入“汉官二十七人案”等案，又遭到降职罚俸的处罚。后因上疏除弊而受到顺治皇帝重用，被授予国史院大学士，主管吏部尚书，顺治接见他时，还脱自己穿戴的衣帽赏赐他，其恩宠无以复加。王永吉知恩图报，在十天内写好二十道疏上奏皇帝，大都被采用。此后，他仍有被贬降职之事发生，但始终对皇帝没有二心，这就是王永吉的政治生涯轨迹。

## 烽火四起　总督蓟辽引清入关

引清兵入关，一般都认为是吴三桂之责。历史真相是，引清入关，绕不开明蓟辽总督王永吉，他是借清兵勤王的决策者。且看1644年“甲申之变”发生的一些理应载入史册的节点。

说王永吉是甲申之变关键人物，正是他接到由太监送达的崇祯手诏，地点为遵化蓟辽总督衙门，内容是从宁远撤兵入关，且将宁远五十万百姓同时迁徙关内。为此，王永吉策划数月，并令吴三桂提前到遵化听命，一切按计划行事，可是人算不如天算，待明军偕众抵达河北丰润的时候，京城已为李自成所陷，崇祯自缢而亡。王永吉入关勤王终成泡影。

身为明末重臣的王永吉享誉京华，朝廷中有“南王北史”之称。王指祖籍高邮州的王永吉，史指祖籍大兴县的史可法。两者比较，其精忠报国之举，王永吉差矣。其时，在山海关一线，王永吉持有崇祯帝“总督各路援兵”的手诏，是北方最高的行军、军事长官，包括借清兵剿“贼”等军国大事，都得由他拍板。关键时刻，王永吉“以三十骑，戎装乘马，间道南下”，离开烽火连天的前线，南下联系明王及军队。在借兵的策略、线路上，王永吉也是决策者，有王永吉致多尔衮的信佐证。后来情况骤变，清军入主中原，众人万矢一鹄，对吴三桂苛责备至，而对王永吉只字不提，颇失公平。

引清入关，王永吉有不可推卸的责任，却有其好友吴伟业为其文过饰非。吴伟业《绥寇纪略》依史实说真话，而在所写的《圆圆曲》中却亦真亦幻地为王永吉掩饰，将“冲冠一怒为红颜”定格在无数人的心目中，似乎吴三桂正因此才引清入关的，替王永吉掩盖了一段不可告人的历史秘闻，将引清入关的脏水全部泼在吴三桂身上。

## 隐居家乡　求签占卜复出仕清

王永吉病故后，入《贰臣传》，谥“文通”(《清会典》释“物至能应曰通”，非美谥也)。被谥“文通”者有二，另一人是金之俊，他家乡的故居，曾有人趁夜贴了三副对联，其一为“一二三四五六七，孝悌忠信礼义廉”，上联隐喻“忘八”，下联隐喻“无耻”，虽非针对王永吉，却是对贰臣王永吉的针砭。对贰臣，多有争议，或为人们所不齿，或认为适应历史潮流而为。笔者以为，具体人具体分析。王永吉引清入关有责。当年王永吉南下已回到南明福王的身边，总督过山东军务和两淮河道，因受马士英排挤，才有一段降清的戏剧性演义。

如今，高邮人都知道王永吉在家乡有一段隐居生活，是削发为僧还是隐姓埋名？肖维琪在《界首史话》中记载了有关史实和传说，说王永吉偕同事陆永隐居在界首东岳观。两人相约，终老乡野，决不仕清。后来，清顺治帝广罗人才，收买人心，在全国寻访明代遗臣。此时，王永吉思想动摇，便在东岳观向真武帝君求签，抽得上上签（伊尹受聘)，签曰：“孝廉知德久扬声，丹诏来催上帝京。今日白衣明日相，文章何必用心争。”其核心释义：遇恩光，诸事吉。王永吉十分高兴，觉得此签是专为他而制。于是，在1645年5月，降清。至于向清廷提出什么条件，只是传说而已。而另一个传说则是他与陆永下棋时，有家人来报“今日谷雨”，王永吉信口出联:“志在一匡，今日几乎忘谷雨。”而陆永即曰:“恩荣两代，当初何不辨清明。”早将自己法名定为大冶的陆永，不忘用大冶熔化王铁山，与其针锋相对，令其惭愧。

王永吉降清后，将其冠其朝笏（古代臣子上朝时记事的板子）留在东岳观，几经辗转，现收藏于高邮博物馆。而临泽人叶劲先生仅凭《菱川竹枝词》中咏泰山庙的诗句“偕因王郎兄（永吉）及弟（永诈)”，便认定王永吉曾隐居临泽，不足为信。

## 临政莅事　与吴三桂颇有不同

纵观王永吉与吴三桂的政治生涯，其轨迹是两股道上跑的车，不是一条道。清政府将他二人分别列入《贰臣传》与《逆臣传》，是出于大一统的政治需要，也有一定道理。笔者认为起码区别有三。

吴、王虽都是降清，但降清方式和政治归宿各不相同。吴三桂作为明朝前线总兵多次求救多尔衮，带头削发以表忠心，此后作为急先锋的这位“平西王”率军西挺南进，以致割据西南一方，精心筹划，伺机叛清，最终当上短命皇帝，气绝而亡。王永吉没有与吴三桂同时降清，多尔衮对此耿耿于怀，他投奔南明政权，担任要职，因受排挤选择了隐居家乡的路径，表明决不降清。一次求签改变了初衷。复出跻身偌大的贰臣方阵，效尽犬马之劳，虽有升降浮沉，但死后皇帝予以厚葬即照一品例给予祭葬，立碑，荫一子。此碑现仍立于天长市谕兴村蜘蛛山一侧，刻有御制祭文，肯定王永吉“奉职恪恭德惟小心器惟大受遽尔奄逝”，皇上深表悲伤，云云。

吴、王临政莅事方式、为人处事态度也不相同。吴三桂独霸一方，唯我独尊，他也施惠于人，但大都是培植心腹、遍布耳目。而王永吉降清后明哲保身，决不拉帮结派，对同僚或下属以礼相待。他身为吏部尚书时曾路遇低他几级的蔚州魏敏果，按旧制，魏应避让道旁，但是王永吉坚持让他先走。事后，他对家人说，我对魏的才学、情操十分敬佩，但魏家平日门可罗雀，如果我不让道，怎能心安？此事后来传为美谈。

吴、王对家乡的影响和贡献迥然不同。吴三桂戎马一生，从未回过祖籍地高邮，但高邮人有不少去云南当兵，并在那里繁衍生息。王永吉隐居或退居高邮，与乡亲联络较多，亦关心民间疾苦，亲自参加筑堤堵水，与乡亲共同抵御洪水灾害。以奎楼为主体的蝶园是王永吉家私人花园，虽历经沧桑，几经变化，但有一个永恒的主题，那就是在高擎巨笔的文曲星的奎楼福荫下，“淮海人物聚此邦，三十六湖吞万有”。

## 历史评说　永吉后人今在何方

从清初至当今，介绍王永吉的作品极少，研究王永吉的著作为零。因此，有学者说，近四百年来，王永吉默默无闻，早已淡出了人们的视野，人们忽略了这位明清国变之际的重要人物。王永吉成了一个被历史尘障遮蔽的隐秘人物。几年前，学者林奎成所著的《吴三桂与甲申之变》中单列一节“王永吉”，主要是阐述有关引清兵入关，并未旁及其他的政事、人生，这有待学人的发掘发现。

吴三桂一家几乎被清统治者斩尽杀绝，传说有吴氏后裔改姓更名浪迹天涯，抑或回到祖籍地高邮，仅以所谓宪公的祖先牌位和大刀为证，不足为证。

王永吉则不同，死后追加封号，荫一子，重抚恤，其后裔可以正常的延续香火。他的后人今在何方？在天长？否。高邮达官贵人习惯将祖先安葬于海拔比高邮高的地方，如天长、六合则是最好的选择。笔者偶然发现旧日作者投寄《珠湖》的来稿，可以肯定地说，王永吉的后裔在高邮。

已故的上海徐崇城来稿《游王家亭——蝶园》中提到他年少时有一位家教老师王竹溪，家住前观巷的最东端，有一天带学生去游前辈王永吉的私人花园，徐的表兄王春山也赶来一同前往。其时，正值夏天，他们兴致甚浓。徐崇城（邮中 1936 年毕业生）还特地记下聚星堂的一副抱柱对联：“小桥随路转，却绕得，十亩荷花，一堤杨柳；矮屋傍城居，正遥对，三层塔畅，万丈魁光。”美景妙联，其乐陶陶。笔者借此试问，谁是王竹溪的后代，谁又是知情者王春山的后代？我们拭目以待，静候佳音。

2018 年 3 月

# 说说魏源那些事

在蝶园广场，有一座魏源的半身浮雕像，简要地介绍了他的生平政绩。1990 年版《高邮县志》亦有较为详尽的记载，似乎无须撰文赘言。近览有关史料、资料，觉得有必要对清代著名的思想家、史学家、文学家魏源的生平事迹、政绩进行梳理，拾遗补阙，点赞评议，说说这位卓越非凡的、官至高邮知州的魏源的那些事。

## 出身望族　以诗文“名满京师”

乾隆五十九年（1793），湖南省邵阳一个名门望族，一个男娃呱呱落地，其母回想起前一天晚上的梦，一老人手持巨笔和鲜花向自己走来，这不正是预示着小生命的一个美好未来吗？

魏源曾祖父魏大公是国子监生，曾因为全郡缴纳了一年的饷银而扬名远近。祖父魏志顺传其家风，亦有善举，倾全部家产代全县缴纳饷银，平息了百姓不堪重负、民情激愤的事端。义举美誉却导致家道中落，生活拮据，靠母日夜纺织糊口。魏源 7 岁，师从当地鸿儒、其伯父魏辅邦，受到严厉教育，大有长进。9 岁，他参加童生考试（唱名应对），由主考县令出上联，考生对出下联。县令指着一个茶杯中的“太极图”出题：“杯中含太极。”魏源立即应答：“腹内孕乾坤。”从此一鸣惊人。14 岁时，只身随父魏邦鲁在江苏的任所继续攻读，以求上进。

后来，魏源到达京城，拜师结友，谈古论今，研讨学问，诗兴大发，并以诗集《北道集》赢得了能文善诗的美名，一时间竟“名满京师”。“君今甫二十，出语如有神”的点赞接踵而至。魏源虚怀若谷，自己总结了作诗的体会，贵在“厚”（厚积薄发）、“真”（真情流露）、“重”（内涵丰富），对诗作传世与否，毫不介意。其实，当时他的影响已超出了文人挚友圈，京城中一度有这样的顺口溜：“记不清，问默深（魏源的字）；记不全，问魏源”，便是佐证。

## 锲而不舍　教学相长美名扬

奋发图强、锲而不舍、努力上进是魏源的人生信条。嘉庆十三年（1808），魏源参加邵阳县试，一举考中秀才，从此热衷于陆象山、王阳明的宋明理学及有关历史的研究。两年后，在秀才岁考中，以优异的成绩，获得廪生资格。之后，他在家乡设馆授徒，名闻益广，学子接踵，时仅18岁。他一边专心授徒，一边潜心孔孟，先后著成《孔子年表》《孟子年表》《孟子年表考》，并写作大量诗文，抒发他从理学家转而为文学家的愿景，也流露了凄凉寂寞的情怀。

嘉庆十八年（1813），魏源在省学政的选优考试中被录为“拔贡”，获得了朝考的资格。次年，他随父及友人北上京城。抵京后，他被当年主持邵阳秀才考试的学政李宗翰“延馆私邸”，成了李家的家庭教师。其时，他一边任教，一边忙里偷闲地追随京师大儒胡承珙治汉学，究《诗》义；并就《公羊》大义求教于当时名儒刘逢禄，受其今文经学的影响很深。与此同时，广泛结交林则徐、龚自珍等文友，经常聚会，把酒论文，抨击时政，并随老师胡承珙及好友林则徐参加享誉京城的“宣南诗社”等诗社活动。尽管他没有正式列名诗社，但受益匪浅，既扬名京城，又为日后在研究文学、历史以至政治、经济等方面问题打下了良好的基础。

## 遨游四方　激扬文字抒情怀

1816年冬，由于父亲工作变动和个人心绪的原因，他开始了“入室纾书册，出门耽山石”的人生新历程，即在住处继续攻读众多经史典籍，出外则迈开脚步，浏览河山，遨游四方。连续四五年的游历，使他更感慨祖国之美，亦对国情民情了解更深，他在阅读当朝社会这部大书，北京、山西、河南、陕西、四川、湖南、江西、江苏、山东等名山大川都留下了他的足迹。

魏源一路览胜，一路吟哦。他一路留下的近百首诗作，充满了年轻诗人的豪情、抱负，并根据各名山大川的特点，抒发他独到的见地和狂放的情怀。他写湘山“近水山倒青，湘山青独活。无云翠蒙蒙，烟村尽如泼”，给人以奇意美感和身临其境的愉悦。他写华山之高，诗云“行到未是尊，直穷空际始无垠”“被发骑麟看大荒，我与元气谁久长”，浓郁的浪漫情愫表明作者要与华山一比高下了！魏源作诗的手法有罗曼蒂克幻想，有新奇的比喻，有铺张的排比，更有天马行空的夸张。他写月亮与人间，“月兮月兮劝汝一杯酒，安得广寒宫里一牵手。月中仙人笑回头，视如大地同一浮。汝言桂树修玉斧，谁知大地河山影万古……”人仙交往，天地合一，耐人寻味。

魏源写诗，不只是尽情沉耽于秀水奇石之间，更多的是借景抒怀，讽喻世事，流露了他的爱憎好恶和理念观点。“人间局促不可游，不如乘云遨游九州。”他的一生追寻唐宋大家的履痕，对李杜更是顶礼膜拜，然而他又自诩:“成都美酒醉千春，狂呼杜（陵）李（白）为宾主”，狂放得近于轻浮。不过，他的诗作与后来写的《海国图志》相比，影响微乎其微。

## 狂放不羁　直言不讳评群儒

如果说，魏源的诗作时而豪放飘逸，时而辛辣尖刻，只是寄寓字里行间，那么，他在攻读经史典籍时，却公开对先秦诸子及后代大儒进行“无情的揭露和辛辣的嘲讽”，实为罕见。

魏源指责《孟子》的问答“问其所不必问，答其所不必答”，认为孟子的言论“支离不可思议”，孟子的门徒也全是一些追逐名利、阿谀奉承之徒，“不知所学何道，所为何事”。他对朱熹进行了猛烈抨击，骂他不学无术，“未悟古本（指《大学》分章之条理，而误分经传，加以移补)”。还对陆、王心学做了尖锐的批评，斥责王阳明“变圣学为异学”“启末流之弊”。即使对好友龚自珍的一些改革方案也指出是“古今所未发”，也认为在当朝不合时宜。笔者认为，古代文人有时狂放得让人不敢苟同，而魏源奉行“平生从不将人负，立论敢于同客违”，则是可以理解的。只要不是人身攻击，学术上的争鸣也是常态。至于相国穆彰阿看中魏源的才，想拉他进入“穆党”，甚至登门造访，遭到冷遇，这正表现了中国士大夫不畏权贵的铮铮骨气。

## 身为幕僚　出谋划策显其能

魏源在中进士做官之前，有过一段在贺长龄、陶澍幕中长达14年的幕僚生涯，这是他在政界的一种历练，获益匪浅。官场的幕僚制度抚慰了文人们学以入仕的渴望，官员博得了爱才的美名，各得其所。多次科举不中而又过了而立之年的魏源无奈之下，成了主持江苏财政的贺长龄的幕僚。他为贺长龄做了两件事:一是代贺长龄编辑了《皇朝经世文编》，二是对漕运问题提出了详尽而周密的改革方案。魏源在《皇朝经世文编》一书的序言部分所讲的“人积人之谓治，治相嬗成今古”，意在知前人处理急务办法的基础上，探求救治时务的良策。它的编成是魏源经世致用思想的最好体现。该书成了当时主张改革的进步人士必读的参考书籍。

对于漕运问题，魏源极力主张海运漕粮，以供应京城所需，但他认为如果河流通畅则河运易行，河运阻塞则以海运方便。后来的实际情况，基本符合魏源的主张。它向世人昭示，任何一项改革，都要“勇变通”“夷艰险”，只有去掉“人心之积剩”，才能“百废可举”。

魏源还当过两江总督裕谦的幕友，在协助抗击英军侵略时，提出过积极的策略和主张。有的史志云，因为没有采纳魏源的建议，导致定海战役失利。此言差矣，在当时闭塞落后的中国，即使采用魏源的方案，仍然逃脱不了任人宰割的命运。

魏源做幕友或闲居在家时，都坚持先行知后说，并身体力行。比如盐务官办，历朝如此。鲜为人知的是，他因父亲病逝，“几乎身家荡尽”，迫于生计竟参与贩盐，获利颇丰，在扬州以其获利建好居宅“絜（洁）园”。虽不是豪宅，也让好友龚自珍羡煞。正因如此，他日后担任海州盐运运判时，扬正除弊，超额完成赋税，并各以 20 万两白银支持两淮地区和高宝运河修堤，功莫大焉。

## 十年为官　不图政绩只为民

从入仕为官的角度看，魏源大器晚成。道光二十五年（1845），52 岁的他才以三甲第 93 名赐予同进士出身。同年七月，他被分发到东台县任知县。上任后不久，他就遇到民众阻止征粮，沸反盈天。有人劝他暂缓征粮，慎重行事。他不动声色，下令拘捕所有闹事者，震慑全县。原观望群众纷纷交粮。就在百姓战战兢兢地候望“新老爷”下一步动作时，他竟宣布释放所有被拘者，上演了一场“欲放故抓”的活剧，受到百姓爱戴。此外，他改建书院、整顿育婴堂、救济孤寡老幼，等等，其善政不胜枚举。

此后，他回到扬州家中守孝三年，再次为官时，已是兴化县知县。兴化县是出名的“锅底洼”，兴修水利、防灾抗洪成为第一等要务。因为每年秋汛时期，正值早稻收割。一年一度秋风劲，竟成了当地百姓灾难的信号。每到洪水扑来，高邮希望开坝放水，兴化则希望保坝保收。于是，就有因保坝与开坝之争，魏源亲赴运堤率众抗洪，亲赴两江总督衙门击鼓告急。魏源伏在堤身痛哭，愿以身殉职，以至打破县属界限，十余万民众齐心抗洪。多日昼夜辛劳，魏源两眼红肿，状如蟠桃，百姓无不为之动容。那种波澜壮阔的演出，终于以保堤成功作为结局，以兴化等县秋粮大丰收画上了偌大惊叹。农民把这种稻称为“魏公稻”，类似高邮的“三十子早稻”。

咸丰元年（1851），魏源由兴化知州升任高邮知州。正当他想轰轰烈烈、扎扎实实、扑下身子干一番事业时，无情的黄疸病向他袭来，全身皮肤蜡黄，痰多气短体虚，饮食十分困难。百姓为其祈祷，保佑他早日康复。这年秋天，他身体康复，但元气大伤。闲时思忖，他在州衙住处（即原县府大楼东北角小院）吟诗：“官既支离已又病，待成新竹斫鱼竿。”尽管如此淡定，他在邮主政期间，念念不忘的仍是“水国”治理大事。就在他登上新修的文游台环顾四野时，明白无误地表达临政莅事者的心态和关注民生的情结：“登临不独贪春色，要看千家雨后田”“何事终年最系情，晴多望雨雨祈晴”。他的牵挂和企求换来了他主政三年的风调雨顺，成了他的乐事。

魏源在邮期间，创建文台学院、举办临泽惜字社义学、发起捐资助学，募得白银 8.2 万两，以兴儒学，以至传说砍掉奎楼附近大槐树，以规劝常在树下嬉戏、不思进取的学子好学上进，力图功名，以续文脉。这位在任高邮知州前、任职中、卸任后多次住在邮城，临政莅事，不图政绩只为民的魏源在邮留下了有形或无形的“去思碑”。

## 高瞻远瞩　放眼世界第一人

魏源一生著作颇丰，计 700 万字，有《圣武记》《古微堂集》《老子本义》《诗古微》等，而他著的《海国图志》则是压轴之作，在中外史地研究方面产生了极其深远的影响。

鸦片战争侵略者的炮声激发了魏源为国效力的热情，也开启了他写《海国图志》的心扉。在闭塞的中国，为官的不知英吉利在何方的时候，他就以审问英军俘虏的记录，并参考其他资料，写成了《英吉利小记》，这便是中国第一篇系统介绍英国情况的文章。

《海国图志》问世，离不开好友林则徐。他组织、翻译、收辑的《四洲志》一书及派人描摹的洋船洋炮图，都交给了魏源，希望其扩编完善。魏源欣然接受。1842 年，他竭尽心力，在扬州絜园完成了《海国图志》50 卷编纂工作，同时，又撰写了 40 万字的《圣武记》。此后十年，《海国图志》不断扩充，直到 1853 年，魏源在高邮州衙内，终于完成了 100 卷 90 万字的《海国图志》，并作序，书写了高邮人文历史上非常精彩的华章。他能在“衙斋少地得矢宽，亭畔疏花丑石安”的州衙东院完成这一巨著，是向世人宣告“师夷长技以制夷”，并详尽阐述了“悉夷”“师夷”“制夷”的观点，发出了近代中国放眼世界第一人魏源石破天惊的呐喊。此书各种译文有 20 余种，东传日本后，成为朝野上下革新内政，刺激明治维新的“有用之书”，值得高邮人在魏源住处遗址竖碑永志。

高邮，是魏源为官仕途的最后一站。他被解职后，曾于 1855、1856 年两次来高邮居住。后来，以多病之躯移居杭州，直至病逝。多年后，他入高邮名宦祠。

名人不是完人，功过自有评说。对魏源的学问、人品、政事多有好评，尤其是对他的《海国图志》更是点赞有加。日本维新运动的先驱者佐久间象山就研读过他的书。当时日本学者称《海国图志》为“实武备大典”，“天下武夫必读之书”。清末改良后，梁启超评说：“《海国图志》之论，实支配百年来之人心，直至今日，犹未脱离净尽。”当代《魏源传》作者夏剑钦说：“综观魏源一生，从理学家转而为汉学家，从幕友转而为亲民官……从忧时忧民的学者转而为放眼世界的先驱，都充分显示他是一名真挚的爱国者。”也有人认为，魏源对付太平天国起义及高邮西太平庄“不法”分子，不遗余力，摆脱不了封建士大夫的反动立场。笔者认为，魏源确实有上述作为，但对镇压太平庄“起事”，只有20多天，他的治学、改良仍领时代之风骚，居时潮之巅峰，实属不可多得的历史名人，犹如镇压过农民起义的岳飞、林则徐等人。这乃是历史的局限。

2018年1月

# 说说王陶民那些事

汪曾祺在《岁寒三友》中借季匋民之口曾感叹，高邮多才俊之士，却声名不出里巷。可是，作为季匋民原型的王陶民却是高邮书画界走向全国的第一人，在二十世纪二三十年代以书画、篆刻、诗歌的深厚功底和艺术成就扬名海内，只可惜英年早逝（45 岁）。其时，他任新华艺专国画系主任和上海美专（校长刘海粟）国画系教授，兼任上海《美术生活》周刊特约编辑，得与徐悲鸿、黄宾虹、潘天寿、王个簃、周碧初、刘海粟等著名画家或共事，或交往。多年的潜心创作，辛勤育人，与同事共同造就许多艺术新秀，撑起了新中国美术界一片蓝天。1983 年，即在他诞生 90 周年（亦是校庆活动）的时候，新华艺专校友会举办了校友艺术展览。其中，仅王陶民的作品就有 30 幅，是王陶民赠给好友油画家周碧初的。展出后，周教授将作品赠给了他的家乡福建平和县。笔者从王陶民孙女春华处得知，深感遗憾，如果送给高邮多好。那次，媒体为王陶民做了专文报道，笔者听过电台播出文章的录音，颇觉欣慰。专文给予王陶民高度评价，赞扬他淡泊人生，疾恶如仇，“就像出水芙蓉，一尘不染，有光有彩”“为发展民族文化和开拓艺术事业做出了历史性的贡献”。时至今天，高邮有谁能与其比肩？斯人已逝，作为宋代王巩后裔（有家谱为证，同属“三槐堂”分支“双凤堂”）的王陶民的作品和名字将长存人们心中，载入史册。1990 年版《高邮县志》已全面、简要介绍了王陶民，但也有谬误。笔者不想多说县志所载内容，只是想说说从多方搜集并加以梳理的那些事。

## 名师引导入艺坛　人生之旅不寻常

王陶民出身名门望族，有弟兄五人（邮人称王氏五桂）和姊妹三人。他 8 岁开始临摹学画并临帖习字，从小注重观察家院（有花园）的一花一木和小城的一景一物，而艺术生涯的真正起步是 1913 年始于北京大哥荫之（任过知县和海关关长）处。书法诗歌造诣很深（无锡太湖有题写匾额和对联）的大哥便是王陶民的第一位老师，他的指点、影响伴随了王陶民一生。他的第二位老师是大哥所请在故宫博物院工作的清宫画师。这位现在无法知其姓名的画师辅导陶民专攻花鸟，又带他到故宫观摩历代名画并阅读画论名著，打下了良好的绘画基础。两年后，回乡的他对水墨画尤感兴趣，便特意请兴化擅长水墨写意花鸟的画家姚公梁来家辅导，很有长进。高邮精医道、善诗画的夏宗彝与他是忘年交，亦是艺术上的良师益友，影响陶民直至他辞世。

他十多年的刻意磨炼，呕心沥血，在笔法上博采众家，继承传统，既学习明代大家林良的笔法，又效法明清徐渭、朱耷、石涛、郑板桥等众家之长；尤其看重师法李复堂，崇尚写意求神似，运笔妙生花，墨色变幻，饶有生机，落笔自成，别有天趣，渐渐地形成自己的风格。于是，就有了30岁时公园的首次个人画展，也就有了31岁由久负盛名的西泠印社出版的王陶民的《三十六湖草堂墨妙》画集问世，更有了这位没有读过大学的王陶民当上了国画系教授的奇迹。

王陶民作品

王陶民有推出精品的欢畅，也有撰写《美术生活》期刊发刊词的欣喜，更有在其女学生罗西成的邀请并全程陪同浏览四川三个月的风光。他喜欢画燕子，“池塘新涨后，恼煞燕飞忙”，他特地画了一只白燕子，说这种燕子只有四川有。他还为第二个孙子取名“桤”，说只有四川有这种树木。那段生活是欢乐的、充实的，是他人生极其光彩的一页。沪、宁五次展览，引起了张大千、吴昌硕和中外观众的关注。传说一位日本女画家因专心看画不小心跌伤了一条腿。

大千世界，变幻莫测。在沪做教授、搞创作、当特约编辑，收入颇丰。他39岁（1933）远离笼罩着战争阴影的上海回到家乡（有人说为办学方针与他人意见相左）。回乡后，他仍以绘画自娱，维持生计。他创作的《落花飞燕图》参加美国费城国际画展，他的《狸奴扑蝶图》

画得栩栩如生，此画悬挂于壁，家猫竟与画中的猫争相扑蝶，神了。他为人正直，不畏权贵。他为顽军军官及达官要人作画，常以《菊蟹图》《鸡（冠花）芭（芭蕉）图》予以讥讽，即使二哥（劣绅鸿藻）出面索画，他开价500银圆一个子儿不能少。正当中年的王陶民后来被肺病击倒，生计艰难。当时中日军队在邵伯至湖西相持一年，战事吃紧时，他与夫人王钱氏及家人再次去城东宋大庄“躲兵荒”，并非顽军“欲加迫害”、日军军官追杀，云云。

日寇于1939年10月2日（农历八月二十）侵占高邮，贫病交加、卧床不起的王陶民仅以红枣、藕片维持生命，闻此消息，忧悲交加。大约在九、十月的一天早上，他显得特别焦躁不安，将大儿子绥福、小儿子纶禧叫到床前，只说了一句“我心血未干”就咽气了。他死后，还是向亲二哥以十亩田当了100块银圆办了丧事。呜呼，一颗亮星就这样陨落了。

## 结交文友情谊深　平民也成鉴赏家

《高邮县志》载，“陶民择友有所取，在邮至好有二人：一是中医师夏宗彝……另一人是卖水果的陈宝贵，他爱画、识画，具有鉴赏力。”诚然，夏医师与王陶民是挚友，王陶民病重时，年近九旬的夏医师常去看望、医治，但已无力回天，哀叹陶民来日无几了。另一位陈宝贵，随着汪曾祺的《鉴赏家》问世，知道陈宝贵及其子陈广元的人越来越多。王陶民与陈宝贵的交往是亲切的、真诚的，但是，是否如汪曾祺笔下所写的那样，陈宝贵能在王陶民家看画、品画、见陶民改画等，什么看画时连大气都不敢出，生怕影响陶民作画，为陶民绘画磨墨、抻纸，以至对陶民画的老鼠偷油、白莲花红莲花、鸡冠花的瘦茎、被风吹乱的紫藤，陈宝贵或评价，或建议，成了王陶民心目中最好的鉴赏家，也成了王画作的收藏者。王陶民十分推崇李复堂的作品，在陶民的影响下，陈宝贵也能在外觅得李复堂的真迹，说出道道来，乃常人所不及。笔者认为，这是艺术的真实而不是生活的真实，一个目不识丁卖水果的，能有如此能耐！

曾有一位近九旬的老翁说，一个卖水果的怎么可能如此自由出入王家，随意看画、品画呢？笔者说，以汪老的笔法来看，他写的人和事，大都是真实的，但也有虚构，因为是小说，季匋民不等同王陶民。

谈到交友，王陶民的“至好”绝不止夏、陈二人。汪曾祺的父亲菊生就是他另一位至好，王汪二家还有亲戚关系，他们多有交往，正是这种交往经过菊生回家口传，汪曾祺才得以获得创作《鉴赏家》的素材。汪老在第三次回乡才得以看到王陶民好几幅真迹。另一位是与王陶民家相距约百米的著名书法家王捷三，他是可以到王陶民家看画的。王捷三之子书画家尔聪说，他见过王陶民送给其父的赠画，画的文房四宝，也见过陶民画的观音像，功底深厚，运笔自如，观音像的衣褶一笔到底，是陶民边走边画，一气呵成。尔聪还告诉一件鲜为人知的事，陶民坚持传统，并不排斥西画，他与好友周碧初合作画过一幅油画《杭州苏堤》，由于年代久远，颜色淡了，有人请尔聪为之加色，真是幸事，也是佳话。

## 陶民笔名有含义　遗作散落众人家

王陶民（1894—1939），名珍，后名甄，又名聘之，别号逃民、逸摩、高邮王四等。上世纪八十年代，王陶民在邮的学生朱天洪（中医师）应笔者之约，写过《回忆王陶民》一文，刊登在《珠湖》小报，在文中提及陶民笔名的由来，虽是推测，却有道理。

朱天洪说，王甄的甄是陶制品，因而有了陶民的笔名，就有谐音逃民。这些笔名是否有其他政治、人生的寓意，不得而知。朱天洪推测的笔名含义有一例：因陶民追慕王羲之（少逸）、王维（摩诘），仰慕先贤书法、诗歌，故有逸摩笔名。王陶民在书写笔名时，亦能倾听平民的意见，对于他常用王甄，高邮小桥河边裱画店“翰墨斋”老板仇霞祥认为，“甄”字的收笔应是一折钩，但陶民写的是秃的，像老鼠尾巴，这样收不住气，不主后福。这种带有迷信色彩的意见，也被陶民所接受。因此，1933 年以前的题款，“甄”是照旧，1933 年以后的笔画就改了，如笔者见过的彩色《鸳鸯》为 1935 年创作，“甄”字的收笔就是一折钩。该画是为教师陈念祖新婚之喜而作，画面题诗“明媚清波甓社湖，湖汀花鸟正相娱。将为秦晋联欢画，便是关鸠一幅图”，连同他的题句“应念祖世讲清嘱兼贺　陶民王甄”，可谓诗书画的精品，使这位与王陶民非亲非故的陈念祖很是感动，其子陈中弨更将此画视为传家宝。

王陶民作品本来就不多，经历了 1946 年国民党飞机轰炸和被盗等冲击，王家人拥有陶民的作品只是一部分。据笔者了解（除周碧初外），陶民最钟爱的大女儿王慧没有父亲的遗作，在沪的陶民三女儿有一批，杭州小儿子纶禧也有一批，不乏精品。王先生曾准备捐赠给高邮，为此笔者专门去了杭州，由于我们的后续工作没有及时跟上，几个月后，纶禧病逝，赠画泡汤。我的同学王桤从市场觅得一幅《飞燕》，其题诗是：“浩荡东风尚未归，落花如雨洒我衣。老夫戏写双双燕，应向楼台多处飞。”王陶民的作品就如同“多处飞”的飞燕，已散落众人家，其人其画，将长存人间。

## 王氏旧居今仍在 陶民艺术有传人

笔者生活在焦家巷一带46个春秋，对坐落在焦家巷17号、27号的王家院子透熟。从17号大门进，穿小巷，进院子，有正屋三间一厢，前有花坛，植一株多年的牡丹，后来被人民公园高价买走，后有花园，花木众多，杂花争妍。听王家长辈人讲，王陶民生前就在西边画室作画，室内仅一床、一琴桌、一个放画的柜子、一个可以拉开拼大的画桌。不作画时，庭前信步，园中观景，专注地观察、揣摩就是“写生”。27号房先为王慧所住，后为大儿子偕妻和小女儿双琴、又琴所住。现无人居住，杂草丛生。王陶民的孙子辈、重孙子辈都“混得不丑”。他们并不想收回17号正屋，只是想让现住户搬出，恢复旧貌，以资纪念，可惜原房几易其主，面目全非；那么起码在门口钉一牌子，介绍此处为陶民旧居，可与毗连的秦家大院一道增添小巷的文化氛围。

王陶民先生的众多学生自然是他的艺术传人。作为王家艺术传人非嫡亲孙女春华莫属。请看其夫徐善骅为春华画册写的前言：“春华自幼受其祖父艺术思想熏陶，从小酷爱美术，并深得其神韵，再加之多年勤奋不辍，孜孜苦求，故能创作出不少为大众所乐见、颇具影响力的美术作品。”而王春华以不忘初心去发现美、表现美、追求美，与绘画相伴终身，向世人宣告：祖父的传承和恩泽将在她及晚辈身上延续。

2018年2月

# 说说崔锡麟那些事

崔锡麟，老一辈政协委员并不陌生，他是县政协第四届委员，第五、第六届常委，一名可敬的爱国爱乡的老人，可谓一生沉浮自奋斗，一世蹉跎成晚节。从一名小学教员起步，历任政界、军界、金融界要职，直至旧政权“国大代表”高峰，又受潘汉年牵连，这位从香港起义的人员，跌落为新政权的“阶下囚”。上世纪八十年代的改革春风，荡涤了他几多“罪名”，又迎来了他惠风和畅的“第二春”。笔者曾在县委统战部工作，跟随领导走访、拜会、座谈，与崔老分享几多光彩岁月。崔老辞世后，为搜集写作有关汪曾祺的材料，又到他儿媳的住处，寻觅崔老的遗痕遗作。当下，又从崔老亲友处获知几多逸事花絮，现钩沉历史、梳理记忆，说说崔老的那些事。

## 奋发努力　从教热衷书画

崔锡麟（1902—1987），字叔仙，出身于房无一间地无一亩的一个普通中医家庭。童年随父母从高邮镇渡过百里长湖在菱塘桥生活，成为菱塘小学一名优秀的学生。“湖山钟人杰，嘉树喜成列”，跻身嘉树行列的他，不肯去当茶食店学徒，带了 4 块银圆告别父母，在六合益智中学继续做“读书做官”的美梦。日后他自称“重名位，不做小官要做大官”，果然美梦成真，那是后话。

崔锡麟高中毕业后，来到高邮“五小”（后为新巷口小学）做国文教师，并开始了他热衷书画的生涯。“五小”是汪曾祺的母校。比汪曾祺大 18 岁的崔锡麟既是汪的小姑爹，又是汪母校的老师。崔老做教师时，汪曾祺还在幼稚园“板凳板凳歪歪，菊花菊花开开”的儿歌声中嬉戏。

传说崔锡麟书画艺术是自学成才，亦有传说是师承铁桥和尚，工笔花卉、鱼鸟草虫，亦有工夹写之作。1927 年农历一月十三号《文盂》文艺周刊 15 页推出《崔叔仙先生画例》，其大意为崔先生课余以书画自娱，其画造诣高古，气韵雄浑。虽赠画已期满，求画者仍然不断，画债高筑，故援引旧例，“稍取润笔，借资墨费”使求画者得以心安，当为大雅所乐云云，实际向世人昭示，崔先生以画谋生了。润格费开价从三尺 1 元 6 角到八尺 4 元 8 角不等，润资先惠，约期取件，劣纸不应。为这种斯斯文文做广告者，乃邮城名人，画家

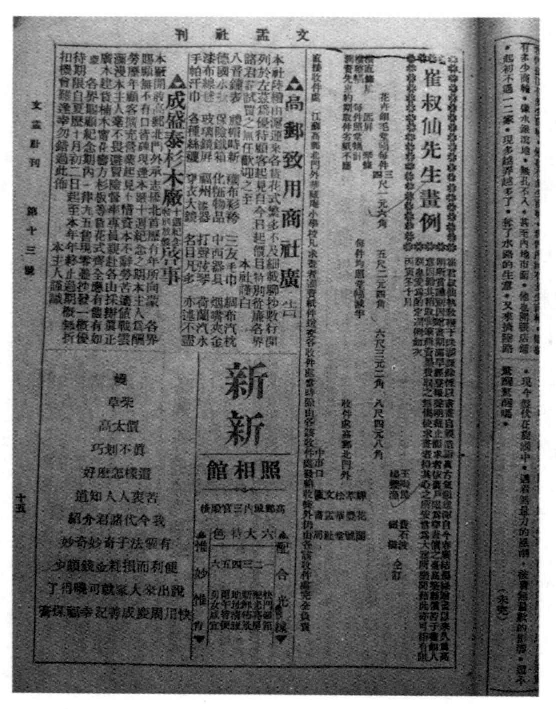

文盂社刊

△高郵致用商社廣告

△成盛泰杉木廠啓事

崔叔仙先生畫例

花卉翎毛堂幅每件三尺一元六角 五尺二元四角 六尺三元二角 八尺四元八角

新新照相館

文盂社刊 第十三號

高邮早期文学杂志《文盂》

王陶民（尚未去沪）、杨甓渔（卸任县长、《文盂》主编）、铁桥和尚、费石波。名人共同提携一后生，崔先生画作求之者更多。他一生绘画，始终不辍，多为文人画，即使沉冤服刑十年，也是在美术工厂绘画，只是各时期作品的内涵不同。

就在崔任小学教员期间，与汪曾祺小姑奶奶结为伉俪。曾遭到汪曾祺的祖父等家人极力反对。其中两人相恋相爱十分罗曼蒂克，待下文再叙。

## 从政从戎　广交各路朋友

崔锡麟是一个具有浓厚传奇色彩的人物，笔者断言，现代高邮政坛、文坛历史上难有人与其比肩。蒋介石曾两次召见崔，肯定他为筹措抗日物资的贡献，李宗仁、郭德洁单独在兰州请崔吃饭，旨在拉票。张国焘与崔也有交往，中共“一大”代表包惠僧多次与崔晤谈。国民党元老居正、于右任与崔过从甚密，不少要员名人成为崔家座上客。

早在崔锡麟做小学教员时，受民主革命思想影响，热情高涨，志存高远，曾和其他人一道，将大劣绅王鸿藻赶出高邮（后王又“杀”回邮）。崔真正投身政治活动，还是土坝口邻居夏传益（妻顾惠芬）和包惠僧的引领。那是 1926 年一个春日晚上，崔在夏家见到已是国民党员的包惠僧，交谈之后，包惠僧对崔说：“崔老弟是有志之士，将来必有作为……要想搞民主革命，必须组织起来。最好加入国民党。”于是，便由夏、包（都不是高邮人）两人介绍，崔成为高邮最早的国民党员，并担任国民党高邮党支部（筹）委员，也就有了迎接北伐军过高邮的七律诗句“大军淮海追穷寇，父老壶浆献野餐。我举红旗迎虎符，亲同故旧共言欢”。

崔投身政治活动，踏上仕途，则是以优异成绩考上省训政人员养成所开始的。“青云有路前程远，紫陌寻春此日长。”从此踌躇满志的崔仕途顺畅，官运亨通，或任代理县长，或为县政府视察员，或任国民党 25 路军少将秘书、32 师少将参议，或任上海《时势新报》等四家报纸总发行部主任，一登龙门则身价百倍。可谓只要想到，就能干得成。在旧政权这面大网中，他可以网到所需一切。

敬你一杯酒，广交天下友。崔在兰州任中国农民银行经理并兼中央等四行管理处兰州分处委员时，接待应酬成了常态。崔曾偕子遍访（游）陕、甘、宁、青各地，受到各省主席款待，还受到八九岁的班禅接见。在兰州，吴稚晖在崔家吃饭，挥毫存念；于右任也是常客，为崔的两个儿子写了两纸“同心同德”，上款竟然称“开元开明世兄”，让崔担受不起。居正住在兰州蒋介石前妻姚冶诚处歇夏，常到崔家吃饭，并题诗以志，诗的最后两句为“行来尝遍兰州味，特别崔家狮子头”。特务头子戴笠也曾到崔家吃饭，真是破例了。蒋经国、蒋纬国也造访过崔家，崔也请他们吃饭。崔一家人和蒋氏弟兄同游兴隆山。这种往来实为拉关系，是自身利益需要。

对待路过兰州的画家，崔则出于酷爱书画艺术，必定拜访、接待。张大千、丰子恺、赵望云、关山月、潘挈兹等都曾是崔家座上客，且有画相赠。1987 年元旦（即崔辞世当年），崔寄给潘挈兹的诗中有“四十五年伤阔别，皋兰旧雨半飘零”的缅怀和感叹。崔去世后，潘寄来挽诗和跋。诗云：“金城订交五十年，管鲍高义薄云天。邦国多难成大节，谁人不道先生贤。扫尽阴霾迎丽日，结社盂城诗如泉。空梁月冷人归去，极目南天涕泪连。”身居北方的潘先生只能遥望南天，以诗代哭。悲哉也夫。

## 政界混事　“淘”得国大代表

在高邮，“混得不丑”并不是贬义的。自从抗日战争炮火打响，崔锡麟便彰显报效国家的风范，为募捐支前敢作为、有作为，而不是乱作为、胡作为，从上海到武汉再到重庆以至兰州，足迹连缀成一条爱国的红线，为他在政界混事留下坚固的铺路石。

重名位、不贪财的崔锡麟借助其名位（三个少将一个专员的头衔）和青洪帮袍哥们的网络，多头多路为国军将士募得数量可观、价值不菲的军需物资，交通工具、通信器材、医药设备、药品、棉军服、罐头食品、汽油，乃至钢盔（理应军政部后勤部发），崔家附近空地常常堆满了汽油等物资，转瞬之间又急运前线，崔被同僚称为“一个尽责的后勤部长”。

在上海，崔第一个借助的关系是找多年交往的黄炎培老，黄得知来意，夸奖崔“投笔从戎，保家卫国，热情可嘉”，当即表态“当尽力相助”，于是一批又一批军需物资运往前线。

崔还带着物资亲临前线慰问，住在盖沟地堡中度过了又兴奋又紧张的不眠之夜。因日机轰炸，在士兵护送下，崔走出地堡大便分两次才解决。在武汉，崔成为三支部队的少将，亦领三处少将饷银，配有卫兵、汽车，他借助各方之力，对募捐达到“无孔不入”地步，连穷机关省党部也捐献了钢盔2万个。其中，崔以在台儿庄大捷中闻名全国的孙连仲总司令代表出面募捐，一路绿灯。

在重庆，崔为募捐有幸找到宋庆龄、何香凝，也募得两万多件棉背心，并将她们的关爱传递给前方将士。他还曾见缝插针拜会了孔祥熙，从而导致崔成了后来成立的“行政院易货委员会”简任一级总务组长，即后来崔在兰州既当银行经理，又负责与苏联代办洽谈，以中国的货物换取苏联的飞机。既有经营头脑，又有外交能力的，崔锡麟办事透灵，仅几个月内，易货会就换到了苏联飞机几十架。当这些飞机巡航蓝天时，崔便当了中国农民银行董事长孔祥熙的秘书，又被任命为中国农民银行兰州分行经理，圆就了崔“不做小官做大官”的美梦。

崔锡麟当上国大代表就是这样“混”出来的，既要有一定资历、背景、作为，又要用钱铺路（传说他是用100两黄金换来的高邮代表，而人却为镇江农民银行经理，派选乎，贿选乎）。笔者在中国第二历史档案馆查阅有关熊纬书材料时，见到过崔锡麟条目，只有几张纸，除了简历，肯定了他在政界、金融界为抗日和拥蒋的一些作为云云。

“国大”召开之际，简直是一场闹剧，崔作为一名普通代表却成了香饽饽。为选正副总统，各助选团使出各种招数拉票。国民党元老居正和崔是忘年交，也是崔政治上的靠山，崔能当上国大代表，居正在中常会上说了不少好话。当居正与蒋介石竞选总统时，崔是莫名惊诧，后来，竞选成为事实时，崔表态投居正一票。选举时，崔真的兑现了承诺，诚然，他这神圣一票并不能改变天平的平衡，却差点惹出大祸。特务系统将崔选居正为总统一事在开会时报告陈立夫，经崔的挚友一番掩饰，陈立夫说，总裁是中国农民银行理事长，是崔的头头，这次总裁宴请国大代表，崔就坐在其对面，还晤谈些银行业务。叔仙是一向拥护总裁的，不会不选总裁。精明的陈立夫就这样一时糊涂了。崔躲过一劫。不过这位国大代表也只当了不到一年，随着蒋家王朝覆灭，便树倒猢狲散了。

## 钟情文史　情注文坛大家

旧时代的崔锡麟谙熟文史，尊重名家。1987年，他与潘挈兹的诗作便是明证。新中国成立后，他不去台，而毅然回国，后来身陷囹圄，也依然从事与文艺有关的劳动。“文革”期间按时按段用大扫帚扫地，像是在练字，一丝不苟，处处到位，被群众认为“改造得不错”，少挨了批斗和皮肉之苦。他的问题得到彻底平反后，对党毫无怨言，反而常常喜作红梅画，时时欣吟红旗颂，成为大家尊敬的爱国老人。

崔锡麟平反后，旋即被聘为省文史馆员、县政协委员、常委。笔者当时在统战部工作，目睹过崔老参政议事，逢会必到，到必陈言，真情诉说，新旧对比，爱国爱乡之心可掬。有时随领导走访崔家，见到过他画的牡丹和题诗，诗曰：“天香国色尽争春，多谢园丁奋笔耕。待到牡丹开放日，不忘辛苦种花人。”歌颂与瞩望是画作底色和诗歌诗眼。

崔锡麟晚年（1981—1987）是“灿烂添新彩”“幸福谢东风”的晚年。他伏案笔耕，抱病写史，夜以继日，不知疲倦，常有来日苦短的感叹。他写的文史《一幕丑剧》《六访包惠僧》《青洪帮史话》《抗日活动片段》等至少8篇20余万字。他在有限之年，留下了无限宝贵的史料。他的一生集文教界、军政界、金融界、青洪帮人物于一身，成了旧时代小知识分子个人奋斗的缩影，也成了新时代从旧营垒走出的“过河卒子赛如车”的写照。他写的文史最大特点是忠于史实，不自夸，不显摆，不避讳，难得的爱国爱乡、情注文友的老人。

笔者在市文史资料第24期刊发的《熊纬书传》中，曾以较大篇幅写了崔锡麟与熊纬书交往晤谈的情况。简言之，正是年长熊11岁的崔与有识之士一道，向县里领导推荐了熊参加政协有关活动，于是，便有了政协诗书画研究会、盂城诗社的先后成立，也就有了盂城诗社崔为顾问、熊为首任社长的出炉。尽管崔的画作比熊的画作稍逊一筹，但是熊对崔的人品、风骨赞誉有加。他们福荫邮城学子，政协工作人员吴肃君就传承崔老风格，画得一手好工笔画，只是受惠者其中一员。

至于崔锡麟和嫡亲侄孙汪曾祺的人生，都是“三生有幸”的悲喜剧。笔者在《走近汪曾祺》一书中有文介绍，现仅说说两三要点。失业的汪曾祺随父到时任镇江农民银行经理的小姑爹家拜望，以谋职业，却遭到一顿训斥，大家人家的子弟应继承祖业，光宗耀祖，而不应跟在朱自清、闻一多后面屁颠颠地搞什么政治，其实错怪了对政治并不热衷的曾祺。1981年汪老第一次回乡，在五柳园聚会，重提旧事，引起哄笑，亲戚说“你们是两股道上跑的车，走的是同一条路”。高兴之余，崔老竟然向晚辈谈起恋爱史，即如何借辅导汪嘉玉英语等功课之时说爱，又如何在固定联络点送取情书等。崔老对侄孙扬名全国喜形于色，赋诗作画予以点赞。汪老本想以诗画回敬，后来想到小姑爹早在上世纪二十年代就以卖画谋生，便不敢班门弄斧了。于是，就有汪老写给小姑爹三首绝句问世。其中一首云：“胸中百丈黄河浪，眼底巫山一段云。犹余老缶当年笔，归画淮南万木春。”

正是这些具有中国风骨的文人名人支撑邮城一片天，淮南草木借光辉。

2018 年 4 月

# 说说熊纬书那些事

熊纬书，老一辈政协委员或者书画界的朋友并不陌生。如今，随着政协文史资料第24期专刊《熊纬书传》(笔者是作者之一)的问世,已被更多人知晓。熊纬书是一个什么人物?他是河南商城人，“文革”时被打成“现行反革命”，后“下放”张轩公社劳动改造。上世纪八十年代初落实政策后，恰逢县政协刚刚恢复活动，他便积极参加各项活动，先后任政协诗书画研究室主任、盂城诗社首任社长，在邮城播火种，传薪育后生。借用市政协主席徐永宝为该书写的序中语“他是跨世纪的文化奇人”“他是诗文书画联俱佳的高士”“他是热爱共产党的亲密诤友”“他是投身政协活动的参与者”，徐主席的评价是对熊老传奇人生的高度浓缩与由衷礼赞。

熊纬书在进行书画创作

因为《熊纬书传》已经面世，这里只想说说熊老与有关文化人及其活动的那些事。

## 身居陋室会朱葵

熊纬书落实政策后寓居于高邮南石桥附近堂子巷一号，一个大约八九平方米的东厢屋。在这里，他开始了与邮城文化人的亲切交往。其时，他身居陋室，怡情适性，自得其乐，气色渐渐好多了，友人纷至沓来。文运匠心让人刮目相看。即将调离高邮去省城工作的画家朱葵前来看望这位从农村转上来的前辈，熊先生夫妇的盛情难却，便在这斗室共进午餐。多少年后，朱葵难忘熊先生对文人画的见地和对继承传统的看法，也难忘熊先生爱喝的浓浓的鱼汤。熊纬书对这位在邮城播散艺术种子、精心培育新人的朱老师怀有钦佩和感激之情。前几年，也因为朱老师的关心，有几分艺术才能的儿子熊芳绎得以进了张轩文化站工作。此后，这位县文化馆美术摄影组副组长朱葵办培训班，熊芳绎成了受训的文化站工作人员中的小学员。白天听课、晚上临时住在文化馆的熊芳绎被朱老师叫过去，检查他的学习情况，并讲解、示范、辅导。朱老师的认真与活力同熊纬书的“忠厚传家”的家训相呼应，促使“小熊”的为人为文、从业从艺，都彰显着前辈士风的神韵。熊芳绎进厂三年多的长足进步，多亏朱老师的提携。

## 崔熊二老爱红梅

文人爱梅。梅之艳、梅之姿逼眼而来，迎春报喜，能让人双眼一亮。梅之品、梅之格，破腊冲寒，可令人心头一颤。高邮有个爱国老人崔锡麟，年长熊纬书 11 岁，他们的相似遭遇，“浊水污泥除尽后，澄清玉宇洗沉冤”；他们的共同爱好，即爱诗文书画，爱松柏犹苍劲，竹梅竞翠红，使崔锡麟走近熊纬书，与有识之士一道，推荐了熊纬书。1980 年高邮县政协恢复活动，熊纬书蜗居城南，偶尔走过当年来邮第一落脚点——县第一招待所院子里，蜡梅绽开，暗香踪影，他已经意识到，它正百花头上传消息，只为迎春报喜来。果然不错，就在那年头崔锡麟彻底平反、恢复他爱国起义人员身份以后不久，崔老先生竟“礼贤下士”、登门回访看望多才多艺的熊纬书。他们都是吃够了政治运动的苦以后却从不怨恨的旷达、赤诚之士，他们的心声在共鸣：万方歌颂新中国，烂漫红花分外姣。祖国春光无限好，十分喜气上眉梢。崔锡麟少怀壮志，磨砺成才，后来半生戎马，十年囚衣，年届八十，幸蒙平反，被推荐为县政协常委、省文史馆员。熊纬书对崔老个人奋斗之路，从心底里佩服。

## 盂城诗社任社长

1986年1月15日，一个风和日丽的冬日。盂城诗社36名社员选举产生了诗社领导机构和领导成员。社长熊纬书，副社长是熊先生的诗友金仲辉，秘书长郑履成，顾问崔锡麟。这是一个由同政协密切联系的诗词业余作者和爱好者自愿组织的群众团体。它将以古近体诗为主要形式，加入“歌德派”的大合唱，为伟大的党和伟大的祖国，为社会主义新时期的总任务和人民群众，鼓与呼，歌与吟，诵与咏。担任社长的熊纬书自觉责任重大，更感政协领导风雅托付，自身传薪育才的紧迫。他写诗祝贺：盂城诗社寿无疆，要使诗声竟二王（即王念孙、王引之）。但祝廿余年后，秦邮变作诗人乡。是的，二十多年过去了，美梦正圆，但是，十年树木，嘉树成列，结社吟诗，歌咏古调，首开风气，唯有熊、金时期的盂城诗社。

盂城诗社成立的那一个瞬间，与高邮湖曾被称为36湖相巧合的36位社员，笔者是其中之一，自然想起了古代诗人播下的淮海清芬。那些跨越千年的诗人歌咏高邮，剪裁高邮，留下那一颗颗风流倜傥、不甘寂寞的心。

## 高邮文联当顾问

继盂城诗社成立后的一个春日，高邮县文联成立了。熊纬书因他的形象和名字很快地又定格在县文联顾问的位置上。1986年4月28日至30日，高邮县召开了第一届文学艺术界代表大会，123名代表出席，时任县委常委、宣传部长的倪文才原先想不到自己老家的隔壁公社中竟有这样一位奇人被“埋没”了十来年，他和当时县委一位副书记拍板，聘请熊纬书当即将成立的文联顾问，众望所归。成立大会后，倪文才和许多文艺同道品赏着熊老先生的讲话与诗作，相同的印象是：古而弥新，语轻意重，涌动着宁静淡泊的思绪和永远年轻的诗心。他说古论今，什么邗沟要驿，甓社珠明，技艺齐放，精诚团结，其起点与归宿便是:三十六湖里，百卉绣盂城。文联豪翰集，地以吾德声。公孙舞剑器，太白試清平。街巷弦歌盛，宏猷“七五”新……

文联成立时的“全家福”照片上，熊纬书坐在前排。他看到那张照片很高兴。他说，这里面的青年将会走向全国，也会有更多的人走进这个方阵。

## 傅公桥畔谈诗画

由于进一步落实政策，即1986年县政协五届三次会议开幕前夕，笔者受县政协主席、秘书长之托，又一次来到傅公桥畔熊老的家采访。他家里间为卧室兼书房，书已比在乡间丰富了许多，熊师母说，他的书放在哪里，决不能挪窝、位移，她唯一能做的事是掸灰。外间是堂屋兼画室，墙壁上常有一些不断变化的书画。这次政协会议前夕，他已准备了一幅写意的水墨画《梅竹并茂，松柏常青》，将梅唤春色、竹报平安、松显坚贞、柏染苍翠融会于一纸，为“六五”功成、更攀“七五”、展现宏图再唱赞歌。同时，他又写好了七言绝句《颂词四章》，连续第三年为县政协会议献上礼赞和心曲。“风和日暖群贤聚，春满盂城起颂讴”，虽然是他写颂词中常见的词句，但是，“一心一德万方舒，一堂济济室生辉”则是他追求的境界和效应。

当天，他还当着大家的面，即兴挥写了“龙虎飞云”四个篆书大字。同去的爱好书画的年轻的小吴脱口说，这四个篆书字可供我们临摹，是熊老今年元旦颂词的浓缩。熊老笑笑说，在这虎年，龙虎际会，龙骧虎步，四化高标的，三中近奏功，该是一个多么好的气象啊！在场观赏的同志无不称赞，这位当年驰名文坛画界的古稀老人，可谓雄风犹在，技艺不凡啊！熊纬书却摆摆手说，仅仅是爱好娱老而已。那天，笔者同熊老先生做了长谈，也是交往中唯一一次长谈。

## 熊先生谈文论诗

盂城诗社成立以后，社员纷纷要求熊先生说文论诗，为大家上课。他应允了，“开场锣鼓”却让他的诗友、中央大学毕业的金仲辉来“敲打”。金先生国学深厚、论诗精辟，便从“诗是什么”开始了他的讲座《浅谈诗与诗律》，用“诗是以最精练的语言，最和谐的韵律，抒发人们最深的感情的一种艺术”作为开场白，抛砖引玉，引出熊纬书的论诗的专题《我国诗的含义、大类、基本方法、目的要求和流派》，全文近四万字，分几次讲完。有一部分印了讲义，大家听得顺耳入心。有一部分没有讲义，书读得少、诗读得少的人便觉得思维、认识跟不上讲课的内容和节奏。有人汗颜，有人悔疚，也有人发奋。听课基本是“灌”，极少有互动。听课以后，越来越多的人有个共识，出现神珠、珠光兆福的甓社湖是诗意横溢、才情流淌的诗人的湖。

## 师从熊老学书画

他的学生吕居荣师从熊先生学习书画就是从学习书法开始的。熊先生多次介绍自己习字学书的经历、特点，言谈之间，颇有点自负。吕居荣予以概括地陈述，那就是熊先生师承“二王”，集王钟之二美，加入了碑版摩崖之线条，并从颜柳之中求“二王”的真谛，还将小篆融入行书，形成了熊先生书法的本体。熊认为自己悟得王钟之美，只是世人无人识，他在诗中也流露了这种情绪。熊纬书坚持临帖与临碑并重，希望学生走这条路时一定要把两者结合好。碑的高古、粗犷、野朴，可以天马行空，毫无拘束，但要防止野而散、野而杂。帖则讲究规范、法度，但要防呆板、拘谨之风。熊纬书重临经典，涉猎宋元明清诸名家。

后来，吕居荣更多的是向熊纬书学绘画，为他日后北漂京城进一步成才扬名打下了坚实基础。

## 熊称汪为“曾老大”

高邮人欣慰和自豪的是，当代中国文坛又出现了独树一帜的著名作家汪曾祺，他的故居在科甲巷与天竺巷之间，家近傅公桥，这与那些年代家住傅公桥畔的熊纬书家相距不远。汪曾祺于1981年10月、1986年10月、1991年9月三次回乡，从时间和地点以及公务活动来看，都有汪、熊两人相会的时机，但是，时至今日，两人相会与否，依然是个谜。汪曾祺第一次回乡时间较长，这时熊纬书从被贬谪的乡间落实政策后已迁至城南安家，可能是蛰居多，尚未重返社会，汪、熊两人见面可能性不大。1991年中秋前后，熊纬书已在南京御道街居住，见面可能性甚微。只有1986年10月28日上午8时半，县志办在政协会议室召开了编写县志的座谈会，请回乡的汪曾祺到会讲话，高邮政协文史委员会的部分成员应邀参加。这次会议，汪、熊二人见面的机会是存在的。从此，熊纬书与汪曾祺似乎相识。1986年丙寅冬，熊纬书精心创作一幅山水画，实为一马平川的地域风俗图，既有草堂茅舍，又有滨湖民居；既有苍翠林木，又有平湖白帆，笔意秀雅滋润，留白畅意，显示的是水乡的朴实自然、气清质实。而他请“曾老大方家斧正”的题画词，则是熊先生仰慕老弟（熊比汪大七岁）的心迹和艺术见地的自白的充分流露。

## 诲人不倦好老师

熊纬书是乐教善教、诲人不倦的好老师，赵福林是勤奋好学、锲而不舍的好学生。

1986 年七八月间的一个早晨，日头已很热辣。赵福林找到熊家，向一位老夫子模样的人说明了来意，老人说，我已知道了，刘主席已讲过。我这儿的资料很少，可以定期当面谈谈这方面的知识。从此，每个星期天的上午或下午，赵福林便带着一个本子到这儿听课、记笔记。熊先生从诗的基本知识讲起，讲名人名诗名句，常引用一般文化人熟悉的诗句，也介绍一些赵福林似曾相识的诗句。熊先生没有讲稿，连讲课的提纲也没有，他的手在身上一摩挲，好似如今的一“点击”，满腹的诗话就像开了闸门的流水，哗哗不断。他讲“诗言志”传说是虞舜下的定义，再看看传说虞舜写的《南风歌》：“南风之熏兮，可以解吾民之愠兮；南风之和兮，可以阜吾民之财兮。”不去考证其真伪，古代以农立国，民以食为天，南风送来麦熟，送来堆积如山的收获。这首歌可以看出古代圣贤是如何关心人民疾苦，表现的是一种原始文明的仁爱。赵福林洗耳恭听，多年听不到这天籁之音。

多少年后，高邮书画界晚辈们的人生甘旅，抑或画坛艺苑，都有属于自己的吉光片羽，也营造了自我构建天际线的绚丽多姿，他们都有个共识，当年的熊纬书的理念、见地、作品、传薪，对晚生一辈、新生一代而言，犹如扶梯、桥梁、通衢，都在通向、到达一个新的天地。

2018 年 4 月

# 税官秦观

古处州是水乡，至善至美的水，逝者如斯，不舍昼夜。古处州山无数，至灵至性的山，乱花如雨，风姿独秀。宋代绍圣二年（1095），秦观以左宣德郎七品官衔被贬处州（今浙江丽水、青田一带），当一个知州属下的“税务局长”，在这个“一州如斗大，四面总山环”的处州一干就是三年。这是历史对无双国士到地方税官的错位与位移，书写了一个当朝罕有的税官传奇，演绎了他的风骨、秉性和诗情。

世间是个万花筒，人性就是五味瓶。在京期间，秦观有过“出门尘障如黄雾，始觉身从天上归”顺境的得意；也有被“罢正字”（即校对黄本的一种馆职），离京被贬南下、迫不得已打发心爱侍妾离开的无奈；又有盛夏之日与母亲等人同坐如甑小舟的艰难。这都让秦观初感皇上威严和人间冷暖。

处州税官管的是茶盐酒税，实为酒税务。秦观初到处州，先在姜山西住下，后在毛氏故居文英阁寓居，曾作《点绛唇·醉漾轻舟》，留下了“尘缘相误，无计花间住”的感叹和“乱红如雨，不记来时路”的苦趣。在处州，秦观还作过《千秋岁·水边沙外》，其中“水边沙外，城郭春寒退。花影乱，莺声碎”之句引出了当地兴建的莺花亭，成了传至后世的一处名胜。

处州酒税局设在姜山。当时酒曲是官卖，酒户缴纳酒曲钱和白糯米钱便会到酒税局办理，那自然无须秦观亲历。当然，秦观也会跻身收税人员的治税行列，他的诗句“市区收罢鱼豚税，来与弥陀共一龛”，便是他躬身亲历的记录。秦观的主要职责是监督纳税。当时作为纳税凭证的税钞一式四份，其中户钞给纳税人，监钞给秦观收掌。未加印时称白钞，然后由监督纳税官员秦观亲自用印，这种朱钞就成为已纳税的凭证。作为已享誉文坛、政界的一位名士，秦观成年累月干着这种轻松而又沉重、平淡而又烦心的酒税事务，简直是折腾他的人生，“绞杀”他的生命。从那三年做税官，没有懈怠地“管库三年”，到他52岁辞世，只有短短的几年。因此，作为一名税官，他是尽职的。他在放酒的台子旁饮酒、安寝，在醉乡中，“梦入平阳旧池馆”，重温往日酒色的淋漓酣畅、勾心销魂，又有何妨？当时没有“禁酒令”，连那些伺机寻找他过失的“使者”，也没抓住他什么以权谋私的把柄。

在处州当税官，母亲戚氏、夫人徐文美、儿子秦湛等一大家人团聚在一起，这是秦观享受天伦之乐的“夕阳红”时期。早在京城，就曾似真似假诗云：“日典春衣非为酒，家贫食粥已多时。”落魄到处州真不知是怎么过的，整天郁闷，吐露的心声是“春去也，飞红万点愁如海”，甚至在梦中已现“古藤阴下，了不知南北”的预兆。因此，他去庙里修忏，“写得弥陀七万言”，又获罪了。其时，当朝的说你不行，你行也不行。对秦观这种官员欲加其罪，何患无辞！

有人说，税务是财政的“奶娘”，令人欣慰的是，宋代古诗向我们昭示了一个道理：地方的税务收入与一个地区的建设紧密相连。宋元丰年间，高邮县尉华镇写给高邮监税官李光道的诗吟咏：“诗书已见勤追逐，管库何妨暂滞留。但喜荒斋得佳咏，清风和气日休休。”他谈及的税务之道和治税之风，便演绎为后来高邮的人口增多、市面繁荣，“昔之茅茨瓮牖，往往皆是高堂大厦矣”。

这里拾得的是秦观任税官之碎片，也闪现了以古鉴今的斑斓。让人最忆的是被编管至郴州的秦观，已不再是一个可以纵情诗酒的官员，而是一个被削秩为民且受临政官员掌控的“另类”人物了。

2016年8月

## 父忠子奸

史载，在宋朝抵抗外族入侵的历史上，父子同为忠臣者（如岳飞、岳云）有之，兄弟同为奸雄者（如蔡京、蔡卞）有之，父为忠臣子为奸臣亦有之。这里所说的作为忠臣的父亲就是高邮尉贾涉，其子就是奸臣、南宋宰相贾似道。

当时高邮为军，下辖兴化、宝应，在这里带兵为高邮尉的贾涉责任重大，因为高邮地处抗金第一线，张俊、韩世忠、岳飞都曾有抗金的胜绩。贾涉在邮据城固守、训练兵丁、备用粮草，伺机主动出击金兵。高邮，成了他抗金的起点站。

后来，他升迁盱眙知军。节制淮东路忠义人兵。所谓忠义人兵就是一批揭竿而起、心怀忠义、立志建功的抗金士民。其中李全所部，实力雄厚，贾涉调集并重用他们，攻克海州，大破金兵，使金兵有六七年不敢南侵。

在湖北蕲州被金兵围困的紧急关头，已升任制置副使、统兵数万的贾涉立即驰援，并将逃将徐晖斩首，众将受到震慑，惧其军威，纷纷勇猛杀敌，终于解决了蕲州之围，淮西一带局势改观，军心大振。

大约是1163年前后，金兵又大举南侵，已患病在身的贾涉奉诏出征，亲临一线视事，抱病指挥战斗，又一次击败金兵。多年的戎马生活，贾涉病情加重，不久病故。实现了生命不息、抗金不止的夙愿。

而贾似道的人生与父亲相比，可谓天壤之别。他原本是个不学无术的浪荡公子，是依仗其姊为宋理宗宠妃，才得赴廷任职，此后一再升迁，官至宰相，并在理宗和度宗年间，分别被拜为少师、大师，封卫国公、魏国公，其权势如日中天，其罪行罄竹难书。

他统兵无能，谎报军情。这个毫无军事才能的统帅，贪生怕死，畏葸不前。长江重镇鄂州被元军包围，朝野震动。贾似道迫不得已，率兵出征，私下派人一而再地向忽必烈求和，暗地里签下了南宋“割地、称臣、赔款”的和约，向朝廷隐瞒了真相。理宗信以为真，认为贾似道为南宋王朝立下了天大的再造之功，命满朝文武百官出城迎接贾似道“凯旋”，成为历史笑柄。

他独揽大权，专横跋扈，一切唯我是从，顺贾者昌，逆贾者亡。他对官员中有过非议、善意地提出意见，以至对贾表示轻视的人，大都将之削职、贬谪、流放，有的被迫害致死，直到肆意更改法律，以巩固“贾天下”。他滥发纸币，推行所谓“公田”“推排”诸法，似乎是强国利民，其结果却导致国计民生更糟，百姓怨声载道。他专恣日盛，可以十天不上朝，所议政事，可在皇帝赐给他的西湖边葛岭私第处理，具体由他人办理，贾只负责签名画圈。

他骄奢淫逸，胡作非为。他成日带夜于葛岭私宅寻欢作乐。有一次理宗登高远眺，见葛岭这一处灯火通明，便说：“此必似道也。”一问，果然。他见到宫女娼尼稍有姿色的，都纳为妾，其妾有兄来访，只要他见到，必将来访者投入火中烧死，惨不忍睹。贾似道酷爱蟋蟀，犹如处理军国大事。有一天，贾带蟋蟀上朝，虫鸣不已，有一只蟋蟀从贾水袖内跳出，竟然跳到皇帝的胡须上，成为亘古未有的奇闻。而他玩斗蟋蟀的迷恋程度也难有人相比，他写的《促织经》是世界上第一本研究蟋蟀的专著。

他屡战屡败，误国误民。贾似道在解襄阳之围中，又故技重施，求和退敌，以显战功，想不到的是被元军围攻五年之久的襄阳失陷了。这个解围的统帅竟把责任推到已故的理宗头上。宋恭帝年间，元兵大举南下，贾似道统率三十万人马前往淮西路迎敌，身旁竟然带着妓妾，队伍行至芜湖，贾再次求和退敌，称臣纳币，遭到拒绝。元军横扫如卷席，贾似道只身逃到扬州，这就是三十万宋军损失殆尽的鲁港之役。

误国误民的贾似道，人人皆曰可诛。迫于朝野压力，皇上将他流放南方。负责押送的县尉郑虎臣先是赶走贾的十几个侍妾，后暗示他自尽。直到福建漳州南一个庵子时，郑虎臣不负民意，将贾似道处死。

贾似道死后四年，南宋亡。诚然，南宋王朝覆灭原因较多，但与贾的误国误民息息相关。

2017 年 9 月

# 吴恭人的人生

依明清制，四品官的夫人为恭人。高邮有一个吴恭人，是乾隆年间朝廷要员、吏部吏科掌印给事中（负责钞发奏疏、稽查违误等事务）王念孙的夫人，是一个未进史册，但勤勉、淡泊一生的巾帼佳人。

吴恭人的曾祖是康熙乙丑进士。吴恭人出生前，其父曾占卜，得知将出贵人，见出生的竟是女孩，怫然久之；祖母则认为生男生女都一样。吴恭人年少时，端庄、聪明异于常人，文静少语，极少投入嬉戏的“小儿圈”。待至花季少女，便帮助父母操持家务，秩然有序。

几年后，曾受业于王念孙祖父的夏啸门坐馆享誉乡里，主动将王念孙召至门下授课，使之学业大有长进。王念孙没有辜负老师厚望，在乡试、府院中连创佳绩。到了王念孙当室之年，夏啸门关心念孙的婚娶，将城北吴家的二姑娘介绍嫁给王念孙，从而成就了王念孙、吴恭人四十多年美好幸福的生活。

吴恭人虽出身名门望族，但无富家女的尊贵、奢靡之风。她嫁给王念孙后，传承了王吴二家节俭简朴、和睦相处的家风，婚后不久，她就成了尽心筹运、操持家务、躬自料理的“一把手”。其时，王家仅有薄田数亩，王念孙尚未中举，日旦展卷，夜分攻读，刻意学问。自奉俭约，食不鱼肉，衣不绮罗，许多烦琐、细碎的家务事就在不经意间从她的指缝中流过。从洒扫庭院、制酱腌菜、纺绩织补，以至欢度节日、儿女婚嫁，都是她领着家人、仆人日复一日干成了。此风至老不辍。

王家丙舍旁有一古井，清冽明亮。吴恭人等人汲水用水，都不在井旁洗濯，为的是不让脏水回流井内。后来，她让家人在井旁植竹，没几年，古井就被一丛翠绿环抱了。

吴恭人 21 岁时嫁给 19 岁的王念孙后，家内重担全部落在她肩上。王家生活并不宽绰，但是她依然关心亲戚的生活和变故。王念孙堂弟病故，其弟妇及子女贫无所依，是吴恭人体会王念孙心意，借房供其安居，每月资助钱米。后堂弟妻亦故，留下子女孤独无援，又是吴恭人热心抚养，视其如亲生，直到他们婚嫁，尽显慈爱之心。而她教子独严，既延师课读，又把手传教，她对子女的要求是：以志之不可弛，品之不可败，家声之不可堕。谆谆教诲、明显成效让在外做官的王念孙服下了“定心丸”。次子敬之 3 岁时，王念孙入都莅事，长子引之也取得科名入仕，吴恭人相夫教子更不懈怠。7 岁的敬之作夜合花诗，诗曰：“云知主人爱明月，不教密影上窗纱"，兄长引之读了大为夸奖。

王念孙曾身为四品官员，又是训诂大家，他的座右铭"学问、人品、政事三者同条共贯"早已让王家人铭刻在心，尤其是他刻苦学问、淡泊人生、清心寡欲更是让吴恭人体验尤深。换言之，吴恭人的所作所为是王念孙、王引之等人践行座右铭重要的支撑力，为他们提供了宝贵的正能量。

王念孙中了进士后，即从 33 岁起连续四年居住于高邮湖滨精舍，闭门著述，至事穷搜冥讨，谢绝一切人事。其时，吴恭人身居城中，与寓居南湖的王念孙相距并不遥远，4 年中只有过年才暂时结束"分居"，享受天伦之乐。吴恭人与念孙志同道合，理解他，支持他，相信他会从此正步仕途，干一番事业。

王念孙 37 岁入京都供职翰林院，此后多次履新莅事二十余年，他以京师消费昂贵、物价腾涌、个人俸禄难以维持官宦人家生活为由，始终没有让吴恭人入京团聚，一显官夫人的荣华。对此，吴恭人毫无怨言，继续作为王家主妇在邮料理一切。其时，王念孙无余资供养家庭，而到岁晚，吴恭人却把节省下来不多的钱邮寄给王念孙，以济其困，送上一片相濡以沫的恩爱。

乾隆五十二年（1787），浙江海塘全面修建，工程浩大。王念孙随工部侍郎勘查，道经高邮亦未滞留，只是与吴恭人短暂相会，吴恭人知道夫君向来以事业为重，便励语壮行，匆匆分手。

嘉庆四年（1799），身为吏部吏科掌印给事中的王念孙冒着生命危险弹劾和珅，其密折中云："唐尧在位，犹有共欢；及至虞舜在位，即行诛殛"，令嘉庆皇帝连声称善，一举铲除了贪污巨头和珅。消息传开，令人心大快，王念孙、王引之因此誉声鹊起。吴恭人在邮喜形于色，但泰然处之，她对家人说："身在其位，应谋其政。父子俩这次恪尽职守，也是回报皇恩的应尽职责。"

是年正月发生的"反腐"举动，产生了轰动效应，尤其令各级官员仰慕敬佩。这年春三月，王念孙作为管理漕务的运河道南下巡视，严禁各地官员馈赠铺张，确保风正清明。行至高邮费用乏绝，婉拒地方官员资助，便借贷前行，继续前往瓜洲巡视。吴恭人佩服夫君，对其举夸奖不已。

吴恭人对引之中进士后任翰林院编修，或擢升其他诸如侍讲、考官的职务，总要传书引之，敦勉其苦学砺行，以不负皇上知遇之恩。对次子敬之，更是叮嘱再三，要志存高远，务实前行。

王念孙 61 岁时，以运河道之职驻山东济宁，春天才将分居二十多年的吴恭人接到济宁欢居。此时，患病的吴恭人血气大衰，加之水土不服，又得了肿胀病，延医不见好转，是年 7 月底突然病故。其时，王念孙仍然督工于张秋水利工地。两人就此永别。王念孙原打算得暇游览，以娱暮景，也破灭了。

辛苦劳碌数十年的 63 岁的吴恭人从此作古。王念孙不纳妾，此后也不续弦，决然独处，以至终身，这是他的秉性、情商使然。

从某种意义上说，王念孙的人生有缺失之处，不必效法。而吴恭人的人生可供后人学习之处多矣。说实在话，要如吴恭人一样走完人生，也难。当代临政莅事者的夫人们，有谁敢说，我欲与吴恭人试比肩。

2016 年 10 月

著名作家袁鹰（前中）、海笑（前左）、艾煊（后左二）参观高邮王氏纪念馆

# 读《高邮晚报》抗日战事讯息

近日，亲戚周利华先生搬家，从压箱底的衬纸中发现两张《高邮晚报》，日期是 1938 年 4 月 30 日（注：当时报纸上用的年号为民国的年号，月日则是沿用公历）。浏览几个版面后发现，《高邮晚报》刊登的讯息绝大部分与抗战有关，再对照高邮籍民国史专家李继锋等人主编的《百年中国》和《抗战回望》，扼要地解读《高邮晚报》有关抗战讯息，也是对抗战的一种回顾与纪念。

民国时期，高邮先后出版过 20 多种官办或民办的报刊，《高邮县志》曾列出一批报刊名称。但是，《高邮晚报》不在其中。这家报社设在文化书店内，从其政治倾向和讯息渠道可以看出，报纸可能是地方官办的。现在仅就这份报纸刊登的抗日战争讯息及有关情况做点介绍。

《高邮晚报》以整版的篇幅及时报道了从全国到苏北，以至到高邮的抗战势态，表现了中国军民浴血奋战的精神和气概。这也是这份报纸的“主旋律”。它有时效性较强的关于全国抗战局面的战争要闻，报道的是中国军队在山东境内进行阻击战的情况和在鲁北惠民一带抗击日伪军的胜利喜讯；也有作为本报特讯的苏北地区的最新战况的消息，报道的是“南通有收复说，海门经我完全克复——海门县长魏湛元等已到县照常工作，邵伯之敌因遭我军民袭击恐慌万状，扬州敌司令川并有反战思想解沪看押”等。其时，日军已于1937年12月占领了扬州，并将战线推至邵伯一线，由抗日的陈文部队与国民党部队共同防守昭关和湖西送驾桥一带。就在此前月余，陈文部队曾派人把击毙的日军尸首送至扬州城区示众。从这时到1939年10月2日日军侵占高邮还有一年多的时间，《高邮晚报》能在离战线只有60多里的邮城出报，对加强抗日舆论的宣传、振奋军民的抗日精神是有一定作用的。在这份晚报上刊登有对商人、农人参加抗战工作的具体要求，即从抵制日货到维持市面繁荣及保证军需供给，抑或是参加支前、救护、修路、迎送部队、防止汉奸等，这也是动员民众、组织民众的一种形式。此外，这份晚报还报道了活跃于苏皖浙边境的游击队抗战形势，从报道的口号、内容来看，游击队极可能是国民党李明扬游击队总队式的队伍。当然，从活动于“港湾河汊，芦苇交错”的太湖地带和“与当地民众联合”的势态来看，也不排斥有“屡建奇功”的“沙家浜”式的新四军队伍。而该报上唯一的社会新闻也与抗战有关。报道的是马棚湾一位姓周的老头子，耳聋，在深夜戒严期间要从东门进城，因听不清口令而被守卫误射身亡，其结果只是家属认领收尸，云云。

《高邮晚报》头条新闻报道的是津浦线抗击日寇的重要战况，与刚刚结束的台儿庄大捷紧密相关。就在这年的 4 月，台儿庄大战历时 16 天，歼敌 1.6 万余人，缴获了大量轻重武器和弹药，是全面抗战爆发以来，中国军队在正面战场上取得的首次大捷。1938 年 4 月 7 日，台儿庄大捷的消息首次出现在中国各大报纸的头版头条，指挥这次战役的李宗仁将军名扬中外。他精神抖擞地在写有“台儿庄”的站牌前留影照片成了台儿庄大捷经典照片之一。台儿庄大捷后，举国欢庆，国人振奋，使京沪沦陷后笼罩全国的悲观气氛一扫而光。

日寇在台儿庄的失败是日本新式陆军自成立以来的第一次惨败，日本天皇震怒，他下令调集重兵，企图围歼徐州地区的中国军队。对此，国民党最高军事当局决定放弃徐州，实施战略转移。4 月 16 日，李宗仁命令徐州一带 60 万中国军队突围。这次撤退使日军消灭中国主力的计划彻底落空。因此，4 月 30 日，《高邮晚报》头版头条新闻是：我运用新策略后，敌在津浦作战困难，我主力在沂河一带向敌围歼阻敌南下……报道就是在中国军队主力突围（即所谓新策略）之后，“为避免不必要的损失”，以少数部队牵制、阻止日军的南下，使日军进犯中原的计划一时无法得逞，在鲁苏豫地区双方呈现胶着状态，直到 6 月份花园口决堤都未改变。

《高邮晚报》报道的汉口 4 月 29 日电讯，即《敌机昨日袭武汉，被我击落二十架》是一则闪显抗战亮点、令人欢欣鼓舞的快讯，也是武汉会战大长我们志气、大灭敌人威风的捷报。

快讯称：本日下午 2 时 40 分，敌机 36 架来袭，我机当即与敌发生激战。当时将敌机击落 20 架，落于武汉附近各地。内有敌战斗机 5 架，轰炸机 15 架，拟于日内运武汉城内，以示日本送来之隆重礼物。敌飞行员被俘 2 名，正在讯问中。

据有关史书记载，这场空战是有背景的。4 月 29 日是日本天皇裕仁的生日，也是日本最隆重的节日“天长节”。

这一天，36 架日本战机从芜湖起飞，悄悄逼近艳阳高照的武汉。这批日本空军王牌飞行员准备用辉煌战果向天皇献礼，但他们没有想到，年轻的中国空军和苏联援华航空队早已严阵以待，中国和苏联飞机给予日机迎头痛击。

这场激烈紧张、精彩异常的空战让武汉街头市民大饱眼福，也令人扬眉吐气，两小时后，裕仁天皇收到当天最扫兴的贺礼——21 架战机在武汉上空被击落。也有消息报道是 20 架被击落，那是因为在那场空战中，曾出现过悲壮的一幕——中国飞行员陈怀民打光所有弹药后，驾着中弹的战机向敌机冲过去，最终与敌人同归于尽。可能有人没有见到最后的“瞬间”，计数时便有了不同说法。其实，为了纪念这位空中英雄，汉口江边的南小路后来改名为陈怀民路。当然，日本侵略者决不甘心于这次空战的失败，竟然不顾国际法，下令动用包括化学武器在内的具有巨大杀伤力的武器，在中国犯下了滔天罪行。

2005 年 8 月

# 说说议议

# 教人识得旧高邮

汪曾祺诗曰："留得宋城墙一段，教人想见旧高邮。"那是高邮的物质遗产衍化成乡亲心头的胜迹。最近倪文才主席的新著《高邮传统文化概论》问世，多次阅读，静心联想，把玩厚重书一本，教人识得旧高邮。

"概论"一书，不是风物、史事的复述、新编、戏说，而是概括、浓缩、提炼的"述"，配以条分缕析、思辨性强、颇有见地的"论"，这种集成式的对高邮传统文化的囊括与把脉，充分彰显了高邮传统文脉、地域人脉以及邮驿"国之血脉"的优势和特色。20多年前倪主席就是笔者的领导，多年的共事表明，他是我们文艺界可以信赖、值得学习的好领导，尤其是他一本本书的问世，对我们的示范和烛照作用是有目共睹的，究其缘由主要是他的乡情为根、胆识如炬、才学是器，唯如此，才能与舞文弄墨的临政莅事者比肩。

读"概论"，钩沉史事，自然会想起高邮北宋元祐初年知军杨蟠的政绩与文治。被称为"文章太守"的杨蟠在邮任职时间不长，留史的政绩就是修建了一处有华胥台等13个景点的众乐园，杨蟠建园只想到"好事异时如念我，为栽桃李助芳芬"。然而，让他想不到的是

学者、作家、曾任市领导的倪文才

后来者对杨蟠及众乐园行吟歌吹了几百年。“政成化理乐民乐，请看合浦来还珠。”“歌颂太平正此日，愿为更献邮城图。”晚生隔朝换代后的歌功颂德也是一种期望，一种启示。时至今日，身为市政协主席和市文化建设领导小组组长的倪文才在市委领导下恪尽职守，同时，充满激情而又趁着惯性攻克难点写成书、写好书，实在是文友同仁额手称庆的幸事。“有幸与君为文友，相约同泛甓湖舟”，是当代高邮文化人的共识与践行。

挹古扬今，古为今用。从上世纪八十年代倪文才主编民间故事等三套集成专著《珠湖的传说》，到他最近的“概论”，连同高邮众多作者出版的各类书，都是高邮对外推介自己的一扇扇窗户，抑或是各种渠道传达作者的一个个心声。如果说，各种物质与非物质的营构神珠焕彩、高邮新猷的多彩多姿天际线，那么，倪文才的“概论”是浓墨重彩的一抹辉煌。近日，城南新区有一个年轻人在撰写一篇关于历史文化名城如何发挥自身优势、提升城市竞争力的论文，正逢“概论”出版问世，他可以从“概论”追溯高邮传统文化的渊源、特色，也可以把握传统文化于今发展的趋势和价值取向。笔者觉得“概论”是一本很好的乡土教材。如果说，已经出版的各种介绍高邮的或表现高邮人形象、秉性、情操的书，汪曾祺是当代高邮无可替代或无法超越的典范，那么，已经走出高邮的“珠湖小子”或者留守乡里的文才俊士以及业余作者，都会以汪老为榜样，在“游女拖裙俗渐南”日益变革的时代，用各自的声音，构建高邮文化大发展大繁荣的清籁，教人识得新高邮。

2012年3月

# 《珠湖》创刊号联想

一本以绿色为基调，以白描手法勾勒的巍巍唐塔、朵朵浪花、片片白帆为封面的《珠湖》创刊号（1980 年 5 月），我已珍藏了 38 年。早在去年《珠湖》推出纪念汪曾祺逝世 20 周年特刊时，我曾想到一个问题：摇翠弄碧的《珠湖》根在哪里？ 30 多个春秋中，我作为一个作者、编者与她结缘，那是爱好和工作使然。最好请当年主编这份杂志的陈正、胡永其、雪安理、金实秋等君写点回忆文章存史，颇有趣味。当年，用惯“高尤红”集体笔名时期刚刚过去，《珠湖》上又未标明主编类的头衔，百年以后，又得费考证力气。

第一期《珠湖》的作者计 39 名，有省军区领导陈茂辉、著名画家黄永玉、省城文化人华士明和文丙、本地宣传文化领导钱炳之以及资深教师孟鸣等等。本人以散文《大江东去 ——长江三峡游记》忝为作者之列。不过，写那篇散文，游览前阅读诗词，途中观察景物，动笔前细心比较，学着名家写《雪浪花》的笔法，装腔作势地鼓荡一些豪气，成文后终究少文气贯通，少出彩神韵。忆写作之初，读外国名著少，又没和“五四”以来左派以外的名家“谋面”，仅靠“十七年”文学和一些古典名著，骨子里少底色，写成的文章自然谈不上更多的文采。即使现在写散文，也常汗颜。本地的周游君能将一个点的游记写成万字文章，挹古聚今，洋洋洒洒。我敢说，他玩的时候绝不会如此，那太累，但是他能读那么多的书，有意作情景交融状，值得学习。更值得学习的是此文的作者具有独创精神和特有的韧性。《珠湖》创刊号上陆君的《文艺总要有独创精神》引经据典论述，日后身体力行，才成为全国知名的汪研专家。

“玩文学离不开生活、读书，也离不开名人的指点、引导和自己不懈的努力。”散文家袁鹰来邮时有过一段至理名言：“文学创作是一条曲曲弯弯、坎坎坷坷的路，只有持之以恒地努力，加之有人指引，才能有丰硕收获。任何人不可例外。”我年岁渐高以后，许多文学青年感谢我对他们的关心、关注。其实，我从事写作，无论是文学稿件、还是实用文，不仅有长辈为我改稿，也有同辈为文学中年的我改稿，朱延庆君帮我改一篇教育上的经验交流，还留我在临中吃午饭。也是因为陆建华帮我改一篇公社要上《新华日报》的稿件，公社领导才把我“拔”到公社抓宣传。后来，我担任文联驻会副主席，办报纸型的《珠湖》，在经费无着的情况下只能走“以文养文”的路，靠拉赞助，为企事业单位撰写实为涂鸦的广告式报告文学，数十万字。平时要发稿费、编务费、校对费、题词费。市委书记题词和去扬印报校对一样的标准，发 50 元。叶教授发一短文《那年明月夜》，当时我发了 100 元，他问是否弄错？其时，100 元可以购得省一级画家四尺宣的画。

作为《珠湖》的编者，应立足本职，热情待人。创刊号的组稿、编稿、印刷、发行，都抓在当时的诸君手中，他们不图名（杂志上没有什么主编、责编），不图利（不发编务费），其编《珠湖》初心，旨在出作品、出人才、出经验。如果有人从《珠湖》飞出去，在某一杂志报纸初露头角，抑或获得征文一等奖后又在《雨花》上发表，让人欣喜，我就像是自己或者自己孩子的文章一样高兴。

我办报纸型《珠湖》，全部是赠阅。逢到市里开大小会议，本人和组织来的文学青年像发广告单一样去发，只是与广告结局大相径庭，与会者在会中看《珠湖》的颇多，以致一位市长责问，这个老陈搞的是什么玩意？其实他也是从文学青年步入政坛的。现在想来，尽管事先向市委办主任打了招呼，但是还是干扰了会议。

《珠湖》上发运河大桥专文，提及市里主要领导太少，“一把手”有意见，约分管副市长谈话时指出：“走遍东南西北中，回来还要问老公”，即还要问他。领导也是人，该突出而不突出，活该被批评，只想不到一张小报竟有如此影响。

《珠湖》有根吗？有。如果硬性将自己纳入根的范畴，顶多是一支侧根，在离岗以后也是一种不定根。作为后来的编者许君、薛君、姜君、张君等人，他们有扎根并支撑一片文学浓荫的使命，那是对文学绿色之梦的孕育与呵护，也有与时俱进、求新求美的探索与拓展，更有矢志不渝、传薪延续的坚守与瞩望。在我任编者时，曾经要求自己，不要成为《珠湖》的终结者，在我手中发《终刊词》。《终刊词》再美再雅，仍然会像墓志铭一样让人悲切不已，衔哀慨叹。

所幸的是，在倪文才、张秋红等担任市文化领导小组负责人后，向拉赞助办杂志亮起了红灯，办刊经费由地方财政列支。从此，《珠湖》旧貌换新颜，文学新人涌现，精品力作迭出。稿费也“大大的”，不再为稿源少发愁，甚至可以约到毕飞宇的作品刊登。不易啊！现已发到 211 期的《珠湖》将绵延流长，福荫后代。

2018 年 4 月

# 镜取造化　畅写风光

## ——全国影展入选作品《大地，您早！》的问世与赏析

“大地，您早！”声声里，霞蔚满天又一晨。七月的一个早晨，得知张元奇的摄影作品《大地，您早！》入选第19届全国摄影艺术展览时，惊喜、称羡之余便油然而生如是的感慨。镜取自然造化、畅写水乡风光的张元奇作品再次显示了令人亲临其境、可居、可游、可思、更可爱的魅力。

张元奇的获奖作品

《大地，您早！》原名《晨曲》，创作于八十年代后期的一个深秋。一天傍晚，在高邮湖边，张元奇拍下了夕阳下迎风摇曳的芦花白的芦苇，满意中又有些缺憾。尽管此处的芦苇花色白、花期长、花型多，适合拍摄，张元奇已拍了不少佳作，以至省里摄影家说芦苇让他拍绝了，但是缺少生气、动感。因此张元奇萌生了用叠片的方式创作一幅讴歌情景交融的生存状态和生命劲歌的作品。这次拍摄正好是阴天，符合叠片曝光不足的要求。为使湖滩上鹅群泰然自若、嬉戏自如，张元奇穿着风衣仰卧在地，不顾满地鹅粪慢慢移近拍摄对象，把地平

线压到最低，等待鹅群亮相的一瞬。拍完并制作好叠片后，天空中晚霞的橘红却成了曙光的亮色，一幅满意的作品问世了。1989 年，这幅充溢清新恬淡、生机勃发的《晨曲》获省影展银奖。此后，这幅作品频频被报刊选用，被用于各种展览、画册，并走出国门,《晨曲》连续十年吟唱不绝。

“立足本地，显示特色”，这是著名摄影家吕厚民对张元奇创作路子的肯定，也是张元奇解读汪曾祺关于“紫灰色的芦穗，发着银光，软软的、滑溜溜的……”等特有描绘后的感悟。《展曲》中曙光初染的芦苇的宁静和面对复苏大地鹅群“曲项向天歌”的喧闹，较完美地显示了水乡的鲜明个性。张元奇在风光片创作中常用的点化手法便是表现动物如鹅、鸭、羊与自然的和谐，从而表明人对自然的依附、驾驭和享受，营构一种静谧、平和、返璞归真的情景，充分显示唯此才有的特色。

《大地，您早！》所表现的优美画面、隽永意境正是作者潜心研究、精心构思的结果。张元奇的同道都公认张公创作严谨，手法细腻，在捕捉绚丽多彩的自然风光时，努力让景物含情，寓意于景。张元奇在拍摄、制作《大地，您早！》时采用的便是常见的内敛摄影方式，而他更是坚持客观地且有距离感地精心考虑鹅群的自然温馨的生存状态和令人向往的生态环境。这大概是此片入选的重要因素。

自成风格，春风拂人。《大地，您早！》是体现张元奇创作风格的代表作。清新、恬美、隽永、向上的艺术取向构成了这幅作品的基调，也形成他风光片的风格。他常于朴实中求空灵，于旷远中求秀美，于自然中求畅达，力戒浮泛的图解和人为的做作，在众多风光片的佳作中渗透着自己的爱心和真情，使人赏心悦目并遐想联翩。这与张元奇艺术上真诚、执着的追求密不可分。当然，饱览名山大川的张元奇也早已不是“困居于蓬牖之中，声名不出里巷”的才俊之士，他的作品已多次漂洋过海。

1999 年 8 月

# 素描龚定煜

认识龚定煜已经有50多年，知道他具有绘画天赋和才能亦有50多个春秋。那时，他在临泽农中上学，大概是十四五岁的时候，他联手同学姜文定在教室东山头画了半截墙大的“马恩列斯毛”画像，惟妙惟肖，令人瞩目，老远可见，以至有人在逶迤小路前行，打听农中在何处，便有人遥指领袖像。画像似乎成了路标，其实，他绘画生涯的坐标，画领袖像就是起点。当时我在农中做语文教师，教本是“老三篇”和毛主席语录。所教甚微，忝为人师，对他们的画，除了惊叹，就是点赞。当时想不到的是从农中竟然出现走向全省乃至全国的画家龚定煜。

龚定煜的作品

## 拜朱葵为师　定煜受业匪浅

已故的高邮籍著名美术评论家马鸿增说过，是1974年南京师范学院美术系破格录取了他，才有机会受到正规教育。此言不错，但我有修正和补充。在家织渔网搞副业的龚定煜能升学深造，绝非破格。在此以前，他就拜朱葵为师，打下了扎实基本功，才得以脱颖而出。

龚定煜拜朱葵为师，是时任临泽中学教师的朱延庆君给朱葵的一封信，向龚定煜亮起了拜师的绿灯。于是，这才有朱葵对定煜的询问、考量，“小龚，就这样定了。”一句平平常常的“小龚”，从此沿用了几十年，直至朱葵逝世。在定煜看来，这种称叫，连同朱老师的教诲、承诺的践行，充满了父爱般的亲切、温情、期盼，也才有了培训班较小的学员定煜与美术结下了不解之缘，夜宿近在咫尺的通湖旅社，白天聆听朱老师讲课、说画、示范，耳目一新，脑子“一亮”，似乎置身于全新天地。也正因为遇到朱葵这位好老师多年如一日的指点、提携，以至要把定煜调至省美术馆的关爱，才有了定煜走出小城的永远进击，踏歌而行。

朱葵指点、提携、关爱定煜，可谓始终不渝。更难能可贵的是，他从不施恩图报，而是满纸的绘画元素和丹青世界。用朱葵的话说，定煜的画彰显了“特色”（或风格）和“个性”的魅力，作品既有传统功底，又具现代意识，充满浓郁的生活气息，以苍茫和清秀（现在已发展为北方画派的苍劲）、粗犷和金陵画派的秀美、细腻的杂糅，验应了朱葵的预言，从而构建了作品的鲜明地方特色和独具个性的风格。朱葵多年以后，见到定煜“收尽奇峰打腹稿，千山万壑立心中”，笔下流淌一幅幅山水画，论其画丰硕而不杂陈，灵动而不呆板，其景象可居可游，生机盎然，步入了山水画绘制的新阶段。

## 有教无类育人　如今桃李满园

龚定煜的第一职业就是美术教师。邮中工作四十载，满园桃李尽芬芳。他从教的信条首推言传身教。一个没有作品的美术教师不是称职的教师。他教学的同时，每天坚持创作。1983年4月，参加全国第八届美展《晨曲》（版画）是写真式的，画的是将渔网挂在临泽后河大桥上的情景，生活气息浓郁。其情其景已与他年少坐在家门口织渔网一道叠印在我的脑海里，是生活的折射，抑或是偶然巧合，待撒的渔网网住了邮城第一位入选全国美展的欢欣，也网出了一个远近扬名的“大画家”。

他的邮中美术培训班不向学生收一分钱。他的教学程序并无特别之处，画素描、画色彩、画速写，先示范再讲方法。然而他的教学理念却有独到之处，把难的讲得简单，把繁杂的讲得通俗，把多变的讲得形象，使学生从思维深处到理念方法，既知其然，又知其所以然，从而实现从感性到理性、从知性到悟性的升华，让美育与艺术成为莘莘学子的一生爱好、追求，以享受、愉悦一辈子。我曾问他，朱葵曾几次要把你调到省美术馆工作，你不去没有损失吗？他说，个人会有损失，但是去了我会失去培养几十名优秀美术毕业生的机会，那损失更大。他不是自我夸耀，而是有与学生难舍难分的情缘。

可不是，经龚定煜直接教授的学生有近百人，升学后遍布中国美院、南师大、南艺、东南大学、厦门大学、云南大学等十多所高校美术专业，受业者中最大的已60岁，定煜与其亦师亦友，最小的才20多岁，已成为赴日及欧美的留学生。

且不说淮阴师范学院美术学院院长、雕塑家华龙宝和厦门大学艺术学院副院长、硕导戚跃春勤奋好学和如今业绩，仅说说那穷苦人家的孩子和调皮大王学画成才的那些事。

某学生W，家寒，父亲在临泽炸油条。高二时的一天深夜，用篮球砸学校白果树的白果，满满一蛇皮袋，准备卖给药店，弄点零用钱，被发现，溜了，躲在武安乡田里三天。定煜等人将其找回。龚老师爱人张玲下了一斤面，他都吃了，接着是德育为先的教诲、训斥、记过，毕业前又撤销。奋发的他考上了南艺。如今成了深圳一名设计师，“混得不丑”。他迎来的是事业丰收，捎给老师夫妇的是感激。常说严师出高徒，重读生L在美术室与同学打扑克刮鼻子，被龚老师逮个正着，盛怒之下，欲除名停画。次日晨，他将一封认错信塞进门，表态“只要是你的学生，我就心满意足了。你看我的行动吧”。后来他兑现了承诺，考上了南艺，并留校成为设计教研室主任。正因为龚老师耳提面命，他才设计并践行了多彩人生。

改变人生的学子何止他一人，可谓比比皆是。某学生C很有美术天赋，因家穷，从一沟中学辍学，走投无路的他慕名找到龚老师，想进邮中（好进美术班），简直是梦幻。龚老师让其先画一张，功底不错，要进省重点是要收钱的，龚老师为其向校长求情。校长也爱才，网开一面，破例接纳（不收钱）了他。他升学后经过深造，自主创业。他创建的品牌服装让人望眼欲“穿”，也圆了美术成才的美梦。他听说老师来沪办画展，特地在南京路一大饭店摆了台子，不是显摆，而是真情感激。来自单亲家庭的某学生Z在龚老师的教诲和支持下，读完了南艺雕塑系硕士学业，又一位实现了从学生到教师的华丽转身，现为南艺美术馆副馆长，就绘画艺术与老师开始了新的交谈。

龚老师对待同学、好友的子女更多一分关爱，更多一点严管。某学生天资聪慧，就是贪玩，在其父和龚老师的管束下，下决心"掉肉长心"，奋发努力，颇有长进。放学后，其父问："今天龚老师看你画没有？"他无言，其父说："没有表扬吗？"他说："没有开口就是表扬。"一时成为学生流行语。后来，他考上同济，素描成绩全国第一，如今留学加拿大，攻读博士。

## 名师点化引导　矢志终身绘画

定煜成才路，甘苦他自知。无论是大学深造，抑或从事创作，个人努力和名人点化是他翱翔美术天空的双翼。南师大汇集的名师如云，教过他的老师有秦宣夫、黄纯尧、谭勇、范保文、尉天池等，其中就有朱葵的老师和学长。知名画家、敬业尽责的范保文老师是他的恩师。正是范老师到高邮考点招生，出于公正，百里挑一，定煜才得以进入南师大（没有像时下用钱通路子）。大学期间，范保文教授国画，笔、墨、水之运用，法之勾、皴、点、染，色之焦、浓、干、湿，讲得入目入耳，让定煜了然于胸。可贵的是，当范老师接到定煜第三本画册时，不忘为师的责任。某天深夜，电告定煜，在笔墨技巧上应如何进一步提升，谆谆教诲，拳拳在心。想不到这一次远程教学竟成了范老师生前的最后一堂课。

著名画家亚明为定煜画集题签。因为参加过亚明主办的培训班，登门求字，亚明说，正因为你是我的好学生，我才写。三易其字，直到满意为止。

龚定煜在高邮文艺界知名度很高。当年汪曾祺夫妇下榻的北海大酒店装潢就是"龚大师"参与的。可是，在真正的"大师"汪曾祺写字画画时，他只能在旁笔墨、宣纸伺候当"小工"了。多日接触，汪老主动提出写字相赠。一天午后，在汪老故居，便写下了"五日画一山，十日画一水，能事不受相迫促，王宰始肯留真迹"。汪老给我等的字画，下款常用某某先生嘱。一个"嘱"字表明你索求的。汪老是向同乡晚辈传递一个真谛：从事艺术创作，必须聚精会神地观察分析事物特点，把握美术创作规律，形成自己个性风格。汪老曾当着大家的面比较过李复堂与王陶民画荷花的不同，其中李的凝重，尤以枯荷为一绝，王的则飘逸，弥漫水意，充满灵气云云，让定煜耳目一新。以诗文书画联俱佳而著称的熊纬书也惠赠字画，其中还有嵌名联哩。

龚定煜画作数以百计，展览（个展、巡回展）从国内走到国外，不少作品为国内外美术馆或个人收藏。最近，他的《邮驿千秋》再次入选全国美展，只是向世人昭示，60 岁是创作的一个坎，或有人沉寂，或有人升华，定煜仍在登攀。今年 3 月，他应邀去泰州创作 10 米长的四幅屏山水图，本来他忐忑不安，12 个人中其他人都是大市国画院院长，他无此光环。懂行的主人同他耳语，看你的斗方是有实力的，令人震撼。结果他不负众望，山水灵动，画面生辉。如今，他依然笔耕在扬州市宣传部门授牌的第一批文艺创作工作室驻云轩，继续作画，自己愉悦，也给读者观众带来快乐，他很满足。

## 始终不忘初心　名家好评如潮

党的关爱，政协提供的平台，点亮了龚定煜的人生，使他有用武之地。从教四十年、担任政协委员三十年，连续三届任政协书画会会长，舍他还有谁有如此经历，这一切，都源自于他为民服务、教育学生的初心。

谈及他的作品风格，我这个门外汉也知道，他生活在一马平川的高邮，哪来的名山峻岭，是他迈开双脚，行万里路，太行山、黄山、泰山、华山，九寨沟、张家界、黄果树，江西、内蒙古、贵州，都留下他的履痕，拾得他的愿景，在与大自然的鲜活对话中，将“师古”“师物”“师心”演绎为物我交融，心灵震撼。他跋涉山山水水的路上，有了贵州都匀市屯堡寨的奇遇，遇到高邮人的后裔，说高邮话，风俗人情都酷似高邮人。而他的山水画，则以多次去过的太行山为背景，将北方画派粗犷、苍劲与南方金陵画派秀美、灵动糅合在一起，形成墨韵气动、洒脱自然、大气磅礴、云气缭绕的个人风格。

早已走出高邮的龚定煜，在高邮中学内外，称“龚大师”者有之，称“小龚”者有之，唯独不称老龚。大概是龚与公的谐音，不便被女性称叫。从校内展览、戗牌、拍照，到市里历史陈列，汪曾祺文学馆、“二王”纪念馆、朱葵美术馆、邮中校史馆布展，一喊就到，接手必成。其中布展的理念、方案不亚于外地来的“大师”们。只是当时政府财力有限，让定煜施展不了大手笔。

从朱葵为他的画册作序始，名家好评不断，观众或读者更是赞誉有加。我以为，已故的著名美术评论家、中国美协理论委员会副主任马鸿曾的《笔情墨韵　山水清音》忒深刻、最公正、亦通俗。从用笔用墨用水的变化和韵味的把握，到章法布局和构图气势，融合了北方和南方画派之长，笔下创造了多种审美情趣和境界。马鸿曾说，定煜的画面，“诸如雾锁于峰，朔天横云，素雪珠丽；或者是春山淡冶如笑，夏山苍翠如滴，秋山明净如妆，冬山惨淡如睡”等，无不浸润着定煜倾情绘画的思绪和淡泊人生的气息。他的画，他的心，都与大自然山山水水融为一体，浓缩为马鸿增题的八个大字。

枯枝不朽，新枝袅袅，曾为定煜学生的郑闻现已成为知名美术评论家。他是观看了扬州市杨麟、龚定煜等八位画家作品联展，《溪山四时佳》《屋绕湾溪竹绕山》等巨幅吸引了郑闻的眼球，评说龚的山水“常于泼墨之上又略施浅绛青绿，构图得高远、深远二法妙处，已逐渐形成一派雄浑苍茫、气势恢宏，又秀丽滋润的自家风格”。这就是郑闻命名的“龚家山水”，这种光环十分耀眼，通读他的评论，不拔高、不恭维。师出龚家的郑闻在向老师，也是向读者倾注真情实意，开始他们亦师亦友的对话。

诗云：“团团出天外，煜煜上层峰。”煜者，照耀也。艺术的太阳每天都是新的，它将照耀着定煜作品的艺术境界更上一层楼。

2018 年 4 月 9 日

# 读许伟忠秦学著作有感

十年前，许伟忠只是秦观作品的一个普通的读者，伫立于秦观塑像前，钩沉一些有关少游的历史碎片，抑或为所在工作单位编写少游故事。十年后，他成了一位秦学研究者，先是推出了集学术性、史料性、文学性、可读性于一身的《悲情歌手秦少游》(以下简称《悲》)。今年，他又以总撰稿的身份，和中华秦观宗亲联谊会通力合作出版了图文并茂、内涵丰富的《足迹：追寻秦少游》(以下简称《足》)。笔者作为两书第一批读者中的一员，颇有收获，亦有感触，现简述如后。

**他是秦学新秀，为秦学研究树立标杆。**老一辈秦学专家的作品学术性强，水平也高，影响深远。许伟忠以散文笔法写作《悲》书，立意不同于一般，习惯被看作风流才子的秦少游，却被称为悲情歌手。他的依据是中国词坛历来有“伤心淮海词”之说。他的《悲》书向世人昭示，秦少游为情而生，为情而歌；12个章节化作一曲曲震撼人心的悲歌，唱响了婉约派一代词宗秦少游的至高地位和千年遗风。随意翻阅到千古绝唱《鹊桥仙》，他以丝缕清晰的分析、洒脱生动的叙述与读者重温鹊桥仙的故事，并由此衍生出‘秦少游堪称‘情歌王子’”“秦少游堪称‘大众情人’”之说。许伟忠指出秦少游的情爱观是很“先锋”很传统的，其实，许伟忠写作此书的观点也是很“前卫”、很传统的。再看他“七年五遭遣”的有关情节，字里行间表达的凄苦、凄婉、凄厉的人生，满纸都是“便做春江都是泪，流不尽，许多愁”“过尽飞鸿字字愁”，悲情、愁苦成了少游一生的基调。这一切，自然引起人们的怜悯和共鸣。

直到今天，撼动人心的依然是愁苦、悲情，以至《悲》书问世以后，没有多久，就销售一空。

**他是“双阅”作家，为家乡增添了一抹金辉。**所谓“双阅”作家，即阅读型、阅历型作家。据笔者所知，许伟忠在读大学的时期就喜欢读书，注重知识的积累，到了网络时代，他有更多的渠道获悉更多的知识。平时工作阅历虽不复杂，他也注意从各方面汲取有关养分，这次，他应邀随无锡中华秦观宗亲会沿着秦少游足迹走访了8省50个城市和目的地城市，行程4万公里，都受到了政府官员、有关部门、秦氏后裔的热情接待和详尽介绍，也让更多的人通过寻访组和《足》书的出版，了解高邮，向往高邮。因为高邮出了秦少游，会有更多的人要到高邮寻根祭祖。高邮也会因有秦少游这张名片而变得更靓丽、更文明。许伟忠走在寻访路上，不是一般的旅游者，他的使命和担当已演绎为家乡的金辉。

**他是时代的歌手，为历史名人虔诚地礼赞。**激情出诗人，盛世多颂歌。挹古扬今，歌颂美好应是时代主旋律。许伟忠践行其理念，为高邮也是为全国的历史名人秦少游唱响了赞歌。从秦少游志向远大，要报效国家、建功立业，到他应试失利，自编集经典要义的《精骑集》闭门攻读；从他出仕之初的顺境“更无舟楫碍，从此百川通”到他“七年五遭遣”的人生苦旅，对秦少游的为人为文、为词为诗的闪光点虔诚地礼赞。北宋党争异常复杂激烈，秦少游身不由己卷入党争，但他有自己的见地，即主张取新旧党两法之长，用于当今，以兴利除弊。秦少游每到一处，常和文人、士子、僧人交往沟通，和谐相处。大家慕名赶至他被贬谪的住处，听他讲授。秦少游还为有的地方办起了第一个书院，给大家留下念想。

秦少游作为罪臣被贬谪南下，主观上并没有去传播文化，客观上却成为文化使者。因此，《足》书表明，秦少游一路悲歌，一路弦歌，一路传播中国传统文化。宋朝统治者将他打入地狱，让他遗臭万年，这位生也漂泊、死也飘零的秦少游却将光辉形象流芳百世，屡获点赞。

**他是出色写家，为文学新人拓展思路。**何谓写家，“摇笔杆子”的杂家也。从公文等实用文到文艺创作都能写。许伟忠就有这样的经历，且都有斩获。从为文折射他的为人，

许伟忠看著名作家余光中为汪曾祺文学馆题词

有时与文学新人谈题材讲构思，以激活他们的思路。他十分注重处理好正业与副业的关系，身体力行做好本职工作，业余时间再去从事文学创作。他写的《悲》《足》两书就是如此，为身边的文学新人做出了好样子。他做市文联主席期间，有意识地引导文学新人“为情造文”；并因人而异，发挥其专长，在实践中增长才干，逐步形成自己的“拿手好戏”，鼓励别人多出作品、出好作品。

让我们牢记习主席有关文艺创作讲话的精神，学习许君为人为文，一道踏歌而行。

2017 年 8 月

## 荷的禅化——《姜文定荷花作品邀请展》观后感

丁亥年正月初一下午，在镇国寺观看《姜文定荷花作品邀请展》，最初的一瞥便生出一种感觉：姜文定先生多年对荷花的爱的付出，就像那吹拂在镇国寺禅院的和风，捎来的岂止是一个赏心悦目？！姜文定作品那些荷的种种生存状态、生命节点，即那些充满审美情趣和禅悟体验的画面，总给人以画外的隽永悠长的意味。随意伫立在一幅摄影作品前，映入眼帘的是：濯波挺拔，亭亭玉立，力擎芳华，联袂绿晕，摇姿弄影，清香溢远。抑或：红莲似火，灿烂如霞，妩媚鲜艳，通体透明。在碧绿、草绿、嫩绿以至浓绿的辉映下，美如梦幻，幻若美梦。凸现着荷的神秘的也是神圣的花蕊中心部位，展示着生命繁衍的旺盛勃发 —— 从坐着于花药的花丝那金黄色流苏似的灵动奔放，到莲蓬的生成，将生命的轰轰烈烈演绎为生生不息。诚然，姜文定赋予荷的意象不是圣洁高雅的“君子”荷，也不是娇嫩艳丽的“美人”荷，而是表达作者一种意念，一种境界，即作者与荷 —— 人与自然的相处共生、相依共存、相互眷恋，从而流露一种有益于世道人心的感慨：这世界多好！这也是汪曾祺生前用文学作品所表达的箴言：活着多好。

如果说，爱的本质是对生存权利和生命尊严的最高敬重，那么，已“人荷合一”的姜文定所从事的有关荷花的摄影、国画创作，其真谛便是对生命状态、本质、价值的最好诠释和礼赞，他的荷花作品表现的是荷花的生命之旅和作者的心仪愿景，表达的是带有轮回意念的荷花渴望生生世世得到永生的主题，所涉及的内容，既有荷花的艳丽、妩媚、柔美，又有生命的活力、生机、潜能，更有“荷尽已无擎雨盖”“菡萏香销翠叶残”的衰败、凋残、枯萎。信奉“一花一世界”“我即荷、荷即我”的作者在摄影、国画作品中以较大的篇幅表现残荷败叶的千姿百态，即使是孑然而立的枯萎，或者玉殒香消的倩影，依然显得壮烈、安详、静谧，那是作者给走向生命终点的荷赋予的另一种存在状态在延续。这也应和着汪曾祺辞世前的另一种说法：辞世是人生的第二种状态。从禅悟的另一角度说，这些残荷败叶化作春泥更护花，“料得明年花更好”，那也是一种求实唯美的轮回。

本来，2006 年 11 月，《姜文定荷花作品集》由上海画报出版社出版，全国新华书店经销，已是高邮文艺界令人称羡的盛事。春节期间，在名刹古寺以“邀请展”形式与世人见面“晤谈”，表达作者历久弥新的禅悟，即是从其创作的立意到手法，从荷的诗化、情的物化到泼墨（泼彩）与抽象技法的融汇，以至修长、流畅、灵动的线条运用，那些对荷叶、荷花及其梗茎、叶脉的描绘，时浑厚，时纤巧，时参差，时交错，时浓重，时淡化，时艳丽，时清雅，随意入画，摇曳多姿，流芳溢香，顺其自然。这一切，正是姜文定向艺术同道虔诚求教的一种表白：“我着意追求一种禅化的意境，一种自己的风格。”同时，也是给广大观看展览的“门外汉”弘扬禅机、普及文化。笔者以为，姜文定的摄影作品多为近景和特写，那些细部被放大、被美化的微观世，表现了细微、精致、含蓄的美，确实引人注目，让人共鸣，而他匠心独具、别有风味的写意荷花，确实笔法多样，不拘法度，传承着古代文人画的风格，以画寄情，以情写意，取其神似而不求形似，力图以简练笔法，奇特构图，使画面富有生机和神韵。他也尝试着以现代抽象技法融入荷花的写意画中，不拘泥于某一物象的具体原形，注重作者内心情绪的抒发或宣泄，追求的是一种情意奔放、纵横挥洒、虚实结合、自在自如的样式。有时，他以洒脱率意、简逸笔墨随手挥就，依然可以呈现出一种大拙大美、生动可掬的天趣，也可以彰显着作者不断发现、爆发激情、寻求突破的心性。姜文定以“半心居”作为自己的斋名，在爱好的文艺天地里涉猎多样文艺样式，常有成果

与姜文定（右三）等合影

问世，今后，仅就摄影、国画而言，如果能一如既往地发现、发展，并在审美内涵或者在作品题名、题词、题诗上有所创新，让不同文艺样式在同一作品中相得益彰，一定会取得更好的作品效应。

2007年2月

# 画海拾贝路斑斓

世事璀璨，离不开美术造化；人生启迪，离不开美育建构。一幅幅美术作品迭出沉淀的记忆、喧嚣的市井、典雅的殿堂以至绵延的历史，牵动着多少痴迷者、爱好者、收藏者的悟性和情结。

我既不是痴迷者也不是爱好者更不是收藏者，但是美术作为一课仍走进了我的生活。

中学的美术老师是我家近邻中的一位长者——曾行过医的詹振先先生。是这位严谨的先生使我初识画坛两“子”：一位是清末的叫浑然子的画师。我将家里数十幅浑然子画的兰草画页送给詹先生过目。就着画页，詹先生为我上了一堂美术启蒙教育的课。詹先生说，浑然子不是名家，但是他画的兰草，或勃发丛生或飘逸自如，也非一日之功，得去浮躁静心庭而为之……其时，亦曾随詹先生去县里按比例放大过宣传画。那时连应交的2元钱学费也得分几次交，水彩颜料都难以为“继”，自然困顿得锤炼不了画工。詹先生使我认识的画坛另一“子”，便是中国画史上的画圣吴道子。当时，因战争、建设等诸多因素，邮城的庙宇毁败或改建的不少，但是依然留存一批寺庙的殿宇及其收藏的宝物。传说为吴道子所做的巨幅观音像便是其中瑰宝。听詹先生说，吴道子是唐代著名画家，擅长画佛教道教人物，他画的一幅观音像就收藏在天王寺里，县志上有过记载。后来在文化馆东边的一个教室大的展厅里，我见到两幅偌大的观音像，一幅挂在东墙，画面奇古，风格遒劲，观音像栩栩如生。画面的空白处钤有许多大小不等、形式多样的印章。大家都说，这幅是吴道子的真迹。还有一幅挂在西墙，是临摹之作。从此便没有再见过那幅“真迹”。直到前几年，听到心直嘴快的任公说，是一个显赫的“公仆”借去没有再还。如果此“公仆”的“劣迹”属实，那“真迹”只能侍伴其终身。明智者，不如在画像上钤上“公仆”印章，然后推画于世，好让“公仆”依附观音而留传于后世，岂不妙哉。

画坛两“子”的忆旧，常常伴随着苦涩、愤懑。

岁月更迭，工作变迁。有幸听画家讲画，见画家作画，确是一件乐事趣事。

听画家说，齐白石大师画“十里蛙声出山泉”就是画山泉里蝌蚪。大师作画，他拿起一支一寸七分的羊毫笔，先是用笔尖点出一个椭圆，再边提边拖并伴以轻轻地、款款地摆动，画面上便诞生了第一只蝌蚪。接着，便是一群，再则，纷纷游动起来的水纹，就将蝌蚪荡活了。

江淮画鱼人潘觐缋先生画鱼，尤其是金鱼，都是先提笔勾出金鱼“肚皮”那一笔，然后是鱼脊、鱼尾、鱼头和鱼的眼睛。此时鱼就有动感。再加上潘先生笔下的几茎飘荡的水草和数点漾动的浮萍，画面上立即游动有鱼了。

大师和名家的艺术成就与历史定位向来令人瞩目。但是使人们欣喜的——在诞生过明代著名画家王西楼和现代著名画家王陶民的高邮，当今美术艺苑中，新人辈出，画种纷呈，蔚为壮观。尤其是近几年来美术及关于美术的方方面面，皆有长足的进步。有的漫画、版画作品多次进入中国美术的最高殿堂，入选全国美展；有的美术作品送往国（境）外展览或者作为礼品赠予外国友人；有的国画、版画为文化部或者省美术馆收藏；有各类美术作品出版、发表、获奖；还有的以自己的厚实美术功底和服务经济的一技之长，搏击于诱人的画海、商海，干出令人刮目相看的业绩，装饰市井，也充实自己。

一个县级城市一批莘莘学子，自画海拾贝始，几经辛劳，几经磨砺，才会有今天的闪烁和明天的辉煌。成功者的路，五彩斑斓。但是有的“过来人”却说，斑斓的路，泥泞的路。我们追求的不是画海拾贝且悠闲，而是画海弄潮立涛头。

画海期盼“大家”，时代呼唤“大家”。

1994年5月

# 感悟作安心画

在临泽镇，始于爱好绘画而成为美术工作者的有上百人，其中与共和国同龄的殷作安是率先成为画家的一个。二十世纪八十年代中期我得到他一幅早期的山水画，笔墨娴熟自然，只是画面较满，少空白，略输隽永。然而时至今日，研读这位“会心斋”主出版的《殷作安作品集》，我被震动了。扫描他多变的创作轨迹和境美情真的近期作品，他潜心研究、热心探索中国画创作的个性特色便跃然于眼前。他篆刻过一方回文印：“作安心画”，亦可读成“作画安心”“安心作画”“作画心安”“画作安心”等，这方回文印确实成了他艺术创作的写照和起名“会心斋”的注释。

殷作安的近期作品以人物画尤其是肖像著称。他的笔下人物古今兼有，以现代为主，有领袖人物、艺术大师、人物头像、老妪少女、稚童牛娃，也有平民百姓、模特女郎、高僧佛像，皆栩栩如生，赏心悦目。殷作安是按传统的方法接受画论的，他的起步是循规作画，追求写实求真。后来也有过夸张、变形、意象的尝试，又曾热衷于幽默画。他一方面在仿古临本上下功夫，如白描临本《朝元图》中人物凝眸注目的神态和衣襟上一气呵成的流动线条，显示着他蓄势待发的功力；另一方面他追求形式美的创新，比如研究中国古汉字画境，独辟蹊径地用古汉字组成中国古代社会的历史画卷。再后来，他净虑澄思，潜心于人物肖像创作，人物形神兼备、神韵自然。南京艺术学院副院长阮荣春教授评论殷作安人物画时指出：“赋神于形，呼之欲出，呈外张之势，以盛力撼人。”浏览他的每一人物肖像，都可以触摸到会心于手、倾情于形的情结。他作画时，挥笔自如，一气贯之，不仅自然而又准确地表现人物的外部特征，而且准确地把握了人物个性和时代风貌，推出了许多构思生动、惟妙惟肖的人物肖像。那幅色调浓烈、气韵畅通、章法突兀的《知音》，从吹笛少女的睨视的眼神和小鸟聆听的神态中让人感受到袅袅清音，给人更多的想象余地。人物画《写真》是描绘一个画家在完成一幅淑女写真后的喜悦和等待鉴赏的期盼，形象生动、逼真，心理刻画细腻，从某种意义上说，也是“作安心画”的一个剪影。

2001年4月

## 读周游游记的感悟

周游是古城高邮一位多产的业余作家。在《高邮日报》上，我读过他不少游记。他的游记大体包含自然风光、名山大川及其表达的诗情画意、禅意悟道；有时也少不了才子佳人的缠绵流连。早年，他在老山前线猫耳洞里写下的诗作《我和山》，便出手不凡，被评论家称赞为“万里边关笺，慷慨战士情”。该诗纯情自白，气势昂然，虽不是游记，却为日后所作的游记涂抹了意蕴的底色。他退伍回邮后，由于某些原因不尽如人意，他便恣情于游山玩水，他的游记也一发不可收，令人瞩目。

我认为他的游记——

**饱览大好河山，引人入胜。**陪几个好友在高邮看看，说实在话，高邮无名山可登，他却因为是周山乡人，“总感觉身边有山，脚下有路”“心中有了一个新的高度，那是一种无法用尺丈量的心灵的高度”，气概何等豪迈。待到他真正开始九华之旅，登临峨眉极顶，乃至飞到心驰神往的拉萨朝圣，伫立于同丛林交臂、和深溪合翠之处，更是惊神醒目。他觉得各地大好河山，是一部又大又厚的书，永远读不完。他将与读者一道，向天地问难，从河川求索。

**构建诗情画意，情景交融。**他以简练、神化的笔法记述山岚峰峦之胜，描绘潭池泉瀑之奇。他写九华山“舒姑化作清泉，其水清媚山川，其操洁如冰心，是月魂，是嫦娥……”而这泉源活水，源远流长，泠泠作响。这恰似交响的音乐，又如琅琅的诗篇，亦如挥就的写意。他写钻上青天的峨眉，山腰处皆为云雾所蚀、所蒸，藏烟霏于其中，让人浮想联翩。待登至刺天的金顶，一览无余，如入远离尘嚣的仙境。环顾熠熠生辉的远山，似乎可以把玩白云苍狗,又可以触摸江河之源的远古冰雪。在这里透支着他的想象,也倾注了他的情感。虽是凡夫俗子，也有山高我为峰的豪情。

**表达物化意蕴，境由心生。**名山大川的许多景观，在他的笔下，都拂去了一切的浮尘和雾障，显现的是丰富的意蕴和厚重的积淀。一些牵强附会的讲解，虽然可以满足一些人的获得愉悦感，但是往往会丢失物化的真谛。周游以独特的视角、见地，将眼前的景观意化为独有的佳句美文。峨眉山上一株又高又古的岩桑矗立千年，见此，顿时，他就以岩桑的姿态仰天独立，张开的手臂就像树枝树叶，身躯犹如树干。他感觉足下蓦然生根，心灵被净化，油然而生一种杂念尽除、人性向善的境界。

**勾画才子佳人，锦簇生花。**尽管周游游览，常是独来独往，但少不了佳人相随，那是因为他深厚的学识和热情的谈吐，常吸引一些女性朋友听他介绍、解释。以至一些导游小姐也与他很融洽热络。峨眉山漂亮导游或拉他前进，或问他："那是云？那是雾？"，或不停与他合影，或执手相扶同他一齐撞钟……人类所共有的憧憬、梦想在万佛顶回荡，也在平民百姓心头回响。周游旅游，有佳人大方相伴，自然是心花山花齐绽，也是一道风景。

旅游，自古有之。从有文字记载以来，我国的游记佳作传世不断，它们及其作者传薪至今，让人耳熟能详，研读效法。

**奇文迭出，风格各异，传世共赏析。**一代文豪盖世、宦游直送江入海的苏轼出川以后，就显示了横溢的才华。因政治上屡遭贬谪，宦游各地，几乎踏遍大半个宋室江山，写下了不少绝妙的诗文。诗文得江山之助，而江山得它之助，越发增辉添色。

**漱涤万物，寄情百态，向山川求知。**宋代沈括在《梦溪笔谈》中曾提及高邮湖上倏然出现的明珠。有人说，是他的好友孙觉转告他的，也有人说是沈括遍游各地采集的，这也可信。因为公务需要，他宦游各地，便着意向山川求知，着意采集各处地理与风物资料，才得以写下山水胜迹的著作（含游记）和诗歌。

**涉足九州，考山观水，书写真文字。**划时代的诗人李白是一个大旅行家。从他读书游三巴，到仗剑出荆门、长安醉日月、十载漫寻仙，再到战祸频生的晚年"闷为洛生咏"，留下了根植于中华壮丽山川的博大瑰奇的诗文一直恩泽至今。明代徐霞客志在四方，涉足远游，三十四年如一日，五次遇盗，四次绝粮，从未稍移其志。这也与他有一位伟大的母亲始终支持着他有关。她不希望儿子只是"藩中雉"或"辕下驹"，而是期待儿子成为"问奇于名山大川"、学务实效的有心人，因此，他以真文字、大文字、奇文字写下了《徐霞客游记》，记录翔实，文笔清新、绚丽多彩、气势雄放，令人叹为观止，探骊得珠。

旅游，在周游的脚下。周游的旅游，永远在路上。

# 诗人赵福林的情怀

“游人织，晨练沐朝晖。银发飘时花影动，绿荫深处笑声飞，剑舞展风姿。”这是年过九旬（全市从事文艺创作年龄最大）的诗人赵福林写的一首《忆江南·蝶园广场掠影》。它是对大众化晨练的一首弦歌，也是赵君福林多年如一日参加晨练的自我吟唱。

诗人赵福林早年并不写诗，而是写小说。其时，才 20 多岁。出身书香门第，家学深厚、勤奋努力的他迎着扑面而来的新中国的新气息，撸起袖子拿起笔，从身边的人开始写小说。

让人想不到的是他的处女作竟是《赵福林》。此后，在淮北盐场任宣传干事的他在《工人日报》《解放日报》《新华日报》《苏北日报》和《萌芽》等报刊上发表了小说《换滩》《在学习道路上》《潮》等，势头很好。表现的是盐工生活及其苦和乐，歌颂新社会的新气象。他既扎根于广袤的盐碱土地，又扎根于时代文化机体，如果不是一场政治运动的冲击，赵福林很可能成为文海“弄潮儿”。

1957 年那场运动后期，他被开除了公职。让政治闪了腰的他回到家乡高邮，开始了一种苦涩的人生，就像写诗，得另起一行。其时，小家庭五人，全靠做教师的爱人熊韵怀工资收入为生。原来和赵福林同学的熊老师本来就爱他的才，相信天生有才必有用，依然同他恩爱如初。高邮当时的官员了解赵福林的觉悟和才干，经赴盐场核实，决定起用赵福林，让他到周山大队当会计。有的乡亲开始不明底细，后来知道他不是坏蛋，就与他和睦相处。赵福林把对领导和乡亲的感激衍化为无声的实际行动，在饥馑年代同农民过同样的苦日子。后来 18 年的水厂厂长生涯如同自来水清清白白，直至退休。

上世纪八十年代初，对他落实了政策，改革开放的春风催绽了他的心花，多年搁笔的他文心重萌。写什么呢？写诗词！敢于挑战自我的他从未写过诗词，就拜当时寓居于高邮的文化奇人熊纬书为师，从诗词格律起步。由于这位担任过国民党元老张群机要秘书、第二历史档案馆编辑组组长的熊老悉心指导，加之赵的个人努力，年过半百的赵福林诗词写作进步很快，硕果累累。赵初学时，熊老就以五律一首，用唐代高适 50 岁学诗词的故事勉励他，并直接为他改诗，用诗话激活赵的心灵，还夸他的诗词大有长进：“其始作也，每必示我，存其病十之八九，一二月后，病减十五六矣；三四月后病尚有一二。过此，纵寻隙剔髓，欲求其病难矣。如今诗词到达妙境，且有名篇传诵海内外……”

赵福林没有辜负熊老的期望，终以诗词集《甓湖草》《跋涉吟》《梅花吟》《词选三百首》等，即在《中华诗词》《江南诗词》《江海诗词》等各级刊物上发表的1000多首的成果告慰熊老在天国飘荡的诗魂。赵福林诗词参加第一届全国诗词大奖赛就以纪念杨开慧为题材获得二等奖。这是他第一次获奖，此后，计获全国大奖19项。由诗词门外汉实现华丽转身，成为《盂城诗社》副社长、《盂城诗词》主编。他的作品以传承传统规则、诗韵浓郁、意象灵动、格律严谨、合律合辙著称，成为从高邮走出去的诗词写作领军人物之一。

在赵福林的1000多首诗词中，多为歌颂时代的精品，“芳躅弦歌唱，秦邮韵独悠”……也有针砭时弊的佳作，“法剑高悬征腐恶，歪风狠刹倡清廉”。尤其可贵的是这位遭受过政治运动冲击的诗人，虽然有过“嘤鸣遭妒，浪迹萍飘归故里，坦对无端淫雨”的经历，但是对党仍怀感激之情，是党引领他成长成才，是党关顾他晚年生活。在水厂退休，养老金较少，淮北盐场每月给他定额补助；晚辈都很孝顺。因此，直到眼下，他笔耕不辍，还帮助诗友修改作品。这位身材高大、身板硬朗（无任何慢性病）、思维敏捷的诗人乐于“风月肩挑诗骨健，率性真，重涉文华路。寻绮梦，乐章谱”，在实现中国梦中彰显“为霞尚满天”的一片“夕阳红”，这正是诗人赵福林令人敬佩的情怀。

2017年7月

## 瞬间凝固的乐章——观朱崇平的摄影作品

转瞬之间，朱崇平从事摄影已20多年了。如今，已成为中国摄影家协会会员、扬州市摄影家协会副主席、高邮市摄影协会理事长，发表、参展的摄影作品达200余幅，在全国性专业摄影比赛和省摄影展入选，获奖作品有30余幅，取得了事业和爱好的“双赢”。至今，高邮文艺工作者任扬州市专业协会副主席的，唯崇平一人。这一切，确实令人欣喜，耐人寻味。他还是拍摄重回故乡的汪曾祺的第一人，将汪的眉眼、神态在人们心目中定格。

朱崇平对摄影艺术矢志不渝地追求，将精彩的瞬间凝固为永恒的精美。他以顺其自然的定格重现水乡和西部边陲令人赏心悦目的精彩，显示了较高的洞察力和吸引力，给人以愉悦和启示。

把摄影作为表现自身感受和宣泄情感的载体，将从事摄影的“第三只眼”磨炼为匠心独具的“慧眼”，已成为朱崇平的终身课题。

他服务主业，凝固瞬间，讲究立意，着意追求形式美和净虑澄思后的创新。他拍摄的党中央领导人、公安干警等人物照片和肖像特写，已是形神兼备、气韵自然。他的众多佳作大都在“巧”字上凝固了那美好的一瞬。

在高邮市交巡警大队演奏的雄壮嘹亮的两个文明建设的进行曲中，自然有副大队长朱崇平的一段鸣奏，那就是他行进的绚丽事业和瞬间的凝固乐章的回响。

前不久，朱崇平参加了在福建莆田举行的第五届中国摄影艺术节，拍摄了一组民俗风情照片。在此，让我们共同体味这具有闽东特色的“凝固乐章”。

2002年1月

## 文儒气平常心

在奎楼新村，多与二院的医生为邻为友，姚维儒是其中的一位。与他寻访庵赵庄是情趣投缘的一次采风。乡间的路，有岁月的辙;古老的庙，有佛光的韵。已是凡夫俗子的“师父”，临时套一件和尚衣，那一袭目光有意无意地与造访者交织着，让我们心目中汪曾祺笔下庵赵庄风俗画的真相复原着，完善着。得知汪家为躲兵荒寄居庙内西侧房屋，而小英子家则沿小河迤逦，位于庙的东南；从这里只有水路可上城，决非“一脚旱”可达。那次寻访，让我们的心融入庵赵庄风俗画静寂的夜色，而那曾祺与小英子活像风俗画中的一抹亮色，而那石磙子、萤火虫，只是涂抹夜色的一笔墨。后来，当我仍在浮想、品味的时候，姚维儒的《寻访庵赵庄》已见于报端。

好一个短平快。姚维儒的《暮色当歌》一书许多文字都是他有意、着意、随意“仰天长啸”“心语回响”“真情吐露”式的且当歌吟。从立意到内容，从取材到语言，大都是凡人俗事、旧俗夕拾、小城俗画，笔端流淌的是邮城风俗人情、俗文趣事。他写父亲的作用，只用了一个“撑”字便点题了。有名作家写一个女孩子的气质，只是用了一句话：它会长在孩子的骨头缝里,能把人“撑”起来。有一条隐性的中轴,任何时候都立在那里。一个“撑”字的分量有多重。姚维儒笔下的小黑子，是挑水瞎子父亲的拐棍，一边牵手一边走，还一边玩手中的东西，活脱脱的童趣童心，情真意切，亦能俗中品味，俗中见雅。有些篇章能作为风俗画的册页因俗有人爱、俗引共鸣而存世。姚文中的为人为事、为物为景便是一滴墨或者一条线也值。

春风拂杨柳,当道沐杏林。这是汪曾祺送给从医同学许长生的题词。汪老眼中赞许的光，小城人口碑中褒奖的词叠加为一句话：许长生老先生是小城的名医、儒医。其实，按旧时说法，读书人出身的行医者便是儒医，如此，当下儒医犹如过江之鲫。而维儒的为人为医为文，却不是一个儒医可囊括的。他的事业和人生的底色涂抹以至积淀着一种理念：虽名字为维儒，却从不“为儒”“唯儒”，压根儿从不以“儒医”自诩自处。他的价值观起点于充实，终至于实在，在追求自身康泰身心的同时，为文作诗有益于世道人心。由此而寄托情怀，放飞心念，激扬文字，以文会友。他能以小说《情殇》吸引名作家顾坚的眼球，随着惊鸿一瞥便是顾先生的跟读、点评，以至对邮城文学青睐。他俩之间的投缘，正是儒雅、淡泊的君子之交的写照。姚维儒散文中写人，多为市井点缀式的人物，或亲友、乡邻，或健身同伴，或病员患者，择要叙说，简明勾勒，点评即止，折射的生活有艰辛苦涩，也有丰腴滋润，所表现的内涵各有千秋。但是，他对凡人挚爱的人文深情以至传统的伦常理念，一直贯穿始末，那就是他运气自如的一种儒气。他对行医时发现的一个艾滋病患者，行文时始终充盈着一股人性关爱的“小温”。

已到退休年龄的姚维儒，从“寄身在市井”到“暮色当歌”，是一种反拨，一种回归，一种超越。不管祖籍何地，人之所以为人，是实实在在地生活在市井中，即使功名显赫的贤者，“始觉身从天上归”，也必须徐行、健行、毅行在这个凡夫俗子聚集的人间。姚维儒以凡人的平常心走向未来，那将是人生跑道上的“壮行歌”。以舞文弄墨而言，笔者只期望姚先生是跑道上的健身者，而不是竞技体育的角逐者，为文雄心勃勃、雄文在握，文坛雄起者应该是年青一代。

2013年2月

# 晓思作品语言特色有感

从徐晓思小说《一路喜鹊窝》问世以后，佳作迭出，引人注目。他的小说等作品语言是独特的，鲜活、生动、自然、形象，穿透力强，带入感强，形成一种乡土味浓、个性明显的个人文学符号，让人们惬意“悦读”，铭记在心。笔者受其感染，有感陈述如后。

浓郁的乡土味，是他的作品语言一大特色。问其故，晓思说，是因为他曾长期在农村生活，学习多种文艺门类，“游走”于四方，接地气多。小说散文乡土味浓，连论文也有其印痕。他的叙事语言，写人物、乡俗、旧事，都是土味十足的。他写的《外公》，是个传奇式人物，生活大依照祖传的规矩，“后代少读书，不为官，不行伍”，过着“日出而作，日落而息，修地球种粮食为生”。外公有过大喜大悲，最终死于破窑惨不忍睹。他的另一篇小说《母亲望着我》，以南澄子河南北岸为背景，写了自然灾害时期民间的苦痛。“我”吃树皮，屎拉不下来，“母亲用手一点一点朝外抠”，临死前为“我”做衣服，“伢子衣服要做长些，今后没人做了”，等等。土味中浸洇着一种母爱和血腥，也暗示着这种悲剧不会重演了。

出奇的鲜活感。晓思作品的语言犹如刚刚出水的水产，湿淋淋的，水滴滴的，“俏”的就是个“出水鲜”。他说：“我是农民的儿子，有着一颗泥土一样的心，一个爱做的梦。”明媚的春三月不属于阳光和苦难中生活的“我”。他在人物和情景中构词造句，拼接勾连，自然贴切。挨饿少年的“我”听到刮锅的声音是最难熬的。他说青黄不接之时，“我饿着肚子，没有东西下锅，刮锅了也是白刮。特别是天还没大亮，我睡到床上，听到一种鸟叫：‘刮锅刮锅，刮锅刮锅’，刮到我心里去了……”他咽下的是唾沫，也是饥馑。诚然，“我”和人们听到吹鼓手吹奏，也会乐得疯一阵。

丰富的顺口溜。这是晓思作品语言另一大特色，这位曾被评为扬州市顺口溜大王的作家，活用顺口溜可谓到了极致，它是依附作品内容、紧贴作品人物、融汇情节发展进程之中自然流淌出来的。人们读起来顺口，听起来易记、易传，它是社会现象的集中概括，具有一定的语言魅力和审美价值。在《万年欢》等小说中，常可以见到这样的顺口溜。比如借用作品人物柳青榆说：“你家两间带一拖，粪桶靠着锅，吃吃又来屙，床上席子有个洞，不如牛草窠。”又如：“吹鼓手，吹鼓手，坐在人家大门口，吃冷饭，喝冷酒，生活不如一条狗。”

为作品增添了生活气息和生动意象。近年，晓思把握使用的度，注意雅化，已显成效。

深刻的感染力。晓思自己也认可的，即写小说就是写语言，要注重创作的丰富联想，想象奇特，努力使作品语言具有强烈的感染力，即一种很强的穿透力，能够钻到读者的骨缝骨髓中去。他有的作品已见效果。《外公》便是这方面的代表作。笔者以为，这类作品通过人物塑造、情节发展而显得内涵丰富、意蕴深远，让读者刻骨铭心。小说让这个本“不为官”的外公成为抗日老干部，做过区公所书记，后来当过两个村的支书，是一个深明大义、公私分明、六亲不认的人物，为民修过路、造过林，也为革命大砍资本主义的尾巴。“我”从童年起，对外公是尊重与仇恨交织。外公也有他特有的人性，除了放走了还乡团长，丧偶后又做了还乡团长老婆的情人。在好几件事上，放弃原则，网开一面，将大事化小，小事化了。至于可做牙签的“黄烟子鸡巴”成了一种象征物，时代变迁，大起大落，外公死后留下的遗产也就是一根枯黄的黄烟子鸡巴。《小鼓手》则是涉及敏感的政治题材，以设套钓鱼式的反腐展开情节，跌宕起伏，让人料想不到又在意料之中。行文时，一个“骚”字，一个“馋”字，都具有穿透力和带入感。

如今，时代在进步，时代在召唤，具有多种艺术才能和成果的徐晓思正与时代同行，与文艺同音。我们期待他进一步增强时代感。过去，徐晓思主要写农村题材，写过农民的悲欢，写过已经逝去的饥饿岁月；也写过教育题材，折射社会的进步；还写过反腐倡廉的题材，奏响主旋律。有人提出，晓思用一些具有时代气息的新词，会影响作品的乡土味，笔者不敢苟同。今后，他一定会写他熟悉的题材，提高表达力和驾驭力，让我们与他一道感受时代的脉动。

勾勒好“清明下河图”自然是大家的期盼。晓思在这方面已卓有建树，他能以通俗形象的语言，彰显鲜明的地域特色，使之成为活脱脱人物的偌大背景，也成为令人向往的风俗画。如今，“清明下河图”长卷才展示一部分，生于斯长于斯的大野厚土培育的晓思这棵大树，将会在图的长卷中显现别样的风景。他和乡亲会带着自己的命运和憧憬穿行其间，用心血和汗水染就多彩的画图。

彰显健康的人生美。人性美是共通的（尽管也有恶的一面）。徐晓思擅长用看似平实却奇特的语言和白描的笔法以及渲染气氛，展现里下河的水乡风光和风俗人情，发出沁人心脾的芬芳，使人感到好人是多的，人性是美的。尤其是原汁原味的乡土语言，滋润人的心灵，有益于世道人心。

下功夫“选用”顺口溜。顺口溜源于生活，最常见的是卖货小贩使用，纯用口语，念起来顺口，又常常押韵，传起来易记。窃以为，用它要注意一个度，要做到逼俗而不庸俗。比如“五十年代全民炼钢，六十年代全民度荒，七十年代全民下乡，八十年代全民经商”，切合实际，响亮动听。连汪曾祺老也用顺口溜。他在《抑郁症》中写一个人得了噎嗝病，便说“风劳气臌嗝，阎王请的客”，很生动。

简言之，徐晓思的文章和语言“有汁液”，这汁液就是生活的汁液，作家生命的汁液，也是滋养文学之树的汁液，让徐晓思用这汁液浇灌明天的奇葩。

2017 年 10 月

## **邮城一片翰墨香**——2004 年高邮书法家入选全国书法展扫描

历史的高邮自然是一本线装的书，现实的高邮依然是一册耐读的书。走进高邮书法界热心践行而又成效显著的领军人物周同先生寓所，书卷味和翰墨香扑面而来。笔者请他简要介绍一下今年 —— 高邮书法界难忘的一年的喜讯，即有八位高邮书法家的作品十六次在中国书法家协会主办的展览或大赛中入围、入展、获奖。要知道，此前，全市只有两三位先生的篆刻、书法作品在全国展上亮相。一席侃谈，书法界八位书法家：周同、赵明、姜海宽、沈建钢、袁登喜、殷旭明、陈惟江、郭仁忠的身影、作品，似乎鲜活而又灵动地浮现在眼前，他们的书法凝练遒劲、端庄秀逸，笔画提勾悠然间有一种飞扬的自信自得。这些志同道合者组成的群体，充溢着务实和从容、执着和进取；他们的交往观摩和切磋技艺以至“赴宁会考”“赴京赶考”，在那一方方取之不竭的端砚里，积聚的是翰墨带来的一派祥和与欣喜。可不是，他们联手竞显风流，创作风格多样，今年参加全国展的作品，便显现了楷、行、行草、篆、隶、篆刻等多种书法风姿。

他们已不是汪老笔下声名不出里巷的一辈，而是笔精墨妙扬名于市、走向全国的一族。解读他们的作品，真为他们高兴。

从事书法笔耕已近 20 年的周同是高邮书协主席、书画函大高邮分校副校长、扬州市书法家协会理事、创作评审委员会副主任、中国书法家协会会员、中国楹联学会会员、中国楹联书法学术委员会委员等。为使这些头衔名副其实，他很苦很累也很惬意。多年来，他以颜体楷书和汉隶以及佳联联翩而闻名远近，求得他的字为招牌便成了店家的荣耀。然而他从青年至中年，一直与浮躁骄娇无缘，一直追求功夫在字外的学养积累和雄浑清劲的书风，在结体上求变求新。近年，他获省文化干部书画大赛铜奖和入展全国八届书展的作品则是常人较少涉猎的楚简 —— 这是大篆之后汉隶之前一种过渡书体，也是一种创作空间很大、品位较高的古文字书体，观摩他钟情的楚简作品，用笔流畅、结体诡异、造型古朴，颇有深不可测之感。笔者为他的曲高和寡有些担忧。向来直言无忌的他说，这次能“闯入”全国展可能沾这楚简的光，这只是一种创新的操练，他对楷体、汉隶依然笔耕不辍，因为那里有朋友和乡亲的书缘和情结。

赵明是以篆刻及其理论研究从高邮走向全国、率先加入中国书协的才华横溢的年轻人。他的作品入展全国第三、四届篆刻艺术展，全国第八届书法篆刻展，获全国第六届中青年书法篆刻家作品展览三等奖，曾为江苏在那次展览中争得荣誉。他的论文《古玺印与古印陶之比较研究》、专著《古印陶封泥经典作品技法解析》等及散见于《中国书法》等报刊的众多论文，还有一批书法作品，表明了他艰辛的付出和深厚的功底，显示他在邮城独树一帜的辉煌。但是，他坚守的信条便是他一方篆刻所表明的内容：得意不忘形。一个 30 多岁便下岗的工人成为自由人求生存、谋发展，实属不易，而他与夫人以他们经营的公司办公室为高邮书法界提供一个沙龙式活动的宝地，更显示出他为人为文的风采。

如今，在高邮书法界抑或更大的范围内，认识姜海宽先生的人越来越多，那是因为他从事裱画的技艺日臻完美，书法创作水平突飞猛进。去年，他的作品获“扬州市会员作品展”一等奖时，圈内人惊讶地问，是何方“冒”出的新秀？继而，当年他的作品又在省新人展和全国第二届行草书大展中入展，演绎了一位 33 岁青年书法家的神奇。今年，竟然“上”了四个全国展，其“井喷”般的势态犹如神话。笔者慕名前去索取他的获奖自撰联（非书法作品），姜先生以未拿到证书为由婉拒，务实淡泊得令人钦佩。这位从三垛出来闯荡世界，如今在书法天地自由驰骋的书法家，其实，早以他的才气高、悟性好、习字苦和那潇洒流畅、气势贯通的行草书为同道称道。用字说话和铺就前程的人是同辈“嬉皮士”无法比肩的。

令人瞩目的岂止这三人。中国书协会员袁登喜，一个满是大胡子的叫响袁氏茶干品牌的企业家，醉心汉隶，以淡墨为主，作品空灵、潇洒。他是经济领域和书法世界玩得娴熟、转得透灵的“两栖”成功人士。近日，市委副书记范天恩看到展牌介绍，夸奖袁登喜是位不可多得的人才。

师从林散之学生庄希祖的殷旭明好学上进，才气洋溢，孜孜不倦。近年，在邮城同人书法成果的激励下，进步很快。他的作品取法二王、米芾，雄强豪放，大字最爽，颇见功力，其墨色变化、章法安排亦有个人见解，成为高邮书法界年青一代的佼佼者，有望成为邮城新的领军人物。郭仁忠是赞化学校的教师，也开始了他走出高邮的跋涉。

事有凑巧，也绝非偶然，在入选全国展的 8 人中有 3 人是下岗职工，30 多岁到 40 多岁不等，如果以自己的一技之长解决自己的温饱问题，定会艰辛欢欣共存。当他们迷恋翰墨书海在艺海拾贝的时候，陈惟江运笔自然的行书和他应裕自如的书法培训中心已经取得相得益彰的成效，何乐而不为哩。沈建钢的小楷取法魏晋，格调高古、点化扎实、结构萧散、骨力遒劲，将邮城的小楷水平提高到一个新层次，已是不争的事实。他们在服务经济、涉足市场、培养人才中，自然有谋生、谋利的欲望，但是他们决不仅仅是为了鼻子底下的“一横”，而且是为了作为社会人和书法家硬铮铮的“一竖”。

更为可贵的是，在高邮宣传、文化、文联等部门领导的关怀下，这8人和书法界同人一道，坚持爱好追求，坚守道德情操，坚信进取成效，组建了一个团结和谐、服务桑梓、贴近群众的方阵，相互学习切磋，相互鼓舞鼓励，一艺在身，了然于心，见之于行。今年省书法家协会副主席言恭达关心基层，关注后生，经常举办培训班或现场评点书法作品，使高邮书法界转变观念、开阔眼界、提高技艺，从而使全市“冲击”国展的能力和整体水平有了提高，在扬州市范围内可以同兄弟县市媲美。这也是省市专家和大家的共识。

君知么，壮者志不坠；君知否，少者矢志追。上下求索书法路，众志凿开有缘渠。翰墨书香飘邮城，喜摘东风第一枝。就在可学可敬的书法界骄子收获丰收的时候，习字的喜悦和秋实之光照临到许多临街傍巷的窗。可不是，2004年参加少儿书画现场比赛的少年儿童有900多人，亦是前所未有。

2004年5月

# 顺口溜小议

顺口溜是民间流行的一种口头语言，属于民谣。它是口头韵文，句子长短不齐，念起来很顺口，易记易传易用。如今，写作者的书面语言中，也常活用顺口溜，使文章生动活泼、妙趣横生。采撷这些顺口溜，稍加梳理，便会发现它在生活或文章中具有不可替代的作用和十分鲜明的特色。

顺口溜，古来有之。清同治年间，高邮城北九里决口成灾，上报京城，皇帝昏庸，竟把九里倒口作为倒口九里来处理，于是，下拨了数十万两银子修复河堤。河工老爷与各级官员相互勾结，大捞一把，并贿通前来验查的官员，结果参与弄假的官员都受到升迁或奖赏。因此，高邮出现了一种顺口溜："个个捞，倒九里的银子撑破了官员的腰（包）；层层骗，一直骗到金銮殿；级级升，从头烂到根（指整个清王朝腐朽）。"此顺口溜鞭其所非，入木三分。窃以为，顺口溜的语意作用是多方面的，有着十分鲜明的褒贬意义和启迪教育作用。

它是政治的晴雨表。几十年来，"苦不苦，想想两万五；累不累，想想全人类"的顺口溜，看似豪言壮语，确实起过激励作用。上世纪八十年代流传的顺口溜："五十年代靠苦力，六十年代靠体力，七十年代靠实力，八十年代靠智力。靠了智力出财力，有了财力有活力。"就是那些年代发展的真实写照。有的顺口溜观照历史，联系现实，扬古扬今，比如："当年宋朝敬'老包'，铁面无私打龙袍，郭槐狸猫换太子，血海沉怨见分晓。如今百姓爱'老包'，制度笼子扎得牢，权力关在笼子里，人民群众乐陶陶。反腐倡廉真妖娆，高压势态意气豪，老虎苍蝇一齐打，二十四史逊风骚。"著名作家二月河前几年就持如今反腐超史的观念，言之凿凿，成了顺口溜后，流传很广。诚然，顺口溜针砭时弊的较多，有些基层干部贪污腐化，就有顺口溜说："支书好风光，天天当新郎，夜夜进洞房，块块都有丈母娘，数不清有多少小儿郎。"讽刺直指可恶的社会现象和个别的堕落分子。

它是社会的反射镜。社会千奇百态，顺口溜多有反射。过去，农民几乎每年都要上大型（兴修水利），为了改变旧面貌，农民精神抖擞，"上大型，把河挑（开河），自带被子和锅灶，只要水利修得好，哪怕扁担压弯腰。"多好的农民啊！而从抽烟一事，可以看到干群之间的落差。"公社干部两边分（大前门），村支书们四脚奔（飞马），生产队长吃八分，广大社员烟窝闷。"这已成了历史。如何选用干部，"能喝半斤喝八两，这样的干部要培养；

能喝八两喝半斤，这样的干部要当心。”至于那种干部，“喝白酒一斤两斤不醉，下舞池三步四步都会，打麻将五夜六夜不睡，玩女人七个八个不累，送礼金成千上万不退。”这些干部迟早要被“捉”。过去的农民生活，顺口溜作了纪实，“早上煮一锅，吃到鸡上窝，一半给人一半给猪。”少数特困家庭，“两间带一拖，粪桶靠着锅，吃吃又来屙；床上席子全是洞，天天夜里拱草窠”。值得庆幸的是，这种生活已一去不复返了。

它是劳动的润滑剂。劳动光荣，劳动也累。过去车水上田、栽秧薅草，还有打肉耙（用手耙土）等，都是顺口溜用得多的时候。它可以活跃气氛，苦中作乐，不少顺口溜是脱口而出，随机道来。有的年纪大的下放干部夏忙时参加劳动，一种痛苦状。田里小大娘就说：“埂上走来大先生，挑个担子硬支撑，田里一片嬉笑声，让你肩膀不再疼。”每句最后常带一个“喽”字，有时也唱。田里劳动顺口溜常有调情的况味，悦耳，舒心。“栀子花开六瓣头，哪个哥姐不风流，要是哥姐不风流，滚滚运河水倒流。”“栀子花开六瓣头，摘来揣在怀里头，叫声情哥轻动手，花儿太嫩不经揉。”一些挑秧把、分秧把的毛头小伙见着曲线分明的姑娘身影，心里痒痒的。有人人在秧田，把晚上私会的事都“溜”出来了，“早上要唱早上来，晚上要唱姐脱鞋，上床心里把歌唱，早把姐姐搂在怀。”润滑剂早成了勾魂曲。

它是生活的调味品。酒是人生的兴奋剂，顺口溜则是喝酒的调味品。“感情深，一口闷；感情浅，舔一舔；感情厚，喝个够；感情铁，喝出血。”不会喝酒的，也会在其英雄气概感染之下，初涉酒河。农民过去看别人家的情况，“要看人家好，就看屋上草（茅草房）；要看房中妻，就看丈夫衣”。洞房花烛夜，有人敲碟子希望新人早生贵子，高邮便有了新的顺口溜：“你说牛不牛，养个儿子胜过秦少游（好呀）；你说奇不奇，养个儿子胜似汪曾祺（好呀）。”祝福高雅，时代感强。夫妻间正常房事，顺口溜也有一说：“夜朦胧，睡朦胧，哥把妹妹搂怀中，夜夜颠鸾倒凤，日日鱼水交融。”不春不俗，意在话中。

顺口溜顺口易记，与它的押韵有关。“五十年代全民炼钢，六十年代全民度荒，七十年代全民下乡，八十年代全民经商。”它押的是江阳韵，加上句式排列整齐，念起来觉得特别响亮动听。顺口溜在语音上还有个特点，富有极强的节拍感，读起来跌宕起伏，错落有致，如：“酒杯／一端，政策／放宽，酒足／饭停，不行／也行，饭饱／酒醉，不对／也对。”在词汇、语法方面也有共通之处，诸如用词精当，句式整齐，搭配自然，省略甚多。如“花大笔大笔的钱，流大把大把的汗，毁大片大片的田”，就是对好大喜功、劳民伤财的鞭挞。“坐着车子转，隔着玻璃看，中午吃顿饭，临走拍拍肩，今后好好干。”这里没有交代主语，听者也知其意。当然，多种修辞格都可以运用。

笔者认为，顺口溜是智者的语言，是智慧的象征，只有反应灵活、才思敏捷的人才能应付裕如。倘若要将顺口溜用到文学作品中去,要取舍扬弃升华,关键是掌握一个“度”字，以此就教“顺口溜大王”的作家们。

2017 年 10 月

# 文人戏言趣话

文人，多为智者。三五知己，坐而论文，或随意相聊，或把盏醉语，或书写往来，或网上热议，常会迸发出智慧的火花，妙语连珠，戏言迭出，趣话联翩，让人忍俊不禁，兴趣盎然。这是大家会碰到、见到、听到的事情。

上世纪八十年代，南京、上海的作家一拨又一拨来邮讲学、观光、闲逛，笔者就听到一些趣语戏言。比如说，素有铁嘴之称的顾尔鐔介绍叶至诚是《雨花》主编，尔后，一定要让叶至诚“补说”自个儿身份，叶至诚说：“我年轻的时候，人们都说我是叶圣陶的公子；待我结婚后，人们就说我是著名锡剧演员姚澄的丈夫；现在人们提到我会说，这是著名年轻作家叶兆言的父亲，唯独没有‘独立’的称谓，这个我认了。”他成了被遮蔽的人物。到王氏父子纪念馆，见到叶圣陶不大的一块题词，顾尔鐔说：“该你题词啦。”叶至诚说：“我字写不好，写什么好哩。”顾尔鐔这是故意将他的军，其实，题词叶至诚早想好了，并道：“我说你写。”于是，就出现了叶至诚用硬笔写的题词：“王氏父子，父子齐名；叶氏父子，子不如父。”顾尔鐔乐了，叶至诚也笑了。看似戏言，实为箴言。在场的人都夸好。

那年高晓声在高邮，说他的脚面超常的高，买的鞋子很难合适。这普通的话一说，立即话锋一转，“生活的脚有它自己的尺寸，作家只能按照它的尺寸做鞋子，不能先主观地做好鞋子让生活穿，让生活穿小鞋是不行的。”这让我们眼前一亮，高晓声借谈鞋说的是文学创作与生活的关系。后来到临泽，我们寻机量了他鞋的尺寸，做了一双特别的鞋，由我送到他的常州家里，他想不到我们有这样的“小动作”，笑道：“多谢啦！我可以不用‘削足适履’啦。”

还是那次在高邮，高晓声与老友忆明珠有一次对话，像是小说家与诗人在“抬杠”。忆明珠说：“我是熟透了的句号，但是我不愿意另起一行。”高晓声说：“诗人很了不起。我在50年前写过一本诗，就再也写不出了。小说家怕出丑，只能演绎不分行的故事。”忆明珠说：“诗歌是呼喊，是探索，有让人读不懂的风险。”高晓声说：“小说是形象，是感受，可以各人写各人文，各人喝各人的酒，但不要写出让人看不懂的小说。”大家听得有滋有味，从中领悟诗人的气质、激情，小说家的涵养、追求和创作的个性等，其“抬杠”式的趣谈，使人受益匪浅。

其实，文人戏言趣谈，古来有之，有的是正史记载，有的是野史传说。北宋期间，镇江金山寺有位住持叫佛印，满腹经纶，机敏风趣，他与苏轼、秦观是结交几十年的亲密朋友。他们的对话可以口无遮拦，取笑讥讽是常事。元祐年间，苏轼从颍州调至扬州任太守。有一次，他写了几首诗寄给佛印，佛印看了，回了一信。苏轼展开信笺一看，只有一个字“屁”，不解其意，急忙过江到金山寺问佛印。佛印大笑道：“八风吹不动，一屁打过江。”苏轼听了也笑道：“好一个佛印！”

佛印确实不同凡响。有一次，苏轼和秦观两人争辩何以生虱，苏轼说是因垢腻所致，秦观则认为是棉絮所生。相持不下，决定第二天去问佛印，理屈者“罚设一席”。两人分手后，秦观急忙赶至佛印处，关照他：“明日问及此事，你就说虱自棉絮，待得胜后，我请你吃汤面。”过了一会，苏轼为此事也来找佛印，嘱咐他：“虱生自垢腻。我的说法对了，就请你凉拌面。”次日相会，佛印说：“这事易辨，是垢腻的虱身，絮毛的脚。我先吃凉拌面，后吃汤面。”苏轼秦观都被佛印“套”住了，相视大笑，皆兑现了吃“面”的承诺。

苏轼被佛印“戏弄”，心有不甘，寻机“报复”。一日，他对佛印说，古人常以鸟对僧，有诗为证：“时闻啄木鸟，疑是打门僧”，“鸟宿池边树，僧敲月下门”（苏轼的意思，“鸟”的俗语就是“屌”）。佛印立即回击：“今天我这个‘僧’也说对你这个‘鸟’了。”苏轼哑然。接着，佛印夸奖苏轼可比作古代著名诗人杜甫、杜牧，苏轼爽朗笑纳。想不到苏轼又中“套”了。佛印笑称：“大杜（指杜甫谐音肚）之下有小杜，小杜之下，翘然而者，君也！”（翘者何物，不言自明）被嘲弄的苏轼哈哈大笑，这是他与佛印短兵相接的又一次败北。文人多是性情中人，他们交谈时雅中有俗，雅中弄“春”，也是一乐。

文人乃至文化人中，倘若多一点戏言，少一点相轻；多一点趣谈，少一点恶语，那么，生活中就会多一点谐调，社会上就多一点和谐，那该多好！

2018 年 2 月

# 心悦君兮君不知

史载，春秋战国时期，高邮先后属于吴国、越国、楚国，长达四五百年，流传过吴歌、越歌、楚歌，对高邮民歌的形成是有一定影响的。民歌资料表明，“山有木兮木有枝（知），心悦君兮君不知”的歌词出自流传很广的一首《越人歌》，它是用越语唱的，译成白话文便是：“今天是什么样的日子啊！我驾着小舟在长江漂流。今天是什么样的日子啊！我竟然能与你在同一艘船。承蒙你看得起啊！不因为我是划船者的身份而嫌弃我，甚至责骂我。我的心里如此紧张而难以平静，因为我见到你这位王子！山上有树木而树上有树枝，这人人都知道，可是我这么喜欢你呀，你却不知。”这首歌是当时的流行歌，其歌词声义双关，委婉动听，沟通人心，交织人情，以至在王子、大夫、船夫的胸中绽放了友好、爱慕的心花。

汉代刘向编纂的《说苑》记载了相关的故事。刚刚受爵的襄成君衣着华丽、春风得意地率众来到河边游玩，兴致勃勃。其时，路过此地的大夫庄辛向襄成君礼拜后，想和他握一握手。对此，襄成君脸色陡变，十分生气。庄辛也极不自在，但仍然平静地给襄成君讲了楚王母弟鄂君子在河中游玩的故事。那是说鄂君子在游览的时候，听划桨的船夫唱起悦耳动听、摇动心旌的歌，因为听不懂越语，就找人把它译成楚语，这便是我国第一首译诗《越人歌》。鄂君子听明白歌词的意思后，立即放下昔日尊贵的架子，走上前去，热情地拥抱了船夫，并送上绣花被以作纪念。这让船夫深受感动。同时，襄成君带着歉意，主动地向曾受到“冷遇”的庄辛热情地伸出了友好的双手，营构了一派谐和的气氛。

这故事给我们的启示是，无论是天籁之音，或者是琴瑟之声，都能打动人心，给人以愉悦和享受。《越人歌》流传的故事也表明，从故事发生之时的公元前540年至今，友好、热情、爱恋一直是人们共通的天性，人们乐意在同一蓝天下一同泛舟远行。一曲《越人歌》从春秋穿越时光隧道，从楚地飘荡过来，在高邮百里长湖荡起双桨，划出一层又一层的涟漪。如今回荡的歌声里，新时代的高邮人会有新的爱慕，新的追求，新的梦想。“座上秦郎今在否，与卿同泛甓湖舟”，让我们认知友爱，欸乃而进，剪开春水，踏歌而行。

2017年2月

# 家人寄语

# 小镇初遇

李继锋

身边的人都知道我的记忆力近来变得有些糟糕。记不住日期，记不住人名，也记不住交稿的时间。我有点后怕自己怎么会是从事历史研究的，那个专业对记忆的要求很苛刻。如此健忘的我，却忘不了少年时一次下象棋的情景，那时我12岁，四年级，正在放暑假。

那时的暑假作业很少，勤快一点儿的两天就能完事了。剩下的大量时间就靠自找乐子消磨了。没有人管我们，大人们——老师也好，家长也好——那时面对频繁的政治运动，很有些自顾不暇，何况一般人家生有好几个孩子，想顾也顾不过来。

当时我的玩伴不多，因为我刚刚随父母从一沟的连家庄迁来这座古朴的小镇。它距高邮县城很远，离邻县宝应、兴化却只一河之隔。最繁华的地段被称为前街，我常踩着青砖与碎石铺成的路面去买酱油、盐或者松软可口的米饭饼子。这条街只能并行四个人，要是两个拉板车的迎面碰上，交通就立即堵塞了。

李继锋眼中的大眼睛女孩

我的家很容易找，是一座两层的小楼，貌似很古老，刮大风时在楼上可以感受到微微的颤动，令人很有些毛骨悚然。这楼里还有连接街两面的空中通道，有点像全封闭的人行天桥，我家住的这楼也就被唤作过街楼。

这楼在大院的东北角，也是院落的最深处。院子里住有七八户人家，都是粮站和米厂的职工。院子门前很空旷，足够做一个羽毛球场。一进院门就是人行通道，宽敞透风，盛夏的中午，院里的孩子们不分大小，都爱聚到这凉快的地方玩耍。

记不清是几月，更记不清是几号。反正是个下午，天气也不是很热。我和一个叫小洪子的邻居下起了象棋，下着下着，比我水平差了一截的同龄对手突然强大了起来。也不知在什么时候，他的身边多了个观棋还支着的参谋，而且还是我未曾见过的女孩。已经记不清那盘棋的输赢，但却记住了那支着的女孩。当时，我只是不经意地扫了她一眼．高矮还是胖瘦，印象已经很模糊，可能正是因为她不高不矮不胖不瘦吧。我忘不了她的双眸，很黑，很大，一闪一闪的，害得我不敢长久地注视她。此前，我没有见过这样聪明的女孩，她的脑门宽阔而光洁，居然会下象棋！我还感受了她的笑意，那不是对我笑的，也许她天生就爱笑。也不知什么时候，她悄然消失了，就像来的时候那么悄然。

过了许久，我才知道她的底细。她比我小一岁，上三年级。她父母就住在大院里，她和另外两个妹妹随奶奶住在高邮县城，只有假期中会来到我们这小镇，看望爸爸妈妈和最小的妹妹。我一直以为那最小的妹妹是她爸爸妈妈唯一的宝贝女儿。

人心是很难捉摸的，少年的心就更阴晴不定了。周边的人天天见面却视若无睹，远方的人惊鸿一瞥却终生难忘。距那盘象棋九年后，那个小名叫小毛的女孩成了我的恋人，又过 3 年，则成了我的妻子。

（作者系本书著者的大女婿）

# 面对困难，父母亲与你同在——一个母亲写给临考儿子的信

陈庆琳

昨天，本报收到了一个孩子今年参加高考的母亲的来信，感人至深。距万众瞩目的高考不远了，愿天下更多的父母能正确认识高考，真诚理解孩子。

——《扬子晚报》编辑

晨晨：

妈妈总是愿意这样喊你的小名，虽然你已经参加了成人宣誓仪式。

眼看着你的中学校园生活即将结束，还有四天时间，就得参加高考，那是令家长与学生既兴奋又紧张的时候。我昨晚在电脑里打了一行字——“宝贝，祝福你，祝福六月。”准备用一号字体打印出来贴在你的床头，你爸爸反对说：“拜托，别再给儿子制造紧张气氛

晨晨大学开学第一天

了。”说得我只好把它存放在电脑文件夹里。

晨晨，我是趁中午医院休息时间给你写信的。刚写到这，一个朋友带着高三的儿子来复诊，他儿子一周前被诊断为左手舟状骨骨折。天，幸亏不是右手！但马上参加高考却打着石膏，还是会有许多的不便，我那个做家长的朋友满脸写着的是无奈和焦虑，可再看他那一表人才的儿子，笑容依然灿烂。有趣的是，他左手上的石膏上已经写满了毕业赠言，还将玛丽莲·梦露的画像涂在上面！看得我哑然失笑，真的，他是个多么乐观快乐的孩子，引得我内心的焦虑也消解了许多。

晨晨，你知道我是个凡事追求完美的人，无形中也给你带去了很大的压力吧？前段时间，如果看到你看电视，或者上网，我立即就心神不宁，觉得浪费时间太可惜。那时候，我就会默默地看你小时候的照片，让自己隐隐不安的心能够宁静下来。我曾经开过个玩笑，说你奶奶不识字，可培养了你爸爸这个博士，你不能让我不如你奶奶吧？虽然是笑话，可也可能给你造成了压力呢，如果是，妈妈向你真心说声抱歉！

不过，说实话，看到你仍然和以前一样，晚上十点一过，就安然入睡的情景，我和你爸爸好几次诧异得面面相觑，可想想这也很好，保持精力充沛也是非常不错的主意。该来的都会来的，播什么种就应该收获什么。离考试的日子不远了，我只想告诉你，面对任何困难的时候，父母亲都会与你同在。

最后，妈妈还有个小小的要求，你是否去理个发？好精神饱满地去迎接挑战。

祝高考顺利！请把这祝福也送给你的同学们！

爱你的妈妈　陈庆琳

2005年6月2日

（作者系本书著者的大女儿，本文发表于《扬子晚报》）

# 别样的父爱

黄步东

也许是我的父亲太优秀了，要让我接受和他同辈的长者，心里总有一种排斥的感觉，直到遇到我的岳父。

30 年前，一个炎热的下午，哪怕躲在高大的银杏树下，也是热汗直冒。

那时候我正与后来被昵称为“鱼儿”的女孩——也就是我后来的妻子——开始着我从来没有过的恋情，当时她住在任教学校的宿舍里。暑假里，同宿舍的女教师小奚回老家了，于是我有空就到女教工宿舍和鱼儿“腻”在一起。

黄步东眼中的“鱼儿”

星期六下午，我和鱼儿正在她宿舍里“坐而论道”，忽然听到门卫陈师傅在楼下喊着“鱼儿”的名字。她探头向窗外一看，什么也没说就匆匆跑下去了，弄得我莫名其妙。

过了一会儿，听得楼板上一连串的脚步声，“鱼儿”拎着一个旅行包出现在宿舍门口。她停了一下，头一歪，嘴角抑制不住满满的笑意（这种表情我一辈子也忘不了，后来与她久别相逢的时候，我常常看到这种表情）。

她说了一句什么，我没听清，正琢磨着她的话，她却放下行李又走了出去，紧跟着门外出现一个小女孩，梳着日本小姑娘似的童花头，穿着学生装的蓝背带裙子，上身是一件淡绿色散花点的衬衣，低着头一脸羞涩地走了进来。我立刻猜想：这该是小茜子——鱼儿的小妹妹吧。经过与“鱼儿”一段时间的相处，我已经对她家人的大致情况有所了解。那几天，她一直唠叨着家里有人要来探望，莫非这个是打前站的？可是她们姐妹俩一点不像啊？

我正犹豫着怎样上前去和这个“小不点”打招呼呢，后面又进来一个中年男子，却让我浑身一激灵：中等个头，微胖，穿着白色短袖汗衫，脸色红润，眯着眼微笑着……感觉像一个憨厚的乡村干部。

我立刻明白过来，这位十有八九就是“鱼儿”的父亲，于是赶紧站了起来。

“您好！”我不知道称呼他什么才妥当。虽然以前曾想过，“鱼儿”姓陈，这种场合该称呼他“陈叔”，但是初见一个也许未来可能是自己“岳父”的人，我还是一时慌了神，期期艾艾地说不出话来。陈叔没有回答，只是微笑着看着我。我瞟见了墙角的热水瓶，忙掩饰着心中的慌乱，给他们倒了两杯开水凉着，一边说：“你们先歇会儿吧，我先下楼去看看她那里要不要帮忙。”说完，我急急忙忙地走出宿舍。

下楼的时候，正碰到“鱼儿”“迈着欢快的步子”上楼，手里拿着那瓶我给她的可口可乐和一桶橘子水。

“我来拿吧。”我一伸手，转眼一想，赶紧又说，“要不还是你一个人上去吧！”

“怎么，你害怕啦？”

我没有回答，忙不停步地走了。

过了一会儿，我正在教学大楼二楼的语文组办公室里听英语磁带，“鱼儿”进来了，露出揶揄的笑容：“你怎么跑啦？”

“我有点怕。”我老老实实地说。

“你知道我爸爸和妹妹怎么说？他们说，今天来的还是不可怕的，最可怕的还没来呢！”说完，她忍不住哈哈大笑了。

我也笑了：“我是有点怕，不过也不全是吧。我想，他们刚到这里，肯定想先和你好好谈谈，我在场就不方便了。”

“你倒挺会做人的。”

“本来就是这样的嘛！”

“那，过一会儿你一定要来啊。”

“好的，我先去买西瓜……”

晚霞红遍西天的时候，我吃过晚饭，拎着一只西瓜回到学校，思前想后，确定不需要再准备什么了，一颗心安定下来。

我正在办公室里听英语广播，“鱼儿”进来了，兴高采烈地说：“别在这里假装用功了，等会儿你下来啊，我们就在银杏树下等你。”

“你爸爸在吗？那我们现在一起下去吧，我一个人总有点不好意思。”

“那有什么啊？你不是口口声声说自己是属老虎的吗？”

“还是一块去，搬两个椅子下去。”

“嗯，不错。一副助人为乐的样子上场，就更自然了。”

于是，我拎着西瓜走向大操场边的银杏树，穿着白裙子的“鱼儿”拿着靠背椅款款地跟在后面。

暑假期间，偌大的校园里空荡荡的，剩下的单身汉门卫陈师傅也知趣地不来打扰。陈叔的白衬衫已经脱去，只穿了一件背心，神闲气定地站在银杏树下摇着纸扇。旁边的小茜子东张西望，看到我们走近，连忙迎上前接过我手中的西瓜，奔向食堂边的水龙头。

我们在树下坐定的时候，或许是被陈叔温和的强大气场感染了，我一点也不紧张了。既然坐在一起，总不能一直尴尬地面对陈叔的微笑吧，应该谈点什么才不会冷场吧。早就听说陈叔是货真价实的作家，而且是高邮人，我就想到了汪曾祺。其实我对汪曾祺并不了解多少，只是听了父亲的推荐，读过他的两篇小说《受戒》和《大淖记事》。对于前者我还残留点记忆，记得是个小和尚和小女孩的“恋情”故事；对于后者，我只记得有一片汪汪的水塘，其余已经忘得一干二净。但既然汪曾祺是高邮人，家乡人对于本土作家，难免有一种别样的感情——我灵机一动，那不妨就从汪曾祺谈起吧。

果然，我很“虚心”的“求教”，一下子打开了陈叔的话匣子。后来我才知道，他与汪曾祺有较深的私交，还是当地汪曾祺文学研究会的秘书长，对于汪曾祺自然如数家珍。

小茜子年龄小，或许早就听父亲说过汪曾祺的种种逸闻轶事，可能是旅途劳累，啃完西瓜，在一旁听了一段时间，打着哈欠提前撤退了。

其时我正是血气方刚的时候，从小又深受革命英雄主义文学的“熏陶”，脑子里转得最多的是保尔·柯察金、牛虻、斯巴达克斯等“英雄人物”的文学形象，所以对闲情逸致的汪氏作品兴趣不大。听了一会，我不动声色地把话题“扩大”到整个江苏文坛。

我立刻发现，对于陈叔来说，回答这方面的任何问题都不是难事。他娓娓道来，如同一股清泉流淌在我的心里。一眼就看得出来，陈叔是很容易亲近的，没有我父亲那样天然的威严感。

后来我在心里很认真地比较过父亲和未来的岳父，很有意思地发现两个人有很多相似的经历：都出生于和农村密切相关的小地方（相比较大城市）的普通人家，都是家中的独子（上下有姐妹），都是家族的希望；有几乎相同的教育背景，都经历过本土文化深深的熏陶；同样做过教师，然后长期从事机关文秘工作，养成了办事认真、追求完美的个性。

相比较而言，我父亲从小丧父，家境更加贫寒，小小年纪就背井离乡外出求学，靠亲友的周济才完成学业，所以凡事举轻若重，性格内敛，谨小慎微，思虑缜密，外表温和而内心刚烈。初次见面，往往给人城府很深的感觉，由不得肃然起敬。

而陈叔就不一样了，初次见面就让我解除了内心的戒备。他是那种很快就与人打成一片的温和长者。只要他对你的话感兴趣，马上侃侃而谈，甚至可以谈掏心窝的话，这给了我在他面前表现谦虚的好机会。事实上，虽然有一点文学的基础，但是要与作家谈江苏文坛这样的话题，我只有认真聆听的份。

看来，这真的是一个适宜的话题，陈叔谈心浓烈，从汪曾祺谈到陆文夫、高晓声、女作家菡子，从夕阳西下谈到繁星点点直至皓月当空……等到我们夜深人静时结束谈话，安排好陈叔的住宿，我把“鱼儿”送回宿舍的时候，小茜子已经四脚朝天、横卧在床上和衣睡着了。

第二天陈叔就走了。门卫陈师傅是个很本分厚道的人，但是我还是担心他会多嘴，就没有去和陈叔道别。不过，我自信自己给陈叔留下的印象还可以，哪怕有点怠慢也不会责怪。

一个知识渊博、为人敦厚、极具风采的长辈从此走进了我的心田。

时光穿梭，恋爱谈了一年多，我和“鱼儿”的大喜日子快到了。其间，父母亲郑重其事地邀请未来的岳父母来无锡“参观访问”。父亲与陈叔一见如故，相谈甚欢。唯一让父亲担心的是我独行特立的个性会在一场世俗的婚礼上产生麻烦。我那时候在学生中有“黄老邪”的雅号，比之金庸小说里那个愤世嫉俗的黄药师，其实我种种“怪癖”的根子还是我那腼腆的个性，我特别不喜欢在大庭广众之下被人评头品足，哪怕是自己的婚礼。“如果我的婚礼并不是与众不同，那还有举行的必要吗？”我说。母亲倒是同意我去旅行结婚，父亲的内心深处却还是存着一份美丽的希望：在一个隆重得体的仪式上让自己漂亮的儿媳妇亮相。于是，父亲很为难：一方面显然无法左右我的意志，另一方面又存着有一个像模像样婚礼的希望。

一时间弄得我很苦恼，我的情绪显然也影响了“鱼儿”。那段时间两个人为了筹划中的婚礼闹出了很多小小的不愉快。当时，我提出了很多现在看来非常无礼的要求：女方的来宾不超过一桌人；不拍结婚照；结婚现场我不穿西装……

尤其是不接新娘这一条。

当时“鱼儿”住在学校里教工的宿舍里。鞭炮声在学校大门口放起的时候，在众目睽睽之下披红带彩去接盛装的新娘——在我的想象中，这样的场景不啻是让我上刑场一样的难受和恐惧。所以我放言：坚持不去接新娘！“要接，我骑着自行车悄悄地接！”

母亲气得骂我不懂事，父亲也沉着脸少有地沉默。但是如此惊世骇俗的无理要求，竟然被宽容的岳父母通过了！后来还是妹妹对婚礼的简陋实在看不下去了，找了关系借了一辆桑塔纳轿车，代表我把新娘从学校宿舍接到新房。

那天，当我在现场与岳父母相遇时，按说从这一刻起，我该改口喊陈叔为“爸爸”了。但我心里既羞愧又感动，众目睽睽之下，面对着陈叔慈祥的笑容，耳边母亲一个劲地催：“喊啊，喊爸爸嘛！”可我张了张口，那“爸爸”两个字一时间就是喊不出口！尽管秋雨绵绵，凉风阵阵，我却急得汗流浃背。陈叔看出了我“非凡”的窘境，连忙笑着为我打掩护：“喊过了，喊过了！”

几十年过去，时光水一般流逝了。与岳父交往愈多，岳父的形象在我心里一点点高大起来。

于公于私，岳父来过无锡好多次，每次来，几乎都是匆匆忙忙的。我没有见过他、同时我自己也没有陪他到无锡的任何一个风景区去游玩过。如果有那么一点空闲的时间，他只对去一个地方感兴趣：书店。我印象中，似乎无锡大大小小的书店甚至南禅寺的旧书摊他都光顾过。

结婚前后，我没有多少书，也没有专门的书房。每次回到岳父家，我最开心的就是在那几个油光可鉴书柜前流连忘返。至今岳父母仍然住在陈旧的小楼里，面积不大的陋室里却有几个大书柜，顶头顶脑塞满了书。书很杂，以文学书为主，也有一些其他的书，其中有不少很有一些年代。每本书都放得整整齐齐的。“你看完了书，记得要放在原位。”岳父一本正经地说。

当然，我可以断定，并非每本书岳父都看过，但是岳父是爱书的，只要有书放在身边，就有一种赏心悦目的感觉，在陋室里洋溢着不可抑制的书香，让人的意境也不由自主地升华。

有一次，在无锡广电工作期间，父亲和岳父谈到秦少游，这是一个与高邮和无锡都很有渊源的历史文化名人。很快，岳父就拿出了一些有关秦少游的书籍和资料。又有一次，女儿在高邮汪曾祺纪念馆参观时，当得知里面的文字大多出自岳父之手，她对外公佩服极了：“外公是作家呢！”她时不时对别人炫耀说。

岳父对本土文化传承的执着追求，也成就了他的事业，到了晚年，成了当地的文化传人。

某次，我对“鱼儿”开玩笑说：你爸爸很少做家务，你为什么不学习丈母娘，也让我好好享受享受啊？搞得我天天给你和女儿烧早饭！“鱼儿”反问说，你有我老爸这样优秀吗？

我瞪眼无语。

和父亲一样，岳父对亲人之宽容，恰似他对自身要求之严格；而无论是宽厚与严格，岳父都用言传身教，向我传递着一种别样的父爱。

2018 年 6 月 4 日

（作者系本书著者的二女婿）

# 奶奶这个人

陈庆丽

童年的印象居然有那么深，即使我已长大成人，仍然不能忘记。

奶奶很辛苦，爷爷在菱塘乡下供销社工作，很少回家，家中的大小活儿都得她承担。爸爸妈妈在临泽镇，带着茜妹妹，我们老大老二老三在城里，跟着奶奶过。一定是家里生计不易，不然爸爸妈妈决不会把我们仨丢在城里。

小时候的我在外婆家长大，三妹在父母身边呆过，姐姐一直在奶奶身边，所以，当三个大大小小的女孩都聚集到奶奶身边来，奶奶的负担一下子就重了。

也没有见她愁眉苦脸地面对生活，一天的吃喝总是在她的精确算计中。饭、稀饭或者菜肴，在奶奶的手中还是搭配得不错，我们也是在不懂事中长大。晚上吃饭的时候少，吃烫饭相应的多些，清清爽爽。晚上的菜一定少许多，但是在奶奶的操弄下，我们也吃得很安心。中午是我们菜肴最丰盛的了。说是丰盛，也是蔬菜多，荤菜不多. 但是奶奶烧得挺好吃。一有肉或者鱼出现，那是我们很高兴的事了。但是奶奶会算好各人的量，每顿菜饭往往做得刚好。在那个时代，当家的人不能不算好每天开支的。水果或考点心在我们的记忆中是缺失的，那是奢侈品。我们有时盼望着生病或者别的什么，奶奶是否发善心给我们买个“京江脐”之类的点心或者一个苹果。但是病生了，水果也是空空的希望。四个孩子，三个大人微薄的工资，如何养活呢？

萝卜是我们家乡的菜蔬，红萝卜是最普遍的。水里一洗，往桌上一放，鲜红欲滴的，像少女娇红的嘴唇。切开四瓣，咬一口，清凉润肺，凉丝丝的，还有一个清甜味儿。

爸爸喜欢吃萝卜。奶奶知道他这个爱好，常在买菜时掐算好一天的菜肴以外买一两个萝卜。切好，放到盘中或碗中，放在爸爸的书桌边。她说，爸爸在写东西呢。写什么东西呢，她也不知道。听说爸爸高中的时候就喜欢写文章，还是学校文学社的骨干力量呢。在奶奶看来，儿子一定是要与父亲做不一样的活，识文断字，写东西，有大学问。小时候，我们一家因为地震的事情，大大小小都搬到了爸爸妈妈身边。我于是能够常见到爸爸。妈妈把家里收拾得很干净，干净得就像扎染过的蓝印花布，纯净无垠。爸爸就坐在窗前的书桌前写东西，偏着头的背影静默而又神圣，我们进门自然是轻手轻脚的。奶奶一直坚信她的孩子能够出息，所以，爸爸写字的时候就是我们家最安静的时候。她能为他做的，就是多买两个萝卜，切好萝卜，悄悄地放在桌子边。

现在，水果多了，爸爸也慢慢老了，但是爸爸仍然喜欢吃萝卜，如同奶奶活着的时候一样，现在是妈妈为他买萝卜、切萝卜了。

在超市里，看见只有家乡才有的青萝卜，就挑了两个，纯粹是思乡情结。拿出小票一看名称，杨花萝卜，挺诗意的名字。我的家乡就一个简单朴素的名字，青萝卜。无锡这里很少出现青萝卜，可能觉得挺另类，就起名为美丽的杨花萝卜吧。小时候不明白，奶奶为爸爸切萝卜，而为我们烧一大锅红烧萝卜，使得我们真希望萝卜的季节快快过去。后来长大了才明白，那就是一种生活。

奶奶的厨艺很好，尤其是在过年的时候，会烧一个叫作鸭羹汤的菜，鸭肉、慈姑丁和高汤，放在一起，简直就是人间至味。其实奶奶烧过很多菜，但是唯有这道菜深刻烙在我的灵魂深处，以至于现在在外地，想到童年的这道菜，就是美美的味道涌过来。大概是平时的清淡至简，让我忘不了过年里的浓汤大餐吧。我们老家有个厨房，还有个老灶台，可以用柴火烘烧饼或者别的什么好吃的。灶台最忙的时候自然也是过年，蒸年糕，菱形的米糕、蒸烧饼，刚出炉的散着米香锅香还有灶台里的火香，我经常忍不住死命地嗅，趁大人不备，私藏一个，在小房间里和姊妹们享受新年的鲜味。奶奶她们也知道，睁一只眼闭一只眼，平时紧，现在就松些吧，让孩子在喜洋洋的过年时开心就好。

奶奶很会动脑筋，为了补贴家用，家里院子大，她就摆个鸡窝，养几只小鸡，慢慢养大，可以让孩子们吃鸡肉，长身体。记忆中的春天，奶奶就开始买些小鸡回来，黄色的，嫩嫩的，叽叽喳喳，叫起来有点尖。我们小，好奇，就喜欢把它们放在手中玩，或者趁奶奶不在，一直喂它吃米粒，结果，小鸡经常被我们的好心撑死，奶奶养鸡的梦想计划总是被我们打断。幸存长大的鸡们最后也是我们餐桌上的美味。我们的院子里，鸡没有了，还有花。凤仙花、喇叭花、太阳花、鸡冠花，还有一些很土的花，我们在姐姐带领下认真地种或者看，童年的院落里弥漫着淡淡的花香。在家里种花，奶奶从不反对。

慢慢大了，我们可以帮助奶奶做一些事情了。我们就从附近的河里担水，抬回来后，要用矾沉淀下来，所以，家里的厨房有两个缸，一个是像大户人家的大水缸，专门盛河水，用于饮食；一个是形体简约的小缸，专门盛井水，用于洗刷等。后来有了自来水，在巷东的邻居家，我和姐姐就去买水抬水。奶奶不用迈着沉重的步伐去拎河水了。我们似乎感觉到水对于奶奶的重要。夏天，奶奶在午睡时，我们就将家里能够盛水的器皿都盛满，想给辛苦的奶奶一个超级惊喜，结果害得奶奶没有锅煮晚饭。

后来自己做了长辈，体验着带孩子的艰难和困苦，心里想着奶奶从父母手中接过姐姐小不点儿带大的重任，奶奶太不易了，为操持这个家，吃的苦头从来没有抱怨过、愤怒过、沮丧过，对于女人来说，这恐怕不是每一个人都能做到的。

有时候，我会听到她幽幽远远地在哭，应该是遇到了什么难事或者不如意，她幽幽远远地哭，不大放悲声，边哭边说，叫着妈妈呀妈妈呀，似乎将几十年积累的悲苦在那个时间里都释放出来。在我的记忆里，这种时候也不过几次。我发现她很会排解自己的辛苦，忙好她的事情，她就跑出去了。她的妹妹、表妹家或者朋友家，溜一大圈才回来。照现在的说法，她很会散心调整心态。怪不得有惊人的意志力对付生活的艰难呢。

我有个姨奶奶，奶奶的亲妹妹，住在玉带河边胭脂山上，记得到她家有个很大的陡坡，我们习惯叫他们桥爹爹河奶奶家。据说姨奶奶一直嘀咕奶奶，说长辈偏心奶奶，分给奶奶的陪嫁多，给她的少，心气好的时候姊妹们好好，想到不平衡的时候，就来争论是非。大人之间的事情，分得出是非吗？那个大家都不富裕的时代啊。我当时就在想，贫苦的日子，我们能将它过成诗意与远方吗？

奶奶晚年喜欢看电视，有的看过多遍还看，情节都背得出来了。我记得是《上海一家人》，主人公是坚韧的若男。我想老人与孩子是一样的，孩子不是一个故事会讲了还看、还说吗？现在想来大概熟悉的故事里有她熟悉的记忆吧。大浪淘沙。曾经在上海跟着二叔过好日子的大小姐回到小县城里，嫁夫生子，为爹爹的工作丢失外出帮工，为爸爸的生病变卖家产，为孙女们的长大操心操肺。奶奶常说再难，咬咬牙，一定会过去的。

奶奶这个人！

（作者系本书著者的二女儿）

## 太阳花开

陈聪

爸爸快过八十岁生日了，他的新书就要付梓，这是他的一个心愿。他把书名叫作《烟柳依依》，我不解，从书名上似乎分不出是散文还是小说，是否可以用其他的名字？爸爸说：定了。我知道，爸爸自有他的想法。

爸爸八十岁，笔耕六十年。由于长期伏案写作，2012年他查出了严重的颈椎增生，脊髓受压。用医生的话说，“四车道”变成“单车道”了。好在上海专家的手术非常成功。我们以为，爸爸闯过了这一关，又可以精力充沛地干他喜欢的事情了，但是失眠、焦虑、忧郁接踵而至，爸爸像变了一个人……直到两年后，他才慢慢走出疾病的阴影，笑容重新回到他的脸上。爸爸还是我们小时候认识的——世界上最温和慈祥的爸爸。

爸爸饶有兴趣地又提起笔。一篇《跑友》发表在《高邮日报》上：“我已尝到跑步的甘甜，告别了忧郁，觉得跑步是每天的必修课。广场的太阳每天都是新的，从这里起步，每天都有一个好心情放飞。”许多亲朋好友看见，说：老陈病好了。

《烟柳依依》中的大多数文章，就是爸爸在病愈后写出来的。爸爸像一个辛勤的农民，重新回到了熟悉的田头，把耕耘、播种看作他的本分，庄稼生长着，他快乐着。

书中的许多文章，我应该算是第一读者，我在文字录入之初就看过。爸爸修改文字稿，我帮他修改电子稿。这次成书，我又做了力所能及的初校，再次读了一遍。我渐渐感受他倾注于笔端的温情，常常使我不由自主地回忆起过去。

小时候我们家住焦家巷和临泽粮站南大门。初夏时节，仿佛在一夜之间，花坛之中或旧花盆里，就会齐齐地冒出紫色的小芽，蛰伏了一个冬春的太阳花种子被唤醒了。然后，它们由紫变绿，由弱而壮，打了朵儿，开了！开了！在初夏的晨光里，红的黄的粉的，各色的太阳花迎着太阳绽放，那么娇小，但那么新鲜，由不得你不喜欢。

我在爸爸指导下，曾写过关于“太阳花”的作文。先描摹花的形状、颜色，再说为什么喜欢它，最后要升华一下主题思想，那就是太阳花又叫“死不了”，随便掐个花枝，土里一插，就能活，生命力旺盛如此，我们从中可以学到……那篇作文得到了老师的好评。

也许是爸爸当过语文教师的缘故，他很重视我们的阅读和写作，当时临泽的小家有个书橱，是把一块墙壁掏空而成的。《少年文艺》《儿童文学》《格林童话》《小布头奇遇记》

等等，爸爸为我们准备了不少书籍。当时我上三年级，妹妹上二年级，爸爸让我们写日记，“写每天最有意义的事”，写一行空一行，让他批改，再纠正错的字、词、句。我还鼓动萌萌的妹妹周末一次性写七天日记或者提前记录下“明天最有意义的事情”。

多少个夜晚，我们姐妹和爸爸一起在灯下伏案学习，爸爸忙爸爸的，我们忙我们的。每每遇到家中的长辈来访，他总是善意地提醒爸爸：女伢子，说不行就不行！爸爸只是默默听着。其实，我们姐妹的个性特点、学习习惯，爸爸妈妈都了如指掌。爸爸妈妈为我们的点滴进步感到高兴，又总是以最大的宽容容忍我们的失误和顽劣，鼓励我们重新出发。当然顽劣这个词只适用于我，与姐妹无关。

有一次，爸爸陪妈妈到南京看病（我们不知道看什么病），只是妈妈回家后给我们每人带了一块手帕，每人的图案都不一样，都被爸爸妈妈赋予了不一样的含义。

虽然，学生时代，我们姐妹背的都是用“零头布”拼成的花书包上学；我们的晚饭常常就是青菜过饭；我们也会为参加学校集体活动，缺一件合适的白衬衣或者一双白球鞋，去跟邻家的女孩借用。但并没有因为物质生活的相对匮乏而留下遗憾，尽管父母亲承受着极大的经济和精神的压力。正如爸爸在《汪老与高邮文化人第一次合影》中记叙，1986 年爸爸脚上还穿着一双球鞋，直到后来大姐结婚，才有了一双皮鞋。我小时候也曾听过妈妈跟她的朋友说：再过五年，我们就要好一点了。但是爸爸妈妈深深的关爱像一盏明灯，照亮了我们成长的道路，温暖了我们的生命之旅，从童年、青年直到现在。

我们总记得，我们姐妹四人去郊游，回来晚了，走到焦家巷巷尾，远远就看见妈妈美丽的身影，妈妈已经在家门口等我们了。

现在我的姐妹在外地工作、生活，我们各自建立了温馨的小家，每年春节团聚，父母仍然是这样翘首期待。

每当姐妹相聚的时候，我们总要结伴重游小城里熟悉的老家、小巷、街道，重温我们的少年时光。每次走到大淖巷口，我们总会被一段旧砖墙吸引，斑驳的青砖满布苔藓，摇曳的墙头草开着紫色的小花。我们常常会各种“搔首弄姿”在墙前留影。直到我陪同爸爸寻访他外婆的旧居，我才知道，就在旧墙的对面，那扇小门里，曾经住过疼爱爸爸的他的外婆，而且他的外婆最后饿死，就是从这里抬出去的。

我们现在健康、快乐地生活，能够告慰祖辈的在天之灵吗?

现在，爸爸常坐在窗前的藤椅上，我特地在他窗前种了一盆太阳花。我相信，迎着阳

陈聪与父母在太湖边

光开放的小花能给爱我的人和我爱的人带去欢喜。

爸爸，生日快乐！

（作者系本书著者的三女儿）

# 我的父亲

陈茜

先生过生日的那天，儿子给先生的生日贺卡上写了一行字英文，“My Dad，The way you give，The way I love！”与我这个喋喋不休的妈妈相比，沉默少语的爸爸却能得到如此的“厚爱”，那一刻，真的是羡慕加嫉妒哟。

父亲过生日的那天，恰好是今年的感恩节，我很想把这句话转送给父亲，无奈，已过古稀之年的父亲不懂英文。倘若我能将此翻译成文言文，父亲说不定会在他的那张洒满阳光的书桌前反复吟诵，赞叹不已。

父亲是我家乡县城里小有名气的“文人”。县城一南一北各有一处文化遗迹，南门外的叫盂城驿，北门外的叫文游台，文游台里还有水鉴馆、四贤士壁画、汪曾祺纪念馆……馆内的若干墙面上留下了父亲撰写的“前言”“后记”，但是更多的是为这些馆舍建设奔波流连的脚印。哦，父亲一定不以为然，因为无数次陪伴着海内外文人墨客行走于那些青砖石阶，父亲从不厌倦。

每年回家乡，我会带着儿子走进这些古迹，希望他能“浸染”一些故乡的文化气息。就像我的父亲在我成长的那些年里，一直想方设法地给我“浸染”一些什么。

那时的夏夜，繁星如坠，父亲在听，我——一个梳着马尾辫、穿着娃娃衫的二年级女生在背诵：“这几天心里颇不宁静，今晚在院子里坐着乘凉，突然想起日日走过的荷塘，在这满月的光里，总该另有一番样子吧……”

那时周日的午后，我在书桌前，铺开水彩颜料和绘画纸，还有一排排的水彩笔，开始“创作”，与其说创作，更多是在模仿，从美术课本中各式的树到莫奈的“日出印象”，父亲坐在旁边的椅子上看书，好像从没说过“赶紧去做作业……”

出嫁的前夕，父亲说：“把新买的电视机放在客厅，和大家一起看。房间里放个书橱，一定要给自己看书的空间。”

搬新居了，父亲将保存半辈子的水墨画裱好，亲自送上门来，一幅画中红梅盛开，一幅画里则是名画家画的金鱼，三条鱼儿并肩畅游。

更多的文学作品将父亲垒成高台，但我更愿意把父亲想象成一棵树。我，我的姐姐们，还有父亲关心的那些家乡的文学青年们，正如枝丫间栖息或跳跃的鸟儿。有一天，鸟儿飞

陈西惦念着病后的父亲

远了，回来了，又远去……父亲这棵树，也早已是虬根盘地。即便冬季，叶落归根，洗去尘容却依然昂然翘首，古朴且不失生机。

冬去春来，又一个夏季。这个夏季，2012年的夏季，我们难忘，父亲更加难忘。由于长期伏案工作，父亲的颈椎发出危险的信号，全家陪伴父亲前往上海手术治疗。那几天，上海遭遇台风，我和姐姐过街买午饭的时候，天色骤然墨黑如夜，风大雨急，寸步难行……好在台风很快过去，一切归于平静，父亲也成功地完成了手术并回家静养。

我从家乡回到自己的小家，开始陪伴孩子初中阶段最后一个学期的生活。

有一天，母亲突然打电话："你们的父亲简直像变了一个人。"手术后，医生建议父亲不能多阅读，更不能写文章。父亲除了吃药和日常的生活，几乎什么事也做不了。除了自己的病情，父亲不再与家人交流。

我一边安慰母亲，一边寻找机会与父亲多聊几句。父亲的一言一行，在离开他所喜爱的文字后变化真的很大。

2012年冬夜的某个时刻，我突然想起父亲的那本散文集《烟柳秦邮》，于是郑重地打开，开始完整地阅读。

父亲从小体质欠佳，或许正因为此，父亲一直善待人生，宽厚为人，并且敏锐仔细，把儒雅、慈爱和鼓励给予他的朋友、他的孩子，还有家乡的文学青年们。但，心灵的一隅，是否还有对生与死宿命的疑惑和徘徊呢？散文集中，父亲不断提到已逝去的师长、亲人，更多的是那些古往今来与家乡有关的文化名人。

"不戚戚于艰辛，不汲汲于富贵"——《君涤之道成蹊径》里父亲的中学语文教师蒋君涤先生；"我们亲戚不多了，还是要走走哇！"——《生为亲戚死为邻》里的父亲的姨夫；还有《汪家大院记事》里五十年未能与汪曾祺谋面却一直保存汪曾祺少年照片的大英子。当然最让我怦然心动的是，《向汪曾祺三叩首》里，父亲在北京友谊医院太平间里向汪曾祺遗体匍然跪下的三叩首……

夜很深了，父亲好像就坐在我的身边，就像我和姐姐小时候，父亲娓娓道来的故事。故事里的人物一遍遍在脑海里循环播放。面对离别，遭遇死亡时，父亲所表现的心境究竟是什么呢？是遗憾、悲愤、伤感，还是崇敬？

我仿佛一直没有能够分辨清楚……

如果能穿越时光的隧道，我与父亲、父亲的外婆、父亲的舅舅、父亲的叔外公一起同行在大淖河边，看青草蔓行，看芦芽蒌蒿，看面如满月、看明眸善睐的那些伢子……或者，我们还会弯下腰去，从大淖湖边寻两片薄薄的瓦片打水漂，听嚓嚓的水声，远望过去，几只白鹭从芦苇荡里飞起……这样清晰镜头，熟悉而又那么陌生，吸引我不断地回望。

那些逝去的生命一经父亲的描摹可以变得如此梦幻、生动，甚至还有趣味。抑或，父亲想告诉我，即使生活再平凡和平淡，也要有感悟“晚云收。正柳塘，烟雨初休”的心境和余暇，更何况家乡本就有“风流千古说文游，烟柳隋堤一望收”的人文历史风韵和自然风光。父亲的孩子以及孩子的孩子还能有多少不敢担待的理由呢？

其实，那次手术后，父亲患上了抑郁症，焦虑让父亲几乎完全失眠，失眠又加重了父亲的病症。母亲伤心地说：“很多艰难的日子都过去了，现在这样的难过。”

我一直认为我们的父母与我们在一起，从来没有艰难，我也一直相信，父亲一定会恢复的。可喜的是，父亲终于跨过了那道坎。40多年来，对于生命的诠释，无论是用文字、语言，还是用背影，父亲母亲，你们绝对是我的启蒙老师和一直的导师。

父亲，你的那些“浸染”给予我这只笨鸟，可能不及姐姐们那样卓有成效．但是父亲，我爱文字，爱山川河海，爱可爱的生命，就在上周，电视里，我看到一个登上珠峰的女孩子的故事，登顶的那一刻，我跟她一起激动而泣。

父亲，你可知道，感恩节你生日那天，我电话过去，听到你夹带着笑，朗声喊叫我的名字的时候，我的内心真的是一阵狂喜。

父亲，美好的时光才刚刚开始。

2013年12月8日

农历癸巳年十一月初六凌晨

（作者系本书著者的四女儿）

# 后　记

年初，我在市政协领导和市政协教卫文史委主任支持下，推出了文史资料第24期（特刊）《熊纬书传》。我由衷地感谢他们。最近，我在家人支持下，将《烟柳秦邮》未收入的文章（均为写作原稿）编为《烟柳依依》一书，让大家看看我的写作水平和态势。

我写作是爱好，是兴趣，是生活的一部分，而不是生命的一部分。倘若病恹恹的，还高兴写吗？我的文章发表了，附近邮亭的王先生对我爱人说："你老头子又发一篇！"这算得了什么？比起小城众多文人的长篇小说、中短篇小说、散文、报告文学等文集相继问世，佳作迭出，我只不过是自娱自乐罢。

我写得比较杂，说得好听一些，涉猎较广，写小说、评论、报告文学、散文、民间文学，也尝试过旧体诗。成书时，家人说，人家出书，是从几百篇中选百篇成册，你是翻箱倒柜广泛收罗，硬是凑上百余篇，有些家人看看尚可，读者会看吗？其实，也不尽然。我写的为数不多的序、旧体诗不收，有偿服务的报告文学（含为行政、企事业单位写的访谈录、电视专题片脚本）不收。在办《珠湖》时，我写的报告文学也有百余篇数十万字，不收。比如在《珠湖春汛》32篇中，我执笔写了9篇。《高邮鸭韵》一书从序到16万字的内容，一半乃是我撰写。至于散文集《高邮好人》中31篇，皆为我涂鸦。有时为写作，一时兴起，直至凌晨。非奉命而为，爱好使然。本书还附录晚辈的几篇文章，既是他们对逝去的岁月的依恋，也是作为如今"合家欢"的纪念。为他们在人生路途上取得的点滴进步感到高兴，只希望他们的明天会更加美好。

扪心自问，我能有今天，唯有领导的关怀及长辈、平辈亲友的指导和关爱，又有晚辈的激励和教正。对此，我除了感谢还是感谢。我还要感谢文汇出版社的各位老师的关怀和指教。只要身体尚可，我会继续为之。

2018年6月1日